'{अमीश के} लेखन ने भारत के समृद्ध अतीत और संस्कृति के विषय में गहन जागरूकता उत्पन्न की है।'

—***नरेन्द्र मोदी*** *(भारत के माननीय प्रधानमंत्री)*

'{अमीश के} लेखन ने युवाओं की जिज्ञासा को शांत करते हुए, उनका परिचय प्राचीन मूल्यों से करवाया है...'

—***श्री श्री रवि शंकर***
(आध्यात्मिक गुरु व संस्थापक, आर्ट ऑफ़ लिविंग फाउंडेशन)

'{अमीश का लेखन} दिलचस्प, सम्मोहक और शिक्षाप्रद है।'

—***अमिताभ बच्चन*** *(अभिनेता एवं सदी के महानायक)*

'भारत के महान कहानीकार अमीश इतनी रचनात्मकता से अपनी कहानी बुनते हैं कि आप पन्ना पलटने को मजबूर हो जाते हैं।'

—***लॉर्ड जेफ्री आर्चर*** *(दुनिया के सबसे कामयाब लेखक)*

'{अमीश के लेखन में} इतिहास और पुराण का बेमिसाल मिश्रण है... ये पाठक को सम्मोहित कर लेता है।'

—***बीबीसी***

'विचारोत्तेजक और गहन, अमीश, किसी भी अन्य लेखक की तुलना में नए भारत के सच्चे प्रतिनिधि हैं।'

—***वीर सांघवी*** *(वरिष्ठ पत्रकार एवं स्तम्भकार)*

www.authoramish.com

'अमीश की मिथकीय कल्पना अतीत को खंगालकर, भविष्य की संभावनाओं को तलाश लेती है। उनकी किताबें हमारी सामूहिक चेतना की गहनतम परतों को प्रकट करती हैं।'

—***दीपक चोपड़ा***
(दुनिया के जाने-माने आध्यात्मिक गुरु और कामयाब लेखक)

'{अमीश} अपनी पीढ़ी के सबसे ज़्यादा मौलिक चिन्तक हैं।'

—***अर्नब गोस्वामी*** *(वरिष्ठ पत्रकार व एमडी, रिपब्लिक टीवी)*

'अमीश के पास बारीकियों के लिए पैनी नज़र और बाँध देने वाली कथात्मक शैली है।'

—***डॉ. शशि थरूर*** *(सांसद एवं लेखक)*

'{अमीश के पास} अतीत को देखने का एक नायाब, असाधारण और आकर्षक नज़रिया है।'

—***शेखर गुप्ता*** *(वरिष्ठ पत्रकार एवं स्तम्भकार)*

'नये भारत को समझने के लिए आपको अमीश को पढ़ना होगा।'

—***स्वपन दासगुप्ता*** *(सांसद एवं वरिष्ठ पत्रकार)*

'अमीश की सारी किताबों में उदारवादी प्रगतिशील विचारधारा प्रवाहित होती है: लिंग, जाति, किसी भी क़िस्म के भेदभाव को लेकर... वे एकमात्र भारतीय बैस्टसेलिंग लेखक हैं जिनकी वास्तविक दर्शनशास्त्र में पैठ है—उनकी किताबों में गहरी रिसर्च और गहन वैचारिकता होती है।'

—***संदीपन देब*** *(वरिष्ठ पत्रकार एवं सम्पादकीय निदेशक, स्वराज्य)*

'अमीश का असर उनकी किताबों से परे है, उनकी किताबें साहित्य से परे हैं, उनके साहित्य में दर्शन रचा-बसा है, जो भक्ति में पैठा हुआ है जिससे भारत के प्रति उनके प्रेम को शक्ति प्राप्त होती है।'

—***गौतम चिकरमने*** *(वरिष्ठ पत्रकार एवं लेखक)*

'अमीश एक साहित्यिक करिश्मा हैं।'

—***अनिल धारकर*** *(वरिष्ठ पत्रकार एवं लेखक)*

www.authoramish.com

राम—इक्ष्वाकु के वंशज

आई.आई.एम. (कोलकाता) से प्रशिक्षित, 1974 में पैदा हुए **अमीश** एक बैंकर से सफल लेखक तक का सफर तय कर चुके हैं। अपने पहले उपन्यास *मेलूहा के मृत्युंजय,* (शिव रचना त्रयी की प्रथम पुस्तक) की सफलता से प्रोत्साहित होकर उन्होंने फाइनेंशियल सर्विस का करियर छोड़कर लेखन पर ध्यान केंद्रित किया। एक लेखक होने के साथ ही, अमीश भारत-सरकार के राजनयिक, टीवी डॉक्यूमेंट्री के होस्ट और फिल्म-प्रोड्यूसर भी हैं।

इतिहास, पुराण और दर्शन में उनकी विशेष रुचि है और दुनिया के प्रत्येक धर्म की सार्थकता और ख़ूबसूरती को सराहते हैं। उनकी किताबों की 60 लाख से अधिक प्रतियां बिक चुकी हैं और उनका 20 से अधिक भाषाओं में अनुवाद हुआ है। भारतीय प्रकाशन इतिहास में अमीश की शिव रचना त्रयी सबसे तेजी से बिकने वाली सीरीज है और राम चंद्र सीरीज का स्थान दूसरे नंबर पर है। अमीश से संपर्क करने के लिए:

- www.authoramish.com
- www.facebook.com/authoramish
- www.instagram.com/authoramish
- www.twitter.com/authoramish

Celebrating
30 Years of Publishing
in India

अमीश की अन्य किताबें

शिव रचना त्रयी

भारतीय प्रकाशन क्षेत्र के इतिहास में सबसे तेज़ी से बिकने वाली पुस्तक श्रृंखला

मेलूहा के मृत्युंजय (शिव रचना त्रयी की पहली किताब)

नागाओं का रहस्य (शिव रचना त्रयी की दूसरी किताब)

वायुपुत्रों की शपथ (शिव रचना त्रयी की तीसरी किताब)

राम चंद्र श्रृंखला

भारतीय प्रकाशन क्षेत्र के इतिहास में दूसरी सबसे तेज़ी से बिकने वाली पुस्तक श्रृंखला

सीता – मिथिला की योद्धा (श्रृंखला की दूसरी किताब)

रावण – आर्यवर्त का शत्रु (श्रृंखला की तीसरी किताब)

लंका का युद्ध (श्रृंखला की चौथी किताब)

भारत गाथा

भारत का रक्षक महाराजा सुहेलदेव

कथेतर

अमर भारत : युवा देश, कालातीत सभ्यता

धर्म: सार्थक जीवन के लिए महाकाव्यों की मीमांसा

www.authoramish.com

राम
इक्ष्वाकु के वंशज

राम चंद्र शृंखला की प्रथम पुस्तक

अमीश

अनुवाद

उर्मिला गुप्ता

हार्पर
हिन्दी

www.authoramish.com

प्रथम प्रकाशन 2015
हार्पर हिन्दी
(हार्परकॉलिंस पब्लिशर्स इंडिया) द्वारा प्रकाशित 2023
बिल्डिंग नं. 10, टावर A, 4th फ्लोर,
डीएलएफ साइबर सिटी, फेज II, गुरुग्राम 122002, भारत
www.harpercollins.co.in

P-ISBN: 9789356296435
E-ISBN: 9789356296442

कवर डिजाइन © : ऑक्टोबज़
टाइपसेटिंग : निओ साफ्टवेयर कन्सलटैंट्स, प्रयागराज (इलाहाबाद)
मुद्रक : थॉम्सन प्रेस (इंडिया) लि.

www.authoramish.com

मेरे पिता, विनय कुमार त्रिपाठी,
और मां, ऊषा त्रिपाठी को सादर

खलील जिबरान ने कहा था: माता-पिता धनुष समान हैं,
और बच्चे तीर समान।
जितना ज़्यादा धनुष खिंचता है, तीर उतनी दूर जाता है,
मेरी उड़ान के आधार भी मेरे माता-पिता हैं।

www.authoramish.com

ॐ नमः शिवाय

ब्रह्मांड भगवान शिव के समक्ष सिर झुकाता है।

मैं भी भगवान शिव के समक्ष सिर झुकाता हूँ।

www.authoramish.com

रामराज्यवासी त्वम्, प्रोच्छ्रयस्व ते शिरम्
न्यायर्थं युद्धयस्व, सर्वेषु समं चर:
परिपालय दुर्बलम्, विद्धि धर्मं वरम्
प्रोच्छ्रयस्व ते शिरम्,
रामराज्यवासी त्वम्

रामराज्य वासी, अपना मस्तक ऊंचा रखो।
न्याय के लिए लड़ो। सबको समान मानो।
कमज़ोर की रक्षा करो। धर्म को सबसे ऊपर जानो।
अपना मस्तक ऊंचा रखो,
तुम रामराज्य के वासी हो।

www.authoramish.com

चरित्र सूची और महत्वपूर्ण कबीले
(वर्ण क्रमानुसार)

अरिष्टनेमी: मलयपुत्रों के सेनापति; विश्वामित्र के खास।

अश्वपति: उत्तर-पश्चिम साम्राज्य कैकेय के राजा; दशरथ के घनिष्ठ मित्र; कैकेयी के पिता।

उर्मिला: सीता की छोटी बहन; जनक की पुत्री; जिनका विवाह बाद में लक्ष्मण से हुआ।

कुंभकर्ण: रावण का भाई; वह नागा है (विकृतियों के साथ जन्मा इंसान)।

कुबेर: व्यापारी और रावण से पूर्व लंका का शासक।

कुशध्वज: संकश्या का राजा; जनक का छोटा भाई।

कैकेयी: कैकेय के राजा अश्वपति की पुत्री; दशरथ की दूसरी और प्रिय पत्नी; भरत की मां।

कौशल्या: दक्षिण कौशल के राजा भानुमान और उनकी पत्नी महेश्वरी की पुत्री; दशरथ की ज्येष्ठ रानी; राम की मां।

जटायु: मलयपुत्र प्रजाति का अधिपति; सीता और राम का नागा मित्र।

जनकः मिथिला के राजा; सीता और उर्मिला के पिता।

दशरथः कौशल के चक्रवर्ती राजा और सप्त सिंधु के सम्राट; कौशल्या, कैकेयी और सुमित्रा के पति; राम, भरत, लक्ष्मण और शत्रुघ्न के पिता।

नागाः विकृतियों के साथ पैदा हुई इंसानी प्रजाति।

नीलांजनाः अयोध्या के शाही परिवार की महिला वैद्य, वह दक्षिण कौशल से आई थी।

भरतः राम के सौतेले भाई; दशरथ और कैकेयी के पुत्र।

मंथराः सप्त सिंधु की सबसे संपन्न व्यापारी; कैकेयी की करीबी।

मलयपुत्रः छठे विष्णु, प्रभु परशु राम की प्रजाति।

मृगस्यः दशरथ के सेनापति; अयोध्या के कुलीन जन।

रामः अयोध्या (कौशल साम्राज्य की राजधानी) के सम्राट दशरथ के चार पुत्रों में से ज्येष्ठ; बड़ी रानी कौशल्या के पुत्र; जिनका विवाह बाद में सीता से हुआ।

रावणः लंका का राजा; विभीषण, शूर्पणखा और कुंभकर्ण का भाई।

रौशनीः मंथरा की बेटी; कर्तव्यनिष्ठ वैद्य और दशरथ के चारों बेटों की राखी बहन।

लक्ष्मणः दशरथ के जुड़वां बेटों में से एक; सुमित्रा के पुत्र; राम के प्रिय; जिनका विवाह बाद में उर्मिला से हुआ।

वशिष्ठः अयोध्या के राजगुरु; चारों राजकुमारों के शिक्षक।

वायुपुत्रः पूर्ववर्ती महादेव प्रभु रुद्र की प्रजाति।

विभीषणः रावण का सौतेला भाई।

विश्वामित्रः छठे विष्णु प्रभु परशु राम की प्रजाति मलयपुत्र के प्रमुख; राम और लक्ष्मण के अल्पकालीन गुरु।

शत्रुघ्नः लक्ष्मण के जुड़वां भाई; दशरथ और सुमित्रा के पुत्र।

शूर्पणखाः रावण की सौतेली बहन।

समीचिः मिथिला की नागरिक और सुरक्षा अधिकारी।

सीताः मिथिला के राजा जनक की दत्तक पुत्री; मिथिला की प्रधानमंत्री; जिनका विवाह बाद में राम से हुआ।

सुमित्राः काशी के राजा की पुत्री; दशरथ की तीसरी रानी; लक्ष्मण और शत्रुघ्न की मां।

***3400 ईसापूर्व भारत के नक्शे के लिए बैककवर के अंदर वाले पृष्ठ में देखें।**

आभार

ये आभार 2015 में तब लिखा गया था, जब यह किताब प्रकाशित हुई थी। मैं *राम—इक्ष्वाकु के वंशज* का ये संस्करण छापने वाली टीम का आभार व्यक्त करना चाहता हूँ। हार्पर कॉलिंस की टीम: स्वाति, शबनम, आकृति, गोकुल, विकास, राहुल, पॉलोमी और उदयन के साथ उनका नेतृत्व करने वाले प्रतिभाशाली अनंत। इन सभी के साथ शुरू हुए इस सफर के प्रति मैं बहुत उत्साहित हूँ।

मैं जॉन डन की लिखी हर बात से सहमत नहीं हूं, लेकिन उनकी एक बात बिल्कुल खरी है: 'इंसान का तन्हा रहना मुश्किल है'। मैं खुशकिस्मत हूं कि इतने लोगों के संपर्क में रहा, जो मुझे हर 'तन्हाई' से निकाल लाते हैं। रचनात्मकता में दूसरों के प्रेम और सहयोग से बड़ा कोई सहारा नहीं है। मैं उनमें से कुछ का आभार व्यक्त करना चाहता हूं।

प्रभु शिव, मेरे ईश्वर, जिन्होंने मुझे इस जीवन का आशीर्वाद दिया। वो प्रभु राम (मेरे दादा पंडित बाबूलाल त्रिपाठी उनके परम भक्त थे) को भी मेरे जीवन में वापस लेकर आए।

मेरा गर्व, मेरी खुशी, मेरा बेटा नील, जो ईश्वर का वरदान है। उसका होना ही मेरे लिए सबसे बड़ी खुशी है।

मेरी पत्नी प्रीति; बहन भावना; हिमांशु मेरे जीजाजी; भाई अनीश और

आशीष, सबने इस कहानी में अपना योगदान दिया। मेरी बहन भावना को विशेष आभार कि उन्होंने इतने समर्पण और धैर्य से मुझे दर्शन पर सलाह दी। मेरी पत्नी प्रीति हमेशा अपनी जबरदस्त मार्केटिंग दक्षता से मेरा मार्गदर्शन करती हैं।

मेरा परिवार: ऊषा, विनय, मीता, डॉनेटा, शर्नाज, स्मिता, अनुज, रुता। उनके दृढ़ विश्वास और प्यार के लिए आभार।

मेरी संपादक श्रावणी। हमारा रिश्ता अजीब है। आमतौर पर हंसी मजाक करते हैं; लेकिन संपादन के समय हमारी बड़ी लड़ाइयां भी हो जाती हैं। संपादक लेखक की यह जोड़ी तो राम मिलाई ही है!

गौतम, कृष्णकुमार, प्रीति, दीप्ती, सतीश, वर्षा, जयंती, विपिन, सेंथिल, शत्रुघन, सरिता, अवनी, संयोग, नवीन, जयशंकर, गुरुराज, सतीश—ये सब मेरे प्रकाशक वेस्टलैंड की जबरदस्त टीम का हिस्सा हैं। वे शुरू से मेरे सफर की साझेदार रहे हैं।

मेरे एजेंट अनुज। बड़े दिलवाले, बड़े इंसान! ऐसे पक्के दोस्त, जिन्हें हर लेखक संजोकर रखना चाहता है।

इस किताब की एडवर्टाइजिंग कंपनी थिंक वाय नॉट की पूरी टीम—संग्राम, शालिनी, पराग, शाइस्ता, रेखा, हृषिकेश, ऋचा, प्रसाद। मुझे लगता है कि उन्होंने एक बेहतरीन कवर बनाया है! उन्होंने किताब के लगभग सारे मार्केटिंग मैटिरियल के साथ-साथ, इसका ट्रेलर भी तैयार किया। वह देश की बेस्ट ऐड एजेंसी में से एक हैं।

किताब की सोशल मीडिया एजेंसी ऑक्टोबज टीम के हेमल और नेहा। मेहनती, सुपर स्मार्ट और पूरी तरह प्रतिबद्ध। किसी भी टीम के लिए वे बहुत मूल्यवान हैं।

ट्रेलर फिल्म की पूरी प्रोडक्शन टीम, जावेद, पार्थसारथी और रोहित। बेमिसाल बंदे। मेरा यकीन कीजिए दुनिया जल्द ही इनकी प्रतिभा का लोहा मानेगी।

संचार सामग्री पर मूल्यवान सलाह देने वाले दोस्त मोहन।

क्लीया पीआर टीम के विनोद, तोरल, निमिषा का आभार, जिन्होंने इस किताब का पीआर हाथोहाथ संभाल लिया।

संस्कृत विशेषज्ञ मृणालिनी, जिन्होंने लग्न से मेरे साथ काम किया। उनके साथ मेरी चर्चाएं प्रेरक और शिक्षाप्रद रहीं। मैंने उनसे बहुत सीखा।

नासिक में मेरे मेजबान नितिन, विशाल, अवनी और मयूरी। वहां मैंने किताब के कुछ हिस्से पूरे किए।

और आखिर में, लेकिन सबसे बड़ा आभार अपने पाठकों को। उन्होंने शिव रचना त्रयी को जो बेशुमार प्यार दिया, उसका मैं तहेदिल से आभारी हूं। आशा है नई श्रृंखला की पहली किताब से मैं आपको निराश नहीं करूंगा। हर हर महादेव!

अध्याय 1

3400 ईसापूर्व, गोदावरी नदी के समीप, भारत

अपने लंबे, कसे हुए और मज़बूत शरीर को झुकाते हुए राम नीचे को हुए। अपना वज़न दाहिने घुटने पर डालते हुए, उन्होंने धनुष को मज़बूती से थामा। बाण को सही जगह लगाया, लेकिन वह जानते थे कि क़मान को पहले ज़्यादा नहीं खींचना चाहिए। वह अपनी मांसपेशियों पर तनाव नहीं डालना चाहते थे। उन्हें सही समय का इंतज़ार करना था। *हमला अकस्मात् होना चाहिए।*

'दादा, वह जा रहा है,' लक्ष्मण ने अपने बड़े भाई से फुसफुसाते हुए कहा।

राम ने कोई प्रतिक्रिया नहीं दी। उनकी आंखें शिकार पर टिकी थीं। हल्की हवा उनके उन खुले बालों को हिला रही थी, जो सिर पर बंधे जूड़े में आने से रह गए थे। उनकी अस्त-व्यस्त, रोएंदार दाढ़ी और सफेद धोती हवा के साथ ताल मिला रही थीं। राम ने हवा की दिशा को समझते हुए अपना कोण सही किया। उन्होंने शांति से अपना सफेद अंगवस्त्र अलग किया, जिससे उनके सांवले धड़ पर युद्ध के विजयी निशान दिखने लगे। *लक्ष्य भेदते समय अंगवस्त्र मध्य में नहीं आना चाहिए।*

हिरण अचानक निस्तब्ध हो गया; शायद उसे अनहोनी का आभास हुआ होगा। असहजता से पैर घसीटते हुए, उसके हांफने की आवाज़ राम सुन सकते थे। कुछ पल बाद वह फिर से पत्तियां चबाने लगा। उसका बाकी झुंड थोड़ी ही दूरी पर था, जो घने जंगल की वजह से दिखाई नहीं दे रहा था।

'प्रभु परशु राम की कृपा से, उसने अपने आभास पर ध्यान नहीं दिया,' लक्ष्मण ने धीरे से कहा। 'प्रभु ने आज हमारे बढ़िया भोजन का इंतज़ाम कर दिया।'

'चुप रहो...'

लक्ष्मण ख़ामोश हो गए। राम जानते थे कि इसे मारना ज़रूरी है। लक्ष्मण और स्वयं राम, अपनी पत्नी सीता के साथ, पिछले तीस दिनों से जंगल में भटक रहे थे। मलयपुत्र प्रजाति के कुछ और लोग भी, अपने सरदार जटायु के नेतृत्व में उनके साथ थे। जटायु ने ही किसी अनहोनी की आशंका से उन्हें उनका पिछला स्थान छोड़ने पर मजबूर किया था। शूर्पणखा और विभीषण से हुई चिंताजनक मुलाकात का कुछ तो परिणाम आना ही था। आख़िरकार, वे लंका के राक्षस-राजा रावण के सहोदर थे। रावण निश्चित रूप से उस अपमान का बदला लेगा। लंका का शाही खून यूं व्यर्थ नहीं जाएगा।

दंडकारण्य के पूर्व से होते हुए, घने दंडक वन में, वे गोदावरी के साथ-साथ सफर कर रहे थे। उन्हें यकीन था कि सहजता से उनके स्थान की पहचान करना संभव नहीं होगा। नदी से ज़्यादा दूर रहने का मतलब होता कि वे शिकार का मौका गवां देते। रघु के वंशज, रघुकुल के दीपक, अयोध्या के राजकुमार राम और लक्ष्मण क्षत्रिय थे। वे कंद-मूल खाकर ज़्यादा दिनों तक गुजारा नहीं कर सकते थे।

हिरण स्थिर था, कोमल पत्तियों को चरने की खुशी में खोया हुआ। राम जानते थे, यही वो पल था। बाएं हाथ में पकड़े हुए धनुष की कमान को उन्होंने दाहिने हाथ से खींचा, लगभग अपने अधरों तक। कोहनी को ऊंचा उठाया, ज़मीन से समांतर, ठीक वैसे ही जैसे उनके गुरु, महर्षि वशिष्ठ ने उन्हें बताया था।

कोहनी कमज़ोर है। इसे ऊंचा करो। भार को पिछली मांसपेशियों पर डालो। पीठ मज़बूत होती है।

राम ने कमान को थोड़ा और खींचा और फिर तीर छोड़ दिया। भाले की सी तेज़ी से तीर, पत्तों के बीच से होता हुआ, हिरण की गर्दन में जा धंसा। वह उसी क्षण खत्म हो गया, फेफड़ों में भरे खून की वजह से वह जरा मिमिया भी न पाया। मांसल शरीर के बावजूद, लक्ष्मण पूरी तेज़ी से उस ओर बढ़ गए। चलते-चलते ही उन्होंने अपनी कमर पेटी से कटार निकाल ली। पलभर में ही वह हिरण के पास पहुंच गए, और पूरे बल से वह कटार उसके दिल को भेदते

हुए, पसलियों में उतार दी।

'हे निर्दोष जीव, तुम्हारी हत्या के लिए मुझे क्षमा करना,' उन्होंने शिकारियों द्वारा कही जाने वाली प्राचीन क्षमा को दोहराते हुए, स्नेह से उसके सिर पर हाथ फेरा। 'तुम्हारी आत्मा को पुनः जीवन मिले, और तुम्हारा शरीर मेरी आत्मा का पोषण करे।'

जब तक लक्ष्मण तीर बाहर निकाल रहे थे, राम भी वहां आ पहुंचे। लक्ष्मण ने तीर साफ किया और उसके स्वामी को लौटा दिया। 'यह अभी और काम आ सकता है,' उन्होंने धीरे से कहा।

राम ने तीर को तरकश में रखते हुए, आसमान की ओर देखा। पक्षी खुशी से चहचहा रहे थे, हिरण के अपने समूह को कुछ खबर नहीं हुई थी। उन्हें आभास नहीं था कि उनके किसी अपने की मृत्यु हुई थी। राम ने प्रभु रुद्र की प्रार्थना करते हुए उनका धन्यवाद किया। अब उन्हें यहां से जल्द से जल्द निकल जाना चाहिए था।

राम और लक्ष्मण घने जंगल के बीच अपना रास्ता बनाते हुए चल दिए। राम आगे चल रहे थे, उनके कंधे पर मज़बूत लाठी का आगे का सिरा था, जबकि लक्ष्मण उनके पीछे लाठी का दूसरा सिरा कंधे पर उठाए थे। हिरण लाठी के मध्य में लटका हुआ था, उसके चारों पैर, मोटी रस्सी से उस पर बंधे थे।

'वाह, इतने दिनों बाद बढ़िया भोजन करने को मिलेगा,' लक्ष्मण ने कहा।

राम के चेहरे पर एक मुस्कान खेल गई, लेकिन वह चुप रहे।

'लेकिन हम इसे अच्छी तरह से पका नहीं सकते न दादा?'

'नहीं, ऐसा नहीं कर सकते। घने धुएं से किसी को हमारी स्थिति का पता लग सकता है।'

'क्या हमें अभी भी सावधानी बरतने की ज़रूरत है? उन्होंने कोई हमला नहीं किया है। शायद वह हमारा पता नहीं लगा पाए। हमें कोई हमलावर भी तो नहीं मिला, है न? उन्हें कैसे पता लगेगा कि हम कहां हैं? दंडक वन अथाह है।'

'हो सकता है, तुम सही कह रहे हों, लेकिन मैं कोई खतरा नहीं लेने

वाला। हमें सुरक्षा का ख्याल रखना चाहिए।'

लक्ष्मण शांत हो गए, हालांकि वज़न से उनके कंधे झुकने लगे थे।

'यह कंद-मूल खाने से तो बेहतर होगा,' राम ने बिना पीछे मुड़े हुए कहा।

'यकीनन,' लक्ष्मण ने सहमति जताई।

भाई ख़ामोशी से चलने लगे।

'दादा कुछ तो गड़बड़ है। समझ नहीं आ रहा क्या। लेकिन कुछ तो हुआ है। शायद भरत दादा...'

'लक्ष्मण!' राम ने सख्ती से डांटा।

भरत राम के अनुज थे, उनके पिता दशरथ ने राम को वनवास दिए जाने के बाद, उन्हें अयोध्या का युवराज घोषित कर दिया था। दूसरे अनुज शत्रुघ्न और लक्ष्मण जुड़वां थे, लेकिन अपनी भ्रात-भक्ति के चलते वे अलग हो गए। शत्रुघ्न भरत के साथ अयोध्या में ही रुके, जबकि लक्ष्मण ने बेझिझक भाई राम के साथ आने का फैसला कर लिया। असहनशील लक्ष्मण को, भरत पर भरोसा करने के राम के फैसले पर, संदेह रहता था। उन्हें लगता था कि अपने आदर्शवादी भाई को भरत की छिपी राजनीति के बारे में आगाह करना उनका कर्तव्य था।

'जानता हूं दादा कि आप यह नहीं सुनना चाहते,' लक्ष्मण अपनी बात पर अडिग थे। 'लेकिन मुझे भरोसा है कि वह अवश्य ही हमारे खिलाफ कोई साजिश कर रहे हैं।'

'ठीक है, हम इसकी तह तक जाएंगे,' राम ने लक्ष्मण को टोका। 'लेकिन अभी हमें दोस्तों की ज़रूरत है। जटायु का कहना सही है। हमें मलयपुत्र के पड़ाव तक पहुंचना ही होगा। कम से कम उनसे मदद की उम्मीद की जा सकती है।'

'मैं नहीं जानता कि किस पर भरोसा किया जा सकता है, दादा। हो सकता है, वह गिद्ध-पुरुष हमारे दुश्मनों से मिला हुआ हो।'

जटायु नागा था, विकृतियों के साथ जन्मी प्रजाति से। राम जटायु पर भरोसा करते थे, इसके बावजूद कि नागाओं को सप्तसिंधु की घृणित और बहिष्कृत प्रजाति माना जाता था। सप्त सिंधु सात नदियों का प्रदेश, जो नर्मदा नदी के उत्तर मे स्थित था

दूसरे नागाओं की ही तरह, जटायु भी विकृतियों के साथ पैदा हुआ था। जटायु के चेहरे पर आगे को उठी हुई हड्डी थी, जो किसी चोंच का आभास देती थी। उसका सिर गंजा था, लेकिन चेहरा घने बालों से घिरा था। यद्यपि वह इंसान ही था, लेकिन देखने में वह गिद्ध जैसा प्रतीत होता था।

'सीता जटायु पर भरोसा करती हैं,' राम ने कहा, यद्यपि यह पहले से स्पष्ट था। 'मुझे जटायु पर भरोसा है। और तुम्हें भी करना चाहिए।'

लक्ष्मण चुप हो गए। और दोनों भाई चलते रहे।

'लेकिन आपको भरत दादा के बारे में सोचना असंगत क्यों लगता है...'

'श्श्श्,' राम ने हाथ उठाकर, लक्ष्मण को चुप रहने का इशारा किया। 'सुनो।'

लक्ष्मण ने कानों पर जोर दिया। उनकी रीढ़ में एक सिहरन सी दौड़ गई। राम ने मुड़कर लक्ष्मण की ओर देखा, उनके चेहरा डर से पथरा गया था। वे दोनों उसे सुन सकते थे। *एक डरी हुई चीख!* वह सीता की आवाज़ थी। दूरी की वजह से आवाज़ क्षीण थी। लेकिन स्पष्टत: वह सीता की ही आवाज़ थी। वह अपने पति को बुला रही थीं।

राम और लक्ष्मण हिरण को छोड़कर अधीरता से आवाज़ की दिशा में दौड़ पड़े। वे अभी भी अपनी कुटिया से कुछ दूर थे।

सीता की आवाज़ चहचहाते पक्षियों के पार सुनी जा सकती थी।

'...राााााम!'

उन्हें अब संघर्ष की आवाज़ें भी सुनाई देने लगी थीं, धातु रगड़ने की।

राम जंगल में बेतहाशा भागते हुए चिल्लाए, 'सीताााा!'

लक्ष्मण ने लड़ने के लिए तलवार खींच ली थी।

'...राााााम!'

'उसे छोड़ दो!' राम की आवाज़ में क्रोध का कंपन था, उनकी गति हवा से भी तेज़ थी।

'...राााााम!'

राम की पकड़ धनुष पर मज़बूत हो गई। कुटिया से अब वह महज कुछ पल के फासले पर थे। 'सीताााा!'

'...रा...'

सीता की आवाज़ मध्य में ही रह गई। अनिष्ट की संभावना को नकारते हुए राम उसी गति से दौड़ रहे थे, उनका दिल ज़ोरों से धड़क रहा था, मन में चिंता के बादल घुमड़ रहे थे।

उन्होंने पंखों के घूमने की *घड़म्प घड़म्प* आवाज़ सुनी। इस आवाज़ को वह अच्छी तरह पहचानते थे। यह रावण के पुष्पक विमान की आवाज़ थी।

'नहीं ीं ीं ीं ीं!' राम चिल्लाए, उन्होंने भागते हुए धनुष की कमान खींच ली थी। आंसू उनके गालों पर लुढ़क आए।

दोनों भाई कुटिया तक पहुंच गए थे। वह पूरी तरह से उजड़ी हुई थी। चारों ओर खून ही खून फैला हुआ था।

'सीताााा!'

राम ने ऊपर देखा और पुष्पक विमान की ओर तीर छोड़ दिया, जो तेज़ी से आकाश की ओर बढ़ रहा था। अपनी तीव्र गति की बदौलत वह पहले ही सुरक्षित दूरी तक जा पहुंचा था।

'सीताााा!'

लक्ष्मण ने पागलपन से पूरी कुटिया छान मारी। मरे हुए सैनिकों के शरीर यहां-वहां बिखरे हुए थे। लेकिन सीता कहीं नहीं थीं।

'राज... कुमार... राम...'

राम उस दुर्बल आवाज़ को पहचान गए। वह खून में लिपटे उस नागा के शरीर के तरफ बढ़े।

'जटायु!'

बुरी तरह से घायल जटायु कुछ कहने की कोशिश कर रहा था। 'वह...'

'क्या?'

'रावण... अपहरण... उनको...'

क्रोध से तमतमाए राम ने आकाश की तरफ देखा। उन्होंने तड़पकर आवाज़ लगाई, 'सीताााा!'

अध्याय 2

तैंतीस साल पूर्व, करछप घाट, पश्चिमी सागर, भारत

'प्रभु परशु राम, दया करें,' सप्तसिंधु के अधिपति साम्राज्य, कौशल के चालीस वर्षीय राजा, दशरथ ने मन ही मन कहा।

सप्तसिंधु के सम्राट, अपनी राजधानी अयोध्या से कूच करते हुए, पश्चिमी घाट पर पहुंचे थे। कुछ विद्रोही व्यापारियों को गंभीर सबक सिखाना ज़रूरी था। योद्धा दशरथ ने, अपने पिता, अज से मिली विरासत को एक शक्तिशाली साम्राज्य बनाया था। भारत के समग्र राजाओं ने दशरथ के शौर्य को स्वीकारते हुए, उन्हें चक्रवर्ती सम्राट की उपाधि दी थी।

'जी, प्रभु,' मृगस्य, प्रधान सेनापति ने कहा। 'एक यही गांव नहीं है, जो बर्बाद हुआ है। शत्रुओं ने यहां से पचास किलोमीटर के दायरे में आने वाले, सभी गांवों को उजाड़ दिया। मरे हुए जानवरों के शवों को कुंओं में डालकर पानी को जहरीला कर दिया। फसलों को बेरहमी से जलाकर, सारे ग्रामीण क्षेत्र को उजाड़ डाला।'

'भूमि को जलाकर नष्ट करने की नीति...' कैकेय नरेश, अश्वपति ने कहा। वह जहां दशरथ के करीबी मित्र थे, वहीं दशरथ की दूसरी और प्रिय रानी के पिता भी।

'हां,' दूसरे राजा ने भी सहमति जताई। 'हम यहां अपने पांच सौ हजार सैनिकों का पेट नहीं भर सकते। हमारी आपूर्ति शृंखला को भी तहस-नहस कर दिया गया है।'

'उस गंवारू व्यापारी कुबेर को आख़िर सैनिक नीतियों की समझ कहां से आई?' दशरथ ने पूछा।

दशरथ उस व्यापारी प्रजाति, वैश्यों के लिए अपनी क्षत्रिय घृणा मुश्किल से ही छिपा पा रहे थे। सप्तसिंधु के क्षत्रियों के लिए संपदा वही थी, जिसे कोई योद्धा जीतकर हासिल करे, मुनाफे से कमाया गया धन उनके लिए हेय था। व्यापार करने वाले वैश्य घृणा के पात्र थे। उन्हीं को नियंत्रित करने के लिए नियमन की सख्त नीतियां बनाई जाती थीं। सप्तसिंधु के कुलीन जन अपने बच्चों को योद्धा या बुद्धिजीवी बनने के लिए प्रेरित करते थे, न कि व्यापारी। परिणामस्वरूप सालों से, इस साम्राज्य में व्यापारी वर्ग कम से कमतर होता गया। युद्धों से ज़्यादा संपदा नहीं मिलने के कारण, शाही खजाना जल्द ही खाली होने लगा।

मुनाफे के अवसर को भांपकर, लंका द्वीप के व्यापारी राजा कुबेर ने सप्तसिंधु साम्राज्य में अपनी व्यापारिक सेवाएं मुहैया कराने का प्रस्ताव दिया। अयोध्या के तत्कालीन राजा, अज ने भारी सालाना मुआवजे की एवज में, कुबेर को वहां व्यापार करने का एकछत्र अधिकार दे दिया। उससे प्राप्त मुआवजे को राजा अज सप्तसिंधु साम्राज्य के अधीनस्थ राज्यों में वितरित कर देते। इससे अयोध्या साम्राज्य ने काफी उन्नति की। लेकिन फिर भी, व्यापार के प्रति उनके नजरिए में कोई बदलाव नहीं आया। हाल ही में, कुबेर ने उस मुआवजे में अपनी तरफ से कटौती कर दी, जिस पर दशरथ अयोध्या का अधिकार मानते थे। एक व्यापारी की ऐसी धृष्टता सजा के लायक थी। दशरथ अपनी सेना और अपने अधीनस्थ राजाओं की सेनाओं के साथ करछप आ गए थे, जिससे उस कुबेर को उसकी सही जगह बताई जा सके।

'प्रभु, यह स्पष्ट है,' मृगस्य ने कहा। 'कुबेर ने यह विद्रोह नहीं किया है।'

'तो फिर वह कौन है?' दशरथ ने पूछा।

'हम उसके बारे में ज़्यादा नहीं जानते। मैंने सुना है कि वह आयु में तीस वर्ष से अधिक का नहीं है। उसने अभी कुछ साल पहले ही कुबेर के साथ काम करना शुरू किया है। वह वाणिज्य सुरक्षा दल के मुखिया के रूप में उनसे जुड़ा। समय के साथ, उसने दल में और लोगों को शामिल कर, उसे एक फौज का रूप दे दिया। मुझे लगता है, उसी ने कुबेर को हमसे विद्रोह करने के लिए भड़काया होगा।'

'इसमें हैरानी की कोई बात नहीं है,' अश्वपति ने कहा। 'लेकिन मैं यह कल्पना नहीं कर पा रहा कि उस थुलथुले और आलसी कुबेर ने सप्तसिंधु की शक्तियों को चुनौती देने की हिम्मत कैसे की!'

'वह आदमी कौन है?' दशरथ ने पूछा। 'वह कहां से आया है?'

'हम उसके बारे में ज़्यादा नहीं जानते हैं, प्रभु,' मृगस्य ने कहा।

'तुम कम से कम उसका नाम तो जानते होंगे?'

'जी। उसका नाम रावण है।'

शाही वैद्य नीलांजना अयोध्या के महल में तेज़ क़दमों से चल रही थी। उसे रानी कौशल्या की तरफ से तुरंत हाजिर होने का हुक्म मिला था। कौशल्या राजा दशरथ की पहली पत्नी थीं।

सौम्य और संयत कौशल्या, दक्षिण कौशल नरेश की पुत्री थीं। उनका विवाह राजा दशरथ के साथ पंद्रह साल पहले हुआ था। रियासत को अब तक उसका वारिस न दे पाने की उनकी निराशा अक्सर उन्हें सताती थी। वारिस विहीन राजा दशरथ ने आख़िरकार कैकेयी से विवाह कर लिया। लंबी, गौर वर्ण और सुडौल कैकेयी, पश्चिम के शक्तिशाली साम्राज्य कैकेय की राजकुमारी थीं। कैकेय पर उनके करीबी मित्र अश्वपति का राज था। लेकिन इस विवाह से भी राजा दशरथ को अपना वारिस नहीं मिल पाया। आख़िर में उन्होंने पवित्र नगरी काशी की दृढ़ लेकिन विनम्र राजकुमारी सुमित्रा से विवाह रचाया। काशी को भगवान रुद्र के निवास, और उसके शांत अहिंसक स्वभाव के लिए जाना जाता था। इसके बाद भी, महान सम्राट अपने वारिस का मुंह नहीं देख पाए।

आख़िरकार जब रानी कौशल्या गर्भवती हुईं, तो यह हैरानी की बात नहीं कि वह अवसर जहां खुशियां मनाने का था, वहीं घबराहट का भी। बच्चे के सुरक्षित प्रजनन को लेकर रानी की अधीरता को समझा जा सकता था। उनका पूरा रनिवास, जिसमें ज़्यादा लोग उनके मायके कौशल के ही थे, उस बच्चे के जन्म के राजनीतिक महत्व से वाकिफ था। अतिरिक्त सावधानी ज़रूरी थी। नीलांजना को पहली बार नहीं बुलाया जा रहा था, इससे पहले भी कई ग़लत अंदेशों पर उन्हें बुला भेजा गया था। चूंकि वैद्य भी कौशल राज से ही आई थी, वह अपनी झुंझलाहट का कोई निशान व्यक्त नहीं करना चाहती थी।

यद्यपि इस बार लग रहा था कि वह घड़ी आ पहुंची थी। रानी को प्रसव पीड़ा हो रही थी। तेज़ क़दमों से चलते हुए भी, नीलांजना के होंठ, प्रभु परशु राम से रानी के पीड़ारहित प्रसव, और हां, पुत्र होने की ही कामना कर रहे थे।

'मैं तुम्हें आदेश देता हूं कि अपने मुनाफे में से हमारा नौवां-दसवां हिस्सा हमें लौटा दो, और बदले में मैं तुम्हारी जान बख्श दूंगा,' दशरथ ने गरजते हुए कहा।

संधि की शर्तों के अनुसार, दशरथ ने मुआवजे के निबटारे के लिए, पहले अपने दूत को कुबेर के पास भेजा था। विपक्ष ने तब किसी सुरक्षित जगह पर उनसे निजी रूप से मिलने का निर्णय लिया था। वह जगह दशरथ के सैन्य शिविर और करछप किले के बीच, एक समुद्र तट था। दशरथ के साथ अश्वपति, मृगस्य और बीस सैनिकों की एक टुकड़ी थी। कुबेर अपने सेनापति रावण, और बीस अंगरक्षकों के साथ वहां पहुंचा था।

सप्तसिंधु के योद्धा थुलथुले कुबेर को डगमगाते क़दमों से, शिविर में आता देख, बमुश्किल ही अपनी अवमानना छिपा पा रहे थे। गोल, दिव्य चेहरे पर छितरे बाल, उस सत्तर वर्षीय, लंका के संपन्न व्यापारी के भारी-भरकम शरीर में संतुलन बनाते थे। उसकी बेदाग और गौर वर्णीय त्वचा उसकी उम्र को झुठलाती थी। उसने चमकीले हरे रंग की धोती और गुलाबी रंग का अंगवस्त्र पहन रखा था, तथा शरीर पर कई महंगे जवाहरात सजाए हुए थे। उसके विलासिता पूर्ण जीवन, फैली कमर और स्त्रौण व्यवहार ने, दशरथ के मन में उस बात को पुख्ता कर दिया कि कुबेर, उस वैश्य प्रजाति से था।

दशरथ ने अपने विचारों पर लगाम लगाई, क्योंकि वे शब्दों के जरिए बाहर निकलने को छटपटा रहे थे। *क्या यह बदरंगा मयूर सच में सोच रहा है कि वह हमसे टक्कर ले पाएगा?!*

'राजाधिराज...' कुबेर ने सकपकाते हुए कहा, 'मुझे लगता है कि पुरानी दर पर मुआवजा तय कर पाना अब हमारे लिए मुश्किल होगा। हमारी लागत काफी बढ़ गई है, और व्यापार में उतना मुनाफा भी नहीं मिल रहा...'

'अपने ये वाहियात तर्क हमें सुनाने की कोशिश भी मत करना!' दशरथ ने तेज़ आवाज़ में, अपना हाथ सामने रखी पीठिका पर पटकते हुए कहा। 'मैं सौदागर नहीं हूं! मैं सम्राट हूं! सभ्य लोग इसका अंतर समझते हैं।'

दशरथ कुबेर की असहजता को भांप गए। शायद व्यापारी को अंदाज़ा नहीं था कि यह बातचीत इस मुकाम पर पहुंचेगी। करछप में पहुंची भारी सेना ने पहले ही उनके हाथ-पैर फुला दिए होंगे। दशरथ मान रहे थे कि कुछ और कड़े शब्दों के बाद, कुबेर अपने बेवकूफी भरे क़दम को खुद ही वापस खींच लेगा। उन्होंने तय कर लिया था, जो सही भी था, कि वह कुबेर पर इस अवमानना के लिए अतिरिक्त दो प्रतिशत मुआवजे का बोझ कम कर देंगे। दशरथ समझते थे कि कभी-कभी थोड़ी सी दरियादिली भी, असंतोष को पराजित कर सकती थी।

थोड़ा आगे होते हुए, कुछ धीमी आवाज़ में, दशरथ ने कहा, 'मैं कुछ रहम भी कर सकता हूं। तुम्हारी गलतियों को माफ कर सकता हूं। लेकिन तुम्हें अभी इसी वक्त उन सारी बेकार की बातों पर लगाम लगाते हुए, मेरे आदेश का पालन करना होगा।'

कुछ घबराहट के साथ, कुबेर ने अपने उदासीन सेनापति रावण पर नज़र डाली। वह वहीं उसके समीप बैठा था। हालांकि वह बैठा हुआ था, लेकिन उसका मज़बूत शरीर और लंबा क़द, उसकी हृष्ट-पुष्टता को बयां कर रहे थे। उसकी काली त्वचा पर युद्ध के निशानों के साथ कुछ फुंसियों के निशान भी थे, जो उसकी बचपन की किसी बीमारी की तरफ इशारा कर रहे थे। उसकी घनी दाढ़ी जहां उसके कुरूप निशानों को छिपाने की कोशिश कर रही थी, वहीं बड़ी-बड़ी मूंछें उसे भयंकर रूप दे रही थीं। उसके मुकुट के दोनों ओर, दो डरावने, लंबे-लंबे सींग लगे थे।

कुबेर ने लाचारगी से दशरथ की ओर वापस देखा, चूंकि उसका सेनापति तो एकदम जड़ बैठा था। 'लेकिन महाराज, हमें बहुत सी समस्याओं का सामना करना पड़ रहा है और हमारे निवेश की पूंजी...'

'तुम हमारे धैर्य की परीक्षा ले रहे हो, कुबेर!' दशरथ ने गरजकर कहा। उन्होंने रावण को पूरी तरह अनदेखा कर, अपना लक्ष्य मुख्य व्यापारी पर ही केंद्रित रखा। 'तुम सप्तसिंधु के सम्राट को क्रोधित कर रहे हो!'

'लेकिन महाराज...'

'देखो, अगर तुमने हमें हमारा अधिकृत मुआवजा नहीं दिया, तो यकीन मानो कल तुम सबकी ज़िंदगी का आख़री दिन होगा। मैं पहले तुम्हारी मुट्ठी भर सेना का खात्मा करूंगा, और फिर तुम्हारे उस शापित नगर में जाकर, उसे जलाकर खाक कर दूंगा।'

'लेकिन हमारा श्रम और हमारे जहाज़ों की लागत भी ठीक नहीं निकल पा रही है...'

'मुझे तुम्हारी समस्याओं से कुछ लेना-देना नहीं है!' दशरथ ने चिल्लाकर कहा, उनका क्रोध अब चरम पर था।

'कल के बाद आपको होगा,' रावण ने विनम्र स्वर में कहा।

दशरथ तेज़ी से रावण की ओर घूमे, कुबेर के सेनापति ने बीच में बोलने की धृष्टता कैसे की। 'तुम्हारी इतनी हिम्मत कि...'

'आप ऐसा कैसे कह सकते हैं, दशरथ?' रावण ने इस बार कुछ ऊंचे स्वर में कहा।

दशरथ, अश्वपति और मृगस्य सब स्तब्ध रह गए कि कोई कैसे सप्तसिंधु के सम्राट को उनके नाम से पुकारने की हिम्मत कर सकता था।

'आपने ऐसी कल्पना भी कैसे की कि आप उस सेना को छू भी सकते हैं, जिसका नेतृत्व मैं कर रहा हूं?' रावण ने कुछ डरावनी सी ख़ामोशी से पूछा।

दशरथ गुस्से से खड़े हुए, और उनका आसन झटके से पीछे जाकर किसी चीज से टकराया। अपनी उंगली रावण की दिशा में उठाते हुए उन्होंने कहा, 'मैं कल युद्ध के मैदान में तुमसे मिलूंगा, अहंकारी मनुष्य!'

रावण धीमे और डरावने अंदाज़ में अपने सिंहासन से उठा, उसके दाहिने हाथ की बंद मुट्ठी में एक लटकन जैसी चीज थी, जिसे उसने गले की स्वर्ण माला में लटकाया हुआ था। जैसे ही रावण की मुट्ठी खुली, तो दशरथ की आंखें आतंक से फैल गईं। वह लटकन वास्तव में दो इंसानी उंगलियों की हड्डी से बनी थी—हड्डियों को बड़ी सफाई से स्वर्ण में पिरोया गया था। जब रावण ने उस वीभत्स प्रतीक को अपनी मुट्ठी में वापस पकड़ा, तो यूं लगा मानो उसमें बुरी शक्ति का समावेश होने लगा।

दशरथ अविश्वास से उसे तक रहे थे। उन्होंने ऐसे राक्षसों के बारे में सुना था, जो दुश्मनों के कपाल से उनका खून और मदिरा पीते थे, और बाद में उनका कोई अंग विजय के प्रतीक स्वरूप अपने पास रख लेते थे। लेकिन यहां एक योद्धा खड़ा था, जिसने अपने दुश्मन के अंग को अपने गले में पहन रखा था! *यह दानव आख़िर है कौन?*

'मैं यकीन दिलाता हूं, मैं आपका इंतज़ार करूंगा,' रावण ने कुछ व्यंग्य से कहा, उसे दशरथ को यूं भय से अपनी ओर देखते हुए मजा आ रहा था।

'मैं आपका खून चूसने का आनंद लेना चाहता हूं।'

रावण मुड़ा और झटके से शिविर से बाहर चला गया। कुबेर भी अपने अंगरक्षकों के साथ वहां से, भय से लड़खड़ाता हुआ निकला।

दशरथ क्रोध से उबल रहे थे। 'कल हम इन कीड़े-मकोड़ों को मसल डालेंगे। लेकिन कोई भी उस आदमी को हाथ नहीं लगाएगा,' उन्होंने गरजकर कहा, उनका इशारा उस बदजात रावण की ओर था। 'उसे मैं ही मारूंगा! सिर्फ मैं!'

जैसे-जैसे वो घड़ी नजदीक आ रही थी, दशरथ का गुस्सा बढ़ता जा रहा था। 'मैं खुद उसके शरीर के टुकड़े-टुकड़े करके, उन्हें कुत्तों के सामने फेंक दूंगा!' वह चिल्लाए।

कैकेयी स्थिर बैठी, अपने पति को पड़ाव के शाही शिविर में इधर से उधर चक्कर लगाते हुए देख रही थीं। वह युद्ध के दौरान हमेशा अपने पति के साथ रहती थीं।

'मुझसे इस तरह बात करने का साहस उसका हुआ कैसे?'

कैकेयी बारीकी से दशरथ के हाव-भाव को परख रही थीं। वह लंबे, रूपवान और सर्वोत्तम क्षत्रिय थे। करीने से तराशी गई मूंछें, उनके व्यक्तित्व को निखारती थीं। मज़बूत क़द-काठी, और कसे हुए शरीर के सामने आयु भी झूठी पड़ जाती थी। बालों के बीच उभर आई एक सफेद लट उनकी गरिमा को प्रतिबिंबित कर रही थी। यहां तक कि सोमरस (मुनियों द्वारा खास शाही व्यक्तियों के लिए तैयार किया गया रहस्यमय पेय, जिससे प्रौढ़ावस्था को नियंत्रित किया जा सकता था) भी हमेशा युद्धरत रहने वालों के लिए इतना अच्छा प्रभाव उत्पन्न नहीं कर पाता था।

'मैं सप्तसिंधु का सम्राट हूं!' अपनी छाती पर हाथ मारते हुए दशरथ चिल्लाए। 'उसकी इतनी हिम्मत हुई कैसे?'

एकांत में भी, कैकेयी ने अपने पति से बात करते हुए वही विनीत व्यवहार अपनाया, जैसा कि वह उनसे सार्वजनिक स्थल पर बात करते हुए बरतती थीं। उन्होंने कभी दशरथ को इतना क्रोधित नहीं देखा था।

'प्रिय,' कैकेयी ने कहा। 'इस क्रोध को कल के लिए बचाकर रखिए।

अपना भोजन कर लीजिए। आपको कल के युद्ध के लिए बल की आवश्यकता होगी।'

'उस बदजात को ज़रा ख्याल भी है कि उसने किसे चुनौती दी है? मैं अपने जीवन में कोई युद्ध नहीं हारा हूं!' दशरथ अपनी ही धुन में बोल रहे थे, उन्हें कैकेयी की बात का ख्याल भी नहीं था।

'और आप कल के संग्राम में भी विजयी रहेंगे।'

दशरथ कैकेयी की तरफ मुड़े। 'हां, मैं कल भी जीतूंगा। और उसके शव को टुकड़ों में काटकर कुत्तों और सुअरों को खिला दूंगा!'

'अवश्य ही, प्रिय। आप इस पर दृढ़ हैं।'

दशरथ गुस्से से फुंफकारे, और मुड़कर शिविर से बाहर जाने लगे। लेकिन अब कैकेयी खुद पर काबू नहीं कर सकीं।

'दशरथ!' उन्होंने कुछ सख्ती से कहा।

दशरथ वहीं ठहर गए। उनकी प्रिय पत्नी इस अंदाज़ में उनसे तभी बात करती थीं, जब आवश्यक होता था। कैकेयी उनके पास गईं, और उनका हाथ पकड़कर उन्हें भोजन-पीठिका तक ले आईं। कैकेयी ने दशरथ के कंधों पर हाथ रखकर उन्हें आसन पर बैठाया। फिर रोटी का निवाला तोड़कर, सब्जी के साथ उनके मुंह के सामने किया। 'अगर आप भोजन और रात की नींद पूरी नहीं करेंगे, तो उस राक्षस को नहीं हरा पाएंगे,' उन्होंने फुसफुसाते हुए कहा। दशरथ ने मुंह खोल दिया, और कैकेयी ने भोजन का निवाला उन्हें खिला दिया।

अध्याय 3

बिस्तर में लेटी हुई अयोध्या की रानी, कौशल्या बेहद दुर्बल और क्लांत लग रही थीं। चालीस वर्ष की आयु में, असमय हुए सफेद बाल, उनकी चमकदार व बेदाग त्वचा के साथ बेमेल लग रहे थे। यद्यपि उनका क़द कुछ छोटा था, लेकिन वह एक दृढ़ महिला थीं। एक ऐसे समाज में जहां महिला का मान उसके वारिस देने की क्षमता से आंका जाता था, वहां संतानविहीन होने ने उनके चेतन को भेद दिया था। राजा दशरथ की पहली रानी होने के बावजूद भी, दशरथ उन्हें सिर्फ कुछ विशेष आयोजनों पर ही साथ रखते थे। बाकी समय, वह उपेक्षा भरा जीवन जीती थीं, यही वो बात थी, जो उन्हें अंदर ही अंदर खाए जा रही थी। वह बस यही चाहती थीं कि जो प्यार दशरथ कैकेयी को करते हैं, उसका एक भाग भी उन्हें मिल पाए।

वह जानती थीं कि वारिस, शायद दशरथ के बड़े बेटे को जन्म देने के बाद उनकी स्थिति में कुछ सुधार आएगा। इसीलिए उनका उत्साह आज चरम पर था, हालांकि उनका शरीर काफी कमज़ोर था। वह पिछले सोलह घंटों से प्रसव-वेदना से गुज़र रही थीं, लेकिन उनके मन में उस दर्द का तनिक अहसास नहीं था। वह दृढ़ता से इस मैदान में जमी थीं, उन्होंने वैद्य को शल्य चिकित्सा के जरिए बच्चे को बाहर निकालने की अनुमति नहीं दी थी।

'मेरा बेटा प्राकृतिक तरीके से जन्म लेगा,' कौशल्या ने दृढ़ता से घोषणा कर दी थी।

प्राकृतिक तरीके से पैदा होने को ज़्यादा मांगलिक माना जाता था। वह बच्चे के भाग्य के साथ कोई जोखिम नहीं लेना चाहती थीं।

'एक दिन वह राजा बनेगा,' कौशल्या ने कहना जारी रखा। 'वह शुभ क़दमों से ही इस दुनिया में आएगा।'

नीलांजना ने आह भरी। उसे पता भी नहीं था कि वह बच्चा लड़का ही होगा या नहीं। लेकिन वह अपनी महारानी के उत्साह में कोई खलल नहीं डालना चाहती थी। उसने रानी को कुछ दर्द निवारक बूटियों का लेप लगाकर, कुछ और समय दे दिया। वैद्य आदर्शरूप से बच्चे का जन्म दोपहर से पहले करवाना चाहते थे। शाही ज्योतिषी की गणना के अनुसार उसे चेतावनी मिली थी कि अगर बच्चे का जन्म उसके बाद हुआ, तो उसे जीवन में कड़े संघर्ष करने पड़ेंगे। दूसरी ओर, अगर बच्चा सूर्य के चरमबिंदु तक पहुंचने से पूर्व हो जाता है, तो उसका नाम आने वाली शताब्दियों में याद किया जाएगा।

नीलांजना ने प्रहर कंदील पर नज़र डाली, जिसके अनुसार मध्य की छह घड़ी बीत चुकी थीं। सूर्य निकल चुका था और वह दूसरे प्रहर का तीसरा घंटा था। अगले तीन घंटे के बाद मध्यान्ह समय आ जाएगा। नीलांजना ने मध्यान्ह से पूर्व आधे घंटे तक इंतज़ार करने का निर्णय लिया, और अगर तब तक भी बच्चे का जन्म नहीं हुआ, तो उसे शल्य चिकित्सा करनी होगी।

कौशल्या प्रसव पीड़ा की एक और लहर से पीड़ित हो रही थीं। उन्होंने अपने होंठ सख्त भींचकर, मन ही मन उस भगवान की आराधना शुरू कर दी, जिसका नाम उन्होंने बच्चे को देने का निर्णय किया था। इसने उन्हें हिम्मत दी, वह कोई साधारण नाम नहीं था। जो नाम उन्होंने चुना वह विष्णु के छठे अवतार का था।

'विष्णु' उपाधि उन महान अग्रेताओं को दी जाती थी, जिन्हें अच्छाई के प्रचारक के रूप में याद किया जाता था। जिन छठे व्यक्ति को यह उपाधि मिली वह प्रभु परशु राम थे। उन्हें इसी नाम से जनसामान्य में जाना जाता था। *परशु* का मतलब है फरसा (कुल्हाड़ी), और यह नाम विष्णु के छठे अवतार से इसीलिए जुड़ा होगा, क्योंकि युद्ध में उनका पसंदीदा हथियार फरसा था। जन्म के समय उनका नाम राम था। यही वह नाम था, जिसे कौशल्या मन ही मन दोहरा रही थीं।

राम... राम... राम... राम...

दूसरे प्रहर की चौथे घंटे तक दशरथ युद्ध के लिए तैयार हो गए थे। पिछली

रात वह मुश्किल से ही कुछ पल के लिए सो पाए होंगे, उनके आत्मसम्मान पर लगी ठेस ने उन्हें एक पल के लिए चैन नहीं लेने दिया। उन्हें जीवन में कभी भी युद्ध के दौरान हार का सामना नहीं करना पड़ा था, लेकिन यहां बात सिर्फ जीत की ही नहीं थी। उनके बस में अब सिर्फ प्रतिशोध ही था, जिसके जरिए वह उस किराए के सैनिक व्यापारी को कुचलकर, उसके प्राणों को शरीर से मुक्त कर देंगे।

अयोध्या के सम्राट ने अपनी सेना को सूची व्यूह के रूप में संगठित किया। ऐसा इसलिए किया गया क्योंकि कुबेर की सेना ने करछप किले के आसपास घनी कंटीली झाड़ियों को लगा दिया था, जिससे उस तटीय शहर में ज़मीन के रास्ते जा पाना लगभग असंभव था। दशरथ की सेना उन झाड़ियों को हटाकर किले में जाने वाले रास्ते को साफ कर सकती थी, लेकिन उसमें कई सप्ताह लग जाते। कुबेर की सेना ने करछप किले के आसपास की सारी ज़मीन को जला डाला था, जिससे भोजन और पानी की अनुपस्थिति में दशरथ की सेना वहां ज़्यादा दिन तक टिक नहीं सकती थी। उन्हें खाद्य सामग्री की कमी होने से पहले ही हमला करना था।

उससे भी ज़्यादा ज़रूरी, दशरथ उस समय धैर्य रखने की स्थिति में नहीं थे। इसीलिए उन्होंने उसी तंग जगह से हमला करने की योजना बनाई, जो महल में जाने के लिए खुली हुई थी, और वह था समुद्री तट।

सामान्यतः तट बड़ा था, लेकिन इतना भी नहीं कि वहां पूरी सेना आ सके। तो दशरथ को सूची व्यूह का ही सहारा लेना पड़ा। अच्छे सैनिक, सम्राट के साथ इस व्यूह में सबसे आगे खड़े होने वाले थे, जबकि बाकियों को पीछे पंक्ति में आना था। उन्हें निर्देश थे कि जब व्यूह की पहली पंक्ति लंका की सेना पर हमला करके मार्ग खाली करेगी, तो उसके कुछ पल बाद दूसरी को आगे आना था। यह सप्तसिंधु के वीर योद्धाओं का बेहद निर्मम प्रहार होने वाला था, जिसका मकसद कुबेर की सेना को छितराना और तबाह करना था।

अश्वपति अपने घोड़े को ऐंड़ लगाकर कुछ क़दम आगे आए, और दशरथ के सामने ठहरे।

'महाराज,' उन्होंने कहा। 'क्या आप इस युक्ति से संतुष्ट हैं?'

'राजा अश्वपति, मैं आपके मुख से कोई अन्यथा विचार नहीं सुनना चाहता!' दशरथ ने कहा, उन्हें भी अपने ससुर के लिए कहे गए ऐसे शब्दों पर हैरानी थी। भारतवर्ष के विजयी सफर में वह उनके सबसे विश्वसनीय

मित्र रहे थे।

'मैं बस सोच रहा था कि हम अपनी भारी सेना का पूरा फायदा संख्या के हिसाब से नहीं उठा रहे। सामने से हमला करते समय, हमारे अधिकांश सिपाही पीछे ही रह जाएंगे। सब एक साथ मुकाबला नहीं कर पाएंगे। क्या यह समझदारी होगी?'

'भरोसा कीजिए, यही एक रास्ता है,' दशरथ ने पूरे विश्वास से कहा। 'अगर हमारा पहला प्रयास नाकाम भी रहता है, तो सिपाही लहर की तरह एक के बाद एक आते रहेंगे। हम जल्द ही कुबेर की नपुंसक सेना की धज्जियां उड़ा देंगे। मुझे इसमें कोई कठिनाई नज़र नहीं आती। हम पहले ही प्रहार में उनका अस्तित्व मिटा देंगे!'

अश्वपति ने बाईं ओर देखा, जहां कुबेर ने समुद्र में लगभग दो किलोमीटर दूर अपने जहाज़ के लंगर डाल रखे थे। उनकी बनावट कुछ अजीब थी। जहाज़ का अग्र भाग असामान्य रूप से चौड़ा था। 'युद्ध में इन जहाज़ों की क्या भूमिका होने वाली है?'

'कुछ नहीं!' दशरथ ने मुस्कुराते हुए अपने ससुर की बात खारिज कर दी। दशरथ को कई समुद्री लड़ाइयों का अनुभव था, लेकिन अश्वपति को नहीं था। 'उन मूर्खों ने तो पोत से चप्पू वाली नौकाओं को भी नीचे नहीं किया है। अगर उन जहाज़ों में उनके अतिरिक्त सैनिक भी हुए, तो भी वो तुरंत आकर युद्ध में शामिल नहीं हो पाएंगे। उन्हें अपनी चप्पू नौका नीचे करने, उनमें सिपाहियों को चढ़ाने और तट तक आकर युद्ध में शामिल होने में कई घंटें लग जाएंगे। तब तक हम किले के अंदर के सिपाहियों का सफाया कर चुके होंगे।'

'किले के बाहर के सिपाहियों का,' अश्वपति ने करछप किले की ओर हाथ करते हुए दशरथ की बात को सुधारा।

अजीब था, रावण मज़बूत किले के अंदर रहने का फायदा छोड़कर, बाहर खुले में लड़ने आ गया था। सैनिकों को अंदर सुरक्षा घेरे में रखने के बजाय, वह लगभग पचास हज़ार सैनिकों के साथ, शहर के बाहर, तट पर युद्ध करने के लिए उपस्थित था।

'अब तक देखी हुई युक्तियों में यह सबसे अजीब है,' अश्वपति ने कुछ भयभीत होकर कहा। 'वह अपनी ताकत का इस्तेमाल क्यों नहीं कर रहा? सेना के पीछे किले की दीवार होने पर, उसके पास तो पनाह लेने के लिए भी कोई जगह नहीं है। रावण आख़िर ऐसा कर क्यों रहा है?'

दशरथ व्यंग्य से हंसे, 'क्योंकि यह प्रतिक्रियावादी मूर्ख है। वह मेरे सामने अपनी वीरता साबित करना चाहता है। ठीक है, जब मेरी तलवार इसकी छाती को भेदेगी, तब वीरता खुद साबित हो जाएगी।'

अश्वपति ने अपना सिर फिर से किले की दीवारों की ओर मोड़ लिया। वह रावण की फौज का निरीक्षण करने लगे। दूर से भी वह भयानक सींगों वाला मुकुट लगाए रावण को देख सकते थे। वह सामने से अपनी सेना का प्रतिनिधित्व कर रहा था।

अश्वपति ने एक नज़र अपनी सेना पर डाली। उनके अपने सैनिक तेज़ आवाज़ में दुश्मनों को ललकार रहे थे, उत्साह से चीत्कार कर रहे थे। उनकी नज़रें फिर से रावण की सेना पर गईं। वहां से कोई आवाज़ नहीं आ रही थी। कोई हलचल नहीं थी। वे पूरी दृढ़ता से सिपाहियों के अनुशासन में खड़े थे।

अश्वपति की रीढ़ में एक सिहरन दौड़ गई।

उनके मन में यह ख्याल आए बिना नहीं रह पाया कि कहीं दशरथ ने लालचियों को तो अपने साथ नहीं ले लिया था।

अगर आप लालच के दम पर मछली पकड़ने जा रहे हो, तो सामान्यत: उसका परिणाम बेहतर नहीं होता।

अश्वपति घबराकर दशरथ की ओर मुड़े, लेकिन सप्तसिंधु के सम्राट तब तक वहां से जा चुके थे।

घोड़े पर सवार दशरथ अपनी सेना के आगे पहुंच गए थे। उन्होंने विश्वस्त नज़रों से अपने लोगों को देखा। वे उपद्रवी, कर्कश लोग थे, जिनके हाथों में नंगी तलवारें थीं। घोड़े भी उस माहौल की उत्तेजना को महसूस कर, पूरी तरह चौकस थे। दशरथ और उनकी सेना दुश्मनों के खून को सूंघ सकती थी, जो जल्द ही बहने वाला था; भयंकर मारकाट! उन्हें पूरा भरोसा था कि विजयश्री उनके साथ थी। *चलो युद्ध का शंखनाद करें!*

दशरथ ने आंखें सिकोड़कर, दूर खड़ी लंका की सेना और उसके प्रधान रावण को देखा। पिघला हुआ क्रोध अब फिर से उनकी रगों में बहने लगा था। उन्होंने अपनी तलवार खींची, और उसे ऊंचा उठाकर तेज़ आवाज़ में हुंकार भरी, 'अयोध्या विजयी रहे!'

अजेय नगरी के विजेता!

यद्यपि उनकी सेना में ज़्यादातर नागरिक ही थे, और उन्हें कौशल राज के झंडे तले युद्ध करने का गर्व था। वे युद्ध के उन्माद में चिल्लाए, 'अयोध्या विजयी रहे!'

दशरथ ने तलवार नीची करके, घोड़े को ऐंड़ दी। 'मार डालो सबको! कोई रहम नहीं!'

'कोई रहम नहीं!' पहली पंक्ति के सिपाही चिल्लाए, और अपने घोड़ों को दौड़ाते हुए, अपने निर्भय स्वामी के पीछे चल दिए।

लेकिन तभी कुछ अनहोनी होने लगी।

दशरथ और उनके श्रेष्ठ योद्धा सूची व्यूह में आगे बढ़ रहे थे। जब वे लंका की सेना की तरफ जा रहे थे, तो रावण का दल अस्थिर खड़ा था। जब शत्रुओं की सेना महज कुछ गज के फासले पर रह गई, तब रावण अपना घोड़ा मोड़कर, प्रथम पंक्ति से हटने लगा। यद्यपि उसके सैनिक अभी भी दृढ़ खड़े थे। इससे दशरथ को और गुस्सा आया। घोड़े को और तेज़ दौड़ाते हुए वह ऊंची आवाज़ में चिल्लाए, और लंका की सेना की पहली पंक्ति में प्रवेश करते हुए रावण की ओर बढ़े।

यही तो रावण चाहता था। लंका की सेना कर्कश स्वर में चिल्लाई और उन्होंने अचानक ही अपनी तलवारें गिरा दीं। वे झुके, और अपने पैरों के पास रखे, असामान्य रूप से बीस फुट लंबे भाले उठा लिए। लकड़ी और धातु से बने वो भाले इतने भारी थे कि उन्हें दो-दो सैनिक मिलकर उठा रहे थे। उनका सिरा तांबे से बना था, जिसे वो सैनिक सीधा सामने से आने वाली दशरथ की घुड़सवार फौज में घोंप रहे थे। वह सिरा सीधा विरोधी सेना के घोड़ों और उनके सवार को छलनी कर रहा था। जैसे-जैसे दशरथ की फौज आगे बढ़ती, वह भाले उनके घोड़ों की पसलियों में घोंपे जाते और उनका सवार धड़ाम से गिर जाता। अचानक ही करछप किले की दीवारों पर लंका की सेना के धनुर्धर दिखाई देने लगे। उनके विशाल धनुषों से गिरे हुए सैनिकों पर लगातार बाणों की वर्षा होने लगी। उनके सटीक निशाने से पलभर में ही सप्तसिंधु की पहली पंक्ति तितर-बितर हो गई।

दशरथ के कई योद्धा, घोड़ों से गिरने के बाद, आमने-सामने की लड़ाई में शहीद हो गए। उनके स्वामी दशरथ अपनी तलवार से मार्ग बनाते हुए आगे बढ़ रहे थे, उनकी राह में जो भी आता मारा जाता। लेकिन अयोध्या के राजा

की नज़रों से उनके सिपाहियों का विनाश छिपा नहीं था, जो तुरंत ही लंका के प्रशिक्षित तलवारबाजों और धनुर्धरों का निशाना बनते जा रहे थे। दशरथ ने अपनी पताका उठाने वाले सैनिक को आदेश दिया कि वह तुरंत ही उस पताका को ऊंची कर दे, जिससे सैनिकों की पिछली पंक्ति सहयोग के लिए आ पहुंचे।

लेकिन चीजें और विकृत होने लगीं।

जहाज़ों पर मौजूद लंका के सिपाहियों ने अचानक ही लंगर उठाने शुरू कर दिए, वे चप्पूओं की मदद से तेज़ी से तट की ओर आने लगे, उनके जहाज़ों में लगे मस्तूल हवा के साथ सामंजस्य बैठाकर तीव्रता से उनकी मदद कर रहे थे। पलभर में जहाज़ों पर से बाणों की वर्षा होने लगी, जिसने दशरथ के नेतृत्व वाली फौज को तितर-बितर कर दिया। जहाज़ पर मौजूद लंका के धनुर्धरों ने सप्तसिंधु की सैनिक पंक्ति को तार-तार कर दिया।

दशरथ की सेना के किसी भी सेनापति को तट पर खड़े दुश्मन के जहाज़ों के बारे में तनिक भी संदेह नहीं था, जिससे वह उनका तोड़ निकाल पाने के लिए कुछ करते। वे नहीं जानते थे कि जहाज़ जलथलचर जीव के समान थे, जिन्हें खासतौर पर कुबेर के जहाज़ अभियंताओं ने तैयार किया था, उन जलयानों की विशेषता थी कि वे ज़मीन पर उतरने के झटके को सह सकते थे। जैसे ही ये जहाज़ भारी बल के साथ तट पर पहुंचे, जहाज़ के सामने का चौड़ा हिस्सा ऊपर से बेलन की तरह लुढ़कता हुआ खुल गया। यह किसी साधारण जहाज़ का बाहरी सिरा नहीं था। वह विशाल कब्जों के माध्यम से जहाज़ के तल से जुड़ा था, जो झटके से रपटवें पाट की तरह रेत पर खुल गया। इसके खुलते ही लंका फौज के घुड़सवार, असामान्य रूप से ऊंचे-ऊंचे घोड़ों के साथ, तेज़ी से बाहर निकल आए। ये घोड़े कुबेर ने पश्चिम से मंगवाए थे। घुड़सवार सेना ने जहाज़ से बाहर, तट पर आकर, रास्ते में आने वाले हर दुश्मन को बेरहमी से काट डाला।

जब, दशरथ किले के पास अपनी सेना की तबाही देख रहे थे, उनकी चेतना उन्हें जता रही थी कि दूर उनकी सेना की आख़री पंक्ति के साथ भी कुछ बुरा हुआ होगा। जब सम्राट ने युद्धरत मानव सागर से परे देखने की कोशिश की, तभी उन्हें अपनी बाईं ओर कुछ अहसास हुआ, और उन्होंने तुरंत ढाल उठाकर लंका के सैनिक की ओर से आते तीर को रोका। वह भयानक रूप से हुंकारते हुए, अपने हमलावर पर टूट पड़े। उनकी तलवार ने खनकते हुए सिपाही के कवच को भेद डाला। लंका का सैनिक पीठ के बल गिरा, उसके चीरे हुए पेट से खून का फव्वारा फूट पड़ा, साथ ही उसकी अंतड़ियां

भी कटकर बाहर निकल आईं। दशरथ के मन में कोई दया नहीं थी, जब वह उस सैनिक को उसके दर्दनाक अंत की ओर छोड़कर पलटे।

'नहीं!' वह चिल्लाए। जो उन्होंने देखा वह एक योद्धा के हृदय को तोड़ने के लिए पर्याप्त था।

करछप किले की दीवारों के पास लंका के धनुर्धरों और पैदल सैनिकों के अनैतिक हमले और पिछली तरफ से उनके घुड़सवारों की अकस्मात् मार से अयोध्या की अजेय सेना का मनोबल टूट गया। दशरथ ने वह दृश्य देखा, जिसकी उन्होंने कभी कल्पना भी नहीं की थी। उनकी सेना के प्रधान सेनापति पीछे हट रहे थे।

'नहीं!' दशरथ ने गरजते हुए कहा। 'युद्ध करो! लड़ो! हम अयोध्यावासी हैं! हम अजेय हैं!'

दशरथ ने आवेश में लंका के एक पराक्रमी योद्धा का सिर धड़ से अलग कर दिया। जब वह लंका की अंतहीन सेना के दूसरे सिपाही पर टूटने लगे, तभी उनकी नज़र इस विनाश के संचालक दैत्य पर पड़ी। घोड़े पर सवार रावण, तट पर घुड़सवार सेना का निरीक्षण कर रहा था। यह लंका का एकमात्र ऐसा क्षेत्र था, जो अयोध्या की पैदल सेना के जवाबी हमले के लिए खुला था। अपनी दक्ष घुड़सवार सेना के साथ, रावण भयानक चीत्कार कर, मार्ग में आने वाली अयोध्या की पैदल सेना को काट रहा था, इससे पहले कि वे फिर से एकत्रित हो पाते। यह महज युद्ध नहीं था। यह नरसंहार था।

दशरथ जानते थे कि वह युद्ध हार चुके थे। वह यह भी जानते थे कि हार का सामना करने से बेहतर था मर जाना। लेकिन उनकी एक अंतिम इच्छा थी। वह लंका के इस नरपिशाच का सिर धड़ से अलग कर देना चाहते थे।

'यााााााााह!' दशरथ चिल्लाए, जब उन्होंने लंका के उस सैनिक का हाथ कलाई से अलग कर दिया, जिसने उनके ऊपर हमले के लिए छलांग लगाई थी। अपने दुश्मन को अलग फेंकते हुए, दशरथ अधीरता से रावण तक पहुंचना चाहते थे। तभी उन्हें अपनी पिंडली में कुछ घुसता हुआ महसूस हुआ, और शोरगुल के बावजूद भी हड्डी टूटने की आवाज़ सुनाई दी।

सप्तसिंधु का पराक्रमी सम्राट चिल्लाते हुए घूमा और उसने अपनी तलवार से लंका के उस सैनिक का सिर कलम कर दिया, जिसने युद्ध के नियम तोड़े थे। तभी उनकी पीठ पर एक ज़ोरदार प्रहार हुआ। वह बचाव के लिए पलटे, लेकिन अपनी टूटी टांग की वजह से ऐसा नहीं कर पाए। जैसे

ही वह आगे को गिरे, उन्हें अपनी छाती में कोई पैनी चीज उतरती महसूस हुई। *किसी ने उन्हें छुरा घोंपा था।* उन्हें घाव उतना गहरा नहीं महसूस हुआ। *या शायद वह उनकी सोच से भी पार गया था? शायद अब उनके शरीर को किसी दर्द का अहसास नहीं हो रहा था...* उन्हें एक अंधेरा सा घिरता महसूस हुआ। गिरते समय उन्हें एक दूसरे सिपाही का सहारा मिल गया, जो लड़ते हुए शहीद होकर गिर रहा था। उनकी आंखें धीरे-धीरे बंद हो रही थीं, वह मन ही मन आख़री प्रार्थना बुदबुदा रहे थे; उस प्रभु की जिनकी वह आराधना करते थे: दुनिया को थामने वाले, स्वयं भगवान सूर्य की।

प्रभु सूर्य यह सब देखने के लिए मुझे जीवित मत छोड़ना। मुझे मुक्ति मिल जाए। मुझे मुक्ति मिल जाए...

यह तबाही है!

घबराए हुए अश्वपति, अपने श्रेष्ठ योद्धाओं के साथ, घोड़े पर सवार होकर रणक्षेत्र की ओर चल दिए। उन्हें करछप किले के पास पहुंचने के लिए, शवों के बीच रास्ता बनाते हुए निकलना पड़ रहा था। वहीं पर सम्राट दशरथ के मिलने की संभावना थी, जो शायद बुरी तरह से घायल थे।

अश्वपति जानते थे कि युद्ध हारा जा चुका था। सप्तसिंधु के योद्धा बड़ी संख्या में इस नरसंहार की भेंट चढ़े थे। वह अब बस सम्राट को बचाना चाहते थे, जो उनके दामाद भी थे। उनकी कैकेयी यूं विधवा नहीं हो सकती थी।

रणक्षेत्र में रास्ता बनाने के लिए उन्हें भारी दिक्कतों का सामना करना पड़ रहा था। करछप की दीवारों से होती बाण वर्षा से बचने के लिए उन्होंने एक हाथ से अपनी ढाल पकड़ी हुई थी।

'वहां!' एक सैनिक ने चिल्लाते हुए कहा।

अश्वपति ने दशरथ के लगभग निष्प्राण शरीर को दो मरे हुए सैनिकों के नीचे दबे देखा। उनके दामाद ने मज़बूती से तलवार थाम रखी थी। कैकेय नरेश तुरंत घोड़े से उतर गए, जबकि अन्य दो सैनिक उन्हें सुरक्षा देने के लिए तुरंत भागे। अश्वपति दशरथ को खींचकर अपने घोड़े के पास ले आए, और सम्राट के घायल शरीर को घोड़े की जीन पर रख दिया। फिर वह भी कूदकर उस पर सवार हो गए, और कांटेदार झाड़ियों से होते हुए वापस जाने लगे।

जहां झाड़ियां खत्म होती थीं, वहीं कैकेयी अपने रथ के साथ दृढ़ खड़ी

थीं। उनका आचरण सराहनीय रूप से शांत था। जब उनके पिता का घोड़ा नज़दीक आया, तो उन्होंने आगे बढ़कर दशरथ के औंधे शरीर को खींचकर रथ में रख दिया। उन्होंने पलटकर अपने पिता की ओर नहीं देखा, जो खुद भी अनेकों तीर लगने से घायल थे। उन्होंने लगाम संभाली और अपने रथ में लगे घोड़ों को हांक दिया।

'ह्याह!' झाड़ियों में जाते ही कैकेयी चिल्लाईं। कांटे घोड़ों को चीर रहे थे, चीरी हुई जगह से मांस भी बाहर निकलने लगा था। लेकिन कैकेयी उन्हें मज़बूती से आगे बढ़ने के लिए हांकती रहीं। खून से लथपथ और थके हुए जीव जल्द ही, झाड़ियों से निकलकर साफ ज़मीन पर आ गए।

आख़िरकार कैकेयी ने लगाम खींचकर, पीछे मुड़कर देखा। पीछे झाड़ियों में से उनके पिता और अंगरक्षक रावण की सेना के एक झुंड का पीछा करते हुए भाग रहे थे। कैकेयी तुरंत समझ गईं कि उनके पिता क्या कर रहे थे। वह उन्हें रावण के सैनिकों से बचा रहे थे।

सूर्य जल्द ही अपने चरम पर पहुंचने वाला था। दोपहर बस होने ही वाली थी।

कैकेयी ने कोसा। *लानत है तुम पर प्रभु सूर्य! आपने अपने सबसे समर्पित भक्त के साथ आख़िर ऐसा होने कैसे दिया?*

वह अपने अचेतन पति के सामने झुकीं, अपने अंगवस्त्र से एक बड़ा टुकड़ा फाड़कर उन्होंने दशरथ की छाती पर बांध दिया, जहां से काफी मात्रा में खून बह रहा था। खून के प्रवाह को किसी तरह रोककर, वह खड़ी हुईं और फिर से लगाम संभाल ली। वह फूट-फूटकर रोना चाहती थीं, लेकिन अभी समय नहीं था। उन्हें पहले अपने पति का जीवन बचाना था। उन्हें विवेक से काम लेना था।

उन्होंने घोड़ों को देखा। उनके जख्मों से खून बह रहा था, और जगह-जगह मांस लटकने लगा था। वे बुरी तरह हांफ रहे थे, कांटेदार झाड़ियों के बीच से रथ खींचते हुए वह चूर हो गए थे। लेकिन वह उन्हें आराम नहीं दे सकती थीं। अभी तो बिल्कुल नहीं।

'मुझे माफ कर दो,' लगाम उठाते हुए कैकेयी फुसफुसाईं।

चाबुक हवा में उछलता हुआ, निर्दयता से घोड़ों पर पड़ा। रहम के लिए हिनहिनाते हुए, वे आगे बढ़ने से इंकार कर रहे थे। कैकेयी ने चाबुक फिर से चलाया, घोड़े आगे बढ़ने को मजबूर हुए।

'चलो!' बेरहमी से घोड़ों को हांकती हुई कैकेयी चिल्लाईं, इस मुश्किल समय में उनके पास और कोई रास्ता नहीं था।

उन्हें अपने पति की जान बचानी ही थी।

अचानक एक तीर, तेज़ी से गुज़रता हुआ उनके रथ के बाहरी ओर जा घुसा। कैकेयी चौकस हो गईं। रावण का एक घुड़सवार अभी भी उनके पीछे लगा था।

कैकेयी ने मुड़कर अपने घोड़ों को तेज़ी से हांका। 'तेज़! और तेज़ चलो!'

हालांकि वह बेसुधी में अपने घोड़ों को हांक रही थीं, लेकिन अपनी बुद्धिमत्ता का प्रयोग करते हुए, उन्होंने अपने शरीर को अपने पति के कवच के रूप में झुका लिया।

रावण का यह शैतान एक निशस्त्र स्त्री पर तो हथियार नहीं ही उठाएगा।

उन्होंने ग़लत सोचा था।

उन्हें एक तीर सन्न से आता हुआ सुनाई दिया, उसने उनकी पीठ पर एक ज़ोरदार प्रहार किया। इससे वह तेज़ी से आगे को झुकीं और उनका सिर झटके से पीछे हुआ। उनकी आंखें आसमान की तरफ़ थीं, कैकेयी दर्द से कराहीं। लेकिन उन्होंने जल्द ही खुद को नियंत्रित कर लिया, उनकी चेतना उन्हें अपने दर्द से ऊपर उठकर सोचने को मजबूर कर रही थी।

'और तेज़!' अपने घोड़ों को हांकते हुए वह चिल्लाईं।

एक और तीर सन्न से उनके कान के पास से गुज़र गया। उनका सिर उस तीर से बस रत्ती भर ही बच पाया था। कैकेयी ने एक नज़र अपने पति के अचेतन शरीर पर डाली, जो ऊबड़-खाबड़ रास्तों पर चलते रथ की वजह से उचक रहा था।

'तेज़ चलो!'

उन्हें एक और तीर आता सुनाई दिया, पलभर में ही उस तीर ने दाहिने हाथ की तर्जनी को काटकर, पत्थर की तरह फेंक दिया। इस अकस्मात् प्रहार से उनके हाथों से लगाम छूट गई। उनका मस्तिष्क दूसरे प्रहारों के लिए तैयार हो गया था, और शरीर दर्द के लिए। वह न तो चिल्लाईं, न ही रोईं।

उन्होंने शीघ्रता से झुककर लगाम फिर से उठा ली और उसे लहूलुहान दाहिने हाथ से बाएं में ले लिया। वह और भयानक रूप से घोड़ों को हांकने

लगीं।

'भागो! तुम्हारे सम्राट का जीवन खतरे में है!'

उन्हें एक दूसरे तीर की झन्नाहट सुनाई दी। दूसरे प्रहार के लिए उन्होंने खुद को तैयार कर लिया; लेकिन उन्हें पीछे से अपने दुश्मन की चीख सुनाई दी। तिरछी नज़रों से उन्होंने अपने शत्रु को गिरते हुए देखा; तीर उसकी दाहिनी आंख में लगा था। उसके पीछे घुड़सवारों का एक दल आ रहा था; कैकेयी के पिता और उनके अंगरक्षकों का। बाणों की वर्षा ने लंका के उस घुड़सवार को घोड़े से गिरा दिया, हालांकि उसका एक पैर अभी भी रकाब में ही फंसा हुआ था। वह काफी दूर तक ऐसे ही भागते घोड़े के साथ रगड़ता हुआ गया, उसका सिर रास्ते में आने वाले पत्थरों से फट गया।

कैकेयी की नज़रें फिर से आगे थीं। अपने दुश्मन की बेरहम मौत देखने का समय उनके पास नहीं था। *दशरथ को बचाना ज़रूरी था।*

घोड़ों को हांकने की आवाज़ ही निरंतर आ रही थी।

'तेज़ चलो! और तेज़!'

नीलांजना बच्चे की पीठ थपथपा रही थी। वह सांस नहीं ले रहा था।

'सांस लो! रोओ!'

कौशल्या बेचैनी से देख रही थीं, वह काफी लंबी प्रसव-पीड़ा से गुज़री थीं। उन्होंने कोहनियां टेककर उठने की कोशिश की। 'क्या हुआ? मेरे बच्चे को क्या हुआ?'

'रानी को आराम से लेटाओ।' नीलांजना ने रानी की देखभाल में खड़ी परिचारिका को डांटते हुए कहा।

परिचारिका ने भागकर रानी के कंधों को पकड़कर, उन्हें लेटाने की कोशिश की। बुरी तरह से थकी हुई कौशल्या ने लेटने से मना कर दिया। 'उसे मुझे दो!'

'महारानी...' नीलांजना ने भरी आंखों से कहा।

'उसे मेरे पास लाओ!'

'मुझे नहीं लगता वह...'

'उसे अभी मुझे दो!'

नीलांजना ने तुरंत बेजान बच्चा कौशल्या की गोद में डाल दिया। रानी ने अपने अविचल बच्चे को सीने से लगाया। तुरंत ही बच्चे में हरकत हुई, और उसने कौशल्या की लंबी लट अपनी नन्हीं हथेली में पकड़ ली।

'राम!' कौशल्या ने खुशी से कहा।

किलकारी मारकर रोते हुए राम ने पहली सांस ली, और इस दुनिया में दस्तक दी।

'राम!' कहते हुए कौशल्या रो पड़ीं, खुशी के आंसू उनके गालों पर बह रहे थे।

अपनी छोटी हथेली में, मां की लट पकड़े राम ज़ोर-ज़ोर से रो रहे थे। मुंह खोलकर रोते हुए वह मानो दूध मांग रहे थे।

नीलांजना के कानों में जब बच्चे के रोने की आवाज़ पड़ी, तो वह खुद ही बच्चों की मानिंद रो पड़ी। उसकी स्वामिनी ने खूबसूरत बेटे को जन्म दिया था। अयोध्या के युवराज ने जन्म ले लिया था!

अपनी खुशी के बावजूद, नीलांजना अपना काम नहीं भूली थी। जन्म का सटीक समय दर्ज करने के लिए उसने कोने में रखी प्रहर घड़ी पर नज़र डाली। वह जानती थी कि शाही ज्योतिषी को इसकी ज़रूरत होगी।

समय दर्ज करते समय एक बार को उसकी सांस अटक गई।

प्रभु रुद्र, कृपा करें!

ठीक मध्यान्ह का समय हो चला था।

'इसका क्या तात्पर्य है?' नीलांजना ने पूछा।

शाही ज्योतिषी स्तब्ध थे।

सूर्य क्षितिज में डूबने वाला था और राम व कौशल्या गहरी नींद में सो चुके थे। नीलांजना आख़िरकार शाही ज्योतिषी के शिविर में राम के भविष्य की चर्चा करने पहुंच गई थी।

'आपने कहा था कि अगर उनका जन्म मध्यान्ह से पूर्व होगा तो इतिहास में उनका नाम हमेशा अमर रहेगा,' नीलांजना ने कहा। 'और अगर वह मध्यान्ह के बाद पैदा हुए तो उन्हें दुर्भाग्य का सामना करना पड़ेगा। उन्हें कोई निजी सुख नहीं मिलेगा।'

'क्या तुम्हें पूरा यकीन है कि वह ठीक मध्यान्ह घड़ी में पैदा हुए?' ज्योतिषी ने पूछा। 'न पहले? न बाद में?'

'हां, मुझे पूरा यकीन है! ठीक मध्यान्ह में।'

ज्योतिषी ने गहरी सांस ली, और एक बार फिर से विचारमग्न हो गए।

'इसका क्या मतलब है?' नीलांजना ने पूछा। 'उनका भविष्य कैसा होगा? क्या वह महान बनेंगे, या दुर्भाग्य का सामना करेंगे?'

'मैं नहीं जानता।'

'क्या मतलब आप नहीं जानते?'

'मेरा मतलब, मैं नहीं जानता!' ज्योतिषी ने कहा, वह अपनी झुंझलाहट छिपा पाने में असफल रहे।

नीलांजना ने खिड़की से बाहर, दूर तक फैले हुए शाही बगीचे को देखा। महल एक पहाड़ी पर स्थित था, जो अयोध्या की सबसे ऊंची चोटी थी। उसने शहर की दीवारों से बाहर, खाली नज़रों से, बहते पानी को देखा। वह जानती थी कि उसे क्या करना था। जन्म का समय दर्ज करना उसके हाथ में था, और उसे उसमें मध्यान्ह *नहीं भरना था*। कोई इतना बुद्धिमान कैसे हो सकता था? उसने तय कर लिया था: राम का जन्म मध्यान्ह से एक पल पहले हुआ था।

वह ज्योतिषी की ओर घूमी। 'आपको जन्म के समय के बारे में ख़ामोश रहना होगा।'

उसे कोई सफाई नहीं देनी पड़ी। ज्योतिषी, जो कौशल राज से ही थे, वह इसकी महत्ता जानते थे। उनकी स्वामीभक्ति भी उतनी ही पक्की थी, जितनी नीलांजना की थी।

'ज़रूर।'

अध्याय 4

महर्षि वशिष्ठ अयोध्या किले के द्वार पर पहुंचे, उनके पीछे सम्मानीय दूरी पर कुछ अंगरक्षक थे। जैसे ही द्वारपाल ने उन्हें देखा, वे हैरान रह गए कि अयोध्या के राजगुरु इतनी सुबह कैसे आए।

द्वारपाल ने कुछ झुककर, हाथ जोड़कर प्रणाम किया, 'प्रणाम महर्षि।'

वशिष्ठ ने रुककर उसके प्रणाम के जवाब में नरमी से सिर हिलाया।

दुबली-लंबी क़द काठी के वशिष्ठ शांत व आत्मविश्वासी चाल से चलते थे। उनकी धोती और अंगवस्त्र सफेद थे, शुद्धता के प्रतीक। मुंडे हुए सिर पर, पीछे बंधी शिखा उनके ब्राह्मणत्व को दर्शाती थी। सफेद बलखाती दाढ़ी, शांत व सौम्य नेत्र और झुर्रीदार चेहरा उनके भीतरी तेज़ का प्रतिबिंब था।

यद्यपि, अजेय नगरी, अयोध्या के परकोटे पर बनी विशाल नहर की ओर जाते हुए वशिष्ठ किन्हीं विचारों में गुम थे। वह अपने किसी मंतव्य को लेकर दुविधा में थे।

छह साल पहले, रावण की बर्बर जीत ने सप्तसिंधु की सेना को तबाह कर दिया था। हालांकि उसके सम्मान की धज्जियां उड़ गई थीं, लेकिन अयोध्या के आधिपत्य को उत्तर भारत के किसी साम्राज्य ने चुनौती नहीं दी थी, उस दुर्भाग्यपूर्ण दिन उनके अधीनस्थ हर साम्राज्य की इज्जत लहूलुहान हुई थी। अपने घावों पर मरहम लगाते हुए, किसी ने भी *कमज़ोर* अयोध्या के सामने खड़े होने की हिम्मत नहीं दिखाई थी। दशरथ ही सप्तसिंधु के सम्राट बने रहे थे, हालांकि अब वह पहले की तरह संपन्न और शक्तिशाली नहीं थे।

बेरहम रावण ने जीत का कर अयोध्या से वसूला था। उस अपमानजनक हार के बाद नियत कर में भारी कमी करके उसने सप्तसिंधु के ज़ख्मों पर नमक छिड़का था। साथ ही, अब वह सप्तसिंधु से कच्चा सामान भी पहले की तुलना में कम दामों पर खरीदता था। निस्संदेह इससे लंका रातोंरात संपन्न होती चली गई, और अयोध्या व उत्तर भारत के दूसरे राज्य गरीबी के दलदल में धंस गए। ऐसी अफवाह भी थी कि उस राक्षस नगरी की तो सड़कें भी स्वर्ण से मंढ़ी हुई थीं!

वशिष्ठ ने हाथ उठाकर, पीछे आ रहे अंगरक्षकों को और आगे आने से रोक दिया। वह नहर के किनारे बनी आच्छादित मेंढ़ पर चलने लगे। उन्होंने नज़रें उठाकर नहर की लंबाई में बनी उत्कृष्ट भीतरी छत को देखा। फिर उन्होंने सामने बहते जल के असीमित विस्तार को देखा। कभी यह अयोध्या की अपरिमित संपन्नता का प्रतीक हुआ करता था, लेकिन अब यह अवसाद और निर्धनता को ही दर्शा रहा था।

नहर का निर्माण कुछ सदी पूर्व, सम्राट अयुतायुस ने शक्तिशाली सरयु नदी के जल को खींचकर करवाया था। इसका विस्तार दिव्य था। यह अयोध्या की दीवारों के साथ-साथ पचास किलोमीटर के दायरे तक फैली थी। इसकी चौड़ाई विशाल थी, जो किनारों पर दो-ढाई किलोमीटर और बढ़ जाती थी। इसकी संग्रहण क्षमता इतनी अधिक थी कि इसके निर्माण के पहले कुछ सालों में नदी के आसपास के कई राज्यों ने पानी की तंगी की शिकायत की थी। उनकी आपत्ति को अयोध्या के शक्तिशाली योद्धाओं ने यूं ही कुचलकर रख दिया था।

इस नहर का मुख्य उद्देश्य सैन्य संबंधित था। यह एक प्रकार की खाई थी। सही मायनों में तो यह खाइयों की भी मां थी, जो चारों ओर से नगर की दीवारों की रक्षा करती थी। संभावित हमलावरों को नगर पर चढ़ाई करने से पूर्व उस विशाल नदी समान नहर को पार करना पड़ता। ऐसे साहसी मूर्खों को बड़ी आसानी से अपराजेय शहर की ऊंची दीवारों पर लगी तोपों का निशाना बनाया जा सकता था। नहर पर चार दिशाओं में चार पुल बनाए गए थे। इन पुलों से नगर में आने के लिए भारी द्वार बनाए गए थे, जिन्हें उत्तर द्वार, पूर्व द्वार, दक्षिण द्वार और पश्चिम द्वार के नाम से जाना जाता था। प्रत्येक पुल को दो भागों में बांटा गया था। हर भाग की अपनी मीनार और कलदार पुल था, जो नहर की दो तरफा सुरक्षा सुनिश्चित करता था।

फिर भी, विशाल नहर को किसी क्षति से बचाने के लिए उसका अपना

सुरक्षात्मक ढांचा भी था। अयोध्यावासियों के लिए वह नहर एक धार्मिक प्रतीक थी। उनके लिए, विशाल नहर का गहरा, अथाह और शांत जल, उस समुद्र के समान था; जो पौराणिक, आदिम, शून्यता में सृजन का स्रोत बना। ऐसा माना गया कि करोड़ों वष पूर्व, उस आदिम समुद्र के केंद्र में, एकम् के विभिन्न भागों में टूटने से ब्रह्मांड का जन्म हुआ और सृजन का चक्र चल निकला।

अगम्य नगरी अयोध्या को धरती पर उस परमपिता प्रभु के प्रतिनिधि के रूप में देखा गया, जिसके निराकार रूप को आज ब्रह्म या परमात्मा के रूप में जाना जाता है। उस परमात्मा को हर जीव में विद्यमान माना गया। कुछ पुरुष व महिलाएं अपने अंदर के परमात्मा को पहचान कर, खुद भगवान स्वरूप में आए। इन भगवानों को मूर्त रूप में अयोध्या के विभिन्न मंदिरों में पूजा गया। छोटे से द्वीप पर जहां विशाल नहर बनी, वहीं उस प्रभु के पूजन के लिए मंदिर भी बने।

हालांकि, वशिष्ठ जानते थे कि इन प्रतीकों और सुंदरता से परे नहर का निर्माण एक खास उद्‌देश्य से किया गया था। इसका काम बाढ़ को नियंत्रित करना था, जिससे सरयु के प्रचंड जल को विविध द्वारों के माध्यम से रोका जा सके। उत्तर भारत में बाढ़ बार-बार आने वाली समस्या थी।

साथ ही साथ, इसकी चिकनी सतह की वजह से इससे पानी लेना सरयु से पानी निकालने की अपेक्षा ज़्यादा आसान था। अयोध्या के परिक्षेत्र में विशाल नहर से पानी छोटी नहरों में आता था, जिससे कृषि क्षेत्र में नाटकीय रूप से वृद्धि हुई। पैदावर में बढ़ोतरी से, अधिकांश किसान ज़मीन की जुताई से मुक्त हुए। अब कौशल राज की विशाल जनसंख्या का पेट भरने के लिए कम ही किसानों की आवश्यकता थी। फिर इस अतिरिक्त श्रम का उपयोग सैन्य में किया गया, जिन्हें अयोध्या के प्रशिक्षित प्रधानों ने अपनी निगरानी में तैयार किया। इस विशाल फौज ने एक-एक कर आसपास के सभी राज्यों को अपने अधीन कर लिया। इस प्रकार वर्तमान राजा, दशरथ के दादा, प्रभु रघु आख़िरकार सप्तसिंधु के चक्रवर्ती सम्राट बने।

संपन्न कौशल नगरी में नव निर्माणों का दौर चल पड़ा: विशाल मंदिर, महल, सार्वजनिक स्नानघर, रंगमंच और बाज़ार भारी संख्या में बनाए गए। उम्दा काव्य से जड़े इन इमारतों के पत्थर, कभी अयोध्या की शान और ताकत का प्रमाण हुआ करते थे। उनमें से एक थी विशाल नहर की मेंढ़ पर भीतरी छत। उस विशाल छत का निर्माण गंगा नदी से लाए लाल बलुआ रेत के पत्थरों

से किया गया था; उस खूबसूरत मेहराबदार छत का काम नहर देखने आए दर्शकों को छाया प्रदान करना था।

छत के प्रत्येक वर्ग में प्राचीन भगवानों की ऐतिहासिक कहानियों को खूबसूरत रंगों व चित्रों के माध्यम से उकेरा गया था, जैसे प्रभु इंद्र, और राजाओं के पूर्वज, महान इक्ष्वाकु, जिन्होंने अयोध्या पर सबसे पहले शासन किया था। छत विविध भागों में बंटी थी, प्रत्येक भाग के मध्य में शक्तिशाली सूर्य की तस्वीर थी, जिससे निकली तीव्र किरणें सभी दिशाओं में जा रही थीं। वह सूचक था कि अयोध्या के राजा सूर्यवंशी थे, प्रभु सूर्य के वंशज, और सूर्य की तरह ही उनकी शक्ति भी सभी दिशाओं में फैली थी। या शायद तब तक, जब लंका के राक्षस ने उसे अपने पैरों तले कुचला नहीं था।

वशिष्ठ ने दूर बने एक मानवनिर्मित द्वीप को देखा। नहर पर अनेक ऐसे द्वीप थे, जो नहर को जोड़ते थे। इस द्वीप पर दूसरे द्वीपों की तरह कोई मंदिर नहीं बना था, बल्कि तीन विशालकाय प्रतिमाएं, पीठ से पीठ लगाकर रखी गई थीं। उनमें से एक प्रभु ब्रह्म की थी, रचयिता, महान वैज्ञानिक। उन्होंने कई ऐसी चीजों का आविष्कार किया, जिन पर वैदिक जीवन चला। उनके अनुयायी उन्हीं नियमों का पालन करते थे: ज्ञान के लिए कठोर तप और निस्वार्थ भाव से समाज सेवा। सालों बाद वे ब्राह्मण के रूप में गठित हुए।

उनके दाहिनी ओर प्रभु परशु राम, विष्णु के छठे अवतार की प्रतिमा थी। जब भी, जीवन में अक्षमता, दुराचार या धर्मांधता आने लगे तो नए अधिनायक का उदय होता है, जो लोगों को जीने की सही राह दिखाता है। ऐसे अधिनायकों को विष्णु की उपाधि दी गई, जो भगवान के आदर्शों पर खरे उतरे। उन विष्णुओं को भगवान की तरह पूजा जाता। प्रभु परशु राम, पूर्ववर्ती विष्णु, ने भारत को कई शताब्दी पहले, क्षत्रिय युग में मार्ग दिखाया था, तब वहां भयंकर हिंसा व्याप्त थी। वह ब्राह्मणों, ज्ञान के युग में भी विद्यमान रहे।

परशु राम के बाद, और ब्रह्मा के बायीं ओर, घेरे को पूर्ण करते हुए महादेव की प्रतिमा लगी थी। इन्हें बुराई का संहार करने वाले के रूप में जाना जाता था। महादेव का काम लोगों को मानवता का पाठ पढ़ाना नहीं था; यह काम विष्णु के लिए संरक्षित था। उनका काम बस बुराई को ढूंढ़कर उसका विनाश करना था। बुराई का खात्मा होने पर अच्छाई का नए उत्साह से जन्म होता है। विष्णु से भिन्न, महादेव का भारतवासी होना ज़रूरी नहीं था, वह इस महान भूमि की किसी भी दिशा से हो सकते थे। बुराई को निष्पक्षता से देखने के लिए उसका बाहरी होना ज़रूरी था। प्रभु रुद्र भारत की पश्चिमी सीमा,

परिहा से थे।

वशिष्ठ ने घुटनों के बल बैठकर, त्रिदेव की प्रतिमा के सामने अपना मस्तक टेक दिया। यही त्रिदेव वर्तमान वैदिक जीवन का आधार थे। उन्होंने अपना सिर उठा, हाथ जोड़कर प्रणाम किया।

'हे पवित्र त्रिदेव, मेरा मार्गदर्शन कीजिए,' महर्षि वशिष्ठ ने धीमे से कहा। 'जिसके लिए मैं विद्रोह करना चाहता हूं।'

हवा का एक तेज़ झोंका उनके कानों में मानो कुछ कहते हुए गुज़रा, उनकी आंखें त्रिदेव पर टिकी थीं। संगमरमर की शोभा अब पहले सी नहीं थी। अयोध्या का प्रभुत्व अब उसकी देखरेख में सक्षम नहीं था। प्रभु ब्रह्मा, परशु राम और रुद्र के मुकुट पर लगी सोने की परत उतरने लगी थी। छत की सतह के रंग फीके पड़ गए थे, और लाल पत्थरों का तल जगह-जगह से उखड़ने लगा था। विशाल नहर में भी गाद जमने लगी थी, और मरम्मत के अभाव में उसका पानी सूख रहा था। अयोध्या का शाही प्रशासन मरम्मत की लागत निकाल पाने में असमर्थ था।

हालांकि, वशिष्ठ जानते थे कि प्रशासन के पास सिर्फ धन की ही कमी नहीं थी, उनमें इसे करवाने की प्रेरणा भी नहीं बची थी। जैसे ही नहर का पानी उथला हुआ, तो खुरचा हुआ सूखा तल अपनी कुरूपता की माफी मांगता प्रतीत होने लगा। अयोध्या की वर्तमान जनसंख्या ने शहर को अमूमन इसी हाल में देखा था। हालांकि कुछ साल पहले तक, यह सोच भी पाना असंभव था कि नहर कभी इस तरह सूख सकती थी; नए आवास गरीबों के लिए नहीं बनाए जा रहे थे। लेकिन, हाय, अब बहुत सी विचित्र बातें नियमित हो चली थीं।

प्रभु परशु राम, हमें जीने के लिए किसी नई राह की ज़रूरत है। इस महान देश को देशभक्तों के खून-पसीने से फिर से सींचना है। मेरे लिए जो क्रांति है, उसे अक्सर वही लोग धोखा कहते हैं, जिनके लिए इसका आह्वान किया गया... अंतिम निर्णय इतिहास पर ही छोड़ देना चाहिए।

वशिष्ठ ने मेंढ़ की सीढ़ी से, नहर की मिट्टी उठाई और अपने माथे पर तिलक लगाया।

यह मिट्टी मेरे प्राणों से ज़्यादा महत्वपूर्ण है। मैं अपने देश से प्यार करता हूं। मुझे भारत से प्यार है। मैं कसम खाता हूं कि इसके लिए जो बन पड़ेगा, वो करूंगा। प्रभु मुझे साहस दो।

हवा के साथ आते मंत्रों के मद्धिम स्वर ने उन्हें दाहिनी ओर देखने के लिए प्रेरित किया। कुछ दूरी पर, लोगों का छोटा सा समूह दृढ़ता से चल रहा था, उन्होंने पवित्र नीले रंग के कपड़े पहन रखे थे। इन दिनों यह असामान्य दृश्य था। धन और शक्ति के साथ, सप्तसिंधु के नागरिकों का अपने धर्म पर से विश्वास भी उठ गया था। बहुत से मानते थे कि उनके प्रभु ने उन्हें त्याग दिया था। नहीं तो उन पर ऐसी विपदा क्यों आती?

भक्त छठें विष्णु, प्रभु परशु राम का नाम जप रहे थे।

'राम, राम, राम बोलो; राम, राम, राम। राम, राम, राम बोलो; राम, राम, राम।'

वशिष्ठ मुस्कुरा दिए; उनके लिए यह एक संकेत था।

शुक्रिया, प्रभु परशु राम। मैं आपका सदैव आभारी रहूंगा।

वशिष्ठ की उम्मीदें अब विष्णु के छठे नाम पर टिकी थीं: अयोध्या का छह साल का राजकुमार, राम। मुनि ने ज़ोर दिया कि रानी कौशल्या ने राम नाम का ही चयन किया था, जो विस्तृत होकर राम चंद्र हुआ। कौशल्या के पिता, दक्षिण कौशल के राजा भानुमान, और मां (कुरू) रानी महेश्वरी चंद्रवंशी थे, चंद्र के वंशज। वशिष्ठ ने सोचा कि इसके जरिए समझदारी से राम के ननिहाल के प्रति सम्मान भी दर्शा दिया गया। साथ ही साथ, राम चंद्र का अर्थ 'चंद्र का सुहावना रूप' भी है, और यह भी स्पष्ट है कि चंद्र सूर्य के प्रकाश से ही प्रतिबिंबित होता है। काव्यात्मक रूप से सूर्य चेहरा है, तो चंद्र उसकी परछाई, तो चंद्र के सुहावने चेहरे के लिए जिम्मेदार कौन है? सूर्य। तो इस प्रकार राम चंद्र एक सूर्यवंशी नाम भी हुआ, और उनके पिता, दशरथ सूर्यवंशी ही थे।

यह प्राचीन मान्यता थी कि नाम नियति को मार्गदर्शित करता है। मां-बाप सतर्कता से बच्चे के नाम का चयन करते हैं। नाम, वास्तव में बच्चे के लिए आकांक्षा, स्वधर्म बन जाता है। विष्णु के छठे अवतार पर रखे गए इस बच्चे के नाम ने खुद ही अपनी आकांक्षा ऊंची निर्धारित कर ली थी!

एक और नाम था, जिस पर वशिष्ठ की उम्मीदें टिकी थीं: भरत, राम के भाई, उनसे सात महीने छोटे। उनकी मां, कैकेयी को नहीं पता था कि रावण से हुए भयंकर युद्ध के दौरान, उनकी कोख में दशरथ का बच्चा पल रहा था। वशिष्ठ जानते थे कि कैकेयी एक महत्वाकांक्षी और हठीली महिला थीं। खुद के लिए, और जिन्हें वो अपना मानती थीं, उनके लिए उनकी कुछ

महत्वाकांक्षाएं थीं। उन्हें इससे सब्र नहीं था कि बड़ी रानी कौशल्या अपने बच्चे का महान नाम रखें। उनके बेटे का नाम, महान चंद्रवंशी सम्राट भरत के नाम पर रखा गया, जिन्होंने सदियों पहले देश पर शासन किया था।

प्राचीन सम्राट भरत ने सूर्यवंशियों और चंद्रवंशियों को एक ध्वज तले एकत्रित किया था। छुटपुट लड़ाइयों के बावजूद, उन्होंने शांति से जीना सीख लिया था। यह इसी का उदाहरण था कि आज, एक सूर्यवंशी राजा, दशरथ की दो रानियां, कौशल्या और कैकेयी, चंद्रवंशी थीं। कैकेयी के पिता, कैकेय के चंद्रवंशी राजा अश्वपति, दरअसल सम्राट के नजदीकी सलाहकार भी थे।

एक अर्थ के दो नाम यकीनन मेरा लक्ष्य पूरा करेंगे।

उन्होंने फिर से प्रभु परशु राम को देखा, उनकी प्रतिमा से उन्हें बल मिलता महसूस हुआ।

मैं जानता हूं वो मुझे ग़लत समझेंगे। शायद वे मेरी आत्मा को कोसें। लेकिन वो तुम ही थे प्रभु, जिसने कहा था कि अधिनायक को खुद से ज़्यादा अपने देश से प्यार करना चाहिए।

वशिष्ठ ने अंगवस्त्र के नीचे छिपाई अपनी म्यान को छुआ। उन्होंने कटार निकाली, और उस पर गुदे हुए नाम को निहारा: परशु राम।

गहरी सांस लेते हुए, उन्होंने चाकू को बाएं हाथ में लिया, और उसे अपनी तर्जनी में चुभाकर, खून निकाला। उन्होंने अगूंठे से उंगली को दबाया, और रक्त की कुछ बूंदे नहर के पानी में टपकने दीं।

इस रक्त की शपथ है मुझे, या तो मैं इस विद्रोह को सफल बनाऊंगा या इसके प्रयास में अपने प्राणों की आहुति दे दूंगा।

वशिष्ठ ने प्रभु परशु राम पर अंतिम दृष्टि डाली, सिर झुकाया और दोनों हाथ जोड़कर प्रणाम करते हुए, मन ही मन कहा...

'जय परशु राम!'

परशु राम की प्रतिष्ठा अमर रहे!

अध्याय 5

रानी, कौशल्या प्रसन्न थीं; मां, कौशल्या नहीं। वह समझती थीं कि राम को अयोध्या का महल छोड़कर चले जाना चाहिए। सम्राट दशरथ रावण के हाथों हुई अपमानजनक हार का कारण, उसी दिन हुए राम के जन्म को मानते थे। उस दुर्भाग्यशाली दिन से पहले, उन्हें कभी किसी पराजय का सामना नहीं करना पड़ा था; वास्तव में वह संपूर्ण भारत के अकेले अजेय सम्राट थे। दशरथ को विश्वास हो चला था कि राम बुरे कर्मों के साथ पैदा हुए थे, जो रघु की शाही विरासत में दाग लगाने आए थे। शक्तिविहीन कौशल्या इसमें कुछ नहीं कर सकती थीं।

कैकेयी हमेशा से ही सम्राट की प्रिय पत्नी रही थीं, और करछप युद्ध में उनका जीवन बचाकर तो उन्होंने पूरी तरह से दशरथ को नियंत्रित कर लिया था। कैकेयी और उनके दरबारी दशरथ के सामने राम को अशुभ साबित करने की भरसक कोशिश करते थे। जल्द ही पूरा नगर भी सम्राट की भांति इस बात को मानने लगा था। सब मानते थे कि राम की पूरी ज़िंदगी के अच्छे कर्म भी '7,032 के कलंक' को नहीं धो सकते थे। प्रभु मनु के पंचांग के हिसाब से यही वह वर्ष था, जब दशरथ की पराजय और राम का जन्म हुआ था।

कौशल्या जानती थीं कि राम का गुरु वशिष्ठ के साथ चले जाना बेहतर होगा। उन्हें अयोध्या के कुलीन लोगों से दूर चले जाना चाहिए, जो उन्हें कभी स्वीकार नहीं करेंगे। साथ ही साथ, वह वशिष्ठ के गुरुकुल में शिक्षा भी अर्जित कर पाएंगे। गुरुकुल का अर्थ होता है, गुरु का परिवार, लेकिन वास्तव में वह गुरुओं की आवासिक पाठशाला थी। वहां वह दर्शन, विज्ञान, गणित, नीति

शास्त्र, युद्ध कौशल और कला का ज्ञान हासिल कर सकते थे। सालों बाद जब वह लौटेंगे, तो वह खुद अपनी नियति के निर्धारक बन चुके होंगे।

रानी यह सब समझती थीं, लेकिन एक मां का दिल अपने बच्चे को दूर नहीं करना चाहता था। राम को सीने से लगाकर वह रोने लगीं। राम अपनी मां को थामे, संयम से खड़े थे, जो उन्हें रोते हुए चूम रही थीं; इस नाजुक उम्र में भी, राम असामान्य रूप से शांत थे।

राम से भिन्न, भरत बेतरह रो रहे थे, वह अपनी मां को छोड़कर जाना नहीं चाहते थे। कैकेयी ने झुंझलाहट से अपने बेटे को देखा। 'तुम मेरे बेटे हो! इस तरह दुर्बल मत बनो! तुम्हें एक दिन राजा बनना है! जाओ, अपनी मां का सिर गर्व से ऊंचा करो!'

वशिष्ठ ये सब देखकर मन ही मन मुस्कुरा रहे थे।

भावुक बच्चे भावों को व्यक्त करने पर मजबूर हो जाते हैं। वे ज़ोर से हंसते हैं। वे ज़ोर से ही रोते हैं।

भाइयों को देखते हुए वह सोच रहे थे कि उनका लक्ष्य सहनशील कर्तव्य से पूरा होगा या भावनाओं के आवेग से। जुड़वां, लक्ष्मण और शत्रुघ्न, दशरथ के छोटे बेटे, पीछे अपनी मां, सुमित्रा के साथ खड़े थे। तीन वर्ष के बेचारे बालक, समझ भी नहीं पा रहे थे कि वहां क्या हो रहा था। वशिष्ठ जानते थे कि उन्हें ले जाना शीघ्रता होगी, लेकिन वह उन्हें अयोध्या में छोड़ने का जोखिम नहीं ले सकते थे। राम और भरत के प्रशिक्षण में समय लगने वाला था, शायद एक दशक का, या शायद इससे भी ज़्यादा। उस समय वह उन जुड़वां बच्चों को अयोध्या में रहने नहीं दे सकते थे, छोटे राजकुमार राजनीतिक शिविर की कुलीनता में घुसकर, वहां जम सकते थे। वे राजनीतिक द्रोही लोग तो चाहते ही थे कि अयोध्या आपस में ही लड़कर खत्म हो जाए; और इसे संभालने के लिए सम्राट काफी कमज़ोर और उदासीन थे।

राजकुमार साल में दो बार, नौ-नौ दिन के लिए घर वापस आने थे। सर्दियों और गर्मियों में। नवरात्रो का प्राचीन त्यौहार, जो छह महीने के अंतराल पर, सूर्य भगवान द्वारा दिशा परिवर्तित करने के उपलक्ष्य में उत्साह से मनाया जाता था। वशिष्ठ मानते थे कि वे अठारह दिन, मां-बच्चों के मिलन के लिए पर्याप्त थे। शरद और बसंत नवरात्रो, जिनमें दो बार दिन-रात बराबर होने का समय आता था, गुरुकुल में भी मनाए जाते थे।

राजगुरु ने अपना ध्यान दशरथ की ओर केंद्रित किया।

बीते छह सालों ने सम्राट को अंदर ही अंदर घुलने पर मजबूर कर दिया था। चमड़े के समान सख्त त्वचा, अब सिकुड़ने लगी थी, आंखें धंस चली थीं, और बालों में सफेदी आ गई थी। युद्ध में जख्मी हुए पैर ने उनका शिकार और व्यायाम भी बंद करवा दिया था, जिनसे उन्हें बेहद प्यार था। उनके झुके हुए शरीर में एक मज़बूत और मनोहर योद्धा को बमुश्किल ही पहचाना जा सकता था। रावण ने उन्हें उस दुर्भाग्यपूर्ण दिन ही नहीं हराया था। वह उन्हें हर रोज पराजित कर रहा था।

'महाराज,' वशिष्ठ ने ज़ोर से कहा। 'आपकी अनुमति चाहिए।'

उदासीन दशरथ ने हाथ हिलाकर अनुमति दे दी।

वह शरदकालीन संक्राति के बाद का दिन था, जब अयोध्या के राजकुमार अर्द्धवार्षिक अवकाश में अयोध्या आए हुए थे। उन्हें गुरुकुल गए हुए तीन साल हो गए थे। उत्तरायण, सूर्य की गति अब उत्तर की ओर हो चली थी। छह महीने बाद, गर्मियों में, प्रभु सूर्य अपनी दिशा बदलकर दक्षिणायन, दक्षिण दिशा की ओर कर लेते थे।

राम अवकाश के दिनों में भी, अपना अधिकांश समय, गुरु वशिष्ठ के साथ बिताते थे, जो अवकाश के दिनों में राजकुमारों के साथ ही महल में चले आते थे। कौशल्या इसमें शिकायत के अतिरिक्त कुछ और कर भी नहीं सकती थीं। दूसरी तरफ, भरत को अनिवार्य रूप से अपनी मां, कैकेयी के शिविर में ही रहकर उनके सवालों का सामना करना पड़ता था। लक्ष्मण ने अभी-अभी टट्टुओं पर सवारी करना सीखा था, और इसमें उनका मन काफी रम रहा था। शत्रुघ्न को किताबें पढ़ना पसंद था!

एक चक्कर लगाने के बाद, लक्ष्मण मां सुमित्रा के शिविर में जा रहे थे कि उन्हें कुछ आवाज़ सुनाई दी। उन्होंने पर्दे के पीछे छिपकर देखा।

'तुम्हें समझना होगा शत्रुघ्न कि तुम्हारे बड़े भाई भरत, भले ही तुम्हारा मज़ाक बनाते हों, लेकिन वह तुमसे स्नेह भी करते हैं। तुम्हें हमेशा उनके साथ रहना चाहिए।'

शत्रुघ्न ने हाथ में ताम्र-पत्रों की पत्रिका पकड़ी हुई थी, वे उसे पढ़ना चाहते थे, लेकिन अभी मां की बात सुनने का दिखावा कर रहे थे।

'तुम मेरी बात सुन रहे हो, शत्रुघ्न?' सुमित्रा ने तेज़ आवाज़ में पूछा।

'जी माता,' शत्रुघ्न ने कहा, उनकी आवाज़ में ईमानदारी झलक रही थी।

'मुझे नहीं लगता।'

शत्रुघ्न ने मां का आख़री वाक्य दोहरा दिया। उनकी याददाश्त उम्र के हिसाब से बहुत तेज़ थी। सुमित्रा जानती थीं कि उनके बेटे का ध्यान उन पर नहीं था, लेकिन वह इस बारे में कुछ नहीं कर सकती थीं!

लक्ष्मण मुस्कुराते हुए मां के पास दौड़े आए, और खुशी से चहचहाते हुए उनकी गोद में लेट गए।

'मैं तुम्हारी बात छुनुंगा, मां!' तोतली जुबान में उन्होंने कहा।

लक्ष्मण को अपनी बांहों में लेते हुए सुमित्रा मुस्कुराईं। 'हां, मैं जानती हूं, तुम हमेशा मेरी बात सुनोगे। तुम मेरे प्यारे बेटे हो!'

शत्रुघ्न ने पत्रिका में खोने से पहले अपनी मां को देखा।

'मैं वही करूंगा, जो आप कहोगी,' लक्ष्मण ने कहा, उनकी मासूम आंखों में प्यार भरा था। 'हमेछा।'

'तो सुनो,' सुमित्रा ने विदूषक जैसे, गुप्त बात बताने के हाव-भाव बनाकर कहा। वह जानती थीं कि लक्ष्मण को ऐसे भाव पसंद थे। 'तुम्हारे बड़े भाई को तुम्हारी ज़रूरत है।' उनके चेहरे पर अब सहानुभूति पूर्ण हसरत के भाव थे। 'वह सहज और मासूम हैं। उन्हें किसी ऐसे की ज़रूरत है, जो उनकी आंख और कान बन सके। उन्हें कोई पसंद नहीं करता।' उन्होंने फिर से लक्ष्मण को देखा और कहा, 'तुम्हें उन्हें हर तरह के नुकसान से बचाना होगा। लोग हमेशा उनकी पीठ पीछे बुराई करते हैं, लेकिन वह उनमें अच्छाई ही देखते हैं। उनके बहुत सारे शत्रु हैं। उनका जीवन तुम पर निर्भर होगा...'

'सच में?' लक्ष्मण ने पूछा, उनकी आंखें इस आधी समझी बात के आश्चर्य से फैल गईं।

'हां! और भरोसा करो, तुम ही उनका बचाव कर सकते हो। राम नेकदिल हैं, लेकिन वह बहुत जल्दी दूसरों पर भरोसा कर लेते हैं।'

'चिंता मत करो, मां,' लक्ष्मण ने कमर कसते हुए कहा। उनकी आंखें उस सिपाही की तरह चमक रही थीं, जिसे कोई बहुत महत्वपूर्ण काम सौंपा गया हो। 'मैं हमेछा राम दादा का ख्याल रखूंगा।'

सुमित्रा ने स्नेह से लक्ष्मण को गले लगा लिया। 'मैं जानती थी, तुम

ऐसा ही करोगे।'

'दादा!' लक्ष्मण ने चिल्लाकर, टट्टू की पसली पर एड़ी मारते हुए कहा, वह उसे तेज़ दौड़ाना चाहते थे। लेकिन खास बच्चों के लिए प्रशिक्षित किए गए टट्टू ने ऐसा करने से इंकार कर दिया।

नौ साल के राम, लक्ष्मण के आगे एक ऊंचे टट्टू पर जा रहे थे। प्रशिक्षण के अनुसार, जीन पर बैठे हुए वह, घोड़े की चाल के साथ उछल रहे थे। उस खाली दोपहर उन्होंने तय किया था कि अच्छा घुड़सवार बनने के लिए वह अयोध्या के शाही घुड़दौड़ मैदान में अभ्यास करेंगे।

'दादा! लुको!' लक्ष्मण अधीरता से चिल्ला रहे थे। वह प्रशिक्षण के दौरान सिखाए नियमों को ताक पर रखकर, अधीरता से दौड़ रहे थे। अपनी सामर्थ्य के अनुसार वह अपने टट्टू को भगा रहे थे।

राम ने पीछे मुड़कर जोशीले लक्ष्मण को देखा, और मुस्कुराकर बोले, 'लक्ष्मण, धीरे चलाओ। सही से।'

'लुको!' लक्ष्मण चिल्लाए।

राम तुरंत ही लक्ष्मण की आवाज़ की घबराहट को भांप गए, और अपने घोड़े की लगाम खींच दी। लक्ष्मण जल्दी से घोड़े से उतरकर उनके पास आए। 'दादा, नीचे उतरो!'

'क्या?'

'नीचे उतरो!' उत्तेजित लक्ष्मण ने राम का हाथ पकड़कर उन्हें नीचे खींचने की कोशिश करते हुए कहा।

राम ने घोड़े से उतरते हुए पूछा। 'लक्ष्मण यह क्या है?'

'देखो!' लक्ष्मण ने चिल्लाकर उस पट्टी की ओर इशारा करके कहा, जो बकलस से होते हुए, कमर के गिर्द जा रही थी, जिसकी वजह से जीन अपनी जगह पर कसी रहती है। वह लगभग खुल गई थी।

'प्रभु रुद्र कृपा करें!' राम फुसफुसाए। क्या यह बकलस उनके बैठते समय खुला होगा, वह जीन समेत न जाने कहां जाकर गिरते, उन्हें भयंकर चोट लग सकती थी। लक्ष्मण ने उन्हें भावी दुर्घटना से बचा लिया था।

लक्ष्मण ने आसपास चौकस नज़रों से देखा, मां के कहे शब्द उनके

दिमाग़ में गूंज रहे थे। 'तोई आपको मारना चाहता है, दादा।'

राम ने सावधानी से बकलस व पट्टी का मुआयना किया। वो बस फटी हुई थी; उसमें छेड़छाड़ किए जाने के कोई चिन्ह नहीं थे। लक्ष्मण ने यकीनन उन्हें बड़ी दुर्घटना से बचा लिया था, या शायद मृत्यु से भी।

राम ने स्नेह से लक्ष्मण को गले लगा लिया। 'धन्यवाद, लक्ष्मण।'

'आप किसी सदयंत्र की चिंता मत करो,' लक्ष्मण ने गंभीरता से कहा। उन्हें अब अपनी मां की चेतावनी पर पूरा भरोसा हो गया था। 'दादा, मैं हमेछा आपकी रच्छा करूंगा।'

राम हंसे बिना नहीं रह पाए। 'षड्यंत्र, हम्म? इतने भारी-भारी शब्द तुम्हें किसने बताए?'

'शत्रुघ्न,' लक्ष्मण ने आसपास खोजी नज़रों से देखते हुए कहा।

'शत्रुघ्न, हम्म?'

'हां। चिंता मत करो, दादा। लथ्मण आपकी रच्छा करेगा।'

राम ने अपने भाई का मस्तक चूम लिया और अपने छोटे से संरक्षक को कहा। 'अब मैं खुद को सुरक्षित महसूस कर रहा हूं।'

जीन वाली दुर्घटना के दो दिन बाद, सारे भाई गुरुकुल जाने के लिए तैयार हो रहे थे। राम रवानगी से पहली रात शाही अस्तबल में अपने घोड़े की देखरेख करने पहुंचे; उन दोनों को आगे लंबा रास्ता तय करना था। यकीनन, अस्तबल में काम करने वाले बहुत लोग थे, लेकिन राम को यह काम सुहाता था। क्योंकि पशु ही ऐसे जीव थे जो उन्हें दोष नहीं देते थे। राम उनके साथ समय बिताना पसंद करते थे। पीछे से आती टक-टक आवाज़ ने राम का ध्यान आकर्षित किया।

'लक्ष्मण!' चेताते हुए राम चिल्लाए, अपने टट्टू पर आते हुए लक्ष्मण जख्मी हो गए थे। राम ने आगे बढ़कर उन्हें उतरने में मदद करी। लक्ष्मण की ठुड्डी फट गई थी, काफी गहरी, उसमें तुरंत टांके लगाने की ज़रूरत थी। उनके चेहरे पर खून ही खून था, लेकिन शूरवीर लक्ष्मण ने कोई आह तक नहीं भरी, जब राम उनके जख्म को देख रहे थे।

'तुम्हें रात में घुड़सवारी के लिए नहीं जाना चाहिए था, तुम्हें पता है न?'

राम ने नम्रता से उन्हें चेतावनी दी।

लक्ष्मण ने कंधे झटकते हुए कहा। 'छमा कर दो, दादा... घोड़ा अतानक...'

'बोलो मत,' राम ने टोका, बोलने से खून ज़्यादा बह रहा था। 'मेरे साथ आओ।'

राम अपने जख्मी भाई के साथ तेज़ क़दमों से नीलांजना के शिविर की ओर बढ़ रहे थे। मार्ग में उन्हें सुमित्रा एक परिचारिका के साथ आती दिखाई दीं, जो घबराहट से अपने बेटे को ढूंढ़ रही थीं।

'क्या हुआ?' लक्ष्मण को जख्मी देखकर, सुमित्रा ने चिल्लाते हुए पूछा।

लक्ष्मण दृढ़ता से अपने होंठ बंद किए खड़े थे। वह जानते थे कि दादा की झूठ न बोलने की आदत के कारण वह मुसीबत में थे, उनके पास कहानी बनाने का कोई अवसर नहीं था। उन्हें सही बात बताकर, फिर सजा से बचने के लिए कोई रणनीति बनानी थी।

'घबराने की कोई बात नहीं है, छोटी मां,' राम ने अपनी छोटी सौतेली मां, सुमित्रा से कहा। 'अभी हमें इसे तुरंत नीलांजना जी के पास ले जाना होगा।'

'लेकिन इसे हुआ क्या?' सुमित्रा ने ज़ोर देते हुए पूछा।

राम लक्ष्मण को उसकी मां के क्रोध से बचाना चाहते थे। आख़िर, एक दिन पहले ही तो लक्ष्मण ने उनकी ज़िंदगी बचाई थी। उन्होंने वही किया, जो उन्हें उस समय समझ आया; और सारा इल्जाम खुद पर ले लिया। 'छोटी मां, यह मेरी ग़लती है। मैं लक्ष्मण के साथ अस्तबल में अपने घोड़े को देखने गया था। वह कुछ उत्साहित था, और उसने उछलकर लक्ष्मण को दुलत्ती मार दी। मुझे पहले लक्ष्मण को अपने पीछे खड़ा करना चाहिए था।' सुमित्रा तुरंत एक ओर हट गईं। 'ठीक है, इसे जल्दी से नीलांजना के पास ले जाओ।'

वह जानती हैं, राम दादा कभी झूठ नहीं बोलते, लक्ष्मण ने पछतावे से सोचा।

राम और लक्ष्मण तेज़ी से वहां से निकल गए, परिचारिका ने उनके पीछे जाने की कोशिश की। सुमित्रा ने हाथ के इशारे से उसे रोक दिया, वह

गलियारे से दोनों लड़कों को जाते हुए देख रही थीं। राम ने मज़बूती से अपने भाई का हाथ पकड़ रखा था। वह संतुष्टि से मुस्कुराईं।

लक्ष्मण ने राम का हाथ सीने से लगाया, और धीमे से कहा, 'हमेछा साथ, दादा। हमेछा।'

'लक्ष्मण, बोलो मत। खून बहे...'

गुरुकुल में अयोध्या के राजकुमारों को पांच साल हो गए थे। वशिष्ठ ग्यारह साल के राम को अपने विपक्षी से युद्ध का अभ्यास करते हुए देख रहे थे। उन्हें अपने इस शिष्य पर गर्व था। इस वर्ष राम और भरत को युद्ध का प्रशिक्षण दिया जाना था; लक्ष्मण और शत्रुघ्न को इसके लिए अभी दो साल इंतज़ार करना था। अभी उन्हें दर्शन, गणित और विज्ञान का ज्ञान अर्जित करना था।

'वाह, दादा!' लक्ष्मण चिल्लाए। 'बढ़ो और उसे मारो!'

वशिष्ठ लक्ष्मण को मंद मुस्कान से देख रहे थे। उनकी बालपन की तुतलाहट अब जा चुकी थी; लेकिन आठ साल के उस बालक की भाई का साथ देने की चेतना नहीं गई थी। वह अभी भी राम के उतने ही वफादार थे, और राम भी उन्हें अधिक स्नेह करते थे। शायद राम लक्ष्मण की निरंकुश धार को सही ओर ले जा सकते थे।

मृदुभाषी और बुद्धिमान शत्रुघ्न, लक्ष्मण के ही पास बैठे थे, वह ताड़ पत्र पर लिखित ईशावास्य उपनिषद पढ़ रहे थे। वह एक संस्कृत पद पढ़ रहे थे।

'पुशनेकरशे यम सूर्य प्रजापत्य: व्यूह: रश्मिन समूह: तेजो:;

यत्ते रूपम् कल्याणतमम् तत्ते पश्यामि यो'सावसौ पुरुष सोहस्मि।'

ओ प्रभु सूर्य, प्रजापति के पालक सूर्य, संन्यासी पथिक, खगोलीय नियंत्रक; अपनी किरणों को बिखरा दो, अपने प्रकाश को क्षीण हो जाने दो;

प्रकाश के परे मुझे अपना प्रताप देखने दो; और महसूस करने दो जो परमेश्वर आप में है, वही मुझमे भी है।

शत्रुघ्न मुस्कुरा रहे थे, वह शब्दों में छिपे दर्शन की खूबसूरती में डूबे थे। उनके पीछे बैठे भरत ने, उनके सिर पर एक थपकी मारकर, उनका ध्यान राम की ओर खींचा। शत्रुघ्न ने पलटकर भरत को देखा, उनकी आंखों में कुछ

विद्रोह था। भरत ने अपने छोटे भाई को गुस्से से देखा। शत्रुघ्न अपनी पांडुलिपि एक ओर रखकर राम को देखने लगे।

वशिष्ठ ने राम का जो प्रतिद्वंद्वी तलवारबाज चुना था, वह उन जंगली प्रजाति के लोगों में से था, जो गुरुकुल के पास रहते थे। वह घना जंगल गंगा नदी के दक्षिण में, सोन नदी के पश्चिमी मोड़ पर स्थित था। यहां से नदी पूर्व की ओर एक तीव्र मोड़ लेकर, उत्तर-पूर्व में जाकर गंगा में मिल जाती थी। इस क्षेत्र को हज़ारों सालों से अनेक गुरु इस्तेमाल में लाते रहे। जंगल के लोग कुछ छुटपुट लाभ के चलते यह क्षेत्र आसानी से गुरुओं को दे देते थे।

गुरुकुल के एकांत को जहां घनी वनस्पति आच्छादित करती थी, वहीं बरगद की विशाल जड़ें भी उसे मानो सबकी नज़रों से छिपा लेती थीं। वहां जाने के लिए, एक मनोहर वनमार्ग था, जो ढलान वाले रास्ते से गुज़रता था, जिसे पूरी तरह से वनस्पति ने ढंक रखा था। जिससे वह रास्ता एक सुरंग की तरह प्रतीत होता था। दूसरी ओर से आते प्रकाश में इस सुरंग का खात्मा एक लकड़ी के पुल पर होता था। गुरुकुल के पार बना यह विशालकाय ढांचा चट्टानी पहाड़ को काटकर बनाया गया था।

पहाड़ में से बड़ी ही सफाई से, पत्थर का एक बड़ा सा घनाकार टुकड़ा काटकर जगह बनाई गई थी। प्रवेश द्वार के सामने ही ढांचे में बीस छोटे-छोटे मंदिर बनाए गए थे, जिनमें से कुछ में देवता विराजमान थे, और कुछ खाली थे। उनमें से छह में विष्णु के विभिन्न अवतारों की मूर्ति लगी थीं, एक में प्रभु रुद्र, जो महादेव का अवतार थे, और एक में महान वैज्ञानिक प्रभु ब्रह्मा। देवताओं के राजा, प्रभु इंद्र, जिन्हें बिजली की कड़कड़ाहट और आसमान का भी भगवान माना जाता है, उनका मंदिर सभी देवताओं के बीच स्थित था। आमने-सामने की दो चट्टानों में से एक में रसोई घर और भंडार बनाया गया था, और दूसरे में गुरु और छात्रों के सोने के लिए कक्ष बने थे।

आश्रम में, अयोध्या के राजकुमार न सिर्फ सज्जनता से, बल्कि श्रमिक वर्ग के बालकों की तरह ही रहते थे। दरअसल उनकी शाही पृष्ठभूमि को वहां बताया नहीं गया था। परंपरा के अनुसार, राजकुमारों को उनके गुरुकुल में रखे गए नामों से ही बुलाया जाता था: राम—सुदास, भरत—वासु, लक्ष्मण—पौरव और शत्रुघ्न—नालतड़दक कहलाए। सभी को आदेश थे कि वे अपनी शाही वंशावली के बारे में किसी को कुछ नहीं बताएंगे। शैक्षणिक विद्या प्राप्त करने के अलावा, वे गुरुकुल में साफ-सफाई, खाना पकाने और गुरुओं को परोसने के कामों में भी हाथ बंटाते थे। शिक्षा जहां उनकी मदद ज़िंदगी के लक्ष्यों

को हासिल करने में करती; वहीं दूसरे कार्य उनमें मानवता को विकसित कर जीवन में सही-ग़लत की पहचान करना भी सिखाते।

'लगता है, अब तुम तैयार हो गए हो, सुदास,' वशिष्ठ ने अपने दो श्रेष्ठ शिष्यों में से एक को संबोधित करते हुए कहा। फिर गुरु अपने पीछे बैठे कबीले के प्रमुख की ओर मुड़े। 'मुखिया वरुण, अब कुछ संग्राम देखने का समय आ गया है?'

स्थानीय लोग अच्छे आतिथ्य सत्कार के साथ-साथ बेहतरीन योद्धा भी थे। वशिष्ठ उनकी सेवा अपने शिष्यों को युद्ध कौशल में पारंगत करने के लिए लेते थे। वे परीक्षा के दौरान विपक्षी की भूमिका भी बखूबी निभाते थे, जैसे आज हो रहा था।

वरुण ने उस कबायली योद्धा को संबोधित किया, जो राम के साथ अभ्यास कर रहा था। 'मत्स्य...'

मत्स्य और राम ने तुरंत दर्शक दीर्घा की ओर मुड़कर देखा और वशिष्ठ व वरुण का झुककर अभिनंदन किया। वे वेदिका के किनारे तक चलकर आए, और रंगों की कूचिका उठाकर, उसे रंग में डुबोया। फिर उन्होंने अभ्यास के लिए खास तैयार की गई अपनी लकड़ी की तलवारों को लाल रंग से अच्छी तरह रंग दिया। इससे प्रहार करते समय शरीर पर निशान बन जाता, और यह पता लगाया जा सकता था कि किसका वार घातक था।

राम फिर से वेदिका के केंद्र में पहुंच गए, और उनके पीछे-पीछे मत्स्य भी। आमने-सामने खड़े होकर, उन्होंने विपक्षी के सम्मान में सिर झुकाया।

'सत्य। कर्तव्य। सम्मान।' राम ने अपने गुरु से सीखी प्रतिज्ञा दोहराते हुए कहा। गुरु वशिष्ठ की उनके मन में गहरी छाप थी।

राम से लगभग, एक फुट लंबे मत्स्य ने मुस्कुराते हुए कहा। 'हर कीमत पर जीत।'

राम ने मोर्चा संभाला: उनकी कमर सीधी, शरीर एक ओर झुका हुआ, आंखें दाहिने कंधे के ऊपर से देखती हुईं, ठीक वैसे ही जैसे गुरु वशिष्ठ ने उन्हें सिखाया था। इस मुद्रा में अपने विपक्षी के समक्ष उनका कम से कम शरीर खुला हुआ था। प्रशिक्षण द्वारा उनकी सांसें स्थिर और सहज थीं। उनकी बाईं भुजा, शरीर से कुछ दूर, संतुलन बनाने के लिए हवा में दृढ़ थी। तलवार वाली भुजा शरीर से कुछ बाहर निकली हुई, ज़मीन से सही कोण बनाते हुए और कोहनी हल्की सी मुड़ी हुई थी। उन्होंने अपनी भुजा को तब तक व्यवस्थित

किया, जब तक उनके कंधे की मांसपेशियां भार उठाने में सहज नहीं हो गईं। उनके घुटने झुके थे, और शरीर का भार पिंडलियों पर था, जिससे दिशा बदलने में आसानी होती। मत्स्य उनकी मुद्रा से प्रभावित था। *यह किशोर हर नियम का सटीकता से पालन कर रहा था।* उस किशोर की उल्लेखनीय बात उसकी आंखें थीं। उसकी आंखें पूरी तरह से विपक्षी, मत्स्य पर ही केंद्रित थीं। *गुरु वशिष्ठ ने इस लड़के को अच्छी तरह प्रशिक्षित किया था। आंखें हाथों से पहले गतिविधि कर रही थीं।*

मत्स्य की आंखें कुछ फैलीं। राम जान गए कि अब वह वार करने वाला है। मत्स्य ने पूरे वेग से आगे आकर राम की छाती पर वार किया, वह अपने ऊंचे क़द का लाभ ले रहा था। यह घातक प्रहार हो सकता था, लेकिन राम ने तुरंत ही दाहिनी ओर सरककर मत्स्य की गर्दन पर हमला किया।

मत्स्य चौंककर तुरंत पीछे हो गया।

'दादा, आपने ज़ोर से क्यों नहीं मारा!' लक्ष्मण ने चिल्लाकर कहा। 'वह घातक प्रहार हो सकता था!'

मत्स्य प्रशंसा में मुस्कुरा रहा था। जो बात लक्ष्मण नहीं समझ पाए थे, वह समझ गया था। राम उसकी थाह ले रहे थे। एक सचेत योद्धा अपने विपक्षी की ताकत को आंकने के बाद ही मारक प्रहार करेगा। राम ने अनुमोदन में मत्स्य की मुस्कुराहट का जवाब नहीं दिया। उनकी आंखें लक्ष्य पर और सांसें सामान्य थीं। उन्हें किसी तरह अपने विपक्षी की कमज़ोरी का पता लगाना था। मारक प्रहार के लिए अभी और इंतज़ार करना था।

मत्स्य ने अपनी तलवार से, दाहिनी ओर से पूरे बल से उन पर प्रहार किया। राम ने पीछे हटकर, उस प्रहार से बचने की भरसक कोशिश की, जितना कि वह अपने छोटे शरीर से कर सकते थे। मत्स्य झुककर अब अपनी तलवार राम के बाईं ओर ले आया, लगभग उनके सिर के पास। राम पीछे हटते हुए, अपनी तलवार को ढाल की तरह बीच में लाए और वार से बचने की कोशिश की। मत्स्य आगे बढ़ते हुए, वार पर वार किए जा रहा था, जिससे राम को बचने का मौका न मिल पाए, और वह राम पर घातक प्रहार कर सके। राम लगातार वार से बचने की कोशिश कर रहे थे। अचानक ही वह अपनी दाहिनी ओर कूद गए, और उन्होंने तभी मत्स्य की भुजा पर प्रहार किया, और वहां रंग का लाल निशान छोड़ा। यह 'घाव' तो था, लेकिन मारक घाव नहीं।

मत्स्य राम की आंखों में देखते हुए कुछ पीछे हटा। *शायद यह कुछ ज़्यादा ही सचेत है।* '*क्या तुममें हमला करने की हिम्मत नहीं है?*'

राम ने कोई जवाब नहीं दिया। उन्होंने फिर से मुद्रा संभाली, घुटनों को झुकाया, बाएं हाथ को सहजता से कूल्हे पर रखा और मज़बूती से तलवार थामे हुए दाहिने हाथ को शरीर से आगे निकाला।

'अगर तुम खेलोगे नहीं, तो बाजी जीत नहीं सकते,' मत्स्य ने चिढ़ाया। 'क्या तुम हार से बचने की कोशिश कर रहे हो या वास्तव में जीतना चाहते हो?'

राम पूरी तरह से शांत, केंद्रित और स्थिर थे। ख़ामोश। वह अपनी ऊर्जा को संरक्षित कर रहे थे। *यह बच्चा आसानी से विचलित होने वाला नहीं है,* मत्स्य मन ही मन मुस्कुराया। उसने फिर से हमला बोल दिया, लगातार ऊपरी ओर से प्रहार करते हुए, राम को पराजित करने के लिए वह अपने क़द का भरपूर इस्तेमाल कर रहा था। बचाव में राम हल्का सा झुकते हुए, तुरंत पीछे हट गए।

वशिष्ठ मुस्कुरा रहे थे, वह जान गए थे कि राम क्या करने की कोशिश कर रहे थे।

राम के वहां से हटते समय, मत्स्य ने ज़मीन पर उभरी हल्की सी चट्टान पर ध्यान नहीं दिया था। पल भर में ही मत्स्य ठोकर लगने पर कुछ लड़खड़ाया, और अपना संतुलन गंवा दिया। बिना पल गंवाए, राम ने घुटनों पर बैठकर, अपने कबायली योद्धा पर भीषण प्रहार कर दिया। एक मारक-प्रहार!

मत्स्य ने अपने पेट में नीचे की ओर, तलवार से लगा लाल रंग देखा। लकड़ी की तलवार से खून तो नहीं निकल सकता था, लेकिन उसके प्रहार से तेज़ दर्द तो होता ही था; मत्स्य भी अपना दर्द जताते हुए गर्व महसूस कर रहा था।

युवा छात्र से प्रभावित मत्स्य ने आगे बढ़कर, राम का कंधा थपथपाया। 'किसी को भी लड़ाई से पहले रणभूमि की जांच कर लेनी चाहिए; हर खूंट और दरार से परिचित हो जाना चाहिए। तुमने इस आधारभूत नियम को याद रखा। मैंने नहीं। बहुत बढ़िया प्रदर्शन किया तुमने।'

राम ने अपनी तलवार नीचे रखकर, बाएं हाथ से दाहिने हाथ के कोहनी को छुआ और दाहिने हाथ की भिंची हुई मुट्ठी माथे से लगाकर, अपने

कबायली योद्धा का पारंपरिक अभिनंदन किया। 'महान आर्य, आपके साथ युद्ध करना मेरे लिए गर्व की बात है।'

मत्स्य ने मुस्कुराकर, अपने हाथ जोड़कर प्रणाम किया। 'नहीं, युवक, यह मेरे लिए गर्व की बात है। मुझे इंतज़ार रहेगा उस पल का जब आप आगे चलकर अपने गुरु का नाम रौशन करेंगे।'

वरुण गुरु वशिष्ठ से मुखातिब हुए। 'गुरुजी आपका वह शिष्य सर्वश्रेष्ठ है। वह न सिर्फ बढ़िया तलवारबाज़ है, बल्कि आचरण में भी श्रेष्ठ है। वह कौन है?'

वशिष्ठ मुस्कुराए। 'आप जानते हैं कि ये मैं आपको नहीं बताऊंगा।'

इस बीच, मत्स्य और राम वेदिका के किनारे पहुंच चुके थे। उन्होंने पानी के सरोवर में तलवारें डुबा दीं, जिससे उन पर लगा रंग निकल जाए। बाद में तलवारों को सुखाकर, तेल लगाकर, ठोक-पीटकर अगले इस्तेमाल के लिए तैयार कर दिया जाएगा।

वरुण अपने कबीले के दूसरे योद्धा से बोले। 'गौड़, अब तुम्हारी बारी है।'

वशिष्ठ ने भरत की तरफ इशारा किया, उनको आश्रम के नाम से पुकारते हुए कहा, 'वासु!'

गौड़ ने सम्मान में वेदिका को छुआ, जिससे उस पर जाने से पूर्व आशीर्वाद ले सके। भरत ने ऐसा कुछ नहीं किया। उन्होंने बस सीधे बढ़कर, तलवार रखने की पेटी में से तलवार निकाल ली। भरत ने पहले से ही अपनी तलवार पसंद कर रखी थी, सबसे लंबी वाली। जिससे वह सहजता से अपने विपक्षी पर वार कर पाएं।

गौड़ नरमाई से मुस्कुराया; उसका विपक्षी आख़िर था तो बच्चा ही। वह भी अपनी तलवार लेकर केंद्र की ओर जाने लगा, तो देखा भरत तो वहां था ही नहीं। निडर बालक पहले ही अपनी तलवार को लाल रंग से रंगने जा चुका था। वह अपनी तलवार के किनारों पर रंग लगा रहा था।

'अभ्यास नहीं करना क्या?' चकित गौड़ ने पूछा।

भरत ने मुड़कर जवाब दिया। 'समय बर्बाद नहीं करना चाहिए।'

गौड़ ने हैरत से अपनी भौंहें उठाईं; और वह भी जाकर अपनी तलवार को रंगने लगा।

प्रतिद्वंद्वी वेदिका के मध्य में जा पहुंचे। परंपरा के अनुसार दोनों ने एक-दूसरे के सम्मान में सिर झुकाया। गौड़ भरत के शपथ लेने का इंतज़ार कर रहा था, उसे उम्मीद थी कि वह भी अपने बड़े भाई के शब्द दोहराएगा।

'जियो आज़ाद या मर जाओ,' भरत ने उत्साह से अपनी छाती ठोकते हुए कहा।

गौड़ संयमित न रहकर, ज़ोर से हंस पड़ा। 'जियो आज़ाद या मर जाओ? यह तुम्हारा प्रण है?'

भरत ने तीव्र नेत्रों से उसे घूरा। अभी तक हंस रहा, कबायली योद्धा अब शांत होकर, अपनी शपथ दोहराने लगा। 'हर कीमत पर जीत।'

गौड़ एक बार फिर से चकित रह गया, इस बार भरत की मुद्रा से। अपने भाई से भिन्न, वह अपने दुश्मन का खुलकर सामना कर रहा था, उसने अपना पूरा शरीर लक्ष्य के रूप में खुला छोड़ दिया था। उसकी तलवार वाली भुजा सतर्क नहीं थी, हथियार भी उतनी दृढ़ता से नहीं पकड़ा गया था। उसका आचरण कुछ अक्खड़पन लिए हुए था।

'क्या तुम्हें कोई मुद्रा नहीं बनानी?' गौड़ ने पूछा, अब उसे वास्तव में चिंता हो रही थी कि कहीं यह उत्साही बालक उसके हाथों घायल न हो जाए।

'मैं युद्ध के लिए हमेशा तैयार रहता हूं,' भरत ने बेफिक्री से मुस्कुराते हुए कहा।

गौड़ कंधे झटककर अपनी मुद्रा में आ गया।

भरत गौड़ के पहले प्रहार का इंतज़ार कर रहा था, वह कुछ सुस्ती से उस कबायली योद्धा को देख रहा था। अचानक गौड़ पूरे आवेग से आगे आया, और अपनी तलवार भरत के पेट में घुसा दी। भरत ने तेज़ी से घूमकर, अपनी तलवार उठाते हुए, गौड़ के दाहिने कंधे पर प्रहार किया। गौड़ संभलकर मुस्कुराया, वह सचेत था कि उसे दर्द नहीं दिखाना था।

'मैं तुम्हारी आंतें निकाल सकता था,' गौड़ ने भरत का ध्यान उसके पेट पर लगे निशान की ओर करते हुए कहा।

'उससे पहले तुम्हारी भुजा कटकर ज़मीन पर पड़ी होती,' भरत ने गौड़ के कंधे की ओर इशारा करते हुए कहा। उसके कंधे पर लाल रंग का निशान गहरा था।

गौड़ हंसा और एक बार फिर से हमला कर दिया। उसको चकित करते हुए, भरत अपने दाहिनी ओर कूदा, और फिर से ऊंचाई से हमला किया।

यह उत्कृष्ट पैंतरा था। गौड़ इतनी ऊंचाई से आते प्रहार से नहीं बच सकता था, वो भी तब जब वह हमला उसकी तलवार की दिशा में नहीं था। इससे बस ढाल के माध्यम से ही बचा जा सकता था। हालांकि भरत इस पैंतरे को सफलतापूर्वक अंजाम दे पाने के लिए उतना लंबा नहीं था। गौड़ ने पीछे को झुकते हुए, अपने पूरे बल से प्रहार किया।

गौड़ की तलवार ने भरत की छाती पर ज़ोरदार प्रहार करते हुए, उसे पीछे की तरफ़ धकेल दिया। भरत पीछे गिरा, उसकी छाती पर मारक प्रहार साफ देखा जा सकता था।

भरत तुरंत अपने पैरों पर उठ खड़ा हुआ। खून की कोशिकाएं उसकी नग्न छाती पर जमी हुई दिखाई दे रही थीं। लकड़ी की तलवार से भी दर्द तो जोरों का होता है। गौड़ सराहना कर रहा था कि भरत किस तरह दर्द को छिपा गया था। वह ज़मीन पर खड़ा, अपने साहसी प्रतिपक्षी को देख रहा था।

'वह अच्छा वार था,' गौड़ ने कहा। 'मैंने ऐसा पहले नहीं देखा। लेकिन इसके लिए तुम्हें थोड़ा लंबा होना चाहिए था।'

भरत ने गौड़ को घूरा, उसकी आंखें गुस्से से जल रही थीं। 'मैं एक दिन लंबा हो जाऊंगा। हम तब फिर से लड़ेंगे।'

गौड़ मुस्कुराया। 'यकीनन। मैं इंतज़ार करूंगा।'

वरुण वशिष्ठ की ओर मुड़े। 'गुरुजी, दोनों लड़के प्रतिभाशाली हैं। मुझे तो उनके बड़े होने का सब्र ही नहीं हो रहा।'

वशिष्ठ संतुष्टि से मुस्कुरा रहे थे। 'सब्र तो मैं भी नहीं कर सकता।'

संध्या घिर आई थी और विचारमग्न राम आश्रम से कुछ दूर बहती नदी के किनारे बैठे थे। संध्या भ्रमण पर निकले गुरु ने अपने शिष्य को दूर से बैठे देखा, तो वह उसके पास चले आए।

गुरु के क़दमों की आहट सुनकर, राम ने तुरंत उठकर उन्हें हाथ जोड़कर प्रणाम किया। 'गुरुजी।'

'बैठो, बैठो,' वशिष्ठ कहते हुए, राम के ही पास बैठ गए। 'तुम क्या सोच रहे हो?'

'मैं सोच रहा था कि आपने मुखिया वरुण को हमारा परिचय क्यों नहीं

दिया,' राम ने कहा। 'वह भले आदमी लगते हैं। हम उनसे सच क्यों छिपा रहे है? हम झूठ क्यों बोल रहे हैं?'

'सच छिपाने का मतलब झूठ बोलना नहीं होता!' कहते हुए वशिष्ठ की आंखों में चमक उतर आई।

'सच नहीं बताना झूठ ही तो है, है न, गुरुजी?'

'नहीं, ऐसा नहीं है। कभी-कभी सत्य दर्द और पीड़ा देता है। ऐसे समय में मौन को वरीयता दी गई। दरअसल ऐसा भी होता है, जब किसी सफेद झूठ या स्पष्ट झूठ से अच्छे परिणाम प्राप्त हों।'

'लेकिन झूठ के अपने परिणाम होते हैं, गुरुजी। वह बुरा कर्म है।'

'कभी-कभी सत्य के भी बुरे परिणाम निकलते हैं। झूठ से अगर किसी का जीवन बचाया जा सके? झूठ से किसी को शासन की कमान सौंपी जाए, जिससे सबका कल्याण हो? क्या ऐसी परिस्थिति में भी तुम झूठ न बोलने की वकालत करोगे? यह कहा गया है कि सच्चा अधिनायक अपनी प्रजा से खुद से भी ज़्यादा प्यार करता है। ऐसे अधिनायक के मन में कोई संदेह नहीं होना चाहिए। अपने लोगों की भलाई के लिए वह झूठ भी बोलेगा।'

राम का माथा ठनका। 'लेकिन गुरुजी, जो लोग अपने अधिनायक को झूठ बोलने पर विवश करें, उनके लिए संघर्ष का क्या फायदा...'

'यह एकतरफा है, राम। तुमने एक बार लक्ष्मण के लिए झूठ बोला था, है न?'

'वह सहज था। मुझे लगा कि मुझे उसकी रक्षा करनी चाहिए। लेकिन उस बात के लिए मुझे आज भी अजीब लगता है। इसीलिए आज मैं आपसे बात कर रहा हूं, गुरुजी।'

'और, मैं वही दोहराऊंगा, जो मैंने तब कहा था। तुम्हें पछताने की कोई ज़रूरत नहीं है। बुद्धिमानी संतुलन में ही है। अगर तुम डाकुओं से किसी निर्दोष इंसान की जान बचाने के लिए झूठ बोलते हो, तो क्या वह ग़लत है?'

'एक असंगत उदाहरण, झूठ को सही साबित नहीं कर सकता, गुरुजी,' राम हार मानने को तैयार नहीं थे। 'मां ने एक बार मुझे पिताजी के क्रोध से बचाने के लिए झूठ बोला था; लेकिन पिताजी को जल्द ही सत्य का पता चल गया। एक समय था, जब वह मेरी मां के पास रोज आते थे, लेकिन उस घटना के बाद, उन्होंने उनसे मिलने से भी मना कर दिया। उन्होंने उन्हें पूरी तरह से निकाल दिया।'

गुरु ने दुखी मन से अपने शिष्य को देखा। *सच तो यह था कि सम्राट दशरथ रावण के हाथों हुई पराजय के लिए राम को जिम्मेदार मानते थे। वह तो कौशल्या के पास ना जाने का बहाना ढूंढ़ रहे थे, उसका इस घटना से कोई लेना-देना नहीं था।*

वशिष्ठ ने अपने शब्दों को अच्छे से तोला। 'मैं नहीं कह रहा कि झूठ बोलना अच्छा है। लेकिन कभी-कभी, जैसे जहर की छोटी सी बूंद दवाई का काम कर जाती है, वैसे ही एक छोटा झूठ किसी की मदद कर सकता है। सच बोलने की तुम्हारी आदत अच्छी है। लेकिन इसके लिए तुम क्या कारण दोगे? क्या सिर्फ इसलिए कि तुम कर्तव्य का पालन करना चाहते हो? या, इसलिए कि उस घटना की वजह से तुम झूठ से डर गए हो?'

राम ख़ामोश थे, कुछ विचारमग्न।

'मुझे यकीन है कि अब तुम सोच रहे हो कि इसका मुखिया वरुण से क्या लेना।'

'जी, गुरुजी।'

'तुम्हें याद है वो दौरा, जब हम मुखिया के गांव में गए थे।'

'हां, मुझे याद है।'

सभी शिष्य एक बार अपने गुरु के साथ मुखिया वरुण के गांव गए थे। पचास हज़ार की जनसंख्या वाला वह एक छोटा सा गांव था। राजकुमार वहां की व्यवस्था देखकर चकित रह गए थे। सड़कें शहरों की तरह पक्की बनी थीं। घर बांस के बने थे, लेकिन मज़बूत और तगड़े थे; मुखिया और आम लोगों के घर बिल्कुल समान थे। घरों में कोई दरवाज़ा नहीं था, प्रवेश हमेशा खुला रहता था, क्योंकि वहां कोई अपराध नहीं था। बच्चों के पालन-पोषण की जिम्मेदारी सामुदायिक रूप से वयस्कों की थी, न कि उनके खुद के माता-पिता की।

उस दौरे के दौरान राजकुमारों ने मुखिया के एक सहायक के साथ बहुत सी दिलचस्प बातें की थीं। वे जानना चाहते थे कि वे घर किसके थे: उन लोगों के जो उनमें रह रहे थे, या मुखिया के, या समुदाय के। सहायक ने जो जवाब दिया था, वह काफी तर्कपूर्ण था: 'ज़मीन हममें से किसी की कैसे हो सकती है? हम ज़मीन से होते हैं!'

'उस गांव के बारे में तुमने क्या सोचा था?' राम का ध्यान वर्तमान में लाते हुए, वशिष्ठ ने पूछा।

'उनके जीने का तरीका एकदम बढ़िया था। उनका आचरण हम शहरी

लोगों से ज़्यादा सभ्य था। हम उनसे बहुत कुछ सीख सकते हैं।'

'हम्म, और तुम्हें क्या लगता है, इसके पीछे उनका क्या आधार है? मुखिया वरुण का गांव इतना आदर्श क्यों है? उन्होंने इतने सालों से उसमें बदलाव क्यों नहीं किया?'

'गुरुजी, वे निस्वार्थ भाव से एक-दूसरे के साथ जीते हैं। उनके अंदर स्वार्थ का बीज नहीं है।'

वशिष्ठ ने इंकार में सिर हिलाया। 'नहीं, सुदास, ऐसा इसलिए है कि उनके समाज के कुछ नियम हैं। इन नियमों को तोड़ा नहीं जा सकता, और चाहे जो भी परिस्थिति हों, उनका निर्वाह करना ही पड़ेगा।'

राम की आंखें आश्चर्य से फैल गईं, मानो उन्हें जीवन का कोई रहस्य पता चला हो। 'कानून... '

'हां, राम। कानून! कानून ही उस संरचना का आधार हैं, जिन पर कोई समुदाय चलता है। कानून ही जवाब है।'

'कानून...'

'कोई मान सकता है कि कभी-कभी कानून तोड़ने में कोई बुराई नहीं है, सही? खासकर जब यह महान कल्याण के लिए हो तो? सत्य बताया जाना चाहिए, मैंने भी उदात्त उद्देश्य के चलते कुछ नियमों को तोड़ा है। लेकिन मुखिया वरुण अलग तरह से सोचते हैं। कानून के प्रति उनकी प्रतिबद्धता महज परंपरा के कारण नहीं है। न ही यह दृढ़ विश्वास कि यही करना सही है। यह किसी इंसान की भावनाओं पर आधारित है: बचपन के किसी पछतावे की वजह से। उनके समाज में जब कोई बच्चा कानून तोड़ता है, भले ही वह छोटी बात हो, उसका कोई बुरा परिणाम न हो, लेकिन उसे सजा मिलती है; हर बच्चे को। ऐसा कोई भी उल्लंघन आगे चलकर शर्मनाक बन सकता है। जैसे कि अपनी मां के साथ हुई घटना की वजह से तुम्हें झूठ बोलना मुश्किल लगता है, भले ही वह किसी के कल्याण के लिए हो, वरुण को भी ऐसा करना असंभव लगता है।'

'तो हमारी पहचान न बताने का संबंध उनके कानून से है? क्या हमारे बारे में जानने से उनका कोई कानून टूट जाएगा?'

'हां!'

'कौन सा कानून?'

'वह कानून जो उन्हें अयोध्या से किसी भी तरह की मदद लेने से इंकार

करता है। मुझे नहीं पता क्यों। मुझे नहीं लगता कि उन्हें भी कारण पता होगा। लेकिन यह सदियों से चला आ रहा है। इसका अब कोई मकसद नहीं है, लेकिन वे अभी भी दृढ़ता से इससे चिपके हुए हैं, और इसका पालन करते हैं। वे नहीं जानते कि मैं कहां से हूं; कभी-कभी मुझे लगता है कि वे जानना भी नहीं चाहते। वे बस इतना जानते हैं कि मेरा नाम वशिष्ठ है।'

राम के चेहरे पर चिंता झलक आई। 'क्या हम यहां सुरक्षित हैं?'

'गुरुकुल में रहने वालों को सुरक्षा प्रदान करना उनका कर्तव्य है। यह भी उनका कानून है। अब जब उन्होंने हमें स्वीकार कर लिया है, तो वे हमें क्षति नहीं पहुंचा सकते। यद्यपि, सच का पता चलने पर वे हमें गुरुकुल छोड़ने पर विवश ज़रूर कर सकते हैं। फिर भी हम यहां उन दईसरे शक्तिशाली शत्रुओं से सुरक्षित हैं, जो हमारे काम में बाधा डाल सकते हैं।'

राम गहरी सोच में डूब गए।

'तो, मैंने झूठ नहीं बोला, सुदास। मैंने बस सच को उजागर नहीं किया। इसमें फर्क है।'

अध्याय 6

पहले प्रहर का पांचवां घंटा, गुरुकुल में सुबह हो चुकी थी, पंछी चहचहा रहे थे। जंगल के निशाचर अपने निवास स्थानों को लौट चुके थे, और दूसरे प्राणी नए दिन की शुरुआत के लिए बाहर आ गए थे। अयोध्या के चारों राजकुमारों को भी जागे हुए, कुछ देर हो गई थी। गुरुकुल की सफाई करने के बाद, वे नहाने, खाना पकाने और सुबह की प्रार्थनाएं भी कर चुके थे। सम्मान में हाथ जोड़कर, वे शांत अवस्था में, पालथी मारकर गुरु वशिष्ठ के सामने बैठे थे। गुरु बरगद के विशाल वृक्ष के नीचे, एक चबूतरे पर पद्मासन में बैठे थे।

परंपरानुसार वे कक्षा शुरू करने से पूर्व, गुरु स्तोत्रम् के माध्यम से गुरु की प्रशंसा कर रहे थे।

जैसे स्तोत्र् खत्म हुआ, तो छात्रों ने उठकर, विधिवत् अपने गुरु वशिष्ठ के पैर छुए। उन्होंने सबको समान आशीर्वाद दिया: 'मेरा ज्ञान तुम सबमें फले-फूले, और प्रभु करें, एक दिन तुम मेरे शिक्षक बनो।'

राम, भरत, लक्ष्मण और शत्रुघ्न अपने नियत स्थानों पर बैठ गए। रावण से हुए उस भीषण युद्ध को तेरह साल बीत चुके थे। राम तेरह साल के थे, और भरत और उनमें किशोरावस्था के लक्षण दिखाई देने लगे थे। उनकी आवाज़ भारी होकर बदलने लगी थी। होंठों के ऊपर मूंछों की हल्की रेखाएं दिखने लगी थी। उनका क़द अचानक ही बढ़ गया था, और लड़कपन के निशान शरीर से गायब होकर, हल्की मांसपेशियां विकसित होने लगी थीं।

लक्ष्मण और शत्रुघ्न ने अब युद्ध अभ्यास शुरू कर दिया था, यद्यपि उनका बाल-सुलभ शरीर अभी उसमें मुश्किल पेश करता था। वे सभी दर्शन,

विज्ञान और गणित की आधारभूत बातें सीख चुके थे। वे देव भाषा, संस्कृत में पारंगत हो चुके थे। ज़मीनी काम किया जा चुका था। गुरु जानते थे कि बीज रोपने का समय आ गया था।

'क्या तुम हमारी सभ्यता की उत्पत्ति के बारे में जानते हो?' वशिष्ठ ने पूछा।

लक्ष्मण हमेशा जवाब बताने को उत्सुक रहा करते, लेकिन पढ़ने में नहीं। अपने अधपके ज्ञान के साथ उन्होंने फौरन हाथ उठा दिया। 'ब्रह्मांड की शुरुआत...'

'नहीं, पौरव,' वशिष्ठ ने, लक्ष्मण के गुरुकुल नाम को लेते हुए कहा। 'मेरा सवाल ब्रह्मांड के नहीं, बल्कि हमारे बारे में है, इस युग के वैदिक लोगों के बारे में।'

राम और भरत ने एक साथ शत्रुघ्न को देखा।

'गुरुजी,' शत्रुघ्न ने कहना शुरू किया। 'इसकी शुरुआत प्रभु मनु से हुई, दस हज़ार साल पहले पाण्ड्य वंश के राजकुमार।'

'गुरु का चमचा,' भरत ने लापरवाही से कहा। यद्यपि किताबी कीड़ा होने के लिए वह शत्रुघ्न को चिढ़ाते थे, लेकिन बुद्धिमत्ता के लिए अपने छोटे भाई की सराहना भी करते थे।

वशिष्ठ ने भरत को देखा। 'क्या तुम कुछ कहना चाहते हो?'

'नहीं, गुरुदेव,' भरत ने तुरंत अनजान बनते हुए कहा।

'हां, नालतड़दक,' वशिष्ठ शत्रुघ्न को गुरुकुल नाम से संबोधित करते हुए बोले। 'बताओ, हमें।'

'ऐसा माना जाता है कि हज़ारों वर्ष पूर्व, भूमि का अधिकांश भाग बर्फ की मोटी परतों से ढका हुआ था। चूंकि पानी की अधिकांश मात्रा जमी हुई थी, तो समुद्र का स्तर आज के मुकाबले काफी काम था।'

'तुम सही कह रहे हो,' वशिष्ठ ने कहा। 'सिवाय एक बात के—ऐसा सिर्फ माना ही नहीं जाता, नालतड़दक। *हिम युग* कोई सिद्धांत नहीं है। यह सत्य है।'

'जी, गुरुजी,' शत्रुघ्न ने कहा। 'चूंकि समुद्र तल काफी नीचे था, तो भारतीय क्षेत्र समुद्र में काफी आगे तक फैला हुआ था। लंका द्वीप, राक्षस राज रावण का साम्राज्य, भी भारतीय भूमि का हिस्सा हुआ करता था। गुजरात और

कोंकण की पहुंच भी समुद्र में आगे तक थी।'

'और?'

'और, मैं मानता हूं कि...'

वशिष्ठ की कठोर नज़र को देखकर शत्रुघ्न एक पल को रुके। वह मुस्कुराए और अपने हाथ जोड़कर बोले, 'क्षमा चाहता हूं, गुरुदेव। माना नहीं, बल्कि यह तथ्य है।'

वशिष्ठ मुस्कुरा दिए।

'हिम युग के दौरान भारत में दो महान सभ्यताओं का अस्तित्व था। एक भारत के दक्षिण-पूर्व में, जिसे संगमतमिल कहा जाता था। इसमें लंका का भी कुछ भूभाग शामिल था, जो अब जलमग्न हो चुका है। कावेरी नदी का मार्ग उस समय काफी लंबा और विस्तृत हुआ करता था। इस संपन्न और शक्तिशाली साम्राज्य पर पाण्ड्य वंश का शासन हुआ करता था।'

'और?'

'दूसरी सभ्यता, द्वारका का विस्तार गुजरात और कोंकण के समुद्र तट पर था। वर्तमान में यह जलमग्न है। इस पर यादव वंश का शासन था, जिन्हें यदु का वंशज माना गया।'

'बताते रहो।'

'हिम युग की समाप्ति पर नाटकीय रूप से समुद्र का स्तर बढ़ने लगा। संगमतमिल और द्वारका सभ्यता का विनाश हो गया, उनका भूभाग समुद्र में समा गया। कुछ लोगों को, प्रभु मनु बचा पाए, और उनके साथ उत्तर दिशा में आकर, फिर से जीवन की शुरुआत की। उन्होंने खुद को विद्या की संतान माना, और वे वैदिक कहलाए। हम उनके गर्वित वंशज हैं।'

'बहुत बढ़िया, नालतड़दक,' वशिष्ठ ने कहा। 'बस एक और बात। धरती मां की स्वाभाविक प्रक्रिया के अनुसार, समय-मान पर हिम युग की अप्रत्याशित समाप्ति हुई थी। लेकिन मानवीय स्तर पर बात करें, तो यह अप्रत्याशित समाप्ति नहीं थी। हमें दशकों, बल्कि शताब्दियों पहले से चेतावनी मिलने लगी थी। और, फिर भी हमने कुछ नहीं किया।'

शिष्य पूरे ध्यान से सुन रहे थे।

'संगमतमिल और द्वारका, जो यकीनन बहुत आधुनिक सभ्यताएं थीं, ने कोई सही क़दम क्यों नहीं उठाया? प्रमाण मौजूद हैं कि उन्हें इस आपदा

की खबर पहले ही मिल चुकी थी। धरती मां ने उन्हें कई चेतावनी दी थीं। वो इतने बुद्धिमान थे कि खुद को बचाने के लिए किसी तकनीक को विकसित कर सकते थे। और फिर भी उन्होंने कुछ नहीं किया। प्रभु मनु के नेतृत्व में बस कुछ थोड़े से लोग ही बच सके। क्यों?'

'वो सुस्त थे,' लक्ष्मण ने तुरंत परिणाम पर छलांग लगाते हुए कहा।

वशिष्ठ ने आह भरी। 'पौरव, तुम बोलने से पहले एक बार सोचते क्यों नहीं हो।'

झेंपते हुए लक्ष्मण चुप हो गए।

'तुम्हारे पास सोचने की योग्यता है, पौरव,' वशिष्ठ ने कहा। 'लेकिन तुम हमेशा जल्दी में रहते हो। प्रथम आने से ज़्यादा महत्वपूर्ण होता है, सही होना।'

'हां, गुरुजी,' लक्ष्मण ने कहा, उनकी नज़रें नीची थीं। लेकिन उन्होंने फिर से अपना हाथ ऊपर उठा दिया। 'क्या वो लोग पथभ्रष्ट और लापरवाह थे?'

'अब तुम अनुमान लगा रहे हो, पौरव। दरवाज़े को अपनी उंगली के नाखून से खोलने की कोशिश मत करो। उसके लिए चाबी का इस्तेमाल करो।'

लक्ष्मण स्तंभित लग रहे थे।

'*सही जवाब* की ओर मत भागो,' वशिष्ठ ने स्पष्ट किया। '*सही सवाल* पूछना ही कुंजी है।'

'गुरुजी,' राम ने कहा। 'क्या मैं एक सवाल पूछ सकता हूं?'

'ज़रूर, सुदास,' वशिष्ठ ने कहा।

'आपने पहले बताया कि उन्हें दशकों, सदियों पहले चेतावनी मिल चुकी थी। मुझे लगता है उनके वैज्ञानिकों ने इसका पता लगाया होगा?'

'हां, उन्होंने ऐसा किया था।'

'और उन्होंने इन चेतावनियों के बारे में शाही घराने के साथ, दूसरे लोगों को भी बताया था?'

'हां।'

'उस समय, प्रभु मनु पाण्ड्य राजा थे या राजकुमार? मैंने इस बारे में दुविधापूर्ण बातें सुनी हैं।'

वशिष्ठ सहमति से मुस्कुराए। 'प्रभु मनु छोटे राजकुमार थे।'

'और फिर भी उन्होंने, न कि राजा ने, कुछ लोगों की जान बचाई थी।'

'हां।'

'अगर राजा के अतिरिक्त किसी अन्य को लोगों की सुरक्षा का भार उठाना पड़े, तो जवाब स्पष्ट है। राजा अपने कर्तव्य का निर्वाह नहीं कर रहा था। खराब नेतृत्व ही संगमतमिल और द्वारका के पतन का कारण बना।'

'क्या तुम्हें लगता है कि एक बुरा राजा, बुरा इंसान भी होता है?' वशिष्ठ ने पूछा।

'नहीं,' भरत ने जवाब दिया। 'निस्संदेह सम्मानीय व्यक्ति भी कभी खराब अधिनायक साबित होते हैं। इसी तरह विवादास्पद चरित्र के व्यक्ति में भी वो गुण देखे जा सकते हैं, जिसकी एक राष्ट्र को ज़रूरत होती है।'

'सही है! राजा को सिर्फ प्रजा के लिए किए गए कार्यों के आधार पर ही आंका जा सकता है। इसमें उसके निजी जीवन का कोई सरोकार नहीं होता। हालांकि उसके सामाजिक जीवन का एक ही लक्ष्य होना चाहिए, अपने लोगों के जीवन स्तर में सुधार करना।'

'सत्य है,' भरत ने कहा।

वशिष्ठ ने गहरी सांस ली। अब रोपने का समय आ गया था। 'तो, क्या रावण अपनी प्रजा के लिए अच्छा राजा है, या नहीं?'

सब ख़ामोश हो गए।

राम ने कोई जवाब नहीं दिया। वह रावण से नफरत करते थे। सिर्फ इसलिए नहीं कि उन्होंने अयोध्या का विनाश किया था, बल्कि उसने राम का भविष्य भी उजाड़ दिया था। उनके जन्म के साथ रावण की जीत का 'अभिशाप' जुड़ गया था। राम चाहे कुछ भी कर लें, लेकिन अपने पिता और अयोध्यावासियों के लिए वह हमेशा 'अशुभ' ही रहने वाले थे।

जवाब आख़िरकार भरत ने ही दिया। 'हम इसे स्वीकारना तो नहीं चाहते, लेकिन रावण एक अच्छा राजा है, जिसे उसकी प्रजा बहुत प्रेम करती है। वह योग्य प्रशासक है, जिसने समुद्रीय व्यापार के माध्यम से अपनी नगरी को संपन्न कर दिया। यहां तक कि बंदरगाहों पर भी उसका पूर्ण नियंत्रण है। कहा तो यह भी जाता है कि उसकी राजधानी की सड़कें सोने से बनी हैं, इसलिए उसे *स्वर्ण नगरी* भी कहा जाता है।'

'और तुम उस राजा के बारे में क्या कहोगे, जो बहुत अच्छा इंसान है, लेकिन वह निराशा में घिर गया है? उसने अपनी निजी हानि को जनता पर

उंडे़ल दिया। उसकी प्रजा इसलिए पीड़ित है, क्योंकि राजा संताप में है। क्या फिर भी उसे आदर्श राजा कहा जाएगा?'

स्पष्ट था कि वशिष्ठ का इशारा किस ओर है। छात्र सन्न थे, वे जवाब देने से डर रहे थे।

भरत को ही जवाब देने के लिए हाथ उठाना पड़ा। 'नहीं, वह आदर्श राजा नहीं है।'

वशिष्ठ ने सहमति में सिर हिलाया। *जन्मजात विद्रोही की निर्भिकता पर भरोसा करना चाहिए।*

'आज के लिए इतना ही,' वशिष्ठ ने यह कहकर सहसा कक्षा बीच में ही समाप्त कर दी। काफी कुछ अनकहा रह गया था।

'हमेशा की तरह आपका गृहकार्य हमारी चर्चा पर विचार करना है।'

'मेरी बारी है, दादा,' भरत ने राम के कंधे को नरमी से थपथपाते हुए कहा।

राम ने तुरंत अपनी कमर पेटिका बांध ली। 'मुझे माफ करो।'

भरत ज़मीन पर पड़े घायल खरगोश की ओर मुड़े। उन्होंने पहले खरगोश को बेहोश कर दिया और फिर जल्दी से वह कांटा निकाला, जो उसके पंजे में धंस गया था। घाव घातक था, लेकिन उन्होंने जो औषधी उस पर लगाई थी, उससे आगे होने वाले संक्रमण को रोका जा सकता था। उसे कुछ पलों में होश आ जाएगा, लेकिन सुधार प्रक्रिया में समय लगने के कारण, वह अभी दुनिया का सामना नहीं कर पाएगा।

जब भरत औषधीय जड़ी-बूटियों से अपने हाथ साफ कर रहे थे, तब राम ने खरगोश को उठाकर आराम से एक पेड़ की कोठर में रख दिया, जिससे वह शिकारियों से बच सके। उन्होंने भरत को देखा, 'इसे जल्दी ही होश आ जाएगा। यह जीवित रहेगा।'

भरत मुस्कुराए। 'प्रभु रुद्र की कृपा से।'

राम, भरत, लक्ष्मण और शत्रुघ्न जंगल में अपने पाक्षिक अभियान पर थे। वे पंद्रह दिनों में एक रात जंगल में बिताते। वे शिकारियों के शिकार में दखल नहीं देते; वह तो एक स्वाभाविक प्रक्रिया थी। लेकिन अगर मार्ग में उन्हें कोई घायल पशु दिखाई देता, तो वे अपनी योग्यता से उसका उपचार करते।

'दादा,' शत्रुघ्न ने कहा, वह कुछ दूरी पर खड़े, स्नेह से अपने भाइयों को देख रहे थे।

राम और भरत ने मुड़कर देखा। अस्त-व्यस्त लक्ष्मण शत्रुघ्न से भी कुछ पीछे थे। वह बेमन से एक पेड़ पर पत्थर मार रहे थे।

'लक्ष्मण, ज़्यादा पीछे मत रहो,' राम ने कहा। 'हम आश्रम में नहीं हैं। यह जंगल है। यहां अकेला रहना खतरनाक हो सकता है।'

लक्ष्मण ने चिढ़कर आह भरी और आगे आकर उनके साथ चलने लगे।

'हां, तुम क्या कह रहे थे, शत्रुघ्न?' राम ने अपने छोटे भाई की तरफ मुड़ते हुए पूछा।

'भरत दादा ने खरगोश के घाव पर जत्यादि तेल लगाया है। लेकिन अगर आप उसे नीम के पत्तों से नहीं ढकोगे, तो उसका असर नहीं हो पाएगा।'

'हम्म,' राम ने अपने माथे पर हाथ मारते हुए कहा। 'तुम सही कह रहे हो, शत्रुघ्न।'

राम ने खरगोश को उठाया, तब तक भरत ने अपनी कमर पेटिका से कुछ नीम के पत्ते निकाल लिए।

भरत ने शत्रुघ्न से मुस्कुराते हुए कहा, 'शत्रुघ्न, क्या दुनिया में कोई चीज ऐसी है, जिसके बारे में तुम्हें न पता हो?'

शत्रुघ्न हंसकर बोले, 'ज़्यादा कुछ नहीं।'

भरत ने खरगोश के जख्म पर नीम के पत्ते लगाकर, उस पर पट्टी बांध दी, और वापस वहीं कोटर में रख दिया।

राम ने कहा, 'मैं सोच रहा हूं कि दो सप्ताह में होने वाले इस दौरे में क्या हम वास्तव में इन पशुओं की कोई सहायता करने आते हैं, या फिर अपनी अंतरात्मा को जगाने।'

'अपनी अंतरात्मा को जगाने,' भरत ने शरारत से मुस्कुराते हुए कहा। 'ज़्यादा कुछ नहीं, तो कम से कम हम अपनी चेतना की अनदेखी तो नहीं कर पाते।'

राम ने अपना सिर हिलाया, 'तुम हर बात में इतनी कमी क्यों देखते हो?'

'आपको क्यों किसी चीज में कमी दिखाई नहीं देती?'

राम ने निराशापूर्ण ढंग से अपनी भौंह उठाई और चलना शुरू कर दिया।

भरत भी उनके साथ चल पड़े। लक्ष्मण और शत्रुघ्न भी उनके पीछे एक पंक्ति बनाकर चल दिए।

'मानवजाति को पहचानकर आप कैसे इस तरह रह सकते हैं?' भरत ने पूछा।

'छोड़ो भी,' राम ने कहा। 'हम अच्छाई में समर्थ हैं, भरत। हमें बस एक प्रेरक अधिनायक की ज़रूरत है।'

'दादा,' भरत ने कहा। 'मैं यह नहीं कह रहा कि इंसान होने में कोई अच्छाई नहीं है। है, और हमें उसके लिए संघर्ष भी करना चाहिए। लेकिन इतनी क्रुरता है कि कभी लगता है, अगर इस ग्रह पर मानव प्रजाति का अस्तित्व ही नहीं होता, तो अच्छा था।'

'यह कुछ ज़्यादा हो गया है! हम इतने भी बुरे नहीं हैं।'

भरत मृदुलता से हंसे। 'मैं बस यही कहना चाहता हूं कि अधिकांश मनुष्यों में अच्छाई और महानता की संभावना होती है, लेकिन यह वास्तविकता तो नहीं है।'

'तुम्हारा मतलब क्या है?'

'यह मान लेना कि लोग नियमों का पालन करें, क्योंकि उन्हें करना चाहिए, बस कोरी आशा ही है। नियमों का गठन लोगों के स्वार्थवश ही किया जाता है। उन्हें एक चरवाहे की तरह अच्छे आचरण के झुंड को लेकर चलना होता है।'

'लोग महानता के लिए प्रतिदान भी देते हैं।'

'नहीं, वे नहीं देते, दादा। बहुत कम ऐसे होते है। अधिकांश नहीं।'

'प्रभु रुद्र ने निस्वार्थता से लोगों का नेतृत्व किया था, है कि नहीं?'

'हां,' भरत ने कहा। 'लेकिन जिन्होंने उनका पालन किया, उनमें से अधिकांश के मन में इसके स्वार्थी कारण ही थे। ये एक तथ्य है।'

राम ने असहमति में अपना सिर हिलाया। 'हम इस पर कभी सहमत नहीं हो पाएंगे।'

भरत मुस्कुराए। 'हां, हम कभी सहमत नहीं होंगे। लेकिन फिर भी मैं आपसे बहुत प्यार करता हूं!'

राम ने मुस्कुराकर, हमेशा की तरह बातचीत का विषय बदल दिया। 'तुम्हारी छुट्टियां कैसी रहीं? मैं वहां तुमसे कभी बात ही नहीं कर पाता...'

'आपको पता है क्यों,' भरत बुदबुदाए। 'लेकिन कहना पड़ेगा कि इस बार की छुट्टियां इतनी बुरी नहीं थीं।'

भरत को अपने ननिहाल के लोगों का अयोध्या आना पसंद था। इससे उन्हें अपनी कठोर मां के चंगुल से बचने का मौका मिल जाता था। कैकेयी नहीं चाहती थीं कि वह अपने भाइयों के साथ ज़्यादा समय बिताएं। दरअसल, अगर उनके बस में होता, तो वह अवकाश के दिनों में उन्हें पूरी तरह से अपने नियंत्रण में रखतीं। और ज़्यादा बदतर तो वह होता, जब वह उन्हें महान बनने, अपनी मां का सपना पूरा करने की अंतहीन हिदायतें देती रहतीं। जिन लोगों के साथ भरत का समय बिताना कैकेयी को भाता था, वह बस उनके मायके के लोग ही थे। अवकाश में अपने नाना-नानी और मामा की उपस्थिति में, भरत अपनी मां से आज़ाद हो जाते थे। वह उनके साथ बेफिक्री से अपनी छुट्टियां बिताते।

राम ने मजाक में भरत के पेट में च्यूंटी काटी। 'भरत, वह तुम्हारी मां है। वह बस तुम्हारी भलाई चाहती हैं।'

'दादा, ऐसा वह प्यार के साथ भी तो कर सकती हैं। मुझे याद है, जब मैं तीन साल का था, तो मेरे हाथों से दूध का गिलास गिर गया था, तो उन्होंने मुझे अपनी दासी के सामने, जोर से थप्पड़ मारा।'

'तुम्हें उस समय की बातें याद हैं, जब तुम तीन साल के थे? मुझे तो लगा था कि बस मुझे ही तबकी बातें याद हैं।'

'मैं कैसे भूल सकता हूं? मैं छोटा बच्चा था। वह गिलास मेरे हाथों के लिए काफी बड़ा था। वह भारी था, और फिसल गया! बस! उन्हें मुझे थप्पड़ मारने की क्या ज़रूरत थी?'

राम अपनी सौतेली मां, कैकेयी को समझते थे। उनमें काफी हताशा थी। वह अपने परिवार में सबसे काबिल बच्ची थीं। बदकिस्मती से, उनकी बुद्धिमत्ता पर कभी उनके पिता ने गर्व नहीं किया। इसके विपरीत, अश्वपति नाराज़ थे कि कैकेयी ने बुद्धिमत्ता में उनके पुत्र, युद्धजीत को मात दे दी थी। इससे राम को महसूस हुआ कि समाज में समर्थ महिलाओं की कोई अहमियत नहीं है। और अब, बुद्धिमान लेकिन हताश, कैकेयी अपनी पहचान भरत, अपने बेटे के माध्यम से बनाना चाहती थीं। वह अपनी महत्वाकांक्षाएं अपने बेटे के जरिए पूरा करना चाहती थीं।

हालांकि राम ने अपना परामर्श नहीं दिया।

भरत आवेग में बोलते रहे, 'काश मेरी मां भी आपकी मां जैसी होतीं। वह मुझे बिना शर्त प्यार करतीं, और मेरा दिमाग़ भी नहीं खातीं।'

राम ने जवाब नहीं दिया, लेकिन वह भांप गए कि भरत के दिमाग़ में कुछ चल रहा था।

'भरत, तुम क्या कहना चाहते हो?' राम ने अपने भाई की तरफ देखे बिना पूछा।

भरत ने अपनी आवाज़ धीमी की, जिससे लक्ष्मण और शत्रुघ्न न सुन पाएं। 'राम दादा, आपने सोचा कि आज गुरुजी क्या कह रहे थे?'

राम की सांस रुक गई।

'दादा?' भरत ने पूछा।

राम ने सख्ती से कहा। 'यह राजद्रोह है। मैं ऐसी बातें सोचने से भी मना करता हूं।'

'राजद्रोह? अपने देश के भलाई के बारे में सोचना?'

'वह हमारे पिता हैं! हमारे कुछ कर्तव्य हैं...'

'क्या आपको लगता है कि वह अच्छे राजा हैं?' भरत ने बात बीच में काटी।

'मनुस्मृति में कानून है, जिसमें साफ लिखा है कि एक बेटे को...'

'दादा, मुझे मत बताओ कि कानून क्या कहता है,' भरत ने मनुस्मृति के कानून को हाथ हिलाकर मानने से मना कर दिया। 'मैंने भी मनुस्मृति पढ़ी है। मैं जानना चाहता हूं कि आप क्या सोचते हैं।'

'मैं सोचता हूं कि कानून का अवश्य पालन किया जाना चाहिए।'

'सच में? बस आपको यही कहना है?'

'मैं इसमें कुछ जोड़ना चाहूंगा।'

'कृपया जोड़िए!'

'कानूनों का *हमेशा* पालन करना चाहिए।'

भरत ने खीझते हुए आंखें घुमाईं।

'मैं समझता हूं कुछ खास हालातों में यह काम नहीं करते,' राम ने कहा। 'लेकिन अगर मन से कानून का पालन किया जाए, चाहे जो भी हो, तो कुछ समय के बाद, एक बेहतर समाज का निर्माण होता है।'

'दादा, अयोध्या में कोई भी कानून को लेकर इतना हो हल्ला नहीं मचाता! हमारी सभ्यता अब पतन की स्थिति में पहुंच गई है। हम दुनिया में सबसे पाखंडी लोग हैं। हम दूसरों की भ्रष्टता की बुराई करते हैं, लेकिन अपनी बेईमानी पर आंखें मूंदे बैठे हैं। हम दूसरों से नफ़रत करते हैं, क्योंकि वे ग़लत काम करते हैं, अपराधी हैं, लेकिन अपनी गलतियों को, भले ही वे छोटी हों या बड़ीं, अनदेखा कर जाते हैं। अपनी मुसीबतों के लिए हम रावण को दोष देते हैं, यह भूल जाते हैं कि जिस दलदल में हम हैं, वह हमारा खुद का बनाया हुआ है।'

'और यह कैसे बदलेगा?'

'यह मनुष्य की स्वाभाविक प्रवृत्ति है। हम अपने हर दोष का इल्ज़ाम दूसरों पर मढ़ते हैं, खुद का गिरेबान झांकने की हिम्मत हममें नहीं है। मैंने यह पहले भी कहा था, और आगे भी कहूंगा। हमें एक ऐसे राजा की ज़रूरत है, जो एक व्यवस्था बनाए, जिससे इंसान की स्वार्थी प्रवृत्ति को भी समाज के हित में लगाया जा सके।'

'बकवास। हमें एक ऐसे महान राजा की ज़रूरत है, जो आदर्श के साथ नेतृत्व करे। एक ऐसा अधिनायक जो लोगों को उनमें छिपी सचाई देखने के लिए प्रेरित कर सके! हमें ऐसे अधिनायक की ज़रूरत नहीं है, जो लोगों को उनकी मनमर्जी के लिए आज़ाद छोड़ दे।'

'नहीं दादा, अगर सावधानी से इस्तेमाल की जाए, तो आज़ादी एक मित्र है।'

'आज़ादी कभी भी कानून की मित्र नहीं हो सकती। आपके पास चयन की आज़ादी होती है कि आप समाज में रहना चाहते हैं, या नहीं। अगर आप समाज का चयन करते हैं, तो आपको उसके नियम मानने ही पड़ते हैं।'

'नियम हमेशा जड़ हैं और रहेंगे। यह एक हथियार है, एक प्रयोजन का साधन,' भरत ने कहा।

इस प्रयोजन पर राम ने जोर से हंसते हुए बात खत्म की। भरत ने भी हंसते हुए भाई के कंधे पर हाथ मारा।

'तो एक महान अधिनायक के बारे में आपने जो बातें कहीं कि वह प्रेरक, समर्थ, खुद में भगवान खोजने वाला होना चाहिए...' भरत ने कहा। 'तो क्या आपको लगता है कि पिताजी में ये सब बातें हैं?

राम ने अर्थपूर्ण नज़रों से अपने भाई को देखा, वह फिर से जाल में

फंसने वाले नहीं थे।

भरत खिलखिलाकर हंसे, और खेल के अंदाज में राम के कंधे पर मुक्के मारने लगे। 'अच्छा छोड़ो, दादा! रहने देते हैं!'

वास्तव में राम के मन में संघर्ष चल रहा था। लेकिन, एक कर्तव्यपरायण बेटा होने के कारण, वह पिता के प्रति अपने मन में भी विद्रोही विचार नहीं ला पा रहे थे।

कुछ क़दम पीछे चल रहे लक्ष्मण, जंगल की गतिविधियों में डूबे हुए थे।

हालांकि, शत्रुघ्न बड़े मन से उन दोनों की बातें सुन रहे थे। *राम दादा तो बहुत ही आदर्शवादी हैं। भरत दादा व्यावहारिक और वास्तविक हैं।*

अध्याय 7

एक और? राम अपने आश्चर्य पर काबू करते हुए, अपने विचारों को शब्दों में आने से रोक रहे थे। *यह उसकी पांचवीं प्रेयसी है।*

करछप में मिली पराजय को सत्रह साल बीत चुके थे। सोलह साल की उम्र में, भरत प्यार की खुशी तलाश चुके थे। आकर्षक और करिश्माई भरत को लड़कियां भी उतना ही पसंद करती थीं, जितना वह लड़कियों को। कबायली परंपरा के अनुसार, मुखिया वरुण के कबीले की महिलाएं सक्षम थीं, और अपनी खुशी के लिए किसी से भी संबंध बनाने को लेकर स्वतंत्र थीं। और भरत उन सबमें खासे लोकप्रिय थे। वह राम की तरफ ही आ रहे थे, उन्होंने एक बहुत ही सुंदर लड़की का हाथ थाम रखा था, जो यकीनन उनसे आयु में बड़ी थी। शायद वह बीस के करीब रही होगी।

'कैसे हो, भरत?'

'कभी भी बढ़िया नहीं होता, दादा,' भरत ने दांत दिखाते हुए कहा। 'जरा ठीक होता हूं कि तभी कुछ बुरा हो जाता है।'

राम मृदुलता से मुस्कुराए और सम्मान से लड़की की ओर मुखातिब हुए।

'दादा,' भरत ने कहा। 'मैं आपको राधिका से मिलवाता हूं, यह मुखिया वरुण की बेटी हैं।'

'आपसे मिलकर खुशी हुई,' राम ने हाथ जोड़कर, सिर झुकाते हुए कहा।

राधिका ने आश्चर्य से भौंहे उठाईं। 'भरत सही कह रहे थे। आप तो

निहायत ही औपचारिक हैं।'

लड़की की स्पष्टवादिता पर राम की आंखें फैल गईं।

'मैंने ऐसे नहीं कहा था,' भरत ने विरोध जताते हुए राधिका का हाथ छोड़ दिया। 'मैं अपने दादा के लिए ऐसे शब्द कैसे बोल सकता हूं।'

राधिका स्नेह से भरत के बालों में हाथ फिरा रही थी। 'ठीक है, शब्द मेरे अपने हैं। लेकिन मुझे आपकी औपचारिकता पसंद आई। और भरत को भी वह पसंद है। लेकिन मुझे यकीन है कि आप इस बात को पहले से ही जानते होंगे।'

'धन्यवाद,' राम ने अपना अंगवस्त्र ठीक करते हुए कहा।

राधिका राम की असहजता पर हंस रही थी। यहां तक कि राम भी, जो प्रायः स्त्रियों से दूर रहते हैं, उसकी खूबसूरत हंसी को अनदेखा नहीं कर पाए। वह बिल्कुल ऐसे लग रही थी, मानो अप्सरा हो।

राम ने ध्यान से संस्कृत में भरत से बात की, ताकि राधिका समझ न पाए। '*सा वर्तते लावण्यावती।*'

यद्यपि भरत भी प्राचीन संस्कृत को राम के जितना नहीं समझ पाते थे, लेकिन वह इस तारीफ को समझ गए थे। राम ने कहा था, 'यह बहुत सुंदर है।'

इससे पहले कि भरत कुछ कह पाते, राधिका बोल उठी, '*अहम् जनामि।*'

'मैं जानती हूं।'

शर्माए हुए राम कह उठे, 'प्रभु ब्रह्मा कृपा करें! तुम तो प्राचीन संस्कृत भी जानती हो।'

राधिका मुस्कुराई। 'हम भले ही इन दिनों आधुनिक संस्कृत बोलते हों, लेकिन प्राचीन ग्रंथों को पढ़ने के लिए प्राचीन संस्कृत का आना बहुत ज़रूरी है।'

भरत ने बात बीच में काटी। 'दादा, केवल उसकी बुद्धिमानी पर मत जाइए, वह बहुत खूबसूरत भी है!'

राम ने मुस्कुराकर, एक बार फिर से अपने हाथ जोड़े, 'क्षमा चाहता हूं, राधिका, अगर मैंने किसी तरह तुम्हें ठेस पहुंचाई हो तो।'

राधिका मुस्कुराई। 'नहीं, आपने ऐसा कुछ नहीं किया। अपनी सुंदरता की तारीफ सुनना भला किसे बुरा लगेगा?'

'मेरा छोटा भाई खुशकिस्मत है।'

'मैं भी कुछ कम खुशकिस्मत नहीं,' राधिका ने भरोसा दिलाया। उसका हाथ अभी भी भरत के बालों को सहला रहा था।

राम देख सकते थे कि भरत बिल्कुल फिदा थे। यकीनन, इस बार बात पहले से अलग थी; राधिका उनकी पिछली प्रेयसियों से भिन्न थी। लेकिन उन्हें कबायली लोगों की परंपराएं भी पता थीं। उनकी लड़कियां, बेशक आज़ाद थीं, लेकिन वे अपने समुदाय से बाहर विवाह नहीं कर सकती थीं। उनका कानून उन्हें इसकी इजाज़त नहीं देता था। राम इसका कारण तो नहीं समझते थे। शायद यह इन लोगों की शुद्धता को बचाने का प्रयास हो, या फिर यह कि शहरी लोग इन्हें प्रकृति से दूर कर देंगे। वह बस उम्मीद कर रहे थे कि इन सबमें उनके छोटे भाई का दिल न टूट जाए।

'तुम कितना मक्खन खाओगे?!' राम भरत की लत को नहीं समझ सकते थे। तीसरे प्रहर का आख़री घंटा, संध्या समय, राम और भरत गुरुकुल में एक वृक्ष के नीचे सुस्ता रहे थे। लक्ष्मण और शत्रुघ्न इस खाली समय का उपयोग घुड़सवारी के अभ्यास में कर रहे थे; दरअसल, अब वे खुले मैदान में तेज़ी से घोड़ा दौड़ाने लगे थे। चारों भाइयों में लक्ष्मण सबसे बेहतर घुड़सवार थे, वह शत्रुघ्न को आराम से हरा देते थे।

'मुझे यह पसंद है, दादा,' भरत ने कंधे झटककर कहा। उनके मुंह पर मक्खन लगा था।

'लेकिन यह सेहत के लिए अच्छा नहीं होता। यह वसा बढ़ाता है!'

भरत ने सांस रोककर, छाती फुलाकर, अपनी मांसपेशियां दिखाईं। 'क्या मैं आपको मोटा दिखाई देता हूं?'

राम मुस्कुराए। 'लड़कियों को यकीनन तुम अनाकर्षक नहीं लगोगे, तो मुझे लगने न लगने से क्या होता है।'

'बिल्कुल!' भरत ने चहककर कहा। वह घड़े में से और मक्खन निकालकर खाने लगे।

राम ने अपना हाथ भरत के कंधे पर रखा। राम के चेहरे पर चिंता के भाव देखकर भरत ने खाना बंद कर दिया।

राम ने नरमाई से कहा। 'भरत, तुम जानते हो...'

भरत ने तुरंत उन्हें बीच में रोक दिया। 'ऐसा नहीं होगा, दादा।'

'लेकिन भरत...'

'दादा, मेरा भरोसा करो। मैं लड़कियों को आपसे ज़्यादा अच्छी तरह समझता हूं।'

'तुम जानते हो कि मुखिया वरुण के लोग...'

'दादा, वह भी मुझसे उतना ही प्यार करती है, जितना मैं उसे करता हूं। राधिका मेरे लिए अपने नियमों को तोड़ देगी। वह मुझे नहीं छोड़ेगी। भरोसा करो।'

'तुम इतने यकीन से कैसे कह सकते हो?'

'मुझे यकीन है!'

'लेकिन भरत...'

'दादा, मेरी चिंता मत करो। बस मेरे लिए खुश हो जाओ।'

राम ने हार मान ली, और उनका कंधा थपथपाया। 'तो ठीक है, मेरी तरफ से ढेरों शुभकामनाएं!'

भरत ने नाटकीय अंदाज़ में अपना सिर झुकाया, 'आपकी बड़ी मेहरबानी, जनाब!'

राम के चेहरे पर बड़ी सी मुस्कान खिल आई।

'आपको बधाई देने का मौका मुझे कब मिलेगा, दादा?' भरत ने पूछा।

राम ने त्यौरी चढ़ाकर भरत को देखा।

'क्या आपको कोई लड़की अच्छी नहीं लगती? यहां या अयोध्या में? वहां भी तो छुट्टियों में हम बहुत सी लड़कियों से मिले थे...'

'कोई इस काबिल नहीं है।'

'कोई भी?'

'नहीं।'

'आपको किसकी तलाश है?'

राम ने दूर देखते हुए कहा, 'मुझे एक नारी चाहिए, लड़की नहीं।'

'अहा! मैं हमेशा से जानता था कि इस गंभीर मुखौटे के पीछे कोई शरारती शैतान छिपा है।'

राम ने आंख घुमाते हुए, भरत को च्यूंटी काटी। 'तुम जानते हो कि मेरा वो मतलब नहीं था।'

'तो आपका क्या मतलब था?'

'मुझे एक अपरिपक्व लड़की नहीं चाहिए। प्रेम तो गौण होता है। वह उतना महत्वपूर्ण नहीं है। मुझे कोई ऐसी चाहिए, जिसका मैं सम्मान कर सकूं।'

'सम्मान?' भरत ने भौंहें सिकोड़ीं। 'सुनने में उबाऊ लग रहा है।'

'एक रिश्ता महज मजे के लिए नहीं बनाया जाता, यह उस विश्वास और ज्ञान पर आधारित होता है, जो आपको अपने भागीदार से मिलता है। जुनून और उत्साह में बने रिश्ते ज़्यादा नहीं चलते।'

'सच में?'

राम ने तुरंत अपनी बात सुधारी। 'यकीनन, राधिका और तुम्हारी बात अलग है।'

'हम्म,' भरत ने सहमति जताई।

'शायद मुझे ऐसी महिला की ज़रूरत है, जो मुझसे बेहतर हो। एक ऐसी महिला, जो मुझे अपनी प्रशंसा में सिर झुकाने पर विवश कर दे।'

'दादा, आप अपने बड़ों और माता-पिता के सामने सिर झुकाते हो। पत्नी वह होती है, जिसके साथ आप अपनी ज़िंदगी, जुनून बांटते हो,' भरत ने शरारती मुस्कान से कहा। फिर सलाह देने के अंदाज़ में भौंहे चढ़ाते हुए कहा, 'प्रभु ब्रह्मा, कृपा करें, मुझे तो उस पर तरस आ रहा है, जो आपसे शादी करेंगी। आपका संबंध तो इतिहास में दर्ज किया जाएगा, सबसे उबाऊ होने के कारण!'

राम बहुत ज़ोर से हंसे, उन्होंने खेल में भरत को आगे धकेल दिया। भरत ने भी घड़ा छोड़कर, राम को पीछे धकेला और वहां से उठकर भाग गए।

'तुम मुझसे नहीं भाग सकते, भरत!' राम कहते हुए, तेज़ी से अपने भाई के पीछे भागे।

'आप किसका पक्ष लेंगे?' आगंतुक ने पूछा।

गुरुकुल में एक रहस्यमयी अजनबी ने, चुपचाप प्रवेश किया था। इसे गुप्त रखने की, वशिष्ठ की इच्छा के चलते, आगंतुक देर रात गुरुकुल

में पहुंचा था। किस्मत से, निडर लक्ष्मण उसी समय घुड़सवारी कर रहे थे, उन्होंने सोने के समय का नियम तोड़ा था। जब वह वापस आ रहे थे, तो उन्होंने देखा कि एक अनजान घोड़े को सावधानी से, आश्रम परिसर से कुछ दूर, बांधा गया था।

उन्होंने शांति से अपने घोड़े को अस्तबल में बांधा। फिर अयोध्या के राजकुमार ने गुरुजी को इस संभावित घुसपैठिए के बारे में सूचित करने का निर्णय लिया। वशिष्ठ के कमरे को खाली पाकर, लक्ष्मण का संदेह और गहरा गया। खुद पर काबू न रखकर, उन्होंने सब पता लगाने का तय किया। उन्हें आख़िरकार गुरु वशिष्ठ पुल के नीचे खड़े दिखाई दिए, जो रहस्यमयी आगंतुक से धीमी आवाज़ में बात कर रहे थे। लक्ष्मण कुछ आगे आकर, झाड़ियों के पीछे छिपकर, उनकी बात सुनने की कोशिश करने लगे। 'मैंने अभी तक निर्णय नहीं लिया है,' वशिष्ठ ने जवाब दिया।

'गुरुजी, आपको जल्दी कुछ निर्णय लेना होगा।'

'क्यों?'

यद्यपि आगंतुक स्पष्ट रूप से दिख नहीं रहा था, फिर भी जो लक्ष्मण ने देखा, उससे वह बुरी तरह डर गए। मद्धिम प्रकाश भी उस अजनबी की असामान्य रूप से गोरी रंगत, विशालकाय क़द और हल्की मांसलता को छिपा नहीं पा रहा था। उसके शरीर पर रोएं जैसे बाल थे, और पीठ के निचले भाग से विचित्र सा अंग बाहर निकल रहा था। स्पष्टतया वह खतरनाक नागा, सप्तसिंधु में डर व्यापत करने वाली रहस्यमयी प्रजाति से था। उसने अपनी पहचान छिपाने का प्रयत्न नहीं किया था, जैसा कि अधिकतर नागा करते हैं। वे या तो चेहरे पर नकाब लगाते हैं या सिर से पैरों तक ढंकने वाली पोशाक पहनते हैं। उसने कमर के निचले हिस्से पर धोती बांधी हुई थी।

'क्योंकि *वे* तुम तक आ पहुंचे हैं,' अर्थपूर्ण नज़रों से देखते हुए नागा ने कहा।

'तो?'

'आपको डर नहीं लग रहा?'

वशिष्ठ ने कंधे झटककर कहा, 'मुझे डर क्यों लगना चाहिए?'

नागा नम्रता से मुस्कुरा दिया। 'वीरता और मूर्खता में अंतर करने वाली रेखा बहुत ही बारीक होती है।'

'और वह रेखा पुनरावलोकन करने पर ही दिखाई देती है, मेरे मित्र।

अगर मैं सफल होता हूं, तो लोग मुझे वीर कहेंगे। अगर असफल हुआ तो मूर्ख बुलाएंगे। मुझे वही करने दो, जो मुझे सही लगता है। फैसला मैं भविष्य के हाथों में छोड़ता हूं।'

नागा ने असहमति में अपनी ठुड्डी हिलाई, लेकिन उसने बहस को वहीं बंद कर दिया।

'आप मुझसे अभी क्या चाहते हैं?'

'अभी तो कुछ नहीं। इंतज़ार करो,' वशिष्ठ ने जवाब दिया।

'क्या आपको पता है कि रावण...'

'हां, मैं जानता हूं।'

'और फिर भी आप यहां रहकर, कुछ नहीं करना चाहते?'

'रावण...' वशिष्ठ बुदबुदाए, वह सावधानीपूर्वक बोले, 'उसका भी फायदा उठाया जा सकता है।'

लक्ष्मण इस झटके को बमुश्किल सह पाए। यद्यपि इस किशोर को पता था कि इस समय चुप ही रहना होगा।

'कुछ लोग ऐसे हैं, जो मानते हैं आप सम्राट दशरथ के खिलाफ विद्रोहियों को तैयार कर रहे हैं,' नागा ने कहा, उसकी आवाज़ में अविश्वास साफ झलक रहा था।

वशिष्ठ हल्के से हंसे। 'उनके खिलाफ विद्रोह की कोई ज़रूरत नहीं है। साम्राज्य व्यावहारिक रूप से उनके हाथों से निकल चुका है। वह अच्छे इंसान हैं, लेकिन निराशा और पराजय की दलदल में डूब चुके हैं। मेरा लक्ष्य बड़ा है।'

'हमारा लक्ष्य,' नागा ने दुरुस्त किया।

'यकीनन,' उसके कंधे को थपथपाते हुए वशिष्ठ मुस्कुराए। 'मुझे क्षमा करना। यह हमारा संयुक्त लक्ष्य है। लेकिन अगर लोग सोचना चाहें कि हमारी महत्वाकांक्षा अयोध्या तक ही सीमित है, तो उन्हें सोचने दो।'

'हां, यह सही है।'

'मेरे साथ आओ,' वशिष्ठ ने कहा। 'मैं तुम्हें कुछ दिखाना चाहता हूं।'

उन दोनों के जाने के बाद लक्ष्मण ने गहरी सांस ली। उनका दिल जोरों से धड़क रहा था।

गुरुजी क्या करना चाहते हैं? क्या हम यहां सुरक्षित हैं?

रास्ता साफ देखकर, लक्ष्मण वहां से भागकर राम के कक्ष में पहुंचे।

'लक्ष्मण, जाओ सो जाओ,' उनींदे राम ने चिढ़ते हुए कहा। उन्हें घबराए हुए लक्ष्मण ने नींद से जगा दिया था। वह जल्द से जल्द अपने भाई को उस षड्यंत्र की सूचना देना चाहते थे, जो उन्होंने अभी अपने कानों से सुना था।

'दादा, मैं आपको बता रहा हूं कि वहां कुछ हो रहा है। वह अयोध्या से जुड़ा है, और गुरुजी भी उसमें शामिल हैं,' लक्ष्मण ने ज़ोर दिया।

'क्या तुमने भरत को बताया?'

'बिल्कुल नहीं! वह भी इसमें शामिल हो सकते हैं।'

राम ने लक्ष्मण को घूरा। 'वह भी तुम्हारा दादा है, लक्ष्मण!'

'दादा, आप बहुत सीधे हो। आप अयोध्या से जुड़े उस षड्यंत्र को देखने से मना कर रहे हो, जिसमें गुरुजी भी शामिल हैं। दूसरे लोग भी होंगे। मैं सिर्फ आप पर भरोसा कर सकता हूं। आप ही हम सबकी रक्षा कर सकते हैं। मेरा काम आपको बताना है। अब जांच करना आपका काम है।'

'जांच करने को कुछ नहीं है, लक्ष्मण। अपने कक्ष में जाओ और सो जाओ।'

'दादा...'

'लक्ष्मण, अपने कक्ष में जाओ! अभी!'

अध्याय 8

'जीने का आदर्श तरीका क्या है?' वशिष्ठ ने पूछा।

सुबह के समय, अयोध्या के राजकुमार अपने गुरु के समक्ष बैठे थे। उन्होंने अभी-अभी गुरु स्तोत्रम् समाप्त किया था।

'बताओ?' ख़ामोशी को देख गुरु ने फिर से प्रोत्साहित किया।

उन्होंने लक्ष्मण की तरफ देखा, जो सबसे पहले जवाब देने के लिए उठते हैं। हालांकि, उन्हें परेशान मुद्र में बैठा देख, वशिष्ठ हैरान रह गए। विरोध लक्ष्मण के व्यवहार में साफ झलक रहा था।

'पौरव, कोई परेशानी है क्या?' वशिष्ठ ने जानना चाहा।

लक्ष्मण ने शिकायती नज़रों से राम को देखा, फिर ज़मीन की ओर तकने लगे। 'नहीं, गुरुजी। कोई परेशानी नहीं है।'

'क्या तुम जवाब देना चाहोगे?'

'मैं जवाब नहीं जानता, गुरुजी।'

वशिष्ठ का माथा ठनका। अनभिज्ञता कभी भी लक्ष्मण को जवाब देने से रोक नहीं पाती थी। उन्होंने भरत से कहा। 'वसु, क्या तुम जवाब देना चाहोगे?'

'गुरुजी, जीने का आदर्श तरीका वह है, जहां हर कोई स्वस्थ, संपन्न, सुखी हो, और जीवन के लक्ष्यों के लिए संतुष्टि से काम कर रहा हो,' भरत ने कहा।

'और एक समाज इसे कैसे पा सकता है?'

'यह लगभग असंभव है! लेकिन अगर इसकी कोई भी संभावना है, तो

वह सिर्फ आज़ादी ही है। लोगों को स्वतंत्रता से उनकी राहें तलाशने दो। वे खुद ब खुद अपनी मंज़िल पा लेंगे।'

'लेकिन क्या आज़ादी हर इंसान को उसका सपना पूरा करने देगी? अगर एक के सपने दूसरे की राह में रुकावट बनने लगें तो?'

इसका जवाब देने से पहले भरत ने कुछ पल गंभीरता से सोचा। 'आप सही कह रहे हैं। एक मज़बूत आदमी के प्रयास हमेशा कमज़ोर आदमी की राह में बाधा बनेंगे।'

'तो?'

'तो प्रशासन को कमज़ोर की सुरक्षा निश्चित करनी चाहिए। हम मज़बूत को ही हमेशा जीतने नहीं दे सकते। इससे अधिसंख्यकों में असंतोष उत्पन्न होगा।'

'क्यों, दादा?' शत्रुघ्न ने पूछा। 'मैं कहूंगा कि ताकतवर को जीतने दो। क्या यह पूरे समाज के लिए बेहतर नहीं होगा?'

'लेकिन क्या यह जंगल का कानून नहीं होगा?' वशिष्ठ ने पूछा। 'कमज़ोर मर जाएगा।'

'अगर आप इसे जंगल का कानून कहते हैं, तो मैं इसे प्रकृति का नियम कहूंगा, गुरुजी,' शत्रुघ्न ने कहा। 'प्रकृति पर फैसला लेने वाले हम कौन होते हैं? अगर कमज़ोर हिरण को शेर नहीं मारेंगे, तो हिरणों की संख्या विस्फोटक हो जाएगी। और कुछ समय बाद, वे सारी वनस्पति को खाकर, जंगल का ही खात्मा कर देंगे। जंगल के लिए ताकतवर का जीतना ही बेहतर है—यह संतुलन कायम करने का प्रकृति का नियम है। प्रशासन को इस प्रक्रिया में दखल नहीं देना चाहिए। उसका काम बस ऐसी व्यवस्था कायम करना है, जहां कमज़ोरों की सुरक्षा और न्यायोचित अवसर मुहैया कराए जा सकें। इसके अलावा, उसे समाज को खुद अपनी राह चुनने के लिए स्वतंत्र छोड़ देना चाहिए। यह प्रशासन का काम नहीं है कि वह सबके सपने पूरे करता फिरे।'

'तो फिर सरकार की ज़रूरत ही क्या है?'

'कुछ ऐसे काम करना, जो अकेला मनुष्य नहीं कर सकता: जैसे बाहरी आक्रमण से सीमा की सुरक्षा करने के लिए फौज का गठन, सभी के लिए आधारभूत शिक्षा की व्यवस्था। एक बात जो हमें पशुओं से अलग करती है, वह यह कि हम अपने कमज़ोरों को मारते नहीं हैं। लेकिन अगर सरकार कमज़ोरों के उत्थान और ताकतवर को दबाने का काम करेगी, तो कुछ समय

बाद समाज अपने आप ही ढह जाएगा। समाज को नहीं भूलना चाहिए कि वह प्रतिभाशाली नागरिकों के विचारों और कार्यों से ही फलता-फूलता है। अगर आप ताकतवर के हित के साथ समझौता करके, कमज़ोरों की ओर झुकोगे, तो समाज का पतन निश्चित है।'

वशिष्ठ मुस्कुराए। 'तुमने सम्राट भरत के साम्राज्य-पतन के कारणों का बहुत गहनता से अध्ययन किया है, है न?'

शत्रुघ्न ने सहमति में सिर हिलाया। भरत ऐतिहासिक चंद्रवंशी सम्राट थे, जिन्होंने हज़ारों साल पहले शासन किया था। देवराज इंद्र के बाद उन्हें सबसे महान शासक माना गया। वह समस्त भारत को अपनी ध्वज तले लेकर आए, और उस युग में असीम विकास देखने को मिला।

'भरत के उत्तराधिकारियों ने उन पुराने तरीकों को बदलने की कोशिश क्यों नहीं की?' वशिष्ठ ने पूछा।

'मैं नहीं जानता,' शत्रुघ्न ने कहा।

'क्योंकि सम्राट भरत के साम्राज्य की जो नीति थी, वह वास्तव में एक दूसरे सफल, किंतु उससे भिन्न साम्राज्य की नीति की प्रतिक्रिया थी। सम्राट भरत के साम्राज्य को जीवन के स्त्रौण पथ का चरमोत्कर्ष कहा जा सकता था, जिसमें आज़ादी, जुनून और सौंदर्य की प्रधानता थी। अपने सर्वोच्च में यह दयालु, रचनात्मक और खासकर कमज़ोरों का पालन-पोषण करने वाला होता है। लेकिन जब स्त्रौण सभ्यता का पतन होने लगता है, तो यह भ्रष्ट, गैर-जिम्मेदार और पतित होने लगती है।'

'गुरुजी,' राम ने कहा। 'क्या आप कहना चाहते हैं कि जीवन का कोई दूसरा पथ भी है? पौरुष पथ?'

'हां। जीवन के पौरुष पथ को सत्य, कर्तव्य और सम्मान से परिभाषित किया जाता है। अपने चरम में, पौरुष सभ्यता सक्षम और समतावादी होती है। लेकिन जब उसका पतन होता है, तो वह मतांध, सख्त और विशेषकर कमज़ोरों के प्रति निर्दय हो जाती है।'

'तो जब स्त्रौण सभ्यता का पतन होने लगे, तो पौरुष पथ उसका जवाब है और जब पौरुष सभ्यता का पतन हो, तो स्त्रौण पथ को उस पर हावी हो जाना चाहिए,' राम ने कहा।

'हां,' गुरु ने कहा। 'जीवन चक्रीय है।'

'क्या यह कहा जा सकता है कि आधुनिक भारत पतन की राह में स्त्रौण

राष्ट्र है?' भरत ने पूछा।

वशिष्ठ ने भरत को देखा। 'दरअसल, भारत आज एक भ्रांत राष्ट्र है। वह अपनी प्रकृति को नहीं समझ पा रहा है, जिसमें स्त्रौण और पौरुष पथ का घालमेल हो चुका है। लेकिन अगर तुम मुझे किसी एक को चुनने के लिए कहोगे, तो मैं स्वीकारूंगा कि हम पतन की राह में स्त्रौण सभ्यता हैं।'

'तो सवाल है कि क्या अब पौरुष पथ के चयन का समय आ गया है, या स्त्रौण सभ्यता को ही पुनर्जीवित करना चाहिए?' भरत ने तर्क किया। 'मुझे नहीं लगता कि भारत बिना स्वतंत्रता के रह सकता है। हम स्वभाव से ही विद्रोही हैं। हम हर चीज को लेकर बहस और लड़ाई करते हैं। हम स्त्रीत्व, आज़ादी के माध्यम से ही विकास कर सकते हैं। पौरुष पथ भले ही अल्पकाल के लिए प्रभावशाली लगे, लेकिन वह ज़्यादा समय नहीं चल सकता। पौरुष पथ को लंबे काल तक झेलने के लिए हम उतने आज्ञाकारी नहीं हैं।'

'ऐसा आज लगता है,' वशिष्ठ ने कहा। 'लेकिन हमेशा ऐसा नहीं था। ऐसा भी समय था जब पौरुष पथ को भारत का चरित्र समझा जाता था।'

भरत विचारमग्न हो गए।

लेकिन राम में कौतुहल जाग गया। 'गुरुजी, आपने कहा था कि जीवन के स्त्रौण पथ को सम्राट भरत ने स्थापित किया था, जिसे ज़रूरत पड़ने पर भी बदला नहीं जा सका, क्योंकि यह पूर्ववर्ती पौरुष सभ्यता की बुराइयों से जन्मा था। संभवतया, उनसे पूर्ववर्ती पथ को बुराई से अंकित कर दिया गया।'

'तुम सही कह रहे हो, सुदास,' वशिष्ठ ने राम को उनके गुरुकुल के नाम से संबोधित किया।

'क्या आप हमें जीवन के इस पौरुष पथ के बारे में बता सकते हैं? वह कैसा साम्राज्य था?' राम ने पूछा। 'क्या इसमें हमें हमारे वर्तमान की समस्याओं का जवाब मिल सकता है?'

'वह साम्राज्य, जिसका उदय कई सदियों पहले हुआ था, जिसने पूरे भारत पर नियंत्रण स्थापित कर लिया था। यह जीवन का बिल्कुल भिन्न पथ था, और अपने चरम पर उसने महानता की ऊंचाइयों को छुआ था।'

'वे लोग कौन थे?'

'उनकी नींव यहीं रखी गई थी, जहां हम हैं। यह बहुत पुरानी बात है, अधिकांश लोग इस आश्रम की महत्ता को भूल चुके हैं।'

'यहां?'

'हां। उस साम्राज्य के जनकों ने यहीं अपने महान गुरु से ज्ञान प्राप्त किया था। उन्होंने उन्हें जीवन के पौरुष पथ का महत्व समझाया। यह उन्हीं का आश्रम था।'

'वह महान ऋषि कौन थे?' राम ने चकित होकर पूछा।

वशिष्ठ ने गहरी सांस ली। वह जानते थे कि जवाब से उन्हें झटका लगेगा। उस प्राचीन महान ऋषि का नाम आज भय का पर्याय है; इतना कि आज भी उनका नाम धीमी आवाज़ में लिया जाता है। अपनी आंखें राम पर केंद्रित करके उन्होंने जवाब दिया, 'महर्षि शुक्राचार्य।'

भरत, लक्ष्मण और शत्रुघ्न जम गए। शुक्राचार्य असुरों के गुरु थे, और राक्षसी सनकी असुरों ने हज़ारों साल पहले लगभग समग्र भारत को अपने नियंत्रण में ले लिया था। उन्हें आख़िरकार देवों ने लंबे चले संग्राम में पराजित किया। यद्यपि असुर साम्राज्य का विनाश हो गया था, लेकिन इससे भारत की भी भारी तबाही हुई थी। लाखों लोग मारे गए, और सभ्यता के पुर्नरुद्धार में लंबा समय लगा। देवों के राजा इंद्र ने असुरों को भारत से बाहर खदेड़ दिया था। शुक्राचार्य का नाम मिट्टी में मिल गया, और उनके नाम के साथ नाराजगी और आतंक जुड़ गया।

छात्र सकते के कारण, अभी कुछ कहने की स्थिति में नहीं थे। हालांकि राम की आंखों में जिज्ञासा देखी जा सकती थी।

वशिष्ठ रात को अपने शिष्यों के मन में चल रही उथल-पुथल की थाह लेने के लिए बाहर निकले; गुरु शुक्राचार्य के बारे में सुबह हुई बात ने कुछ तो असर छोड़ा होगा। लक्ष्मण और शत्रुघ्न अपने कक्ष में, गहरी नींद में सो रहे थे, लेकिन राम और भरत गायब थे।

वशिष्ठ ने परिसर में उन्हें ढूंढ़ने का निर्णय लिया, चंद्रमा की रौशनी उन्हें राह दिखा रही थी। आगे से आती मद्धम आवाज़ों ने उन्हें एक लड़की के साथ भरत की परछाई तक पहुंचाया।

भरत विनती करते प्रतीत हो रहे थे। 'लेकिन क्यों...'

'मुझे माफ कर दो, भरत,' लड़की ने शांत आवाज़ में कहा। 'मैं अपने कबीले का नियम नहीं तोड़ सकती।'

'लेकिन मैं तुमसे प्यार करता हूं, राधिका... मैं जानता हूं, तुम भी मुझसे प्रेम करती हो... हम दूसरों के सोचने की परवाह क्यों करें?'

वशिष्ठ ने तुरंत पीछे मुड़कर, वापसी का रास्ता लिया। एक निजी और दुखद क्षण में दखल देना उचित नहीं था।

राम कहां है?

एक लहर में, उन्होंने फिर से रास्ता बदल दिया, और पत्थर के रास्ते से होकर, चट्टान के मध्य में बने मंदिरों की ओर गए। वह प्रभु इंद्र के मंदिर में गए, जिन्होंने असुरों को पराजित किया था। इंद्र का मंदिर मध्य में स्थित था, जो उनके ताकतवर होने का प्रतीक था। इंद्र ने ही उस सेना का नेतृत्व किया था, जिसने शुक्राचार्य की विरासत को मिटा दिया था।

वशिष्ठ ने विशाल मूर्ति के पीछे से आते मद्धम स्वर को सुना, और वह सहज रूप से उस ओर बढ़ गए। मूर्ति के पीछे इतनी जगह थी कि वहां चार-पांच लोग आराम से आ सकते थे। दीवार पर जलती मशाल की रौशनी में, वशिष्ठ और मूर्ति की परछाई ज़मीन पर नृत्य करती प्रतीत हो रही थीं।

मूर्ति के पीछे, वह घुटनों के बल बैठे राम को मुश्किल से ही पहचान पाए। वह ज़मीन पर लिखे किसी अभिलेख को पढ़ने की कोशिश कर रहे थे। जैसे ही वह उसे ढूंढ़ पाने में सफल हुए, उन्हें वशिष्ठ की मौजूदगी का अहसास हुआ।

'गुरुजी,' राम ने तुरंत उठते हुए कहा।

वशिष्ठ उनके पास गए, नरमी से अपना हाथ उनके कंधे पर रखा और उनके साथ बैठकर उस अभिलेख को देखने लगे, जो राम ने खोजा था।

'क्या तुम इसमें लिखा पढ़ सकते हो?' वशिष्ठ ने पूछा।

वह एक प्राचीन, लुप्त हो गई लिपि थी।

'मैंने यह लिपि पहले कभी नहीं देखी,' राम ने कहा।

'यह प्राचीन लिपि है, जो भारत में प्रतिबंधित है, क्योंकि असुर इसका इस्तेमाल करते थे।'

'असुर, महान पौरुष साम्राज्य, वही न जिसके बारे में आपने आज सुबह बताया था?'

'हां, वही!'

राम अभिलेख की तरफ झुके। 'इसमें क्या लिखा है, गुरुजी?'

वशिष्ठ ने अपनी तर्जनी अभिलेख की तरफ बढ़ाई। 'ब्रह्मांड शुक्राचार्य का नाम कैसे ले सकता है? ब्रह्मांड बहुत छोटा है। और शुक्राचार्य बहुत बड़े।'

राम ने हल्के हाथों से अभिलेख को छुआ।

'आख्यान बताता है कि यह उनका आसन था, जिस पर बैठकर वह ज्ञान देते थे,' वशिष्ठ ने कहा।

राम ने गुरु वशिष्ठ को देखा। 'गुरुजी, मुझे उनके बारे में बताइए।'

'कुछ लोग अभी भी यह मानते हैं कि वो शायद उन महान भारतीयों में से थे, जिन्होंने धरती पर क़दम रखा। उनके बचपन के बारे में मैं ज़्यादा नहीं जानता; अप्रामाणिक बातों से पता चलता है कि वह मिस्र के एक दास परिवार में पैदा हुए थे, जिन्हें बचपन में ही उनके परिवार ने त्याग दिया था। फिर उन्हें वहां घूमने गई असुर राजकुमारी ने गोद ले लिया, जिन्होंने भारत में उनका पालन-पोषण किया। हालांकि, उनके कार्यों को जानबूझकर नष्ट कर दिया गया, जिससे कोई नहीं जान सके कि वह उस जमाने में भी कितने ताकतवर और संपन्न थे। वह प्रतिभाशाली, आकर्षक व्यक्तित्व के धनी थे, जिन्होंने अधिकारहीन भारतीय राजवंशियों को उस समय की ताकतवर प्रजाति में तब्दील कर दिया था।'

'अधिकारहीन भारतीय राजवंशी? लेकिन असुर तो विदेशी थे, है न?'

'बकवास। यह जानबूझकर फैलाई हुई अफवाह थी। अधिकांश असुर वास्तव में देवों से ही संबंधित थे। दरअसल, देवों और असुरों के पूर्वज एक ही थे, मानसकुल। लेकिन असुर एक विस्तृत परिवार के गरीब, कमज़ोर संबंधी थे, जिन्हें भुला दिया गया था। शुक्राचार्य ने कड़ी मेहनत, अनुशासन, एकता और असुरों के प्रति वफादारी के शक्तिशाली दर्शन से उन्हें गठित किया।'

'लेकिन यह जीत और प्रभुत्व का नुस्खा तो नहीं है। तो फिर उन्हें वह अभूतपूर्व सफलता कैसे मिली?'

'जो उनसे नफरत करते हैं, उन्होंने कहा कि वे इसलिए जीते क्योंकि वे बर्बर योद्धा थे।'

'लेकिन आप यकीनन इससे सहमत नहीं हैं।'

'वैसे देव भी कायर नहीं थे। वह क्षत्रियों का समय था, योद्धा के गुणों को सर्वोपरि रखा जाता था। युद्ध कौशल में देव भी असुरों से बेहतर नहीं तो, उनके मुकाबले के थे। असुर इसलिए सफल हुए, क्योंकि वे समान लक्ष्य के

प्रति समर्पित थे। देवताओं में बहुत मत भिन्नताएं थीं।'

'फिर बाद में उनका पतन क्यों हुआ? क्या वे नरम पड़ गए थे? देवता उन्हें कैसे हरा पाए?'

'जैसा कि अक्सर होता है, आपकी सफलता का कारण ही, समय के साथ आपके पतन का भी कारण बनता है। शुक्राचार्य ने असुरों को एकम् की विचारधारा से जोड़ा। जो एक भगवान की पूजा करते थे, वे सब समान थे।'

राम ने तर्क किया। 'लेकिन यह नया विचार तो नहीं था! ऋग्वेद एकम् का संदर्भ देता है। जिसे आज हम सभी आत्माओं का सार, यानी परमात्मा कहते हैं। यहां तक कि स्त्रौण सिद्धांतों के समर्थक, देव भी एकम् को मानते हैं।'

'इसमें एक सूक्ष्म भेद है, सुदास, जो तुमसे छूट रहा है। ऋग्वेद में साफ कहा गया है कि यद्यपि भगवान एक ही है, लेकिन अध्यात्म समझाने के लिए वह हमारे पास कई रूपों में आता है। जिससे हम उसे उसके मूल रूप में समझ पाएं। आख़िरकार, प्रकृति भी तो विविधताओं से घिरी है; यही बात तो हमें जोड़ती है। शुक्राचार्य अलग थे। उन्होंने कहा कि एकम् के दूसरे रूप झूठे हैं, जो हमें माया की ओर ले जाते हैं। एकम् एक ही प्रभु है, जो सत्य है। उस समय के लिए यह बहुत उग्र सोच थी। अचानक ही, आध्यात्मिक सफर में कोई पदानुक्रम नहीं बचा। वेदों को जानने वाला और न जानने वाला, सब समान हो गए, क्योंकि वे एकम् को मानते थे।'

'इससे तो पूरी मानव प्रजाति समान हो गई।'

'सत्य है। और कुछ समय तक इसका प्रभाव अच्छा भी रहा। इसने असुरों में सारी असमानता को समाप्त कर दिया। और तो और, दूसरे समूहों, जैसे देवताओं के भी प्रताड़ित और शोषित लोग असुरों के साथ हो लिए; इससे उनका सामाजिक स्तर बढ़ गया। किंतु जैसा कि मैंने बार-बार कहा है, हर विचार का सकारात्मक और नकारात्मक पहलु होता है। असुर मानने लगे कि जो एकम् को मानते हैं, वो समान हैं। और उन लोगों का क्या जो एकम् को नहीं मानते थे?'

'वे उनके समान नहीं थे?' राम ने अंदाजन पूछा।

'हां। विविधता को ठुकराकर, एक ही प्रभु को मानने से असहिष्णुता का जन्म हुआ। उपनिषदों में इसकी चेतावनी दी गई थी।'

'हां, मुझे वह स्तोत्र याद है। खासकर वह दोहा: *एक बच्चे को तेज़*

तलवार पकड़ाना, उदारता नहीं, बल्कि गैर जिम्मेदाराना है। क्या यही असुरों के साथ भी हुआ?'

'हां। शुक्राचार्य के शुरुआती छात्र, जिनका उन्होंने खुद चयन किया था, वे एकम् की धारणा को समझने के लिए पर्याप्त बुद्धिमान और आध्यात्मिक रूप से सक्षम थे। लेकिन असुर साम्राज्य का बहुत ही तेज़ी से विस्तार हुआ, और इसमें कई तरह के लोग समाते गए। समय के साथ, इसके अनुयायी राष्ट्र को एकजुट रखने के मकसद से, अतिवादी हो गए; उनका भगवान सत्य था, दूसरों का झूठ। वे उन लोगों से नफरत करने लगे, जो उनके भगवान को नहीं मानते थे, और इसलिए उन्होंने उनकी हत्या करनी शुरू कर दी।'

'क्या?' भौचक्के राम ने पूछा। 'यह तो निरर्थक है! क्या एकम् के ही स्तोत्र में नहीं कहा गया है कि जो एक प्रभु की अवधारणा को सही मायनों में समझ लेगा, वह किसी से नफरत नहीं कर पाएगा? एकम् तो हर इंसान और हर वस्तु में है; अगर आप किसी इंसान या वस्तु से नफरत करते हैं, तो आप स्वयं एकम् से नफरत कर रहे हैं!'

'हां, यह सच है। बदकिस्मती से असुर मानते थे कि वे जो कर रहे हैं, वह सही है। संख्या बढ़ने के साथ, उनके सिपाहियों ने आतंक का कहर बरपा दिया, मंदिरों को ढहाया, मूर्तियां तोड़ीं और दूसरे भगवानों की पूजा करने वालों की हत्याएं कीं।'

राम ने अपना सिर हिलाया। 'उन्होंने ज़रूर सबको अपने खिलाफ कर लिया होगा।'

'बिल्कुल! और जब हालात बदले, तो असुरों का कोई मित्र नहीं था। दूसरी तरफ, देव जो पहले से ही विभाजित थे, उन्होंने कभी दूसरों पर अपने सिद्धांत थोपने की कोशिश नहीं की थी। वे करते भी कैसे? वे अपने आप में भी सहमत नहीं थे कि उनका जीवन-सिद्धांत आख़िर क्या था! इत्तेफाक से, जब मित्रों के चयन की बात आई, तो वे तब भी एकमत नहीं हो पाए। असुरों की निरंतर हिंसा और उकसावे से गैर असुर तंग आ चुके थे, तो उन्होंने अपने दुश्मनों, यानी देवताओं से हाथ मिला लिया। उधर विडंबना यह रही कि अब असुरों में हिंसा के खिलाफ सवाल उठने लगे थे। वे भी उनसे अलग-थलग होने लगे। तो अब भी क्या असुरों की पराजय में कोई संदेह रह गया था?'

राम ने अपना सिर हिलाया। 'पौरुष पथ में यह बड़ा जोखिम है, है न? अतिवादी विचार आसानी से असहनशीलता और कठोरता में बदल जाते हैं,

खासकर परेशानी के समय में। स्त्रौण पथ में यह समस्या नहीं आती।'

'हां, कठोर असहनशीलता ऐसे शत्रु उत्पन्न करती है, जिनसे बातचीत संभव नहीं हो पाती। लेकिन स्त्रौण पथ की अपनी समस्याएं हैं; खासकर कि सबको एक बड़े लक्ष्य में जोड़ा कैसे जाए। स्त्रौण पथ के अनुयायी अक्सर आपस में बंटे हुए होते हैं, और उन्हें एकजुट करने के लिए किसी चमत्कार की ही ज़रूरत होती है। तभी उन्हें एक ध्वज तले एकत्रित किया जा सकता है।'

राम, जो कि खुद आधुनिक भारत में स्त्रौण पथ के मतभेद और अक्षमताएं देख रहे थे, उनका पौरुष पथ के प्रति उत्सुक होना स्वाभाविक था। 'पौरुष पथ को पुनर्जीवित किया जाना चाहिए। असुरों का मार्ग ही भारत की वर्तमान समस्याओं का जवाब है। लेकिन असुरों के मार्ग का दोहराव न तो किया जा सकता है, न किया जाना चाहिए। कुछ सुधार और व्यवस्थाएं ज़रूरी हैं। सवालों को प्रोत्साहित किया जाना चाहिए। और, तभी वह हमारी समस्याओं का उपचार बन पाएगा।'

'स्त्रैण पथ क्यों नहीं?' गुरु ने पूछा।

'मैं मानता हूं कि स्त्रौण पथ के अधिनायक अपनी ज़िम्मेदारियों से बचते हैं। अपने अनुयायियों के लिए उनका संदेश होता है: "यह आपका निर्णय है"। जब हालात बिगड़ने लगते हैं, तो कोई जिम्मेदारी लेने वाला नहीं होता। पौरुष पथ में, सारी जिम्मेदारी अधिनायक की मानी जाती है। और जब अधिनायक जिम्मेदारी ले लेता है, तो समाज प्रगति करने लगता है। वहां समाज के लिए स्पष्ट निर्देश और मकसद होते हैं। नहीं तो, बस अंतहीन बहस, जांच और पक्षपात ही चलता रहता है।'

वशिष्ठ मुस्कुराए। 'तुम चीजों को ज़्यादा ही सहज कर रहे हो। लेकिन मैं भी इस बात से इंकार नहीं करूंगा कि जब आपको तुरंत परिणाम चाहिएं, तो पौरुष पथ बेहतर है। स्त्रौण पथ में समय लगता है, लेकिन लंबे समय में यह ज़्यादा स्थिर और टिकाऊ साबित होता है।'

'अगर हम अतीत से सबक लें, तो पौरुष पथ को भी टिकाऊ बनाया जा सकता है।'

'क्या तुम एक नई राह बनाना चाहते हो?'

'यकीनन मैं कोशिश करूंगा,' राम ने ईमानदारी से कहा। 'अपनी महान मातृभूमि के लिए यह मेरा कर्तव्य है।'

'तो, पौरुष पथ को पुनर्जीवित करने के लिए तुम्हारा स्वागत है। लेकिन

मैं सुझाव दूंगा कि तुम इसे असुरों के नाम से मत जोड़ना।'

'फिर आप क्या सुझाव देंगे?'

'नाम से कोई फर्क नहीं पड़ता। बात सिद्धांत में है। एक समय था, जब असुर पौरुष पथ का प्रतिनिधित्व कर रहे थे, और देवता स्त्रौण पथ का। फिर असुरों का विनाश हुआ, और सिर्फ देवता बच पाए। सूर्यवंशी और चंद्रवंशी देवों के ही वंशज हैं; दोनों ही स्त्रौण पथ के अनुयायी। लेकिन, अगर तुम वह हासिल करते हो, जो मुझे लगता है, तो सूर्यवंशी तो पौरुष पथ के प्रतिनिधि बन जाएंगे, लेकिन चंद्रवंशी स्त्रौण पथ पर ही चलते रहेंगे। इसलिए मेरा कहना है कि नामों से कोई फर्क नहीं पड़ता।'

राम फिर से उस अभिलेख को देख रहे थे, जो किसी अनजान आदमी ने, कई साल पहले लिख छोड़ा था। यह किसी सक्षम विद्रोही का काम लग रहा था। शुक्राचार्य का नाम पूरे देश में प्रतिबंधित था। उनके अनुयायी भी उनका नाम नहीं ले सकते थे। अपने गुरु को सम्मान से याद तक न कर पाने के घाव पर यह संभवतः लेप के समान था।

वशिष्ठ ने अपना हाथ राम के कंधे पर रखा। 'मैं शुक्राचार्य के बारे में तुम्हें और बताऊंगा, उनका जीवन, दर्शन। वह महान थे। तुम उनसे बहुत कुछ सीखकर, एक महान साम्राज्य की स्थापना कर सकते हो। लेकिन तुम्हें याद रखना होगा कि जितना तुम किसी महान आदमी की सफलताओं से सीख सकते हो, उससे अधिक उसकी असफलता से सीखा जा सकता है।'

'जी, गुरुजी।'

अध्याय 9

'हम इसके बाद काफी समय तक नहीं मिल पाएंगे, गुरुजी,' नागा ने कहा।

प्रभु इंद्र के मंदिर में, राम और वशिष्ठ ने, शुक्राचार्य के विर्षय में जो बातें की थीं, उसे हुए कुछ महीने बीत गए थे। गुरुकुल में राजकुमारों की औपचारिक शिक्षा भी पूरी हो गई थी, और अगले दिन वे अपने घर वापस लौट जाने वाले थे। लक्ष्मण ने देर रात गए, आख़री बार घुड़सवारी करने का निर्णय लिया था। जब वह ख़ामोशी से वापस लौट रहे थे, तो उन्हें गुरु और रहस्यमयी नागा की मुलाकात की पुनरावृति देखने को मिली।

एक बार फिर से, वे पुल के नीचे ही मिल रहे थे।

'हां, यह मुश्किल होगा,' वशिष्ठ ने सहमति जताई। 'अयोध्या के लोग मेरे जीवन के दूसरे पहलु से अनजान हैं। लेकिन मैं संपर्क करने का कोई न कोई रास्ता निकाल लूंगा।'

उसकी कमर के निचले भाग से बाहर की तरफ उभरा हुआ अंग, बोलते समय पूंछ के समान हिलने लगा। 'मैंने सुना है कि आपका पूर्व मित्र रावण के संपर्क में आकर बहुत तरक्की कर रहा है।'

वशिष्ठ ने बोलने से पहले आंखें बंद करके गहरी सांस ली। 'वह हमेशा मेरा मित्र रहेगा। उसने मेरी तब मदद की थी, जब मैं अकेला था।'

नागा ने आंखें सिकोड़कर, चिढ़ जताई। 'गुरुजी, आपको कभी मुझे यह कहानी सुनानी पड़ेगी। हुआ क्या था?'

वशिष्ठ व्यंग्यपूर्ण हंसी हंसे। 'कुछ कहानियां अनकही ही रह जानी चाहिएं।'

नागा को महसूस हुआ कि उसने किसी दर्दनाक पहलु को छेड़ दिया था, इसलिए उसे वहीं रुक जाना होगा।

'लेकिन मैं जानता हूं कि तुम यहां क्यों आए हो,' वशिष्ठ ने विषय बदलते हुए कहा।

नागा मुस्कुराया। 'मुझे जानना है...'

'राम,' वशिष्ठ ने सहजता से बताया।

नागा चकित रह गया। 'मैंने तो सोचा था कि वह राजकुमार भरत होंगे...'

'नहीं। वह राम हैं। उन्हें होना ही था।'

नागा ने सहमति में सिर हिलाया। 'तो, राजकुमार राम। आप जानते हैं न कि आप जब चाहें हमारी मदद ले सकते हैं।'

'हां, मैं जानता हूं।'

लक्ष्मण के दिल की धड़कन इतनी तेज़ हो चुकी थीं कि वह आगे कुछ नहीं सुन पा रहे थे।

'दादा, आप सच में दुनिया को नहीं समझते,' लक्ष्मण चिल्ला रहे थे।

'प्रभु इक्ष्वाकु के नाम पर, तुम बस वापस जाकर सो जाओ,' उत्तेजित राम बुदबुदाए। 'तुम्हें हर जगह षड्यंत्र नज़र आता है।'

'लेकिन...'

'लक्ष्मण!'

'दादा, वे आपको मारने का निर्णय कर चुके हैं! मैं जानता हूं।'

'तुम कब मानोगे कि कोई भी मुझे मारने की कोशिश नहीं कर रहा? गुरुजी मुझे क्यों मारना चाहेंगे? कोई भी मुझे क्यों मारना चाहेगा?!' राम ने पूछा। 'न तो कोई मुझे तब मारना चाहता था, जब मैं घुड़सवारी कर रहा था। और, न कोई मुझे आज मारना चाहता है। मैं उतना महत्वपूर्ण नहीं हूं, तुम जानते हो। अब जाओ, जाकर सो जाओ!'

'दादा, आपको कोई अंदाजा नहीं है! इस स्तर पर, मैं नहीं जानता कि मैं कैसे आपकी रक्षा कर पाऊंगा।'

'तुम हमेशा मुझे किसी न किसी तरह बचा लेते हो,' राम ने नरम आवाज़ में, अपने चिंतित भाई के गाल खींचते हुए कहा। 'अब सो जाओ।'

'दादा...'

'लक्ष्मण!'

'घर पर तुम्हारा बहुत-बहुत स्वागत है, मेरे बच्चे,' कौशल्या ने खुशी से रोते हुए कहा।

खुशी के आंसुओं को छिपाने में असमर्थ रानी, गर्व से अपने बेटे को निहार रही थीं। उन्होंने राम के दोनों कंधे पकड़ रखे थे, राम भावनाओं के इस खुले प्रदर्शन से कुछ असहज थे। अपनी मां की ही तरह, अयोध्या के अठारह वर्षीय रघुवंशी राजकुमार का भी रंग कुछ सांवला और त्वचा बेदाग थी, जिस पर उनकी सफेद धोती और अंगवस्त्र खूब फब रहे थे। उनके चौड़े कंधे, पतली काया और मज़बूत कमर धनुर्विद्या में उनकी महारत की गवाही दे रहे थे। लंबे बाल सफाई से, सिर पर जूड़े के रूप में बंधे थे, कानों में कुंडल और गले में रुद्राक्ष की माला पड़ी थी। कुंडल किरणें बिखेरते सूरज के आकार में बने थे, जो सूर्यवंशी शासकों का प्रतीक थे। रुद्राक्ष की माला के मनके रुद्राक्ष नाम के पेड़ से ही थे, जो प्रभु रुद्र का प्रतिनिधित्व करते थे, जिन्होंने हज़ारों साल पहले भारत को बचाया था।

जब आख़िरकार उनकी मां का रोना बंद हुआ, तो वह उनसे अलग हुए। उन्होंने एक घुटने पर झुकते हुए, पिता के सम्मान में सिर झुकाया। भरे हुए दरबार में एक निस्तब्ध ख़ामोशी छा गई, जहां इस स्वागत समारोह का आयोजन किया गया था। अयोध्या के दरबार ने पिछले दो दशकों में ऐसी भारी भीड़ नहीं देखी थी। महल के ही साथ, शाही दरबार का निर्माण राम के परदादा, सम्राट रघु के शासनकाल में हुआ था। उन्होंने कई अभूतपूर्व विजय हासिल करके, अयोध्या के महल का शानदार पुनरुद्धार करवाया था। उनका नाम इतना विख्यात हुआ कि अयोध्या के राजघराने को 'इक्ष्वाकु का वंश' के स्थान पर 'रघु का वंश' कहा जाने लगा। राम का हृदय इस बदलाव को स्वीकार नहीं कर पाया था, उनके लिए यह इस श्रृंखला के साथ धोखा था। किसी की महान उपलब्धि, पूर्वजों की ख्याति को तो नहीं ढक सकती थी। वह अपने परिवार को 'इक्ष्वाकु का वंश' ही कहने वाले थे; आख़िरकार इक्ष्वाकु

ही इस वंश के प्रवर्तक थे। लेकिन राम के अभिमत में शायद ही किसी को दिलचस्पी थी।

राम अभी भी घुटने पर ही झुके थे, लेकिन आधिकारिक स्वीकृति उन्हें नहीं मिल रही थी। राजगुरु वशिष्ठ सम्राट के दाहिनी ओर बैठे, ख़ामोश अस्वीकृति से उन्हें देख रहे थे।

विचारों में खोए दशरथ मानो शून्य में तक रहे थे। उनके हाथ शेर के आकार में बने, सिहांसन के सुनहरे हत्थे पर रखे थे। सिंहासन के ऊपर सुनहरा मंडप लगा था, जिस पर अमूल्य रत्न जड़े हुए थे। आलीशान दरबार और सिंहासन अयोध्यावासियों की ताकत और प्रभुत्व का प्रतीक था, या कम से कम उस प्रतिष्ठा का, जो अब धूमिल पड़ रही थी। पपड़ाता रंग और सामान के घिसे हुए किनारे अब साम्राज्य के पतन की कहानी बयां करने लगे थे। सिंहासन से कुछ कीमती पत्थर निकाले जा चुके थे, शायद कर अदा करने के लिए। हज़ारों स्तंभों वाला दरबार आज भी आलीशान प्रतीत होता था, लेकिन पुरानी आंखें, जो अतीत के शानदार दिन देख चुकी थीं, उन्हें दीवारों पर लगे, रेशमी पर्दों पर प्राचीन ऋषियों की वे छवियां याद आती थीं, जो कभी ज्ञान का प्रतीक हुआ करती थीं। वह यकीनन धूमिल पड़ते समय में धुंधला गई होंगी।

जब राम इंतज़ार कर रहे थे, तो दरबार में एक अजीब सी शर्मिंदगी छा गई। दरबारियों की सुगबुगाहट उसी बात को पुख्ता कर रही थी, जिसे सब जानते थे: *राम प्रिय पुत्र नहीं थे।*

पुत्र स्थिर और दृढ़ था। सच बताया जा चुका था, जिसमें जरा भी ताज्जुब नहीं था। तिरस्कृत और अभिशप्त जीवन जीते हुए, वह इन चीजों को अनदेखा करना सीख गए थे। गुरुकुल से हर बार की वापसी उनके लिए पीड़ादायक होती थी। लोग किसी न किसी तरह उनके दुर्भाग्यपूर्ण जन्म की याद दिला देते थे। 'कलंक 7,032', माया कैलेंडर के अनुसार उनके जन्म का वर्ष, भुलाया नहीं गया था। इसने उनका बचपन दुश्वार कर दिया था, लेकिन उन्हें याद है कि उनके पिता समान गुरु वशिष्ठ ने उनसे क्या कहा था।

किमपि नु जानाहः वदिश्यंति। तदेव कार्यम् जानानाम्।

लोग बेकार बातें करेंगे। आख़िरकार, यही तो उनका काम है।

कैकेयी अपने पति के पास आईं, और घुटनों पर झुकते हुए दशरथ का आंशिक रूप से शिथिल हाथ उठाकर आगे की ओर बढ़ाया। सार्वजनिक रूप से कर्तव्यपरायण होने का धर्म निभाते हुए, वह अपना क्रोध एकांत में जाहिर

करती थीं। उन्होंने दबी आवाज़ में निर्देश दिया। 'राम का स्वागत कीजिए। याद रखिए, संतति, संरक्षक नहीं।'

सम्राट के चेहरे पर चेतन की एक झलक आई। दर्भपूर्ण ढंग से ठुड्डी उठाते हुए उन्होंने कहा। 'उठो, राम चंद्र, रघुवंश की संतति।'

वशिष्ठ ने अस्वीकृति में अपनी आंखें सिकोड़ीं और राम की ओर देखा।

बहुमूल्य सजधज और भारी आभूषणों से सुशोभित, संपन्न, कुलीन, गोरी रंगत वाली स्त्री, जिसकी कमर कुछ झुकी हुई थी, पहली पंक्ति में बैठी थी। चेहरे पर पुरानी बीमारी के दाग, और झुकी हुई कमर के साथ वह कुछ भयावह प्रतीत हो रही थी। अपने पास खड़े आदमी से मुड़ते हुए वह बोली, 'हम्म, तुम्हें कुछ समझ आया, द्रुह्यु? संतति, संरक्षक नहीं।'

द्रुह्यु ने सम्मान से सिर झुकाया, वह सप्तसिंधु की सबसे धनी और ताकतवर व्यापारी से बात कर रहा था। 'जी, मंथराजी।'

दशरथ द्वारा 'संरक्षक' शब्द का इस्तेमाल नहीं करने का मतलब साफ था कि राम को पहली संतान होने का फल नहीं मिलने वाला था। राम बिना कोई निराशा जाहिर किए, शिष्टता से उठ गए। हाथ जोड़ते हुए, उन्होंने सिर झुकाकर कड़क आवाज़ में कहा, 'महानभूमि के सभी देवता आपकी रक्षा करें, पिताजी।' फिर वह पीछे आकर अपने भाइयों के साथ एक पंक्ति में खड़े हो गए।

राम के साथ खड़े हुए भरत, हालांकि क़द में उनसे छोटे, लेकिन काठी में भारी थे। सालों की मेहनत उनकी मांसपेशियों में झलकने लगी थी, बदन पर लगे संघर्ष के चिह्न उन्हें आकर्षक व्यक्तित्व प्रदान कर रहे थे। गोरी रंगत उन्हें अपनी मां से विरासत में मिली थी, उस पर नीली धोती और अंगवस्त्र खूब शोभित हो रहे थे। लंबे बालों को जिस पट्टी से उन्होंने व्यवस्थित किया था, वह सुनहरी मोर के पंखों से गुथी थी। यद्यपि उनका आकर्षण उनकी आंखों और चेहरे पर था; तीखी नाक, मज़बूत ठोढ़ी और शरारती आंखें। हालांकि इस पल आंखों से उदासी साफ झलक रही थी। उन्होंने चिंतित नज़रों से भाई राम को देखा और फिर गुस्से में दशरथ की ओर बढ़ चले।

भरत जानबूझकर रूखेपन से आगे बढ़े और एक घुटने पर बैठ गए। दरबारीगण हैरान थे कि भरत ने अपना सिर नहीं झुकाया था। वह खुले विरोध से अपने पिता को देख रहे थे।

कैकेयी दशरथ के पास ही खड़ी थीं। उन्होंने अपने बेटे को देखा, और

आंखों ही आंखों में उन्हें सिर झुकाने के निर्देश दिए। लेकिन ऐसी फटकार के लिए भरत अब काफी बड़े हो गए थे। अलक्षित रूप से, कैकेयी ने अपना सिर झुकाकर, दशरथ के कान में कुछ कहा। दशरथ ने वही दोहरा दिया, जो उनसे कहा गया था।

'उठो, भरत, रघुवंश की संतति।'

भरत खुशी से मुस्कुरा दिए, आख़िरकार वे 'संरक्षक' की उपाधि से बच गए थे। वह खड़े हुए, और औपचारिकता से बोले, 'प्रभु इंद्र और प्रभु वरुण आपको विवेक प्रदान करें, पिताजी।'

भाइयों के पास जाते हुए, उन्होंने राम को आंख मारी। राम शांत थे।

फिर लक्ष्मण की बारी आई। जब वह आगे आए, तो सभासद उनका विशाल शरीर और लंबा क़द देखकर दंग रह गए। यद्यपि प्राय: अस्त-व्यस्त रहने वाले लक्ष्मण को मां सुमित्रा ने समारोह के लिए खासतौर पर तैयार होने के निर्देश दिए थे। अपने प्रिय भाई की ही तरह, लक्ष्मण भी आभूषण पहनने से कतराते थे, उन्होंने भी बस कानों में कुंडल और गले में रुद्राक्ष की माला ही धारण की थी। उनका काम बिना किसी झंझट के खत्म हो गया, और फिर तुरंत ही शत्रुघ्न आ गए। छोटे राजकुमार ने सतर्कता से अपनी पोशाक चुनी थी, उनके बाल विधिपूर्वक बंधे थे, धोती और अंगवस्त्र दबाकर व्यवस्थित किए गए थे। उन्होंने सादे और कम आभूषण धारण किए थे। रस्म अदायगी पर उन्हें भी 'रघु की संतति' उपाधि से ही नवाजा गया।

दरबार में समारोह संपन्न होने की प्रक्रिया चलने लगी। कैकेयी दशरथ की मदद को आगे आईं, उन्होंने दशरथ के पास खड़े सेवक को संकेत किया। सेवक के कंधे पर हाथ रखते हुए, दशरथ की नज़र वशिष्ठ पर पड़ी, जो अपने आसन से उठ रहे थे। दशरथ ने हाथ जोड़कर प्रणाम किया। 'गुरुदेव।'

वशिष्ठ ने हाथ उठाकर राजा को आशीर्वाद दिया। 'महाराज, प्रभु इंद्र आपको दीर्घायु प्रदान करें!'

दशरथ ने सिर हिलाया और एक उड़ती नज़र अपने बेटों पर डाली, जो दृढ़ता से साथ खड़े थे। उनकी आंखें राम पर टिकीं, तभी उन्हें खांसी उठ आई, और वह मुड़कर सहायक के साथ चले गए। कैकेयी भी दशरथ के पीछे, दरबार से बाहर चली गईं।

हरकारे ने सम्राट के बाहर जाने की घोषणा की और फिर भरा हुआ दरबार भी खाली होने लगा।

मंथरा अपनी जगह पर खड़ी रही, उसकी नज़रें चारों राजकुमारों पर ही टिकी थीं।

'क्या हुआ, स्वामिनी?' द्रुह्यु फुसफुसाया।

आदमी का दब्बु आचरण बता रहा था कि वह महिला कितनी शक्तिशाली होगी। कहा जाता था कि मंथरा तो सम्राट से भी अधिक संपन्न थी। साथ ही वह, साम्राज्य में सबसे महत्वपूर्ण व्यक्तित्व कैकेयी की भी मुंहलगी थी। कहने वाले तो यह भी कहते थे कि राक्षस-राज रावण से भी उसकी संधि थी, हालांकि आख़री बात को मनगढ़ंत ही माना जा सकता था।

'भाई एक-दूसरे के काफी करीब हैं,' मंथरा ने फुसफुसाते हुए कहा।

'हां, लगता तो है...'

'दिलचस्प... उम्मीद तो नहीं थी, लेकिन है मजेदार...'

द्रुह्यु संदेह से देखते हुए बुदबुदाया। 'आप क्या सोच रही हैं, स्वामिनी?'

'काफी समय से मेरे मन में यह विचार चल रहे हैं। मैं तय नहीं कर पा रही कि हम राम को पूरी तरह से नकार सकते हैं। आख़िरकार, अठारह सालों से तिरस्कार सहते हुए भी, वह मज़बूती और दृढ़ता से खड़े हैं। और भरत, यकीनन अपने भाई के प्रति समर्पित हैं।'

'तो, हमें क्या करना चाहिए?'

'वे दोनों ही मूल्यवान हैं। दोनों में से एक पर दांव लगाना मुश्किल हो रहा है।'

'लेकिन भरत रानी कैकेयी का...'

'मैं सोच रही हूं,' अपने सहायक की बात बीच में काटते हुए मंथरा बोली। 'मैं कोई रास्ता निकाल लूंगी, जिससे रौशनी ज़्यादा से ज़्यादा समय इनके साथ बिता सके। इन राजकुमारों के बारे में ज़्यादा पता लगाना होगा।'

द्रुह्यु चकित रह गया। 'स्वामिनी, क्षमा करें, लेकिन आपकी बेटी बहुत मासूम है, वह अभी कन्याकुमारी है। वह शायद यह कर पाने में...'

'उसकी मासूमियत ही तो हमारे काम आएगी, मूर्ख। एक मासूम नारी का मुकाबला कोई नहीं कर सकता। सभी वीर पुरुष उसके सम्मान और सुरक्षा के लिए प्रेरित रहते हैं।'

अध्याय 10

'शुक्रिया,' भरत ने मुस्कुराते हुए, अपना दाहिना हाथ उठाकर, कलाई पर बंधी सोने की तार की राखी देखी। एक दुबली-पतली युवती उनके पास खड़ी थी; उसका नाम रौशनी था।

राजकुमारों के स्वागत में हुए समारोह को बीते कुछ सप्ताह हो गए थे। लक्ष्मण और शत्रुघ्न की कलाइयों पर पहले ही राखी बंध चुकी थी, यह वह वचन है, जो एक भाई अपनी बहन की सुरक्षा का देता है। परंपरा से भिन्न, रौशनी ने राखी बांधने के लिए पहले सबसे छोटे भाई को चुना था, और फिर उम्र के हिसाब से बड़े भाइयों का नंबर आ रहा था। वे अयोध्या महल के आलीशान शाही बगीचे में बैठे थे। ऊंची चोटी पर स्थित महल से, उसकी दीवारों और विशाल नहर के परे, शहर का असाधारण दृश्य दिखाई देता था। बगीचे को वनस्पति संरक्षण की शैली में तैयार किया गया था, जिसमें न केवल सप्तसिंधु के फूलदार वृक्ष थे, बल्कि दुनिया भर के पौधे वहां पाए जाते थे। इसकी भव्य विविधता भी इसकी सुंदरता का स्रोत थी, जो सप्तसिंधु के मिश्रित चरित्र को प्रतिबिंबित करती थी। घनी घास के कालीन समान मैदानों के बीच बने चौड़े मार्ग ज्यामितिय संतुलन की बेल समान लगते थे। हाय, अयोध्या पर आए संकट की मार इस सुंदर बगीचे में भी दिखने लगी थी, बीच-बीच में उजड़ी सी ज़मीन, कालीन में टाट के पैबंद जैसी प्रतीत हो रही थी।

रौशनी ने भरत के माथे पर चंदन का तिलक लगाया। गोरी रंगत रौशनी को अपनी मां से विरासत में मिली थी, लेकिन अन्य किसी मामले में उनकी कोई समानता नहीं थी। सौम्य और कमसिन वह मृदुभाषी थी, उसकी हंसी

बच्चों के समान थी। उसकी पोशाक की सादगी बताती थी कि उसे अपने परिवार की संपन्नता से कुछ लेना-देना नहीं था। उसने दूधिया धोती के साथ, सफेद चोली पहन रखी थी। कानों में छोटी-छोटी बालियां, हाथ में रुद्राक्ष का बना कंगन उसके शांत चेहरे में चार चांद लगा रहा था। लंबे लहराते बालों की सुरुचिपूर्ण चोटी बनाई गई थी। हालांकि उसका जादुई आकर्षण, उसकी आंखें ही थीं: जिनमें कोमलता और योगिनी के समान बिना शर्त स्नेह भरा हुआ था।

भरत ने कमर-पेटी से स्वर्ण मुद्राओं से भरी थैली निकालकर, रौशनी की ओर बढ़ाई। 'यह मेरी बहन के लिए।'

रौशनी ने त्यौरी चढ़ाई। यह प्रचलन बन गया था कि राखी बंधवाने के बाद भाई अपनी बहन को भेंट दे। रौशनी जैसी महिलाएं इस प्रचलन को बढ़ावा नहीं देतीं। उनका मानना था कि वे ब्राह्मण, वैश्य और शुद्रों का काम करने में समर्थ थीं: मसलन ज्ञान, व्यापार और शारीरिक श्रम में। जो काम उन्हें चुनौतीपूर्ण लगता था, वह था क्षत्रियों का। क्योंकि वे शारीरिक रूप से ताकतवर और हिंसक नहीं होतीं। प्रकृति ने उन्हें कुछ दूसरी नेमते दी थीं। तो वे मानती थीं कि राखी में उन्हें सुरक्षा के वचन से अतिरिक्त कुछ और देना उनका अपमान था। हालांकि, रौशनी इसे निष्ठुरता से नहीं जताना चाहती थी।

'भरत, मैं तुमसे बड़ी हूं,' रौशनी ने मुस्कुराकर कहा। 'मुझे नहीं लगता कि तुम्हारा मुझे मुद्राएं देना उचित है। लेकिन तुम मुझे मेरी सुरक्षा का वचन दे सकते हो।'

'यकीनन,' भरत ने तुरंत, थैली अपनी कमर-पेटिका में रखते हुए कहा। 'तुम तो मंथराजी की बेटी हो। तुम्हें धन की ज़रूरत क्यों होने लगी।'

रौशनी तुरंत ख़ामोश हो गई। राम देख पा रहे थे कि उसे ठेस पहुंची थी। वह जानते थे कि वह अपनी मां की अपार संपन्नता को लेकर सहज नहीं थी। उसे यह बात तकलीफ देती थी कि देश में अधिकांश लोग गरीबी के दलदल में फंसे थे। सब जानते थे कि अपनी मां द्वारा दी जाने वाली आलीशान दावतों से अक्सर रौशनी नदारद रहती थी। न ही वह अपने साथ अंगरक्षकों को लेकर घूमती थी। वह परोपकार के अनेक कामों में धन और समय का दान देती थी, खासतौर पर बच्चों की शिक्षा और स्वास्थ्य में, जिन्हें मैत्रैयी स्मृति, विधि पुस्तक में सबसे महत्वपूर्ण बताया गया है। वह अक्सर ज़रूरतमंदों को अपनी चिकित्सीय सुविधाएं भी उपलब्ध कराती थी।

'यह हैरानी की बात है कि भरत दादा ने आपको राखी बांधने दी,

रौशनी दीदी,' शत्रुघ्न ने उस अजीब सी ख़ामोशी को तोड़ते हुए, अपने बड़े भाई को छेड़ा।

'हां,' लक्ष्मण ने कहा। 'हमारे प्यारे दादा, यकीनन लड़कियों से प्यार तो करते हैं, लेकिन भाई के रूप में नहीं।'

'और, मैंने तो सुना है, लड़कियां इन्हें प्यार करती हैं,' रौशनी ने स्नेह से भरत को देखते हुए कहा। 'क्या आपको ख्वाबों की कोई ऐसी प्रेमिका नहीं मिली, जो आपके पैरों में बंधन डालकर, आपको एक जगह टिकने पर मजबूर कर दे?'

'मेरी ख्वाबों की प्रेमिका है,' भरत ने शरारत करते हुए कहा। 'समस्या यह है कि जैसे ही मेरी आंख खुलती है, वह चली जाती है।'

शत्रुघ्न, लक्ष्मण और रौशनी खिलखिलाकर हंस पड़े, लेकिन राम इसमें शामिल नहीं हो पाए। वह जानते थे कि हंसी-हंसी में भरत अपने दिल का दर्द छिपाने की कोशिश कर रहे थे। वह अभी तक राधिका को नहीं भूले थे। राम उम्मीद कर रहे थे कि उनका भावुक भाई कहीं इस गम को पूरी ज़िंदगी न पाले रखे।

'मेरी बारी,' राम ने कहते हुए अपना दाहिना हाथ आगे बढ़ाया।

लक्ष्मण ने कुछ दूरी पर वशिष्ठ को आते देखा। वह तुरंत किसी संभावित खतरे की आशंका में आसपास के क्षेत्र को परखने लगे। वह अभी भी अपने गुरु के प्रति संदेहास्पद थे।

'मैं हमेशा तुम्हारी सुरक्षा का वचन देता हूं, बहन,' राम ने स्नेह से, अपनी कलाई पर बंधी सुनहरी राखी, और फिर रौशनी को देखते हुए कहा।

रौशनी ने मुस्कुराकर राम के मस्तक पर चंदन का तिलक लगा दिया। वह मुड़कर एक तिपाई पर आरती की थाली रखने गई।

'द ा द ा!' लक्ष्मण ने चिल्लाते हुए, पूरे बल से राम को धक्का दिया।

लक्ष्मण के अपार बल से राम ज़ोर से पीछे गिरे। और उसी पल पेड़ की एक भारी शाखा ठीक वहीं गिरी, जहां राम खड़े थे। उस शाखा ने लक्ष्मण के कंधे को घायल कर, उनकी हंसली तोड़ दी। हड्डी टूटते ही वहां से भारी मात्रा में खून बहने लगा।

'लक्ष्मण!' सारे भाई चिल्लाते हुए उसकी ओर दौड़े।

'वह ठीक हो जाएंगे,' रौशनी ने शल्य-चिकित्सा कक्ष से बाहर आते हुए कहा। वशिष्ठ, राम, भरत और शत्रुघ्न दुखी मन से अयुरालय के सभाकक्ष में खड़े थे। सुमित्रा अयुरालय की दीवार से सटे आसन पर बैठी थीं, उनकी आंखों में आंसू भरे थे। वह तुरंत उठकर रौशनी के पास गईं।

'रानी साहिबा, उन्हें कोई स्थायी क्षति नहीं पहुंची है,' रौशनी ने भरोसा दिलाया। 'उनकी हड्डी सही हो जाएगी। आपके पुत्र पूरी तरह स्वस्थ हो जाएंगे। हम खुशकिस्मत है कि वह शाखा उनके सिर पर नहीं गिरी।'

'यह भी सौभाग्य है कि लक्ष्मण बैल के समान शक्तिशाली है,' वशिष्ठ ने कहा। 'कोई कमज़ोर मनुष्य यह प्रहार नहीं सह पाता।'

एक बड़े से कक्ष में लक्ष्मण की आंख खुली। उनकी शय्या बड़ी, लेकिन बहुत नर्म नहीं थी, चूंकि उनके घायल कंधे को सहारे की ज़रूरत थी। अंधेरे में वह अच्छी तरह नहीं देख पा रहे थे, लेकिन वह उस नम्र आवाज़ को पहचान सकते थे। पलभर में ही, उन्हें अपनी शय्या के पास बैठे राम दिखे, जिनकी आंखें लाल हो गई थीं।

मैं उठ गया हूं दादा, लक्ष्मण ने सोचा।

तीन परिचारिकाएं उनकी शय्या की तरफ बढ़ीं। लक्ष्मण ने धीरे से गर्दन हिलाकर उन्हें मना कर दिया, और वे वहीं रुक गईं।

राम ने कोमलता से लक्ष्मण के सिर पर हाथ फेरा। 'मेरा भाई... '

'दादा... पेड़...'

'वह शाखा सड़ चुकी थी, लक्ष्मण। इसीलिए वह गिरी। वह बुरा समय था। तुमने फिर से मेरा जीवन बचाया...'

'दादा... गुरुजी...'

'तुमने मेरा प्रहार खुद पर ले लिया, मेरे भाई... किस्मत ने जो चोट मेरे लिए लिखी थी, वो तुमने अपने ऊपर ले ली...' राम ने लक्ष्मण के माथे पर हाथ फेरते हुए कहा।

लक्ष्मण के चेहरे पर आंसु की बूंदे गिरीं। 'दादा...'

'बातें मत करो। सोने की कोशिश करो,' राम ने उनका मुंह मोड़ते हुए कहा।

रौशनी अयुरालय के कक्ष में राजकुमार के लिए कुछ औषधियां लेकर दाखिल हुई। उस दुर्घटना को हुए एक सप्ताह बीत चुका था। लक्ष्मण अब स्वस्थ हो रहे थे, और बेचैन भी।

'सब कहां हैं?'

'परिचारिकाएं तो यहीं हैं,' रौशनी ने मुस्कुराकर कहा। उसने एक प्याले में औषधियों का लेप बनाकर उसे लक्ष्मण को पकड़ाया। 'तुम्हारे भाई महल में नहाने और कपड़े बदलने के लिए गए हैं। वे जल्दी ही वापस आ जाएंगे।'

औषधि को खाते समय लक्ष्मण का मुंह वितृष्णा से बिगड़ गया। 'छी!'

'औषधि का स्वाद जितना खराब होगा, वह उतनी ही प्रभावशाली होगी!'

'तुम चिकित्सक रोगियों को इतना सताते क्यों हो?'

'धन्यवाद,' रौशनी ने प्याला परिचारिका को पकड़ाते हुए मुस्कुराकर कहा। फिर वापस मुड़कर लक्ष्मण से पूछा, 'अब तुम्हें कैसा महसूस हो रहा है?'

'मेरे बायें कंधे में अभी भी सुन्नपन सा महसूस होता है।'

'वह दर्द-निवारकों की वजह से।'

'मुझे उनकी ज़रूरत नहीं है।'

'मैं जानती हूं कि तुम दर्द सह सकते हो। लेकिन, जब तक तुम मेरे रोगी हो, तुम्हें ऐसा करने की ज़रूरत नहीं है।'

लक्ष्मण मुस्कुराए। 'बिल्कुल बड़ी बहन के जैसे कह रही हो।'

'एक चिकित्सक की तरह कह रही हूं,' रौशनी ने हल्के से डपटा। उसकी आंखें लक्ष्मण की दाईं कलाई में बंधी राखी पर पड़ी। वह जाने के लिए मुड़ी, लेकिन फिर रुक गई।

'क्या हुआ?' लक्ष्मण ने पूछा।

रौशनी ने परिचारिका को बाहर भेज दिया। वह फिर उनकी शय्या के पास आ गई। 'तुम्हारे भाई यहां अधिकांश समय रहते हैं। तुम्हारी मां भी यहां रहती हैं; और बड़ी माताएं भी समय-समय पर मिलकर जाती हैं। वे सभी यहां तुमसे मिलने आते हैं, कुछ समय बिताते हैं, और फिर वापस महल में जाकर

सो जाते हैं। जैसा कि मैंने सोचा भी था। लेकिन तुम जानते होंगे कि राम पिछले पूरे सप्ताह से यहीं पर थे। वह यहीं इसी कक्ष में सोते थे। वे वो सारे काम करते थे, जो कि एक परिचारिका को करने चाहिएं।'

'मैं जानता हूं। वह मेरे दादा हैं...'

रौशनी मुस्कुराई। 'एक रात मैं तुम्हें देखने आई तो मैंने उन्हें नींद में बड़बड़ाते हुए सुना: *मेरे पापों की सजा मेरे भाई को मत दो; मुझे सजा दो, मुझे सजा दो।'*

'वह हर बात के लिए खुद को दोषी मानते हैं,' लक्ष्मण ने कहा। 'हर किसी ने उनकी ज़िंदगी नरक बना दी है।'

रौशनी जानती थी लक्ष्मण किस बारे में बात कर रहे थे।

'हमारी पराजय के लिए सब दादा को कैसे दोषी ठहरा सकते हैं? दादा का बस उस दिन जन्म हुआ था। हम लंका से इसलिए हारे थे, क्योंकि वह लड़ाई में हमसे बेहतर थे।'

'लक्ष्मण तुम्हें...'

'अशुभ! अभिशाप! अपवित्र! क्या कोई ऐसा अपमान है जो नहीं हुआ हो? और फिर भी वह मज़बूती और दृढ़ता से खड़े हुए हैं। वह किसी से नफरत नहीं करते। यहां तक कि उनके मन में असंतोष तक नहीं है। वह पूरा जीवन दुनिया से नाराज रहकर, क्रोध में बिता सकते थे। लेकिन उन्होंने सम्मान का मार्ग चुना। वह कभी झूठ नहीं बोलते। क्या तुम जानती हो? वह कभी झूठ नहीं बोलते!' लक्ष्मण अब रोने लगे थे। 'और फिर भी, उन्होंने एक बार मेरे लिए झूठ बोला! मैं रात को घुड़सवारी कर रहा था, यह जानते हुए भी कि यह ग़लत था। मैं गिरा और मुझे काफी चोट आई। मेरी मां बहुत नाराज़ थीं। लेकिन दादा ने झूठ बोलकर मुझे उनके गुस्से से बचाया। उन्होंने कहा कि मैं उनके साथ अस्तबल में था, और घोड़े ने मुझे लात मार दी। मां ने उन पर तुरंत भरोसा कर लिया, क्योंकि दादा तो कभी झूठ बोलते ही नहीं थे। उनके मन में यह अपराध था, लेकिन मुझे बचाने के लिए उन्होंने उसे खुद पर ले लिया। और फिर भी लोग उन्हें...'

रौशनी आगे बढ़कर लक्ष्मण के आंसू पोंछने लगी।

वह उसी जोश में बोलते रहे, उनके गालों पर आंसू बह रहे थे। 'एक समय आएगा, जब सारी दुनिया उनकी महानता को पहचान जाएगी। काले बादल सूर्य को हमेशा के लिए छिपाकर नहीं रख सकते। एक दिन, वे छट

जाएंगे, और चारों ओर उजाला हो जाएगा। तब सब जान जाएंगे कि मेरे दादा कितने महान हैं।'

'मैं जानती हूं,' रौशनी ने नरमी से कहा।

मंथरा अपने कार्यालय में खिड़की के पास खड़ी थी, जो उसके आलीशान निवास के ही एक छोर पर बना था। रियासत के विस्तार के साथ फैला, नज़ाकत से सहेजा हुआ बगीचा, यकीनन सम्राट के बगीचे की तुलना में तो छोटा था। मंथरा का महलनुमा घर भी एक पहाड़ी पर स्थित था, जो शाही महल से तो कुछ कम ऊंचाई पर ही थी। उसका निवास स्थान उसकी सामाजिक हैसियत को बयां करता था।

बेशक वह प्रतिभाशाली व्यापारी थी, वह मूर्ख नहीं थी। सप्तसिंधु का गैर-व्यापारिक माहौल, उसकी अपार संपत्ति के बावजूद, उसका महत्व कम कर देता था। किसी में भी उसके मुंह पर कुछ कहने की हिम्मत नहीं थी, लेकिन वह जानती थी कि सब उसे क्या कहते थे: 'परदेसी-दानव रावण की मुनाफाखोर सेविका'। सच तो यह था कि व्यापारियों के पास लंका के व्यापारियों से समझौता करने के अलावा कोई विकल्प ही नहीं था, क्योंकि सप्तसिंधु के व्यापार पर रावण का एकछत्र साम्राज्य था। यह सप्तसिंधु के व्यापारियों की संधि नहीं थी, बल्कि उनके राजाओं की संधि थी। फिर भी, व्यापारियों को संधि के नियमों से छेड़छाड़ के लिए धिक्कारा जाता था। सबसे सफल व्यापारी होने की वजह से, मंथरा गैर-व्यापारियों के निशाने पर जल्दी आती थी।

लेकिन बचपन में ही वह इतना कुछ सह चुकी थी कि अब उसे किसी अवहेलना से कोई फर्क नहीं पड़ता था। गरीब परिवार में जन्म लेने वाली मंथरा को बचपन में ही चेचक की बीमारी हो गई थी, जो उसके चेहरे पर ज़िंदगी भर डराने वाले निशान छोड़ गई। नियती का मन शायद इतने से ही नहीं भरा, तो ग्यारह साल की उम्र में उसे पोलियो हो गया। उसके घाव समय के साथ भर गए, लेकिन दाहिने पैर में पोलियो ने हल्का सा प्रभाव छोड़कर, उसे हमेशा लंगड़ाकर चलने पर विवश कर दिया। बीस साल की उम्र में, अटपटी चाल की वजह से वह अपनी एक मित्र के छज्जे से गिर गई, और हमेशा के लिए अपनी पीठ को विकराल रूप से विकृत कर लिया। पूरी युवावस्था उसने

दूसरों के ताने सुने, और आज भी वह इस अवहेलना को झेल रही है, बस अब किसी की सामने कहने की हिम्मत नहीं है। उसके धन से कौशल के साथ-साथ अन्य कई राज्यों का भी वित्त चल रहा था। तो यह कहना बेकार है कि अब उसके पास खासी ताकत और प्रभाव था।

'स्वामिनी, आप मुझसे किस बारे में बात करना चाहती थी?' द्रह्यु ने उससे एक सम्मानित दूरी पर खड़े हुए पूछा।

मंथरा लंगड़ाते हुए अपनी पीठिका के पास आई, और अपने खास तैयार किए गए आसन पर बैठ गई। द्रह्यु पीठिका के दूसरे छोर के पास खड़ा था।

मंथरा ने अपनी उंगली घुमाई और वह तुरंत उसके पास आकर घुटनों के बल बैठ गया। वे दोनों कक्ष में अकेले थे, उनके बीच होने वाली बातचीत को कोई नहीं सुन सकता था। दूसरे सभी सेवक नीचे भूतल पर थे, सेवकों के लिए बने कक्ष में। लेकिन वह उसकी चुप्पी समझता था, और उसमें तर्क देने का सामर्थ्य नहीं था। तो वह इंतज़ार करने लगा।

'मैं वो सब जान गई हूं, जो मुझे पता करना था,' मंथरा ने बताया। 'मेरी प्यारी रौशनी ने भोलेपन से मुझे चारों राजकुमारों के चरित्र के बारे में बता दिया है। मैंने इस बारे में काफी सोचा और अब मैंने निर्णय ले लिया है कि भरत राजनयिक मामलों को संभालेंगे और राम नगर व्यवस्था की निगरानी देखेंगे।'

द्रह्यु हैरान था। 'मुझे तो लगा था कि आप राजकुमार राम को पसंद करने लगी हो, स्वामिनी!'

अयोध्या के राजकुमार भरत के लिए राजनयिक मामले संभालना, दूसरे साम्राज्यों के साथ रिश्ते संवारने का बेहतर अवसर था; और इस तरह, वह अपने भविष्य के साम्राज्य का आधार भी तैयार कर सकता था। अयोध्या सप्तसिंधु संघ की स्वामी थी, यद्यपि यह अब पहले जितनी ताकतवर नहीं रही थी। दूसरे राज्यों के साथ अच्छे संबंध बनाकर एक पहल प्राप्त की जा सकती थी।

दूसरी ओर, नगर व्यवस्था के मुखिया की भूमिका राजकुमार राम के ज़मीनी प्रशिक्षण में खासी अहम् नहीं होगी। अपराध दर ऊंची थी, कानून और आदेश ताक पर थे, और अधिकांश संपन्न लोगों ने अपने लिए स्वयं सुरक्षा व्यवस्था कर रखी थी। इसके परिणाम गरीबों को भुगतने पड़ते थे। यद्यपि एकतरफ़ा व्याख्या से इस जटिल तस्वीर को नहीं समझा जा सकता।

अधिकांशतः लोग खुद ही इस हालात के ज़िम्मेदार थे। गुरु वशिष्ठ ने एक बार कहा था कि अगर थोड़े लोग कानून का उल्लंघन करें, तो उससे निबटा जा सकता है, लेकिन जब ज़्यादातर लोग यही कर रहे हों, तो उस स्थिति में कानून को किसी तरह नहीं बचाया जा सकता। और अयोध्यावासी हर नियम को बेधड़क तोड़ रहे थे।

अगर भरत ने राजनयिक संबंधों को अच्छी तरह से संभाल लिया, तो वह दशरथ का वारिस बनने की मज़बूत स्थिति में आ जाएंगे, जबकि राम का काम बिना यश और लाभ का था। अगर उन्होंने सख्त होकर अपराध पर नियंत्रण कर भी लिया, तो लोग उन्हें निर्दयी होने के लिए कोसेंगे। अगर वह दयालु रहे, और अपराध दर इसी तरह बढ़ती रही, तो भी इसके लिए उन्हें ही ज़िम्मेदार माना जाएगा। और अगर किसी चमत्कार से उन्होंने अपराध दर कम करने के साथ-साथ, लोकप्रियता भी हासिल कर ली, तो भी इससे उन्हें कोई लाभ नहीं मिलने वाला। अगले राजा के चयन में, लोगों का विचार कुछ मायने नहीं रखता।

'ओह, मुझे राम पसंद हैं,' मंथरा ने उपेक्षा से कहा। 'लेकिन मुझे मुनाफा ज़्यादा पसंद है। व्यापार में सही घोड़े पर दांव लगाना चाहिए। यह राम और भरत के बीच का चयन नहीं है, यह कौशल्या और कैकेयी के बीच का चुनाव है। और, यह तो सब मानेंगे कि जीत कैकेयी की ही होगी। यह निश्चित है। राम संभवतया समर्थ हैं, लेकिन उनमें कैकेयी पर नियंत्रण पाने की योग्यता नहीं है।'

'जी, स्वामिनी।'

'यह भी मत भूलो कि कुलीन लोग राम से नफ़रत करते हैं। वे उन्हें करछप की हार का दोषी मानते हैं। तो, राम के लिए अच्छा पद संरक्षित करना हमें काफी महंगा पड़ेगा। वहीं भरत को राजनयिक मामलों का प्रमुख बनाने में हमें मेहनत नहीं करनी होगी।'

'और इसमें लागत भी काम आएगी,' द्रह्यु ने मुस्कुराकर कहा।

'हां। और यह व्यापार के नजरिए से भी अच्छा होगा।'

'और, मैं सोचता हूं, रानी कैकेयी भी मेहरबान हो जाएंगी।'

'और वह हमारे हित में ही होगा।'

'मैं इसका ध्यान रखूंगा, स्वामिनी। राजगुरु वशिष्ठ अयोध्या से दूर हैं, और इससे हमारा काम काफी आसान हो जाएगा। वह राम के कट्टर समर्थक

हैं।'

राजगुरु का नाम लेकर द्रह्यु मन ही मन पछता रहा था।

'तुमने अभी तक पता नहीं लगाया न कि गुरुजी आख़िर गए कहां हैं?' मंथरा ने चिढ़ते हुए पूछा। 'वह इतने लंबे समय के लिए कहां गए होंगे? वह कब लौट रहे हैं? तुम्हें कुछ नहीं पता!'

'नहीं, स्वामिनी,' द्रह्यु ने सिर झुकाए हुए कहा। 'मैं क्षमा चाहता हूं।'

'कभी-कभी मैं सोचती हूं कि मैं तुम्हें किस बात की पगार देती हूं।'

द्रह्यु डर से मुंह बंद किए खड़ा रहा। मंथरा ने उसे हाथ से बाहर जाने का इशारा कर दिया।

अध्याय 11

'आप नगर व्यवस्था को बेहतर तरीके से संभाल लेंगे,' रौशनी ने कहा। उसकी आंखें बच्चों की तरह चमक रही थीं। 'अपराध कम हो जाएगा और उससे प्रजा को काफी राहत मिलेगी।'

रौशनी महल के बगीचे में संयमित किंतु उदास राम के साथ बैठी थी। राम अपने लिए किसी बड़ी ज़िम्मेदारी की उम्मीद कर रहे थे, जैसे सेनापति की। लेकिन वह उसे यह नहीं बता सकते थे।

'मुझे नहीं लगता कि मैं इस संभाल पाऊंगा,' राम ने कहा। 'नगर व्यवस्था प्रमुख के काम को बेहतर तरीके से करने के लिए लोगों के सहयोग की आवश्यकता होती है।'

'और आपको लगता है कि लोग आपको सहयोग नहीं करेंगे?'

राम के मुख पर फीकी सी मुस्कान थी। 'रौशनी, मैं जानता हूं कि तुम झूठ नहीं बोलोगी; क्या तुम वास्तव में सोचती हो कि लोग मुझे सहयोग देंगे? हर कोई मुझे लंका से मिली पराजय का दोषी मानता है। मैं कलंक 7,032 हूं।'

रौशनी आगे झुकी, और ईमानदारी से बोली। 'आप अभी तक सिर्फ कुलीन लोगों के संपर्क में रहे हैं, हमारे जैसे लोग, जो जन्म से विशेष हैं। हां, वे आपको पसंद नहीं करते। लेकिन अयोध्या का एक दूसरा पहलु भी है, राम, जहां आम लोग बसते हैं। वे जन्म से विशेष नहीं होते। उनके और कुलीन लोगों के बीच कोई प्रेम नहीं है। और याद रखिए, वे उनके प्रति ज़्यादा सहानुभूतिपूर्ण होते हैं, जिन्हें कुलीन लोग ठुकरा देते हैं। आम लोग आपको पसंद करेंगे, क्योंकि कुलीन लोग आपको नहीं चाहते। हो सकता है वे इसी

कारण से आपके नियम मान लें।'

राम शाही घराने का गुबार देख चुके थे। इस नई संभावना ने उन्हें उत्सुक कर दिया।

'हमारे जैसे लोग कभी वास्तविक दुनिया में क़दम नहीं रखते। हम नहीं जानते कि वहां क्या हो रहा है। मैं आम लोगों के संपर्क में रहती हूं और मुझे लगता है कि मैं काफी हद तक उन्हें समझती हूं। कुलीन लोगों की नफरत आपके हित में ही जाएगी। इससे आप आम लोगों के चहेते बन जाओगे। मुझे यकीन है कि आप उन तक अपनी बात पहुंचा पाओगे। मैं जानती हूं कि आप नगर में अपराध को बड़ी आसानी से नियंत्रित कर लोगे। आप कई कल्याण कार्य भी कर सकते हैं। खुद पर भरोसा कीजिए, जैसे मुझे आप पर है, भाई।'

राम द्वारा नगर व्यवस्था संभालने के साल भर बाद ही बेहतर परिणाम सामने आने लगे। उन्होंने मुख्य समस्या को पकड़ लिया था: अधिकांश लोग कानून व्यवस्था से अनजान थे। कुछ को तो कानून की किताब, *स्मृति* का नाम तक नहीं पता था। ऐसा इसलिए हुआ, क्योंकि सदियों के साथ उसमें कई परस्पर विरोधी कानून जुड़ते चले गए। *मनुस्मृति* को तो सब लोग जानते थे, लेकिन अधिकांश लोग यह नहीं जानते थे कि इसके कई संस्करण थे, जैसे *बृहद मनु स्मृति*। और भी कई रूप लोकप्रिय हो चले थे—*याज्ञवलक्य स्मृति, नारद स्मृति, आपस्ताम्भ स्मृति, अित्र स्मृति, यम स्मृति* और *व्यास स्मृति*। नगर व्यवस्था के अधिकारी कानूनों का अनौपचारिक तरीके से इस्तेमाल करते थे। न्यायालय में न्यायाधीश, अपने जन्म समुदाय के हिसाब से, दूसरे कानूनों को जानते थे। दुविधा तो तब बढ़ जाती थी, जब अधिकारी ने स्मृति के किसी एक कानून के तहत व्यक्ति को पकड़ा, जबकि न्यायाधीश स्मृति के दूसरे कानून के आधार पर फैसला सुना देता था। इसका परिणाम भारी अव्यवस्था लाने वाला था। अपराधी कानूनों में परस्पर विरोध के चलते निकल भागता था। कई मासूम अनभिज्ञता की वजह से इसमें फंसे रह जाते थे।

राम समझ गए थे कि उन्हें कानून का साधारणीकरण और एकीकरण करना होगा। उन्होंने स्मृति का अध्ययन किया, और फिर उसमें उचित, तर्कसंगत, सामंजस्यपूर्ण और प्राथमिक को चुना। इस प्रकार अयोध्या के कानून सुनिश्चित किए गए; दूसरी सभी स्मृतियों को अप्रचलित कर दिया गया।

कानूनों को पत्थर की शिला पर गुदवाकर सभी मंदिरों में लगवा दिया गया; और हर शिला के नीचे खासतौर पर गुदवाया गया: कानून की अनभिज्ञता को जायज नहीं ठहराया जाएगा। नगर में मुनादी करने वालों का काम हर सुबह कानून की शिला को ऊंची आवाज़ में पढ़कर सुनाना था।

राम को जल्द ही आम लोगों ने सम्मानित उपाधि दे दी: राम, विधि दाता।

उनका दूसरा सुधार और ज़्यादा क्रांतिकारी रहा। उन्होंने अधिकारियों को बिना डर या पक्षपात के कानून लागू करने का अधिकार दे दिया। राम एक साधारण सा तथ्य समझते थे: अधिकारी समाज से सम्मान की उम्मीद करते हैं। इससे पहले उनके पास इसे कमाने का मौका नहीं था। अगर वह कानून तोड़ने वालों के खिलाफ बेझिझक कार्यवाही करेंगे, चाहे सामने वाला कितना ही ताकतवर क्यों न हो, तो जनता में अधिकारियों का डर और सम्मान बढ़ेगा। राम ने खुद कई बार यह करके दिखाया कि कानून के सामने सभी समान हैं।

कई बार ऐसा हुआ कि राम सांझ ढलने के बाद महल पहुंचे, तब तक वहां के सभी द्वार बंद हो जाते। दरबान ने राजकुमार को देखकर द्वार खोला, तो राम ने उसे नियम तोड़ने के लिए फटकारा। नियम था कि रात के समय किसी के लिए भी नगर के दरवाजे नहीं खोले जाएंगे। उन रातों को राम महल के बाहर ही सोए, और अगली सुबह अंदर जा पाए। अयोध्या के आम लोगों में कई महीने तक इसकी चर्चा हुई, हालांकि कुलीन लोगों ने इस पर कोई ध्यान नहीं दिया।

कुलीन लोगों को राम के काम से तभी फर्क पड़ता, जब वे खुद नियम तोड़ते हुए पकड़े जाते। वे चिढ़ गए जब उन्हें कानून की किताब लाकर दिखाई गई, लेकिन जल्द ही वे समझ गए कि इसमें कोई रियायत नहीं चलने वाली। राम के प्रति उनकी नफरत कई गुणा बढ़ गई; वे उसे तानाशाह और खतरनाक मानने लगे। लेकिन अयोध्या के इस बड़े राजकुमार को आम लोग बहुत चाहने लगे। अपराधियों को जेल में डालने या तेज़ी से फांसी दिए जाने पर अपराध की दर में खासी गिरावट आई। मासूम लोगों को अब नगर ज़्यादा सुरक्षित महसूस होने लगा। महिलाएं भी रात को अकेले घर से बाहर निकलने लगीं। इस नाटकीय सुधार का पूरा श्रेय राम को गया।

यह तो राम की प्रसिद्धी से कई दशक पहले की बात थी। लेकिन सफर शुरू हो गया था, आम लोगों के नायक का उदय हो चुका था।

'बेटा, तुम बहुत सारे शत्रु बना रहे हो,' कौशल्या ने कहा। 'कानून लागू करते हुए तुम्हें इतना सख्त नहीं होना चाहिए।'

कुलीन लोगों की कई शिकायतों के बाद, कौशल्या ने आख़िरकार राम को अपने निजी कक्ष में बुला लिया था। वह चिंतित थीं कि अपने उत्साह में वह दरबार में उपस्थित थोड़े से शुभचिंतकों को भी खो देंगे।

'मां, कानून को व्यक्ति देखकर लागू नहीं किया जाता,' राम ने कहा। 'एक ही कानून सब पर समान रूप से लागू होगा। अगर कुलीन लोगों को यह पसंद नहीं, तो उन्हें कानून नहीं तोड़ना चाहिए।'

'राम, मैं कानून की बात नहीं कर रही हूं। अगर तुम्हें लगता है कि सेनापति मृगस्य के मुख्य सहायक को दंड देकर, तुम अपने पिता को खुश कर लोगे, तो यह ग़लत है। वह पूरी तरह से कैकेयी के सम्मोहन में हैं।'

सेना प्रमुख, मृगस्य पराजित दशरथ के अवसाद में जाने के बाद, तेज़ी से शक्तिशाली बन गया था। जो लोग रानी कैकेयी के खिलाफ थे, वे तेज़ी से मृगस्य से जुड़ते चले गए। उसके बारे में विख्यात था कि वह पूरी तरह से अपने स्वामी का वफादार था, भले ही उन्होंने कोई ग़लत काम किया हो, असक्षम हों, लेकिन उसकी वफादारी में इससे कोई फर्क नहीं पड़ता था। कैकेयी को उससे समस्या थी कि वह उनके आदेश नहीं मानता था, इसी प्रभाव से दशरथ भी अपने सेनापति से कुछ खिंचे हुए रहते थे।

हाल ही में, राम ने मृगस्य के एक सहायक से वह ज़मीन वापस ली थी, जो उसने एक निर्धन गांववाले से अनैतिक रूप से हथिया ली थी। राम तो उसे इसकी सख्त सजा भी देने वाले थे। शक्तिशाली सेनापति के विश्वस्त आदमी के साथ ऐसा सुलूक करने की हिम्मत किसी में नहीं थी।

'मुझे मां कैकेयी और सेनापति मृगस्य की राजनीति में कोई दिलचस्पी नहीं है। उनके आदमी ने नियम तोड़ा था। और यही सारा मसला है।'

'बड़े लोग वही करते हैं, जो उन्हें पसंद होता है, राम।'

'मेरे रहते तो यह नहीं हो पाएगा!'

'राम...'

'बड़े आदमियों को बड़े दिल का भी होना चाहिए, मां। यही तो आर्यों का प्रचलन है। आपके जन्म से नहीं, बल्कि कार्यों से आपकी पहचान होती

है। बड़ा होना जन्मसिद्ध अधिकार नहीं, बल्कि यह बड़ी ज़िम्मेदारी है।'

'राम तुम समझते क्यों नहीं?! सेनापति मृगस्य ही हमारे शुभचिंतक हैं। दूसरे सभी शक्तिशाली लोग कैकेयी के समूह में हैं। एक अकेले वहीं हैं, जो उसके समक्ष खड़े हो सकते हैं। हम तब तक सुरक्षित हैं, जब तक दरबार में मृगस्य हमारे साथ खड़े हैं।'

'इसका कानून से क्या लेना-देना?'

कौशल्या ने सावधानीपूर्वक अपना आवेग छिपाने की कोशिश की। 'क्या तुम जानते हो कि तुम्हारे समर्थन में लोगों को खड़ा करने में मुझे कितनी मेहनत करनी पड़ रही है? हर कोई लंका का दोष तुम्हीं को देता है।'

जब उनकी टिप्पणी पर गहरा सन्नाटा छा गया, तो कौशल्या ने बात संभालने की कोशिश करते हुए कहा। 'मैं यह नहीं कह रही कि उसमें तुम्हारी कोई ग़लती है, मेरे बच्चे। लेकिन सचाई तो यही है। हमें व्यावहारिक होना चाहिए। तुम राजा बनना चाहते हो या नहीं?'

'मैं अच्छा राजा बनना चाहता हूं। नहीं तो, मेरा यकीन कीजिए, मुझे राजा बनना ही नहीं है।'

कौशल्या ने खीझते हुए आंखें बंद कर लीं। 'राम, तुम अपनी ही आदर्श दुनिया में जी रहे हो। तुम्हें व्यावहारिकता का ज्ञान होना चाहिए। तुम जानते हो न कि मैं तुमसे प्यार करती हूं, और मैं बस तुम्हारी मदद करने की कोशिश कर रही हूं।'

'मां, अगर आप मुझे प्यार करती हैं, तो समझिए न कि मैं किसलिए बना हूं।' राम ने नम्रता से कहा, लेकिन उनकी आंखों में दृढ़ता साफ चमक रही थी। 'यह मेरी जन्मभूमि है। मुझे इसे और बेहतर बनाना है। एक राजा, या नागरिक अधिकारी या सामान्य नागरिक के रूप में मेरे जो भी कर्तव्य हैं, मैं उन्हीं का पालन करूंगा।'

'राम, तुम नहीं...'

तभी अचानक हुई घोषणा से कौशल्या को अपनी बात बीच में छोड़नी पड़ी। 'अयोध्या की रानी, महारानी कैकेयी पधार रही हैं!'

राम तुरंत अपने स्थान पर खड़े हो गए, कौशल्या भी। राम ने सावधानी से अपनी मां की ओर देखा, उनकी आंखों में दुर्बल क्रोध दिखाई दे रहा था। होंठों पर मुस्कान लिए कैकेयी वहां पहुंची, और सम्मान में हाथ जोड़कर बोलीं। 'नमस्ते, दीदी। बेटे के साथ मिले एकांत क्षण में दखल देने के लिए

माफी चाहती हूं।'

'कोई बात नहीं, कैकेयी,' कौशल्या ने खास मिलनसारिता से कहा। 'तुम यकीनन किसी खास वजह से ही आई होंगी।'

'हां, वही तो,' कैकेयी ने राम की ओर मुड़ते हुए कहा। 'राम, तुम्हारे पिताजी ने शिकार पर जाने का निर्णय लिया है।'

'शिकार पर?' राम ने हैरानी से पूछा।

राम की याद्दाश्त में दशरथ कभी यूं शिकार पर नहीं गए थे। युद्ध के घावों ने उनके इस पुराने शौक को भी उनसे छीन लिया था।

'हां। मैं भरत को उनके साथ भेज देती। मेरे लिए भी मेरे पसंदीदा हिरण के मांस का बंदोबस्त हो जाता। लेकिन तुम्हें तो पता ही है कि भरत राजनयिक कार्य से ब्रंगा गए हैं। मैं सोच रही थी कि क्या मैं यह ज़िम्मेदारी तुम्हें दे सकती हूं।'

राम हल्के से मुस्कुरा दिए। वह जानते थे कि कैकेयी दशरथ की सुरक्षा के लिए उन्हें उनके साथ भेजना चाहती थीं, न कि मांस के चयन के लिए। लेकिन कैकेयी सार्वजनिक रूप से दशरथ के बारे में कभी भी कुछ अनादरपूर्ण नहीं कहती थीं; और शाही परिवार उनके लिए 'सामान्य जन' ही था। राम ने हाथ जोड़ते हुए कहा। 'आपके किसी काम आना मेरे लिए सम्मान की बात है, छोटी मां।'

कैकेयी ने मुस्कुराकर कहा। 'शुक्रिया।'

कौशल्या ने रहस्यपूर्ण नज़रों से राम को देखा।

'वह यहां क्या कर रही हैं?' दशरथ ने झुंझलाते हुए कहा।

शाही महल में, कैकेयी के कक्ष में दरबान ने कौशल्या के आने की घोषणा की। दशरथ और कैकेयी शय्या पर लेटे थे। कैकेयी आगे बढ़कर, दशरथ के लंबे बालों को, उनके कानों के पीछे संवारने लगीं। 'जो भी हो, उसे जल्दी से खत्म करके आइए।'

'प्रिय, तुम्हें भी उठना होगा,' दशरथ ने कहा।

खीझ से आह भरते हुए कैकेयी शय्या से उठीं। उन्होंने जल्दी से अपना अंगवस्त्र उठाकर, उसे ठीक से लगाया। फिर दशरथ की ओर जाकर, उन्हें

शय्या से उठने में मदद की। कैकेयी ने दशरथ के घुटनों की ओर झुककर उनकी धोती ठीक की, और फिर उनका अंगवस्त्र लेकर उसे सही से कंधे पर लगाया। फिर वह उन्हें सहारा देते हुए, स्वागत कक्ष में लाईं, और इंतज़ार में बैठाया।

'महारानी को अंदर आने दिया जाए,' कैकेयी ने आदेश दिया।

दो परिचारिकाओं के साथ, कौशल्या ने कक्ष में प्रवेश किया। एक के हाथ में स्वर्ण की बड़ी सी तश्तरी थी, जिसमें दशरथ की युद्ध-तलवार रखी थी, और दूसरी के हाथ में पूजा की थाली थी। कैकेयी हैरान रह गईं। दशरथ हमेशा की तरह कुछ खोए-खोए से थे।

'दीदी,' कैकेयी ने हाथ जोड़ते हुए कहा। 'एक ही दिन में आपको दो बार देखकर बहुत प्रसन्नता हुई।'

'खुशी तो मुझे भी बहुत हो रही है, कैकेयी,' कौशल्या ने जवाब दिया। 'तुमने कहा था न कि महाराज शिकार पर जाने वाले हैं। मैंने सोचा कि मुझे विधिवत् उनकी विदाई करनी चाहिए।'

प्राचीन परंपरा के अनुसार, राजा की किसी भी मुख्य यात्रा पर जाने से पूर्व, कुल की बड़ी रानी उनकी आरती उतारकर, खुद अपने हाथों से उन्हें तिलक लगाए और तलवार थमाए।

'जब मैं स्वयं महाराज को तलवार नहीं देती, तो बड़ा ही अशुभ होता है,' कौशल्या ने कहा।

दशरथ के खोए से भाव अचानक बदल गए। उन्हें अहसास हुआ कि मानो कुछ घोर पाप हो गया था। करछप जाते समय कौशल्या उन्हें तलवार नहीं दे पाई थीं, और वहीं उनकी पहली पराजय हुई। वह धीरे-धीरे अपनी पहली पत्नी की ओर बढ़ने लगे।

कौशल्या ने पूजा की थाली लेकर, दशरथ की सात बार आरती उतारी। फिर उन्होंने थाली से चुटकी भर रोली उठाई, और दशरथ के माथे पर तिलक लगाया। 'विजयी होकर आना...'

कैकेयी ने भद्दी सी हंसी हंसते हुए, रस्म में दखल दिया। 'दीदी, वह युद्ध पर थोड़े ही जा रहे हैं।'

दशरथ ने कैकेयी को अनदेखा कर कहा। 'अपना वाक्य पूरा करो, कौशल्या।'

कौशल्या कुछ परेशान हो गईं, उन्हें लगा कि उनसे कोई ग़लती हो गई;

कि उन्हें सुमित्रा की बात सुननी ही नहीं चाहिए थी। लेकिन उन्हें रस्म तो पूरी करनी ही थी। 'विजयी होकर आना, नहीं तो वापस मत आना।'

कौशल्या को अपने पति की आंखों में, एक क्षण के लिए वही पहले वाली चमक दिखाई दी, जो कभी युवा दशरथ की आंखों में होती थी, जो उमंग और शान से जीते थे। 'मेरी तलवार कहां हैं?' दशरथ ने अपनी बांह बढ़ाते हुए कहा।

कौशल्या ने तुरंत मुड़कर पूजा की थाली परिचारिका को पकड़ाई, और फिर दोनों हाथों में तलवार थामकर, उसे माथे से लगाते हुए, अपने पति को सौंपा। दशरथ ने उसे मज़बूती से थामा, मानो उसमें से उन्हें ऊर्जा मिल रही हो।

कैकेयी ने पहले दशरथ को देखा, फिर कौशल्या को और फिर आंखें सिकोड़कर कुछ सोचने लगीं।

यह ज़रूर सुमित्रा का किया-धरा है। कौशल्या ऐसी योजना खुद नहीं बना सकती। शायद मैंने राम से जाने के लिए पूछकर ग़लती कर दी।

शाही शिकार कई सप्ताह तक चलने वाला समारोह था। बड़ा सा दल इस दौरे पर सम्राट के साथ गया, और अयोध्या के उत्तर में, घने जंगल में शिकारी शिविर बनाया गया।

उनके वहां पहुंचते ही गतिविधियां शुरू हो गईं। इसके तहत बहुत से सिपाही, बड़ा सा घेरा बनाते हुए, लगभग पचास किलोमीटर के दायरे में फैल गए। वे केंद्र की ओर धीरे-धीरे बढ़ते हुए, निरंतर ढोल बजा रहे थे, जिससे पशु प्रतिबंधित क्षेत्र की ओर खींचे चले आएं। फिर वे पशु हमला करने की कोशिश करते, और सम्राट और उनका शिकारी दल अपने शाही खेल का लुत्फ लेता।

दशरथ अपने शाही हाथी के हौदे में खड़े थे। राम और लक्ष्मण उनके पीछे बैठे थे। सम्राट को लगा था कि उन्होंने अकस्मात् किसी बाघ की आहट सुनी थी; उन्होंने महावत को आगे बढ़ने का आदेश दिया। कुछ ही समय में, दशरथ का हाथी अपने दल से अलग हो गया। वह अपने बेटों के साथ अकेले थे।

उनके चारों ओर घना जंगल था। कुछ पेड़ तो इतने लंबे थे कि वे हाथी के ऊपर, सूर्य की किरणों को भी नहीं पड़ने दे रहे थे। पेड़ों की इस घनी पंक्ति के चलते आगे देख पाना असंभव हो रहा था।

लक्ष्मण ने थोड़ा झुककर, राम से कहा, 'दादा, मुझे नहीं लगता यहां कोई बाघ है।' राम ने लक्ष्मण को चुप रहने का आदेश दिया, और वह आगे खड़े अपने पिता को देखने लगे। दशरथ अपने उत्साह को छिपा नहीं पा रहे थे। उनके शरीर का सारा भार, उनके मज़बूत बांएं पैर पर था। दायां पैर, बिना हिले, हौदे के तल पर था: हौदे के केंद्र में मज़बूत पाये के नीचे वृताकार कुंडा लगा था। उसी आधार पर पांव फंसाने की एक पट्टी थी, जिससे कि झुकते समय सहारा लिया जा सके। आधार के घूम सकने के कारण, किसी भी दिशा में तीर चलाने में सहूलियत होती थी। तब भी, उनकी पीठ पर खिंचाव के निशान देखे जा सकते थे, जब उन्होंने कमान को हवा में खींचते हुए तीर को तैयार किया।

राम अपने पिता को इस तरह तकलीफ़ में नहीं देख पा रहे थे। लेकिन साथ ही वह उनके प्रयास से प्रेरित थे कि दशरथ अपनी शारीरिक सीमाओं से परे जाकर काम करने की कोशिश कर रहे थे।

'मैंने कहा था न कि वहां कुछ नहीं है,' लक्ष्मण ने फिर से फुसफुसाते हुए कहा।

'श्‍श,' राम ने इशारा किया।

लक्ष्मण ख़ामोश हो गए। अचानक, दशरथ ने अपने दांयें कंधे को ढीला छोड़ते हुए, कमान वापस खींची। राम तकनीक देखकर चौंक गए। दशरथ की कोहनी तीर की पंक्ति में नहीं थी, जिससे कंधे और बाजू की मांसपेशी पर ज़्यादा दबाव पड़ता। सम्राट के माथे पर पसीने की बूंदे उभर आई थीं, लेकिन उन्होंने अपनी स्थिति बनाए रखी। एक क्षण बाद, उन्होंने तीर छोड़ दिया, और गुर्राने की तेज़ आवाज़ ने सिद्ध कर दिया कि वह निशाने पर लगा था। राम ने उस अजेय नायक की भावना को महसूस किया, जो उनके पिता कभी हुआ करते थे।

दशरथ ने हौदे पर घूमते हुए लक्ष्मण को देखा। 'युवक, मेरी क्षमता को कम मत आंकना।'

लक्ष्मण ने तुरंत अपना सिर झुका लिया। 'क्षमा चाहता हूं, पिताजी। लेकिन मेरा वह मतलब नहीं था...'

'कुछ सिपाहियों को आदेश दो कि मृत बाघ को ले आएं। आंख से भेदता हुआ तीर, दिमाग़ में जा घुसा होगा।'

'हां, पिताजी, मैं करता हूं...'

'पिताजी!' राम पूरे बल से आगे बढ़ते हुए चिल्लाए, उन्होंने तुरंत अपनी कमर पेटी से चाकू निकाल लिया।

हौदे के ऊपर लगी टहनी की पत्तियां ज़ोरों से हिलने लगीं, जब एक तेंदुए ने उन पर से छलांग लगाई। चालाक जानवर ने बड़ी सतर्कता से हमले की योजना बनाई थी। तेंदुए की यूं अचानक छलांग से दशरथ को संभलने का मौका नहीं मिला था। हालांकि, राम ने सही समय पर छलांग लगा दी थी। वह उछले और हवा में आते जानवर की छाती में चाकू उतार दिया। लेकिन इतनी तत्परता में, राम सटीक जगह वार नहीं कर सके। चाकू तेंदुए के दिल में नहीं लगा था। जानवर घायल हो गया था, लेकिन मरा नहीं था। वह दर्द से कराहा और अपने पंजों से हमला करने लगा। चाकू वापस निकालने के प्रयास में, राम जानवर से संघर्ष करने लगे, ताकि दूसरा हमला किया जा सके; लेकिन वह कहीं फंस गया था। जानवर ने अपने दांत राजकुमार की बांईं बाजू में गढ़ा दिए। राम दर्द से कराहते हुए, जानवर को हौदे से नीचे फेंकने का प्रयास कर रहे थे। तेंदुए ने अपना सिर पीछे किया, तो राम की बांह से मांस और खून का फव्वारा फूट पड़ा। तेंदुआ अब राम की गर्दन पर प्रहार कर रहा था, जिससे राजकुमार की श्वास रोक सके। राम ने अपनी दांईं मुट्ठी से ज़ोर से उसके सिर पर वार किया।

इस दौरान, लक्ष्मण राम तक पहुंचने की भरसक कोशिश कर रहे थे, जबकि दशरथ उनके बीच में आ रहे थे, क्योंकि उनका पैर स्तंभ के पास बनी पट्टी में फंस गया था। लक्ष्मण ने उछलकर एक टहनी पकड़ ली, और झूलते हुए, हौदे के उस पार जा पहुंचे, एकदम तेंदुए के पीछे। जैसे ही तेंदुआ राम पर दोबारा हमला करने वाला था, लक्ष्मण ने अपना चाकू निकाला, और तेंदुए को घोंप दिया। लक्ष्मण ने निर्दयता से प्रहार किया, और किस्मत से चाकू तेंदुए की आंख में जा लगा। जानवर दर्द से कराह गया, और उसकी आंख की कोटर से खून की धारा बहने लगी। लक्ष्मण ने अपने कंधे पर ज़ोर डालते हुए, चाकू को खींचकर, फिर जानवर के मस्तिष्क में घुसा दिया। एक पल के संघर्ष के बाद, जानवर निष्प्राण हो चुका था।

लक्ष्मण ने अपने हाथों से तेंदुए के शरीर को उठाकर, ज़मीन पर फेंक दिया। राम तब तक खून के ढेर में गिर चुके थे।

'राम!' दशरथ चिल्लाए, वह अपने फंसे हुए दाएं पैर को निकालने के लिए कड़ा संघर्ष कर रहे थे।

लक्ष्मण ने पलटकर महावत से कहा। 'शिविर में वापस चलो!'

महावत अचानक हुई घटनाओं से जड़ हो चुका था। दशरथ ने सम्राट की तरह आदेश दिया। 'शिविर में वापस चलो! अभी!'

शिकार शिविर में देर रात हो रही भागदौड़ के चलते मशालें जल रही थीं। अयोध्या का घायल राजकुमार सम्राट के विशाल और आरामदायक शिविर में था। उसे चिकित्सीय शिविर में होना चाहिए था, लेकिन दशरथ ने उसे अपने आरामदायक शिविर में रखने का आग्रह किया था। राम का पीला पड़ा शरीर पट्टियों से लिपटा हुआ था, अत्यधिक खून बहने की वजह से वह बेहद कमज़ोर नज़र आ रहे थे।

'राजकुमार राम,' राजकुमार को सौम्यता से छूते हुए वैद्य ने कहा।

'क्या आप इन्हें उठाने की कोशिश कर रहे हैं?' दशरथ ने अपने आरामदायक आसन पर बैठते हुए पूछा। आसन शय्या के बाईं ओर था।

'जी, महाराज,' वैद्य ने कहा। 'इन्हें औषधि देने का समय हो गया है।'

वैद्य के बार-बार बुलाने पर, राजकुमार राम ने धीरे-धीरे आंखें खोलीं, और फिर रौशनी में देखने के लिए आंखें झपकाईं। उन्होंने वैद्य को औषधि का पात्र लिए देखा। उन्होंने मुंह खोलकर, दवाई निगली और उसके कड़वे स्वाद से मुंह बनाया। वैद्य ने पलटकर, सम्राट के सम्मान में सिर झुकाया और बाहर चले गए। राम फिर से नींद के आगोश में जा ही रहे थे कि उन्हें शय्या के ऊपर लटकता, सुनहरा छत्र दिखाई दिया, जिसके केंद्र में बना चमकता सूर्य, सूर्यवंशी का प्रतीक था। सूर्य की किरणें हर दिशा में जाती दिखाई दे रही थीं। राम आंखें खोलकर उठने की कोशिश करने लगे। उन्हें सम्राट के बिस्तर पर सोने का अधिकार नहीं था।

'लेटे रहो,' दशरथ ने हाथ उठाकर आदेश दिया।

लक्ष्मण शय्या की ओर लपके और अपने भाई को शांत कराने की कोशिश करने लगे।

'प्रभु सूर्य के नाम पर, लेटे रहो, राम!' दशरथ ने कहा।

राम वापस बिस्तर पर लेट गए, और दशरथ की ओर देखने लगे। 'क्षमा चाहता हूं, पिताजी। मुझे आपकी शय्या पर नहीं...'

दशरथ ने हाथ हिलाकर, उनकी बात को बीच में ही काट दिया। राम

ने अपने पिता में एक रहस्यमयी बदलाव देखा। आंखों में चमक, आवाज़ में स्थिरता, और सतर्कता, बहुत कुछ उन कहानियों की याद दिला रही थी, जो राम ने कभी अपनी मां से सुनी थीं। अभी वह एक शक्तिशाली इंसान थे, जिनके आदेशों की अवहेलना नहीं की जा सकती थी। राम ने उनके इस रूप को कभी नहीं देखा था।

दशरथ ने मुड़कर अपने परिचारकों से कहा। 'हमें अकेला छोड़ दीजिए।'

लक्ष्मण भी परिचारकों के साथ जाने के लिए खड़े हुए।

'तुम नहीं, लक्ष्मण,' दशरथ ने कहा।

लक्ष्मण वहीं रुक गए और अगले आदेश का इंतज़ार करने लगे। दशरथ ने शिविर में, एक कोने में रखी बाघ और तेंदुए की खाल देखी; वह उनके और बेटों के शिकार की निशानी थीं।

'क्यों?' दशरथ ने पूछा।

'पिताजी?' राम ने दुविधा में पूछा।

'तुमने मेरे लिए अपनी जान जोखिम में क्यों डाली?'

राम ने एक शब्द नहीं कहा।

दशरथ बोलते रहे। 'मैंने अपनी हार का दोष हमेशा तुम पर डाला। मेरे पूरे साम्राज्य ने तुम्हें दोषी करार दिया; तुम्हें कोसा। तुमने पूरी ज़िंदगी पीड़ा झेली, और कभी विरोध नहीं किया। मुझे लगता था कि तुम कमज़ोर हो, इसलिए सब सहा। लेकिन कमज़ोर लोग, किस्मत पलटने पर, अपने शोषक को मिलती सजा से आनंदित होते हैं। और फिर भी, तुमने मेरे लिए अपनी जान खतरे में डाल दी। क्यों?'

राम ने साधारण से वाक्य में जवाब दिया। 'क्योंकि यह मेरा धर्म है, पिताजी।'

दशरथ ने स्नेह भरी प्रश्नात्मक नज़रों से राम को देखा। वह अपने बड़े बेटे से पहली बार, सही मायनों में बातें कर रहे थे। 'क्या वही कारण था?'

'और क्या कारण हो सकता है?'

'ओह, मैं नहीं जानता,' दशरथ ने अविश्वास से कहा। 'कहीं यह सब युवराज का पद पाने के लिए तो नहीं?'

राम विडंबना से मुस्कुराए। 'कुलीन लोग कभी मुझे स्वीकार नहीं करेंगे,

पिताजी, भले ही मैं आपको मना पाने में सफल रहूं। मेरी ऐसी कोई योजना नहीं है। मैंने आज वही किया, जो मैं वास्तव में करना चाहता था: अपने धर्म का निर्वाह। धर्म से ज़्यादा महत्वपूर्ण कुछ नहीं है।'

'तो तुम नहीं मानते कि रावण के हाथों मिली पराजय के लिए तुम दोषी हो, है न?'

'मेरे सोचने से कोई फर्क नहीं पड़ता, पिताजी।'

'तुमने मेरे सवाल का जवाब नहीं दिया।'

राम ख़ामोश थे।

दशरथ आगे झुक आए। 'मुझे जवाब दो, राजकुमार।'

'मैं नहीं समझता कि अनेक जन्मों के दौरान ब्रह्मांड किस प्रकार आपके कर्मों का निर्धारण करता है, पिताजी। मैं जानता हूं कि इस जन्म में मैंने आपकी पराजय के लिए कुछ नहीं किया। हो सकता है, यह मेरे पूर्व कर्मों का परिणाम रहा हो?'

दशरथ नरमी से मुस्कुराए, वह अपने बेटे के धैर्य से चकित थे।

'तुम जानते हो, मुझे दोष किसे देना चाहिए?' दशरथ ने पूछा। 'अगर मैं ईमानदारी से कहूं, अगर मुझमें अपने दिल की बात सुनने की हिम्मत है, तो जवाब वही होगा। वह मेरी ग़लती थी; सिर्फ मेरी। मैं बेचैन और उतावला था। मैंने बिना किसी योजना के, बस क्रोधवश हमला कर दिया था। उसकी कीमत भी मैंने चुकाई, है न? मेरी पहली हार... और अंतिम युद्ध, हमेशा के लिए।'

'पिताजी, और भी कई...'

'मुझे बीच में मत टोको, राम। मेरी बात खत्म नहीं हुई।' राम चुप हो गए, और दशरथ ने कहना शुरू किया। 'वह मेरी ग़लती थी। और मैंने तुम्हें, एक छोटे से शिशु को दोष दिया। वह सबसे आसान था। मुझे ऐसा कहना पड़ा, और सबने वह मान लिया। मैंने तुम्हारा जीवन, जन्म के पहले दिन से ही नरक बना दिया। तुम्हें मुझसे नफरत करनी चाहिए थी। तुम्हें अयोध्या से नफरत करनी चाहिए थी।'

'मैं किसी से नफरत नहीं करता, पिताजी।'

दशरथ ने अपने बेटे को देखा। आख़िर अरसे बाद, उनके चेहरे पर वही पुरानी मुस्कान खिल आई। 'मैं नहीं जानता कि तुम वास्तव में अपनी सच्ची भावनाएं छिपा रहे हो, या सच में तुम्हें लोगों की उपेक्षाओं से फर्क नहीं

पड़ता। सच जो भी हो, तुम बहुत मज़बूत हो। पूरे ब्रह्मांड ने तुम्हें तोड़ने के लिए साजिश रची थी, और फिर भी तुम, दृढ़ता से खड़े हो। तुम किस धातु के बने हो, बेटे?'

भावनाओं के आवेग से, राम की आंखें नम हो आईं। वह अपने पिता से अपमान और उपेक्षा सहते आए थे; उन्हें उसकी आदत हो चली थी। इस नए मिले सम्मान को संभाल पाना उनके लिए मुश्किल हो रहा था। 'मैं आपकी ही धातु से बना हूं, पिताजी।'

दशरथ मुस्कुराए। उन्हें आज पहली बार अपना बेटा मिला था।

'मृगस्य से तुम्हें क्या परेशानी है?' दशरथ ने पूछा।

राम हैरान थे कि उनके पिता दरबार के मामलों में अब भी रुचि रखते थे। 'कोई परेशानी नहीं है, पिताजी।'

'तो तुमने उसके एक आदमी को दंडित क्यों किया?'

'उसने कानून तोड़ा था।'

'तुम नहीं जानते कि मृगस्य कितना ताकतवर है? तुम्हें उससे डर नहीं लगता?'

'कोई भी कानून से ऊपर नहीं है, पिताजी। धर्म से शक्तिशाली कोई नहीं हो सकता।'

दशरथ हंसे। 'मैं भी नहीं?'

'एक सम्राट ने बड़ी खूबसूरत बात कही थी: धर्म सबसे ऊपर है, राजा से भी। धर्म तो खुद भगवान से भी ऊपर है।'

दशरथ ने त्यौरी चढ़ाई। 'यह किसने कहा था?'

'आपने, पिताजी। दशकों पहले, जब आपने सम्राट बनने की कसम खाई थी। मुझे बताया गया था कि आपने खुद ही हमारे महान पूर्वज इक्ष्वाकु के शब्दों को लोगों तक पहुंचाया था।'

दशरथ राम को देखते हुए, अपनी पुरानी यादों में खो गए, जब वह वास्तव में एक ताकतवर इंसान हुआ करते थे।

'जाओ, सो जाओ, मेरे बेटे,' दशरथ ने कहा। 'तुम्हें आराम की ज़रूरत है।'

अध्याय 12

दूसरे प्रहर की शुरुआत में, वैद्य ने औषधि देने के लिए राम को जगाया। जब उन्होंने आंखें खोलकर, कक्ष में देखा, तो प्रसन्न लक्ष्मण, उनकी शय्या के पास खड़े थे। लक्ष्मण ने औपचारिक धोती और अंगवस्त्र पहन रखे थे। केसरी अंगवस्त्र सूर्यवंशियों के चमकते सूरज का प्रतिबिंब था।

'पुत्र?'

राम ने अपना सिर बाईं ओर घुमाया, और अपने पिता को शाही पोशाक में देखा। सम्राट अपने यात्रा के दौरान ले जाए जाने वाले सिंहासन पर बैठे थे; सूर्यवंशी ताज उनके सिर पर सुशोभित था।

'सुप्रभात पिताजी,' राम ने कहा।

दशरथ ने जोश से सिर हिलाया। 'बेशक यह सुबह शुभ है।'

सम्राट ने शिविर के प्रवेशद्वार की ओर देखा। 'क्या वहां कोई है?'

एक प्रहरी पर्दा हटाकर, तेज़ी से अंदर आया और उन्हें प्रणाम किया।

'सभासदों को अंदर आने दो।'

प्रहरी ने फिर से प्रणाम किया और अपने क़दम वापस खींच लिए। पल भर में ही, सभासद, एक पंक्ति बनाए, शिविर में हाज़िर हो गए। वे सम्राट के सम्मुख, अर्द्धवृताकार में खड़े होकर, अगले आदेश का इंतज़ार करने लगे।

'मुझे मेरे बेटे को देखने दो,' दशरथ ने कहा।

सभासद तुरंत दो भागों में बंट गए, वह सम्राट की आवाज़ में आई अधिकारिता से हैरान थे।

दशरथ ने सीधे राम को देखा। 'उठो।'

लक्ष्मण तुरंत राम की सहायता को बढ़े, लेकिन दशरथ ने हाथ से इशारा करके, उन्हें वहीं रोक दिया। सभासद जड़ खड़े, राम को उठने के लिए संघर्ष करते देख रहे थे। राम अपने पैरों पर खड़े होकर, पिता की ओर बढ़ने लगे। आगे आने पर, उन्होंने धीरे से सम्राट का अभिवादन किया।

दशरथ ने अपने बेटे की आंखों में देखा, उन्हें भरोसा जताया और स्पष्ट आदेश दिया, 'घुटने के बल बैठो।'

हिल पाने में भी असमर्थ, राम, इस अविश्वसनीय झटके से वह भावातुर हो गए। रोकने का प्रयास करते हुए भी उनकी आंखों से आंसू गाल पर बहने लगे थे।

दशरथ ने कुछ विनम्रता से कहा। 'घुटने के बल बैठो, पुत्र।'

भावनाओं से संघर्ष कर रहे राम ने नज़दीक की पीठिका पर हाथ टिकाकर सहारा लिया। परिश्रम से, वह अपने एक घुटने पर झुके, और सम्मान में सिर झुकाकर, अपनी नियती के आदेश की प्रतिक्षा करने लगे।

दशरथ तेज़ आवाज़ में बोले, उनकी आवाज़ शिविर के बाहर भी सुनी जा सकती थी। 'उठो, राम चंद्र, रघुवंश के संरक्षक।'

शिविर में सब एकसाथ चौंक गए।

दशरथ ने सिर उठाकर सबको देखा, सभी सभासद जड़ थे।

राम अभी भी सिर झुकाए बैठे थे, वह अपने विरोधियों को अपने आंसू नहीं दिखाना चाहते थे। खुद पर काबू पाते हुए, उनकी नज़रें सिर्फ ज़मीन पर टिकी थीं। फिर उन्होंने सिर उठाकर अपने पिता की ओर देखा, और शांत आवाज़ में बोले। 'हमारी महान भूमि के सारे देवता आपकी रक्षा करें, पिताजी।'

दशरथ की आंखें अपने बड़े बेटे की आत्मा को भेद रही थीं। अपने सभासदों की ओर देखते हुए, उनके चेहरे पर एक मुस्कान खिल आई थी। 'हमें अकेला छोड़ दो।'

सेनापति मृगस्य ने कुछ कहने की कोशिश की। 'महाराज, लेकिन...'

दशरथ ने तीव्र नज़रों से उसे घूरा। '*हमें अकेला छोड़ दो* में क्या बात आपको समझ नहीं आई, मृगस्य?'

'क्षमा चाहता हूं, महाराज,' मृगस्य ने कहा, और प्रणाम कर दूसरे

सभासदों के साथ बाहर चला गया।

अब शिविर में दशरथ, राम और लक्ष्मण अकेले थे। उठने का प्रयास करते हुए दशरथ, अपने बाईं ओर झुके। लक्ष्मण को मदद के लिए आता देख, उन्होंने इशारे से मना कर दिया। एक बार पैरों पर खड़े होकर, उन्होंने लक्ष्मण को इशारे से बुलाया और अपने बेटे के चौड़े कंधे पर हाथ रखकर, राम की तरफ़ बढ़े। राम भी, धीरे-धीरे अपने पैरों पर खड़े हो रहे थे। उनके चेहरे पर अगम्य भाव थे, आंखें भावनाओं से भरी थीं।

दशरथ ने अपने हाथ राम के कंधों पर रखे। 'ऐसा इंसान बनना, जो मैं बनना चाहता था; वह इंसान, जो मैं कभी बन न सका।'

राम धीरे से बोले, उनकी आंखों के आगे अंधेरा छा रहा था, 'पिताजी...'

'मुझे गर्व करने का अवसर देना,' दशरथ ने कहा। आंसू अब उनके गालों पर बह रहे थे।

'पिताजी...'

'बेटे, मुझे गर्व करने का अवसर देना।'

शाही परिवार की संरचना में आए यूं अचानक बदलाव से सारे संदेह तब हट गए, जब दशरथ कैकेयी के कक्ष को छोड़कर चले गए। वह कैकेयी के बार-बार पूछे गए सवालों का जवाब नहीं दे पा रहे थे कि उन्होंने क्यों अचानक राम को अयोध्या का युवराज बना दिया। दशरथ अपने निजी परिचारकों के साथ कौशल्या के कक्ष में रहने चले आए। अयोध्या की प्रधान रानी को अचानक ही उनकी पुरानी हैसियत मिल गई थी। लेकिन संकोचशील कौशल्या अपनी नई स्थिति को लेकर सतर्क थीं। वह बदलाव का कोई भी चिन्ह दर्शाना नहीं चाहती थीं, हालांकि यह कहना मुश्किल था कि उसका कारण उनका संकोच था या यह डर कि अच्छा भाग्य देर तक साथ नहीं रहता।

राम के सारे भाई बहुत खुश थे। ब्रंगा से लौटते ही, भरत और शत्रुघ्न राम के शिविर में दौड़े आए, वापसी के रास्ते में ही उन्हें यह खुशखबरी मिल गई थी। रौशनी ने भी उनके साथ वहां जाने का निर्णय लिया।

'शुभकामनाएं, दादा!' बड़े भाई को खुशी से गले लगाते हुए, भरत ने कहा।

'आप इसके योग्य हैं,' शत्रुघ्न ने कहा।

'यकीनन,' खुशी से दमकते हुए रौशनी बोली। 'आते हुए मेरी मुलाकात गुरु वशिष्ठ से हुई। उन्होंने बताया कि अयोध्या में अपराध की गिरती दर तो राम की उपलब्धि का छोटा सा उदाहरण है। राम इससे कही ज़्यादा हासिल करेंगे।'

'इस पर तो शर्त लगाई जा सकती है!' उत्साही लक्ष्मण ने कहा।

'ठीक है, ठीक है,' राम ने कहा। 'अब तुम सब मुझे शर्मिंदा कर रहे हो!'

'आह,' भरत ने कहा। 'यह तो सच है, दादा!'

'जहां तक मुझे पता है, तो किसी भी ग्रंथ में सत्य बोलने पर कोई प्रतिबंध नहीं है,' शत्रुघ्न ने कहा।

'और दादा, हम उसकी बात पर यकीन कर सकते हैं,' लक्ष्मण ने ज़ोर से हंसते हुए कहा। 'शत्रुघ्न वो अकेला इंसान है, जिसने वेद, उपनिषद्, ब्राह्मण, अरण्यक, वेदांग, स्मृति और जिसका भी आप नाम लें, सारे ग्रंथ पढ़ रखे हैं!'

'इसके दिमाग़ के भार ने इसके क़द को भी बढ़ने से रोक दिया!' भरत ने उसकी खिंचाई की।

शत्रुघ्न ने मज़ाक में लक्ष्मण को मुक्का मारा, और खिलखिलाकर हंसने लगे।

लक्ष्मण जोश से हंसे। 'तुम्हें सच में लगता है कि तुम्हारे इन मुलायम हाथों से मुझे लग जाएगी, शत्रुघ्न? तुम्हारा मस्तिष्क मां की कोख में ही विकसित हो गया होगा, लेकिन मैंने अपनी मांसपेशी बहुत परिश्रम से बनाई है!'

चारों भाई खिलखिलाकर हंसने लगे। रौशनी भी खुश थी कि भले ही अयोध्या के दरबार में कितनी भी राजनीति चल रही हो, लेकिन सारे राजकुमार एक-दूसरे के साथ इतना खुश हैं। यकीनन साम्राज्य का भविष्य खुद भगवान अपने हाथों से संवार रहे थे।

उसने राम के कंधे को थपथपाया। 'मुझे जाना होगा।'

'कहां?' राम ने पूछा।

'सराइया। आप तो जानते हैं न कि मैं महीने में एक बार, आसपास के

गांवों में स्वास्थ्य शिविर लगाती हूं? इस महीने सराइया का नंबर है।'

राम कुछ परेशान लगे। 'मैं कुछ अंगरक्षक तुम्हारे साथ भेज दूंगा। सराइया के आसपास के गांव सुरक्षित नहीं हैं।'

रौशनी मुस्कुराई। 'आपने अपराध दर वाकई में कम कर दी है। कानून लागू करने का आपका तरीका लाजवाब रहा। अब कोई चिंता की बात नहीं है।'

'अभी मेरा काम पूरा खत्म नहीं हुआ, और तुम यह जानती हो। देखो, सुरक्षा का बंदोबस्त करने में कोई नुकसान नहीं है।'

रौशनी ने ध्यान दिया कि राम की कलाई पर वह राखी अभी भी बंधी थी, जो काफी दिन पहले उसने बांधी थी। वह मुस्कुराई। 'चिंता मत करो, राम। एक दिन का ही दौरा है, मैं रात होने से पहले आ जाऊंगी। और मैं अकेली थोड़े ही जा रही हूं। मेरे सहायक भी मेरे साथ जाएंगे। हम ज़रूरत होने पर गांववालों को मुफ्त औषधि और इलाज की सेवा देते हैं। मुझे कोई हानि नहीं पहुंचाएगा। वे ऐसा क्यों करेंगे?'

उनकी बातचीत सुन रहे भरत, अब बीच में आए और अपना हाथ रौशनी के कंधे पर रखा। 'तुम एक अच्छी लड़की हो, रौशनी।'

रौशनी बच्चों की तरह मुस्कुराई। 'वो तो मैं हूं।'

सूरज की चमकती धूप, अयोध्या के प्रतिभाशाली घुड़सवार, लक्ष्मण को अभ्यास करने से नहीं रोक सकती थी। वह जानते थे कि घोड़े और घुड़सवार की योग्यता युद्ध में अचानक सुखद मोड़ ला देती है। अभ्यास के लिए उन्होंने शहर से कुछ दूर का स्थान चुना था, जहां खड़ी चट्टानें सरयु की ओर तेज़ गति से उतरने लगती थीं।

'चलो, चलो, चलो!' लक्ष्मण ने अपने घोड़े को उकसाते हुए कहा। वह एक चट्टान के सिरे पर ठिठक गया था।

जब घोड़ा, ऊबड़-खाबड़ ज़मीन पर खतरनाक ढंग से दौड़ने लगा, तो लक्ष्मण ने आख़री मौके तक इंतज़ार किया, और फिर अपनी काठी पर आगे झुकते हुए, बाईं बाहं घोड़े की गर्दन में डालकर, उसकी लगाम को अपने दाईं ओर खींच दिया। आक्रामक घोड़ा हिनहिनाते हुए, अपने पिछले पैरों के बल

रुक गया। घोड़े के रुकने पर बने, पिछले खुरों के निशान बता रहे थे कि वह मौत से कुछ फुट दूर ही रुका था। शान से उतरकर, लक्ष्मण ने अपने घोड़े की तारीफ में उसे सहलाया।

'बहुत बढ़िया... बहुत बढ़िया।'

तारीफ सुनकर, घोड़ा अपनी पूंछ हिलाने लगा।

'एक बार फिर?'

घोड़ा बहुत थक गया था, और अस्वीकृति में ज़ोर-ज़ोर से सिर हिलाते हुए हिनहिनाने लगा। लक्ष्मण ने नरमी से हंसकर, उसे थपथपाया, और फिर से घोड़े पर सवार होकर, उसकी लगाम को विपरीत दिशा में पकड़ लिया। 'ठीक है। चलो घर चलते हैं।'

जब वह जंगल से होते हुए घर जा रहे थे, तो वहीं कुछ दूरी पर एक मुलाकात चल रही थी; ऐसी मुलाकात, जिसे छिपकर सुनना उन्हें ज़रूर भाता था। गुरु वशिष्ठ उसी रहस्यमयी नागा के साथ किसी गहरी चर्चा में लीन थे।

'उन्होंने कहा, मैं क्षमा चाहता हूं...'

'...असफल?' वशिष्ठ ने उसका वाक्य पूरा किया। गुरु एक लंबे और रहस्यमय अवकाश के बाद अयोध्या लौटे थे।

'यह शब्द मैं इस्तेमाल नहीं करता, गुरुजी।'

'यद्यपि, यह उचित है। लेकिन यह हमारी असफलता नहीं है। यह...'

वशिष्ठ ने अपना वाक्य बीच में ही छोड़ दिया, उन्हें किसी की आहट महसूस हुई।

'क्या हुआ?' नागा ने पूछा।

'क्या तुमने कुछ सुना?' वशिष्ठ ने पूछा।

नागा ने आसपास देखा, कुछ पल ध्यान से सुनने की कोशिश की, और फिर अपना सिर हिलाया। 'राजकुमार राम का क्या?' नागा ने बातचीत दोबारा शुरू करते हुए पूछा। 'क्या आपको पता है कि आपके मित्र उनकी तलाश में निकल गए हैं?'

'मैं जानता हूं।'

'आप करना क्या चाहते हैं?'

'मैं कर क्या सकता हूं?' वशिष्ठ ने लाचारगी से हाथ उठाते हुए कहा। 'राम को यह सब खुद ही संभालना होगा।'

उन दोनों को किसी टहनी के चटकने की आवाज़ सुनाई दी। शायद कोई पशु होगा। नागा ने सावधानी से कहा, 'मेरा जाना बेहतर होगा।'

'हां,' वशिष्ठ ने सहमति जताई।

वह तुरंत अपने घोड़े पर सवार हो गया, और वशिष्ठ को देखा। 'आपकी इजाजत चाहता हूं।'

वशिष्ठ ने मुस्कुराकर, अपने हाथ प्रणाम की मुद्रा में जोड़ दिए। 'प्रभु रुद्र तुम्हारे साथ हैं, मित्र।'

नागा ने भी प्रणाम किया। 'प्रभु रुद्र में विश्वास रखें, गुरुजी।'

नागा अपने घोड़े को थपथपाते हुए ले गया।

'सिर्फ मोच है,' रौशनी ने बच्चे के टखने पर पट्टी बांधते हुए भरोसा दिलाया। 'यह एक दो दिन में ठीक हो जाएगी।'

'आपको यकीन है न?' चिंतित मां ने पूछा।

सराइया गांव के चौक पर, काफी सारे गांववाले इकट्ठा हो गए थे। रौशनी धैर्य से उनकी जांच कर रही थी। यह आख़री मरीज था।

'हां,' रौशनी ने बच्चे का सिर थपथपाते हुए कहा। 'अब, मेरी बात सुनो,' उसने बच्चे के चेहरे को अपने हाथों में लिया। 'अगले कुछ दिन कोई भाग-दौड़ नहीं। पेड़ों पर भी नहीं चढ़ना है। जब तक तुम्हारा टखना नहीं ठीक होता, तुम्हें ध्यान रखना है।'

मां ने बीच में कहा। 'मैं इसे घर के अंदर ही रखूंगी।'

'ठीक है,' रौशनी ने कहा।

'रौशनी दीदी,' बच्चे ने कुछ नाराज़गी से कहा। 'मेरी मिठाई कहां है?'

रौशनी ने हंसते हुए अपने सहायक को बुलाया। उसने उसके झोले से मिठाई निकाली और बच्चे को दे दी। उसके बालों को सहलाकर वह पीठिका पर से उठ गई। अपनी कमर को सीधा कर, वह गांव के मुखिया की ओर मुड़ी। 'अगर आप इजाजत दे तो, मैं अब चलना चाहूंगी।'

'स्वामिनी, आपको भरोसा है?' मुखिया ने कहा। 'अब देर हो चुकी है, आप रात घिरने से पहले अयोध्या नहीं पहुंच पाएंगी और शहर के दरवाज़े बंद हो जाएंगे।'

'नहीं, मुझे लगता है, मैं समय पर पहुंच जाऊंगी,' रौशनी ने दृढ़ता से कहा। 'मुझे जाना ही होगा। मेरी मां मुझे आज रात अयोध्या में देखना चाहती हैं। उन्होंने एक समारोह का आयोजन किया है, जिसमें मेरा जाना ज़रूरी है।'

'ठीक है, स्वामिनी। जैसी आपकी इच्छा,' मुखिया ने कहा। 'आपका बहुत-बहुत धन्यवाद। मैं नहीं जानता कि अगर आप नहीं आतीं, तो क्या होता।'

'अगर आपको किसी को धन्यवाद कहना ही है, तो प्रभु ब्रह्मा का कीजिए कि उन्होंने मुझे ऐसी योग्यता दी, जो आपके काम आ सकी।'

मुखिया ने हमेशा की तरह झुककर रौशनी के पैर छूने की कोशिश की। रौशनी भी हमेशा की तरह पीछे हो गई। 'कृपया, मेरे पैर छूकर मुझे शर्मिंदा मत कीजिए। मैं आपसे छोटी हूं।' मुखिया ने हाथ जोड़कर प्रणाम किया। 'प्रभु रुद्र आपका कल्याण करें, स्वामिनी।'

'हम सबका कल्याण करें!' रौशनी ने कहा। वह अपने घोड़े के पास आकर, उस पर बैठ गई। उसके सहायकों ने पहले ही सब सामान समेट लिया था, और अपने घोड़ों पर आ बैठे थे। रौशनी का संकेत पाते ही, वे तीनों वहां से चल दिए।

क्षण भर बाद ही, आठ घुड़सवार मुखिया के द्वार पर आ पहुंचे। वे पास ही के गांव, इस्ला से थे, जो दिन में रौशनी से दवाइयां लेकर गए थे। उनके गांव में घातक ज्वर फैला था। उनमें से एक, इस्ला गांव के मुखिया का बेटा, धेनुका था। वह किशोरावस्था में था।

'भाइयों,' मुखिया ने कहा। 'आप तो अपनी ज़रूरत का सामान ले गए थे न?'

'हां,' धेनुका ने कहा। 'लेकिन देवी रौशनी कहां हैं? मैं उनका शुक्रिया अदा करना चाहता हूं।'

गांव का मुखिया हैरान था। धेनुका अपने निर्दयी और असभ्य व्यवहार के लिए बदनाम था। वह आज सुबह ही पहली बार रौशनी से मिला था। उन्होंने अपनी अच्छाई से इसे भी प्रभावित किया होगा। 'वह तो यहां से चली गईं। उन्हें रात घिरने से पहले अयोध्या पहुंचना है।'

'ठीक है,' धेनुका कहते हुए, गांव से निकल गया। वह मुस्कुराकर गांव के बाहर जाने वाले रास्ते को देख रहा था।

'देवी, क्या मैं आपकी कुछ मदद कर सकता हूं?' धेनुका ने पूछा।

रौशनी ने मुड़कर देखा, और पल भर को तो वह चकित रह गई। उनके पास कुछ समय था, तो वे सुस्ताने के लिए सरयु नदी के किनारे रुक गए थे। अयोध्या पहुंचने में उन्हें और घंटेभर का समय लगने वाला था।

पहले तो वह उसे पहचान ही नहीं पाई, लेकिन फिर पहचानकर मुस्कुरा दी।

'कुछ नहीं, धेनुका,' रौशनी ने कहा। 'हमारे घोड़ों को कुछ आराम की ज़रूरत थी। मेरे सहायक ने तुम्हें औषधि के सारे नियम समझा दिए होंगे न, जिससे तुम अपने लोगों की मदद कर सको।'

'हां, उन्होंने सब बता दिया था,' धेनुका ने अजीब तरह से मुस्कुराते हुए कहा।

अचानक रौशनी को कुछ असहज महसूस हुआ। उसकी चेतना बता रही थी कि उसे अब चले जाना चाहिए। 'खैर, मुझे उम्मीद है कि तुम्हारे गांव में सब जल्दी ही ठीक हो जाएंगे।'

वह मुड़ी और जाकर अपने घोड़े की लगाम पकड़ ली। धेनुका तुरंत अपने घोड़े से कूदा और उसका हाथ पकड़कर पीछे खींच लिया। 'इतनी भी क्या जल्दी है, देवी?'

रौशनी ने उसे पीछे धक्का दिया, और धीरे से संभली। तब तक धेनुका के दल के दूसरे सदस्य भी उतर आए थे। उनमें से तीन रौशनी के सहायकों की ओर बढ़े।

रौशनी की रीढ़ में डर की सिहरन दौड़ गई। 'मैंने... मैंने तुम्हारे आदमियों की मदद की...'

धेनुका मनहूसियत से हंसा। 'ओह, मुझे पता है। अब तुम थोड़ी मदद हमारी भी कर दो...'

रौशनी अचानक मुड़कर, दौड़ने लगी। उनमें से तीन आदमी उसकी ओर दौड़े, और पलभर में ही उसे पकड़ लिया। उनमें से एक ने उसे ज़ोरदार थप्पड़ मारा। रौशनी के कटे होंठ से खून बहने लगा, दूसरे ने उसकी कलाई को बेरहमी से मरोड़ा।

धेनुका उठकर, धीरे-धीरे बढ़ते हुए, उस तक जा पहुंचा। 'एक कुलीन महिला... हम्म... आज तो बहुत मज़ा आने वाला है।'

उसके दल के लोग भयानक हंसी हंसने लगे।

'दादा!' राम के कक्ष में जाता हुआ लक्ष्मण चिल्लाए।

पीठिका पर फैले पत्रों को देखते हुए, राम ने सिर नहीं उठाया। वह दूसरे प्रहर का पहला घंटा था, और वह शांति से अपना काम करना चाहते थे।

राम ने अपने हाथ के पत्र को उदासीनता से पढ़ते हुए कहा, 'अब क्या हुआ, लक्ष्मण?'

'दादा...' लक्ष्मण फफक-फफककर रो रहे थे।

'लक्ष्...' लक्ष्मण के आंसुओं से भरे चेहरे को देखकर, राम का वाक्य बीच में ही रह गया। 'क्या हुआ?'

'दादा... रौशनी दीदी...'

राम तुरंत उठ खड़े हुए, उनका आसन पीछे लुढ़क गया। 'क्या हुआ रौशनी को?'

'दादा...'

'वह कहां है?'

अध्याय 13

स्तब्ध भरत जड़ खड़े थे। लक्ष्मण और शत्रुघ्न शोक से रो रहे थे। मंथरा अपनी बेटी का सिर अपनी गोद में रखे बैठी थी। वह खालीपन से कहीं दूर देख रही थी, उसकी आंखें सूखी, लेकिन सूजी हुई थीं। उसके आंसू सूख गए थे। रौशनी का शरीर सफेद कपड़े में लिपटा हुआ था। वह मंथरा के आदमियों को सरयु नदी के तट पर खून से लथपथ और नग्नावस्था में मिली थी। उसके एक सहायक की लाश उससे कुछ दूर ही पड़ी थी। उसकी लाठी से पीट-पीटकर हत्या की गई थी। दूसरा सहायक, सड़क के किनारे बुरी तरह से घायल, लेकिन जीवित मिल गया था। चिकित्सक उसका इलाज कर रहे थे जब राम वहां पहुंचे। उनका चेहरा उदासीन था, लेकिन हाथ क्रोध से कांप रहे थे। उन्हें रौशनी की सहायक से कुछ सवाल पूछने थे।

जब अगली सुबह तक रौशनी नहीं लौटी थी, तो मंथरा ने उसका पता करने के लिए अपने आदमियों को सराइया भेजा था। वे भोर होते ही, जैसे ही नगर के द्वार खुले, निकल लिए थे। नगर से आधा घंटा ही दूर जाने पर उन्हें रौशनी का शव दिखाई दे गया था। बड़ी ही बेरहमी से, सामूहिक रूप से, उसकी इज्जत लूटी गई थी। उसके सिर को बार-बार समतल जगह पर पटका गया था। उसकी कलाई और कमर पर पड़े निशानों से पता चल रहा था कि उसे पेड़ से बांधा गया होगा। उसके शरीर पर क्रूरता से खरोंचने और काटने के अनेकों निशान थे। उन राक्षसों ने उसके पेट और बांह के हिस्से से कुछ मांस दांतों से खींचकर बाहर भी निकाल दिया था। किसी धारदार हथियार से उसे बार-बार मारा गया था, शायद कामुक तरीके से। उसका चेहरा एक तरफ

से कटा हुआ था, मुंह से लेकर गाल तक। उसके मुंह के जख्म और खून के थक्के बता रहे थे कि इस सारे पीड़न के दौरान वह यकीनन जीवित रही होगी। उसके पूरे शरीर पर वीर्य के धब्बे थे। उसे बहुत ही बेरहमी से मारा गया होगा, किसी हत्यारे ने उसके गले में तेज़ाब भी उड़ेल दिया होगा।

सहायक ने दर्द में अपनी आंखें खोलीं। राम तुरंत ही उस पर झुककर पूछने लगे। 'वो कौन थे?'

'स्वामी, मुझे नहीं लगता कि वह बोल पाएगा,' चिकित्सक ने कहा।

राम उसे अनदेखा करके, घायल आदमी से पूछने लगे। 'वो कौन थे?' उन्होंने वही सवाल दोहराया।

रौशनी के सहायक ने बड़ी हिम्मत बटोरकर उसका नाम लिया और फिर बेहोश हो गया।

रौशनी उन दुर्लभ लोगों में से थी, जिसे कुलीन और आम, दोनों वर्ग पसंद करते थे। उसने अपना जीवन जनकल्याण के नाम कर रखा था। वह निश्छल चरित्र की सम्मानित प्रतिमा थी। बहुत से लोग उसकी तुलना कन्याकुमारी से किया करते थे। उसके साथ हुए इस नृशंस अपराध से जनाक्रोश भड़क गया था। सारा नगर प्रतिशोध की मांग कर रहा था।

अपराधियों को तुरंत ही इस्ला गांव से पकड़ लिया गया था, जब वह भागने का प्रयास कर रहे थे। गांव के मुखिया को वहां की महिलाओं ने पीट-पीटकर नीला कर दिया था, जब वह अपने बेटे को बचाने की नाकाम कोशिश कर रहा था। वे काफी लंबे समय से धेनुका की धृष्टता को चुपचाप सह रहे थे। निसंदेह रूप से, राम के सख्त अनुशासन की वजह से नागरिक अधिकारियों ने जल्द से जल्द जांच पूरी करके, मामले को न्यायाधीश के समक्ष सुनवाई के लिए भेज दिया। सप्ताह भर में ही, सारी सुनवाई पूरी होकर, अपराधियों को सजा सुनाई गई। सबको मौत की सजा सुनाई गई; सिवाय एक के; सिवाय धेनुका के।

राम टूट गए थे कि धेनुका, बलात्कार और हत्या का मुख्य आरोपी, कानूनी पेंचों की वजह से, ज़्यादा से ज़्यादा सजा पाने से बच गया था: वह कमउम्र का था। लेकिन कानून तोड़ा नहीं जा सकता था। राम के चाहने पर भी नहीं। राम, विधि प्रदाता, ने वही किया, जो वह कर सकते थे। लेकिन

राम, रौशनी का राखी भाई, पछतावे में डूबा जा रहा था, वह अपनी बहन की दर्दनाक मौत का बदला नहीं ले पा रहा था। उन्होंने खुद को सजा दी। और ऐसा वह खुद को बार-बार दर्द देकर कर रहे थे।

वह अपने निजी कक्ष के छज्जे पर बैठे, बाहर उसी शाही बगीचे को देख रहे थे, जहां रौशनी ने उन्हें राखी बांधी थी। उन्होंने भरी आंखों से कलाई पर बंधे उस धागे को देखा, जो अब भी बंधा हुआ था। उनके खुले धड़ पर दोपहर के सूर्य की तीव्र किरणें पड़ रही थीं। उन्होंने आंख पर ओट करके सूर्य को देखा, और अपने घायल दाएं हाथ पर ध्यान केंद्रित करने से पहले गहरी सांस ली। उन्होंने पास की पीठिका से कील उठाई। उसकी नोक तप रही थी।

उन्होंने आसमान की ओर नज़रें कीं, और बुदबुदाए, 'मुझे माफ कर दो रौशनी।'

उन्होंने वह गर्म कील अपनी दाईं भुजा में घुसा ली, उसी वादा खिलाफी की वजह से, जो वह अपनी बहन के साथ नहीं निभा पाए थे। उनके मुंह से कोई आह नहीं निकली, उनकी पलकें तक नहीं झपकीं। जले हुए मांस की दुर्गंध हवा में फैल गई।

'मुझे माफ कर दो...'

राम ने अपनी आंखें बंद कर लीं, और आंसू मुक्त रूप से उनके गालों पर बह निकले।

कुछ घंटे बाद, राम अपने कक्ष में दुखी मन से बैठे हुए थे। उनकी घायल भुजा एक पट्टी से छिपी हुई थी।

'यह ग़लत है, दादा!'

लक्ष्मण ने राम के कक्ष में प्रवेश किया, उनकी नाराज़गी साफ झलक रही थी। राम ने नज़र उठाकर उन्हें देखा, उनकी आंखें, गहरे संताप से जल रही थीं।

'लक्ष्मण, यह कानून है,' राम ने शांति से कहा। 'कानून को तोड़ा नहीं जा सकता। वह तुमसे या मुझसे काफी बड़ा है। यह तो...'

राम का गला भर आया, और वह रौशनी का नाम अपने मुंह से न ले सके।

'अपना वाक्य पूरा करो, दादा!' भरे गुस्से से भरत कक्ष में दाखिल हुए।

राम ने देखा। उन्होंने दर्द से अपना हाथ भरत की ओर उठाया। 'भरत...'

भरत कक्ष में आ गए, उनकी आंखों में दुख था, शरीर खिंचा हुआ था, उंगलियां गुस्से से कांप रही थीं, तब भी वह अपने अंदर के तुफान को जता नहीं पा रहे थे। 'अपनी बात खत्म करो, दादा। कहो!'

'भरत, मेरे भाई, सुनो...'

'छोड़ो इसे! कह क्यों नहीं देते कि आपका यह घिनौना कानून रौशनी से ज़्यादा महत्वपूर्ण है!' आंसू अब भरत की आंखों से, प्रचंडता से बहने लगे थे। 'कहो कि यह आपके लिए कलाई पर बंधी इस राखी से ज़्यादा महत्वपूर्ण है।' उन्होंने आगे बढ़कर राम की दाहिनी बांह उठा ली। राम ने उफ्फ तक नहीं की। 'कहो कि कानून आपके लिए उस वचन से ज़्यादा महत्वपूर्ण है, जो हमने अपनी बहन की रक्षा के लिए दिया था।'

'भरत,' राम ने कहते हुए, आराम से अपना हाथ अपने भाई की पकड़ से छुड़ाया। 'कानून साफ है: अवयस्क को फांसी नहीं दी जा सकती। धेनुका अभी वयस्क नहीं है, और कानून के अनुसार उसे फांसी नहीं दी जाएगी।'

'भाड़ में जाए ऐसा कानून!' भरत चिल्लाए। 'बात कानून के बारे में है ही नहीं! बात न्याय की है! आपको इनमें फर्क समझ नहीं आता, दादा? उस राक्षस को मार डालना चाहिए!'

'हां, वह मरना ही चाहिए,' राम ने कहा, पछतावे के उस भार से दबे हुए, जो उनकी आत्मा को छलनी कर रहा था। 'लेकिन अयोध्या किसी किशोर की हत्या नहीं करेगी। यही कानून है।'

'बकवास है यह, दादा!' भरत ने अपना हाथ पीठिका पर मारते हुए कहा।

उनके पीछे से तभी एक तेज़ आवाज़ सुनाई दी। 'भरत!'

तीनों भाइयों ने कक्ष के द्वार पर गुरु वशिष्ठ को खड़े हुए देखा। भरत ने तुरंत सीधे खड़े होकर, प्रणाम किया। लक्ष्मण ने कोई औपचारिकता नहीं दिखाई, उनका अबाधित क्रोध अब गुरु पर केंद्रित हो गया था।

वशिष्ठ धीमे, किंतु दृढ़ क़दमों से आगे आए। 'भरत, लक्ष्मण, तुम्हारे बड़े भाई सही कह रहे हैं। कानून का सम्मान और पालन किया जाना चाहिए, चाहे जो भी हालात हों।'

'और उस वादे का क्या, जो हमने रौशनी से किया था, गुरुजी? क्या उसका कोई महत्व नहीं?' भरत ने पूछा। 'हमने उसे उसकी सुरक्षा का वचन

दिया था। उसके प्रति भी हमारा कुछ कर्तव्य था, हम उसमें असफल रहे। अब, हमें उसका प्रतिशोध लेना चाहिए।'

'तुम्हारा वचन कानून से ऊपर नहीं है।'

'गुरुजी, रघुवंशी अपनी जुबान से नहीं फिरते,' भरत ने प्राचीन पारिवारिक प्रण को दोहराते हुए कहा।

'अगर तुम्हारे वचन और कानून में परस्पर विरोध हो, तो तुम्हें अपना वचन वापस लेकर, अपयश का भागी बनना पड़ेगा,' वशिष्ठ ने कहा। 'यही धर्म है।'

'गुरुजी!' बाहरी शिष्टाचार और नियंत्रण को भूल, लक्ष्मण चिल्लाए।

'इन्हें देखो!' वशिष्ठ ने राम के पास जाते हुए कहा। उन्होंने राम के हाथ पर लिपटी पट्टी को झटके से उखाड़ दिया, और उनका घाव सबको दिखाया। राम ने वशिष्ठ की मज़बूत पकड़ से अपना हाथ खींचने की कोशिश की।

भरत और लक्ष्मण सकते में थे। राम की दाहिनी भुजा, अंदर से बुरी तरह जली हुई थी। घाव के आसपास की त्वचा जलकर बदरंगी हो गई थी।

'वह प्रतिदिन, खुद को सजा देता है, बार-बार। क्योंकि धेनुका को कानून के अनुसार फांसी नहीं सुनाई जा सकी,' वशिष्ठ ने कहा। 'मैंने भी इसे रोकने की कोशिश की थी। लेकिन रौशनी से किए वादे को न निभा पाने की यह इसकी खुद को दी सजा है। हालांकि, उसने कोई कानून नहीं तोड़ा।'

सातों बलात्कारियों के फांसी की कार्यवाही में राम शामिल नहीं हुए थे।

मुख्य अपराधी को फांसी न दिए जाने के क्रोध में, न्यायाधीशों ने सात दूसरे अपराधियों को बद से बदतर मौत दिए जाने का फरमान जारी किया था। राम के नए कानून से फांसी की प्रक्रिया में तेज़ी आ गई थी: गर्दन को तब तक लटकाना, जब तक इंसान मर न जाए। इसी के साथ, उन्होंने यह भी आदेश दे दिया था कि फांसी कारागार के निर्धारित परिसर में ही दी जा सकेगी, और अंत में उसमें यह प्रावधान भी जोड़ दिया था कि न्यायाधीश इस मामले में अपने निर्णय से भी विचार ले सकेंगे। इसी प्रावधान का लाभ लेते हुए, गुस्से से तिलमिलाए न्यायाधीशों ने इस मामले को अपवाद करार दिया: और उनकी मौत को सार्वजनिक रूप से, दर्दनाक, आख़री सांस तक खून बहते हुए, और

अपमानजनक बनाने का निर्णय लिया। इससे वह लोगों के सामने एक आदर्श स्थापित करना चाहते थे। निजी बातचीत में उन्होंने यह भी जोड़ लिया था कि लोगों को भी उनका क्रोध जाहिर करने का मौका मिलना चाहिए। पुलिस के सामने आदेश के पालन के अतिरिक्त अन्य कोई विकल्प नहीं था।

फांसी देने का चबूतरा, नगर की दीवारों के बाहर, चार फुट ऊंचाई पर बनाया गया था, जिससे दूर से भी दृश्य को साफ देखा जा सके। अलस्सुबह से ही लोग हज़ारों की तादाद में उस मंजर का गवाह बनने के लिए एकत्रित हो गए थे। बहुत से अपने साथ अंडे और सड़े हुए फल लेकर आए थे, जो वह उन पर भालों की तरह मार सकें।

जब उन सातों अपराधियों को कारागार की कैदियों वाली गाड़ी में लाया गया, तो अचानक से मानो जनाक्रोश फूट गया। उनके शरीर पर लगे घावों से यह स्पष्ट था कि उन्हें कैद में बेरहमी से पीटा गया था; अपनी कोशिशों के बावजूद, राम कारागार के अधिकारियों के साथ-साथ, अन्य कैदियों को भी अपना गुस्सा उतारने से नहीं रोक सके थे। वे सब कभी न कभी, प्रत्यक्ष या अप्रत्यक्ष रूप से प्रिय रौशनी की सेवाओं से कृतार्थ हुए थे। इसलिए भी प्रतिशोध की भावना प्रबल थी।

अपराधी चबूतरे की सीढ़ियों तक आए। फिर उन्हें वहां बने लकड़ी के उस कटघरे के पास ले जाया गया, जहां सिर और हाथ फसाने के लिए छेद बने हुए थे।

यह भीड़ के लिए संकेत था। अचूक सटीकता के साथ उन्होंने सामान फेंकना शुरू कर दिया, जिसके साथ खूब गालियां और थूक भी शामिल था। इतनी दूरी और गति से फेंके जाने के कारण अंडे और फलों के लगने से भी खून बहने लगा था और बेहद दर्द भी हो रहा था। नुकीले औजार और पत्थर लाने से भीड़ को सख्ती से मना कर दिया गया था। कोई भी नहीं चाहता था कि अपराधी जल्दी मर जाएं। उन्हें उत्पीड़न सहना था। उन्हें कीमत चुकानी थी।

वह सब आधे घंटे तक चला। जब लोग थकान के कारण मंद पड़ने लगे, तो जल्लाद ने उस हमले को रोकने का इशारा कर दिया। वह चबूतरे पर पहले कैदी के पास गया, जिसकी आंखें डर से फैल गई थीं। दो सहायकों की मदद से, उसने अपराधी की टांगों को विपरीत दिशा में इतना खींचा कि कटघरे में उसका गला दबने की स्थिति में पंहुच गया। फिर जल्लाद ने एक बड़ी सी कील और हथौड़ा उठाया। फिर उसके खींचे हुए पैरों में से एक पर, कील लगाकर, उसे लकड़ी के चबूतरे पर ठोंकने लगा। वह हथौड़े को एक लय में

मार रहा था, जिससे अपराधी को ज़्यादा से ज़्यादा दर्द हो, और उसकी चीखों से भीड़ के संताप को कुछ राहत मिल सके। जल्लाद ने सावधानी से अपना कार्य देखा, और फिर दो-एक चोटें और मारकर, उसे संपन्न किया। वह संतुष्टि से उठा। अपराधी का दर्द से चिल्लाना अभी रुका ही था कि जल्लाद उसके दूसरे पैर के पास पहुंच गया।

उसने इस भयानक कार्य को दूसरे छह कैदियों के साथ भी किया, उनके भी पैर लकड़ी के चबूतरे में गोद दिए गए। अपराधियों की हर चीत्कार पर, भीड़ में जोश की लहर उठ जाती। जब आख़िर में वह काम खत्म हुआ, तो जल्लाद चबूतरे पर से भीड़ का अभिवादन करते हुए, पहले अपराधी के पास पहुंचा।

कीलों से ठुका हुआ पहला अपराधी, अब तक बेहोश हो गया था। उसके मुंह में कुछ औषधि जबरन डाली गई, और थप्पड़ मार-मारकर उसे होश दिलाया गया। 'इसका मजा लेने के लिए तुझे उठना ही होगा,' जल्लाद ने गुर्राते हुए कहा।

'मुझे मार दो...' अपराधी ने गुहार लगाई। 'कृपया... दया करो...'

जल्लाद का चेहरा पत्थर हो गया था। रौशनी ने चार महीने पहले ही उसकी बेटी को पैदा करवाया था, और बदले में उसके कच्चे घर में भोजन करना ही स्वीकारा था। 'क्या तूने देवी रौशनी पर दया दिखाई थी, कुत्ते के पिल्ले?'

'माफी... माफी... रहम करो, मुझे मौत दे दो।' अपराधी फूट-फूटकर रोने लगा।

जल्लाद उदासीनता से चला गया।

तीन घंटे तक, लोगों द्वारा निर्दयता से प्रताड़ित करने के बाद, जल्लाद ने अपनी कमर-पेटी से एक छोटा, तेज़ चाकू निकाला। उसने पहले कैदी के कटघरे की पकड़ को ढीला करते हुए, उसका दायां हाथ बाहर निकाला। उसने कलाई का बारीकी से मुआयना किया; उसे सही नस पकड़ने की ज़रूरत थी, ऐसी नस जिसमें से तेज़ी से खून न बहे। वह नस मिलने पर वह मुस्कुराया।

'बहुत बढ़िया,' जल्लाद ने कहा, और चाकू को पास लाकर, बड़ी ही सफाई से, छोटा सा भाग काट दिया। अपराधी दर्द से तड़प उठा। मौत कम से कम दो घंटे तड़पने के बाद आनी थी। जल्लाद जल्दी से आगे बढ़ा और

कलाई काटने की यही प्रक्रिया दूसरे अपराधियों के साथ दोहराई। हर बार चाकू चलने पर भीड़ निर्लज्जता से चिल्ला रही थी।

काम समाप्ति पर, जल्लाद ने चबूतरे से उतरने से पहले, भीड़ का झुककर अभिवादन किया। एक बार फिर से अंडों और सड़े हुए फलों का दौर चलने लगा, जिसे समय-समय पर एक अधिकारी रोक देता, क्योंकि वह खून का प्रवाह जांचने के लिए चबूतरे पर आता था। अपराधियों की आख़री सांस निकलने में दो-ढाई घंटे से ज़्यादा का समय लगा, उन्हें ऐसी दर्दनाक मौत मिली थी, जिसके दाग उनकी आत्मा पर से, कई जन्मों में भी नहीं हटने वाले थे।

जब अपराधियों को मृत घोषित कर दिया गया, तो भीड़ ने जोर से शोर मचाया: 'देवी रौशनी अमर रहें!'

मंथरा चबूतरे के पास, एक ऊंचे से आसन पर, झुकी हुई बैठी थी। उसकी आंखों में अभी भी नफरत और क्रोध भड़क रहा था। उसे कोई शक नहीं था कि जल्लाद खुद उन राक्षसों को अच्छे से उत्पीड़ित करेगा; उसकी रौशनी को सभी लोग बहुत चाहते थे। तब भी उसने जल्लाद को उन्हें निर्दयता से मारने के लिए अच्छी-खासी रकम, गुप्त रूप से दी थी। इतनी लंबी और दर्दनाक प्रक्रिया के दौरान उसने एक बार भी पलक नहीं झपकी थी, और उनको मिली हर पीड़ा को तन्मयता से देख रही थी। अब सब खत्म हो गया था, और फिर भी, उसके मन को कोई राहत, या संतुष्टि नहीं मिली थी। उसका दिल पत्थर हो गया था।

बैठे हुए उसने एक कलश को अपने सीने के और करीब खींच लिया। उसमें रौशनी की अस्थियां थीं। आंखों में आंसू भरने पर, उसने नज़रें नीचे कीं। वह आंसू कलश पर जा गिरा। 'मैं तुझसे वादा करती हूं, मेरी बच्ची। आख़री अपराधी को भी उसके किए की सजा मिलेगी। धेनुका को भी न्याय का वार सहना होगा।'

अध्याय 14

'यह असभ्यता है,' राम ने कहा। 'यह रौशनी की मान्यताओं के खिलाफ है।'

राम और वशिष्ठ राजकुमार के निजी कार्यालय में थे।

'यह असभ्यता क्यों हैं?' वशिष्ठ ने पूछा। 'क्या तुम्हें लगता है कि बलात्कारियों को मारा नहीं जाना चाहिए था?'

'उन्हें फांसी दी जानी चाहिए थी। यही कानून है। लेकिन जिस तरह से इसे किया गया... कम से कम न्यायाधीशों को तो क्रोध में अपना फैसला नहीं देना चाहिए था। यह हिंसक, अमानवीय और वहशियाना है।'

'वाकई? क्या मारने का कोई मानवीय तरीका होता है?'

'गुरुजी, क्या आप उनके व्यवहार को यथोचित मान रहे हैं?'

'मुझे बताओ, क्या बलात्कारी और हत्यारे इससे कानून तोड़ने से डरने लगेंगे?'

राम झुकने पर मजबूर हुए। 'हां...'

'तो, सजा का मकसद पूरा हुआ।'

'लेकिन रौशनी इसके पक्ष में नहीं...'

'दर्शन का एक सिद्धांत है कि बर्बरता का सामना बर्बरता से ही किया जा सकता है। आग को आग से ही हराया जा सकता है, राम।'

'लेकिन रौशनी कहा करती थी कि आंख के बदले आंख वाले सिद्धांत से पूरी दुनिया अंधी हो जाएगी।'

'बेशक, अहिंसा का अस्तित्व है, लेकिन तभी जब आप क्षत्रियों के

युग में न जी रहे हों। क्षत्रियों के युग में रहते हुए, तुम उन बहुत कम लोगों में से हो, जो यह मानते हैं कि "आंख के बदले आंख से पूरी दुनिया अंधी हो जाएगी", जबकि हर कोई इसके दूसरी ओर से सोचता है, तो एक अकेले तुम ही होंगे, जो देख नहीं पाओगे। ब्रह्मांड के नियमों को भी समय के साथ बदलने की ज़रूरत पड़ती है।'

राम ने अपना सिर हिलाया। 'कभी मुझे हैरानी होती है कि मेरे देशवासी क्या इस संघर्ष के योग्य भी हैं या नहीं हैं।'

'एक वास्तविक अधिनायक योग्य लोगों के लिए ही संघर्ष का चयन नहीं करता। बल्कि वह अपने लोगों को बेहतर बनने के लिए प्रेरित करता है। एक वास्तविक नायक राक्षसों का पक्ष नहीं लेता, बल्कि उन दानवों को भी देवों में तब्दील कर देता है। वह खुद पर धर्म संकट का बोझ ले लेता है, लेकिन वह सुनिश्चित करता है कि उसके लोग बेहतर इंसान बनें।'

'गुरुजी, आपकी ही बातों में परस्पर विरोध नज़र आ रहा है। क्या इस मामले में बर्बर सजा को सही ठहराया जा सकता है?'

'मेरे अनुसार तो नहीं। लेकिन समाज तुम्हारे और मेरे जैसे लोगों से नहीं बना है। यहां हर तरह के लोग हैं, जिनके भिन्न-भिन्न विचार हैं। एक अच्छा शासक अपने लोगों को सौम्यता से धर्म की राह में ले जाता है, जहां संतुलन है। अगर समाज में अत्यधिक नाराजगी होगी, तो वह कलह और हिंसा का कारण बनेगी, तब अधिनायक को समाज को स्थिरता और शांति की राह पर ले जाना होगा। अगर, दूसरी ओर, समाज शांत, बिना शिकायत वाला होगा, तो अधिनायक को उनके बीच में प्रतिस्पर्धा की भावना पैदा करनी होगी। ब्रह्मांड में एक तितली के भी पर फड़फड़ाने का कारण होता है, प्रकृति में कोई भी चीज बेवजह नहीं होती। हर भाव का एक विलोम होता है: जैसे क्रोध का शांति। समाज को आख़िरकार संतुलन की आवश्यकता होती है। लेकिन रौशनी के बलात्कारियों और हत्यारों के विरुद्ध गुस्से का यह प्रदर्शन कहीं अन्याय का जवाब तो नहीं? शायद, या शायद नहीं। इसका निश्चित जवाब हमें कुछ दशकों बाद मिलेगा। अभी के लिए, इसे तनाव मुक्ति का साधन ही मान लेना चाहिए।'

बेचैनी से छटपटाते हुए, राम ने खिड़की से बाहर देखा।

वशिष्ठ जानते थे कि वह और देरी बर्दाश्त नहीं कर पाएंगे। उनके हाथों में ज़्यादा समय नहीं था। 'राम, मेरी बात सुनो।'

'जी, गुरुजी,' राम ने कहा।

'कोई बीच राह में हैं, वह तुमसे मिलने आ रहे हैं। वह महान पुरुष हैं, और वह तुम्हें ले जाने के लिए आ रहे हैं। मैं उन्हें रोक नहीं सकता। यह मेरे बस से बाहर की बात है।'

'वह कौन हैं...'

वशिष्ठ ने बात बीच में काट दी। 'मैं तुम्हें भरोसा दिलाता हूं, तुम पर खतरा नहीं होगा। लेकिन मेरे बारे में तुमसे कुछ कहा जा सकता है। मैं तुम्हें याद दिलाना चाहता हूं कि तुम मेरे बेटे की तरह हो। मैं तुम्हें तुम्हारा *स्वधर्म*, तुम्हारा *मकसद* पूरा करते हुए देखना चाहता हूं। मेरे कार्य उसी लक्ष्य से परिभाषित होंगे।'

'गुरुजी, मैं नहीं समझा कि क्या...'

'तुम मेरे बारे में जो भी सुनो उस पर भरोसा मत करना। तुम मेरे बेटे की तरह हो। मैं तुमसे बस इतना ही कह सकता हूं।'

दुविधा में घिरे राम ने हाथ जोड़कर प्रणाम करते हुए कहा 'जी, गुरुजी।'

'मंथरा, मेरी बात समझने की कोशिश करो, मैं कुछ नहीं कर सकती,' कैकेयी ने कहा। 'यह कानून की बात है।'

मंथरा ने अयोध्या की दूसरी रानी से मिलने में जरा समय नहीं गंवाया। वह अगली सुबह ही कैकेयी से मिलने पहुंच गई थी। रानी अभी नाश्ता ही कर रही थीं, मंथरा ने कुछ खाने से इंकार कर दिया था; वह बस उनसे न्याय ही चाहती थी। लेकिन कैकेयी ने कभी भी दूसरों के सामने नहीं जताया था कि दशरथ पर अब उनसे ज़्यादा, राम का प्रभाव था। उन्होंने इसका ठिकरा कानून पर फोड़ा। समर्पण का दिखावा करना, ठुकराए जाने की असफलता से ज़्यादा बेहतर था।

लेकिन मंथरा न सुनने वालों में से नहीं थी। वह जानती थी कि धेनुका को नगर के अति-सुरक्षित कारागार में बंदी बनाया गया था। वह यह भी जानती थी कि उसकी मंशा को सिर्फ शाही परिवार के सदस्य ही पूरा कर सकते थे। 'स्वामिनी, नगर के प्रमुख लोगों को अपने पक्ष में करने के लिए मेरे पास पर्याप्त धन है। आप तो यह जानती ही हैं। मैं वह सब आपकी सेवा में उपस्थित कर दूंगी। मैं वचन देती हूं।'

कैकेयी का दिल ज़ोर से धड़का। वह जानती थी कि मंथरा के शक्तिशाली संसाधनों को अपने पक्ष में करके, वह भरत को सिंहासन तक पहुंचाने में भी सफल हो सकती है। उसे न कहते हुए भी सावधान रहने की ज़रूरत थी। 'तुम्हारे वचन के लिए धन्यवाद। लेकिन यह तो भविष्य का वादा है। और, कल किसने देखा है?'

मंथरा ने अपने अंगवस्त्र की तह में हाथ डाला, और एक हुंडी निकाली, अधिकारी मुहर वाले कागजात। यह निश्चित रकम अदा करने का प्रण था। उसे लेते समय कैकेयी सतर्क थीं, वह व्यावहारिक रूप से नकद की ही मुनादी थी। सप्तसिंधु में कोई भी मंथरा द्वारा हस्ताक्षर की हुई हुंडी की एवज में राशि मुहैया करा देगा; इस मामले में उसकी प्रतिष्ठा निसंदेह थी। रानी सकते में आ गई। जो निर्धारित रकम उस कागजात पर लिखी गई थी, वह अयोध्या के दस साल की सालाना आय के बराबर थी। एक ही झटके में कैकेयी राजा से भी धनी बन जाने वाली थी! इस महिला का वैभव तो रानी की कल्पना से भी परे निकला।

'मैं समझती हूं कि अधिकांश व्यापारी इतनी बड़ी हुंडी का नकद जुटाने में असमर्थ होंगे, स्वामिनी,' मंथरा ने कहा। 'आपको जब कभी धन की आवश्यकता हो, आप हुंडी को मेरे पास ही ले आना और मैं इसके बदले स्वर्ण मुद्राएं आपको दूंगी।'

कैकेयी इससे जुड़े कानून को जानती थीं: हुंडी पूरी न कर पाने के हालात में ऋणी व्यक्ति को कई साल की कैद काटनी पड़ती थी।

मंथरा ने मामले में एक बढ़त ले ली थी। 'मैं इससे भी ज़्यादा कर सकती हूं। सब आपके अनुमोदन पर निर्भर है।'

कैकेयी ने मज़बूती से हुंडी को पकड़ लिया। वह जानती थी कि यह बेटे से जुड़े अपने सपनों को पूरा करने की चाबी थी; हालिया हुई घटनाओं के बाद, जिन्हें हासिल करना अब मुश्किल लगने लगा था।

मंथरा संघर्ष के साथ अपने आसन से खड़ी होकर कैकेयी की ओर बढ़ी और झुकते हुए बोलीं, 'उसे उतना ही दर्द मिलना चाहिए। मैं उसे उतना ही पीड़ित देखना चाहती हूं, जैसा उसने मेरी बेटी को सताया था। उसकी तुरंत मृत्यु मेरे किसी काम की नहीं।'

कैकेयी ने मज़बूती से मंथरा के हाथों को पकड़ लिया। 'प्रभु इंद्र की सौगंध, वह राक्षस भी जान जाएगा कि न्याय होता क्या है।'

मंथरा ने पथराई आंखों से रानी को देखा। उसके बदन में गुस्से की लहर दौड़ गई।

'वह यातना सहेगा,' कैकेयी ने वचन दिया। 'रौशनी का प्रतिशोध पूर्ण होगा। यह अयोध्या की रानी का वचन है।'

'मां, मेरा यकीन करो, मैं तो खुद उस दानव को अपने हाथों मार देता,' भरत ने दृढ़ता से कहा। 'मैं जानता हूं कि ऐसा करके मैं न्याय ही करूंगा। लेकिन राम दादा का नया कानून, ऐसा करने से मना करता है।'

मंथरा के महल से बाहर जाते ही, कैकेयी भरत के परिसर की ओर चली आई थीं। वह जानती थीं कि उन्हें कैसे इस काम को अंजाम देना है। अपने बेटे से उसकी महत्वाकांक्षा की बात करना समय की बर्बादी है, वह अपनी मां से ज़्यादा, अपने सौतेले भाई का वफादार था। वह उनकी न्याय भावना, उनके न्यायसंगत क्रोध, रौशनी के लिए उनके प्रेम को ज़रूर झकझोर सकती थीं।

'भरत यह नया कानून तो मुझे जरा समझ नहीं आ रहा है। इससे किस प्रकार का न्याय होगा?' कैकेयी ने अधीरता से पूछा। 'क्या मनुस्मृति में नहीं कहा गया है कि जहां महिलाओं का सम्मान नहीं होता, उस भूमि को देव त्याग देते हैं?'

'हां, मां, लेकिन यह नया कानून है! अवयस्क को फांसी नहीं दी जा सकती।'

'क्या तुम जानते हो कि अब धेनुका अवयस्क भी नहीं रहा है? वह बस अपराध के समय ही अवयस्क था।'

'मैं जानता हूं, मां। इसे लेकर दादा से मेरी काफी बहस हो चुकी है। मैं आपसे सहमत हूं कि कानून से ज़्यादा महत्वपूर्ण न्याय होता है। लेकिन दादा यह नहीं समझते।'

'हां, वह नहीं समझते,' कैकेयी ने फुंफकारते हुए कहा।

'दादा आदर्श दुनिया में रहते हैं, न कि वास्तविक दुनिया में। वह आदर्श समाज के मूल्यों को स्थापित करना चाहते हैं, लेकिन भूल जाते हैं कि अयोध्या आदर्श समाज नहीं है। हम उससे बहुत दूर हैं। और, धेनुका जैसे शैतान, कानून के ढीले पेंचों का फायदा उठाकर बच निकलते हैं। दूसरे भी उनसे यही सीखते

हैं। एक नायक को पहले कानूनों को लागू करने लायक समाज का गठन करना चाहिए।'

'तो, फिर तुम क्यों नहीं...'

'मैं नहीं कर सकता। अगर मैंने दादा के नियमों को तोड़ा, या उन पर सवाल उठाया, तो इससे उनकी योग्यता पर ठेस पहुंचेगी। अगर उनके भाई ही उनकी बात नहीं सुनेंगे, तो भला दूसरा कोई क्यों उनकी बात मानेगा?'

'तुम एक बात भूल रहे हो। जो अपराधी आज तक राम के कानून से डरते आए हैं, अब कानून में इस ढील से परिचित हो जाएंगे, और इसे अपनी ढाल बनाकर काम करेंगे। वयस्क अपनी अपराध योजना को किशारों से पूरा करवाने लगेंगे। बहुत से गरीब, निराश किशोर हैं, जो आसानी से कुछ पैसों के लालच में अपराध को अंजाम दे देंगे।'

'यह संभव है।'

'धेनुका का आदर्श स्थापित करके दूसरों को भी सबक सिखाया जा सकता है।'

भरत ने प्रश्नात्मक नज़रों से कैकेयी को देखा। 'मां, आप इसमें इतनी दिलचस्पी क्यों ले रही हो?'

'मुझे बस रौशनी के लिए न्याय चाहिए।'

'वाकई?'

'भरत, वह अच्छी, कुलीन लड़की थी। तुम्हारी राखी-बहन का कैसे कोई गंवार बलात्कार कर सकता है,' कैकेयी मुद्दे को सही निशाने पर ले आई।

'मैं जानना चाहता हूं; अगर हालात इसके विपरीत होते, तो क्या तब भी आप ऐसा ही सोचतीं? अगर किसी कुलीन पुरुष ने गांव की महिला का बलात्कार किया होता, तो क्या तब भी आप न्याय की गुहार लगातीं?'

कैकेयी ख़ामोश हो गईं। वह जानती थीं कि अगर उन्होंने हां कहा तो, भरत उनका विश्वास नहीं करेंगे।

'मैं चाहता कि बलात्कारी-हत्यारा अगर कुलीन वर्ग का भी होता, तो भी उसे मार देना चाहिए था,' भरत ने गुर्राते हुए कहा। 'जैसे कि मैं धेनुका को मरा हुआ देखना चाहता हूं। यही वास्तविक न्याय है।'

'तो, फिर धेनुका अभी तक क्यों जीवित है?'

'दूसरे बलात्कारियों को सजा दी जा चुकी है।'

'पहली बार हुआ! भेदभावपूर्ण न्याय! नकली, है कि नहीं? बेटा, पक्षपातपूर्ण न्याय जैसी कोई चीज होती ही नहीं है! या तो आपको न्याय मिलता है, या नहीं!'

'मां...'

'उनमें से जो ज़्यादा वहशी था, वह तो अभी भी ज़िंदा है! और तो और, उसे तो अयोध्या का मेहमान बना दिया गया है! उसके रहने सहने का खर्च शाही खजाने से भरा जा रहा है; तुम्हारे खजाने से। तुम खुद उसे पाल रहे हो, जिसने निर्दयता से तुम्हारी राखी-बहन को मारा।'

भरत ख़ामोश थे।

'शायद राम रौशनी को उतना प्यार नहीं करते थे,' कैकेयी ने आख़री तीर छोड़ा।

'प्रभु रुद्र के नाम पर, मां, आप ऐसा कह भी कैसे सकती हो? राम दादा, तो खुद को उसकी सजा...'

'इससे क्या फर्क पड़ता है?! इससे न्याय का क्या वास्ता?'

भरत कुछ नहीं कह पाए।

'तुम्हारी रंगों में कैकेय का खून है। अश्वपति का खून तुम्हारी नसों में दौड़ रहा है। क्या तुम अपनी प्राचीन शपथ को भूल गए हो? "खून का बदला खून से ही लिया जाएगा!" तभी दूसरे तुमसे भयभीत होंगे।'

'हां, मुझे याद है, मां! लेकिन मैं राम दादा के भरोसे को नहीं तोड़ सकता।'

'मेरे पास एक रास्ता है...'

भरत ने उलझन से कैकेयी को देखा।

'तुम्हें राजनयिक दौरे पर अयोध्या से बाहर चले जाना चाहिए। मैं तुम्हारी अनुपस्थिति को सार्वजनिक कर दूंगी। फिर तुम गुप्त रूप से अयोध्या आना; अपने कुछ विश्वस्त आदमियों को लेकर कारागार तोड़कर, धेनुका को बाहर ले जाना। तुम जानते हो कि तुम्हें उसके साथ क्या करना है। एक बार काम हो जाने के बाद, तुम अपने उसी विदेशी दौरे का भ्रम बनाए रखना। कोई इतना समझ नहीं पाएगा। व्यावहारिक रूप से पूरे नगर पर इस हत्या का शक जाएगा, क्योंकि अयोध्या में ऐसा कोई नहीं है, जो धेनुका को जीवित

देखना चाहता हो। राम के लिए कातिल की तलाश कर पाना संभव नहीं होगा। राम अपने भाइयों का पक्ष लेने के कलंक से भी बच जाएंगे, क्योंकि तुम पर किसी का निशाना जाएगा ही नहीं। इसे ऐसा ही देखा जाएगा कि राम कातिल को पकड़ पाने में नाकामयाब रहे। इससे ज़्यादा महत्वपूर्ण कि न्याय पूर्ण हो जाएगा।'

'आपने इस पर वास्तव में काफी सोचा है,' भरत ने कहा। 'और, बिना किसी राजनयिक आमंत्रण के मैं नगर से बाहर कैसे जाऊंगा? अगर मैं बिना आमंत्रण के शाही इजाजत मांगूंगा, तो मुझ पर शक हो जाएगा।'

'कैकेय से तुम्हारे लिए राजनीतिक दौरे का आमंत्रण है।'

'नहीं, ऐसा तो कोई आमंत्रण नहीं है।'

'हां, आया है,' कैकेयी ने कहा। 'रौशनी की मृत्यु से हुई हड़बड़ी में किसी का ध्यान उस पर नहीं गया।' जो बात उन्होंने भरत को नहीं बताई थी, वह यह थी कि अपनी नई मिली संपदा से उन्होंने कैकेय से निमंत्रण को हासिल करके, अयोध्या के राजनयिक दस्तावेजों में पुरानी तारीख़ से रखवा दिया था। 'उस निमंत्रण को स्वीकार करो। और फिर, अपनी बहन की आत्मा को न्याय दो।'

भरत अभी भी स्थिर थे, बर्फ के समान ठंडे। वह मां की बातों को समझने की कोशिश कर रहे थे।

'भरत?'

उन्होंने अपनी मां को ऐसे देखा, जैसे उन्हें वहां उपस्थित देखकर चौंक गए हों।

'तुम करोगे, या नहीं?'

भरत, लगभग, खुद से ही बुदबुदाए, 'कभी-कभी आपको न्याय के लिए कानून तोड़ना भी पड़ता है।'

कैकेयी ने अपने अंगवस्त्र से, खून से सना सफेद कपड़े का टुकड़ा निकाला; इसे रौशनी के विक्षिप्त शव को ढकने के लिए इस्तेमाल किया गया था। 'उसे न्याय दिलवाओ।'

भरत ने नरमी से अपनी मां से वह कपड़ा ले लिया, और फिर अपनी कलाई में बंधी हुई राखी को देखा। उन्होंने अपनी आंखें बंद की, आंसू की एक बूंद उसके गालों पर बह आई।

कैकेयी अपने बेटे के पास आईं, और उन्हें मज़बूती से पकड़ते हुए कहा। 'शक्ति मां की नज़रें तुम पर हैं, मेरे बेटे। तुम ऐसे आदमी को यूं ही नहीं जाने दे सकते, जिसने एक महिला के साथ इतने घिनौने अपराध को अंजाम दिया। याद रखो।'

मां शक्ति को सभी भारतीय प्रेम और भय की नज़रों से देखते हैं।

खून का जवाब खून से ही दिया जाएगा।

शाही कारागार के, एकांत कारावास में दरवाजे की आहट होने से धेनुका की आंख खुली।

अंदर कोई प्रकाश नहीं था, यहां तक कि दीवार पर बने रौशनदान से भी, बाहर चंद्रमा रहित रात का अंधेरा ही नज़र आ रहा था। उसे खतरे का अहसास हुआ। उसने अपना शरीर दरवाज़े की ओर मोड़ लिया, सोने का दिखावा करते हुए, यद्यपि उसकी मुट्ठियां कसी हुई थीं, हमले के लिए बिल्कुल तैयार। उसने अपनी आंखों को जरा सा खोला, लेकिन इतने अंधेरे में कुछ भी देख पाना संभव नहीं था।

उसे अपने सिर पर सीटी की हल्की सी आवाज़ सुनाई दी। धेनुका उछलने को हुआ, लेकिन किसी सख्त चीज से टकराया। वहां कोई नहीं था। लेकिन आवाज़ ऊपर से ही आ रही थी। परेशान धेनुका चारों ओर आंखें फाड़-फाड़कर देखने की कोशिश करने लगा, वह जानने के लिए बेचैन था कि हो क्या रहा था। अचानक एक वार हुआ।

उसे अपने सिर पर एक कड़े प्रहार का अनुभव हुआ, जब वह सामने की ओर गिरा। तभी एक हाथ ने उसे बाल पकड़कर उठाया, और उसकी नाक के आगे एक गीला कपड़ा आया। धेनुका तुरंत ही उस मीठी सी खुशबू को पहचान गया था। उसने खुद कई बार इसका इस्तेमाल अपने शिकार को फंसाने के लिए किया था। वह जानता था कि वह लड़ नहीं पाएगा। पल भर में ही वह बेहोश हो गया।

धूल भरी सड़क पर चलती गाड़ी में धेनुका की आंख खुली। उसे कोई चोट नहीं महसूस हो रही थी, सिवाय सिर के पिछले हिस्से के, जो वाकई में असहनीय थी। उसके अपहरणकर्ता ने उसे घायल नहीं किया था। वह सोच

रहा था कि वह होगा कौन। क्या वे उसके पिता के आदमी थे, जो भागने में उसकी मदद कर रहे थे? वह था कहां? अब, सड़क के पत्थरों की वजह से गाड़ी उछलने लगी थी, और लगातार आती झींगुरों की आवाज़ से यह तो साफ हो चला था कि वह कहीं जंगल में था, नगर से दूर। हालात का जायजा लेने के लिए उसने थोड़ा सा सिर उठाया, लेकिन तभी वही औषधि वाला कपड़ा दोबारा से उसकी नाक पर लगा दिया गया। वह फिर से बेहोश हो गया।

पानी के एक छपाके से धेनुका की नींद टूटी। उसने गाली देते हुए, अपना सिर हिलाया।

एक सौम्य आवाज़ से वह हैरान हुआ। 'आगे, आ।'

चकित लेकिन परेशान धेनुका ने सीधे बैठने की कोशिश की। उसे अहसास हुआ कि वह एक ढकी हुई बैलगाड़ी में था, कुछ वैसी ही जिसमें फूस ले जाते हैं। उसने अपने शरीर से घास के सूखे तिनके झाड़े, जो गाड़ी में पड़े थे। उसे नीचे उतरने में किसी ने मदद की। बाहर अभी भी अंधेरा था, लेकिन मशालों की रौशनी में वह आसपास का माहौल देख सकता था। उसे अभी भी चक्कर से महसूस हो रहे थे, और वह अपने पैरों पर नहीं खड़ा हो पा रहा था; शायद यह बेहोशी की उसी औषधि के कारण था। उसने बाहर आकर खुद को संभालने के लिए गाड़ी का ही सहारा लिया।

'इसे पी,' उसके पीछे शांति से खड़े हुए आदमी ने कहा, उसके हाथ में प्याला था।

धेनुका ने उसके हाथ से प्याला लिया और झिझकते हुए उसे सूंघने लगा।

'अगर मैं तुझे मारना चाहता, तो कब का मार चुका होता,' आदमी ने कहा। 'इससे तेरा दिमाग़ साफ होगा। आगे की चीजें समझने के लिए तेरा होश में रहना ज़रूरी है।'

धेनुका ने बिना किसी विरोध के वह औषधि पी ली। उसका प्रभाव भी तुरंत हुआ। उसका दिमाग़ तुरंत साफ होकर, सतर्क हो गया। जब उसकी चेतना स्थिर हुई, तो उसे बहते हुए पानी की आवाज़ सुनाई दी।

शायद मैं नदी के पास हूं। जैसे ही सूर्योदय होगा, मैं तैर कर नदी पार कर जाऊंगा। लेकिन पिताजी कहां हैं? सिर्फ उन्हीं ने मुझे भगाने के लिए इन्हें धन दिया होगा।

'धन्यवाद,' आदमी को प्याला लौटाते हुए धेनुका ने कहा। 'लेकिन मेरे पिताजी कहां हैं?'

आदमी चुपचाप प्याला लेकर, अंधेरे में कहीं गुम हो गया। धेनुका वहां अकेला रह गया। 'ओ, तुम कहां जा रहे हो?'

जहां वो आदमी गया था, वहां से एक हृष्ट-पुष्ट आदमी बाहर आया। मशालों की रौशनी में भी उसकी गोरी त्वचा चमक रही थी, साथ ही उसकी हरी चमकदार धोती और अंगवस्त्र भी। उसने अपने लंबे बालों को सिर पर पट्‌टी से पीछे रोका हुआ था; वह पट्‌टी खासतौर पर बनाई गई थी, जिस पर मोर का सुनहरा पंख लगा था। आमतौर पर शरारती रहने वाली उसकी आंखें आज गंभीर थीं।

'राजकुमार भरत!' धेनुका ने एक घुटने पर बैठते हुए कहा।

भरत बिना कुछ बोले धेनुका के पास आए।

धेनुका ने कौशल की महिलाओं में भरत की लोकप्रियता के बारे में सुन रखा था। 'मैं जानता था कि आप मुझे समझेंगे। आपके सादे सीधे बड़े भाई से इसकी उम्मीद नहीं की जा सकती थी।'

भरत स्थिर थे।

'मैं जानता था कि मालिक, आप ही हैं, जो समझोगे कि महिलाएं हमारे मजे के लिए ही तो बनी हैं। महिलाएं मर्दों के काम आने के लिए ही तो हैं!' धेनुका ने सिर झुकाकर, कुछ हंसते हुए कहा। उसका हाथ अभिवादन के लिए भरत के अंगवस्त्र की ओर बढ़ रहा था।

भरत ने अचानक पीछे हटकर, धेनुका का हाथ एक ओर किया, और उसका गला पकड़ लिया। उसके भींचे हुए गले से एक भयानक आवाज़ निकली। 'महिलाएं इस्तेमाल करने के लिए नहीं होती हैं। वे प्रेम योग्य होती हैं।'

भय से धेनुका के भाव बदल गए। एक फंसे हुए जानवर की तरह उसने देखा कि आसपास से बीस शक्तिशाली पहलवान वहां आ चुके थे। वह भरत की पकड़ से छुटने की कोशिश करने लगा, क्योंकि राजकुमार ने अब तक उसके गले को मसलना शुरू कर दिया था।

'स्वामी,' पीछे से एक आदमी ने कहा।

भरत ने सांस खींचते हुए धेनुका को छोड़ दिया। 'तू इतनी जल्दी नहीं मरेगा।'

दोबारा सांस लेने की कोशिश में धेनुका को लगातार खांसी आ रही थी। अचानक ही किसी ने उसे पकड़कर, घुमाते हुए पटक दिया। दो आदमी उसे मारते और चिल्लाते हुए गाड़ी की ओर खींचने लगे।

'कानून!' धेनुका चिल्लाया। 'कानून! मुझे छुआ नहीं जा सकता। मैं अवयस्क हूं!'

तीसरे आदमी ने सामने आकर धेनुका के जबड़े पर मुक्का मारकर, उसका दांत तोड़ दिया। वहां से खून बहने लगा। 'तू अब अवयस्क नहीं है।'

'लेकिन राजकुमार राम का कानून...'

धेनुका के शब्द मुंह में ही रह गए, क्योंकि उस आदमी ने उसे एक और ज़ोरदार घूसा मारा, इस बार उसकी नाक टूट गई थी। 'क्या तूझे यहां राजकुमार राम दिखाई दे रहे हैं?'

'इसे ऊपर बांध दो,' भरत ने कहा।

कुछ आदमियों ने मशाल पकड़ी, जब दो आदमी उसे खींचकर बड़े से पेड़ की ओर जाने लगे। उन्होंने उसके दोनों हाथों को विपरीत दिशा में खींचते हुए, रस्सी से पेड़ पर बांध दिया। ऐसा ही उन्होंने उसके पैरों के साथ किया। उनमें से एक ने मुड़कर कहा। 'स्वामी, काम हो गया।'

भरत ने अपनी बगल में घूमते हुए कहा। 'शत्रुघ्न, मैं आख़री बार कह रहा हूं। चले जाओ। तुम्हें यहां नहीं होना चाहिए। इससे दूर रहो...'

शत्रुघ्न ने बात बीच में काटी। 'दादा, मैं हमेशा तुम्हारे साथ रहूंगा।'

भरत ने भावविहीन नज़रों से शत्रुघ्न को देखा।

शत्रुघ्न ने बोलना जारी रखा। 'यह भले ही कानून के खिलाफ हो, लेकिन यही न्याय है।'

भरत ने सिर हिलाया और आगे बढ़ना शुरू किया। धेनुका के पास पहुंचकर, उसने अपनी कमर पेटिका से खून में सना वही सफेद कपड़ा निकाला, और उसे माथे से लगाकर, कलाई पर बांध लिया; ठीक वहीं, जहां वह राखी बंधी हुई थी।

धेनुका उसी तरह कांप रहा था, जैसे शेरों की बीच घिर जाने पर बकरी कांपा करती है। वह मिमियाया, 'मालिक, कृपया मुझे जाने दो। कसम खाता हूं, फिर कभी किसी महिला को हाथ नहीं लगाऊंगा।'

भरत ने उसे झन्नाटेदार तमाचा रसीद किया। 'क्या तुझे यह जगह याद है?'

धेनुका ने आसपास देखा, भोर का कुछ उजाला होने लगा था। यह वही जगह थी, जहां उसने और उसके साथियों ने रौशनी का बलात्कार कर, हत्या की थी।

भरत ने अपना हाथ आगे किया। उसके एक सिपाही ने आगे बढ़कर धातु की एक बोतल उसे थमाई। भरत ने बोतल खोलकर, उसे धेनुका की नाक के आगे किया। 'तू जल्दी ही समझ जाएगा, दर्द का क्या मतलब होता है।'

तेज़ाब की महक को पहचानते ही धेनुका दहाड़े मारकर रोने लगा। 'माफ कर दो, मालिक... माफ कर दो... मुझसे ग़लती हो गई... मुझे जाने दो...'

'याद है, रौशनी दीदी भी तेरे सामने यूं ही गिड़गिड़ाई होंगी,' शत्रुघ्न ने दहाड़कर कहा।

धेनुका ने गिड़गिड़ाते हुए कहा, 'देवी रौशनी बहुत अच्छी महिला थीं, मालिक... मैं राक्षस था... मुझे माफ कर दो... लेकिन वह भी नहीं चाहतीं कि आप मेरे साथ ऐसा करो...'

भरत ने वह बोतल सिपाही को वापस लौटा दी, जबकि दूसरे सैनिक ने उन्हें छेद करने वाला यंत्र पकड़ाया। उन्होंने उसका सिरा धेनुका के कंधे पर रखा। 'शायद, तू सही कह रहा है। वह इतनी अच्छी थीं कि शायद वह तुझ जैसे राक्षस को भी माफ कर देतीं। लेकिन मैं उतना अच्छा नहीं हूं।'

धेनुका तेज़ आवाज़ में चिल्लाने लगा, जब भरत ने हथौड़े से उस यंत्र पर प्रहार करना शुरू कर दिया।

'जितना चिल्लाना चाहता है, चिल्ला ले हरामजादे,' सिपाही ने कहा। 'कोई तेरी आवाज़ सुनने वाला नहीं है।'

'नहींईं! माफ कर दो...'

भरत ने अपना हाथ उठाकर, हथौड़ा ऊंचा किया। उन्होंने यंत्र को धेनुका के कंधे पर रखा। वह वहां छेद करके, उसमें कुछ तेज़ाब डालना चाहते थे। तुरंत मौत उसके कष्टों का जल्दी अंत कर सकती थी।

'खून का जवाब खून से ही दिया जाएगा...' भरत बुदबुदाए।

हथौड़ा नीचे आया, छेद सफाई से हुआ था। उसकी चीखें और तेज़ व भयानक होती जा रही थीं, सरयु की कलकल के पार भी वे सुनी जा सकती थीं।

अध्याय 15

अंधेरे को चीरते हुए सूरज की पहली किरणों के पहुंचते ही, कैकेयी सरयु नदी के पार भरत और शत्रुघ्न से मिलीं, अयोध्या के उत्तरी छोर पर। यहां उस जगह से दक्षिण दिशा में दो घंटे घुड़सवारी करने के बाद पहुंचा गया था, जहां धेनुका की लाश पड़ी थी।

भाइयों ने परिश्रम से खून के सारे धब्बे धोकर, पिछली रात के सारे निशान मिटा दिए थे। अपने कपड़ों को जलाकर, उन्होंने दूसरे कपड़े पहन लिए थे। कैकेयी वहां भरत के अंगरक्षकों के साथ पहुंची थीं।

अपने रथ से उतरकर उन्होंने दोनों बच्चों को गले लगा लिया। 'तुमने न्याय की रक्षा की है, मेरे बच्चों।'

भरत और शत्रुघ्न ने कुछ नहीं कहा, उनके चेहरे पर उनके अंदर चल रहे तूफान की छाया तक नहीं पड़ रही थी; गुस्सा अभी उन्हें खाए जा रहा था। कभी-कभी न्याय के लिए रोष की ज़रूरत पड़ती है। लेकिन यह अजीब बात है कि क्रोध एक अग्नि की तरह होता है; जितना तुम इसे हवा दोगे, यह उतना ही बढ़ेगा। क्रोध को संभालने के लिए काफी बुद्धिमत्ता और अनुभव की ज़रूरत होती है। राजकुमार उस पर नियंत्रण रखने के लिहाज़ से काफी युवा थे।

'और अब, तुम्हें चले जाना चाहिए,' कैकेयी ने कहा।

भरत ने कपड़े का वह टुकड़ा पकड़ा हुआ था, जिसमें रौशनी का शव लिपटा था।

'मैं निजी रूप से इसे मंथरा को लौटा दूंगी,' कैकेयी ने कहते हुए, वह टुकड़ा भरत से ले लिया।

भरत ने झुककर मां के पैर छुए: 'चलते हैं, मां।' शत्रुघ्न ने बिना कुछ कहे ही इसे दोहराया।

कौओं की कांव-कांव सुनकर, वहां से गुज़रते गांव के लोगों की नज़र धेनुका के शरीर पर पड़ी। कौए उसके शरीर को नोंचने के लिए आपस में झगड़ रहे थे।

ग्रामीणों ने उस रस्सी को काटकर, जिसने अभी भी उसकी लाश को थामा हुआ था लाश को ज़मीन पर लेटाया। उसके शरीर पर हथौड़े व कील से अनेकों छेद किए गए थे। छेदों के गिर्द जमे रक्त के थक्के इंगित कर रहे थे कि उसके ज़िंदा रहते हुए ही यह काम किया गया होगा। छेदों के पास जली हुई त्वचा, अंदर कुछ तेज़ाब जैसी चीज़ जाने की गवाही दे रही थी।

मौत तलवार के उस प्रहार से अवश्यंभावी हुई होगी, जिसने उसके पेट को चीरते हुए, पेड़ की तने में प्रवेश किया था। वह खून बहने पर धीरे-धीरे मौत के आगोश में समाया होगा; और शायद कौओं के उस पर टूट पड़ने तक उसकी कोई सांस बाकी रही होगी।

एक ग्रामीण ने धेनुका को पहचान लिया। 'हम इसे ऐसे ही छोड़ क्यों नहीं देते?' उसने कहा।

'नहीं, हम इंतज़ार करेंगे,' समूह के अधिनायक ने कहा, उसने अपने आंसू पोंछते हुए, एक आदमी को अयोध्या यह समाचार पहुंचाने के लिए भेजा। वह भी रौशनी की दयाशीलता से परिचित था। जब उसे पता चला था कि कानून के दावं-पेचों की वजह से धेनुका को फांसी नहीं होने वाली थी, तो वह गुस्से से तिलमिला उठा था। वह चाहता था कि वह खुद अपने हाथों से उस राक्षस को मार दे। उसने सरयु की तरफ मुड़कर, उनके न्याय के लिए धन्यवाद अदा किया।

फिर उसकी लाश को देखकर, घृणा से थूक दिया।

मंथरा उत्तरी दरवाजे से, घोड़ा गाड़ी पर सवार हो, अपने सहायक द्रुह्यु और कुछ अंगरक्षकों के साथ निकलीं। लगातार चलते हुए, वे महान नहर को

पार कर, आधे घंटे में नदी किनारे श्मशान भूमि पर पहुंच गए। घाट के अंत में प्रभु यम का एक पौराणिक मंदिर था। दिलचस्प बात है कि प्रभु यम को जहां मृत्यु का देवता माना जाता था, वहीं वह धर्म के भगवान भी माने गए। प्राचीन मान्यता के अनुसार धर्म और मृत्यु आपस में जुड़े थे। एक मायने में, नश्वर शरीर की समाप्ति पर आपकी ज़िंदगी का लेखा-जोखा देखा जाता; अगर जीवन में कोई असंतुलन रहा हो, तो आत्मा को दोबारा नया शरीर धारण करके धरती पर आना पड़ता। अगर आपके कर्म और धर्म में तालमेल बनी, तो आत्मा मोक्ष को प्राप्त कर जाती: जन्म-मरण के चक्र से छूटकर, ब्रह्मांड, परमात्मा, एकम् में समा जाती।

प्रभु यम के मंदिर में सात पंडित विधि कर रहे थे, मंथरा कलश को थामे हुए बुत बनी बैठी थी। उस कलश में प्रकृति के सबसे सुंदर प्राणी की अस्थियां थीं। दूसरे कलश में कपड़े का वही टुकड़ा था, जो कैकेयी ने सुबह उसे दिया था।

नदी के किनारे बैठा द्रुह्यु, हाल ही में हुई घटनाओं के बारे में सोच रहा था। उसकी मालकिन हमेशा के लिए बदल गई थी। उसने कभी उसे वह काम करते नहीं देखा था, जो पिछले दिनों उसने किए थे; ऐसे काम जो प्रत्यक्ष रूप से उसके व्यवसाय और खुद उसके अस्तित्व के लिए घातक थे। उसने अपने जीवन भर के काम को प्रतिशोध की वेदी पर स्वाहा कर दिया था। द्रुह्यु सोच रहा था कि जितना धन उसने एक मृत पर बहाया था, उतने में तो स्वयं प्रभु भी उसे मिल जाते। मंथरा ने जो धन खुशी-खुशी बहा दिया था, उसके बड़े भाग पर सिर्फ उसी का अधिकार नहीं था। उसे अपनी चिंता सता रही थी। तभी मंदिर के द्वार पर होने वाली गतिविधियों ने उसका ध्यान आकर्षित किया।

जब मंथरा घाट की ओर आ रही थी, तो उसका लंगड़ाना और बढ़ा हुआ प्रतीत हो रहा था, और पीठ का कूबड़ कुछ ज़्यादा उभरा हुआ। अंगरक्षक शांति से उसके पीछे चल रहे थे, और उनके आगे मंत्रोच्चार करते हुए पंडित थे। वह धीरे से घाट से नीचे उतरी, क़दम दर क़दम बढ़ाते हुए। उसने आख़री क़दम बढ़ाया, नदी के किनारे का पानी उसके पैरों पर आ गया था। उसने हाथ हिलाकर अंगरक्षकों को आगे बढ़ने से रोक दिया। पंडित भी कुछ क़दम ऊपर ही रुक गए, और कर्मठता से मंत्रोच्चार करते रहे, जिससे आत्मा को इस जहां से आगे जाने में सहायता मिल सके, वह पौराणिक नदी, वैतरणी को पार कर सके। *ईश वस्य उपनिषद* से श्लोक बोलते हुए उन्होंने प्रार्थना खत्म की।

वयुर अनिलम् अमृतम्; अथेदम् भासमंतम् शरीरम्

इस नश्वर शरीर को भस्म हो जाने दो। लेकिन ज़िंदगी की सांसें तो कहीं और हैं। शायद यह कोई दूसरा नश्वर शरीर ढूंढ़ लें।

द्रुह्यु दूर बैठा हुआ सब देख रहा था, उसका ध्यान पुराने दिनों की उसी परछाई पर था, जो कभी मंथरा हुआ करती थी। रह-रहकर उसे एक ही बात सता रही थी।

यह वृद्ध महिला अब हार चुकी है। अब वह सच्चे प्रभु के काम की नहीं रही है। मुझे अब अपनी मदद खुद करनी होगी।

मंथरा ने कलश को अपने अंक में भर लिया। गहरी सांस लेते हुए, उसने वह अंतिम काम करने की ताकत बटोरी। उसने कलश का ढक्कन खोलकर, अपनी बेटी की अस्थियों को नदी में बह जाने दिया। खून से सने सफेद कपड़े को अपने चेहरे के नज़दीक लाकर वह बुदबुदाई, 'इस बदसूरत दुनिया में दोबारा मत आना, मेरी बच्ची; यह तुम्हारे जैसे अच्छे लोगों के लिए नहीं बनी है।'

मंथरा अपनी बेटी के अवशेषों को खुद से दूर जाता देख रही थी। उसने आसमान की ओर देखा, गुस्से से उसका सीना धधक रहा था।

राम...

मंथरा ने अपनी आंखें कसकर बंद कर लीं, उसकी सांसें उसके क्रोध को भड़का रही थीं।

तुमने उस राक्षस की रक्षा की... तुमने धेनुका को बचाया... मैं इसे याद रखूंगी...

'इसका ज़िम्मेदार कौन है?' राम ने गरजते हुए पूछा, उनका बदन तनाव से अकड़ा था। वह नगर सुरक्षा अधिकारियों से घिरे हुए थे।

धेनुका की मौत की खबर सुनते ही राम अपराध स्थल पर चले आए थे। अधिकारी ख़ामोश थे, वह राम के गुस्साए रूप को देखकर सकते में थे; राम तो धैर्य की प्रतिमा माने जाते थे।

'यह कानून का अपमान है, उसकी अवमानना है,' राम ने कहा। 'यह किसने किया?'

'मैं... मैं नहीं जानता, मालिक,' एक अधिकारी ने घबराते हुए कहा।

राम उस डरे हुए अधिकारी की ओर बढ़कर, थोड़ा सा झुके। 'तुम चाहते हो, मैं तुम्हारी बात पर यकीन कर लूं?'

अपने पीछे से उन्हें एक तेज़ आवाज़ सुनाई दी। 'दादा!'

राम ने घबराए हुए लक्ष्मण को अपनी ही ओर आता देखा।

'दादा,' लक्ष्मण ने नज़दीक आते हुए कहा। 'आपको अभी मेरे साथ चलना होगा।'

'अभी नहीं, लक्ष्मण,' राम ने अस्वीकार में हाथ हिलाते हुए कहा। 'मैं व्यस्त हूं।'

'दादा,' लक्ष्मण ने कहा। 'गुरु वशिष्ठ ने आपको बुलाने भेजा है।'

राम ने झुंझलाकर लक्ष्मण को देखा। 'मैं जल्दी आता हूं। कृपया गुरुजी को बताना यह कितना...'

लक्ष्मण ने भाई की बात बीच में काटते हुए कहा। 'दादा, महर्षि विश्वामित्र यहां आए हैं! वह आपको बुला रहे हैं; खास आपको।'

राम ने निस्तब्धता से लक्ष्मण को देखा।

विश्वामित्र मलयपुत्र के प्रमुख थे। मलयपुत्र विष्णु के अवतार, परशु राम द्वारा अपने पीछे छोड़ी गई रहस्यमयी प्रजाति मानी गई। वे विष्णु के छठे अवतार का प्रतिनिधित्व करते हैं, और धरती पर उन्हीं के लक्ष्यों को पूरा करने के लिए आते। मलयपुत्रों की पौराणिक शक्तियों से सप्तसिंधु वासी चकित थे। इस प्रभाव में विश्वामित्र की भयानक प्रतिष्ठा ने और गहरा काम किया था। कौशिक नाम से, एक क्षत्रिय के रूप में पैदा हुए विश्वामित्र, महान राजा गाधि की संतान थे। युवा दिनों में महान योद्धा रहे विश्वामित्र की प्रकृति ने उन्हें ऋषि बनने के लिए प्रेरित किया। बहुत कठिनाइयों के बाद ही वह सफल हुए। इसके बाद, वह ब्राह्मणत्व के चरम तक पहुंचे, और मलयपुत्रों के प्रमुख बन गए। उनका प्रमुख बनने के बाद, उन्होंने अपना नाम बदलकर विश्वामित्र रख लिया। मलयपुत्रों का काम अगले महादेव, जब वह उत्पन्न हों, के साथ मिलकर काम करना था। हालांकि वह मानते थे कि उनके अस्तित्व का मुख्य कारण, समय आने पर विष्णु के नए अवतार के उदय में सहायक बनना था।

राम ने नीचे धेनुका के शरीर को देखा, फिर अपने भाई को, वह दो कर्तव्यों के बीच फंसे हुए थे। लक्ष्मण ने उनकी कोहनी पकड़कर उन्हें खींचा।

'दादा, आप वापस आकर इसे संभाल लेना,' लक्ष्मण ने ज़ोर दिया। 'लेकिन महर्षि विश्वामित्र इंतज़ार नहीं करेंगे। हम सबने उनके पौराणिक क्रोध के बारे में सुन रखा है।'

राम नरम पड़ गए। 'मेरा घोड़ा,' उन्होंने आदेश दिया।

एक अधिकारी तुरंत उनका घोड़ा ले आया। राम ने बैठकर, घोड़े को नरमी से थपथपाया; लक्ष्मण उनके पीछे चल पड़े। जैसे-जैसे घोड़े नगर की ओर बढ़ रहे थे, राम को कुछ दिन पहले वशिष्ठ से हुई बात याद आई।

कोई बीच राह में हैं... मैं उन्हें रोक नहीं सकता...

'महर्षि विश्वामित्र मुझसे क्या चाहते होंगे?' राम मन ही मन बुदबुदाए।

...तुम्हें उनका भी लक्ष्य पूर्ण करना है...

राम अपने चेतन को वर्तमान में खींच लाए, और टिक-टिक की आवाज़ करके घोड़े को जल्दी चलने के लिए हड़काने लगे।

'महाराज, क्या आप मुझे मना कर रहे हैं?' विश्वामित्र ने मधुर आवाज़ में पूछा। लेकिन उसमें छिपी धमकी को नज़रंदाज़ नहीं किया जा सकता था।

अगर उनकी प्रतिष्ठा भयानक न भी रही होती, तो भी महर्षि विश्वामित्र का ऊंचा व्यक्तित्व, उनके अदम्य तेज़ में बढ़ोतरी ही करता था। उनके लगभग सात फुट के क़द में, विशाल उदर, चौड़ी छाती, बलिष्ठ कंधे और भुजाएं समानता उत्पन्न करती थीं। लहराती सफेद दाढ़ी, बाल रहित सिर पर बंधी शिखा, निर्मल नेत्र, कंधे पर पड़ा पवित्र जनेऊ, उनके शरीर पर लगे युद्ध के अनेक निशानों से विरोधाभास उत्पन्न करता था। उनकी त्वचा की गहरी रंगत केसरी धोती और अंगवस्त्र से और बढ़ जाती थी।

सम्राट दशरथ और उनकी तीनों रानियां, राजा के निजी कार्यालय में महर्षि का स्वागत कर रही थीं। महर्षि सीधे मुद्दे की बात पर आ गए थे। उनके एक आश्रम पर हमला हो रहा था, और उसकी सुरक्षा के लिए उन्हें राम की ज़रूरत थी; बस इतना ही। हमला किसका था और युवा राजकुमार किस तरह भारत की सर्वश्रेष्ठ योद्धा प्रजाति, मलयपुत्रों की रक्षा कर पाएंगे, इस विषय में कोई स्पष्टीकरण नहीं दिया गया था। मलयपुत्रों के प्रमुख से न तो कोई सवाल पूछ सकता था, न इंकार कर सकता था।

दशरथ ने परेशानी से थूक निगला। सत्ता के चरम में भी वह विश्वामित्र का सामना करने से कतराते थे; और अब तो वह वास्तव में डर रहे थे, साथ ही दुविधा में भी थे। पिछले कुछ महीनों में वह राम को काफी चाहने लगे थे, और उनसे जुदा नहीं होना चाहते थे। 'गुरुदेव, मैं यह नहीं कह रहा कि मैं राम को आपके साथ नहीं भेजना चाहता। बस मैं सोच रहा था कि सेनापति मृगस्य इस काम को बखूबी कर लेंगे। मैं अपनी सारी सेना उनके साथ भेज दूंगा और...'

'मुझे राम चाहिएं,' विश्वामित्र ने कहा, उनकी नज़रें दशरथ, सप्तसिंधु के घबराए हुए सम्राट को भेद रही थीं। 'और, लक्ष्मण भी साथ में आएंगे।'

कौशल्या नहीं समझ पा रही थीं कि विश्वामित्र के प्रस्ताव को कैसे संभालें। हालांकि, एक ओर उन्हें प्रसन्न होना चाहिए था कि राम को ऐसे महान मुनि का सान्निध्य प्राप्त होने जा रहा था, दूसरी तरफ उन्हें यह भी चिंता सता रही थी कि विश्वामित्र राम के युद्ध कौशल का उपयोग करके, उसे त्याग देंगे। हालांकि, कैकेयी को यह अवसर बड़ा सुनहरा प्रतीत हो रहा था, वह राम की अनुपस्थिति में भरत के युवराज होने की कामना कर रही थीं। कौशल्या के पास ऐसी स्थिति में एक ही जवाब होता था: वह ख़ामोशी से आंसू ही बहा सकती थीं।

कैकेयी के मन में कोई द्वंद्व नहीं था। वह अब मंथरा की बात पर सहमति से पछता रही थीं, वह चाह रही थीं कि इस समय उनके बेटे को यहां होना चाहिए था। 'महर्षि जी,' कैकेयी ने कहा। 'भरत को आपके साथ भेजने में मुझे बहुत गर्व होता। हम कुछ...'

'लेकिन भरत अयोध्या में नहीं हैं,' विश्वामित्र ने कहा। मतलब उनसे कुछ नहीं छिपा था।

'आप सही कह रहे हैं, महर्षि जी,' कैकेयी ने कहा। 'मैं यही कहने की कोशिश कर रही थी। हम कुछ सप्ताह इंतज़ार कर लेते हैं। मैं तुरंत भरत को संदेश भिजवा देती हूं।'

विश्वामित्र ने कैकेयी की आंखों में घूरा। परेशान कैकेयी ने नज़रें नीची कर लीं, ऐसा लग रहा था कि कैकेयी का रहस्य उनके सामने खुल चुका था। वहां एक असहज सा सन्नाटा छा गया। फिर विश्वामित्र की आवाज़ कमरे में गूंजी। 'महाराज, मुझे राम चाहिएं, और लक्ष्मण भी। मुझे और कोई नहीं चाहिए। अब, आप उन्हें मेरे साथ भेज रहे हैं, या नहीं?'

'गुरुजी,' सुमित्रा ने कहा। 'बीच में दखल देने के लिए मैं क्षमा चाहती

हूं। लेकिन मुझे लगता है कि शिष्टाचार में कुछ चूक हो रही है। आप अभी यहां आए हैं, लेकिन हमारे राजगुरु, महर्षि वशिष्ठ, को अभी आपसे मिलने का सौभाग्य नहीं मिल पाया है। क्या हमें उनके पास संदेश भिजवा देना चाहिए? उनके आने के बाद, चर्चा हो जाएगी।'

विश्वामित्र हंसे, 'हम्म! आख़िरकार, मैंने जो भी सुना था, वह सही था। तीसरी, सबसे छोटी रानी, सबसे चतुर है।'

'मैं चतुर कहां, महर्षि जी,' कहते हुए सुमित्रा का चेहरा शर्मिंदगी से लाल हो गया। 'मैं तो बस शिष्टाचार...'

'हां, हां, बिल्कुल' विश्वामित्र ने कहा। 'करो अपना शिष्टाचार पूरा। अपने राजगुरु को बुलाओ। हम तभी राम के बारे में बात करेंगे।'

राजा और तीनों रानियां तुरंत कक्ष से बाहर निकल गए, महर्षि वहां अपने कुछ खास सेवकों के साथ अकेले रह गए।

वशिष्ठ शाही कार्यालय में पहुंचे और सेवकों को बाहर जाने का आदेश दिया। उनके जाते ही, विश्वामित्र ने झटके से खड़े हुए, 'तो दिवोदास, उसे मुझसे दूर रखने के लिए, तुम क्या तर्क दोगे?'

विश्वामित्र ने वशिष्ठ को उनके गुरुकुल नाम से संबोधित करते हुए कहा, वह नाम जो मुनि को बचपन में पाठशाला में दिया गया था।

'महर्षि विश्वामित्र, मैं अब बालक नहीं हूं,' वशिष्ठ ने विनम्र दृढ़ता से कहा। 'मेरा नाम वशिष्ठ है। और मैं चाहूंगा कि आप मुझे महर्षि वशिष्ठ के नाम से संबोधित करें।'

विश्वामित्र नज़दीक आ गए। 'दिवोदास, तुम्हारे तर्क क्या हैं? वैसे तुम्हारा शाही परिवार आपस में बंटा हुआ है। दशरथ अपने बेटों से अलग नहीं होना चाहते। कौशल्या दुविधा में हैं, जबकि कैकेयी निश्चित तौर पर भरत को मेरे साथ भेजना चाहती हैं। और सुमित्रा, चतुर सुमित्रा, प्रसन्न हैं, परिणाम चाहे जो भी हो, उनका एक बेटा विजयी पक्ष में होगा। तुमने यहां बेहतरीन काम किया है, है न, राजगुरु?'

वशिष्ठ ने दंश को अनदेखा कर दिया। साफ था कि उनके हाथ में ज़्यादा कुछ नहीं बचा था। राम और लक्ष्मण को विश्वामित्र के साथ जाना ही

होगा, कोई भी तर्क बेकार था।

'कौशिक,' वशिष्ठ ने विश्वामित्र को उनके बचपन के नाम से संबोधित किया। 'ऐसा लग रहा है कि तुम एक बार फिर अपनी राह बना रहे हो; इससे कोई फर्क नहीं पड़ता कि वह कितनी अनुचित है।'

विश्वामित्र ने वशिष्ठ की ओर एक क़दम और बढ़ाया, राजगुरु पर हावी होते हुए। 'और ऐसा प्रतीत होता है कि तुम भाग रहे हो, एक बार फिर से। अभी भी लड़ाई से डरते हो, ओह, दिवोदास?'

वशिष्ठ ने अपनी मुट्ठी सख्ती से भिंची, लेकिन उनका चेहरा जड़ था। 'तुम कभी नहीं समझोगे कि मैंने वह क्यों किया। वह...'

'महान कल्याण के लिए?' उनकी बात को मध्य में काटते हुए, विश्वामित्र भद्दी सी हंसी हंसे। 'क्या तुम उम्मीद करते हो कि मैं इसे मान लूंगा? यह बहुत दयनीय है कि लोग अपनी कायरता को जनकल्याण के पीछे छिपाते हैं।'

'तुम अपना क्षत्रिय दंभ कभी नहीं भूल पाए हो, है न? हैरानी है कि तुम महान प्रभु परशु राम का प्रतिनिधित्व करने की कल्पना करते हो, उस इंसान की, जिसने क्षत्रियों के घमंड को चूर-चूर कर दिया था!'

'मेरी पृष्ठभूमि से सभी परिचित हैं, दिवोदास। कम से कम मैंने कुछ छिपाया तो नहीं है।' विश्वामित्र ने उस छोटे क़द के इंसान को घूरकर देखा। 'क्या मुझे तुम्हारी उत्पत्ति का भेद, तुम्हारे प्रिय शिष्यों को बता देना चाहिए? उन्हें बताओ कि...'

'तुम इससे ज़्यादा कुछ कर भी नहीं सकते!' वशिष्ठ ने चिल्लाते हुए कहा। उनका सब्र अब टूट चुका था।

'एक चीज तो मैं अभी कर सकता हूं,' विश्वामित्र मुस्कुराए।

वशिष्ठ मुड़कर, तूफान की तेज़ी से, कक्ष से बाहर निकल गए। अब तक वह सोचते आए थे कि दंभी विश्वामित्र में, उनके पुराने दिनों की मित्रता का कुछ तो लिहाज बचा होगा।

अध्याय 16

एक सप्ताह बाद, राम और लक्ष्मण मलयपुत्र प्रमुख के जहाज़ पर खड़े थे, वे सरयु नदी को पार कर रहे थे। वे विश्वामित्र के अनेकों आश्रम में से एक, गंगा नदी वाले आश्रम की ओर जा रहे थे।

'दादा, यह विशाल जहाज़ महर्षि विश्वामित्र का है, और वो दो भी, जो हमारे पीछे आ रहे हैं,' लक्ष्मण ने फुसफुसाते हुए कहा। 'उन पर कम से कम तीन सौ प्रशिक्षित योद्धा सवार हैं। मैंने उनकी छिपी हुई राजधानियों के बारे में कई कहानियां सुनी हैं, चाहे वे जहां भी हों। प्रभु परशु राम के नाम पर, आख़िर वह हमसे क्या चाहते हैं?'

'मैं नहीं जानता,' राम ने पानी के घनत्व को देखते हुए कहा। जहाज़ पर सवार दूसरे लोग, उनसे सुरक्षित दूरी पर थे। 'इसका कोई मतलब भी नहीं है। लेकिन पिताजी ने हमें आदेश दिया था कि हम महर्षि विश्वामित्र का अपने गुरु के समान ही सम्मान...'

'दादा, मुझे नहीं लगता कि पिताजी के पास कोई विकल्प था।'

'और, न ही हमारे पास है।'

कुछ दिन बाद, विश्वामित्र ने जहाज़ों के लंगर डालने का आदेश दिया। नावों को तुरंत नीचे उतारा गया, और पचास लोग किनारे की ओर बढ़े, जिनमें राम और लक्ष्मण भी शामिल थे।

नावों के किनारे पर पहुंचने पर, मलयपुत्रों ने तंग तट पर कूदकर, जल्दी से पूजा की तैयारी शुरू की।

'हम यहां क्या करने वाले हैं, गुरुजी?' राम ने अपने हाथ जोड़कर, विनम्रता से पूछा।

'तुम्हारे राजगुरु ने इस जगह के बारे में तुम्हें कुछ नहीं बताया?' विश्वामित्र ने भौंहें चढ़ाकर पूछा। उनके चेहरे पर व्यंग्यात्मक मुस्कान थी।

राम अपने गुरु, वशिष्ठ की अवमानना में एक शब्द नहीं बोलते थे। लेकिन लक्ष्मण को ऐसा कोई मलाल नहीं था।

'नहीं गुरुजी, उन्होंने तो कुछ नहीं बताया,' लक्ष्मण ने उत्सुकता से अपना सिर हिलाते हुए कहा।

'खैर, यहां प्रभु परशु राम ने पांचवें विष्णु, वामन के सम्मान में एक पूजा आयोजित की थी। कार्तवीर्य अर्जुन से युद्ध पर जाने से पूर्व।'

'अच्छा,' कहते हुए लक्ष्मण ने आसपास की जगह को नए सम्मान से देखा।

'उन्होंने यहां बल-अतिबल पूजा भी की थी,' विश्वामित्र ने बताया। 'जिससे उन्हें स्वास्थ्य तो मिला ही, साथ ही भूख-प्यास से आज़ादी भी।'

'आपसे एक विनती है, गुरुजी,' राम ने विश्वामित्र के समक्ष हाथ जोड़ते हुए कहा। 'हमें इसके बारे में कुछ और बताइए।'

लक्ष्मण इससे असहज हो गए। उन्हें भूख प्यास से आज़ादी की कोई इच्छा नहीं थी। उन्हें भोजन और पेय विशेष रूप से पसंद था।

'बिल्कुल,' विश्वामित्र ने कहा। 'पूजा के समय तुम दोनों मेरे साथ बैठ सकते हो। पूजा के प्रभाव से तुम्हारी कम से कम एक सप्ताह की भूख-प्यास खत्म हो जाएगी। और इसका तुम्हारे स्वास्थ्य पर भी बेहतर प्रभाव पड़ेगा।'

कुछ सप्ताह के बाद, जहाज़ों का काफिला सरयु और गंगा के संगम पर पहुंचा, जहां से उन्होंने गंगा की पश्चिम दिशा में सफर शुरू किया। कुछ दिनों बाद उन्होंने लंगर डाले और जहाज़ों को एक कामचलाऊ सेतु के पास सुरक्षित किया। थोड़े से सहायकों को पीछे छोड़ते हुए, विश्वामित्र, राम और लक्ष्मण, दो सौ योद्धाओं के साथ नीचे उतरे। समूह दक्षिण दिशा में, चार घंटे की पद

यात्रा के बाद, आख़िरकार मलयपुत्रों के स्थानीय आश्रम तक पहुंच गया था।

राम और लक्ष्मण को बताया गया था कि उन्हें आश्रम को दुश्मनों के हमले से बचाने के लिए लाया गया था। लेकिन जो कुछ उन्होंने देखा, उससे दोनों भाई पूरी तरह हैरत में पड़ गए। आश्रम को किसी भी प्रकार की सुरक्षा के लिहाज से नहीं बनाया गया था। कांटोदार झाड़ी से तैयार की गई, बाहरी चारदीवारी उन्हें कुछ जानवरों से तो सुरक्षित कर सकती थी, लेकिन सशस्त्र सैनिकों से नहीं बचा सकती थी। आश्रम के पास बहती, नदी की उथली धारा किसी सुनिश्चित हमले को रोकने में समर्थ नहीं थी। चारदीवारी के बाहर या अंदर, देखने के लिए कोई भी क्षेत्रफल साफ नहीं किया गया था। आश्रम के अंदर, मिट्टी की दीवारों और फूस की छतों की छोटी-छोटी कुटियां किसी भी समय गंभीर आग की चपेट में आ सकती थीं। बस एक छोटी सी चिंगारी की ज़रूरत थी, और सारा आश्रम धूं-धूं करके जल उठता। यहां तक कि आश्रम में पालतु पशुओं को भी, परिसर के मध्य में बांधा गया था, न कि चारदीवारी के नज़दीक, जिससे कि वह संभावित हमले की स्थिति में समय रहते आगाह कर पाते।

'दादा, कुछ तो गड़बड़ है,' लक्ष्मण धीमे से फुसफुसाए। 'यह आश्रम लगता है अभी हाल ही में बनाया गया है। इसका सुरक्षात्मक घेरा, बेकार और अनुपयोगी...'

राम ने उन्हें आंखों से चुप रहने का इशारा किया। लक्ष्मण ने बोलना बंद कर दिया और देखा कि विश्वामित्र उन्हीं की ओर आ रहे थे। महर्षि विशालकाय लक्ष्मण से भी जरा ऊंचे ही थे।

'अयोध्या के राजकुमारों, पहले भोजन ग्रहण करो,' विश्वामित्र ने कहा। 'फिर हम चर्चा करेंगे।'

अयोध्या के राजकुमारों ने खुद ही आसन ग्रहण कर लिया, क्योंकि आश्रमवासी अरिष्टनेमी के निर्देशों का पालन करने में व्यस्त थे। अरिष्टनेमी मलयपुत्र के सेनापति और विश्वामित्र के खास आदमी थे। विश्वामित्र बरगद के वृक्ष के नीचे सुखासन में बैठे थे: पालथी मारकर, जिसमें एक पैर का टखना, दूसरे पैर के घुटने के ठीक नीचे आ रहा था। उनके हाथ घुटनों पर थे, हथेलियां नीचे की ओर; आंखें बंद; ध्यान का सहज योगिक आसन।

लक्ष्मण ने देखा कि अरिष्टनेमी एक परिचारिका को राजकुमारों की ओर जाने का निर्देश दे रहे थे। पल भर में ही, केसरी धोती और अंगिया पहने एक महिला, राम और लक्ष्मण के लिए केले के पत्ते लेकर हाजिर हो गई। उसने वह पत्ते राजकुमारों के सामने बिछा दिए, और उन पर जल छिड़ककर शुद्ध किया। उसके पीछे-पीछे दो युवा शिष्य खाने के पात्र लेकर आ गए। महिला की अनुभवी नज़रों के सामने कायदे से उनके लिए खाना परोस दिया गया।

महिला ने मुस्कुराकर, अपने हाथ जोड़कर आग्रह किया, 'अयोध्या के राजकुमार, कृपया भोजन ग्रहण करें।'

लक्ष्मण ने संदेह से, दूरी पर बैठे विश्वामित्र का भोजन देखा। महर्षि के समक्ष भी एक केले का पत्ता बिछाया गया था, जिस पर एकमात्र जम्बुफल ही रखा था। इसका नाम उस पौराणिक महाद्वीप, जम्बुद्वीप के नाम पर पड़ा, जिस पर भारत को स्थित माना गया।

'मुझे लगता है, ये लोग हमें ज़हर देने की कोशिश कर रहे हैं, दादा,' लक्ष्मण ने कहा। 'मेहमान के तौर पर हमें यह सब भोजन दिया गया है, जबकि महर्षि विश्वामित्र बस एक जम्बुफल खाने वाले हैं।'

'लक्ष्मण, वह फल खाने के लिए नहीं है,' राम ने कहा, और रोटी तोड़कर, उसमें सब्जी लगाने लगे।

'दादा!' लक्ष्मण ने राम का हाथ रोकते हुए कहा।

राम मुस्कुराए। 'अगर वह हमें मारना चाहते, तो जहाज़ पर उनके पास ज़्यादा बेहतर अवसर था। इस खाने में ज़हर नहीं है। खाओ!'

'दादा, आप सब पर भरोसा...'

'खाना खाओ, लक्ष्मण।'

'यही वह जगह है, जहां उन्होंने हमला किया था,' विश्वामित्र ने थोड़ी जली हुई चारदीवारी की ओर इशारा करते हुए कहा।

'यहां, गुरुजी?' राम ने पूछा। अपना ध्यान विश्वामित्र पर लगाने से पहले, एक बार उन्होंने चकित नज़रों से लक्ष्मण को देखा।

'हां, यहीं,' विश्वामित्र ने कहा।

अरिष्टनेमी विश्वामित्र के पीछे ख़ामोश खड़े थे।

राम का अविश्वास पक्का हो चला था। यह कोई हमला प्रतीत नहीं हो रहा था। बाड़ की दो मीटर लंबी पट्टी बीच-बीच में से जली हुई थी। किसी बदमाश ने इस पर तेल डालकर, इसे जला दिया था; उनके पास तेल भी पर्याप्त मात्रा में नहीं होगा, व्यावहारिक रूप से पूरी दीवार अभी भी अछूती थी। बदमाश ज़रूर रात के समय आए होंगे, और रात में पड़ी ओस ने उनके अपरिपक्व प्रयास को और भी बेहुदा कर दिया। ये स्पष्ट रूप से किसी हमलावर का काम नहीं था।

राम बाढ़ की छोटी सी दरार से, चारदीवारी की ओर बढ़े और वहां आधा जला हुआ कपड़े का टुकड़ा उठाया।

लक्ष्मण भी तुरंत अपने भाई के पीछे आए, और राम के हाथ से कपड़ा लेकर उसे सूंघने लगे, लेकिन उसमें से कुछ भी ज्वलनशील सत्व नहीं मिला। 'यह तो अंगवस्त्र का टुकड़ा है। यकीनन, उनमें से कोई अपने ही कपड़ों में आग लगा बैठा होगा। मूर्ख!'

लक्ष्मण की आंखें वहां गिरे चाकू पर पड़ीं, उन्होंने उसे राम को देने से पहले ठीक तरह से जांचा। यह पुराना और ज़ंग लगा हुआ, यद्यपि धारदार था; यह किसी प्रशिक्षित सिपाही का तो नहीं हो सकता था।

राम ने विश्वामित्र को देखा। 'आपका क्या आदेश है, गुरुजी?'

'मैं चाहता हूं कि तुम उन हमलावरों को ढूंढ़ लाओ, जिन्होंने आश्रम की गतिविधियों में रुकावट डाली,' विश्वामित्र ने कहा। 'उनका खात्मा कर दो।'

लक्ष्मण खीझ को और नहीं दबा पाए। 'लेकिन ये लोग तो...'

राम ने उन्हें चुप रहने का इशारा किया। 'गुरुजी, मैं आपके आदेशों का पालन करूंगा, क्योंकि मेरे पिता ने मुझे ऐसा करने को कहा है। लेकिन आपको भी हमारे साथ ईमानदारी बरतनी होगी। आप हमें यहां क्यों लाए है, जबकि आपके पास इतने सारे सैनिक हैं?'

'क्योंकि तुम्हारे पास कुछ ऐसा है, जो मेरे सैनिकों के पास नहीं है,' विश्वामित्र ने जवाब दिया।

'वह क्या है?'

'अयोध्या का खून।'

'उससे क्या फर्क पड़ता है?'

'हमलावर पुरानी संहिता के असुर हैं।'

'वे असुर हैं?!' लक्ष्मण ने चौंकते हुए पूछा। 'लेकिन अब तो भारत में कोई असुर नहीं रहे। उन राक्षसों को तो प्रभु इंद्र ने काफी समय पहले ही समाप्त कर दिया था।'

विश्वामित्र ने लक्ष्मण को रोष से देखा। 'मैं तुम्हारे बड़े भाई से बात कर रहा हूं।' राम की तरफ़ वापस मुड़ते हुए वह बोले, 'पुरानी संहिता के असुर अयोध्यावासियों पर सपने में भी हमला नहीं कर सकते।'

'क्यों, गुरुजी?'

'क्या तुमने शुक्राचार्य का नाम सुना है?'

'हां, वह असुरों के गुरु थे। असुर उनकी पूजा किया करते थे, या करते हैं।'

'और क्या तुम जानते हो कि शुक्राचार्य कहां से थे?'

'मिस्र।'

विश्वामित्र मुस्कुराए। 'हां, यह तकनीकी रूप से सही है। लेकिन भारत का दिल बहुत बड़ा है। अगर कोई विदेशी यहां आकर, इस भूमि को अपनी मातृभूमि मान लेता है, तो वह विदेशी नहीं रहता। वह भारतीय ही बन जाता है। शुक्राचार्य का पालन-पोषण यहीं हुआ था। क्या तुम अंदाज़ा लगा सकते हो कि भारत का कौन सा नगर उनका गृहनगर बना?'

राम की आंखें आश्चर्य से फैल गईं। 'अयोध्या?!'

'हां, अयोध्या। पुरानी संहिता के असुर अयोध्यावासियों पर हमला नहीं करेंगे; क्योंकि वह उनके लिए पवित्र भूमि है।'

अगले दिन, दूसरे प्रहर के पहले घंटे में राम, लक्ष्मण और अरिष्टनेमी आश्रम से बाहर निकले। पचास सैनिकों के साथ वह दक्षिण दिशा की ओर बढ़ रहे थे। असुरों का स्थानीय निवास वहां से एक दिन के सफर की दूरी पर था।

'अरिष्टनेमी जी, मुझे उनके अधिनायक के बारे में बताइए,' राम ने मलयपुत्रों के सेनापति से, आदर से पूछा।

अरिष्टनेमी का क़द लक्ष्मण जितना ही था, लेकिन युवा राजकुमार से भिन्न वह दुबले-पतले थे। उन्होंने केसरी धोती पहनी हुई थी, और कंधे पर

अंगवस्त्र पड़ा था, जिसका एक सिरा उनके दाहिने हाथ में लिपटा हुआ था। उन्होंने जनेऊ पहना था; मुंढ़े हुए सिर पर एक शिखा उनके ब्राह्मणत्व को दर्शाती थी। यद्यपि दूसरे ब्राह्मणों से भिन्न, अरिष्टनेमी के गेहुएं शरीर पर युद्ध के निशान देखे जा सकते थे। ऐसा कहा जाता था कि उनकी उम्र सत्तर वर्ष से अधिक थी, लेकिन देखने में वह बीस साल से एक भी दिन ऊपर के नहीं लगते थे। शायद महर्षि विश्वामित्र ने उन्हें देवों के रहस्यमयी पेय, सोमरस का राज बता दिया होगा। यह वृद्धावस्था को रोकने वाला ऐसा पेय था, जो आपको दो सौ सालों तक तंदुरुस्त बनाए रखता था।

'असुरों के समुह का नेतृत्व ताड़का नामक महिला करती है, वह उनके मृत मुखिया, सुमाली की पत्नी है,' अरिष्टनेमी ने बताया। 'ताड़का राक्षस वंश से है।'

राम ने त्यौरी चढ़ाई। 'मैं सोचता था कि राक्षस देवों से ही जुड़े हैं, और उन्हीं के विस्तृत वंशज हम हैं।'

'राजकुमार राम, राक्षस योद्धा हैं। क्या आप जानते हैं कि "राक्षस" शब्द का क्या मतलब है? इसे प्राचीन संस्कृत शब्द *रक्षा* से लिया गया है। ऐसा कहा जाता है कि राक्षस शब्द उनके पीड़ितों से आया, जो उनसे रक्षा की गुहार लगाते थे। प्राचीन समय में उन्हें किराए का टट्टू कहा जाता था। उनमें से कुछ देवों के साथ हो गए, जबकि कुछ ने असुरों का दामन पकड़ लिया। रावण भी खुद आधा राक्षस है।'

'ओह!' राम ने भौंहे उठाते हुए कहा।

अरिष्टनेमी ने आगे बताना जारी रखा। 'ताड़का पंद्रह लोगों के समुह को संचालित करती है, जिसमें उसका बेटा, सुबाहु भी है। बच्चों, महिलाओं और वृद्धों को मिलाकर वे लोग संख्या में पचास से ज़्यादा नहीं हैं।'

राम ने फिर से त्यौरी चढ़ाई। *बस पंद्रह सिपाही?*

अगली सुबह, समूह ने उस अस्थायी शिविर को छोड़ दिया, जो उन्होंने पिछली रात रुकने के लिए बनाया था। 'असुरों का शिविर यहां से घंटे भर की दूरी पर है,' अरिष्टनेमी ने कहा। 'मैंने अपने सिपाहियों को संभावित जाल या जासूसी पर नज़र रखने के लिए कह दिया है।'

जैसे वह आगे बढ़े, राम ने अपना घोड़ा अरिष्टनेमी की ओर बढ़ा दिया,

वह उस ख़ामोश सिपाही से और बातें जानना चाहते थे। 'अरिष्टनेमी जी,' राम ने कहा। 'महर्षि विश्वामित्र ने कहा था कि असुर पुरानी संहिता के हैं। यह महज पचास लोगों के समूहों के साथ कैसे संभव हो सकता है। पचास लोग किसी प्राचीन संहिता को जीवित नहीं रख सकते। दूसरे लोग कहां हैं?'

अरिष्टनेमी मुस्कुराए, लेकिन उन्होंने जवाब नहीं दिया। *यह युवक बहुत होशियार है। मुझे गुरुजी को उनके शब्दों के प्रति सतर्क रहने के लिए कहना होगा।*

राम अपने सवालों को लेकर दृढ़ थे। 'अगर असुर भारत में होते, तो हम पर, देवों के वंशजों पर, हमले करते। इससे पता चलता है कि वे यहां नहीं हैं। फिर वे कहां हैं?'

अरिष्टनेमी ने अलक्षित रूप से आह भरी, और घने पेड़ों के बीच नज़रें जमाईं, जहां सूर्य की किरणें भी नहीं पहुंच रही थीं। उन्होंने राजकुमार को सत्य बताने का निर्णय लिया। 'क्या तुमने वायुपुत्रों के बारे में सुना है?'

'हां, मैंने सुना है,' राम ने कहा। 'किसने नहीं सुना होगा? वह पूर्ववर्ती महादेव, प्रभु रुद्र की प्रजाति है, जैसे कि आप पूर्ववर्ती विष्णु, प्रभु परशु राम की प्रजाति हैं। जब भी बुराई का उदय होता है, तो वायुपुत्र भारत की रक्षा करते हैं। वे मानते हैं कि समय आने पर उनमें से ही कोई अगला महादेव बन जाएगा।'

अरिष्टनेमी रहस्यपूर्ण ढंग से मुस्कुराए।

'लेकिन इसका असुरों से क्या लेना देना?' राम ने पूछा।

अरिष्टनेमी के भाव नहीं बदले।

'प्रभु रुद्र के नाम पर, कहीं वायुपुत्र भारत के शत्रु, असुरों को शरण तो नहीं दे रहे?'

अरिष्टनेमी की मुस्कान फैल गई।

और राम सत्य भांप गए। 'असुर वायुपुत्रों के साथ जुड़ गए...'

'हां, उन्होंने यही किया।'

राम व्यग्र हो गए। 'लेकिन क्यों? हमारे पूर्वजों ने भारत में असुरों का साम्राज्य खत्म करने के लिए एड़ी चोटी का ज़ोर लगा दिया। उन्हें देवों और वंशजों से नफरत करनी चाहिए। और यहां वे उसके दल में शामिल हो गए, जिसका मकसद भारत को बुराई से बचाना है; उन्होंने उन प्राणघातक शत्रुओं

के वंशजों को क्यों संरक्षण दिया?'

'हां, वो तो है, है न?'

राम चकित थे। 'लेकिन, क्यों?'

'क्योंकि प्रभु रुद्र ने ही उन्हें ऐसा करने का आदेश दिया था।'

इसका अब कोई मतलब नहीं रह गया था! राम को अविश्वसनीय धक्का पहुंचा था, इससे भी ज़्यादा महत्वपूर्ण उनके मन में कई सवाल उठ रहे थे। उन्होंने हतप्रभ होकर आसमान की ओर देखा। *बेशक, पौरुष सभ्यता के लोग बहुत अजीब हैं; लेकिन विस्मयकारी भी!* वह बस कुछ ही देर में उन लोगों से मिलने वाले थे।

लेकिन उन्हें खत्म क्यों किया जाना चाहिए? उन्होंने कौन सा कानून तोड़ा है? यकीनन अरिष्टनेमी जी सब जानते होंगे। लेकिन वह मुझे नहीं बताएंगे। वह महर्षि विश्वामित्र के वफादार हैं। मुझे असुरों के बारे में और ज़्यादा जानकारी हासिल करनी होगी, बजाय कि अंधभक्ति में उन पर हमला करने के।

अचानक ही राम चौंके, क्योंकि उन्हें अहसास हुआ कि अरिष्टनेमी बारीकी से उन्हें देख रहे थे, मानो उनका मन पढ़ने की कोशिश कर रहे थे।

घुड़सवार समूह अभी आधा घंटा ही चला होगा, जब राम ने उन्हें रुकने का इशारा किया। सभी ने तुरंत लगाम खींच ली। लक्ष्मण और अरिष्टनेमी, धीरे से अपने घोड़ों को हांकते हुए उनके पास आ गए।

'ऊपर देखो,' राम फुसफुसाए। 'उस पेड़ के ऊपर।'

लगभग पचास मीटर आगे, दुश्मनों का एक सिपाही अंजीर के पेड़ पर, मचान बनाकर बैठा था, ज़मीन से लगभग बीस मीटर ऊपर। कुछ शाखाएं उसके आगे खींची गई थीं, छिपने की नाकाम कोशिश करते हुए।

'यह मूर्ख तो ठीक तरह से छिप भी नहीं पा रहा है,' लक्ष्मण घृणा से फुसफुसाए।

असुर सिपाही ने लाल रंग की धोती पहन रखी थी; अगर उनकी योजना गुप्तचर के जैसे छिपने की थी, तो लाल रंग की उपस्थिति में ऐसा कर पाना बेहुदा था; कुछ ऐसा ही जैसे कौओं की झुंड में कोई तोता छिपने की कोशिश

करे।

'लाल उनका पवित्र रंग है,' अरिष्टनेमी ने कहा। 'युद्ध पर जाने के समय वे इसे ही पहनते हैं।'

लक्ष्मण को संदेह हो रहा था। 'लेकिन उसे गुप्तचर का काम करना था, न कि योद्धा का! नासमझ!'

राम ने अपने कंधे पर रखा धनुष उठाया, और उसकी कमान खींचकर जांच की। आगे की तरफ़ झुकते हुए उन्होंने घोड़े की गर्दन सहलाई, जैसे ही उन्होंने एक नर्म सी आवाज़ निकाली, वह बिल्कुल जड़ हो गया। राम ने तरकश से एक तीर निकाला, और उसे धनुष पर चढ़ाकर निशाना साधा। उन्होंने अंगुठा थोड़ा उठाते हुए तीर को छोड़ा। भाले की सी तेज़ी से जाता हुआ तीर, सीधा अपने लक्ष्य पर पहुंचा: उस मोटी रस्सी पर जिसने मचान को बांधा हुआ था। इससे तुरंत ही असुर लड़खड़ाकर नीचे गिरने लगा, शाखाओं से उलझता हुआ। इससे वह ज़मीन पर तो गिरा, लेकिन उसे कोई गंभीर चोट नहीं पहुंची।

अरिष्टनेमी राम की शानदार धनुर्विद्या से प्रभावित हो रहे थे। *यह युवक प्रतिभाशाली है।*

'खुद को हमारे हवाले कर दो, और तुम्हें कोई हानि नहीं पहुंचेगी,' राम ने भरोसा दिलाया। 'हमें तुमसे बस कुछ सवालों के जवाब चाहिएं।'

असुर तुरंत अपने पैरों पर उठ खड़ा हुआ। वह अभी लड़कपन में ही था, हद से हद पंद्रह साल का। उसका चेहरा रोष और घृणा से तन रहा था। ज़ोर से थूकते हुए उसने अपनी तलवार खींचने की कोशिश की। चूंकि वह दूसरे हाथ से म्यान को मज़बूती से नहीं पकड़ पाया था, तो वह बस तलवार को बीच में फंसा पाने में ही कामयाब हो पाया। वह ज़ोर लगाकर चिल्लाया और आख़िरकार तलवार बाहर आ पाई। अरिष्टनेमी ने अपने घोड़े से छलांग लगाई, और उसकी तलवार लेने आगे बढ़े।

'हम तुम्हें मारना नहीं चाहते,' राम ने कहा। 'कृपया समर्पण कर दो।'

लक्ष्मण ने देखा कि बेचारे लड़के ने तलवार को जिस ढंग से पकड़ रखा था, वह ग़लत था; उसके ढंग की वजह से वह जल्दी ही थक जाने वाला था। उसने तलवार का वज़न अपने कंधों और मांसपेशियों पर लेने के बजाय भुजाओं पर ले रखा था, जबकि होना इसके विपरीत चाहिए था। उसने तलवार को उसकी मूंठ के सिरे पर पकड़ा था; जिससे वह किसी भी पल उसके हाथ

से गिर सकती थी!

असुर ने चिल्लाने से पहले, एक बार फिर से थूका। 'तुम कीटों के मलमूत्र! क्या तुम्हें लगता है कि तुम हमें हरा सकते हो? सच्चा भगवान हमारे साथ है। तुम्हारा झूठा भगवान तुम्हारी रक्षा नहीं करेगा! तुम सब मरोगे! मरोगे! मरोगे!'

'हम यहां इस बेवकूफ की बातें क्यों सुन रहे हैं?' लक्ष्मण ने हाथ झटकते हुए कहा।

राम ने लक्ष्मण को अनदेखा कर, एक बार फिर से उस युवा योद्धा को विनम्रता से कहा। 'मैं तुमसे विनती करता हूं। अपना हथियार फेंक दो। हम तुम्हें मारना नहीं चाहते। हमारी बात समझो।'

अरिष्टनेमी धीरे-धीरे आगे बढ़ने लगे, उनका मकसद असुर को डराना था। हालांकि इसका प्रभाव विपरीत ही पड़ा।

असुर ज़ोर से चिल्लाया। 'सत्यम् एकम्!'

उसने अरिष्टनेमी पर हमला बोल दिया। सबकुछ इतनी जल्दी हुआ कि राम को मध्यस्थता करने का मौका ही नहीं मिला। असुर ने अरिष्टनेमी पर नीचे से हमला करने की कोशिश की, अगर यह वार सही तरह से पड़े तो यह घातक प्रहार हो सकता था। लेकिन वह अपने विपक्षी से अपेक्षित नज़दीकी पर नहीं था। लंबे अरिष्टनेमी, आसानी से पीछे होकर इस वार को बचा गए।

'रुक जाओ,' अरिष्टनेमी ने चेतावनी दी।

हालांकि युवा सिपाही, ज़ोर से चिल्लाते हुए, अपनी तलवार वाली भुजा घुमाते हुए, अपने बायीं ओर कूदा। उल्टे हाथ का प्रहार करने के लिए, उसे अपने दोनों हाथों का इस्तेमाल करना चाहिए था। नहीं तो, अरिष्टनेमी जैसे ताकतवर इंसान के सामने इसे एक बड़ी ग़लती ही माना जाएगा। मलयपुत्र ने इतनी तेज़ी से पलटी खाई कि असुर के हाथ से उसकी तलवार ही गिर गई। बिना क्षण गवाए, अरिष्टनेमी ने अपनी तलवार असुर के सीने पर रख दी। शायद उसे समर्पण की चेतावनी देने के लिए।

अरिष्टनेमी ने पीछे हटते हुए, अपनी तलवार का सिरा धरती की ओर कर दिया, यह दिखाने के लिए उसे कोई खतरा नहीं था। उन्होंने तेज़ आवाज़ में कहा, 'पीछे हट जाओ। मैं तुम्हें मारना नहीं चाहता। मैं मलयपुत्र हूं।' फिर दबी आवाज़ में कहा, जो सिर्फ असुर ही सुन सकता था, 'शुक्राचार्य के सुअर।'

गुस्साए असुर ने तुंरत अपनी कमर पेटी से एक चाकू खींच लिया और आगे बढ़ते हुए चिल्लाया, 'मलयपुत्र कुत्ते!'

अरिष्टनेमी तुरंत पीछे हट गए, उन्होंने अपनी सुरक्षा में हाथों को ऊपर किया। दाहिने हाथ में पकड़ी हुई उनकी तलवार सीधी नीचे आई। असुर सीधा अरिष्टनेमी की तलवार के नीचे ही भागा आ रहा था, और तलवार की धार ने उसके पेट को सफाई से चीर दिया।

'ओह नहीं!' अरिष्टनेमी ने पीछे हटते हुए खुद को कोसा और अपनी तलवार बाहर खींच ली। उन्होंने पीछे मुड़कर, राम को खेद भरी नज़रों से देखा।

स्तब्ध असुर ने अपना चाकू नीचे गिरा दिया और अपने पेट को देखने लगा। खून की धारा उसके पेट से बह निकली थी। सदमा दर्द पर हावी हो गया था, और वह अपने शरीर को ऐसे देख रहा था, जैसे किसी दूसरे के शरीर को देख रहा हो। जब उसके बस में कुछ नहीं रहा, तो वह ज़मीन पर गिर गया। वह दर्द से ज़्यादा डर से चिल्ला रहा था।

अरिष्टनेमी ने निराशा में अपने कवच को ज़मीन पर फेंक दिया। 'असुर, मैंने तुमसे रुक जाने को कहा था न!'

राम ने अपना सिर उठाया। 'प्रभु रुद्र, दया करें...'

असुर लाचारी से तड़प रहा था। उसे बचाने का अब कोई तरीका नहीं था। खून जितने प्रवाह से बह रहा था, उससे स्पष्ट था कि तलवार ने उसके पेट के कई नाजुक अंगों को काट दिया था। बस मरने से पहले आख़री बार खून बह रहा था।

मलयपुत्र राम की तरफ मुड़े। 'मैंने उसे चेतावनी दी थी... तुमने भी उसे समझाया था... वह बस भागा चला आया...'

राम ने आंखें बंद करके निराशा में सिर हिलाया। 'इस बेचारे मूर्ख पर दया करो।'

अरिष्टनेमी ने असुर को अपने पैरों के पास पड़ा देखा। वह एक घुटने पर झुके। वह उसके समीप गए, जिससे उसके भाव सिर्फ वह असुर ही देख पाए और राम का आदेश मानने से पहले, व्यंग्य से मुस्कुराए।

अध्याय 17

राम ने एक बार फिर समूह को रुकने का इशारा किया।

'ये लोग अक्षमताओं की सारी सीमाओं से परे हैं,' लक्ष्मण ने घोड़ा अपने भाई के पास लाते हुए कहा।

राम, लक्ष्मण और अरिष्टनेमी दूर से देखने लगे कि असुरों के शिविर में क्या चल रहा था। उन्होंने अपने आसपास मज़बूत चारदीवारी बना रखी थी, लेकिन यह वैसी नहीं थी, जैसे रणकौशल में माहिर योद्धा बनाते। पूरा शिविर नोकदार लकड़ियों के मोर्चे से घिरा था, जो आपस में रस्सी की सहायता से जुड़ी थीं। यह बाड़ जहां उन्हें बाणों, भालों और दूसरे फेंके जाने वाले हथियारों से बचा सकती थी, वहीं आग लगने के समय में यह धूं-धूं कर जल उठती। शिविर के एक ओर बहती नदी वाले क्षेत्र पर कोई बाड़ नहीं लगाई गई थी। पैदल चल रहे सैनिक के लिए तो यह नदी गहरी थी, लेकिन घुड़सवार सैनिक इसे सहजता से पार कर सकते थे।

'यकीनन ये लोग कल्पना कर रहे होंगे कि यह खुली हुई धारा संभावित शत्रु के लिए चारे का काम करेगी,' अरिष्टनेमी ने हंसते हुए कहा।

इस उथली नदी से, शत्रु सेना के संभावित हमले की स्थिति में, असुरों ने दूसरे किनारे से कुछ दूर, एक खंदक बना रखी थी, जिसे अनगढ़ तरीके से छिपाया गया था। उसमें छिपे असुरों के धनुर्धर, शत्रु सेना के नदी में बीच में पहुंचने की स्थिति में बाणों की बारीश कर सकते थे। सिद्धांत रूप से यह युद्ध की अच्छी तकनीक थी। हालांकि, व्यावहारिक रूप से यह हल्की और अपरिपक्व थी।

छपाक की हल्की सी आवाज़ ने राम को खंदक की संभावना पर सतर्क कर दिया था। नदी के नजदीक होने के कारण, पानी ने खंदक को फिसलना बना दिया होगा; यकीनन खंदक को जलरोधी तकनीक से नहीं बनाया गया था। कोई सिपाही ज़रूर उसमें फिसला होगा।

उनकी अपरिपक्वता का दूसरा उदाहरण वहां बनी मचान थी। मचान को ठीक खंदक के ऊपर ही, एक पेड़ पर बनाया गया था। मचान को भी उसी उद्देश्य से बनाया गया था कि संकट के समय पर विपक्षी सेना पर बाणों से हमला किया जा सके। यद्यपि, मचान खाली थी। इससे राम को खंदक में छिपे असुर सिपाहियों से निपटने का आसान तरीका मिल गया था।

राम ने नम्रता से घोड़े के कान में ध्वनि की; वह स्थिर हो गया, फिर उन्होंने एक तीर लेकर, क्षण भर में ही निशाना लगाया।

'तीर उड़ान भरके, फिर खंदक में नहीं जा गिरेगा, राजकुमार,' अरिष्टनेमी ने आपत्ति जताई। 'वे गहराई में छिपे होंगे। आप यहां से उन पर प्रहार नहीं कर सकते।'

राम हवा के अनुसार खुद को व्यवस्थित कर फुसफुसाए, 'मैं खंदक पर निशाना नहीं लगा रहा हूं, अरिष्टनेमी जी।'

उन्होंने कमान खींचकर, तेज़ी से तीर छोड़ा। तीर सीधा जाकर उस रस्सी में लगा, जिसके सहारे मचान बंधी हुई थी। रस्सी के कटते ही सारे बांस धड़ाधड़ नीचे गिर गए, जिसमें से अधिकांश खंदक में जाकर गिरे।

'बहुत बढ़िया!' अरिष्टनेमी खिल उठे।

जिन लट्ठों से मचान को बनाया गया था, वे किसी को घायल तो कर सकते थे, लेकिन मार नहीं सकते थे। खंदक में से डरकर चिल्लाने की आवाज़ें आने लगी थीं।

लक्ष्मण ने राम को देखा। 'क्या हमें...'

'नहीं,' उन्होंने लक्ष्मण को टोका। 'हम इंतज़ार करेंगे। मैं युद्ध नहीं छेड़ना चाहता। मैं उन्हें जीवित ले जाने की आशा करता हूं।'

अरिष्टनेमी के होंठों पर एक धुंधली सी मुस्कान खिल गई।

खंदक से गुस्से और दर्द की आवाज़ें लगातार बढ़ रही थीं। शायद असुर लट्ठों को हटाकर ऊपर चढ़ने की कोशिश कर रहे होंगे। जल्द ही, एक असुर ऊपर निकला, उसके पीछे-पीछे दूसरे असुर भी बाहर आने लगे। उनमें से लंबा, यकीनन उनका अधिनायक था। उसने रोष से पलटकर अपने

विपक्षियों को देखा।

'वह सुबाहु है,' अरिष्टनेमी ने बताया। 'ताड़का का बेटा और उनका सेनापति।'

लट्ठा गिरने से सुबाहु के बाएं हाथ की हड्डी सरक गई थी, लेकिन उसे और कोई चोट नहीं पहुंची थी। उसने अपनी तलवार खींची, हालांकि बायां हाथ अक्षम होने के कारण उसे तलवार खींचने में खासी मशक्कत करनी पड़ी, वह म्यान नहीं पकड़ पा रहा था। उसने हमले के लिए तलवार आगे की। उसके सिपाही उसके पीछे पंक्ति बनाकर चलने लगे।

राम अब तक पूरी तरह मुग्ध हो गए थे। उन्हें समझ नहीं आ रहा था कि इन मूर्खों की वीरता पर हंसे या उनकी सराहना करें।

'ओह, प्रभु परशु राम के नाम पर,' लक्ष्मण ने व्यंग्य किया। 'क्या ये लोग पागल हैं? क्या उन्हें दिखाई नहीं देता कि इस तरफ हम पचास घुड़सवार हैं?'

'सत्यम् एकम्!' सुबाहु चिल्लाया।

'सत्यम् एकम्!' दूसरे असुरों ने भी सुर मिलाया।

राम चकित थे कि ये असुर अभी भी मूर्खता किए जा रहे थे, जबकि गुरु विश्वामित्र ने तो कुछ और ही कहा था। उन्होंने पलटकर देखा, और जो दिखाई दिया, उससे वह नाराज़ हो गए। 'लक्ष्मण अयोध्या की ध्वजा कहां हैं? तुमने उसे ऊंचा क्यों नहीं उठाया?'

'क्या?' लक्ष्मण ने पूछा। उन्होंने तुरंत पीछे देखा और जाना कि उनके पीछे वाले सैनिक ने मलयपुत्रों की ही ध्वजा उठाई थी। आख़िरकार, विश्वामित्र ने उन्हें भार सौंपा था।

'अभी करो!' राम ने चिल्लाते हुए कहा। उनकी आंखें असुरों पर ही थीं, जो लगभग हमला करने को तैयार थे।

लक्ष्मण ने घोड़े की ज़ीन में फंसाकर रखी हुई ध्वजा निकाली। उन्होंने खोलकर उसे ऊंचा फहराया, जो अयोध्यावासियों का प्रतीक था। सफेद कपड़े के मध्य में लाल सूरज बना हुआ था, जिसकी किरणें सब ओर जाती हुई लग रही थीं। ध्वजा में नीचे की ओर, किरणों से प्रकाशित बाघ प्रतिबिंबित था, जो छलांग मारने को तैयार प्रतीत होता था।

'हमला!' सुबाहु चिल्लाया।

'सत्यम् एकम्!' असुर कहते हुए आगे बढ़ने लगे।

राम ने बंधी हुई मुट्ठी उठाते हुए कहा, 'अयोध्या विजयी रहे!'

यह अयोध्यावासियों का युद्ध आह्वान था। *अजेय नगरी के विजेताओं का!*

लक्ष्मण भी ध्वजा ऊंची करके चिल्लाए। 'अयोध्या विजयी रहे!'

दोनों राजकुमारों और अयोध्या की ध्वजा को देखते ही असुर वहीं ठहर गए। वे लोग राम से पचास मीटर की दूरी पर थे।

सुबाहु अपनी तलवार नीचे करके, धीरे-धीरे आगे बढ़ा, यानी अब वह हमले के लिए नहीं आ रहा था।

'क्या आप अयोध्या से हैं?' सुबाहु ने आगे आकर पूछा।

'मैं अयोध्या का युवराज हूं,' राम ने कहा। 'समर्पण कर दो, और मैं अयोध्या की सौगंध खाता हूं कि तुम सबको कुछ नहीं होगा।'

सुबाहु की तलवार नीचे गिर गई और वह घुटनों के बल झुक गया। दूसरे असुरों ने भी यही किया। कुछ आपस में फुसफुसा रहे थे। लेकिन उनके शब्द राम तक पहुंच रहे थे।

'शुक्राचार्य...'

'अयोध्या...'

'एकम् की आवाज़...'

राम, लक्ष्मण और मलयपुत्रों को औपचारिक ढंग से असुरों के शिविर में ले जाया गया। चौदह असुर सिपाहियों को ताड़का ने तुरंत हाथोंहाथ लिया; उनमें से घायलों को मरहम-पट्टी के लिए ले जाया गया।

मेहमान और मेजबान आख़िरकार, शिविर के मध्य में बैठे। कुछ जलपान के बाद, राम ने मलयपुत्रों के सेनापति को संबोधित किया। 'अरिष्टनेमी जी, कृपया मुझे असुरों के साथ अकेला छोड़ दीजिए।'

'क्यों?' अरिष्टनेमी ने पूछा।

'मैं उनसे अकेले में बात करना चाहता हूं।'

लक्ष्मण ने ज़ोरदार आपत्ति जताई। 'दादा, जब मैंने आपसे कहा था कि

हमें इन लोगों पर हमला नहीं करना चाहिए, तो उसका यह मतलब नहीं था कि ये अच्छे लोग हैं और हमें इनसे बात करनी चाहिए। मेरा तो यह मतलब था कि इन मूर्खों पर हमला करना हमारे स्तर के खिलाफ है। अब, जब ये समर्पण कर चुके हैं, तो हमारा काम खत्म हो गया। इन्हें मलयपुत्रों के हवाले करके, अयोध्या लौट चलते हैं।'

'लक्ष्मण,' राम ने कहा। 'मैंने कहा कि मैं इनसे बात करना चाहता हूं।'

'दादा, आपको किस बारे में बात करनी है?' लक्ष्मण ने ज़ोर दिया, बिना इस पर ध्यान दिए कि असुर भी उनकी बात सुन रहे थे। 'ये लोग गंवार हैं। ये जानवर हैं। ये उन लोगों का अवशेष हैं, जो प्रभु रुद्र के रोष से बच गए थे। इन पर अपना समय बर्बाद मत कीजिए।'

राम की सांस धीमी हुई और अलक्षित रूप से उनका शरीर तन गया। उनके मुख पर भयानक स्थिरता छा गई। लक्ष्मण तुरंत उनके भावों को पहचान गए: शांत बहते जल के समान उनके भाई के अंदर गुस्से का ज्वालामुखी उफनने लगा था। वह जानते थे कि उनके गुस्से में कठोरता का सम्मिश्रण है। लक्ष्मण ने चुप रहने में ही भलाई समझी।

अरिष्टनेमी भी कंधे झटकते हुए खड़े हो गए। 'ठीक है, तुम इनसे बात कर सकते हो। लेकिन हमारी अनुपस्थिति में तुम्हें ऐसा करने की सलाह नहीं दी जाएगी।'

'मैंने आपकी सलाह सुन ली। धन्यवाद! लेकिन मुझे इन पर भरोसा है,' राम ने कहा।

ताड़का और सुबाहु ने राम के शब्द सुने। इससे उन्हें हैरानी हुई, क्योंकि लंबे समय से सब उन्हें अपना शत्रु ही मानते आ रहे थे।

अरिष्टनेमी ने भी हार मान ली। यद्यपि उन्होंने ऊंचे स्वर में कहा, 'ठीक है, हम बाहर जा रहे हैं। लेकिन हम युद्ध के लिए तैयार रहेंगे, अपने घोड़ों पर सवार होकर। हल्की सी भी परेशानी हुई, तो हम इन सबको मार डालेंगे।'

जब अरिष्टनेमी मुड़कर जाने लगे, तो राम ने आदेशात्मक आवाज़ में कहा, इस बार अपने सुरक्षात्मक भाई से। 'लक्ष्मण, मैं इनसे अकेले में बात करना चाहता हूं।'

'दादा, मैं आपको इनके साथ अकेला छोड़कर नहीं जाऊंगा।'

'लक्ष्मण...'

'दादा, मैं आपको अकेला छोड़कर नहीं जाऊंगा!'

‘सुनो, भाई, मुझे...’

लक्ष्मण ने तेज़ आवाज़ में कहा। ‘दादा, मैं आपको अकेला छोड़कर नहीं जाऊंगा!’

‘ठीक है,’ राम ने हार मानते हुए कहा।

अरिष्टनेमी और मलयपुत्र, घोड़ों पर सवार होकर, शिविर की सीमा पर खड़े थे। उनके पीछे नदी बह रही थी। वह पूरी तरह से चौकन्ने थे कि ज़रा सी भी गड़बड़ी का अंदेशा होने पर राम और लक्ष्मण को बचाने के लिए दौड़ सकें। दोनों भाई शिविर के मध्य में एक चबूतरे पर बैठे थे, जबकि असुर उनके आसपास इकट्ठा हो आए थे। सुबाहु के हाथ पर पट्टी बंधी थी; वह अपनी मां, ताड़का के साथ सामने बैठा था।

‘तुम धीरे-धीरे आत्महत्या की ओर बढ़ रहे हो,’ राम ने कहा।

‘हम बस अपने कानून का पालन कर रहे हैं,’ ताड़का ने कहा।

राम ने त्यौरी चढ़ाई। ‘मलयपुत्रों पर बार-बार हमला करने से तुम्हें क्या हासिल हो जाएगा?’

‘हम उन्हें बचाने की कोशिश कर रहे हैं। अगर वे अपनी झूठी मान्यताओं को त्याग कर, हमारी ओर आ जाएं, एकम् की पुकार सुनें, तो वो अपनी आत्मा को बचा पाएंगे।’

‘तो, तुम्हें लगता है कि उन्हें यूं बार-बार सताकर, तुम उन्हें बचा रहे हो। उनके रिवाजों में दखल देकर, और यहां तक कि उन्हें मारने की कोशिश करके।’

‘हां,’ ताड़का ने कहा, उसके पास अपने ही तर्क थे। ‘और, वास्तव में तो मलयपुत्रों को बचाने की कोशिश हम नहीं कर रहे। दरअसल यह तो स्वयं सच्चे भगवान, एकम् का ही काम है! हम तो बस उनके साधन हैं।’

‘लेकिन अगर एकम् तुम्हारी ओर हैं, तो मलयपुत्र सदियों से अपना अस्तित्व कैसे बचा रख पाए हैं? तुम कैसे समझाओगे कि सप्तसिंधु के लगभग सभी लोगों ने, एकम् की तुम्हारी व्याख्या को ठुकरा दिया है? तुम असुर एक बार फिर से भारत पर जीत हासिल क्यों नहीं कर पा रहे हो? एकम् तुम्हारी मदद क्यों नहीं कर रहा है?’

'प्रभु हमारी परीक्षा ले रहे हैं। हम पूरी ईमानदारी से उनके मार्ग पर चल नहीं पा रहे हैं।'

'परीक्षा ले रहे हैं?' राम ने पूछा। 'सदियों से एकम्, असुरों को सिर्फ परीक्षा लेने के लिए हर युद्ध में पराजित कर रहे हैं, वास्तव में?'

ताड़का ने जवाब नहीं दिया।

'क्या तुमने सोचा है कि वह तुम्हारी कोई परीक्षा नहीं ले रहा?' राम ने पूछा। 'शायद वह तुम्हें कुछ और बताने की कोशिश कर रहा है? शायद वह कहना चाह रहा है कि तुम्हें समय के साथ बदल जाना चाहिए? क्या खुद शुक्राचार्य ने नहीं कहा था कि अगर किसी तकनीक से बार-बार असफलता मिल रही हो तो उसे बदल दिया जाना चाहिए? बेहतर परिणाम की आशा में उसे पकड़कर नहीं बैठे रहना चाहिए?'

'लेकिन हम इन घृणित, पतित देवताओं के सिद्धांत पर किस तरह जीवित रह सकते हैं, जो सिद्धांत रूप में तो हर चीज की पूजा करते हैं, लेकिन व्यावहारिक रूप में नहीं?' ताड़का ने कहा।

'यही "घृणित, पतित देवता" और उनके वंशज ही सदियों से सत्ता के केंद्र में रहे हैं,' लक्ष्मण ने नियंत्रण खोते हुए कहा। 'उन्होंने आलीशान नगरों और विकसित सभ्यताओं का निर्माण किया, जबकि तुम लोग अभी भी किसी गुमनाम जगह पर, पिछड़े हुए शिविरों में रह रहे हो। शायद सिद्धांत तुम लोगों को बदलना चाहिए, चाहे तुम्हारा सिद्धांत जो भी हो!'

'लक्ष्मण...' राम ने हाथ उठाकर उन्हें शांत रहने का इशारा किया।

'यह बकवास है, दादा।' लक्ष्मण शांत होने वाले नहीं थे। 'ये लोग कितनी भ्रांतियों में जी रहे हैं? क्या इन्हें वास्तविकता दिखाई नहीं देती?'

'उनका कानून ही उनकी सबसे बड़ी वास्तविकता है, लक्ष्मण। पौरुष सिद्धांत से जीने वालों के लिए बदलाव मुश्किल हो जाता है। वे बस अपने नियमों से चलते हैं, और अगर वह पुराना पड़ जाए, तो इन्हें नए परिवर्तन को अपनाने में समस्याओं का सामना करना पड़ता है; इसके बजाय ये अपने कानून को और भी दृढ़ता से लागू करने में लग जाते हैं। हमें बदलाव के प्रति स्त्रैण सभ्यता का नजरिया दिखाई नहीं देता, जो खुद को खुले दिमाग़ का और उदार समझते हैं; इसके बजाय हम भ्रष्ट और अनैतिक होने लगते हैं।'

'हम? सच में?' लक्ष्मण ने त्यौरी चढ़ाते हुए पूछा। *दादा पौरुष सिद्धांत का पक्ष ले रहे थे क्या?*

ताड़का और सुबाहु ध्यान से दोनों भाइयों के बीच चल रही बात सुन रहे थे। सुबाहु ने मुट्ठी बांधकर, हाथ को सीने से लगाया। यह असुरों का अभिवादन का प्राचीन तरीका था।

राम ने लक्ष्मण से पूछा। 'क्या तुम सोचते हो कि धेनुका के साथ जो हुआ वह ग़लत था?'

'मैं सोचता हूं कि एकम् को न मानने पर असुर जिस तरह से लोगों को मारते हैं, वह उससे ज़्यादा ग़लत है।'

'उस पर मैं तुमसे सहमत हूं। असुरों का काम न सिर्फ ग़लत था, बल्कि वह दुष्ट थे,' राम ने कहा। 'लेकिन मैं धेनुका के बारे में बात कर रहा हूं। क्या तुम्हें लगता है कि धेनुका के साथ जो हुआ वह ग़लत था?'

लक्ष्मण ने जवाब नहीं दिया।

'जवाब दो, मेरे भाई,' राम ने कहा। 'क्या वह ग़लत था?'

'दादा, आप जानते है, मैं कभी आपके विरोध में नहीं जाऊंगा...'

'मैं यह नहीं पूछ रहा कि तुम क्या करोगे। तुम क्या सोचते हो लक्ष्मण?'

लक्ष्मण ख़ामोश थे। लेकिन उनका जवाब स्पष्ट था।

'धेनुका कौन है?' सुबाहु ने पूछा।

'एक खूंखार अपराधी, समाज पर धब्बा, जिसकी आत्मा को इसकी भरपाई करने के लिए अनेकों जन्म लेने होंगे,' राम ने कहा। 'लेकिन कानून उसे फांसी की सजा नहीं दे सकता था। अगर शुक्राचार्य का कानून इसकी इजाजत न दे, भले ही उसका अपराध कितना ही घृणित क्यों न हो, तो क्या उसे फांसी दी जानी चाहिए?'

सुबाहु ने सोचने में एक पल नहीं गंवाया। 'नहीं।'

राम हल्के से मुस्कुराते हुए लक्ष्मण की ओर मुड़े। 'कानून सबके लिए बराबर है। कोई अपवाद नहीं। और, कानून को तोड़ा नहीं जा सकता। सिवाय तब...'

लक्ष्मण ने दूसरी ओर मुंह फेर लिया। वह मान चुके थे कि धेनुका के मामले में न्याय हो चुका था।

राम फिर से असुरों के समूह की ओर मुड़े। 'मेरी बातों को समझने की कोशिश करो। तुम लोग कानून का पालन करने वाले लोग हो; तुम पौरुष सिद्धांत का पालन करते हो। लेकिन तुम्हारा सिद्धांत अब प्रासंगिक नहीं रह

गया है। वह सदियों तक नहीं चल सकता, क्योंकि दुनिया बदल गई है। यही बात तो कर्म तुम्हें बार-बार सिखाने की कोशिश कर रहा है। अगर कर्म तुम्हें बार-बार नकारात्मक संदेश दे रहा हो तो, वह तुम्हारी परीक्षा नहीं है, वह तुम्हें कुछ सिखाने की कोशिश कर रहा है। तुम्हें अपने ही अनुयायियों में से एक और शुक्राचार्य की खोज करनी चाहिए। तुम्हें नए पौरुष सिद्धांत की आवश्यकता है। तुम्हें नया कानून चाहिए।'

ताड़का ने कहा। 'गुरु शुक्राचार्य ने कहा था कि समय आने पर वह पुनर्जन्म लेंगे, और हमें जीने का नया तरीका सिखाएंगे...'

सभा में लंबी ख़ामोशी छा गई।

ताड़का और सुबाहु एकाएक उठ खड़े हुए। दोनों ने अपनी मुट्ठी को सीने से लगाया, और राम के समक्ष झुक गए; असुरों का पारंपरिक अभिवादन करते हुए। उनके सैनिकों ने भी खड़े होकर वही सब दोहराया, उनके साथ महिलाएं, बच्चे और वृद्ध भी शामिल थे।

राम को ऐसा महसूस हुआ कि टनों भार उनके सीने पर रख दिया गया हो, और उन्हें सांस लेने में भी तकलीफ महसूस हुई। गुरु वशिष्ठ के शब्द उनके दिमाग़ में घूमने लगे। *तुम्हारी ज़िम्मेदारी महान है; तुम्हारा लक्ष्य बहुत महत्वपूर्ण है। इस पर टिके रहना। विनम्र रहना; लेकिन इतना विनम्र भी नहीं कि अपनी ज़िम्मेदारियां ही न स्वीकार सको।*

लक्ष्मण ने असुरों को देखा, फिर राम को, उन्हें तो यकीन ही नहीं हो रहा था कि वह सब हो क्या रहा था।

'प्रभु, हमारे लिए आपका क्या आदेश है?' ताड़का ने पूछा।

'अधिकांश असुर आज वायुपुत्रों के साथ रह रहे हैं, भारत की पश्चिमी सीमा में, परिहा नाम के नगर में,' राम ने कहा। 'मैं चाहता हूं कि तुम लोग मलयपुत्रों की मदद से वहां चले जाओ।'

'मलयपुत्र हमारी मदद क्यों करेंगे?'

'मैं उनसे विनती करूंगा।'

'हम वहां क्या करेंगे?'

'उसी वादे का सम्मान, जो तुम्हारे पूर्वजों ने प्रभु रुद्र से किया था। तुम वायुपुत्रों के साथ भारत की सुरक्षा करोगे।'

'लेकिन आज भारत की रक्षा करने का मतलब है, देवों की रक्षा...'

'हां, सत्य है।'

'हम उनकी रक्षा क्यों करें? वे हमारे शत्रु हैं। वे...'

'तुम उनकी रक्षा करोगे क्योंकि यह तुम्हारे लिए प्रभु रुद्र का आदेश है।'

सुबाहु ने अपनी मां का हाथ पकड़कर, उसे रोका। 'प्रभु, जो आपका आदेश है, हम वही करेंगे।'

अनिश्चित, ताड़का ने अपना हाथ बेटे की पकड़ से छुड़ाया। 'लेकिन यह हमारी पवित्र भूमि है। हम भारत में ही रहना चाहते हैं। हम इसकी पवित्र छांव से दूर नहीं रह सकते।'

'समय आने पर तुम वापस आओगे। लेकिन तुम असुरों के रूप में वापस नहीं आ सकते। जीवन का वह सिद्धांत खत्म हो गया है। तुम्हें नए रूप में वापस आना होगा। यह तुमसे मेरा वादा है।'

अध्याय 18

लक्ष्मण क्रोधित रहने वाले विश्वामित्र से नाराज़गी की ही उम्मीद कर रहे थे, लेकिन वह तो आज प्रसन्न दिख रहे थे, बल्कि प्रभावित ही। लक्ष्मण नहीं जानते था कि क्या होने वाला था।

महर्षि पद्मासन में, बरगद के वृक्ष के नीचे चबूतरे पर बैठे थे। उनके तलवे दूसरे पैर की जांघ पर रखे थे; मुंढ़े हुए सिर पर बनी शिखा हवा की वजह से हिल रही थी। उनका सफेद अंगवस्त्र बगल में पड़ा था।

'बैठो,' विश्वामित्र ने आदेश दिया। 'इसमें कुछ समय लगेगा।'

राम, लक्ष्मण और अरिष्टनेमी उनके पास बैठ गए। वशिष्ठ ने कुछ दूर शांति से खड़े असुरों को देखा। उन्हें बांधा तक नहीं गया था; राम ने इसका आग्रह किया था, जिससे आश्रमवासी कुछ घबराए हुए थे। लेकिन ऐसा लग रहा था कि उन्हें बांधने की कोई ज़रूरत नहीं थी। वे अनुशासन से एक पंक्ति में खड़े थे, अपनी जगह से हिल तक नहीं रहे थे। फिर भी अरिष्टनेमी ने, तीस सिपाहियों को कुछ दूरी पर खड़े रहकर उनकी निगरानी का जिम्मा सौंप दिया था।

विश्वामित्र ने राम को संबोधित किया। 'तुमने तो मुझे हैरान कर दिया, अयोध्या के राजकुमार। असुरों को मारने के मेरे प्रत्यक्ष आदेश की तुमने अवहेलना क्यों की? और तुमने इनसे ऐसा क्या कहा कि इनमें इतना नाटकीय परिवर्तन आ गया? क्या ऐसा कोई गुप्त मंत्र है, जिससे असभ्य लोगों को अचानक ही सभ्य बनाया जा सकता है?'

'मैं जानता हूं, गुरुजी कि आपने जो अभी कहा, उससे आप भी सहमत

नहीं हैं,' राम ने शांत आवाज़ में कहा। 'आप भी असुरों को असभ्य नहीं मानते; आप मान ही नहीं सकते, क्योंकि मैंने आपको प्रभु रुद्र की उपासना करते हुए देखा है, और मैं जानता हूं कि असुर प्रभु रुद्र की प्रजाति वायुपुत्रों के साथ मिल गए हैं। वायुपत्र आपके कर्मसाथी हैं। तो, मुझे लगता है आपने जो भी कहा, मुझे उत्तेजित करने के लिए कहा। मैं सोच रहा हूं, क्यों?'

विश्वामित्र की आंखें कुछ फैल गईं, उन्होंने राम पर ध्यान केंद्रित किया, दूसरों का बहिष्कार करते हुए। लेकिन उन्होंने राम को जवाब नहीं दिया। 'क्या तुम्हें वाकई लगता है कि ये दुष्ट बचाए जाने के लायक हैं?'

'लेकिन यह सवाल असंगत है, गुरुजी। वास्तविक सवाल यह है कि इन्हें क्यों मार देना चाहिए? इन्होंने कौन सा कानून तोड़ा है?'

'उन्होंने बार-बार मेरे शिविर पर हमला किया है।'

'लेकिन उन्होंने किसी की हत्या नहीं की। उन्होंने बस पिछली बार आपकी बाड़ का कुछ हिस्सा जला दिया था। और इन्होंने आपके कुछ मामूली उपकरण तोड़ दिए हैं। क्या किसी भी विधि के अंतर्गत इन अपराधों की सजा मौत है? नहीं। अयोध्या का कानून, जिसका मैं हमेशा पालन करता हूं, स्पष्ट करता है कि अगर किसी कमज़ोर ने कोई कानून तोड़ा है, तो उनकी रक्षा करना ताकतवर का कर्तव्य है।'

'लेकिन मेरे आदेश स्पष्ट थे।'

'मुझे भी स्पष्ट कहने के लिए क्षमा कीजिएगा, गुरुजी, लेकिन अगर आप वास्तव में इन असुरों को मारना चाहते थे, तो अरिष्टनेमी जी आसानी से यह काम आपके लिए कर सकते थे। आपके योद्धा पूरी तरह से प्रशिक्षित हैं। ये असुर नासमझ हैं। मैं मानता हूं कि आप हमें यहां इसलिए लाए, क्योंकि आप जानते थे कि ये लोग अयोध्या के राजकुमार की ही बात सुनेंगे, किसी और की नहीं। आप इस समस्या का एक व्यावहारिक, और बिना झगड़े का समाधान चाहते थे। मैंने न सिर्फ कानून का पालन किया, बल्कि वह किया जो आप वास्तव में चाहते थे। मैं बस यह नहीं समझ पा रहा हूं कि आपने अपना वास्तविक लक्ष्य मुझसे क्यों छिपाया।'

विश्वामित्र के चेहरे पर दुर्लभ भाव थे: प्रसन्नता और सम्मान के। वह अपनी चालाकी में हारा हुआ महसूस कर रहे थे। वह मुस्कुराए। 'क्या तुम हमेशा अपने गुरु से इसी तरह सवाल पूछते हो?' राम ख़ामोश थे। अनकहा स्वाभाविक था। वशिष्ठ उनके गुरु थे, न कि विश्वामित्र। राम अपने पिता के

आदेशानुसार ही तो विश्वामित्र के साथ आए थे।

'तुम सही हो,' विश्वामित्र ने उस चुप्पी को अनदेखा कर बोलना शुरू किया। 'असुर बुरे लोग नहीं हैं; बस धर्म को लेकर उनकी जो समझ है, वह आज के समय में प्रासंगिक नहीं है। कभी-कभी, अनुयायी तो अच्छे होते हैं, लेकिन उनका नायक उन्हें नीचे गिरा देता है। उन्हें परिहा भेजना अच्छा विचार है। उन्हें कुछ मकसद मिल पाएगा। हम उनके जाने का बंदोबस्त कर देंगे।'

'धन्यवाद, गुरुजी,' राम ने कहा।

'जहां तक बात तुम्हारे मूल प्रश्न की है, तो उसका जवाब मैं तुम्हें अभी नहीं दूंगा। शायद बाद में।'

दो सप्ताह में, मलयपुत्रों का छोटा सा समूह, असुरों को उनकी यात्रा पर ले जाने के लिए तैयार था। उन्हें भारत की पश्चिमी सीमा के पार, वायुपुत्रों की गुप्त नगरी में जाना था। इस दौरान असुरों की चोटें भी पूरी तरह ठीक हो गई थीं।

विश्वामित्र मलयपुत्र शिविर के द्वार पर, अपने आदमियों को कुछ अंतिम निर्देश देने के लिए खड़े थे। अरिष्टनेमी, राम और लक्ष्मण उनके साथ खड़े थे। जब मलयपुत्र समूह अपने घोड़ों पर सवार होने लगा, तो ताड़का और सुबाहु विश्वामित्र के पास पहुंचे।

'इसके लिए आपका बहुत-बहुत आभार,' ताड़का ने अपना सिर झुकाकर और हाथ जोड़कर कहा।

विश्वामित्र एक असुर महिला के ऐसे शिष्टाचार पर हैरत में मुस्कुरा दिए। ताड़का ने राम की ओर मुड़कर, उनका अनुमोदन मांगा। राम ने मुस्कुराकर सहमति में सिर हिलाया।

'तुम्हारे साथी असुर पश्चिम में रहते हैं,' विश्वामित्र ने कहा। 'वे तुम्हें सुरक्षित रखेंगे। सूर्य के अवसान की दिशा में चलते जाइए, और तुम सब अपने घर पहुंच जाओगे।'

ताड़का ने आपत्ति जताई। 'परिहा हमारा घर नहीं है। यह हमारा घर है, यहां भारत में। हम भी यहां तबसे रह रहे हैं, जबसे देव रहते हैं। हम भी शुरुआत से हैं।'

राम ने उसे टोका। 'और सही समय आने पर तुम वापस आ जाओगे। अभी के लिए तुम्हें सूर्य का अनुसरण करना है।'

विश्वामित्र ने हैरानी से राम को देखा, लेकिन कुछ कहा नहीं।

'यह सब ऐसे नहीं हुआ, जैसी हमने योजना बनाई थी, गुरुजी,' अरिष्टनेमी ने कहा।

विश्वामित्र झील के किनारे बैठे थे, मलयपुत्र शिविर से ज़्यादा दूर नहीं। अरिष्टनेमी जब भी गुरु के साथ अकेले होते, तो वह उनकी सुरक्षा के लिए हमेशा तलवार लेकर तैयार रहते। अगर किसी ने विश्वामित्र पर हमले की हिम्मत दिखाई, तो उन्हें उसके लिए सतर्क रहना था।

'लेकिन तुम उदास नहीं लग रहे,' विश्वामित्र ने कहा।

अरिष्टनेमी कहीं दूर देखने लगे, वह अपने नायक से आंखें चुरा रहे थे। वह कुछ झिझक रहे थे। 'सच तो यह है, गुरुजी... मुझे वह युवक पसंद है... मुझे लगता है वह...'

विश्वामित्र ने आंखें सिकोड़कर अरिष्टनेमी को देखा। 'मत भूलो कि हमने खुद से क्या प्रतिज्ञा की है।'

अरिष्टनेमी ने अपना सिर नीचे झुका लिया। 'जी, गुरुजी। क्या मैं कभी आपकी मर्जी के खिलाफ जा सकता हूं।'

वहां एक असहज सी चुप्पी छा गई। विश्वामित्र गहरी सांस लेकर, पानी के गहन विस्तार के परे देखने लगे। 'अगर वह असुरों को उनके शिविर में ही मार देता, तो काम का साबित होता...'

अरिष्टनेमी ने समझदारी से, उनकी बात नहीं काटी।

विश्वामित्र सिर हिलाते हुए, अफसोस से हंसे। 'उस लड़के ने मुझे मात दे दी, जो मुझे मात देने की कोशिश भी नहीं कर रहा था। वह बस अपने "नियमों" का पालन कर रहा था।'

'अब हम क्या करेंगे?'

'अब हम दूसरी योजना पर चलेंगे,' विश्वामित्र ने कहा। 'यकीनन, कोई विकल्प नहीं है?'

'दूसरी योजना के बारे में मैं कभी भी निश्चित नहीं था, गुरुजी। उससे

मामले पर पूरी तरह हमारा नियंत्रण नहीं...'

विश्वामित्र ने उन्हें वाक्य पूरा करने नहीं दिया। 'तुम ग़लत हो।'

अरिष्टनेमी ख़ामोश हो गए।

'वो धोखेबाज वशिष्ठ राम का गुरु है। मैं तब तक राम पर भरोसा नहीं कर सकता, जब तक वह वशिष्ठ पर भरोसा करता है।'

अरिष्टनेमी कुछ कहने वाले थे, लेकिन चुप रह गए। वह जानते थे कि वशिष्ठ के बारे में कोई भी चर्चा भयानक रूप ले लेती थी।

'हम दूसरी योजना पर ही चलेंगे,' विश्वामित्र ने अंतिम निर्णय लेते हुए कहा।

'लेकिन क्या वह वही करेगा, जो हम उससे चाहते हैं?'

'हम उसके प्यारे "नियमों" का उस पर ही इस्तेमाल करेंगे। एक बार यह हो गया, तो आगे के कार्यों पर मेरा पूरा नियंत्रण हो जाएगा। वायुपुत्र ग़लत थे। मैं उन्हें दिखा दूंगा कि मैं सही हूं।'

असुरों के परिहा के लिए निकलने के दो दिन बाद, राम और लक्ष्मण शिविर में हलचल पूर्ण गतिविधियों से उठे। दिनचर्या से निवृत होकर, वे दोनों अपनी कुटी से बाहर आ गए, और झील के किनारे सूर्य और प्रभु रुद्र की प्रार्थना करने बैठे।

अरिष्टनेमी भी उनके पास आ गए। 'हमें जल्दी निकलना होगा।'

'बताने के लिए आपका शुक्रिया, अरिष्टनेमी जी,' राम ने कहा।

राम ने ध्यान दिया कि एक असामान्य रूप से बड़ा सा संदूक, खास संभालकर ले जाया जा रहा था। स्पष्ट था कि उसमें कुछ भारी सामान था, क्योंकि उसे एक धातु के आधार पर रखकर, बारह आदमी उठाकर ले जा रहे थे।

'वह क्या है?' लक्ष्मण ने आदतन संदेह से पूछा।

'कुछ ऐसा जो अच्छा भी है, और बुरा भी,' अरिष्टनेमी ने रहस्य से कहते हुए, अपना हाथ राम के कंधे पर रखा। 'तुम कहां जा रहे हो?'

'सुबह की प्रार्थना के लिए।'

'मैं भी तुम्हारे साथ चलता हूं।'

सामान्य तौर पर, अरिष्टनेमी हर सुबह प्रभु परशु राम की आराधना करते थे। राम और लक्ष्मण के साथ उन्होंने महादेव, प्रभु रुद्र की भी उपासना की। आख़िरकार, सभी देवता एक ही स्रोत से तो अपनी दिव्यता प्राप्त करते हैं।

प्रार्थना खत्म करने के बाद, वे सभी झील के किनारे बड़ी सी शिलाखंड पर बैठे।

'मैं सोच रहा था कि क्या ताड़का और उसकी प्रजाति के लोगों को आराम से परिहा ले जाया जा सकेगा,' अरिष्टनेमी ने कहा।

'मुझे यकीन है, ऐसा ज़रूर होगा,' राम ने कहा। 'अगर वह तुम्हें अपना मान लें, तो उन्हें संभालना बहुत आसान है।'

'यही उन्हें संभालने का इकलौता तरीका लगता है: उनके साथ अपनों की ही तरह रहो। उनके लिए बाहर वालों के साथ घुलना-मिलना असंभव है।'

'मैंने उन्हें सोचने के लिए बहुत प्रेरित किया। समस्या एकम् को देखने के उनके नज़रिए में है।'

'एक भगवान...?'

'हां,' राम ने कहा। 'हमें बार-बार बताया गया है कि एकम् हमारे भ्रम की दुनिया से परे निवास करता है। वह तो गुणों से भी परे है। क्या गुण ही भ्रम की दुनिया, अस्थायी अस्तित्व का निर्माण नहीं करते, जो शाश्वत नहीं है? क्या इसीलिए ही उसे निराकार और निर्गुण नहीं कहा जाता?'

'बिल्कुल,' अरिष्टनेमी ने कहा।

'और अगर एकम् इन सबसे परे है, तो वह किसी का पक्ष कैसे ले सकता है?' राम ने पूछा। 'अगर वह आकार से परे है, तो वह किसी एक आकार को वरीयता कैसे दे सकता है? इसी कारण से वह किसी एक समूह का प्रतिनिधित्व नहीं करता। वह एक ही समय में सभी चीजों में समाया हुआ है। और यह बात सिर्फ इंसानों तक ही नहीं लागू होती, बल्कि ब्रह्मांड की प्रत्येक वस्तु पर लागू होती है, फिर वह चाहे पशु, पौधे, जल, धरती, ऊर्जा, तारे, आकाश हों। इससे कोई फर्क नहीं पड़ता कि वे किसे मानते हैं, या क्या करते हैं, हर वस्तु में एकम् है।'

अरिष्टनेमी ने सिर हिलाया। 'हमारे आकार की दुनिया और एकम् के निराकार स्वरूप के बारे में मूलभूत नासमझी ने ही उन्हें मानने पर मजबूर

किया कि मेरा भगवान झूठा है, और उनका भगवान सच्चा है। जैसे एक बुद्धिमान आदमी कभी भी गुर्दों को अपने उदर के ऊपर मान्यता नहीं देता, उसी तरह एकम् दूसरे लोगों को छोड़कर, एक ही समूह को नहीं अपनाएगा। ऐसा सोचना भी मूर्खता है।'

'बिल्कुल!' राम ने कहा। 'अगर वह मेरा भगवान है, और वह दूसरों की अपेक्षा मेरा पक्ष लेता है, तो वह एकम् नहीं है। सच्चा एकम् वही है, जो किसी का पक्ष नहीं लेता, जो सबमें निहित है, जो वफादारी या डर की अपेक्षा नहीं करता, दरअसल वह तो कुछ भी नहीं मांगता।'

अरिष्टनेमी अयोध्या के इस युवा राजकुमार का सम्मान करने लगे थे। लेकिन वह विश्वामित्र के सामने इस स्वीकारने से घबराते थे।

राम बोलते रहे। 'शुक्राचार्य का एक आदर्श पौरुष समाज बनाने का निर्णय सही था। वह समाज प्रभावशाली और सम्मानीय था। उन्होंने ग़लती यह की कि उसका आधार विश्वास को बनाया। उन्हें इसका आधार कानून को बनाकर, आध्यात्मिकता और भौतिकता को अलग-अलग रखना चाहिए था। जब समय बदलता है, जो कि अनिवार्य है, तो किसी के लिए अपने विश्वास को बदल पाना मुश्किल होता है; दरअसल, वह इसके साथ और भी नए जोश के साथ चिपक जाते हैं। मुश्किल समय में लोग अपने विश्वास का दामन और भी बुरी तरह थाम लेते हैं। लेकिन अगर आप पौरुष सिद्धांत को कानूनों के आधार पर बनाते हैं, तो संभवतः, समय आने पर कानूनों को बदला जा सकता है। जीवन का पौरुष सिद्धांत विश्वास के आधार पर नहीं, बल्कि कानून के आधार पर बनाना चाहिए।'

'क्या तुम सच में मानते हो कि असुरों को बचाना संभव है? उनमें से बहुत से भारत में हैं। छोटे-छोटे समूहों में बंटकर छिपे हुए।'

'मुझे लगता है कि वे अनुशासित अनुयायी बनेंगे। यकीनन विद्रोही, कानून तोड़ने वाले, मेरी प्रजा से कई बेहतर। असुरों के साथ समस्या यह है कि उनके नियम अब पुराने हो गए हैं। वे अच्छे लोग हैं; उन्हें एक अच्छे और प्रभावशाली नेतृत्व की आवश्यकता है।'

'क्या तुम्हें लगता है कि तुम वह नायक बन सकते हो? क्या तुम उनके लिए जीने का नया सिद्धांत बना सकते हो?'

राम ने गहरी सांस ली। 'मैं नहीं जानता कि भविष्य ने मेरे लिए कौन सी भूमिका निर्धारित की है...'

लक्ष्मण बीच में बोले। 'गुरु वशिष्ठ मानते हैं कि राम दादा अगले विष्णु बन सकते हैं। वह न सिर्फ असुरों को नेतृत्व प्रदान कर सकते हैं, बल्कि सबको; पूरे भारत को। मैं भी यही मानता हूं। राम दादा जैसा कोई नहीं है।'

राम ने लक्ष्मण को देखा, उनके भाव गूढ़ थे।

अरिष्टनेमी ने पीछे झुकते हुए गहरी सांस ली। 'तुम अच्छे इंसान हो; दरअसल खास इंसान। और मैं साफ देख रहा हूं कि तुम भविष्य में कोई महत्वपूर्ण भूमिका अदा करोगे। यद्यपि वह भूमिका क्या होगी, यह मैं नहीं जानता।'

राम का चेहरा भावहीन था।

'मैं तुम्हें यही सुझाव दूंगा कि महर्षि विश्वामित्र की बात सुनो,' अरिष्टनेमी ने कहा। 'वह सभी ऋषियों में सबसे अधिक बुद्धिमान और शक्तिशाली हैं, दूसरा कोई नहीं।'

राम ने कोई प्रतिक्रिया नहीं दी, यद्यपि उनका चेहरा कुछ कठोर हो आया था।

'दूसरा कोई नहीं,' अरिष्टनेमी ने फिर से दोहराया। यह स्पष्टतया वशिष्ठ की ओर इशारा था।

समूह धीरे-धीरे जंगल से होते हुए गुज़रने लगा। विश्वामित्र और अरिष्टनेमी इस कारवां के आगे थे, उस भारी संदूक वाली गाड़ी के दाहिनी ओर। राम और लक्ष्मण से पीछे चलने को कहा गया था, दूसरे मलयपुत्रों के साथ। उन्हें गंगा नदी में खड़े अपने जहाज़ों तक पहुंचने में कुछ घंटे लगने वाले थे।

विश्वामित्र ने इशारे से अरिष्टनेमी को अपनी ओर बुलाया। वह तुरंत ही घोड़े की लगाम खींचकर, उनकी ओर आ गए।

'तो?' विश्वामित्र ने पूछा।

'वह जानता है,' अरिष्टनेमी ने कहा। 'महर्षि वशिष्ठ ने उसे बताया था।'

'वह धोखेबाज, दो-मुंहा; आधारहीन... क्यों...'

अरिष्टनेमी ने अपनी नज़रें कहीं दूर केंद्रित कर लीं, जब तक विश्वामित्र अपनी झुंझलाहट से उबरें। इसका जवाब हमेशा ख़ामोशी ही हो सकती थी।

आख़िरकार, अनुयायी ने आगे पूछने की हिम्मत जुटाई, 'तो, अब हम क्या करने वाले हैं, गुरुजी?'

'हम वही करेंगे, जो हमें करना होगा।'

अध्याय 19

राम और लक्ष्मण आगे वाले जहाज़ के ऊपरी भाग पर खड़े थे। उनके तीन जहाज़ों का समूह गंगा के रास्ते आगे बढ़ रहा था। विश्वामित्र ने मार्ग में ज़्यादा समय अपने कक्ष में ही बिताने का निर्णय लिया था। अरिष्टनेमी के पास पर्याप्त अवसर था: अयोध्या के राजकुमारों के साथ ज़्यादा समय बिताने और मलयपुत्रों के बारे में उनकी राय जानने का।

'आपका आज का दिन कैसा बीता?' अरिष्टनेमी ने उनके पास जाते हुए पूछा।

राम अपने लंबे बालों को धोकर, गर्म हवा में सूखाने की कोशिश कर रहे थे।

'बस इस जलती हुई गर्मी में भुन रहे हैं,' लक्ष्मण ने कहा।

अरिष्टनेमी मुस्कुराए। 'यह तो बस शुरुआत है। बरसात आने में तो अभी कई महीने बाकी हैं। जब बदतर होगा, तभी तो बेहतर होगा।'

'तभी तो हम खुले भाग में खड़े हैं; हवा का एक झोंका भी भगवान का उपहार है!' लक्ष्मण ने नाटकीय रूप से अपने चेहरे के आगे, हाथ पंखे की तरह हिलाते हुए कहा। बहुत से लोग वहां इकट्ठा हो आए थे, दोपहर के भोजन के बाद, और अपना काम फिर से शुरू करने से पहले।

अरिष्टनेमी राम के नज़दीक आए। 'हमारे पूर्वजों के विषय में तुम्हारी बातें सुनकर मैं हैरान था। क्या तुम देवों के खिलाफ हो?'

'और मैं हैरान था कि आपने वह बात दोबारा क्यों नहीं छेड़ी,' राम ने व्यंग्य से मुस्कुराते हुए कहा।

'खैर, अब तुम्हारी हैरानी खत्म हो गई होगी।'

राम हंसे। 'मैं देवों के खिलाफ नहीं हूं। आख़िरकार, हम उनके वंशज हैं। लेकिन मैं पौरुष सिद्धांत का प्रशंसक हूं, जीवन नियमों पर आधारित होना चाहिए, आज्ञाकारिता, सम्मान और न्याय पर। मैं जीवन में असीमित आज़ादी के खिलाफ हूं।'

'राजकुमार, स्त्रौण सिद्धांत में जुनून और आज़ादी के अलावा भी बहुत कुछ है।' अरिष्टनेमी ने कहा। 'उसमें स्वच्छंद रचनात्मकता भी है।'

'वह, मैं भी स्वीकारता हूं; लेकिन जब उस सभ्यता का पतन होता है, तो उसके वासी भेदभाव और व्यापारियों पर निशाना साधने के लिए उन्मुख होने लगते हैं। देवों के मध्य युग में, जाति प्रथा—जो मूल रूप से कर्म पर आधारित थी, न कि जन्म पर—और सख्त, कट्टरवादी और राजनीतिक हो गई। इसी वजह से असुरों ने आसानी से उन्हें हरा दिया। जब देवों ने दोबारा इकट्ठा होकर, जाति प्रथा को लचीला बनाया, तो उन्हें उनकी शक्ति वापस मिली और वे असुरों को हरा पाने में कामयाब हो पाए।'

'हां, लेकिन पौरुष सभ्यता भी पतन के समय कठोर और धर्मांध होने लगती है। देवों पर होने वाले असुरों के निर्मम हमले, और वो भी महज इस वजह से कि देव एकम् के प्रति अलग धारणा रखते हैं, अक्षम्य हैं।'

'मैं इससे सहमत हूं। लेकिन क्या इन हमलों ने देवों को एकजुट नहीं किया था? शायद उस भयानक हिंसा के बीच भी देवों को कुछ सकारात्मक महसूस हुआ था। उन्होंने अपनी उस बुराई को पहचाना, जो जाति प्रथा के रूप में उनके पतन का कारण बनी। मेरे विचार में, प्रभु इंद्र ने जो सबसे महत्वपूर्ण सुधार किया, वह था जाति प्रथा को एक बार फिर से लचीला बनाना। उन्होंने देवों को एकत्रित करके असुरों को पराजित किया, जो अपनी धर्मांधता के कारण बंटने लगे थे।'

'क्या तुम यह कहना चाहते हो कि देवों को असुरों की उस निर्मम हिंसा का आभारी होना चाहिए?'

'नहीं, मैं यह नहीं कह रहा,' राम ने कहा। 'मैं बस इतना ही कह रहा हूं कि भयानक हादसों में भी सकारात्मकता की कुछ उम्मीद होती है। हर बुराई में एक अच्छाई छिपी है, और हर अच्छाई में कुछ बुरा भी है। जीवन बहुत जटिल है, और एक संतुलित इंसान इसके दोनों पक्षों को देख सकता है। उदाहरण के लिए, क्या आप इस बात से इंकार कर सकते हैं कि असुरों के

अनुभव को भुला देने के इतने समय बाद, जाति प्रथा फिर से कठोर होने लगी है? समाज में एक इंसान की हैसियत आज उसके जन्म से आंकी जाती है, न कि कर्म से। क्या आप इस बात से इंकार करते हैं कि यह बुराई धीरे-धीरे पूरे सप्तसिंधु का विनाश कर देगी?'

'ठीक है!' लक्ष्मण ने कहा। 'दर्शन की इतनी बातें सुनाकर, आप लोग मेरा दिमाग़ खराब कर देंगे!'

अरिष्टनेमी ठहाका लगाकर हंसने लगे, जबकि राम ने नम्रता से लक्ष्मण को देखा।

'बहुत बहुत आभार, कि ये सब हमारे अयोध्या पहुंचने से पहले खत्म हो गया,' लक्ष्मण ने कहा।

'ओह,' अरिष्टनेमी ने कहा। 'राजकुमार, उसके लिए अभी आपको और इंतज़ार करना होगा।'

'आपका क्या तात्पर्य है?' राम ने पूछा।

'गुरु विश्वामित्र अयोध्या जाने से पहले मिथिला जाना चाहते हैं। उन्हें वहां कुछ ज़रूरी काम है।'

'और आप हमें यह कब बताने वाले थे?' लक्ष्मण ने चिढ़ते हुए पूछा।

'मैं अभी तुम्हें बता रहा हूं,' अरिष्टनेमी ने कहा।

लक्ष्मण को धीरज रखने का इशारा करते हुए, राम ने कहा। 'कोई बात नहीं, अरिष्टनेमी जी। हमारे पिताजी ने हमें गुरु विश्वामित्र के साथ रहने का आदेश दिया है, जब तक उनकी मर्जी हो। कुछ महीनों की देरी से कोई नुकसान नहीं होगा।'

'मिथिला...' लक्ष्मण ने आह भरते हुए कहा। 'अति पिछड़ा प्रदेश!'

सप्तसिंधु के दूसरे बड़े नगरों की तरह, मिथिला, *धरती पुत्रों की नगरी* या *राजा मिथी का स्थापित किया नगर*, नदी के पास बसा नगर नहीं था। कम से कम, तब से जब गंडक नदी ने कुछ दशक पहले अपनी दिशा बदलकर पश्चिम का रुख कर लिया था। इसने एकाएक मिथिला के भाग्य को बदल डाला। सप्तसिंधु की महान नगरी में शामिल मिथिला, तेज़ी से पतन की ओर जाने लगा। भारत का अधिकांश व्यापार बंदरगाहों के माध्यम से किया जाता था। गंडक नदी का रुख बदलने के बाद, मिथिला का भविष्य रातोंरात बिगड़ गया। रावण के कुशल व्यापारियों ने मिथिला में नियुक्त अपने सचिवों को वापस बुला लिया; नाममात्र के व्यापार के लिए वहां उनकी मौजूदगी के कोई

मायने नहीं थे।

नगर पर राजा जनक का राज था, जो एक धार्मिक, उदार और आध्यात्मिक इंसान थे। वह एक आदर्श व्यक्ति थे, तथापि अपने कर्तव्य निर्वाह में बेहतर नहीं थे। अगर जनक एक आध्यात्मिक गुरु होते, तो वह दुनिया में सबसे बेहतर होते। हालांकि, नियति में उनका राजा बनना निर्धारित हुआ था। राजा होते हुए भी, वह अपनी धर्म सभाओं के माध्यम से, अपनी प्रजा के आध्यात्मिक विकास पर ज़्यादा श्रम करते थे। यद्यपि भौतिक विकास और सुरक्षा अनदेखे पहलु थे।

जले पर नमक का काम करते हुए, मिथिला के शाही परिवार में कमान उनके छोटे भाई कुशध्वज ने संभाल ली थी। गंडक नदी का नया मार्ग अब संकश्या की सीमा से होकर गुज़रता था, जिसका शासक कुशध्वज था। मिथिला के नुकसान से संकश्या का लाभ हुआ था। पानी की उपलब्धि से संकश्या की जनसंख्या में नाटकीय रूप से वृद्धि हुई थी। अधिक जनसंख्या और धन से संपन्न कुशध्वज ने सप्तसिंधु में खुद को शाही परिवार का प्रतिनिधि नियुक्त कर लिया था। सावधानी बरतते हुए वह सार्वजनिक रूप से हमेशा अपने बड़े संत भाई को सम्मान ही प्रदान करता था। इसके बावजूद, अफवाह थी कि वह सब मात्र दिखावा था; वास्तव में तो कुशध्वज मिथिला को अपनी ध्वजा तले लाने की कोशिश कर रहा था।

'तो हम वहां जा रहे हैं, लक्ष्मण, गुरु जी की इच्छा से,' राम ने कहा। 'हम संकश्या के मार्ग से होते हुए मिथिला जाएंगे, है न? मैंने सुना था कि संकश्या से मिथिला जाने के लिए कोई सड़क मार्ग नहीं है।'

'एक हुआ करता था,' अरिष्टनेमी ने कहा। 'नदी का मार्ग बदलने के दौरान वह नष्ट हो गया। उसे दोबारा बनाने की कोई कोशिश नहीं की गई। मिथिला में... धन की कमी है। लेकिन उनकी प्रधानमंत्री ने बताया है कि उन्होंने हमारे लिए एक रक्षक दल की व्यवस्था की है।'

'क्या यह सच है कि राजा जनक की बेटी उनकी प्रधानमंत्री हैं?' लक्ष्मण ने पूछा। 'इस पर भरोसा करना मुश्किल था। क्या उसका नाम उर्मिला है?'

'लक्ष्मण महिला के प्रधानमंत्री होने में ऐसा अविश्वसनीय क्या है?' इससे पहले की अरिष्टनेमी कोई जवाब दे पाते, राम ने पूछा। 'बौद्धिक योग्यता में महिलाएं पुरुष के बराबर ही होती हैं।'

'मैं जानता हूं, दादा,' लक्ष्मण ने कहा। 'बस यह असामान्य लगा, इसलिए।'

'देवी मोहिनी एक महिला थीं,' राम ने बताया। 'और, वह विष्णु का अवतार थीं। याद है न!'

लक्ष्मण ख़ामोश हो गए।

अरिष्टनेमी ने विनम्रता से लक्ष्मण के कंधे पर हाथ रखकर कहा, 'राजकुमार लक्ष्मण, तुम सही कह रहे हो। राजा जनक की बेटी उनकी प्रधानमंत्री हैं। लेकिन वह राजकुमारी उर्मिला नहीं हैं, जो संयोग से उनकी जैविक पुत्री हैं। उनकी गोद ली हुई बेटी उनकी प्रधानमंत्री हैं।'

'गोद ली हुई बेटी?' राम ने हैरानी से पूछा। उन दिनों दत्तक संतानों को बहुधा समान अधिकार नहीं दिए जा रहे थे। उनके मन में इस कानून में बदलाव करने की इच्छा थी।

'हां,' अरिष्टनेमी ने कहा।

'मुझे इस बारे में नहीं पता था। उनका नाम क्या है?'

'उनका नाम सीता है।'

'क्या हम संकश्या के राजा से नहीं मिलने वाले?' राम ने पूछा।

विश्वामित्र के जहाज़ संकश्या के तट पर रुके, नगर से कुछ ही किलोमीटर दूर। उनके स्वागत में मिथिला के कुछ अधिकारी आए थे, जिनका नेतृत्व समिचि, नगर की सुरक्षा और शिष्टाचार अधिकारी कर रही थी। समिचि अपने दल और मलयपुत्रों के सौ सदस्यों के साथ मिथिला के लिए रवाना हो गई। बाकी के लोग लंगर डले हुए जहाज़ों पर ही रुके।

'नहीं,' अरिष्टनेमी ने अपने घोड़े पर सवार होते हुए कहा। 'गुरु विश्वामित्र चाहते हैं कि हम इस नगर से गुप्त रूप से गुज़रे। कहीं, राजा कुशध्वज इधर ही कहीं दौरे पर हों।'

लक्ष्मण ने उन साधारण सफेद कपड़ों को देखा, जो उन्हें और राम को पहनने के लिए दिए गए थे। स्पष्ट था कि राजकुमार सामान्य इंसानों के तरह ही गुज़रने वाले थे।

'गुप्त रूप से?' लक्ष्मण ने पूछा, उनका संदेह अचानक से जागृत हो,

मलयपुत्रों के दलों पर टिक गया। 'आप मुझे मूर्ख बनाने की कोशिश कर रहे हैं।'

अरिष्टनेमी ने मुस्कुराते हुए अपने घुटनों से घोड़े को ऐंड़ दी; उनका घोड़ा चलने लगा। राम और लक्ष्मण भी अपने घोड़ों पर सवार होकर उनके पीछे चल दिए। विश्वामित्र पहले ही जा चुके थे, दल के आगे, समिचि के साथ।

जंगल से गुज़रता रास्ता इतना तंग था कि मात्र तीन घोड़े ही साथ में गुज़र सकते थे। कहीं-कहीं पर, जब रास्ता अचानक से चौड़ा हो जाता, तो पुराने पत्थर से बना मार्ग दिखाई देने लगता। अधिकांश मार्ग में जंगल ने पूरी तरह से जगह को हथिया लिया था। अधिकांशतः दल को पतली लंबी पंक्ति में, पूरे मार्ग को घेरकर चलना पड़ रहा था।

'तुम कभी मिथिला नहीं गए हो न?' अरिष्टनेमी ने पूछा।

'वहां जाने की ज़रूरत ही नहीं पड़ी,' राम ने जवाब दिया।

'तुम्हारे भाई भरत कुछ महीने पहले संकश्या गए थे।'

'वह अयोध्या के राजनैतिक मामलों का अधिकारी है। यह स्वाभाविक है कि वह सप्तसिंधु के दूसरे राजाओं से मिले।'

'ओह? मुझे लगा था कि वह राजा कुशध्वज से वैवाहिक संबंधों के सिलसिले में मिला था।'

लक्ष्मण ने त्यौरी चढ़ाई। 'वैवाहिक संबंध? अगर अयोध्या किसी से वैवाहिक संबंध जोड़ना ही चाहेगी, तो वह उससे शक्तिशाली साम्राज्य होगा। संकश्या से क्यों?'

'आप एक से ज़्यादा वैवाहिक संधि करने के लिए मुक्त हैं। आख़िरकार, किसी ने कहा है कि विवाह राजनैतिक संबंधों को निजी रूप से मज़बूत करने का आयाम है।'

लक्ष्मण ने चोरी से राम को देखा।

'क्या हुआ?' अरिष्टनेमी की नज़रें लक्ष्मण पर ही टिकी थीं। 'तुम सहमत नहीं हो?'

लक्ष्मण ने न में सिर हिलाया। 'राम दादा मानते हैं कि शादी बहुत पवित्र

बंधन है। इसे राजनीतिक संबंधों की तरह नहीं परखना चाहिए।'

अरिष्टनेमी ने अपनी भौंह चढ़ाईं। 'मतलब वैसे, जैसे प्राचीन समय में होता था, हां। अब कोई उन मूल्यों की परवाह नहीं करता।'

'मैं अपने पूर्वजों की हर बात का प्रशंसक नहीं हूं,' राम ने कहा। 'लेकिन कुछ मूल्यों को दोबारा से लागू करना आदर्श है। उनमें से एक है विवाह को दो आत्माओं के बीच होने वाला पवित्र मिलन मानना; न कि दो सत्ताओं का मिलन।'

'शायद तुम ऐसी सोच वाले दुर्लभ लोगों में से हो।'

'इसका यह मतलब तो नहीं कि मैं ग़लत हूं।'

लक्ष्मण ने फिर से बातचीत में टांग अड़ाई। 'दादा यह भी मानते हैं कि एक आदमी को सिर्फ एक महिला से विवाह करना चाहिए। वह मानते हैं कि बहुपत्नी प्रथा महिलाओं के साथ अन्याय है और उसे बंद किया जाना चाहिए।'

'लक्ष्मण, मेरी मान्यता यह नहीं है,' राम ने कहा। 'मेरा कहना है कि कानून सभी के लिए बराबर होना चाहिए। अगर आप एक आदमी को ज़्यादा महिलाओं से विवाह की इजाजत देते हैं, तो आपको एक महिला को भी, अगर उसकी मर्जी है तो, ज़्यादा आदमियों से विवाह की इजाजत देनी चाहिए। ग़लत बात यह है कि वर्तमान कानून आदमियों का पक्ष लेता है। बहुपत्नी तो कानून में मान्य है, लेकिन बहुपति प्रथा वर्जित है। यह सरासर ग़लत है। इसके साथ, मेरी निजी प्राथमिकता तो यह है कि एक पुरुष एक महिला से विवाह करे, और ज़िंदगी भर उसके साथ वफादार रहे।'

'मैं प्रभु ब्रह्मा का आभार व्यक्त करना चाहूंगा कि तुमने अपनी इच्छा को बढ़ाकर कई जन्मों तक एक ही पत्नी का वफादार रहने का पक्ष नहीं लिया!' अरिष्टनेमी मुंह दबाकर हंसे।

राम मुस्कुराए।

'लेकिन राजकुमार राम,' अरिष्टनेमी ने कहा। 'यकीनन तुम जानते होंगे कि कई सदियों पहले बहुपत्नी प्रथा को अच्छे मकसद से शुरू किया गया था। हमने सूर्यवंशियों और चंद्रवंशियों के बीच पचास साल लंबी लड़ाई को झेला था। लाखों आदमी मारे गए थे। विवाह के लिए वर नहीं बचे थे, तो इसलिए आदमियों को प्रोत्साहित किया गया कि वे एक से ज़्यादा महिलाओं से विवाह करें। स्पष्ट कहें तो, देश में जनसंख्या बढ़ाने की भी बहुत ज़रूरत

थी। इसीलिए, ज़्यादा से ज़्यादा लोग बहुपत्नी प्रथा का पालन करने लगे।'

'हां, लेकिन अब तो वह समस्या नहीं है न?' राम ने पूछा। 'तो फिर क्यों आदमियों को इसका लाभ उठाने का अवसर मिले?'

अरिष्टनेमी ख़ामोश हो गए। कुछ पल बाद, उन्होंने राम से पूछा। 'क्या तुम एक ही महिला से विवाह करना चाहोगे?'

'हां। और मैं पूरी ज़िंदगी उसी के प्रति वफादार रहूंगा। मैं किसी दूसरी महिला को देखूंगा भी नहीं।'

'दादा,' लक्ष्मण ने कुछ शरमाते हुए कहा। 'आप दूसरी महिलाओं को देखने से कैसे बचोगे? महिलाएं तो सब जगह होती हैं! क्या महिलाओं के पास से गुज़रने पर आप अपनी आंखें बंद कर लोगे?'

राम हंसे। 'तुम जानते हो मेरा क्या मतलब है। मैं दूसरी महिलाओं को उस तरह नहीं देखूंगा, जैसे मैं अपनी पत्नी को देखूंगा।'

'तो, पत्नी के रूप में तुम्हें कैसी महिला की तलाश है?' अरिष्टनेमी ने पूछा।

राम बोलने ही वाले थे कि लक्ष्मण ने बीच में छलांग लगा दी। 'नहीं। नहीं। नहीं। मैं इसका जवाब दूंगा।'

अरिष्टनेमी ने लक्ष्मण को मुस्कुराते हुए देखा।

'दादा ने एक बार बताया था,' लक्ष्मण ने कहा। 'उन्हें ऐसी महिला चाहिए, जिसके सामने वो सम्मान से सिर झुका सकें।'

लक्ष्मण ने गर्व से मुस्कुराते हुए कहा। उन्हें गर्व था कि वह अपने बड़े भाई की इतनी निजी बात के साझेदार थे।

अरिष्टनेमी ने राम को प्रशंसा की नज़रों से देखा। 'सम्मान से सिर झुकाना?'

राम के पास कहने को कुछ नहीं बचा था।

अरिष्टनेमी ने आगे देखा। वह ऐसी महिला को जानते थे, जिसकी राम निश्चित तौर पर सराहना करने वाले थे।

अध्याय 20

विश्वामित्र और उनका दल एक सप्ताह बाद मिथिला पहुंचा। उपजाऊ, दलदली सतह और मानसून की अधिकता के कारण, मिथिला के आसपास की ज़मीन अनुमान से ज़्यादा फलदार थी। ऐसा कहा जाता था कि मिथिला का किसान एक बार खेत पर जाकर बीज बो आता था, और जब कुछ महीनों बाद वापस आता, तो पूरी फसल तैयार खड़ी मिलती। मिथिला की ज़मीन ही वह कर सकती थी। लेकिन मिथिला के किसानों ने ज़्यादा ज़मीन को साफ नहीं किया था, या ज़्यादा जगह में बीज नहीं बोए थे, तो प्रकृति ने अपने पांव पसारते हुए नगर के आसपास घना जंगल खड़ा कर दिया था। मुख्य नदी की अनुपस्थिति ने उसके अकेलेपन को और बढ़ा दिया था। मिथिला भारत के अंधिकांश नगरों से कट गया था, जहां प्राय: नदियों के माध्यम से जाया जाता था।

'हम नदियों पर इतने निर्भर क्यों हैं?' राम ने पूछा। 'हम सड़कें क्यों नहीं बनाते? मिथिला जैसे नगर का यूं सबसे अलग हो जाना सही नहीं है।'

'एक समय हमारे पास अच्छे मार्ग हुआ करते थे,' अरिष्टनेमी ने कहा। 'शायद तुम उन्हें दोबारा बनवा पाओ।'

जैसे ही दल ने जंगल को पार किया, तो उन्होंने उस खंदक को देखा, जिसे कभी सुरक्षा के लिहाज से बनाया गया होगा, लेकिन अब उसका इस्तेमाल पानी निकालने के लिए किया जाता था। झील ने पूरे नगर को इस तरह प्रतिबंधित कर रखा था, मानो मिथिला कोई द्वीप हो। उसमें मगरमच्छ वगैरह नहीं थे, क्योंकि झील का इस्तेमाल काफी समय से सैन्य गतिविधि के

लिए नहीं हुआ था। पानी आसानी से निकालने के लिए वहां सीढ़ियां बनी हुई थीं। बड़े-बड़े पहिये झील से पानी निकालने के लिए बनाए गए थे, फिर नलिकाओं के माध्यम से पानी नगर में पहुंचाया जाता था।

'खंदक को जल के मुख्य आपूर्ति संसाधन के रूप में इस्तेमाल करना मूर्खतापूर्ण है,' लक्ष्मण ने कहा। 'दुश्मन की सेना पहला काम इसे बंद करने का ही करेगी। और, इससे भी बुरा; वे पानी में ज़हर भी मिला सकते हैं।'

'तुम सही कह रहे हो,' अरिष्टनेमी ने कहा। 'मिथिला की प्रधानमंत्री को इसका अहसास हुआ था। इसीलिए उन्होंने नगर के अंदर ही छोटी, लेकिन गहरी झील का निर्माण करवाया।'

राम, लक्ष्मण और अरिष्टनेमी झील के बाहरी किनारे पर ही घोड़ों से उतर गए। उन्हें नगर में प्रवेश करने के लिए, एक किश्तयों का पुल पार करना था। किश्तियों के पुल की तैरती सतह के कारण, उसे घोड़ों की बजाय, पैदल चलकर पार करने में ही समझदारी थी।

अरिष्टनेमी ने उत्साह से उसके बारे में बताया, 'यह पारंपरिक पुल से न केवल सस्ता है, बल्कि नगर पर हमले की स्थिति में इसे सहजता से नष्ट भी किया जा सकता है। और, यकीनन, फिर आसानी से बनाया भी जा सकता है।'

राम ने विनम्रता से सिर हिलाया, वह सोच रहे थे कि अरिष्टनेमी को मिथिला की सराहना करने की क्या ज़रूरत थी। स्पष्ट था कि नगर के पास अपने अस्थायी पुल को स्थायी बनाने के लिए पर्याप्त धन नहीं था।

लेकिन फिर, सिवाय लंका के, भारत का कौन सा राज्य आज धनी था? लंकावासी भारत से सारी संपदा ले गए थे।

झील पार करने के बाद, वे मिथिला किले के द्वार पर पहुंचे। दिलचस्प था कि द्वार पर कोई नारा या शाही गर्व के प्रतीक चिन्ह नहीं लगे थे। बल्कि, वहां ज्ञान की देवी, सरस्वती जी का बड़ा सा चित्र था, जिसने आधे द्वार को ढक रखा था। उसके नीचे दोहा लिखा था:

स्वगृहे पूज्यते मूर्खा; स्वग्रामे पूज्यते प्रभुः
स्वदेशे पूज्यते राजा; विद्वान सर्वत्र पूज्यते।

मूर्ख की पूजा उसके घर में की जाती है।
मुखिया की पूजा गांव में।

राजा अपने नगर में पूजे जाते हैं।

और बुद्धिमान की पूजा पूरी दुनिया करती है।

राम मुस्कुराए। *ज्ञान को समर्पित नगर।*

'अंदर चलें?' अरिष्टनेमी ने अपने घोड़े की लगाम खींचकर आगे चलते हुए कहा।

राम ने लक्ष्मण की तरफ सिर हिलाया, और वे दोनों भी अपने घोड़ों के साथ अरिष्टनेमी के पीछे नगर में दाखिल हो गए। द्वार के पीछे एक साधारण मार्ग किले की दूसरी दीवार की ओर ले जा रहा था, जो बाहरी दीवार से एक किलोमीटर दूर थी। दो दीवारों के बीच का भाग सफाई से कृषि योग्य भूमि में बांटा गया था। अनाज की फसलें कटाई के लिए तैयार खड़ी थीं।

'समझदारी,' राम ने कहा।

'हां दादा, नगर की दीवारों के भीतर अनाज उपजाने से, उनकी खाद्य आपूर्ति चालू रहेगी,' लक्ष्मण ने कहा।

'उससे भी ज़्यादा महत्वपूर्ण, यहां इंसानों की कोई रिहाइश नहीं है। इस क्षेत्र में दुश्मन सेना की चढ़ाई के समय, ज़्यादा से ज़्यादा प्रजा के मारे जाने की संभावना होती है। लेकिन इस स्थिति में, दुश्मन सेना किले की दूसरी दीवार तक पहुंचते-पहुंचते अपने खासे सैनिकों को गंवा बैठेगी, जिनका तुरंत कोई समाधान भी नहीं ढूंढ़ा जा सकेगा। सैन्य दृष्टि से यह उत्कृष्ट था—दो दीवारों के मध्य प्रजा का नहीं रहना। हमें अयोध्या में भी इसका अनुकरण करना चाहिए।'

अरिष्टनेमी ने किले की अंदरुनी दीवार की ओर जाते हुए, तेज़ी से अपने क़दम बढ़ाए।

'क्या वे खिड़कियां हैं, जो हमें दिखाई दे रही हैं?' लक्ष्मण ने अंदरुनी दीवार के ऊपरी भाग की ओर इशारा करते हुए कहा।

'हां,' अरिष्टनेमी ने कहा।

'क्या लोग किले की दीवार को रिहाइश के तौर पर इस्तेमाल करते हैं?' लक्ष्मण ने हैरानी से पूछा।

'हां, वे करते हैं,' अरिष्टनेमी ने कहा।

'ओह,' लक्ष्मण ने कहते हुए, कंधे उचकाए।

अरिष्टनेमी मुस्कुराकर आगे देखने लगे।

'क्या बकवास है!' लक्ष्मण ने मिथिला नगर में दीवार के अंदर पैर रखते ही कहा। उनके हाथ तुरंत उनकी तलवार पर पहुंच गए थे। 'हमें जाल में फंसाया गया है!'

'शांत हो जाओ, राजकुमार,' अरिष्टनेमी ने बड़ी सी मुस्कान से कहा। 'यह जाल नहीं है। यह मिथिला का एक तरीका है!'

उनके सामने बड़ी सी दीवार बनी हुई थी, जिसके सामने वही द्वार था, जिससे वह अभी अंदर आए थे। वह दीवार बहुत सारे घरों की साझा दीवार थी। सभी घर एक-दूसरे के सामने बने हुए थे, शहद के छत्तो के समान, जिनके बीच में कोई अंतराल नहीं था। हर घर की एक व्यक्तिगत खिड़की उस ऊंची दीवार पर थी, लेकिन कोई भी दरवाजा वहां नहीं था। इसमें हैरानी की बात नहीं थी कि लक्ष्मण ने मान लिया था कि वे एक अंधी गली में बंद हो गए थे। सच तो यह था कि उन्हें विश्वामित्र का दल भी आगे कहीं नहीं दिखाई दे रहा था, तो उनका संदेह और बढ़ गया था।

'सड़कें कहां हैं?' राम ने पूछा।

चूंकि सब घर, एक पंक्ति में, एक दूसरे के सामने बने थे, तो वहां सड़कों, यहां तक कि गलियों के लिए भी कोई जगह नहीं थी।

'मेरे पीछे आओ,' अरिष्टनेमी अपने सहयात्रियों के असमंजस से आनंद ले रहे थे। उन्होंने अपना घोड़ा एक घर की संरचना पर बनी पत्थर की सीढ़ियों पर चढ़ा दिया।

'भगवान के लिए आप छत पर क्यों जा रहे हैं?! और वह भी अपने घोड़े के साथ!' लक्ष्मण ने चिल्लाकर कहा।

'बस मेरे पीछे चलते जाओ, राजकुमार,' अरिष्टनेमी ने शांति से कहा।

राम ने लक्ष्मण को थपथपाया, उसे पुचकारते हुए, और सीढ़ियों पर चढ़ना शुरू किया। लक्ष्मण भी न चाहते हुए उनके पीछे चढ़ने लगे, अपने घोड़े के साथ। छत पर पहुंचकर उन्हें जो दृश्य दिखाई दिया, वह उनकी कल्पना से परे था।

दरअसल, सब घरों की 'छतें' एक समान सतह प्रस्तुत कर रही थीं; 'ज़मीन' के ऊपर एक 'ज़मीन'। सड़कों को रंग के माध्यम से अलग किया गया था, और वे वहां लोगों को किसी काम से, या यूं ही घूमता हुआ देख पा

रहे थे। विश्वामित्र का दल भी दूर जाता हुआ दिखाई दे रहा था।

'हे प्रभु! हम कहां हैं? और, वे लोग कहां जा रहे हैं?' लक्ष्मण ने पूछा, उन्होंने पहले कभी ऐसा कुछ नहीं देखा था।

'लेकिन ये लोग अपने घरों में जाते कहां से होंगे?' राम ने पूछा।

जैसे जवाब के स्वरूप ही, एक आदमी तभी द्वार खोलकर अंदर जाता दिखाई दिया। घर का द्वार पगडंडी की सतह पर ही बना था, जिसे खोलकर, सीढ़ियों के माध्यम से घर में जाया जाता था, और फिर नीचे जाकर द्वार बंद कर लो। राम को अब पगडंडी पर बीच-बीच में बने अंतराल दिखाई दे रहे थे, वहां कोई यातायात नहीं चलता था, और पगडंडी की सतह में बने द्वारों से घरवाले अंदर-बाहर आ जा सकते थे। पगडंडी पर बने, कुछ उभरे हुए अंतराल, घरों के मध्य बनी जालीदार खिड़की के लिए थे, जिससे घरों में प्रकाश और हवा की व्यवस्था हो सके।

'बरसातों में वे क्या करते हैं?' लक्ष्मण ने पूछा।

'बारिशों में वे दरवाजे और खिड़कियां बंद रखते हैं,' अरिष्टनेमी ने कहा।

'लेकिन तब हवा और रौशनी का क्या?'

अरिष्टनेमी ने बीच-बीच में बनी नलिकाओं की ओर इशारा किया। 'प्रत्येक चार घरों के समूह के बीच एक नलिका बनाई गई है। घर के अंदर की खिड़कियां इन नलिकाओं में खुलती हैं, जिससे हवा और रौशनी अंदर आ पाती है। बरसात का पानी इन नलिकाओं के नीचे बने नालों में इकट्ठा होता है। इन "मधुकर निवासों" के नीचे बने नाले का पानी या तो दीवारों के बाहर बने खंदक में जाता है, या नगर के अंदर बनी नहर में, जिसमें से कुछ का इस्तेमाल कृषि के लिए भी किया जाता है।'

'प्रभु परशु राम की कृपा से,' लक्ष्मण ने कहा। 'भूमिगत नाले। क्या बेहतरीन विचार है! बीमारियों को नियंत्रित करने का यह सर्वश्रेष्ठ तरीका है।'

लेकिन राम के मन में कुछ और ही चल रहा था। 'मधुकर निवास? इस क्षेत्र का क्या यही नाम है?'

'हां,' अरिष्टनेमी ने जवाब दिया।

'क्यों? क्योंकि यह मधुमक्खी के छत्ते की संरचना में बने हैं?'

'हां,' अरिष्टनेमी ने मुस्कुराते हुए कहा।

'किसी ने बड़े ही मजाकिया तरीके में यह नाम सुझाया होगा।'

'आशा है तुम्हें भी यहां आनंद आएगा, क्योंकि हम यहीं रहने वाले हैं।'

'क्या?' लक्ष्मण ने पूछा।

'राजकुमार,' अरिष्टनेमी ने क्षमा याचना करते हुए कहा। 'मधुकर निवास में मिथिला का श्रमिक वर्ग रहता है। जब हम शहर में अंदर की ओर जाते हैं, बगीचों, सड़कों, मंदिरों और व्यापारिक क्षेत्र को पार करते हुए, तो संपन्न लोगों के आवास और महल मिलते हैं, जहां शाही परिवार भी रहता है। लेकिन, जैसा कि तुम्हें पता है, गुरु विश्वामित्र तुम्हारे आगमन को गुप्त रखना चाहते हैं।'

'अगर प्रधानमंत्री को पता चल गया कि हम यहां हैं, तो हम क्या करने वाले हैं?' लक्ष्मण ने पूछा।

'प्रधानमंत्री को पता है कि विश्वामित्र अपने कुछ साथियों के साथ यहां आए हैं। उन्हें अयोध्या के राजकुमारों के बारे में कोई जानकारी नहीं है। कम से कम, अभी तक तो नहीं है।'

'हम अयोध्या के राजकुमार हैं,' लक्ष्मण ने अपनी मुट्ठी भींचते हुए कहा। 'ऐसा साम्राज्य जो सप्तसिंधु पर राज करता है। क्या यहां हमारा ऐसा सत्कार होगा?'

'हम यहां सिर्फ सप्ताह भर के लिए हैं,' अरिष्टनेमी ने कहा। 'कृपया...'

'कोई बात नहीं,' राम ने बीच में टोका। 'हम यहां रह लेंगे।'

लक्ष्मण राम की ओर मुड़े। 'लेकिन दादा...'

'लक्ष्मण, हम पहले भी साधारण कक्षों में रह चुके हैं; कुछ ही दिन की तो बात है। फिर हम घर चले जाएंगे। हमें पिताजी की इच्छा का सम्मान रखना है।'

'आशा है कि तुम दोनों यहां आराम से रह रहे हो,' विश्वामित्र ने घर में छत द्वार से प्रवेश करते हुए कहा।

दोपहर में, तीसरे प्रहर के तीसरे घंटे में, विश्वामित्र को आख़िरकार मधुकर निवास में आने का अवसर मिल पाया था। दोनों भाइयों को घर, अंदरुनी पंक्ति के अंत में मिला था, जिसके आगे बगीचे थे, जो बड़ी सीमा

में, संपन्न क्षेत्रों में पाए जाते थे। मधुकर निवास संरचना के अंत में होने के कारण, किस्मत से उनकी बाहरी दीवार की खिड़की, बगीचे की ओर खुलती थी। राम और लक्ष्मण को अभी तक नगर के अंदरुनी भाग में घूमने का अवसर नहीं मिल पाया था।

विश्वामित्र के ठहरने का इंतज़ाम, नगर के केंद्र में, शाही महल में किया गया था। कभी यह विशाल संरचना हुआ करता था, लेकिन दयालु राजा जनक ने, धीरे-धीरे महल का अधिकांश भाग ऋषियों और उनके छात्रों को विभिन्न कक्षा चलाने और रहने के लिए दे दिया था। मिथिला का दार्शनिक राजा अपनी धरती पर ज्ञान को प्रोत्साहित करना चाहता था। वह महान गुरुओं को अक्सर अपनी विरासत से बहुमूल्य भेंट प्रदान किया करता था।

'यकीनन आपसे तो कुछ कम आराम में होंगे, गुरुजी,' लक्ष्मण ने व्यंग्य से कहा। 'लगता है बस मुझे और मेरे भाई को ही गुप्त रूप से रहने की आवश्यकता थी।'

विश्वामित्र ने लक्ष्मण की बात पर ध्यान नहीं दिया।

'हम ठीक हैं, गुरुजी,' राम ने कहा। 'शायद अब समय आ गया है कि आप हमें मिथिला लाने के प्रयोजन से अवगत कराएं। हम अयोध्या लौटने को बेचैन हैं।'

'सही है,' विश्वामित्र ने कहा। 'सीधे मुद्दे की बात पर आते हैं। मिथिला के राजा ने अपनी बड़ी बेटी, सीता के लिए स्वयंवर का आयोजन किया है।'

स्वयंवर भारत की एक प्राचीन परंपरा थी। लड़की का पिता संभावित वरों को लड़की के सामने पेश करता, जिनमें से वह अपनी पसंद का वर चुनती। इसका फैसला कभी-कभी किसी प्रतियोगिता से भी किया जाता था, जिसमें विजेता के साथ कन्या का विवाह संपन्न होता।

मिथिला का नाम सप्तसिंधु के शक्तिशाली राज्यों में नहीं आता था। शक्तिशाली साम्राज्य अयोध्या और मिथिला के बीच वैवाहिक संबंध तो राजनीतिक लिहाज से भी सटीक नहीं थे। राम के पास कहने को शब्द नहीं थे, जबकि लक्ष्मण बोलने के लिए तड़प रहे थे।

'क्या हमें यहां स्वयंवर की सुरक्षा के लिए लाया गया है?' लक्ष्मण ने पूछा। 'यह तो उन मूर्ख असुरों से लड़ने से भी ज़्यादा बेतुका काम है।'

विश्वामित्र ने लक्ष्मण की ओर मुड़कर उन्हें घूरा, लेकिन इससे पहले कि वह कुछ कह पाते, राम ने कहा।

'गुरुजी,' राम ने विनम्रता से कहा, हालांकि उनका *प्रसिद्ध* धैर्य छूटने लगा था, 'मुझे नहीं लगता कि पिताजी मिथिला के साथ वैवाहिक संबंध बनाना चाहेंगे। मैंने भी शपथ ली है कि मैं राजनीतिक उद्देश्य से विवाह नहीं...'

विश्वामित्र ने राम को टोका। 'राजकुमार, स्वयंवर में भागीदारी से मना कर पाने में तुम्हें जरा देर हो गई है।'

राम तुरंत समझ गए कि वहां चल क्या रहा था। अतिमानवीय प्रयासों से ही वह अपनी विनम्रता बनाए रख पाए। 'आप मेरे पिताजी या मुझसे बात किए बिना, मेरा नाम आवेदक के रूप में कैसे दे सकते हैं?'

'तुम्हारे पिता ने मुझे तुम्हारा गुरु नियुक्त किया है। राजकुमार, तुम परंपरा से परिचित हो; पिता, मां या गुरु में से कोई एक बालक का विवाह निश्चित कर सकता है। क्या तुम कानून तोड़ना चाहते हो?'

निस्तब्ध राम अपनी जगह पर खड़े हो गए, उनकी आंखें क्रोध से जल रही थीं।

'और अगर, तुम अपना नाम दिए जाने के बाद भी, स्वयंवर में भाग न लेना चाहो, तो तुम *उष्ण स्मृति* और *हरित स्मृति* में दिए नियम को तोड़ दोगे। क्या तुम पक्का यह करना चाहते हो?'

राम एक शब्द नहीं बोले। उनका शरीर क्रोध से थरथरा रहा था। विश्वामित्र ने बड़ी ही चालाकी से उन्हें अपने जाल में फंसाया था।

'क्षमा करें,' राम कहते हुए, रुखेपन से सीढ़ियां चढ़, दरवाज़ा खोल बाहर निकल गए। लक्ष्मण ने भी अपने भाई के पीछे बाहर जाते हुए, जोर से पटककर दरवाज़ा बंद किया।

विश्वामित्र संतुष्टि से हंसे। 'वह वापस आएगा। उसके पास कोई विकल्प नहीं है। कानून स्पष्ट है।'

अरिष्टनेमी ने उदासी से दरवाज़े को देखा और फिर गुरु को, उनके पास कहने को कुछ नहीं था।

अध्याय 21

राम सीढ़ियां चढ़कर, 'भूतल' पर आ गए थे। वह एक बगीचे में गए, और जो तख्त पहले दिखाई दिया, उस पर बैठ गए। उनके अंदर तूफान मचा हुआ था। वहां से आने जाने वालों की नज़र में उनकी आंखें ज़मीन पर लगी थीं, सांस धीमी और स्थिर थी, लग रहा था जैसे वह ध्यान में बैठे हों। लेकिन लक्ष्मण अपने भाई के गुस्से को समझते थे। जितना गहरा उनके दादा का गुस्सा होता, उतना ही वह ऊपर से शांत नज़र आते। लक्ष्मण अपने भाई का दर्द महसूस कर सकते थे, उनका भाई ऐसे समय में उदासीन और दूसरों से दूर हो जाता था।

'सबको भाड़ में जाने दो, दादा!' लक्ष्मण ने गुस्से में आकर कहा। 'उन घमंडी गुरु से कह दो कि अपना रास्ता देखें, और हम सब छोड़कर चलते हैं।'

राम ने कोई प्रतिक्रिया नहीं दी। उनकी कोई कोशिका तक नहीं हिली, जिससे पता चले कि उन्होंने लक्ष्मण की बात सुनी भी थी कि नहीं।

'दादा,' लक्ष्मण ने बोलना जारी रखा। 'ऐसा भी नहीं है कि शाही परिवार में सब आपको और मुझे बहुत चाहते हों। भरत दादा को ही ये सब पचड़े संभालने दो। दूसरों को नापसंद होने का सबसे बड़ा फायदा ही यह है कि आपको दूसरों की पसंद-नापसंद से कुछ लेना नहीं होता।'

'मुझे दूसरों की राय की परवाह नहीं है,' राम ने आश्चर्यजनक रूप से शांत आवाज़ में कहा। 'लेकिन यह कानून का सवाल है।'

'यह हमारा कानून नहीं है। हमारा नहीं है। उसे भूल जाओ!'

राम ने कहीं दूर अपनी नज़रें जमा दीं।

'दादा...' लक्ष्मण ने अपना हाथ राम के कंधे पर रखते हुए कहा।

राम का शरीर विरोध में तन गया था।

'दादा, आपका जो भी फैसला होगा, मैं उसमें आपका साथ दूंगा।'

उनका कंधा कुछ ढीला पड़ा। राम ने आख़िरकार अपने दुखी भाई को देखा। वह मुस्कुराए। 'चलो, नगर का चक्कर लगाते हैं। मुझे अपना मन हल्का करना होगा।'

मधुकर निवास से परे, मिथिला नगर अपेक्षाकृत ज़्यादा व्यवस्थित था, अच्छे से बने हुए मार्ग, आलीशान भवन, आलीशान तो बस कहने की बात है, अन्यथा अयोध्या की वास्तुकला की तुलना में तो वे कहीं नहीं ठहरते। खुरदरे, रंगहीन कपड़ों में घूम रहे दो भाई, वहां के निवासियों को नज़र भी नहीं आ रहे थे।

बेमकसद भटकते हुए वे मुख्य बाज़ार क्षेत्र में पहुंचे, जो बड़े, वर्गाकार में बना हुआ था। इसके एक ओर पत्थर की पक्की दुकानें बनी थीं, जिनमें सामने की तरफ अस्थायी फेरी वाले बैठे थे, जहां कम कीमत का सामान मिलने की उम्मीद रहती। फेरीवालों की छोटी-छोटी दुकानों को, बांस लगाकर, सुंदर कपड़ों से सजाया गया था। उन्हें इस तरह से व्यवस्थित किया गया था कि वहां चलने वालों को सहजता रहे।

'दादा,' लक्ष्मण ने एक आम उठाते हुए कहा। वह जानते थे कि उनके भाई को फल पसंद थे। 'ये ज़रूर शुरुआती फसल के होंगे। स्वाद में बेहतरीन तो नहीं होंगे, लेकिन आम तो आम ही होता है न!'

राम मद्धम से मुस्कुरा दिए। लक्ष्मण ने तुरंत दो आम खरीद लिए, एक राम को दिया और दूसरे को हाथ से मसलते हुए, उसका ऊपरी भाग निकाल दिया और फिर पूरे जोश से उसे चूसना शुरू किया। इससे राम को हंसी आ गई।

लक्ष्मण ने उन्हें देखा। 'अगर आम को चूसकर नहीं खाया, तो क्या खाया?'

राम ने अपने आम को देखा और अपने भाई की तरह ही सड़प की आवाज़ करते हुए चूसने लगे। लक्ष्मण ने पहले खत्म किया और राम ने समय रहते उन्हें आम की गुठली फुटपाथ पर गिराने से रोक दिया। 'लक्ष्मण...'

लक्ष्मण ने ऐसे दिखाया, मानो वह ऐसा नहीं करने वाले थे, और आगे बढ़ते हुए, गुठली को सावधानी से कूड़ेदान में डाल दिया। राम ने भी ऐसा ही किया। जब वो वापस अपने कक्ष में जाने के लिए मुड़ ही रहे थे, तो उन्हें उसी पंक्ति में आगे कुछ शोर सुनाई दिया। वे तेज़ क़दमों से चलते हुए भीड़ तक पहुंचे।

उन्हें गुस्से में बोला गया एक तेज़ स्वर सुनाई दिया। 'राजकुमारी सीता! इस लड़के को छोड़ दो!'

जवाब में स्त्री का दृढ़ स्वर सुनने में आया। 'मैं नहीं छोड़ूंगी!'

राम ने हैरानी से लक्ष्मण को देखा।

'चलकर देखते हैं कि हो क्या रहा है,' लक्ष्मण ने कहा।

राम और लक्ष्मण तुरंत भीड़ को हटाते हुए आगे बढ़ने लगे। जब उन्होंने भीड़ की आख़री पंक्ति पार की, तो वे एक खुले क्षेत्र में आ गए, शायद वर्गाकार के केंद्र में। वह कोने की छोटी दुकान के पास खड़े हो गए, जहां से उन्हें लड़के की कमर दिखाई दे रही थी, जो शायद सात-आठ साल का रहा होगा। उसके हाथ में एक फल था और वह एक महिला के पीछे खड़ा था, जिसकी पीठ इधर से दिखाई दे रही थी। उसके सामने गुस्साई भीड़ खड़ी हुई थी।

'वह राजकुमारी सीता हैं?' लक्ष्मण ने पूछते हुए राम की ओर मुड़कर देखा। भाई का चेहरा देखते ही उनकी सांस मानो रुक गई। समय जैसे कहीं ठहर गया था, और लक्ष्मण इस अभूतपूर्व पल के गवाह बनने जा रहे थे।

राम बस एकटक उधर देख रहे थे, उनका चेहरा शांत था। लक्ष्मण को अपने भाई के सांवले चेहरे पर हल्की लालिमा दिखाई दी; उनका दिल यकीनन तेज़ी से धड़क रहा था। सीता उनकी ओर पीठ किए खड़ी थीं, लेकिन राम देख सकते थे कि वह मिथिला की सामान्य नारियों से लंबी थीं, क़द में तकरीबन राम के जितनी ही। वह देवी मां की सेना की योद्धा समान लग रही थीं, दुबले लेकिन मज़बूत शरीर की स्वामिनी। गेंहुई रंगत; उन्होंने दूधिया रंग की धोती और सफेद अंगिया पहनी थी। दाहिने कंधे पर पड़े उनके अंगवस्त्र का एक सिरा धोती में लगा था, तो दूसरा उनके बायें हाथ में लिपटा हुआ था। राम ने ध्यान दिया कि उनकी कमर में एक छोटी म्यान बंधी थी, जिसमें से चाकू नदारद था। उन्हें बताया गया था कि सीता उम्र में उनसे कुछ बड़ी थीं—वह पच्चीस वर्ष की थीं।

राम को अजीब सी बेचैनी महसूस हुई, उनका मन सीता का मुख देखने को बेसब्र हुआ जा रहा था।

'राजकुमारी सीता!' एक आदमी चिल्लाया, वह संभवतः भीड़ का मुखिया होगा। उनके शानदार वस्त्र इंगित कर रहे थे कि यह संपन्न लोगों का समूह होगा। 'मधुकर निवास की इस गंदगी को आपने बहुत बचा लिया! अब इसे हमारे हवाले कर दो!'

'इसे सजा कानून देगा!' सीता ने कहा। 'तुम लोग नहीं!'

राम हल्के से मुस्कुरा दिए।

'वह चोर है! हम सब यह जानते हैं। हम यह भी जानते हैं कि आपका कानून किसका पक्ष लेगा। इसे अभी हमारे हवाले कर दो!' आदमी भीड़ से थोड़ा आगे आ गया था। माहौल में तनाव था; कोई नहीं जानता था कि अब क्या होने वाला था। किसी भी पल हालात नियंत्रण से बाहर जा सकते थे। भीड़ के साथ मिलकर कायर भी सीमा पार कर जाते हैं।

सीता का हाथ धीरे-धीरे अपनी म्यान पर पहुंच चुका था, जहां चाकू होना चाहिए था। उनके हाथ ने आसपास टटोला। राम बड़े मन से देख रहे थे: कोई त्वरित हरकत नहीं, कोई घबराहट नहीं, यह जानने के बावजूद भी कि उनका हथियार उनके पास नहीं था।

सीता ने उसी अंदाज़ में कहा। 'कानून कोई भेदभाव नहीं करता। लड़के को सजा ज़रूर मिलेगी। अगर तुमने बीच में दखल देने की कोशिश की, तो तुम्हें भी नहीं बख्शा जाएगा।'

राम सम्मोहित थे। *वह कानून की अनुयायी हैं...*

लक्ष्मण मुस्कुराए। उन्होंने नहीं सोचा था कि उनके भाई की तरह और कोई भी कानून का इतना दीवाना हो सकता है।

'बस, बहुत हो गया!' आदमी चिल्लाया। उसने भीड़ को देखकर हाथ हिलाते हुए कहा। 'वह अकेली हैं! हम बहुत सारे हैं! चलो, आगे बढ़ो!'

'लेकिन वह राजकुमारी हैं!' पीछे से किसी ने डरते हुए तर्क दिया।

'नहीं, वह नहीं हैं!' आदमी चिल्लाया। 'वह राजा जनक की असली बेटी नहीं हैं। वह गोद ली हुई बेटी हैं!'

सीता ने तुरंत लड़के को एक तरफ़ हटाया, अपने क़दम पीछे करते हुए, पैर से दुकान के पास लगा बांस ज़मीन पर गिरा दिया। सीता ने पैर मारकर

उसे उछाला, और बड़ी लय से अपने सीधे हाथ में पकड़ लिया। वह दक्षता के साथ बांस को अपने हाथ में घुमाने लगीं, उसकी गति को इतना बढ़ाया कि उसमें से चाबुक मारने जैसी डरावनी आवाज़ आने लगी। भीड़ का मुखिया अपनी जगह पर जम गया।

'दादा,' लक्ष्मण फुसफुसाए। 'हमें आगे जाना चाहिए।'

'नहीं, हालात अभी उनके नियंत्रण में हैं।'

सीता ने बांस को घुमाना बंद करके, बांस को अपनी बगल में दबाया, हमले के लिए पूरी तरह तैयार। 'शांति से अपने घर लौट जाओ, किसी को कुछ नहीं होगा। लड़के को कानून के हिसाब से सजा दी जाएगी; न कम, न ज़्यादा।'

समूह का मुखिया अपना चाकू निकालकर, धीरे-धीरे आगे बढ़ने लगा। सीता कुछ पीछे को हटीं, क्योंकि वह तेज़ी से चाकू को घुमा रहा था। उसी पल सीता ने एक क़दम पीछे लेकर, खुद को स्थिर किया, फिर एक घुटने पर झुकते हुए, दोनों हाथों से बांस को घुमाया। औज़ार ने आदमी के घुटने के पीछे तेज़ी से वार किया। उसके गिरने से पहले ही सीता ने अपना भार दूसरे पैर पर स्थानांतरित किया, और उसके पैरों पर एक और प्रहार किया। जब वह तेज़ी से पीठ के बल गिरा, तो सीता ने तुरंत उठते हुए, बांस को उठाकर, सीधे उसके सीने पर वार किया; एक घातक प्रहार। राम को तेज़ी से पसलियां टूटने की ध्वनि सुनाई दी।

सीता ने बांस को उठाकर, फिर से अपने बगल में लगा लिया; अपने बाएं हाथ को खींचते हुए, उन्होंने पैर खोलकर संतुलन बनाया और फिर धीरे से घूमते हुए कहा। 'और कोई?'

भीड़ एक क़दम पीछे हट गई। अपने मुखिया की ऐसी हालत देखकर, उनका जोश ठंडा पड़ गया था। सीता ने फिर दृढ़ता से कहा। 'क्या और कोई अपनी पसलियां तुड़वाना चाहता है, वो भी मुफ्त में?'

सब पीछे मुड़कर जाने लगे, पीछे वाले लोग तो ऐसे गायब हुए, मानो वहां थे ही नहीं।

सीता ने राम के दाहिनी ओर खड़े आदमी को बुलाया, और ज़मीन की ओर पड़े शख्स की ओर इशारा करके कहा। 'कौस्तव! कुछ आदमियों को साथ लेकर विजय को अयुरालय पहुंचा दो। मैं वहां बाद में उससे मिलूंगी।'

कौस्तव और उसके सहायक जल्दी से आगे बढ़े। जब वह मुड़ीं, तो

राम आख़िरकार उनका मुख देख पाए। अगर समस्त ब्रह्मांड ने अपने सारे गुणों—कोमल सौंदर्य और उद्दंड संकल्प—को लेकर किसी स्त्री का चेहरा बनाया होता, तो वह यकीनन यही होता। गोल चेहरे की रंगत बाकी शरीर से जरा हल्की थी; उभरे हुए गाल, छोटी लेकिन तीक्ष्ण नाक; होंठ न तो ज़्यादा पतले थे, न मोटे; मध्यम आकार की चंचल आंखें; पलकों पर खूबसूरत मोड़ बनाती, धनुषाकार भौंहें, और आंखों का निर्मल तेज मानो अनकही बात को कह रहा था। कनपटी के दाहिनी ओर बना हल्का सा जन्म-चिन्ह उस आकर्षक और बेदाग चेहरे को कुछ वास्तविक बना रहा था। सीता में कुछ-कुछ पहाड़ी लोगों की झलक थी; जिन्हें राम ने बचपन में काठमांडू घाटी के सफर के दौरान देखा था। रेशमी काले बालों की चोटी गूंथकर, उन्हें जूड़े के रूप में लपेटा गया था। उनके शरीर पर युद्ध के गर्वित निशान भी थे।

'दादा...' लक्ष्मण की मद्धम सी आवाज़ मीलों दूर से आती जान पड़ रही थी। यकीनन वह राम के कानों तक नहीं पहुंच पा रही थी।

राम ऐसे खड़े थे, मानो वह संगमरमर के बने हों। लक्ष्मण अपने भाई को अच्छी तरह जानते थे; जितना ज़्यादा उनका चेहरा जड़ होता, उनके भीतर उतना ही बड़ा तूफान उमड़ रहा होता।

लक्ष्मण ने राम का कंधा छुआ। 'दादा...'

लेकिन राम ने कोई प्रतिक्रिया नहीं दी। वह पूरी तरह सम्मोहित थे। लक्ष्मण ने अपना ध्यान सीता पर केंद्रित किया।

उन्होंने बांस फेंककर, उस चोर बालक का हाथ पकड़ लिया था। 'चलो।'

'स्वामिनी,' लड़के ने गुहार लगाई। 'मुझे माफ कर दो। ऐसा आख़री बार हुआ है। मैं सच में क्षमा प्रार्थी हूं।'

लड़के का हाथ पकड़कर, सीता तेज़ क़दमों से राम और लक्ष्मण की ओर बढ़ीं। लक्ष्मण ने राम की कोहनी पकड़कर, उन्हें एक तरफ़ खींचने की कोशिश की। लेकिन राम तो किसी दूसरी ही शक्ति के नियंत्रण में थे। भावविहीन चेहरा, जड़ शरीर, अपलक टकटकी और सांसें सामान्य। हलचल मात्र हवा से उड़ते उनके अंगवस्त्र में थी; जो उनकी स्थिरता में अतिरंजित प्रतीत हो रही थी।

पूरी तरह से काबू खोकर, राम का सिर मानो खुद ब खुद झुक गया।

यह दृश्य देखकर लक्ष्मण की सांस रुक गई और उनका मुंह खुला

का खुला रह गया। उन्होंने कभी नहीं सोचा था कि उन्हें यह दिन देखने को मिलेगा; आख़िरकार, वो कौन सी महिला होगी, जो उनके भाई जैसे इंसान की सराहना और प्रेरणा का स्रोत बन सकेंगी? वो किसका प्रेम होगा, जो उनके भाई के कर्तव्यपरायण और अनुशासन को समझने वाले दिलो-दिमाग़ में हलचल मचा देगा? ऐसा आदमी जिसका मकसद ही दूसरों का सिर सम्मान से उठाना है, क्या उसका सिर किसी के सामने झुक पाएगा?

एक प्राचीन कविता की पंक्ति उनके मन में आई; वह पंक्ति जो उनका रुमानी दिल अक्सर गुनगुनाता था। लेकिन उन्होंने कभी नहीं सोचा था कि यह पंक्ति उनके गंभीर बड़े भाई पर भी कभी सटीक बैठेगी।

कुछ ऐसी बात उसमें है, जिसने धागे की तरह माला के सब मोतियों को पिरो लिया। वो ही सब संभाले है।

लक्ष्मण जान गए थे कि उनके भाई को अब वह धागा मिल गया था, जो उनके जीवन के बिखरे हुए मनकों को संभाल लेगा।

कठोर नियंत्रण में रहने वाला राम का दिल, जिसे कभी मुक्त रूप से धड़कने की इजाजत तक नहीं थी, जान गया था कि उसे उसका साथी मिल गया था। दिल ने सीता को पा लिया था।

उस निस्तब्धता में सीता दो अजनबियों को अपने रास्ते में खड़े देख हैरान रह गईं; एक खासा लंबा, लेकिन प्यारा था, और दूसरा अपने सामान्य कपड़ों में कुछ ज़्यादा ही आकर्षक लग रहा था। अजीब था, पता नहीं क्यों वह अजनबी उनके सामने सिर झुका रहा था।

'मेरे रास्ते से हटो!' कहते हुए सीता राम के पास से निकल गईं।

राम एक तरफ़ हटे, लेकिन वह उससे पहले ही वहां से जा चुकी थीं, चोर-बालक को खींचते हुए।

लक्ष्मण ने तुरंत आगे आकर, राम की पीठ पर हाथ रखा। 'दादा...'

राम सीता को देखने के लिए मुड़े नहीं। वह हैरान से खड़े थे, जैसे उनका अनुशासित दिमाग़ हाल ही की घटना को परख रहा हो; उनके दिल ने यह क्या कर दिया था। वह बहुत चकित थे; खुद से ही।

'उम्म, दादा...' लक्ष्मण ने मुस्कुराते हुए कहा।

'हम्म?'

'दादा, वह चली गईं। अब आप अपना सिर उठा सकते हो।'

राम ने अब लक्ष्मण को देखा, उनके चेहरे पर एक छिपी सी मुस्कान थी।

'दादा!' लक्ष्मण ठहाका लगाते हुए आगे बढ़े और अपने भाई को बांहों में भर लिया। राम ने लक्ष्मण की पीठ थपथपाई। लेकिन उनका मन बेचैन था।

लक्ष्मण राम से अलग होकर बोले, 'वह बहुत अच्छी भाभी बनेंगी!'

राम ने त्यौरी चढ़ाते हुए, लक्ष्मण के उत्साह को नकारने का प्रयास किया। वह कैसे एक राजकुमारी को भाभी कह रहा था।

'मुझे लगता है अब हमें स्वयंवर में जाना ही होगा,' लक्ष्मण ने आंख मारते हुए कहा।

'अभी अपने कक्ष में वापस चलते हैं,' राम ने शांत लहजे में कहा।

'ठीक है!' लक्ष्मण ने हंसते हुए कहा। 'हमें इसके बारे में परिपक्वतापूर्ण आचरण करना होगा! एकदम गंभीरता से! शांत! नियंत्रित! उदासीन! दादा, मैं कोई शब्द भूल तो नहीं रहा?!'

राम अपने चेहरे को भावहीन रखने का प्रयास कर रहे थे; लेकिन इस बार मामला कुछ और ही था। उन्होंने आख़िरकार अपनी खुशी को बाहर आने दिया; उनके चेहरे पर खूबसूरत मुस्कान खिल आई।

दोनों भाई मधुकर निवास की ओर बढ़ गए।

'आख़िरकार, हमें अरिष्टनेमी जी को बता देना चाहिए कि आप अपनी इच्छा से स्वयंवर में भाग लेंगे!' लक्ष्मण ने कहा।

लक्ष्मण से कुछ क़दम पीछे रहकर राम एक और बार मुस्कुराए। उनके दिमाग़ ने हालात को समझना शुरू कर दिया था। उनके दिल ने उनके साथ गजब खेल खेला था।

'यह तो अच्छी खबर है,' अरिष्टनेमी ने कहा। 'मुझे खुशी हुई यह जानकर कि तुम कानून का पालन करने वाले हो।'

राम ने गंभीरता बनाए रखी। लेकिन लक्ष्मण तो अपनी मुस्कुराहट रोक ही नहीं पा रहे थे।

'हां, बिल्कुल, अरिष्टनेमी जी,' लक्ष्मण ने कहा। 'हम कानून की अवहेलना कैसे कर सकते हैं? वो भी उस कानून की, जो दो-दो स्मृतियों में

दर्ज है!'

अरिष्टनेमी ने त्यौरी चढ़ाई, वह लक्ष्मण के यूं अचानक पलट जाने को समझ नहीं पा रहे थे। उन्होंने उन्हें अनदेखा कर राम को संबोधित किया। 'मैं अभी गुरुजी को बता देता हूं कि तुम स्वयंवर में भाग लेने के लिए तैयार हो।'

'दादा!' लक्ष्मण ने दौड़ते हुए कक्ष में आकर कहा।

राम को सीता को देखे हुए पांच दिन हो गए थे। और दो दिनों बाद स्वयंवर था।

'क्या हुआ?' राम ने ताम्र पांडुलिपि को एक ओर हटाते हुए कहा। वह पांडुलिपि पढ़ रहे थे।

'मेरे साथ चलो, दादा,' लक्ष्मण ने राम का हाथ पकड़कर, खींचते हुए कहा।

'क्या है, लक्ष्मण?' राम ने एक बार फिर पूछा।

वे मधुकर निवास की छत से, सड़क पर जा रहे थे। वे नगर से बाहर की ओर बढ़ रहे थे। मधुकर निवास का यह भाग, किले की अंदरुनी दीवार से सटा हुआ था, जहां से नगर की बाहरी दीवार और उसके परे का अद्भुत दृश्य दिखाई पड़ता था। वहां बहुत से लोग जमा हो आए थे, उनमें से कुछ इशारे करके एक-दूसरे से बात कर रहे थे।

'लक्ष्मण... तुम मुझे कहां ले जा रहे हो?'

उन्होंने जवाब नहीं दिया।

'एक तरफ़ हटो,' लक्ष्मण ने अपने मार्ग में आने वाले लोगों को हटाते हुए कहा, वह भीड़ को हटाते हुए, राम को लेकर आगे बढ़ रहे थे। उनके विशाल क़द की वजह से लोग तुरंत राह से हटने लगे, और जल्द ही दोनों भाई दीवार के नजदीक पहुंच गए।

जैसे ही वे किनारे पर पहुंचे, सामने के दृश्य ने राम का ध्यान आकर्षित कर लिया। बाहरी दीवार और खंदक के परे, जंगल के साथ-साथ एक छोटी सी सेना बेहद अनुशासित ढंग से आगे बढ़ रही थी। उनके साथ नियमित

अंतराल पर दस ध्वजवाहक चल रहे थे, जिन्होंने अपनी ध्वजा को ऊंचा उठाया हुआ था। कुछ ही पलों में, जंगल से निकलकर सिपाहियों की लहर, स्पष्ट पंक्तियों में खड़ी हो गई। हर समूह में लगभग हज़ार सिपाही थे, और हज़ार-हज़ार सिपाहियों के दस समूह थे। उन्होंने सतर्कता से अपने बीच खासी बड़ी जगह को खाली छोड़ दिया था।

राम ने ध्यान दिया कि सिपाहियों की धोतियां उसी रंग की थीं, जैसा उनकी ध्वजा का रंग था। उन्होंने अनुमान लगाया कि वहां लगभग दस हज़ार सिपाही मौजूद रहे होंगे। वो संख्या में बहुत ज़्यादा तो नहीं थे, लेकिन मिथिला जैसे नगर को परेशान करने के लिए पर्याप्त थे।

'इस सेना को किस साम्राज्य ने भेजा है?' राम ने पूछा।

'यह सेना नहीं है,' लक्ष्मण के पास खड़े एक आदमी ने कहा। 'यह अंगरक्षकों का दल है।'

राम उस आदमी से दूसरा सवाल पूछने ही जा रहे थे कि उन सबका ध्यान शंख के गुंजायमान स्वर की ओर खिंचा। एक पल बाद, उस आवाज़ को दबाते हुए एक और आवाज़ सुनाई दी, जो राम ने पहले कभी नहीं सुनी थी। ऐसा लग रहा था, जैसे कोई विशाल दानव, बड़ी सी तलवार से हवा में जबरदस्त प्रहार कर रहा था।

लक्ष्मण ने आवाज़ की दिशा समझते हुए ऊपर देखा। 'यह क्या...'

भीड़ ने भी चकित होकर देखा। यह ज़रूर लंका के राजा का पुष्पक विमान था, जो हवा में उड़ सकने में समर्थ था। यह बड़ा दैत्यकार वाहन था, जो कुछ अनजान धातुओं से निर्मित था। वाहन के ऊपर धातु की बड़ी-बड़ी पत्तियां लगी थीं, जो तेज़ी से दाएं से बाईं ओर, गोलाकार में घूमती थीं। ऐसे ही घूमने वाली, छोटी-छोटी पत्तियां वाहन के नीचे, हर दिशा में लगी हुई थीं। वाहन में कई सारे छेद थे, जिन पर मोटा शीशा चढ़ा हुआ था।

वाहन का शोर हाथियों की उन्मादी चिंघाड़ को भी दबा सकता था। पेड़ों के पास मंडराते हुए वह आवाज़ और तीव्र हो गई। जब पुष्पक विमान नीचे आने लगा, तो विमान की खिड़कियों पर, अंदर से धातु की परत चढ़ाकर, अंदर के दृश्य को पूरी तरह से प्रतिबंधित कर दिया गया। भीड़ ने अपने कानों पर हाथ रखते हुए, इस अद्‌भुत दृश्य को देखकर आह भरी। ऐसा ही लक्ष्मण ने भी किया। लेकिन राम ने नहीं। वह विमान को अंदर उबलते हुए गुस्से से देख रहे थे। वह जानते थे कि वह विमान किसका था। वह जानते थे कि उसमें

कौन था। वही आदमी जो उनके पैदा होने से पहले ही, उनकी सारी संभावित खुशियों को नष्ट कर चुका था। वह भीड़ के मध्य यूं खड़े थे, मानो अकेले हों। उनके नेत्र गुस्से से जल रहे थे।

धातु के पंखों की आवाज़ विमान के उतरते समय कुछ कम होने लगी। पुष्पक विमान खाली की हुई निर्धारित जगह पर उतरा, जिसके आसपास लंका के सिपाही खड़े थे। मधुकर निवास के मिथिलावासी उत्साह में ताली बजाने लगे, जबकि लंका के सिपाहियों ने उन पर ऐसे ध्यान नहीं दिया, जैसे वो हैं ही नहीं। वे एकदम सीधे खड़े थे, अपनी निर्धारित जगहों पर, पूरी तरह अनुशासित।

कुछ पल बाद, शंक्वाकार विमान का एक भाग, दरवाज़े के रूप में खुला। दरवाज़ा कुछ खिसका और एक दैत्याकार आकृति उसमें से उभरी। वह बाहर आया, और सामने की जगह का मुआयना किया। लंका का एक अधिकारी उसके सामने आया, और जोश से उसका अभिवादन किया। उन्होंने आपस में कुछ बात की, और उस दैत्याकार आदमी ने एक नज़र उस दीवार पर डाली, जहां भारी संख्या में दर्शक खड़े थे। एकाएक वह मुड़ा और वापस विमान की ओर चला गया। कुछ पल बाद, वह दोबारा बाहर आया, और इस बार उसके साथ एक दूसरा आदमी भी बाहर आया।

दूसरा आदमी, पहले से क़द में कुछ छोटा था, लेकिन औसतन मिथिलावासी से लंबा; लगभग राम जितना लंबा। लेकिन राम के पतले शरीर से भिन्न यह लंकावासी भारी-भरकम था। उसकी सांवली त्वचा, बड़ी-बड़ी मूंछें, घनी दाढ़ी और फुंसियों से भरा चेहरा उसे भयानक बना रहा था। उसने बैंगनी रंग की धोती और अंगवस्त्र पहन रखे थे; यह रंग सप्तसिंधु के सबसे महंगी रंगाई में आता था। उसने दो लंबे, मुड़े हुए सींगों वाला मुकुट धारण किया हुआ था। चलते हुए वह थोड़ा झुकता था।

'रावण...' लक्ष्मण फुसफुसाए।

राम ने कोई जवाब नहीं दिया।

लक्ष्मण ने राम को देखा। 'दादा...'

राम ख़ामोश थे, वह ध्यानपूर्वक लंका नरेश को देख रहे थे।

'दादा,' लक्ष्मण ने कहा। 'हमें चलना चाहिए।'

राम ने लक्ष्मण को देखा। उनकी आंखों में आग थी। फिर उन्होंने मिथिला की बाहरी दीवार के पार खड़े लंकावासियों पर नज़र डाली।

अध्याय 22

'कृपया मत जाइए,' अरिष्टनेमी ने विनती की। 'गुरुजी भी तुम्हारे जितना ही परेशान हैं। हम नहीं जानते कि रावण यहां क्यों और किसलिए आया है। लेकिन गुरुजी सोचते हैं कि नगर की दीवारों के भीतर तुम सुरक्षित रहोगे।'

राम और लक्ष्मण मधुकर निवास के अपने कमरे में बैठे थे। अरिष्टनेमी अयोध्या के राजकुमारों के पास विश्वामित्र की अपील लेकर पहुंचे थे: *कृपया मत जाइए।* रावण ने मिथिला की दीवारों के बाहर शिविर लगा लिया था। वह खुद नगर में नहीं आया था, बल्कि उसने अपने कुछ दूतों को भेजा था। वे सीधे महल में राजा जनक और उनके छोटे भाई राजा कुशध्वज से बात करने पहुंचे; कुशध्वज अपनी भतीजी के स्वयंवर में पहुंचे थे।

'आपके गुरुजी क्या सोचते हैं, इसकी चिंता मुझे क्यों करनी चाहिए?' लक्ष्मण ने गुस्से से पूछा। 'मुझे बस अपने बड़े भाई की परवाह है! कोई भी नहीं जानता कि लंका का यह दानव क्या करेगा! हमें जाना होगा! अभी!'

'कृपया इस पर ठंडे दिमाग़ से सोचिए। तुम अकेले जंगल में कैसे सुरक्षित रह पाओगे? तुम लोग नगर की दीवारों के भीतर सुरक्षित हो। यहां तुम्हारी सुरक्षा के लिए मलयपुत्र तत्पर हैं।'

'हम यहां बैठे रहकर, किसी अनहोनी का इंतज़ार नहीं कर सकते। मैं अभी अपने भाई के साथ जा रहा हूं। आप मलयपुत्रों को जो करना है, वो करो!'

'राजकुमार राम,' अरिष्टनेमी राम की ओर मुड़े, 'कृपया मेरा भरोसा कीजिए। मैं आपके हित में ही सुझाव दे रहा हूं। स्वयंवर से पीछे मत हटिए।

इस नगर को छोड़कर मत जाइए।'

राम बाहर से शांत थे, हमेशा की तरह, लेकिन फिर भी अरिष्टनेमी एक भिन्न ऊर्जा को महसूस कर पा रहे थे; जबकि राम का निजी ठहराव अनुपस्थित था।

अगर राम खुद से ईमानदारी से कहें, तो वह मानेंगे कि उन्हें बहुत से लोगों ने ठेस पहुंचाई थी, उनसे अगर वह नफरत नहीं करते थे, तो कम से कम परेशान तो हुए थे। रावण ने, आख़िरकार, अपना काम ही तो किया था; उसने लड़कर वह युद्ध जीता था। यद्यपि बालपन में राम इसकी बुद्धिसंगत व्याख्या कर पाने में समर्थ नहीं थे। तो ऐसे अकेले और दुखी बालक ने अपने पिता में आए कठोर बदलाव का सारा भार उस राक्षस पर डाल दिया। उसने मान लिया कि उसी की वजह से उनके पिता उनसे प्रेम नहीं करते। बच्चे के रूप में, राम ने अपने सारे दुर्भाग्य का जिम्मेदार रावण को माना; कि अगर उस बदकिस्मत दिन रावण करछप का युद्ध नहीं जीतता, तो राम को यह सब सहन नहीं करना पड़ता।

रावण के लिए जो क्रोध राम की बचपन की यादों से भर गया था—वह अत्यधिक और बेवजह था।

अरिष्टनेमी राम और लक्ष्मण को अकेला छोड़कर, विश्वामित्र से मिलने के लिए अतिथि निवास में गए।

'दादा, मेरा विश्वास करो, चलो यहां से भाग चलते हैं,' लक्ष्मण ने कहा। 'यहां लंका के दस हज़ार सिपाही हैं। मैं आपको बता रहा हूं कि अगर बात बल प्रयोग की आई, तो मिथिलावासी और मलयपुत्र रावण के ही पक्ष में हो जाएंगे।'

राम कक्ष में मौजूद एकमात्र खिड़की से बाहर बगीचे में देख रहे थे।

'दादा,' लक्ष्मण ने ज़ोर देते हुए कहा। 'हमें अभी भाग चलना चाहिए। मुझे पता चला है कि नगर की दीवारों के दूसरी ओर, एक और द्वार है। मलयपुत्रों के अलावा कोई नहीं जानता कि हम यहां हैं। हम शांति से भाग सकते हैं, और फिर अयोध्या की सेना की साथ यहां धावा बोल देंगे। हम उस बदजात रावण को सबक ज़रूर सिखाएंगे, लेकिन अभी हमें भाग चलना चाहिए।'

राम लक्ष्मण की ओर मुड़े और ठहराव से बोले। 'हम इक्ष्वाकु के वंशज हैं, रघुवंशी। हम भागेंगे नहीं।'

'दादा...'

तभी दरवाज़े पर हुई दस्तक से उनकी बातों में दखल पड़ा। उन्होंने तुरंत राम पर नज़र डाली और अपनी तलवार खींच ली। राम ने त्यौरी चढ़ाई। 'लक्ष्मण, अगर कोई वास्तव में हमें मारना चाहता, तो वह दस्तक नहीं देता। वह बस अंदर घुस आता। यहां छिपने के लिए कोई जगह नहीं है।'

लक्ष्मण लगातार दरवाज़े को घूर रहे थे, वह तय नहीं कर पा रहे थे कि तलवार को म्यान में रखें या नहीं।

'लक्ष्मण, दरवाज़ा खोलो,' राम ने कहा।

लक्ष्मण छत की ओर बना दरवाज़ा खोलने के लिए सीढ़ियों पर चढ़े। उन्होंने हमले के लिए तैयार तलवार, एक ओर कर ली। तभी दरवाज़े पर दोबारा दस्तक हुई, इस बार और तेज़। लक्ष्मण ने दरवाजा खोला, तो सामने समिचि को खड़ा पाया, मिथिला की नागरिक सुरक्षा अधिकारी, वह उन्हीं को देख रही थी। वह लंबे क़द की, छोटे बालों वाली, सांवली रंगत की मज़बूत महिला थी। उसके शरीर पर युद्ध के निशान शोभित थे। उसने हरे रंग की धोती और अंगिया पहनी हुई थी। उसके हाथ में चमड़े का बाजूबंद था, और कमर पर चमड़े के कमर-पेटी; जहां उसने बड़ी सी तलवार लटका रखी थी।

लक्ष्मण ने तलवार पर अपनी पकड़ मज़बूत कर ली। 'नमस्ते, अधिकारी समिचि। आपका यहां कैसे आना हुआ?' उन्होंने रुखाई से पूछा।

समिचि दबी हंसी हंसते हुए बोली। 'युवक, अपनी तलवार को वापस म्यान में रख लो।'

'मुझे क्या करना चाहिए और क्या नहीं, इसका फैसला मुझ पर छोड़ दीजिए। आपका यहां क्या काम है?'

'प्रधानमंत्री आपके बड़े भाई से मिलना चाहती हैं।'

लक्ष्मण चौंक गए। वह राम की ओर मुड़े, उन्होंने उन लोगों को अंदर आने देने का संकेत दिया। लक्ष्मण ने तुरंत अपनी तलवार म्यान में डाल दी, और थोड़ा पीछे हटते हुए, आगंतुकों को रास्ता दिया। समिचि सीढ़ियों से नीचे उतरी, और उसके पीछे सीता आईं। जब सीता दरवाज़े से नीचे आ रही थीं, तो उन्होंने अपने पीछे कुछ इशारा किया। 'उर्मिला, वहीं रुको।'

लक्ष्मण ने तुरंत ऊपर उर्मिला को देखने की कोशिश की, जबकि राम

नीचे मिथिला की प्रधानमंत्री के अभिनंदन के लिए खड़े थे। दोनों महिलाएं सहजता से नीचे उतर आईं, लेकिन लक्ष्मण वहीं सीढ़ियों पर खड़े, बाहर के दृश्य से आनंदित हो रहे थे। उर्मिला अपनी बड़ी बहन सीता से क़द में छोटी थी। उनकी रंगत साफ थी, दूध की तरह निर्मल। संभवत: वह अधिकांश समय घर में रहा करती थी, सूरज से दूर। उनके गोल, बालसुलभ चेहरे पर बड़ी-बड़ी आंखों का नियंत्रण था, जिससे उनमें मधुर, बच्चों की सी मासूमियत झलकती थी। योद्धा समान अपनी बहन से भिन्न, उर्मिला बेहद नाजुक और मासूम थीं। उनके बालों को सलीके से जूड़े में बांधा गया था। आंखों का काजल उनकी सुंदरता को और बढ़ा रहा था; होंठ कुछ उभरे हुए थे। उनके कपड़े सजीले, लेकिन शानदार थे: लाल धोती के साथ पहनी हुई गुलाबी अंगिया वस्त्रों की खूबसूरती और बढ़ा रही थी—उनकी धोती सामान्य से कुछ ज़्यादा लंबी, घुटनों से नीचे थी। करीने से तहाया हुआ अंगवस्त्र उनके कंधों पर सुशोभित था। पायल और बिछुए उनके प्यारे पैरों को और मोहक बना रहे थे, जबकि अंगूठी और कंगन हाथों की शोभा बढ़ा रहे थे। लक्ष्मण पूरी तरह से सम्मोहित हो चुके थे। उर्मिला ये बात भांप गईं, वह हल्के से मुस्काई और दुविधा में इधर-उधर देखने लगीं।

सीता ने मुड़कर लक्ष्मण को उर्मिला की ओर देखते हुए देख लिया। उन्होंने वह देख लिया था, जो राम नहीं देख पाए थे।

'लक्ष्मण, दरवाज़ा बंद कर दो,' राम ने कहा।

लक्ष्मण ने बेमन से आदेश माना।

राम सीता की ओर मुड़े। 'राजकुमारी, मैं आपकी क्या मदद कर सकता हूं?'

सीता मुस्कुराईं, 'ज़रा एक पल रुकिए, राजकुमार,' उन्होंने समिचि को देखकर कहा। 'मैं राजकुमार से अकेले में बात करना चाहती हूं।'

'ज़रूर,' कहकर समिचि, तुरंत सीढ़ियां चढ़ने लगी।

राम हैरान थे कि सीता उनकी पहचान जानती थीं। उन्होंने बिना कुछ कहे, लक्ष्मण को बाहर जाने का इशारा किया, वह तत्परता से बाहर चले गए। अब राम और सीता अकेले थे।

सीता ने मुस्कुराकर, कक्ष में रखे आसन की ओर इशारा किया। 'कृपया बैठ जाइए, राजकुमार राम।'

'मैं ऐसे ही ठीक हूं।'

क्या गुरु विश्वामित्र ने इन्हें हमारी पहचान बता दी थी? वह इस संबंध को लेकर इतने उत्सुक क्यों थे?

'मैं आग्रह करती हूं,' सीता ने खुद एक आसन पर बैठते हुए कहा।

राम सीता के सामने रखे आसन पर बैठ गए। वहां अजीब सी ख़ामोशी छा गई, फिर सीता ने बोलना शुरू किया। 'मुझे लगता है कि आपको यहां झूठ बोलकर लाया गया है।'

राम ख़ामोश थे, लेकिन उनकी आंखों ने जवाब दे दिया था।

'तो फिर आप चले क्यों नहीं गए?' सीता ने पूछा।

'क्योंकि यह नियम के खिलाफ होता।'

सीता मुस्कुराईं। 'और, कानून की वजह से ही आप परसों होने वाले स्वयंवर में भाग लेंगे?'

राम ने झूठ बोलने की बजाय, ख़ामोश रहना चुना।

'आप अयोध्या से हैं, सप्तसिंधु के परमेश्वर। मैं छोटे से राज्य मिथिला से हूं। इस संबंध से भला आपको क्या लाभ?'

'विवाह पवित्र होता है; यह राजनैतिक संबंधों से कहीं ऊपर है।'

सीता रहस्यमयी ढंग से मुस्कुराईं। राम को महसूस हुआ कि उनका साक्षात्कार लिया जा रहा था; फिर भी अजीब था कि उनका ध्यान सीता के जूड़े से निकली एक स्वच्छंद लट पर चला गया था। खिड़की से आती मनोरम हवा उसे हल्के से हिला रही थी। उनका ध्यान भटककर, उनकी गर्दन की गोलाई पर जा पहुंचा। राम ने महसूस किया कि उनके दिल की धड़कन सहसा बढ़ गई थी। वह खुद पर मन ही मन मुस्करा दिए, और खुद को नियंत्रित करते हुए, शांत होने की कोशिश करने लगे। *मुझे हो क्या गया है? मेरा खुद पर नियंत्रण क्यों नहीं हो पा रहा?!*

'राजकुमार राम?'

'जी, क्या कहा?' राम ने अपना ध्यान वापस बातचीत की ओर लाते हुए पूछा।

'मैंने पूछा, अगर विवाह राजनीतिक संबंध नहीं है, तो क्या है?'

'खैर, विवाह आवश्यकता नहीं है; विवाह करना मजबूरी भी नहीं है। लेकिन ग़लत व्यक्ति से विवाह करने से बुरा कुछ नहीं। आपको विवाह तभी करना चाहिए, जब आपको कोई सराहने वाला मिले, जो आपको जीवन का

मकसद समझाने और उसे हासिल करने में मदद कर सके। और आप भी, इसके बदले, उसके मकसद में योगदान दें। अगर आप ऐसे इंसान को ढूंढ़ पाएं, तो उससे विवाह कर लें।'

सीता ने अपनी भौंहें उठाईं। 'क्या आप सिर्फ एक ही पत्नी रखने के पक्ष में हैं? ज़्यादातर लोगों की सोच इससे अलग होती है।'

'अगर *सभी* लोग बहुपत्नी प्रथा को सही मानें, तो इससे वह सही तो नहीं हो जाएगी न।'

'लेकिन अधिकांश पुरुष एक से ज़्यादा विवाह करते हैं; विशेषकर राजपरिवार के लोग।'

'मैं नहीं करूंगा। दूसरी नारी को लाकर आप अपनी पत्नी का अपमान करते हैं।'

सीता ने अपना सिर पीछे कर, संतुष्टि में ठोढ़ी उठाई; यद्यपि वह अभी भी उन्हें परख रही थीं। उनकी आंखें सराहना से नरम पड़ गई थीं। कमरे में एक ख़ामोशी सी छा गई। जैसे सीता ने राम को देखा, अचानक उन्हें कुछ याद आ गया।

'क्या आप वही नहीं हों, जो उस दिन मुझे बाज़ार में मिले थे?' उन्होंने पूछा।

'हां।'

'तो आप मेरी मदद के लिए आगे क्यों नहीं आए?'

'क्योंकि हालात आपके नियंत्रण में थे।'

सीता हल्के से मुस्कुराईं।

अब सवाल पूछने की बारी राम की थी। 'रावण यहां क्या कर रहा है?'

'मैं नहीं जानती। लेकिन इस वजह से स्वयंवर मेरे लिए और निजी बन गया।'

राम सदमे में थे, लेकिन उनके भावों से कुछ पता नहीं चला। 'क्या वह आपके स्वयंवर में भाग लेने आया है?'

'ऐसा मुझे बताया गया है।'

'और?'

'और, मैं यहां आई हूं।'

राम ने बात पूरी होने का इंतज़ार किया।

'आप धनुष चलाने में कैसे हैं?' सीता ने पूछा।

राम के मुंह पर धूमिल सी मुस्कान आ गई।

सीता ने भौंह चढ़ाईं। 'बहुत अच्छे हो?'

सीता अपने आसन से उठीं, और राम भी। मिथिला की प्रधानमंत्री ने हाथ जोड़कर प्रणाम किया। 'प्रभु रुद्र आप पर आशीर्वाद बनाए रखें, राजकुमार।'

राम ने भी हाथ जोड़कर कहा। 'और, आप पर भी, राजकुमारी।'

राम का ध्यान सीता के कलाई में पड़े रुद्राक्ष के कंगन पर गया; वह प्रभु रुद्र की भक्त थीं। उनकी आंखें रुद्राक्ष के कंगन से खुद ब खुद उनकी तराशी हुई उंगलियों पर चली गईं। वे उंगलियां किसी शल्य चिकित्सक की ही हो सकती थीं। उनके बाएं हाथ पर पड़ा युद्ध चिन्ह मानो बता रहा था कि सीता के हाथ चिकित्सक की छुरी के बजाय अन्य औजारों का भी इस्तेमाल कर चुके थे।

'राजकुमार राम,' सीता ने कहा। 'मैं पूछना...'

'क्षमा कीजिएगा, क्या आप फिर से दोहरा सकती हैं?' राम ने अपना ध्यान फिर सप्रयास सीता की बातों की ओर खींचा।

'क्या मैं आपसे और आपके भाई से कल शाही बगीचे में मिल सकती हूं?'

'जी, ज़रूर।'

'ठीक है,' सीता ने कहा, वह जाने को मुड़ीं। फिर वह रुक गईं, मानो कुछ याद आया हो। उन्होंने कमरपेटी में बंधी पोटली में से लाल रंग का धागा निकाला। 'अच्छा होगा, अगर आप इसे पहन लें तो। यह शुभ भाग्य के लिए है। यह प्रतिरूप है...'

लेकिन राम के मन में कुछ और ही चल रहा था; उनका दिमाग़ एक बार फिर से ध्यान खो बैठा था, उन्होंने उसे खींचते हुए सीता की ओर लगाया। उन्हें एक श्लोक याद आ गया; जिसे उन्होंने काफी समय पहले किसी वैवाहिक रस्म में सुना था।

मांगल्यतन्तुनानेना भव जीवनाहेतु मे। प्राचीन संस्कृत की एक पंक्ति, जिसका अर्थ है: *जो पवित्र धागा मैंने तुम्हें दिया है, इससे तुम मेरे जीवन का मकसद बनना...*

'राजकुमार राम...' सीता ने कुछ तेज़ आवाज़ में कहा।

राम अचानक वर्तमान में आए, और उनके मन में चल रही वैवाहिक धुन ख़ामोश हो गई।

'क्षमा कीजिएगा। क्या?'

सीता नरमी से मुस्कुराईं, 'मैं कह रही थी...' अचानक ही वह कहते-कहते रुक गईं। 'कोई बात नहीं। मैं धागा यहां छोड़े जा रही हूं। अगर आपको ठीक लगे, तो इसे पहन लीजिएगा।'

धागे को पीठिका पर रखकर, सीता सीढ़ियां चढ़ने लगीं। दरवाज़े पर पहुंचकर, उन्होंने आख़री बार मुड़कर राम की ओर देखा। राम ने दाहिनी हथेली पर वह धागा रखा हुआ था, और बड़े मन से उसे देख रहे थे, जैसे वह दुनिया की सबसे पवित्र वस्तु हो।

मुख्य बाज़ार से बढ़ते हुए, उच्च वर्ग के लोगों की रिहाइश में पहुंचने पर मिथिला नगर और खूबसूरत नज़र आने लगा। यहीं पर शाम को राम और लक्ष्मण ने घूमने का निर्णय लिया।

'यह बहुत सुंदर है न, दादा?' आसपास सराहना से देखते हुए लक्ष्मण ने कहा।

राम ने ध्यान दिया था कि पिछले दिन के बाद से अचानक ही लक्ष्मण को मिथिला बहुत भाने लगा था। वे जिस मार्ग पर चल रहे थे, वैसे तो बहुत चौड़े थे, लेकिन गांव की सड़कों की तरह काफी घुमावदार थे। रास्ते में बने, तीन-चार फुट ऊंचे, पत्थर और गारे से बने विभाजकों पर पेड़ और फूल लगे थे। मार्ग के किनारों पर, वृक्षों, बगीचों की श्रृंखला के पीछे संपन्न लोगों के आवास बने थे। लोगों के निजी और पारिवारिक देवताओं की मूर्तियां भवन की बाहरी दीवारों पर लगी हुई थीं। उनके समक्ष ताजे फूल और जलती हुई अगरबत्ती नागरिकों की आध्यात्मिकता की ओर इशारा कर रही थी; मिथिला भक्तों का गढ़ था।

'हम यहां पहुंच गए,' लक्ष्मण ने इशारा किया।

राम अपने भाई के पीछे, दाहिनी ओर तंग घुमावदार गली में मुड़े। किनारे की दीवार लगातार ऊंची होती जा रही थी, उसके परे देख पाना

मुश्किल था।

'क्या हमें इस पर से छलांग लगा देनी चाहिए?' लक्ष्मण ने शरारत से मुस्कुराते हुए पूछा।

राम ने उसे घुड़का और चलते रहे। कुछ गज आगे लोहे का द्वार था। दो सिपाही प्रवेश द्वार पर खड़े थे।

'हम प्रधानमंत्री से मिलने आए हैं,' लक्ष्मण ने कहते हुए समिचि की दी हुई अंगूठी द्वारपाल को दिखाई।

द्वारपाल ने अंगूठी को जांचा, और फिर संतुष्ट होने के बाद दूसरे द्वारपाल की ओर द्वार खोलने का इशारा किया।

राम और लक्ष्मण ने तुरंत दमकते हुए बगीचे में प्रवेश किया। अयोध्या के शाही बगीचे से भिन्न, यह उतना आलीशान तो नहीं था; इसमें स्थानीय पेड़-पौधों और फूलों को ही लगाया गया था। इस बगीचे की खूबसूरती का श्रेय इसके माली को दिया जा सकता था, इसे धन से नहीं लगन से सजाया गया था। इसका प्रारुप लय में और करीने से तराशा गया था। घास का मखमली कालीन, उस पर भिन्न रंग के फूलों की सजावट और खासतौर से तराशे गए वृक्ष इसकी सुंदरता में चार चांद लगा देते थे। प्रकृति ने तालमेल में खुद को प्रस्तुत किया था।

'राजकुमार राम,' एक वृक्ष के पीछे से निकलकर समिचि उनके पास पहुंची। उसने झुककर उन्हें प्रणाम किया।

'प्रणाम,' राम ने अपने हाथ जोड़ते हुए कहा।

लक्ष्मण ने भी हाथ जोड़कर समिचि का अभिवादन किया, और उसकी अंगूठी उसे लौटा दी। 'द्वारपाल आपकी निशानी पहचानता है।'

'उन्हें पहचाननी ही चाहिए,' नागरिक अधिकारी ने राम की तरफ मुड़ने से पहले कहा। 'राजकुमारी सीता और उर्मिला आपकी प्रतिक्षा कर रही हैं। मेरे पीछे आइए राजकुमार।'

राम और समिचि के पीछे चलते हुए लक्ष्मण का दिल खुशी से उछलने लगा।

राम और लक्ष्मण को बगीचे के अंदर ले जाया गया; उनके पैरों के नीचे

मखमली घास और सिर पर खुला आसमान था।

'नमस्ते, राजकुमारी,' राम ने सीता से कहा।

'नमस्ते, राजकुमार,' कहकर सीता अपनी बहन की ओर मुड़ीं। 'क्या मैंने अपनी छोटी बहन, उर्मिला का परिचय आपसे करवाया?' राम और लक्ष्मण की ओर इशारा करते हुए, सीता ने कहा, 'उर्मिला, ये अयोध्या के राजकुमार राम और राजकुमार लक्ष्मण हैं।'

'मैं कल इनसे मिला था,' लक्ष्मण ने बड़ी सी मुस्कान के साथ कहा।

उर्मिला ने लक्ष्मण की ओर नम्रता से मुस्कुराकर हाथ जोड़े, और फिर राम का अभिनंदन किया।

'मैं राजकुमार से अकेले में बात करना चाहती हूं, फिर से,' सीता ने कहा।

'जी,' समिचि ने तुरंत कहा। 'मैं उससे पहले आपसे कुछ निवेदन कर सकती हूं?'

समिचि ने सीता को एक ओर ले जाकर, उनके कान में कुछ कहा। फिर चलने से पहले, उसने एक नज़र राम पर डाली, और फिर उर्मिला का हाथ पकड़कर चली गई। लक्ष्मण भी उर्मिला के पीछे-पीछे चले गए।

राम को महसूस हुआ कि कल लिया उनका साक्षात्कार आज वहीं से शुरू होगा, जहां कल खत्म हुआ था। 'राजकुमारी, आप मुझसे क्यों मिलना चाहती थीं?'

सीता ने समिचि और बाकी लोगों के जाने का इंतज़ार किया। उनकी नज़रें राम की कलाई पर बंधे उसी लाल धागे पर गईं। वह मुस्कुराईं। 'एक क्षण ठहरिए, राजकुमार।'

सीता एक वृक्ष के पीछे गईं, झुकीं और वहां से, कपड़े से ढकी हुई भारी वस्तु ले आईं। राम उत्सुकता से चौंके। सीता ने कपड़ा हटाया, और एक खास, सामान्य से लंबा धनुष निकाला। बहुत आलीशान था वह धनुष, उसके सिरे अंदर की ओर मुड़े हुए थे, यानी इसकी लंबाई और भी ज़्यादा रही होगी। राम ने सावधानी से धनुष की पकड़ के दोनों ओर बने उभारों को देखा। उन पर अग्नि को प्रतिबिंबित करती हुई आकृति बनी हुई थी। अग्नि देवता को ऋग्वेद के पहले अध्याय में भी पूजनीय देवता के रूप में वर्णित किया गया है। हालांकि, अग्नि की यह खास आकृति राम को कुछ परिचित लग रही थी, जिस तरह से इसके किनारे फैले हुए थे।

सीता ने कपड़े के थैले से लकड़ी का एक आधार निकाला और उसे ज़मीन पर रख दिया। उन्होंने राम को देखा। 'इस धनुष को ज़मीन पर नहीं रखा जा सकता।'

राम सोच रहे थे कि इसमें ऐसी क्या खास बात है। सीता ने धनुष का निचला सिरा लकड़ी के आधार पर टिकाया, अपने पैर से संतुलन बनाते हुए। दूसरे सिरे को नीचा करने के लिए सीता ने अपने दाहिने हाथ का इस्तेमाल किया। सीता के कंधों और मांसपेशियों में आए खिंचाव से राम समझ सकते थे कि धनुष काफी भारी था। अपने बाएं हाथ से सीता ने कमान को खींचते हुए ऊपर बांधा। उसे ऊपरी सिरे तक पहुंचाने से पहले सीता ने कुछ पल रुककर सांस ली। शक्तिशाली धनुष पर कमान चढ़ाना भी काफी मुश्किल होता है। सीता ने बाएं हाथ से धनुष को पकड़कर, उंगलियों से कमान खींची, जिससे ज़ोरदार ध्वनि उत्पन्न हुई।

कमान की आवाज़ से राम समझ गए कि यह धनुष बहुत खास था। यह अब तक देखे सारे धनुषों से ज़्यादा ताकतवर था। 'वाह। यह तो कमाल का धनुष है।'

'यह सर्वश्रेष्ठ है।'

'क्या यह आपका है?'

'ऐसा धनुष मेरा नहीं हो सकता। मैं सिर्फ इसकी प्रभारी हूं। जब मैं मरूंगी, तब इसकी ज़िम्मेदारी किसी दूसरे उपयुक्त पात्र को सौंप दी जाएगी।'

धनुष के उभारों पर अग्नि की आकृति को देखते हुए राम ने अपनी आंखें सिकोड़ीं। 'यह अग्नि कुछ कुछ...'

सीता ने बीच में कहा। 'यह धनुष कभी उनका था, जिनकी हम दोनों आराधना करते हैं। आज भी यह उन्हीं का है।'

राम ने सदमे और हैरानी से धनुष को देखा, उनका संदेह अब पुख्ता हो चुका था।

सीता मुस्कुराईं। 'हां, यह पिनाक है।'

पिनाक महादेव, प्रभु रुद्र का प्रख्यात धनुष, जिसे सबसे ताकतवर माना जाता था। कहा जाता था कि इसे कई धातुओं के मिश्रण से बनाया गया था, जिसे बाद के प्रभारियों ने इतने संभालकर रखा था कि वह किसी भी प्रकार के क्षरण से बच पाया था। यह भी माना जाता था कि इस धनुष की साज-संवार काफी जटिल थी। इसकी पकड़, उभार और घुमावों पर नियमित रूप से खास

प्रकार का तेल लगाना पड़ता। सीता ने यकीनन काम को बहुत अच्छे से किया था, क्योंकि धनुष आज भी नया प्रतीत हो रहा था।

'मिथिला को पिनाक का संरक्षण कैसे मिला?' राम ने खूबसूरत धनुष से नज़रें हटाए बिना पूछा।

'यह लंबी कहानी है,' सीता ने कहा। 'लेकिन मैं चाहती हूं कि आप इसके साथ अभ्यास कर लें। इसी धनुष का इस्तेमाल कल स्वयंवर की प्रतियोगिता में होने वाला है।'

राम ने अपने क़दम पीछे कर लिए। स्वयंवर के कई तरीके थे, जिनमें से दो प्रमुख थे: या तो दुल्हन स्वयं वर का चयन करे; या फिर वह किसी प्रतियोगिता का आयोजन करे। विजेता का विवाह दुल्हन से होता। लेकिन किसी उम्मीदवार को मदद के उद्देश्य से लाभ पहुंचाना अपारंपरिक था। दरअसल, यह नियम के विरुद्ध था।

राम ने इंकार में सिर हिलाया। 'पिनाक को छू पाना एक गर्वपूर्ण अवसर होगा, उस धनुष को छूना, जिसे कभी प्रभु रुद्र ने छुआ था। लेकिन मैं यह कल ही करूंगा। आज नहीं।'

सीता ने त्यौरी चढ़ाईं। 'मुझे लगा कि तुम मुझसे विवाह करना चाहते हो।'

'मैं करूंगा। लेकिन मैं कानून पर चलते हुए ही ऐसा करूंगा। मैं नियमों के अनुसार ही जीतूंगा।'

सीता अपना सिर हिलाते हुए मुस्कुराईं, उनकी मुस्कान में चिंता के साथ गर्व भी था।

'क्या आप असहमत हैं?' राम ने कुछ निराशा से पूछा।

'नहीं, मैं नहीं हूं। मैं आपसे प्रभावित हूं। राजकुमार राम, आप खास हैं।'

राम शरमा गए। उनका दिल, दिमाग़ के मना करने के बावजूद, तेज़ी से धड़कने लगा।

'मैं कल सुबह, आपके तीर चलाने की प्रतिक्षा करूंगी,' सीता ने कहा।

अध्याय 23

स्वयंवर का आयोजन शाही दरबार की बजाय, धर्म भवन में किया गया था। क्योंकि मिथिला में शाही दरबार सबसे बड़ा दरबार नहीं था। महल परिसर की मुख्य इमारत, जिसमें धर्म भवन था, को राजा जनक ने मिथिला विश्वविद्यालय को दान दे दिया था। धर्म भवन में नियमित रूप से विभिन्न विषयों पर वाद-विवाद और चर्चाएं आयोजित की जाती थीं, जैसे *धर्म की प्रकृति, कर्म का धर्म से संबंध, दैवीय प्रकृति, मानव यात्रा का उद्‌देश्य* इत्यादि। राजा जनक दार्शनिक थे, जो चाहते थे कि उनके राज्य के संसाधनों का अधिकतम उपयोग अध्यात्मिकता और बौद्धिकता बढ़ाने में किया जाए।

धर्म भवन एक वृताकार इमारत में था, जो पत्थर और चूने से निर्मित थी, जिसमें एक विशाल गुंबद था; जो भारत में असामान्य था। गुंबद का महत्व था कि उसे स्त्रौण का प्रतिनिधित्व माना जाता था, जबकि भारत के पारंपरिक मंदिर शिखर पौरुष का प्रतिनिधित्व करते थे। धर्म भवन में प्रशासन के प्रति राजा जनक के नजरिए को भी समाहित किया गया था: विवेक का बौद्धिक स्नेह और समानता का सम्मान। इसीलिए इस भवन को वृताकार में बनाया गया था। सभी ऋषि समान स्थान पर बैठते, उनमें कोई 'प्रमुख' नहीं होता, और वे बिना किसी भय के सभी विषयों पर खुलकर चर्चा करते।

हालांकि, आज का माहौल कुछ भिन्न था। पीठिका पर कोई पांडुलिपि नहीं पड़ी थी, न ही ऋषि अनुशासन में इधर से उधर आ जा रहे थे, न ही किसी वाद-विवाद का आयोजन था। धर्म भवन स्वयंवर की मेजबानी करने के लिए तैयार था।

प्रवेश द्वार के निकट तीन-परतों वाली अस्थायी दर्शक दीर्घा लगा दी गई थी। दूसरे सिरे पर, लकड़ी के आधार पर राजा का सिंहासन लगाया गया था। महान राजा मिथि, मिथिला के संस्थापक की प्रतिमा सिंहासन के पीछे, एक पीठिका पर लगी थी। दो और सिंहासन, जो उतने आलीशान नहीं थे, मुख्य सिंहासन के दाएं-बाएं रखे थे। आरामदायक आसनों की एक पंक्ति भवन के बीच में बनाई गई थी, जहां प्रतियोगी राजा और राजकुमार बैठने वाले थे।

जब राम और लक्ष्मण, अरिष्टनेमी के साथ वहां पहुंचे, तब तक दर्शक दीर्घा पूरी तरह भर चुकी थी। अधिकांश प्रतियोगी भी अपने स्थान ग्रहण कर चुके थे। संन्यासी के कपड़े पहने हुए, अयोध्या के राजकुमारों को लोग नहीं पहचान नहीं पा रहे थे। एक द्वारपाल ने उन्हें दर्शक दीर्घा की ओर जाने का इशारा किया, जहां पर मिथिला के संपन्न और शाही लोग बैठे थे। अरिष्टनेमी ने उसे बताया कि वह प्रतियोगी के साथ आए थे। द्वारपाल हैरान था, लेकिन वह विश्वामित्र के सेनापति, अरिष्टनेमी को पहचानता था, तो उसने उन्हें आगे जाने दिया। आख़िरकार, भक्त राजा जनक के लिए, अपनी बेटी के स्वयंवर में, क्षत्रियों के साथ-साथ ब्राह्मण ऋषियों को भी बुलाना असामान्य नहीं था।

धर्म भवन की दीवारों पर अतीत के महान ऋषियों और ऋषिकाओं की तस्वीरें लगी थीं: महर्षि सत्यकाम, महर्षि याज्ञवलक्य, महर्षिका गार्गी और महर्षिका मैत्रोयी। राम चकित थे: *इन महान पूर्वजों के हम कितने अयोग्य वंशज हैं। महर्षिका गार्गी और मैत्रोयी ऋषिका थीं, और आज हम मूर्ख दावा करते हैं कि महिलाओं को ग्रंथ पढ़ने या नए ग्रंथ लिखने की अनुमति नहीं है। महर्षि सत्यकाम एक शुद्र और एकल मां के पुत्र थे। उनका अथाह ज्ञान और बुद्धिमत्ता आज हमारे महान उपनिषदों में दर्ज है; और आज ऐसे धर्मांध हैं, जो दावा करते हैं कि जन्म से शुद्र व्यक्ति ऋषि नहीं बन सकता।*

राम ने अपना मस्तक झुकाया और हाथ जोड़कर इन महानात्माओं को नमन किया। इंसान कर्म से ब्राह्मण बनता है, जन्म से नहीं।

'दादा,' राम की पीठ पर हाथ रखते हुए, लक्ष्मण ने कहा।

राम अरिष्टनेमी के पीछे अपने आसन पर बैठने के लिए बढ़े।

वह आसन पर बैठ गए, और अरिष्टनेमी व लक्ष्मण उनके पीछे खड़े हो गए। सभी की निगाहें उनकी ओर घूम आईं। प्रतियोगी हैरान थे कि ये साधारण से संन्यासी कौन थे, जो राजकुमारी सीता को हासिल करने की प्रतियोगिता में भाग लेने आए थे। यद्यपि, उनमें से कुछ अयोध्या के राजकुमारों को पहचान

गए थे। प्रतियोगियों के बीच से फुसफुसाहट की आवाज़ें आने लगी थीं।

'अयोध्या...'

'अयोध्या मिथिला के साथ क्यों संबंध बनाना चाहेगा?'

हालांकि, राम, सभा में चल रही खुसफुस और घूरने से अनजान थे। उनकी आंखें बस भवन के केंद्र में लगी थीं; जहां एक आलीशान पीठिका पर वही धनुष रखा था। पीठिका के सामने, ज़मीन के स्तर पर, एक बड़ा सा ताम्र का मुलम्मा चढ़ा, जल कुंड रखा था।

राम की नज़रें सर्वप्रथम पिनाक पर पड़ीं। इस पर कमान नहीं चढ़ी थी। एक पंक्ति में कई बाण, धनुष के पास रखे हुए थे।

प्रतियोगियों को पहले धनुष उठाकर, उस पर कमान चढ़ानी थी, जो अपने आपमें आसान काम नहीं था। लेकिन वास्तविक चुनौती तो उसके बाद शुरू होनी थी। प्रतियोगी को जल कुंड के पास आना था। वह पानी से भरा था, जिसमें कुंड के किनारे से लगातार पानी की कुछ बूंदें गिर रही थीं। कुंड के किनारे पर एक पतली सी नलिका लगी थी। पानी के अधिक होने के स्थिति में, कुंड के आधार में लगी, एक दूसरी नलिका के माध्यम से जल बाहर निकल रहा था। इससे कुंड में लगातार तरंगें उत्पन्न हो रही थीं, जो केंद्र से होते हुए किनारों तक जा रही थीं। ज़्यादा दिक्कत यह थी कि पानी अनियमित अंतराल पर निकल रहा था, जिससे तरंगें ज़्यादा और अप्रत्याशित रूप से बन रही थीं।

एक हिलसा मछली को पहिये पर लगाकर, रस्सी से गुंबद के सिरे पर बांधा गया था। रस्सी के सहारे ज़मीन से सौ मीटर की दूरी पर मछली लटक रही थी। कम से कम, पहिया नियमित गति से घूम रहा था। प्रतियोगी को नीचे अस्थिर पानी में मछली का प्रतिबिंब देखकर, पिनाक से मछली की आंख में तीर मारना था। मछली जो ऊपर पहिये के साथ घूम रही थी, और नीचे पानी में लगातार लहरें उत्पन्न हो रही थीं। इस प्रतियोगिता में जो विजयी रहेगा, उसका विवाह राजकुमारी सीता के साथ संपन्न होगा।

'दादा, यह तो आपके लिए बहुत आसान है,' लक्ष्मण ने शरारत से कहा। 'क्या मैं उनसे पहिये को अनियमित गति से घुमाने को कहूं? या तीर को कुछ विशेष बनाने की सलाह दूं? आप क्या सोचते हैं?'

राम ने आंखें सिकोड़कर लक्ष्मण को देखा।

लक्ष्मण दबी हंसी हंसे। 'क्षमा करना, दादा।'

वह पीछे हुए, तभी राजा के आने की घोषणा हुई।

'मिथि वंश के स्वामी, बुद्धिमानों में बुद्धिमान, ऋषियों के प्रिय, राजा जनक पधार रहे हैं!'

सभासद अपने मेजबान, मिथिला के राजा, जनक के सम्मान में खड़े हो गए। वह दरबार के दूसरे द्वार से अंदर आए। दिलचस्प था कि परंपरा से हटते हुए, वह विश्वामित्र के पीछे चल रहे थे। जनक के पीछे उनके छोटे भाई, संकश्या के राजा कुशध्वज थे। और सबसे हैरानी की बात ये थी कि राजा जनक ने, महर्षि विश्वामित्र से मिथिला के सिंहासन पर बैठने का आग्रह किया, और खुद दाहिनी ओर रखे छोटे सिंहासन पर बैठ गए। कुशध्वज ने महर्षि के बाईं ओर आसन ग्रहण किया। सब ओर से खुसफुसाने की ध्वनि आने लगी, यह शिष्टाचार में भारी भूल थी।

बैठने के अपारंपरिक प्रबंध से वहां एक हलचल सी मच गई, लेकिन राम कुछ और ही सोच रहे थे। वह अपने पीछे बैठे लक्ष्मण की ओर मुड़े। छोटे भाई ने उनके विचारों को समझ लिया। 'रावण कहां है?'

तभी हरकारे ने प्रवेश द्वार पर लगे घंटे पर ज़ोर से डंडा मारते हुए सबको चुप रहने का संकेत दिया।

विश्वामित्र खंखारते हुए तेज़ आवाज़ में बोले। धर्म भवन में ध्वनि के लिए की गई खास व्यवस्था से उनकी आवाज़ वहां उपस्थित सभी जनों तक साफ-साफ पहुंच पा रही थी। 'भारत के सबसे ज़्यादा अध्यात्मिक और विवेकी राजा जनक द्वारा निमंत्रित सभी सम्मानित अतिथियों का स्वागत है।'

जनक मिलनसारिता से मुस्कुराए।

विश्वामित्र ने बोलना जारी रखा। 'मिथिला की राजकुमारी, सीता ने इस स्वयंवर को गुप्त बनाने का निर्णय लिया है। वह हमारे साथ यहां दरबार में उपस्थित नहीं रहेंगी। महान राजा और राजकुमार, प्रतियोगिता में भाग...'

महर्षि की बात शंखों की तीव्र, कर्कश ध्वनि से बीच में ही रुक गई; हैरानी की बात थी कि आमतौर पर शंखों की ध्वनि मधुर होती थी। सभी ने आवाज़ की दिशा में मुड़कर देखा: भवन के प्रवेश द्वार की ओर। पंद्रह लंबे, बलशाली योद्धा, हाथों में काला ध्वज लिए, भवन में दाखिल हुए। ध्वज पर दहाड़ते शेर का चित्र अंकित था, मानो धधकती ज्वाला से बना हो। योद्धा कड़े अनुशासन से चल रहे थे। उनके पीछे दो डरावने आदमी थे। एक विशालकाय और लंबा था, लक्ष्मण से भी ज़्यादा लंबा। वह मांसल था, लेकिन उसकी मांसपेशियां कसी हुई, चुस्त थीं। उसका बड़ा सा पेट, चलते हुए हिल रहा था।

उसके पूरे शरीर पर असामान्य रूप से बाल थे—वह इंसान से ज़्यादा भालू नज़र आता था। वहां उपस्थित जनों के लिए उसके अतिरिक्त बड़े कान और कंधे परेशानी का सबब थे। वह एक नागा था। राम ने उसे पहचान लिया, वह पुष्पक विमान से उतरने वाला पहला शख़्स था।

उसके पीछे गर्वीली चाल से चलता हुआ रावण था, उसका सिर तना हुआ, पर चाल में कुछ झुकाव था; शायद यह उसकी बढ़ती उम्र की वजह से था।

दोनों आदमियों के पीछे पंद्रह और योद्धा, या यूं कहें कि अंगरक्षकों ने भवन में प्रवेश किया।

रावण का दल भवन के केंद्र में गया और प्रभु रुद्र के धनुष के सामने रुक गया। आगे वाले अंगरक्षक ने ऊंची आवाज़ में घोषणा की। 'राजाओं के राजा, सम्राटों के सम्राट, तीनों जगत के शासक, प्रभु के प्रिय, स्वामी रावण पधार रहे हैं!'

रावण पिनाक के समीप बैठे एक छोटे राजा की ओर मुड़ा। उसने धीमी गुर्राती आवाज़ में, सिर हिलाकर इशारा किया, जिसे वह अच्छी तरह समझ गया। राजा तुरंत उठा, और वहां से किसी दूसरे प्रतियोगी के पीछे जाकर खड़ा हो गया। रावण आसन के पास आया, लेकिन बैठा नहीं। उसने अपना दाहिना पैर आसन पर रखा, और घुटने पर अपना हाथ टेककर खड़ा हो गया। उसके अंगरक्षक, और वह विशालकाय दैत्य उसके पीछे पंक्ति बनाकर खड़े हो गए। रावण ने आख़िरकार एक उड़ती हुई नज़र विश्वामित्र पर डाली। 'महान मलयपुत्र, अपनी बात जारी रखो।'

विश्वामित्र, मलयपुत्र के प्रमुख क्रोध से तमतमा गए। उनका कभी किसी ने यूं अपमान नहीं किया था। 'रावण...' वह गुर्राए।

रावण ने शिथिल उद्दंडता से विश्वामित्र को देखा।

विश्वामित्र ने अपने क्रोध को संभाल लिया; उनके हाथों में एक महत्वपूर्ण कार्य था। वह रावण को बाद में देख लेंगे। 'राजकुमारी सीता विजयी राजा या राजकुमार के गले में वरमाला पहना देंगी।'

विश्वामित्र अभी बोल ही रहे थे कि रावण ने पिनाक की ओर जाना शुरू कर दिया। मलयपुत्र प्रमुख ने रावण के पिनाक के नज़दीक जाते ही अपनी घोषणा पूरी की। 'पहले प्रतियोगी, रावण तुम नहीं हो। वह राम है, अयोध्या के राजकुमार।'

रावण का हाथ धनुष से कुछ इंच की दूरी पर रुका। उसने विश्वामित्र को देखा, और फिर मुड़कर देखा कि यह ऋषि किसका नाम ले रहा था। उसने एक युवक को संन्यासी के साधारण सफेद कपड़े पहने हुए देखा। उसके पीछे एक और युवक खड़ा था, यद्यपि वह विशाल था, और उसी के साथ अरिष्टनेमी थे। रावण ने पहले अरिष्टनेमी को घूरा और फिर राम को। अगर देखने से ही कोई मर जाता, तो रावण निश्चित तौर पर अब तक कुछ लोगों को मार चुका होता। वह विश्वामित्र, जनक और कुशध्वज की ओर मुड़ा, उसकी उंगलियां गले में लटके उंगली की हड्डियों वाले ताबीज पर थीं। वह तेज़ आवाज़ में गुर्राया, 'मेरा अपमान किया जा रहा है!'

राम ने ध्यान दिया कि रावण के आसन के पीछे खड़ा, दैत्याकार आदमी अलक्षित रूप से अपना सिर हिला रहा था; यहां आकर मानो वह पछता रहा था।

'मुझे यहां बुलाया ही क्यों गया अगर आपको इन अनाड़ी लड़कों को ही मेरे सामने खड़ा करना था तो?!' रावण गुस्से से कांप रहा था।

जनक ने रावण से बात करने से पहले, झुंझलाते हुए कुशध्वज को देखा, और फिर कुछ कमज़ोर स्वर में कहा, 'ये स्वयंवर के नियम हैं, लंका के महान राजा...'

वहां एक आवाज़ गूंजी, जो बादलों की गड़गड़ाहट से भी तेज़ थी; यह उसी दैत्याकार की आवाज़ थी। 'बहुत हो गई यह बकवास!' वह रावण की ओर मुड़ा। 'दादा, चलो चलते हैं।'

रावण ने अचानक झुककर पिनाक उठा लिया। इससे पहले कि कोई कुछ कर पाता, वह उस पर कमान चढ़ाकर, बाण रख चुका था। जब उसने तीर का निशाना विश्वामित्र की ओर किया, तो वहां उपस्थितजनों को मानो लकवा मार गया। लक्ष्मण इस आदमी की शक्ति और दक्षता को पहचान गया।

विश्वामित्र अपना अंगवस्त्र एक तरफ फेंकते हुए खड़े हुए, इससे उपस्थित भीड़ डर से जड़ हो गई। अपनी छाती पर हाथ मारते हुए वह चिल्लाए। 'मारो, रावण!'

राम ऋषि के योद्धा सरीखे व्यवहार से चकित थे। किसी आदमी में ज्ञान के साथ-साथ साहस का भी समावेश होना दुर्लभ ही था। लेकिन, विश्वामित्र तो कभी योद्धा ही थे।

ऋषि की आवाज़ भवन में गूंज उठी। 'बढ़ो! मारो मुझे, अगर तुममें

दम है तो!'

रावण ने तीर छोड़ दिया। तीर विश्वामित्र के पीछे, मिथि की प्रतिमा में लगा, इससे उस प्रतिमा की नाक टूट गई। राम ने रावण को देखा; उनकी मुट्ठी भिंच गई थी। नगर के संस्थापक के अपमान पर किसी भी मिथिलावासी ने आवाज़ नहीं उठाई।

रावण ने हाथ हिलाकर राजा जनक को अपदस्थ करते हुए, राजा कुशध्वज की ओर देखा। उसने धनुष पीठिका पर पटक दिया, और द्वार की ओर बढ़ने लगा, उसके पीछे-पीछे उसका अंगरक्षक दल भी बाहर निकल गया। इस हलचल में, विशालकाय दैत्य ने, पिनाक की कमान उतारी, और दोनों हाथों में उठाकर उसे नमन किया; मानो वह धनुष से क्षमा मांग रहा हो। वह तुरंत मुड़कर, तेज़ी से भवन से बाहर चला गया। राम की आंखें उसी पर लगी थीं, जब तक कि वह भवन से बाहर नहीं निकल गया।

जब आख़री लंकावासी भी वहां से बाहर चला गया, तो सभासदों ने एक साथ सिंहासन पर बैठे विश्वामित्र, जनक और कुशध्वज की ओर नज़रें घुमाईं।

अब ये क्या करने वाले थे?

विश्वामित्र ने ऐसे बात शुरू की मानो कुछ हुआ ही नहीं था। 'प्रतियोगिता की शुरुआत करते हैं।'

भवन में लोग यूं बैठे थे मानो वे बुत बन गए हों। विश्वामित्र ने फिर से कहा, इस बार तेज़ आवाज़ में। 'प्रतियोगिता की शुरुआत करते हैं। राजकुमार राम, कृपया आगे आइए।'

राम अपने आसन से उठकर, पिनाक की ओर बढ़े। उन्होंने सम्मान में सिर झुकाया, अपने हाथ जोड़कर प्रणाम किया, और एक प्राचीन मंत्र दोहराया: *'ओम रुद्राय नमः'। ब्रह्मांड प्रभु रुद्र को मानता है। मैं प्रभु रुद्र को मानता हूं।*

उन्होंने अपनी दाहिनी कलाई उठाकर, उसमें बंधे लाल धागे को अपनी दोनों आंखों पर लगाया। धनुष को छूते ही उन्हें अपने अंदर एक शक्ति का संचार महसूस हुआ। यह प्रभु रुद्र की भक्ति थी, या धनुष ने निस्वार्थता से अपनी शक्तियां अयोध्या के राजकुमार को दे दी थीं? तथ्यात्मक ज्ञान की तलाश में रहने वाले घटना का विश्लेषण करते थे। प्रेम के विवेक में रहने वाले बस पल का आनंद लेते हैं। राम ने क्षण का आनंद लेते हुए, धनुष को फिर से नमन किया। उन्होंने मस्तक झुकाकर, धनुष पर लगाया; उससे आशीर्वाद

मांगा।

उन्होंने स्थिर सांसों से, सहजता से धनुष उठाया। सीता, कुशध्वज के समक्ष बने झरोखे से झांक रही थीं, वह सांस रोके राम को निहार रही थीं।

राम ने धनुष का एक सिरा लकड़ी के आधार पर रखा। उनके कंधों, कमर और बांहों पर पिनाक के ऊपरी सिरे को झुकाने के कारण तनाव साफ देखा जा सकता था। उन्होंने धनुष पर प्रत्यंचा चढ़ा दी। उनके शरीर पर प्रयास के निशान दिख रहे थे, लेकिन चेहरा भावशून्य था। उन्होंने कुछ और प्रयास से धनुष के ऊपरी सिरे को झुकाया, और धनुष पर पकड़ को मज़बूत किया। उन्होंने प्रत्यंचा को कान तक खींचा; उसकी टंकार बेहतरीन थी।

उन्होंने एक तीर उठाया और कुंड तक दृढ़ क़दमों से चलते हुए गए। वह एक घुटने पर झुके, धनुष को आकाश की ओर उठाया, और सिर झुकाकर पानी में देखा; जिसमें ऊपर घूमती हुई मछली का प्रतिबिंब दिखाई दे रहा था। कुंड में उठती जल तरंगें, मानो उनके मन की परीक्षा ले रही थीं। राम ने अन्य सारी बातों को दिमाग़ से झटकते हुए, मछली के प्रतिबिंब पर ध्यान केंद्रित किया। उन्होंने प्रत्यंचा पर चढ़े हुए बाण को, अपने दाहिने हाथ से कुछ खींचा, उनकी मांसपेशी भी कुछ खिंची। उनकी सांसें स्थिर और लय में थीं। मानो उनकी चेतना को, ब्रह्मांड भी सहयोग दे रहा था। उन्होंने खुद को उस सर्वोच्च सत्ता के हवाले करते हुए, प्रत्यंचा को खींचकर, तीर को छोड़ दिया। कक्ष में मौजूद लोगों के नेत्रों के साथ-साथ, मानो वहां सबकुछ ठहर गया था। भवन में तीर के लकड़ी में घुसने की सटीक आवाज़ आई। तीर सीधा मछली की दाहिनी आंख में लगा, जो लकड़ी के पहिये पर टिकी थी। हवा में घूमते पहिये के साथ-साथ, बाण भी ताल मिला रहा था। जल तरंगों में दिखते प्रतिबिंब से, राम की चेतना लौटी; वह मुस्कुराए। इसलिए नहीं कि उन्होंने निशाना साध लिया था। बल्कि उस वार के साथ उन्हें पूर्णता का अहसास होने लगा था। उस पल से अब वह अकेले नहीं रहने वाले थे।

मन ही मन वह बुदबुदाए, उस महिला के सम्मान में, जिसकी वह सराहना करते थे; सदियों पहले, प्रभु रुद्र ने यही बात देवी मोहिनी से कही थी, जिनसे वह बहुत प्रेम करते थे।

मैं परिपूर्ण हो गया। तुमने मुझे परिपूर्ण किया।

अध्याय 24

विवाह साधारण विधि-विधान से, स्वयंवर वाली दोपहर को ही संपन्न हुआ। राम हैरान हो गए, जब सीता ने उसी मंडप में लक्ष्मण और उर्मिला के विवाह का सुझाव दिया। और लक्ष्मण को उत्साह से राजी होते देख तो उनके अविश्वास का ठिकाना ही नहीं रहा। यह निर्णय लिया गया कि दोनों युगलों का विवाह मिथिला में होगा—जिससे सीता और उर्मिला, राम व लक्ष्मण के साथ अयोध्या जा सकें—और रघुवंशियों के अनुरूप उनका भव्य समारोह अयोध्या में किया जाएगा।

अब सीता और राम अकेले थे। वे भोजनकक्ष में, ज़मीन पर बिछी गद्दियों पर बैठे थे, उनका खाना सामने नीची पीठिका पर रखा था। देर शाम हो चुकी थी, तीसरे प्रहर का छठा घंटा चल रहा था। यद्यपि वे धर्म के अनुसार कुछ घंटे पहले एक बंधन में बंध चुके थे, लेकिन उनके बीच एक अजीब सी ख़ामोशी छाई हुई थी।

'उम्म,' राम ने अपनी थाली देखते हुए कहा।

'हां, राम?' सीता ने पूछा। 'क्या कोई परेशानी है?'

'खेद है, लेकिन... खाना...'

'आपको पसंद नहीं आया?'

'नहीं, नहीं, अच्छा है। बहुत अच्छा है। लेकिन...'

'जी?'

'इसमें कुछ नमक कम है।'

सीता ने तुरंत अपनी थाली एक ओर खिसका दी, और उठकर ताली बजाकर किसी को अंदर आने का इशारा किया। एक परिचारिका अंदर आई।

'राजकुमार के लिए थोड़ा नमक लेकर आइए।' जब परिचारिका मुड़ी, तो सीता ने ज़ोर देते हुए कहा, 'जल्दी!'

परिचारिका भागते हुए गई।

राम अंगोछे से हाथ पोंछकर, नमक का इंतज़ार करने लगे। 'क्षमा करना, मैं तुम्हें परेशान नहीं करना चाहता था।'

सीता त्यौरी चढ़ाते हुए अपने आसन पर बैठ गईं। 'मैं आपकी पत्नी हूं, राम। आपका ख्याल रखना मेरा कर्तव्य है।'

राम मुस्कुराए। 'हम्म, क्या मैं तुमसे कुछ पूछ सकता हूं?'

'ज़रूर।'

'अपने बचपन के बारे में कुछ बताओ।'

'आपका मतलब, मेरे गोद लिए जाने से पहले का? आप जानते हैं न कि मुझे गोद लिया गया था?'

'हां... मेरा मतलब है, अगर तुम्हें कोई असुविधा हो तो, मत बताना।'

सीता मुस्कुराईं। 'नहीं, मुझे कोई परेशानी नहीं है, लेकिन मुझे कुछ याद नहीं। मैं बहुत छोटी थी, जब अपने दत्तक माता-पिता को मिली।'

राम ने सिर हिलाया।

सीता ने उस सवाल का जवाब दिया, जो उन्हें लगा कि राम के दिमाग़ में होगा। 'तो, अगर आप मेरे जन्म के माता-पिता के बारे में पूछना चाहें, तो उसका जवाब यही है कि मुझे नहीं पता। लेकिन मैं इतना ही कहती हूं कि मैं धरती की पुत्री हूं।'

'जन्म पूरी तरह से महत्वहीन है। यह बस इस कर्मभूमि में प्रवेश करने का साधन है। कर्म ही हैं, जो महत्व रखते हैं। और, तुम्हारे कर्म दिव्य हैं।'

सीता मुस्कुराईं। राम कुछ कहने वाले थे कि तभी परिचारिका नमक लेकर आ गई। राम ने कुछ नमक अपने खाने में मिलाकर खाना शुरू किया, और परिचारिका कक्ष से बाहर चली गई।

'हां, आप कुछ कह रहे थे,' सीता ने कहा।

'हां,' राम ने कहा। 'मैं सोचता हूं कि...'

राम की बातचीत में इस बार द्वारपाल की घोषणा से दखल पड़ा,

'मलयपुत्र प्रमुख, सप्तऋषि उत्तराधिकारी, विष्णु के संरक्षक, महर्षि विश्वामित्र पधार रहे हैं।'

सीता ने चौंकते हुए राम को देखा। राम ने कंधे झटकते हुए जताया कि उन्हें इस आगमन के बारे में कुछ नहीं पता।

विश्वामित्र के कक्ष में प्रवेश करते ही सीता और राम उठे, विश्वामित्र के पीछे-पीछे अरिष्टनेमी भी कक्ष में आए। सीता ने अपनी परिचारिका से राम और अपने लिए, हाथ धोने का पात्र लाने को कहा।

'एक समस्या है,' विश्वामित्र ने बिना किसी औपचारिकता के कहा।

'क्या हुआ, गुरुजी?' राम ने पूछा।

'रावण हमले की तैयारी कर रहा है।'

राम ने त्यौरी चढ़ाईं। 'लेकिन उसके पास सेना नहीं है। वह दस हज़ार अंगरक्षकों के साथ क्या कर लेगा? उतनी संख्या के साथ तो वह मिथिला जैसे नगर पर भी कब्जा नहीं कर सकता। वह बस संघर्ष में अपने कुछ आदमियों की जान गवां बैठेगा।'

'रावण तर्कसंगत इंसान नहीं है,' विश्वामित्र ने बात आगे बढ़ाते हुए कहा। 'उसके घमंड को ठेस पहुंची है। वह भले ही अपने अंगरक्षकों की जान खो दे, लेकिन मिथिला में तूफान तो ला ही देगा।'

राम ने सीता को देखा, जिन्होंने झुंझलाहट से सिर हिलाते हुए विश्वामित्र से पूछा। 'प्रभु रुद्र के नाम पर, किसने उस राक्षस को स्वयंवर के लिए निमंत्रित किया था? मैं जानती हूं कि यह काम मेरे पिताजी का नहीं था।'

विश्वामित्र ने गहरी सांस लेते हुए कहा। 'जो हो चुका है, उसे बदला नहीं जा सकता, सीता। सवाल यह है कि अब हम क्या करने वाले हैं?'

'आपकी क्या योजना है, गुरुजी?'

'मेरे पास कुछ खास सामान है, जिसे मैं गंगा के रास्ते अपने आश्रम से लेकर आया हूं। मुझे अगस्त्यकुटम में कुछ वैज्ञानिक प्रयोगों के लिए इसकी ज़रूरत थी। इसीलिए मैं अपने आश्रम गया था।'

अगस्त्यकुटम मलयपुत्रों की राजधानी थी, भारत के दक्षिण में, नर्मदा नदी के पार। दरअसल, यह लंका के खासी नज़दीक थी।

'वैज्ञानिक प्रयोग?' राम ने पूछा।

'हां, दैवीय अस्त्रों से प्रयोग।'

सीता की सांस जैसे थम गई, वह दैवीय अस्त्रों की शक्ति और विकरालता के विषय में जानती थीं। 'गुरुजी, क्या आप दैवीय अस्त्रों के इस्तेमाल का सुझाव दे रहे हैं?'

विश्वामित्र ने सहमति में सिर हिलाया, तभी राम बोले। 'लेकिन वह तो साथ में मिथिला को भी तबाह कर देंगे।'

'नहीं, ऐसा नहीं होगा। यह पारंपरिक दैवीय अस्त्र नहीं है। जो मेरे पास है, वह असुरास्त्र है।'

'क्या यह वही जैविक हथियार है?' राम ने परेशान होते हुए पूछा।

'हां। असुरास्त्र से जो जहरीली गैस निकलेगी, उससे लंका के सैनिक कुछ दिनों के लिए शिथिलता की स्थिति में पहुंच जाएंगे। हम उस हालात में उन्हें बंदी बनाकर, इस समस्या को खत्म कर देंगे।'

'सिर्फ शिथिल, गुरुजी?' राम ने पूछा। 'मैंने तो सुना था कि अधिक मात्रा में असुरास्त्र घातक भी हो सकते हैं।'

विश्वामित्र जानते थे कि सिर्फ एक ही आदमी ने राम को इस विषय में बताया होगा। और कोई दैवीय अस्त्रों का विशेषज्ञ राम से नहीं मिला था। वह तुरंत झुंझला गए। 'क्या तुम्हारे पास कोई बेहतर उपाय है?'

राम ख़ामोश हो गए।

'लेकिन प्रभु रुद्र के नियमों का क्या?' सीता ने पूछा।

बुराई का विनाश करने वाले, महादेव के पिछले अवतार, प्रभु रुद्र ने सदियों पहले दैवीय अस्त्रों के अनाधिकृत इस्तेमाल पर प्रतिबंध लगा दिया था। व्यवहारिक रूप से, प्रभु रुद्र के भय से सभी ने इसका पालन किया। जो यह नियम तोड़ता, उसे चौदह साल के वनवास पर जाना पड़ता। इस नियम को दूसरी बार तोड़ने पर मौत की सजा निश्चित थी।

'मुझे नहीं लगता कि वह नियम असुरास्त्र पर लागू होता है,' विश्वामित्र ने कहा। 'यह भारी विनाश का हथियार नहीं है, यह तो उन्हें असक्षम बनाने का साधन है।'

सीता ने अपनी आंखें सिकोड़ीं। स्पष्टतया, वह उनसे सहमत नहीं थीं। 'मैं असहमत हूं। दैवीय अस्त्र दैवीय अस्त्र ही है। हम प्रभु रुद्र की प्रजाति, वायुपुत्रों की सहमति के बिना इसका इस्तेमाल नहीं कर सकते। मैं प्रभु रुद्र की भक्त हूं। मैं उनका कानून नहीं तोड़ूंगी।'

'तो क्या तुम समर्पण करने वाले हो?'

'बिल्कुल नहीं! हम युद्ध करेंगे!'

विश्वामित्र उपहासपूर्ण ढंग से हंसे। 'युद्ध, सच में? कृपया बताइए, कौन रावण के योद्धाओं से लड़ने वाला है? भावुक, बौद्धिक मिथिलावासी? योजना क्या है? क्या लंकावासियों को वाद-विवाद से मारना है?'

'हमारे पास सुरक्षा बल है,' सीता ने शांति से कहा।

'वे रावण की सेना से लड़ाई करने के लिए न तो प्रशिक्षित हैं, न उनके पास वैसे संसाधन हैं।'

'हम उसकी सेना से नहीं लड़ रहे हैं। हम उसके अंगरक्षकों के दल से लड़ रहे हैं। उनके लिए मेरा सुरक्षा बल पर्याप्त है।'

'उनके बस का नहीं है। और तुम यह बात जानती हो।'

'गुरुजी, हम दैवीय अस्त्रों का प्रयोग नहीं करेंगे,' सीता ने दृढ़ता से कहा। उनका मुख कठोर हो चला था।

राम बोले। 'समिचि का सुरक्षा बल अकेला नहीं है। मैं और लक्ष्मण यहां हैं, और मलयपुत्र भी तो हमारे साथ हैं। हम किले के अंदर हैं, यहां दो दीवारे हैं; नगर के बाहर नहर है। हम मिथिला को बचा सकते हैं। हम लड़ सकते हैं।'

विश्वामित्र ने व्यंग्य से राम को देखा। 'बकवास! हम संख्या में ज़्यादा हैं। दो दीवारें हैं...' उन्होंने घृणा से कहा। 'यह देखने में बढ़िया लगता है। लेकिन तुम कब तक रावण के योद्धाओं को अंदर आने से रोक पाओगे?'

'गुरुजी, हम दैवीय अस्त्रों का प्रयोग नहीं करेंगे,' सीता ने आवाज़ ऊंची करते हुए कहा। 'अब, अगर आप इजाजत दें, तो मैं युद्ध की तैयारी के लिए प्रस्थान करना चाहती हूं।'

बहुत रात हो गई थी; चौथे प्रहर का चौथा घंटा। राम, सीता के साथ लक्ष्मण और समिचि भी मधुकर निवास की छत पर, अंदरुनी दीवार के किनारे पर पहुंच चुके थे। समग्र मधुकर निवास परिसर सुरक्षा के लिहाज से खाली करवा दिया गया था। बाहरी दीवार पर बनी खंदक नहर से कश्तियों वाला पुल गिरा दिया गया था।

मिथिला की फौज के चार हज़ार महिला और पुरुष अधिकारी, नगर में सुरक्षा व्यवस्था बनाए रखने के लिहाज से पर्याप्त थे। लेकिन क्या दो दीवारों का लाभ उठाते हुए भी वह रावण के अंगरक्षकों को रोक पाने में समर्थ हो सकेंगे? वे संख्या में दो के मुकाबले पांच थे।

राम और सीता बाहरी दीवार की सुरक्षा के प्रति बेफिक्र थे। वे चाहते थे कि रावण और उसकी सेना उसे पार करके, अंदरुनी दीवार पर हमला करे; तब लंकावासी दो दीवारों के मध्य फंस जाएंगे, और मिथिला के तीर आसानी से उन्हें अपना निशाना बना लेंगे। उन्हें दूसरी तरफ से बाणों की बौछार की उम्मीद थी, जिसके लिए उन्होंने अपनी लकड़ी की ढालें मंगवा ली थीं, जिनका इस्तेमाल मिथिला में सामान्य तौर पर भीड़ को नियंत्रित करने के लिए किया जाता था। लक्ष्मण ने उन्हें तीरों से बचने के कुछ आधारभूत तरीके बता दिए थे।

'मलयपुत्र कहां हैं?' लक्ष्मण ने राम से पूछा।

राम भी हैरान थे कि मलयपुत्र लड़ने के लिए सामने नहीं आए थे। राम ने धीरे से कहा, 'लगता है यह हमारा ही मामला है।'

लक्ष्मण ने अपना सिर हिलाते हुए थूका। 'कायर।'

'देखो!' समिचि ने कहा।

सीता और लक्ष्मण ने उस दिशा में देखा, जहां समिचि ने संकेत किया था। दूसरी ओर, राम का ध्यान समिचि की आवाज़ में छिपी घबराहट की ओर गया था। सीता से भिन्न, वह कुछ परेशान दिख रही थी। शायद वह उतनी वीर नहीं थी, जितना सीता उसे मानती थी। राम ने अपना ध्यान शत्रु की ओर मोड़ा।

मिथिला की बाहरी दीवार के किनारे बनी खंदक-झील के दूसरी ओर मशालों की पंक्ति दिखाई दे रही थी। रावण के अंगरक्षक शाम से ही जोर-शोर से काम करने लगे थे, उन्होंने जंगल को काटकर, झील पार करने के लिए नाव बनाना शुरू कर दिया था।

यहां तक कि उनके देखते-देखते, लंका के सैनिकों ने अपनी नावों को खंदक-झील में उतारना शुरू कर दिया। मिथिला पर बस कुछ ही समय में हमला होने वाला था।

'समय आ गया है,' सीता ने कहा।

'हां,' राम ने कहा। 'वो लोग शायद आधे घंटे में ही बाहरी दीवार तक पहुंच जाएंगे।'

रात को गूंजती शंख की आवाज़ें, अब रावण और उसके दल की पहचान बन चुकी थीं। मशाल की धधकती ज्वाला को देखकर वे समझ गए थे कि लंकावासी मिथिला की बाहरी दीवार पर सीढ़ियां लगाकर चढ़ने की कोशिश कर रहे थे।

'वे यहां हैं,' राम ने कहा। संदेश तुरंत ही पंक्ति में खड़ी मिथिला की सेना तक पहुंच गया। राम को अब, रावण के धनुर्धरों की ओर से बाणों की बौछार की उम्मीद थी। लंका के धनुर्धर तभी बाण चला सकते थे, जब उनके सैनिक दीवार से बाहर हों। जिस पल वे दीवार पर चढ़ना शुरू करेंगे, उन्हें तभी बाणों की वर्षा रोकनी पड़ेगी। धनुर्धर अपने ही आदमियों को मारने का जोखिम नहीं ले सकते थे।

अचानक ही बाण चलने की तीव्र ध्वनि सुनाई दी।

'ढाल!' सीता चिल्लाईं।

मिथिलावासियों ने तुरंत अपनी ढाल उठा लीं, वे लंकावासियों की तरफ से आ रहे बाणों की बौछार का सामना करने को तैयार थे। लेकिन राम कुछ असमंजस में थे। यह आवाज़ सामान्य तीर चलने की आवाज़ से कुछ अलग थी। यह उतनी तीव्र थी, मानो हज़ारों बाण एक साथ छोड़े जा रहे हों। वह सही थे।

भारी बाणों ने मिथिलावासियों की सुरक्षा की प्रथम पंक्ति को भेद दिया था। ढालों के टूटने और मिथिला के सैनिकों के अधीर क्रंदन से सारा माहौल भर गया।

'वह क्या है?' ढाल के पीछे छिपने की कोशिश करते हुए, लक्ष्मण चिल्लाए।

जैसे ही एक तेज़ चाकू की तरह, तीर राम की लकड़ी की ढाल में घुसा उसके दो टुकड़े हो गए। वह बस बाल-बाल बचे थे। राम ने गिरे हुए तीर को देखा। *भाला!*

उनकी लकड़ी की ढालें बाणों से सुरक्षा करने में समर्थ थीं, बड़े भालों से नहीं।

हे प्रभु रुद्र, वो इतनी दूरी से भाले कैसे फेंक पा रहे हैं? यह असंभव है!

बाणों की पहली बौछार समाप्त हो गई थी और राम जानते थे कि कुछ

ही पलों बाद दूसरी शुरू हो जाने वाली थी। उन्होंने अपने आसपास देखा।

'प्रभु रुद्र, कृपा करें...'

भारी विनाश हुआ था। मिथिला के कम से कम एक चौथाई सैनिक या तो मर चुके थे, या बुरी तरह से घायल थे। भालों ने उनकी ढालों के साथ-साथ उनके शरीर को भी फाड़कर रख दिया था।

राम ने सीता को देखते हुए आदेश दिया, 'किसी भी पल दूसरी बौछार हो सकती है! घरों में घुस जाओ!'

'घरों में घुस जाओ!' सीता चिल्लाईं।

'घरों में घुस जाओ!' सैनिक चिल्लाते हुए, दरवाज़ों की ओर भागे, और दरवाज़े खोलकर उनमें कूद गए। यह बचने का सबसे अव्यवस्थित तरीका था; लेकिन अभी के लिए प्रभावशाली था। कुछ ही पलों में, मिथिला का बचा हुआ हर सैनिक, सुरक्षित रूप से घरों में कूद चुका था। जैसे ही दरवाज़े बंद हुए, बाणों की बौछार ने मधुकर निवास की छतों पर गिरना शुरू कर दिया। कुछ पीछे रह गए सैनिकों के अलावा, अभी के लिए अन्य सभी सुरक्षित थे।

लक्ष्मण ने राम को देखते हुए कुछ नहीं कहा। लेकिन उनकी आंखों में स्पष्ट संदेश था। *यह विनाश है।*

'अब क्या?' राम ने सीता से पूछा। 'रावण के सिपाहियों ने अब बाहरी दीवार पर चढ़ना शुरू कर दिया होगा। वे जल्दी ही ऊपर पहुंच जाएंगे। वहां उन्हें रोकने वाला कोई नहीं है।'

सीता मुश्किल से सांस ले पा रही थीं, उनकी आंखें बेचैन शेरनी के समान इधर-उधर डोल रही थीं, और रोम-रोम से गुस्सा फूट रहा था। समिचि अपनी राजकुमारी के पीछे खड़ी, बेबसी से अपना माथा रगड़ रही थी।

'सीता?' राम ने उकसाया।

सीता की आंखें अचानक फैल गईं। 'खिड़कियां!'

'क्या?' हैरान समिचि ने पूछा।

सीता ने तुरंत उपसेनापतियों को अपने पास बुलाया। उसने बचे हुए मिथिला के सैनिकों को तुरंत मधुकर निवास में लगी लकड़ी की खिड़कियां तोड़ देने का निर्देश दिया; वो जो अंदरुनी दीवार, या कुछ घरों के मध्य बने तंग से अंतराल पर लगी थीं। उनकी खिड़कियां दो दीवारों के मध्य पड़ने

वाले बगीचे में खुलती थीं। वहां से लंका के हमलावरों पर बाण चलाए जा सकते थे।

'बहुत बढ़िया!' लक्ष्मण कहते हुए, तुरंत खिड़की की ओर दौड़ पड़े। उन्होंने अपनी बांह खींचते हुए, मांसपेशी पर ज़ोर डालकर, खिड़की पर ज़ोरदार प्रहार किया, और एक ही प्रहार में उसे गिरा दिया।

मधुकर निवास के इस विभाग में सभी घर एक बरामदे के माध्यम से जुड़े हुए थे। तुरंत ही संदेश सब जगह फैल गया। पल भर में ही, मिथिलावासियों ने खिड़की को तोड़कर, बाहरी और अंदरुनी दीवार के मध्य आए लंका के सैनिकों पर तीर चलाने शुरू कर दिए। लंकावासियों को किसी तरह के विरोध की उम्मीद नहीं थी। वे सहजता से उनके बाणों की चपेट में आ गए। नुकसान भारी हुआ था। मिथिला के सैनिक बिना रुके बाण चलाकर, ज़्यादा से ज़्यादा दुश्मनों को मार रहे थे, इससे अचानक ही उनका आक्रमण धीमा पड़ गया।

अकस्मात्, शंखनाद सुनाई दिया; लेकिन इस बार वह, भिन्न स्वर निकाल रहा था। लंकावासी तुरंत पीछे मुड़कर जाने लगे, उन्हें जल्द से जल्द आश्रयस्थलों में जाने की आवश्यकता थी।

राम, सीता और लक्ष्मण मधुकर निवास की छत पर खड़े थे। प्रातः का उजाला, धरती पर धीरे-धीरे उतर रहा था। सूर्य की मृदु किरणें, लंका के भालों से हुए भीषण नुकसान पर विरोधाभास दर्शा रही थीं। तबाही हृदय विदारक थी।

सीता ने अपने आसपास मिथिला सैनिकों के कटे-फटे शव देखे: उनके सिर नसों से लटके हुए थे, कुछ के अंग बाहर निकल आए थे, कुछ भाला लगने से बहे खून की वजह से मरे थे। 'मेरे हज़ार सैनिक...'

'भाभी हमने उन्हें भी कड़ी टक्कर दी,' लक्ष्मण ने अपनी भाभी से कहा। 'बाहरी और अंदरुनी दीवार के बीच लंका के भी कम से कम हज़ार सैनिक मृत पड़े हैं।'

सीता ने लक्ष्मण को देखा, हमेशा प्रकाशित रहने वाली उनकी आंखों में आज आंसू थे। 'हां, लेकिन उनके पास नौ हज़ार सैनिक बचे हैं। हमारे पास अब महज तीन हज़ार सैनिक ही हैं।'

राम ने खंदक-झील के पार लंका शिविर की गतिविधियों को देखा। घायलों के इलाज के लिए चिकित्सक शिविर लग गए थे। फिर भी लंका के

बहुत से सैनिक तत्परता से काम में जुटे थे: पेड़ों को काटकर, जंगल की सीमा को पीछे करते जा रहे थे। यकीनन, उनकी मंशा वापस जाने की नहीं थी।

'अगली बार वो और बेहतर तैयारी से आएंगे,' राम ने कहा। 'अगर वह अंदरुनी दीवार पर चढ़ पाने में कामयाब रहे, तो सब खत्म हो जाएगा।'

सीता ने अपना हाथ राम के कंधे पर रखकर, ज़मीन को देखते हुए आह भरी। राम उनकी नजदीकी में कुछ पल के लिए सब भूल गए। उन्होंने अपने कंधे पर सीता का हाथ देखा, फिर अपनी आंखें बंद कर लीं। उन्हें ध्यान केंद्रित करके, फिर से अपनी भावनाओं पर नियंत्रण सीखना होगा।

सीता ने पीछे मुड़कर, अपने नगर को देखा। सीता की निगाहें, मधुकर निवास के बगीचे के परे, बने प्रभु रुद्र के विशाल मंदिर की मीनार पर पड़ीं। उनकी आंखें दृढ़ हो आईं, मानो उनकी नसों में धातु का संचार होने लगा।

'कुछ खत्म नहीं होगा। मैं अपनी प्रजा को भी अपने साथ आने को कहूंगी। अगर मेरे लोग अपनी रसोई के चाकुओं के साथ भी खड़े हो जाएं, तो वे एक-एक सैनिक पर दस लोग होंगे। हम उनसे लड़ सकते हैं।'

राम उनके विश्वास को महसूस नहीं कर पाए।

सीता ने सिर हिलाया, वह तय कर चुकी थीं, और तुरंत मिथिला सैनिकों को अपने पीछे आने का इशारा करके चल दीं।

अध्याय 25

'आप कहां थे, गुरुजी?' राम ने पूछा। उनकी आवाज़ में विनम्रता थी, कुछ समय पूर्व की हलचल का उसमें लेशमात्र नहीं था।

विश्वामित्र आख़िरकार पहले प्रहर के पांचवें घंटे में पहुंचे थे। अलस्सुबह की रौशनी में, लंका के शिविर में चल रही गतिविधियां साफ नज़र आ रही थीं। सीता अभी भी प्रजा के साथ सेना बनाने की तैयारी में जुटी थीं। अरिष्टनेमी दूर खड़े थे, अजीब था कि उन्होंने बातचीत से दूरी बनाए रखने का निर्णय लिया था।

'दरअसल, कायर मलयपुत्र कहां थे?' लक्ष्मण ने गुर्राते हुए पूछा। उन्हें नम्रता के झूठे प्रदर्शन की कोई आवश्यकता महसूस नहीं हुई।

विश्वामित्र ने उन्हें क्रोध की नज़रों से देखते हुए, राम से कहा। 'किसी को तो यहां परिपक्व होते हुए, जो ज़रूरी था वह करना था।'

राम ने त्यौरी चढ़ाईं।

'मेरे साथ आओ,' विश्वामित्र ने कहा।

लंकावासियों के हमले से दूर, मधुकर निवास की छत के एक गुप्त विभाग में, आख़िरकार राम को पता चला कि मलयपुत्र किस काम में व्यस्त थे: असुरास्त्र।

एक शस्त्र, जिसे व्यवस्थित करने में लंबा समय लगता था। विश्वामित्र

और मलयपुत्रों ने, कम रौशनी में, पूरी रात काम किया था। प्रक्षेपास्त्र और उसका आधार पूरी तरह से तैयार हो चुका था। आधार क़द में लक्ष्मण से भी कुछ बड़ा था, और लकड़ी का बना था। प्रक्षेपास्त्र का बाहरी आवरण सीसे से बना था। इसके मुख्य तत्व और अवयवों को, जिन्हें गंगा आश्रम के पास से खोदकर निकाला गया था, विश्वामित्र और उनका दल मिथिला लेकर आए थे। मुख्य तत्व को विस्फोटक कोष्ठ में डाल दिया गया था।

प्रक्षेपास्त्र बिल्कुल तैयार था, लेकिन राम अनिश्चित थे।

उन्होंने बाहरी दीवार के परे देखा।

लंकावासी कड़ी लगन से काम करते हुए, जंगल को साफ कर रहे थे। वे कुछ निर्माण कर रहे थे।

'वो लोग जंगल के दूसरे सिरे पर क्या कर रहे हैं?' लक्ष्मण ने पूछा।

'ध्यान से देखो,' विश्वामित्र ने कहा।

लंका का एक समूह पेड़ से लट्ठों को काट रहा था। एक बार तो लक्ष्मण को लगा कि वे नाव बना रहे थे, लेकिन ध्यान से देखने पर उनकी सोच ग़लत साबित हो गई। वे इन लट्ठों को एक बड़ी सी आयताकार ढाल में जोड़ रहे थे, जिसके दोनों सिरों पर मज़बूत हत्थे लगे थे। अगर वे एक साथ दो पंक्तियों में खड़े हो जाएं तो, हर ढाल बीस आदमियों की सुरक्षा में समर्थ थी।

'कच्छप ढाल,' राम ने कहा।

'हां,' विश्वामित्र ने कहा। 'जब उनके पास वो पर्याप्त संख्या में हो जाएंगी, तब वे हमले के लिए लौटकर आएंगे। वे हमारे बिना किसी प्रतिरोध के बाहरी दीवार तोड़ देंगे; उस पर चढ़ना क्यों? वे अपनी कच्छप ढाल की आड़ लेते हुए हमारी अंदरुनी दीवार की ओर बढ़ेंगे। सफल हमले से वे हमारी दीवारों को ढहा देंगे। तुम जानते ही हो कि फिर नगर का क्या होगा। यहां तक कि चूहों को भी भागने का मौका नहीं मिल पाएगा।'

राम जड़ खड़े थे। वह जानते थे कि विश्वामित्र सही कह रहे थे। वे देख सकते थे कि वैसी पंद्रह से बीस विकराल ढाल पहले ही बन चुकी थीं। लंकावासी विलक्षण गति से काम कर रहे थे। हमला अवश्यंभावी था, शायद आज रात से पहले ही। मिथिला तब तक तैयार नहीं हो पाएगा।

'तुम्हें समझना होगा कि असुरास्त्र का प्रहार ही हमारे पास मौजूद एकमात्र विकल्प है,' विश्वामित्र ने कहा। 'इसे अभी छोड़ो, जबकि वो तैयार नहीं हैं, और हमसे दूर हैं। एक बार जब वह बाहरी दीवार के नज़दीक पहुंच

जाएंगे, तो हम ऐसा भी कर पाने की स्थिति में नहीं रहेंगे; अगर विस्फोट नज़दीक हुआ, तो इससे मिथिला पर जोखिम भी बढ़ जाएगा।'

राम ने लंकावासियों को देखा।

यही एकमात्र रास्ता है!

'गुरुजी, आप असुरास्त्र क्यों नहीं चला देते?' लक्ष्मण ने व्यंग्यात्मक लहजे से पूछा।

'मैं एक मलयपुत्र हूं; मलयपुत्रों का प्रमुख,' विश्वामित्र ने कहा। 'वायुपुत्र और मलयपुत्र भागीदारी से काम करते हैं, जैसे विष्णु और महादेव, सदियों से करते आए हैं। मैं वायुपुत्रों का नियम नहीं तोड़ सकता।'

'लेकिन मेरे भाई से नियम तुड़वाना सही है?'

'तुम मृत्यु का चयन भी कर सकते हो। वह विकल्प हमेशा खुला है,' विश्वामित्र ने तीखेपन से कहा। फिर उन्होंने सीधे राम से बात की, 'तो, तुम्हारा चयन क्या है राम?'

राम ने मुड़कर मिथिला के महल की ओर देखा, जहां सीता अपने अनिच्छुक नागरिकों को युद्ध में भाग लेने के लिए मना रही थीं।

विश्वामित्र अयोध्या के राजकुमार के पास आए। 'राम, रावण नगर के प्रत्येक व्यक्ति को यातना देकर मार डालेगा। सैकड़ों मिथिलावासियों का जीवन दावं पर लगा है। तुम्हारी पत्नी का जीवन दावं पर है। तुम, एक पति के रूप में अपनी पत्नी की सुरक्षा करोगे, या नहीं? क्या जनकल्याण के लिए तुम अपनी आत्मा पर कलंक लोगे? तुम्हारा धर्म यहां क्या कहता है?'

मैं सीता के लिए यह करूंगा।

'हम पहले उन्हें चेतावनी देंगे,' राम ने कहा। 'उन्हें पीछे हटने का मौका मिलना चाहिए। मुझे बताया गया था कि असुरों ने दैवी अस्त्र छोड़ने से पहले इस शिष्टाचार का पालन किया था।'

'ठीक है।'

'अगर, हमारी चेतावनी से भी उन पर कोई फर्क नहीं पड़ा,' राम ने अपनी उंगलियां, अपने गले में पड़े रुद्राक्ष पर घुमाते हुए कहा, मानो उन्हें उससे बल प्राप्त हो रहा हो, 'तो मैं असुरास्त्र चला दूंगा।'

विश्वामित्र संतुष्टि से मुस्कुराए, मानो राम की स्वीकृति उनकी जीत का पुरस्कार थी।

विशाल भालुनुमा आदमी अपने सैनिकों में घूम रहा था, वह कच्छप ढालों का निरीक्षण कर रहा था। उसे अपने पैर के नज़दीक, एक लट्ठे पर बाण घुसने की आवाज़ आई। उसने हैरानी से देखा।

मिथिला में कौन है जो इतनी दूरी से इतने सटीक लक्ष्य पर बाण चला सकता है?

उसने दीवार की ओर देखा। वह बस इतना ही देख सका कि दो लंबे से आदमी, अंदरुनी दीवार के पास खड़े थे, और तीसरा, उनसे क़द में कुछ छोटा था। तीसरे आदमी ने धनुष पकड़ा हुआ था; वह सीधा उसी की ओर देखता हुआ लग रहा था।

भालुनुमा आदमी लट्ठे में लगे तीर को देखने के लिए आगे आया। उसके पिछले भाग में कोई संदेश बंधा हुआ था। उसने तुरंत तीर को बाहर निकालकर, उस संदेश को खोला।

'क्या तुम्हें वास्तव में ऐसा लगता है कि वे ऐसा करेंगे, कुंभकर्ण?' रावण ने घृणा से फुंफकारते हुए पूछा, उसने वह संदेश एक ओर फेंक दिया था।

'दादा,' भालुनुमा आदमी ने दबे स्वर में कहा, लेकिन उसके भारी स्वरतंत्र की वजह से उसकी आवाज़ दमदार ही थी। 'अगर उन्होंने असुरास्त्र से प्रहार किया तो...'

'उनके पास असुरास्त्र नहीं है,' रावण ने बीच में दखल दिया। 'वे धमकी दे रहे हैं।'

'लेकिन दादा, मलयपुत्रों के पास...'

'विश्वामित्र धमकी दे रहा है, कुंभकर्ण!'

कुंभकर्ण ख़ामोश हो गया।

'वे इंच भर भी पीछे नहीं हटे हैं,' विश्वामित्र ने आग्रह किया। 'अब हमें शस्त्र से प्रहार करना चाहिए।'

दूसरे प्रहर के तीसरे घंटे की समाप्ति तक, सूर्य आसमान में चढ़ आया था। राम ने तीन घंटे पहले लंकावासियों को चेतावनी दी थी। उससे यकीनन कोई फर्क नहीं पड़ा था।

मलयपुत्रों ने पहले ही प्रक्षेपास्त्र को लंका के सैनिकों की दिशा में लक्षित करके, मधुकर निवास की छत पर लगा दिया था।

'चेतावनी में हमने उन्हें एक घंटे का समय दिया था,' विश्वामित्र ने कहा। 'हमने तीन घंटे इंतज़ार किया। संभवतया वे सोचने लगे होंगे कि हमने उन्हें निरी धमकी दी है।'

लक्ष्मण ने विश्वामित्र को देखा। 'क्या आपको नहीं लगता कि हमें पहले सीता भाभी से बात कर लेनी चाहिए? उन्होंने स्पष्ट कहा था कि...'

विश्वामित्र ने अचानक लक्ष्मण को बीच में रोका। 'देखो!'

लक्ष्मण और राम ने तुंरत विश्वामित्र के इशारे की ओर देखा।

'क्या वे नावों पर सवार हो रहे हैं?' राम ने पूछा।

'हो सकता है, वे उनका परीक्षण कर रहे हों,' लक्ष्मण ने उम्मीद की आख़री किरण को पकड़ते हुए कहा। 'उस हालात में, हमारे पास अभी भी कुछ समय मौजूद होगा।'

'क्या तुम्हें लगता है, राम कि हमें जोखिम लेना चाहिए?' विश्वामित्र ने पूछा।

राम पूरी तरह जड़ थे।

'हमें अभी प्रहार करना होगा!' विश्वामित्र ने बलपूर्वक कहा।

राम ने कंधे से धनुष उतारा, उसे अपने कानों के पास लाए, और कमान खींच दी। *गजब।*

'बहुत बढ़िया!' विश्वामित्र ने कहा।

लक्ष्मण ने महर्षि को देखा। उन्होंने अपने भाई के कंधे पर हाथ रखा। 'दादा...'

राम मुड़े और आगे चलने लगे। बाकी सब उनके पीछे चले। अधिकांश दैवी अस्त्र कुछ दूरी से, एक जलते हुए तीर को शस्त्र की ओर लक्षित करके छोड़े जाते थे। इससे चलाने वाला प्रक्षेपास्त्र के शुरुआती विस्फोट से खुद को बचा पाता था। सिर्फ कुशल धनुर्धर ही खासी दूरी से, फल के समान छोटे लक्ष्य को साध पाने में सफल हो सकता था।

विश्वामित्र ने असुरास्त्र से पांच सौ मीटर की दूरी पर राम को रोका। 'राजकुमार, इतनी दूरी पर्याप्त है।'

अरिष्टनेमी ने उनके हाथ में बाण पकड़ा दिया। राम ने उसके सिरे को सूंघा; उस पर ज्वलनशील पदार्थ लगा था। उन्होंने तीर को देखा और पल भर के लिए हैरान रह गए। अरिष्टनेमी ने यकीनन राम के ही अपने तीर का इस्तेमाल किया था। अनायास ही उनके मन में आया कि अरिष्टनेमी राम के तीर तैयार करने का रहस्य जान गए थे। लेकिन यह चर्चा का समय नहीं था। उन्होंने अरिष्टनेमी की ओर सिर हिलाया और प्रक्षेपास्त्र की ओर देखा।

'दादा...' लक्ष्मण बुदबुदाए। वह तनाव में थे क्योंकि वह जानते थे कि नियमों पर चलने वाले उनके भाई पर इसका क्या असर पड़ेगा।

'पीछे हटो, लक्ष्मण,' राम कहते हुए अपनी कमर खींचने के लिए आगे झुके। लक्ष्मण, विश्वामित्र और अरिष्टनेमी पीछे हट गए। राम ने अपनी सांसों को धीमा किया; इससे क्रमशः उनकी हृदय गति भी मद्धम हुई। उन्होंने अपने सामने रखे प्रक्षेपास्त्र के आधार को देखा, और अन्य सभी आवाज़ों को अपने मस्तिष्क से झटक दिया। उन्होंने अपनी आंखों को सिकोड़ा, और समय व अपनी हृदय गति में तालमेल बनाया; उनके आसपास सबकुछ मानो मंद गति से चलने लगा। असुरास्त्र के ऊपर से एक कौआ उड़ा, अपने पंखों को फड़फड़ाता हुआ, मानो जल्दी से और ऊंचे पहुंच जाना चाहता हो। राम ने कौए के पंखों को देखा। पक्षी के लिए ऊंचाई पर पहुंचना सहज होता है; उसके पंखों में उड़ान होती है। राम का दिमाग़ इस नई सूचना को ग्रहित कर रहा था: हवा बाईं ओर बह रही थी। तीर के सिरे पर अंगूठा फिराते ही आग जल उठी। उन्होंने तीर को पिछली ओर से पकड़ने के लिए हाथ घुमाया। उसे कमान पर रखते हुए, बाण के पिछले सिरे को अपने बाएं अंगूठे और तर्जनी के बीच पकड़ा, और धनुष पर पकड़ मज़बूत की। राम ने धनुष को कुछ ऊंचा उठाया, तीर के अनुसार कुछ व्यवस्थित किया। अरिष्टनेमी जानते थे कि यह अपरंपरागत था; तीर का कोण उससे खासा नीचे था, जितना कि वह रखते थे। लेकिन वह धनुष और बाण चलाने में राम की असीमित प्रतिभा से भी परिचित थे; और यकीनन तीर की खास बनावट से भी। उन्होंने एक शब्द भी नहीं कहा।

राम ने लक्ष्य साधा; वह पांच सौ मीटर की दूरी पर अनन्नास के आकार का, लाल वर्ग था। लक्ष्य के सामने बहती हवा अभी उनके चिंतन का विषय थी; अन्य चिंताएं नगण्य हो चुकी थीं। वात-शंकु बाईं ओर इशारा कर रहा था, लेकिन अचानक वह गिर गया। हवा एकदम बंद हो गई।

राम ने कमान खींची, लेकिन अभी तीर को थामे रखा। उनकी बांह ज़मीन से कुछ आरोही कोण पर थी, उनकी कोहनी तीर से संरेखित थी, धनुष का भार पिछली मांसपेशियों पर था। उनकी बांह कुछ तनी और कमान ओष्ठों तक पहुंच रही थी। धनुष को उसकी अधिकता तक खींचा जा चुका था, तीर का जलता हुआ सिरा अब उनके बाएं हाथ को छू रहा था। वात-शंकु झुका हुआ ही था। राम ने तीर छोड़ा, खींचते हुए, जैसे वह हमेशा करते थे, इससे तीर घूमते हुए आगे बढ़ने लगा। तीर के घूमने से हवा उसके मार्ग में आने का दुस्साहस नहीं कर पाती थी। अरिष्टनेमी धनुर्विधा के प्रदर्शन का आनंद ले रहे थे; यह बहुत ही मनोरम था। इसीलिए राम ने इतनी दूरी के बावजूद भी जलते हुए तीर को कुछ नीचे व्यवस्थित किया था। तेज़ गति के साथ-साथ बाण ने अपने घूमने की गति को भी बनाए रखा हुआ था।

कुंभकर्ण ने धनुष से जलते हुए बाण को छूटते देखा। तुरंत ही उसकी चेतना सजग हो गई, वह ज़ोर से चिल्लाया। 'दादा!'

वह अपने भाई की ओर भागा; रावण पुष्पक विमान के विशाल दरवाज़े पर खड़ा था।

बाण असुरास्त्र के छोटे से लाल वर्ग में जा घुसा, और उसे एकदम पीछे की ओर धक्का दिया। बाण से निकली आग यकायक लाल वर्ग के पीछे बने डिब्बे में लग गई, और तेज़ी से तेल वाले भाग में फैलकर प्रक्षेपास्त्र को ऊर्जा देने लगी। पल भर में ही, असुरास्त्र से होने वाला शुरुआती धमाका सुनाई दिया। कुछ क्षण बाद, प्रक्षेपास्त्र से उठती घनी ज्वाला तीव्र गति से अपने लक्ष्य की ओर बढ़ने लगी।

कुंभकर्ण ने पुष्पक विमान में अंदर की ओर जाते अपने भाई पर छलांग लगा दी।

असुरास्त्र से निकली प्रबल ज्वाला ने कुछ ही पलों में मिथिला की दीवार के परे घने क्षेत्र को अपने नियंत्रण में ले लिया। मधुकर निवास की छत पर उपस्थित कोई भी जन उस दृश्य से अपनी आंखें हटा नहीं पाया। जब प्रक्षेपास्त्र खंदक-झील के ऊपर पहुंचा, तो एक छोटा सा विस्फोट हुआ, जैसे

किसी बच्चे ने पटाखा छुड़ाया हो।

लक्ष्मण का अचरज तुरंत निराशा में बदल गया। उन्होंने त्यौरी चढ़ाईं। 'बस इतना ही? क्या यही है आपका असुरास्त्र?'

विश्वामित्र ने संक्षिप्त रूप से जवाब दिया। 'अपने कान बंद कर लो।'

इस बीच, कुंभकर्ण पुष्पक विमान के तल से उठा, हालांकि अंदर रावण भी रेंगते हुए ही आगे बढ़ रहा था। उसने जल्दी से दरवाज़े की ओर बढ़कर, पूरा ज़ोर लगाते हुए बगल में लगी हुई धातु की घुंडी घुमाई। पुष्पक विमान के दरवाज़े बंद होने लगे, और भालुनुमा मनुष्य भय से बाहर की ओर देखने लगा।

असुरास्त्र लंकावासियों के ऊपर पहुंचा और ज़ोरदार धमाके से फटा। धमाका इतना शक्तिशाली था कि उसने मिथिला की मज़बूत दीवारों को हिला दिया था। लंका के बहुत से सिपाहियों को अपने कानों के परदे फटते हुए महसूस हुए, उनके मुंह में दूषित हवा भर गई। लेकिन यह तो अभी होने वाले विनाश की शुरुआत भर थी।

विस्फोट के बाद हुई भयवाह शांति में, मिथिला में मधुकर निवास की छत पर खड़े दर्शकों ने प्रक्षेपास्त्र विस्फोट की जगह पर तेज़ हरी रौशनी निकलती देखी। आग का वह गोला इतना बड़ा था कि उसने नीचे खड़े लंका के सैनिकों को पलभर में ही मानो निगल लिया था। वे जहां खड़े थे, वहीं जम गए। वे अस्थायी रूप से अक्षम हो चुके थे। प्रक्षेपास्त्र के हवा में बिखरे हुए टुकड़े बेरहमी से उनके ऊपर बरस रहे थे।

पुष्पक विमान के दरवाज़े बंद होते समय कुंभकर्ण ने तेज़ हरी रौशनी देखी थी। हालांकि पुष्पक विमान के दरवाज़े खुद ब खुद बंद हो गए थे, उसके अंदर बंद हुए इंसान असुरास्त्र के कहर से सुरक्षित थे, लेकिन फिर भी कुंभकर्ण बेहोश होकर गिर गया। रावण तेज़ी से चिल्लाता हुआ अपने छोटे भाई की ओर भागा।

'प्रभु रुद्र कृपा करें,' लक्ष्मण बुदबुदाए, उनका हृदय डर से जकड़ गया था। उन्होंने अपने भाई की ओर देखा, इस मंजर से उन्हें भी इतना ही धक्का पहुंचा था।

'अभी यह खत्म नहीं हुआ,' विश्वामित्र ने चेताया।

एक भयानक फुंफकार अब तेज़ हो आई थी, जैसे कोई विकराल सांप रो रहा हो। और इसी के साथ हरे वाष्प के बादलों से असुरास्त्र के जलते हुए टुकड़ों ने ज़मीन पर गिरना शुरू किया, और लंका के जड़ सैनिकों को अपने

आगोश में ले लिया।

'वह क्या है?' राम ने पूछा।

'वह वाष्प,' विश्वामित्र ने कहा। 'वही तो असुरास्त्र है।'

घातक, गाढ़ी वाष्प सहज ढंग से लंका के सैनिकों पर गिर रही थी। वह उन्हें हफ्तों तक नहीं, तो कुछ दिनों तक तो मूर्च्छित रखने ही वाली थी। संभवत: इसमें काफी लोगों की जान भी जाने वाली थी। लेकिन वहां दया के लिए कोई चीख-पुकार नहीं थी। किसी ने भागने की कोशिश नहीं की थी। वे बस ज़मीन पर गिरते जा रहे थे, मानो असुरास्त्र के सम्मान में उन्होंने खुद को बिछा दिया था। उस भयानक सन्नाटे के अतिरिक्त अन्य कोई आवाज़ वहां गूंज रही थी, तो वह थी फुंफकारने की...

राम ने सुन्न दिल पर पड़े, रुद्राक्ष की लटकन को छुआ।

फुंफकार के पंद्रह मिनट बाद, विश्वामित्र राम की ओर मुड़े। 'हो गया।'

सीता मधुकर निवास की सीढ़ियां, एक बार में तीन-तीन फलांगती हुई दौड़ रही थीं। वह मिथिला में व्यापार वर्गाकार में बड़ी तल्लीनता से नागरिकों से साथ आने का आग्रह कर रही थीं कि अचानक उन्हें धमाके की आवाज़ आई और आसमान में एक चमक कौंध गई। वह तुरंत समझ गईं कि असुरास्त्र चलाया जा चुका था। उन्हें वहां जल्द से जल्द पहुंचना था।

सीता को पहले बीच में खड़े हुए अरिष्टनेमी और विश्वामित्र दिखाई दिए, उनसे कुछ दूरी पर राम और लक्ष्मण खड़े थे। डरी हुई समिचि सीता के पीछे-पीछे दौड़ रही थी।

'किसने चलाया?' सीता ने पूछा।

अरिष्टनेमी एक ओर हट गए, और राम सीता की आंखों के आगे आए, सिर्फ उन्हीं के हाथ में धनुष था।

अपने पति की ओर दौड़कर जाती हुई सीता, ज़ोर से चिल्लाईं; वह जानती थीं कि वह टूट गए होंगे। नैतिक मूल्यों और कानून का पालन करने वाले राम, अंदर ही अंदर अपराधबोध से ग्रस्त होंगे। उन्हें अपनी पत्नी और उसकी प्रजा की ज़िंदगी बचाने के लिए यह क़दम उठाना पड़ा होगा।

सीता को आता देख, विश्वामित्र मुस्कुराए। 'सीता, अब सब नियंत्रण में है! रावण की फौज खत्म हो चुकी है। मिथिला अब सुरक्षित है।'

सीता ने क्रोध से विश्वामित्र को देखा, गुस्से से उनके मुंह से शब्द नहीं निकल पा रहे थे। सीता ने सीधा राम के पास जाकर, उन्हें बांहों में भर लिया। स्तब्ध राम का धनुष उनके हाथों से छूट गया। उन्होंने कभी सीता को गले नहीं लगाया था। वह जानते थे कि वह उन्हें सहज बनाने की कोशिश कर रही थीं। यद्यपि उन्होंने हाथों से अपना हाथ पकड़ा हुआ था, लेकिन उनके दिल की धड़कन अचानक बढ़ गई थी। भावों की अतिशयता उन पर छा गई, और उनकी आंखों से एक आंसू गाल पर लुढ़क आया।

सीता ने अपना सिर पीछे करके, सीधे राम की खाली आंखों में झांका। सीता के चेहरे पर चिंता की लकीरें थीं। 'मैं आपके साथ हूं, राम।'

राम ख़ामोश थे। अजीब था, उनके मन में एक भूली हुई छवि घूम आई थी: सम्राट पृथु की आर्य की अवधारणा। सम्राट पृथु का नाम पृथ्वी के नाम पर ही रखा गया था। पृथु को आदर्शरूप मनुष्य, *आर्यपुत्र* माना जाता था, और *आर्यपुत्री* के रूप में उनकी एक आदर्श भागीदार थी, जो समानता के लिए उनसे प्रतिस्पर्धा नहीं करके, उनके गुणों को बढ़ाते हुए उन्हें पूर्ण करती थी।

राम ने खुद को आर्यपुत्र की तरह महसूस किया, जिनके साथ, समर्थन में उनकी आर्यपुत्री खड़ी थीं।

सीता ने मज़बूती से राम को बांहों में भर रखा था। 'राम, मैं आपके साथ हूं। हम एक साथ हालात का सामना करेंगे।'

राम ने अपनी आंखें बंद कीं। उन्होंने भी सीता के गिर्द अपनी बांहें डाल दीं। उन्होंने अपना सिर सीता के कंधों पर रख दिया। *स्वर्ग।*

सीता ने राम के कंधों से परे विश्वामित्र को देखा। उनकी आंखों में गुस्सा था, जैसे देवी मां प्रचंड रोष में हों।

विश्वामित्र की नज़रें बेदर्दी से उन्हीं को देख रही थीं।

एक तेज़ आवाज़ ने उन सबका ध्यान भंग किया। सभी ने मिथिला की दीवारों के पार देखा। रावण का पुष्पक विमान गरज रहा था। उसकी बड़ी-बड़ी पंखुड़ियां घूमने लगी थीं। पलभर में उसने गति पकड़कर, उड़ान भरी। बढ़ती आवाज़ के साथ, ज़मीन से ऊपर उठता हुआ, पुष्पक विमान मिथिला से दूर, उस विनाश से दूर, आसमान में निकल गया।

अध्याय 26

सीता ने अपने पति पर एक नज़र डाली, जो उनके साथ-साथ घोड़े पर आ रहे थे। लक्ष्मण और उर्मिला उनसे भी पीछे थे। लक्ष्मण अपनी पत्नी से लगातार बातें किए जा रहे थे, और वह बड़े चाव से अपने पति को निहार रही थीं। उर्मिला अपनी बाईं तर्जनी में पहनी हुई, बड़ी सी हीरे की अंगूठी से खेल रही थीं; यह उनके पति की ओर से मिला बेशकीमती उपहार था। उनके पीछे मिथिला के सैंकड़ों सिपाही चल रहे थे। राम और सीता के आगे भी सैंकड़ों सिपाहियों का झुंड चल रहा था। दल संकश्या की ओर जा रहा था, जहां से उन्हें नदी के रास्ते अयोध्या पहुंचना था।

राम, सीता, लक्ष्मण और उर्मिला ने असुरास्त्र चलने वाले दिन से दो सप्ताह बाद प्रस्थान किया था। राजा जनक और उनके भाई कुशध्वज ने लंका के युद्ध-बंदियों को संभालने का जिम्मा उठाया था। विश्वामित्र और उनके मलयपुत्र अपनी राजधानी, अगस्त्यकुटम की ओर प्रस्थान कर चुके थे। वे भी अपने साथ लंका के कुछ बंदियों को ले गए थे। मुनि का मकसद, मिथिला की ओर से, रावण से उन युद्ध-बंदियों का सौदा करने का था। उन्हें लौटाने के बदले वह साम्राज्य की सुरक्षा का वचन लेना चाहते थे। सीता के लिए अपनी मित्र, समिचि से जुदा होना मुश्किल निर्णय था, लेकिन मिथिला को इस नाजुक मौके पर अपनी नागरिक अधिकारी की ज़्यादा ज़रूरत थी।

'राम...'

राम ने मुस्कुराते हुए अपनी पत्नी को देखा, और अपना घोड़ा उनके पास ले आए। 'हां?'

'क्या आपने तय कर लिया है?'

राम ने सिर हिलाया। उनके मन में कोई संदेह नहीं था।

'लेकिन आप इस पीढ़ी के पहले व्यक्ति हैं, जिन्होंने रावण को पराजित किया। और, वास्तव में तो वह दैवी अस्त्र था भी नहीं। अगर आप...'

राम ने त्यौरी चढ़ाईं। 'यह तकनीकी फर्क है। और तुम इसे जानती हो।'

सीता ने गहरी सांस ली और बोलना शुरू किया। 'कभी-कभी, आदर्श राज्य बनाने के लिए, एक अधिनायक को समय की ज़रूरत के हिसाब से निर्णय लेने पड़ते हैं; भले ही वह अल्पावधि में *उचित* न लगें। लेकिन अंततोगत्वा, एक अधिनायक वही है, जो अवसर मिलने पर जनता की क्षमता को विस्तृत कर पाए। उस समय उसका कर्तव्य उसे पीछे हटने का मौका नहीं देता। एक आदर्श अधिनायक जनता के हित के लिए, खुद पर कलंक लेने से नहीं चूकता।'

राम ने सीता को देखा। वह कुछ निराश लगे। 'मैंने वह पहले ही कर दिया है, है न? सवाल है कि क्या मुझे सजा मिलनी चाहिए, या नहीं? क्या मुझे उसके लिए प्रायश्चित करना चाहिए? अगर मैं अपनी प्रजा से नियम पालन की उम्मीद रखता हूं, तो मुझे भी नियमों का पालन करना होगा। एक अधिनायक वही नहीं है, जो नेतृत्व करे। अधिनायक को आदर्श भी होना चाहिए। उसकी कथनी और करनी में अंतर नहीं होना चाहिए, सीता।'

सीता मुस्कुराईं। 'वाह, प्रभु रुद्र ने एक बार कहा था: "एक अधिनायक वही नहीं है, जो लोगों को उनकी मनचाही वस्तु दे। बल्कि उसे लोगों को उनकी कल्पना से भी बेहतर सोचने की समझ देनी चाहिए"।'

राम भी मुस्कुराए। 'और, तुम्हें इसके जवाब में कही गई, देवी मोहिनी की बात भी याद होगी।'

सीता हंसी। 'हां। देवी मोहिनी ने कहा था कि लोगों की अपनी सीमाएं होती हैं। एक अधिनायक को उनकी सीमाओं से परे की उम्मीद नहीं रखनी चाहिए। अगर तुम उन्हें उनकी हदों से गुज़रने को मजबूर करोगे, तो वे टूट जाएंगे।'

राम ने अपना सिर हिलाया। वह वास्तव में देवी मोहिनी की बात से सहमत नहीं थे, जिन्हें कि बहुत से लोग विष्णु के रूप में सम्मान देते थे; हालांकि बहुत से लोगों का मानना था कि उन्हें विष्णु नहीं कहा जा सकता। राम अपने लोगों को उनकी सीमाओं से ऊपर उठाने पर यकीन रखते थे; तभी

एक आदर्श समाज का निर्माण किया जा सकता था। लेकिन उन्होंने कभी अपनी असहमति को लेकर आवाज़ नहीं उठाई थी।

'क्या आपने सोच लिया है? सप्तसिंधु की सीमाओं से परे चौदह साल रहने की सजा?' सीता ने मुख्य चर्चा पर लौटते हुए, गंभीरता से राम को देखते हुए पूछा।

राम ने सिर हिलाया। वह फैसला कर चुके थे। वह अयोध्या जाएंगे और अपने पिता से वनवास की अनुमति लेंगे। 'मैंने प्रभु रुद्र का नियम तोड़ा है। और, यह उसकी तयशुदा सजा है। इससे कोई फर्क नहीं पड़ता कि वायुपुत्र मुझे सजा देंगे या नहीं। इससे भी कुछ नहीं बदलता कि मेरे लोग मेरा साथ देंगे या नहीं। मुझे अपनी सजा पर कायम रहना है।'

सीता ने उनकी ओर झुकते हुए, धीरे से कहा, 'हमें... मुझे नहीं।'

राम ने चौंकते हुए देखा।

सीता ने आगे बढ़ते हुए अपना हाथ, राम के हाथ पर रख दिया। 'आप मेरी किस्मत के भागीदार हैं, और मैं आपकी। शादी का यही मतलब होता है।' सीता ने अपनी उंगलियां, उनकी उंगलियों में गूंथ लीं। 'राम, मैं आपकी पत्नी हूं। हम हमेशा साथ रहेंगे; अच्छा समय हो या बुरा; चाहे जो भी हालात हों।'

राम ने अपनी कमर सीधी करते हुए, उनका हाथ दबाया। उनका घोड़ा हिनहिनाया और अपनी गति बढ़ाई। राम ने धीरे से उसकी लगाम पीछे खींची और उसे अपनी पत्नी के घोड़े के साथ चलने दिया।

'मुझे नहीं लगता कि यह प्रभावशाली होगा,' राम ने कहा।

नवविवाहित युगल राम-सीता और लक्ष्मण-उर्मिला, सरयु के मार्ग से, जहाज़ से अयोध्या की ओर जा रहे थे। वह सप्ताह भर में अयोध्या पहुंच जाने वाले थे।

राम और सीता जहाज़ पर बैठे हुए आदर्श समाज और साम्राज्य चलाने के संभावित तरीकों पर चर्चा कर रहे थे। राम के लिए, आदर्श स्थिति वही थी, जहां सब कानून के समक्ष समान हों।

सीता ने *समानता* के अर्थ पर काफी गहनता से विचार किया था। उनका मानना था कि कानून के समक्ष समानता से समाज की समस्याओं का निदान

नहीं हो जाएगा। उनका मानना था कि वास्तविक समानता आत्मिक स्तर पर होनी चाहिए। लेकिन इस भौतिक समाज में हर कोई समान नहीं था। दो इंसान एक से नहीं हो सकते। इंसानों में, कोई ज्ञान में अच्छा है, तो कोई युद्ध में, कोई व्यापार में बेहतर है, तो कोई दूसरे शारीरिक श्रमों में। हालांकि, सीता के अनुसार समस्या वर्तमान समाज में थी, इंसान का जीवन मार्ग उसके जन्म से निर्धारित था, न कि उसके कर्म से। उनका मानना था कि समाज तभी आदर्श बन सकता था, जब हरेक को उसके मनमुताबिक काम करने की आज़ादी हो। जाति प्रथा की तानाशाही को खत्म करने के लिए जन्म के बजाय कर्म को प्रधानता मिलनी चाहिए।

और इस तानाशाही की शुरुआत हुई कहां से? इसकी शुरुआत उनके अभिभावकों से हुई, जो अपने बच्चों पर अपने आदर्श और संस्कार थोप देते थे। ब्राह्मण अभिभावक अपने बच्चे को ज्ञान अर्जन के लिए ही प्रेरित करेंगे, लेकिन हो सकता है बच्चे का मन व्यापार में हो। इन बेमेल संयोजनों से समाज में दुख और अव्यवस्था फैलती है। समाज के पिछड़ने का एक कारण उसकी प्रजा का मनचाहे कामों को न करने के लिए मजबूर होना भी होता है। सबसे बुरा है शुद्रों के लिए निर्धारित काम। उनमें से बहुत से सक्षम ब्राह्मण, क्षत्रिय या वैश्य हो सकते थे, लेकिन सख्त और अनुचित जाति-प्रथा उन्हें मजदूर ही बने रहने पर बाध्य करती। पूर्ववर्ती युग में, जाति-प्रथा लचीली हुआ करती थी। इसका सर्वोत्कृष्ट उदाहरण कई सदियों पूर्व देखने को मिला: महर्षि शक्ति, जिन्हें अब वेदव्यास के नाम से जाना जाता है—जिन्होंने सालों तक वेदों का अध्ययन, संपादन किया। उनका जन्म एक शुद्र परिवार में हुआ था, लेकिन उनके कर्मों ने उन्हें न सिर्फ ब्राह्मण बल्कि ऋषि बना दिया। *ऋषि* का स्तर सबसे ऊपर और देवताओं से एक स्तर नीचे माना गया, जिसे कोई भी मेहनत और लगन के दम पर हासिल कर सकता था। हालांकि, वर्तमान में, जाति प्रथा के सख्त नियमों के चलते, किसी शुद्र परिवार में से महर्षि शक्ति का उबर पाना असंभव था।

'आपको लगता है यह प्रभावशाली नहीं होगा; आप इसे सख्त मान रहे हैं। मैं आपकी बात से सहमत हूं कि कानून के समक्ष सब समान होने चाहिएं, और सब बराबर के सम्मान के अधिकारी हैं। लेकिन इतना ही पर्याप्त नहीं है। हमें जन्म पर आधारित जाति-प्रथा को खत्म करने के लिए कड़े क़दम उठाने चाहिएं,' सीता ने कहा। 'इसने हमारे धर्म और देश को कमज़ोर कर दिया है। भारत के कल्याण के लिए इसका विनाश ज़रूरी है। अगर हमने वर्तमान में

उपस्थित जाति प्रथा को खत्म नहीं किया, तो हमें विदेशियों के हमले के लिए तैयार रहना चाहिए। वे हमारे मतभेदों का इस्तेमाल कर हमें पराजित कर देंगे।'

सीता के समाधान, जो राम को वाकई में कठोर लग रहे थे, उन्हें लागू कर पाना बहुत जटिल था। उन्होंने प्रस्ताव दिया था कि साम्राज्य के सभी बच्चों को जन्म के समय ही राज्य को गोद ले लेना चाहिए। जैविक माता-पिता को अनिवार्य रूप से अपने बच्चे को राज्य को सौंप देना चाहिए। साम्राज्य ही बच्चों का पालन-पोषण, शिक्षा और उनकी नैसर्गिक प्रतिभा को उभारने का काम करेगा। पंद्रह वर्ष की उम्र में, उनकी परीक्षा ली जाएगी, जिसमें उन्हें शारीरिक, दर्शन और बौद्धिक स्तर का प्रदर्शन करना होगा। परिणाम के आधार पर बच्चों को उपयुक्त जाति की पहचान प्रदान कर दी जाएगी। प्रशिक्षण के बाद बच्चों को नागरिकों को गोद दे दिया जाएगा, जिन्होंने पहले से ही उनके लिए आवेदन भरे होंगे। बच्चे कभी अपने जैविक माता-पिता के बारे में नहीं जान पाएंगे, सिर्फ अपने जाति-अभिभावक को ही अपना मानेंगे।

'मैं सहमत हूं कि यह व्यवस्था पूरी तरह से न्यायोचित होगी,' राम ने सहमति जताई। 'लेकिन मैं कल्पना नहीं कर सकता कि मां-बाप खुशी से अपने बच्चे को साम्राज्य के हवाले कर देंगे, वो भी स्थायी रूप से, उनसे फिर कभी न मिलने के लिए, यहां तक कि उनकी पहचान तक न जाहिर हो पाने के लिए। क्या यह प्राकृतिक है?'

'इंसान "प्राकृतिक रास्ते" से तभी हट जाता है, जब वह कपड़े पहनना शुरू करता है, खाना पकाता है, और सहज भावना के बदले सांस्कृतिकता को प्राथमिकता देने लगता है। यही तो सभ्यता करती है। "सभ्यों" में सही और ग़लत का निर्धारण परिवेश और नियमों के माध्यम से किया जाता है। एक समय था, जब बहुपत्नी प्रथा निंदनीय थी, और एक समय ऐसा भी आया, जब निरंतर युद्धों के चलते इंसानों की संख्या कम होने लगी, और बहुपत्नी प्रथा को जनसंख्या बढ़ाने के समाधान के रूप में देखा गया। और अब, शायद आप ही एकल विवाह को फिर से प्रचलन में लाने में कामयाब हों!'

राम हंसे। 'मैं कोई प्रचलन शुरू करने की कोशिश नहीं कर रहा। मैं दूसरी महिला से शादी नहीं करना चाहता, क्योंकि यह तुम्हारा निरादर होगा।'

सीता ने मुस्कुराते हुए अपने खुले, लंबे बालों को झटका देकर पीछे किया। 'लेकिन बहुपत्नी को सिर्फ आप ही अनुचित मानते हैं; दूसरे इससे सहमत नहीं हैं। याद है, "सही" या "ग़लत" की अवधारणा इंसानों ने ही बनाई है। क्या सही है और क्या ग़लत है, इसे नए संदर्भों में परिभाषित करना पूरी

तरह से हम पर ही निर्भर करता है। इसका निर्धारण जनकल्याण के उद्देश्य से होना चाहिए।'

'हम्म, लेकिन इसे लागू करना बहुत कठिन होगा, सीता।'

'भारतीयों को कानून का सम्मान सिखाने जितना मुश्किल नहीं!' सीता ने हंसते हुए कहा, वह जानती थीं कि यह राम का प्रिय काम था।

राम ज़ोर से हंसे। 'सही कहा!'

सीता ने राम के नज़दीक सरककर उनका हाथ पकड़ लिया। राम ने आगे झुककर, उनका चुंबन लिया, एक गहन और सौम्य चुंबन, जिन्होंने उनके मन को खुशी से सराबोर कर दिया। राम अपनी पत्नी को थामकर सरयु के बहते पानी को देखने लगे, दूर कहीं नदी का हरा-भरा किनारा दिखाई पड़ रहा था।

'हमने सोमरस वाली बात खत्म नहीं की थी... आप क्या सोच रहे थे?' सीता ने पूछा।

'मुझे लगता है या तो वह सबको उपलब्ध होना चाहिए, या किसी को भी नहीं। यह उचित नहीं है कि कुछ संपन्न लोग इसके माध्यम से दूसरों की अपेक्षा स्वस्थ व ज़्यादा देर तक जीवित रहें।'

'लेकिन आप सबके लायक सोमरस उत्पादन कैसे कर पाएंगे?'

'गुरु वशिष्ठ ने ऐसी तकनीक का आविष्कार किया है, जिससे इसका बहुतायत में उत्पादन हो सकता है। अगर मैंने अयोध्या पर शासन किया...'

'जब,' सीता ने बीच में टोका।

'मतलब?'

'*जब* आप अयोध्या पर शासन करेंगे,' सीता ने कहा। 'न कि "अगर"। यह ज़रूर होगा, भले ही वह चौदह वर्ष बाद हो।'

राम मुस्कुराए। 'ठीक है, *जब* मैं अयोध्या पर शासन करूंगा, तो मैं गुरु वशिष्ठ की तकनीक वाला कारखाना लगवाऊंगा। हम सोमरस सभी के लिए उपलब्ध करवाएंगे।'

'अगर आप ज़िंदगी जीने का नया तरीका विकसित करने वाले हैं, तो इसका नाम भी नया होना चाहिए। हम पुराने कर्म को क्यों ढोते रहें?'

'ऐसा लग रहा है कि तुमने पहले से ही नाम सोच रखा है!'

'पवित्र जीवन की भूमि।'

'यह नाम है?'

'नहीं। यह तो नाम का अर्थ है।'

'तो, मेरे साम्राज्य का नया नाम क्या होगा?'

सीता मुस्कुराईं। 'उसका नाम मेलूहा होगा।'

'क्या तुम पागल हो गए हो?' दशरथ चिल्लाए।

सम्राट कौशल्या के महल में अपने नए निजी कार्यालय में थे। राम ने दशरथ को अपनी वनवास की सजा के बारे में बता दिया था, वह बिना वायुपुत्रों की अनुमति के दैवीय अस्त्र चलाने के दोष में, चौदह साल के लिए सप्तसिंधु से बाहर जाने वाले थे। यह ऐसा निर्णय था, जिसने दशरथ को पूरी तरह से अवाक् कर दिया था।

चिंतित कौशल्या अपने पति की ओर दौड़ीं और उन्हें बैठे रहने का ही आग्रह करने लगीं। उनका स्वास्थ्य पिछले कुछ समय में तेज़ी से गिरा था। 'कृपया शांत हो जाइए, महाराज।'

कौशल्या दशरथ पर कैकेयी के प्रभाव को लेकर अभी भी अनिश्चित थीं, उन्हें अपने पति से बात करते हुए सावधानी बरतनी पड़ती थी। उन्हें भरोसा नहीं था कि वह कब तक दशरथ की प्रिय रानी रहने वाली थीं। उनके लिए वह अभी भी 'महाराज' ही थे। लेकिन इस औपचारिक व्यवहार ने दशरथ के क्रोध को और बढ़ा दिया था।

'प्रभु परशु राम के नाम पर, कौशल्या मुझ पर ज़्यादा ध्यान देना बंद करो और अपने बेटे को कुछ समझाओ,' दशरथ चिल्लाए। 'तुम्हें कुछ पता भी है कि उसके चौदह साल बाहर रहने से क्या हो जाएगा? क्या तुम्हें लगता है कि ये शाही लोग धैर्य से उसके आने की प्रतीक्षा करेंगे?'

'राम,' कौशल्या ने कहा। 'तुम्हारे पिताजी सही कह रहे हैं। कोई भी तुम्हें सजा नहीं देगा। वायुपुत्रों ने कोई मांग नहीं की है।'

'वे करेंगे,' राम ने स्थिर आवाज़ में कहा। 'बस कुछ समय की बात है।'

'लेकिन हमें उनकी बात सुनने की ज़रूरत नहीं है। हम उनके नियमों पर नहीं चलते!'

'अगर मैं दूसरों से नियम पालन की उम्मीद रखता हूं, तो मुझे भी पालन करना चाहिए।'

'राम क्या तुम आत्मघात करने की कोशिश कर रहे हो?' दशरथ ने पूछा। क्रोध से उनका चेहरा तमतमा रहा था, और हाथ कांप रहे थे।

'पिताजी, मैं बस नियम का पालन कर रहा हूं।'

'तुम्हें दिखाई नहीं देता कि मेरा स्वास्थ्य कैसा है? मैं बस कुछ ही दिनों का मेहमान हूं। अगर तुम यहां नहीं होंगे, तो भरत राजा बन जाएगा। और अगर तुम चौदह साल के लिए सप्तसिंधु से बाहर रहोगे, तो तुम्हारी वापसी तक भरत अपनी जड़ें मज़बूती से जमा चुका होगा। तुम्हें शासन के लिए एक गांव तक नहीं मिल पाएगा।'

'पिताजी, पहले तो, अगर आप मेरे जाने पर भरत को युवराज घोषित करते हैं, तो राजा बनना उसका अधिकार है। और, मुझे लगता है कि भरत अच्छा राजा बनेगा। अयोध्या का कोई नुकसान नहीं होगा। लेकिन अगर वनवास के दौरान आप मुझे ही युवराज बनाए रखते हैं, तो मुझे विश्वास है कि मेरी वापसी पर भरत सिंहासन मुझे लौटा देगा। मुझे उस पर पूरा भरोसा है।'

दशरथ कड़वाहट से हंसे। 'तुम्हें वाकई लगता है कि तुम्हारे जाने पर भरत अयोध्या पर शासन करेगा? *नहीं!* उसकी मां का राज होगा। और, कैकेयी तुम्हें जंगल में ही मरवा देगी, बेटे।'

'मैं खुद की रक्षा कर लूंगा, पिताजी। लेकिन अगर मैं मर भी जाता हूं, तो भविष्य में मेरे लिए वही बदा होगा।'

दशरथ ने अपनी मुट्ठी माथे पर मार ली, उनकी निराशा बढ़कर गुस्से के रूप में फूट रही थी।

'पिताजी, मैंने निर्णय कर लिया है,' राम ने अंतिम रूप से कहा। 'लेकिन अगर मैं आपकी इजाजत के बगैर जाता हूं, तो वह आपका अनादर होगा; और अयोध्या का भी। एक युवराज कैसे राजा के आदेश की अवज्ञा कर सकता है? इसीलिए मैं आपसे विनती करता हूं कि मुझे निर्वासित कर दीजिए।'

दशरथ ने कौशल्या की ओर देखा, वह निराशा से हाथ झटक रहे थे।

'पिताजी यह अवश्यंभावी है, चाहे आप इसे चाहें या न चाहें,' राम ने कहा। 'आपके द्वारा निवार्सित होने पर अयोध्या का मान बना रहेगा। कृपया मुझे इजाजत दे दीजिए।'

दशरथ ने हार मान ली। 'कम से कम मेरा दूसरा सुझाव तो मान लो।'

राम दृढ़ थे, लेकिन उनके चेहरे पर क्षमा भाव था। *नहीं।*

'लेकिन राम, अगर तुम एक शक्तिशाली साम्राज्य की राजकुमारी से शादी कर लो, तो तुम्हारे पास वापसी में अपना दावा करने के लिए मज़बूत संबंधी होंगे। कैकेय कभी तुम्हारा पक्ष नहीं लेगा। आख़िरकार, अश्वपति कैकेयी के पिता हैं। लेकिन अगर तुम किसी दूसरे शक्तिशाली साम्राज्य की राजकुमारी से शादी कर लो, तो...'

'आपको बीच में रोकने के लिए क्षमा चाहता हूं, पिताजी। लेकिन मैं हमेशा से दृढ़ था कि मैं एक ही महिला से विवाह करूंगा। और, मैंने किया। मैं दूसरी शादी करके उनका अनादर नहीं करूंगा।'

दशरथ बेबसी से उन्हें देख रहे थे।

राम को लगा उन्हें और स्पष्ट करना चाहिए। 'और अगर मेरी पत्नी की मृत्यु हो जाती है, तो बाकी का जीवन मैं उसके शोक में काटूंगा। लेकिन मैं दोबारा शादी नहीं करूंगा।'

आख़िरकार कौशल्या का सब्र टूट गया। 'इससे तुम्हारा क्या मतलब है, राम? क्या तुम यह कहना चाहते हो कि तुम्हारे अपने पिता तुम्हारी पत्नी को मरवाने की कोशिश करेंगे?'

'मां, मैंने ऐसा नहीं कहा,' राम ने शांति से कहा।

'राम, कृपया समझने की कोशिश करो,' दशरथ ने विनती की, वह अपने धैर्य का इम्तेहान ले रहे थे। 'वह मिथिला की राजकुमारी है, एक छोटे साम्राज्य की। वह तुम्हारे संघर्षों में कोई योगदान नहीं दे सकती।'

राम ने दृढ़ता से, लेकिन विनम्र आवाज़ में कहा। 'वह मेरी पत्नी हैं, पिताजी। उनके बारे में कृपया सम्मान से बात कीजिए।'

'राम, वह प्यारी लड़की है,' दशरथ ने कहा। 'मैंने पिछले कुछ दिनों में ध्यान दिया है। वह अच्छी पत्नी है। वह तुम्हें खुश भी रखेगी। और तुम उसे अपनी पत्नी रख सकते हो। लेकिन अगर तुम दूसरी राजकुमारी से विवाह कर लेते हो, तो...'

'मुझे क्षमा कीजिए, पिताजी। लेकिन नहीं।'

'भाड़ में जाओ!' दशरथ ज़ोर से चिल्लाए। 'यहां से इसी समय निकल जाओ, इससे पहले कि मेरा सिर फट जाए।'

'जी पिताजी,' राम शांति से कहकर, जाने के लिए मुड़ गए।

'और, तुम मेरे आदेश के बिना नगर से बाहर नहीं जाओगे!' दशरथ ने पीछे से चिल्लाते हुए कहा।

राम ने मुड़कर देखा, उनका चेहरा अगूढ़ था। दृढ़ता से, सिर झुकाते हुए, उन्होंने हाथ जोड़कर प्रणाम किया। 'महान भूमि के सभी देवता आपको आशीर्वाद दें, पिताजी।' और फिर उसी चाल से चलते हुए, वह कक्ष से बाहर निकल गए।

दशरथ ने कौशल्या को देखा, उनकी आंखों से क्रोध झलक रहा था। उनकी पत्नी के चेहरे पर क्षमा याचना थी, वह अपने बेटे के निर्णय के लिए खुद को दोषी मान रही थीं।

अध्याय 27

महल में अपने विभाग में आने पर, राम को पता चला कि उनकी पत्नी बाहर, शाही बगीचा देखने गई थीं। उन्होंने उनके पास जाने का निर्णय लिया, और उन्हें भरत से बात करते हुए देखा। दूसरों की तरह ही, पहले पहल तो एक छोटे राज्य की, गोद ली हुई राजकुमारी से राम की शादी की खबर सुनकर भरत को भी झटका लगा था। यद्यपि, थोड़े समय में ही, भरत सीता की बुद्धिमत्ता से प्रभावित हो गए थे। दोनों ने एक दूसरे से बात करते हुए काफी समय बिताया, एक-दूसरे के गुणों को जानकर, दोनों मन ही मन, एक-दूसरे की सराहना कर रहे थे।

'...इसीलिए भाभी मैं जीवन में आज़ादी को सर्वोपरि मानता हूं,' भरत ने कहा।

'कानून से भी ज़्यादा महत्वपूर्ण?' सीता ने पूछा।

'हां। मैं मानता हूं कि कानून कम से कम होने चाहिएं; बस उतने ही जो इंसान की रचनात्मकता को बाहर लाने का ढांचा तैयार कर सकें। आज़ादी ही जीवन जीने का स्वाभाविक तरीका है।'

सीता हल्के से हंसीं। 'और, आपके बड़े भाई आपके विचारों के बारे में क्या कहते हैं?'

राम उनके पीछे से आए और अपनी पत्नी के कंधों पर हाथ रखे। 'उसका बड़ा भाई सोचता है कि भरत एक खतरनाक प्रभावी व्यक्तित्व है!'

भरत ठहाका लगाते हुए अपने भाई को गले लगाने बढ़े। 'दादा...'

'अपने उदारवादी विचारों से अपनी भाभी का मन बहलाने के लिए मुझे

तुम्हें शुक्रिया कहना चाहिए?!'

भरत कंधे झटकते हुए मुस्कुराए। 'कम से कम मैं अयोध्या के नागरिकों को उबाऊ तो नहीं बना दूंगा!'

राम ने ठहाका लगाते हुए कहा, 'फिर, ठीक है!'

भरत के भाव तुरंत बदलकर गंभीर हो गए। 'पिताजी आपको जाने नहीं देंगे, दादा। आपको भी यह बात पता है। आप कहीं नहीं जा रहे हो।'

'पिताजी के पास कोई विकल्प नहीं है। और, तुम्हारे पास भी नहीं। तुम अयोध्या पर शासन करोगे। और, तुम इसे अच्छी तरह संभाल लोगे।'

'मैं इस तरह सिंहासन पर नहीं बैठूंगा,' भरत ने अपना सिर हिलाते हुए कहा। 'नहीं, मैं नहीं बैठूंगा।'

राम जानते थे कि उनकी किसी बात से भरत का दर्द कम नहीं होगा।

'दादा, आप इस बात पर इतना ज़ोर क्यों दे रहे हो?' भरत ने पूछा।

'यह कानून है, भरत,' राम ने कहा। 'मैंने दैवीय अस्त्र चलाया है।'

'भाड़ में जाए कानून, दादा! क्या आपको वाकई में लगता है कि आपका जाना अयोध्या के हित में होगा? कल्पना करो कि हम दोनों साथ में कितना कुछ हासिल कर सकते हैं; आपका कानून पर ज़ोर और मेरी आज़ादी और रचनात्मकता को प्रधानता। क्या आपको लगता है कि आप या मैं अकेले उतने प्रभावशाली हो सकते हैं?'

राम ने अपना सिर हिलाया। 'भरत, मैं चौदह साल बाद वापस आ जाऊंगा। तुम भी मानते हो कि समाज में नियमों की एक खास अहमियत होती है। मैं दूसरों से नियम पालन की कैसे अपेक्षा कर सकता हूं, जब मैं खुद ऐसा न करूं तो? कानून हर इंसान पर समान रूप से लागू होना चाहिए। यह बिल्कुल स्पष्ट है।' फिर राम ने सीधे भरत की आंखों में देखा। 'भले ही इसमें कोई जघन्य अपराधी बचकर निकल रहा हो, कानून तोड़ा नहीं जाना चाहिए।'

भरत ने नज़रें हटा लीं, उनके भाव अलक्षित थे।

सीता को महसूस हुआ कि भाई किसी और विर्षय पर बात कर रहे थे, कोई ऐसा विषय जिसे लेकर वे दोनों सहज नहीं थे। वह पीठिका से उठीं, और राम से कहा, 'आपको सेनापति मृगस्य से मिलना है।'

'मैं निष्ठुर नहीं होना चाहता, लेकिन आप अपनी पत्नी की यहां उपस्थिति को लेकर निश्चिंत हैं?' अयोध्या के सेनापति मृगस्य ने कहा।

राम और सीता सेनापति से उनके निजी कार्यालय में मिल रहे थे।

'हम दोनों में कोई रहस्य नहीं है,' राम ने कहा। 'वैसे, मैंने उन्हें बातचीत का विषय बता दिया है। वह हमारी बातें सुन सकती हैं।'

मृगस्य ने रहस्यपूर्ण नज़रों से सीता को देखा, और लंबी सांस छोड़कर राम को संबोधित किया। 'आप सम्राट बन सकते हैं।'

अयोध्या का राजा स्वतः सप्तसिंधु का सम्राट बन जाता; यह सूर्यवंशियों का विशेषाधिकार था, रघु के समय से ही। मृगस्य ने राम के सम्मुख उनके अयोध्या के सिंहासन पर बैठने का मार्ग साफ कर दिया था।

सीता चकित थीं, लेकिन उन्होंने चेहरे पर कोई भाव नहीं आने दिए। राम ने त्यौरी चढ़ाईं।

मृगस्य ने राम के भावों को ग़लत समझा। उसे लगा कि राम सोच रहे थे कि सेनापति उनकी मदद क्यों कर रहा था, जबकि उसके एक आदमी को राम ने दंडित किया था। मृगस्य की नज़रों में ज़मीन पर कब्जा करना मामूली अपराध था।

'जो आपने किया, मैं उसे भूलने को तैयार हूं,' मृगस्य ने कहा। 'अगर आप मेरी अभी की हुई मदद को याद रखने के लिए राजी हो जाएं तो।'

राम ख़ामोश रहे।

'देखिए, राजकुमार राम,' मृगस्य ने बताया। 'लोग आपको न्याय सुधारों के कारण चाहने लगे हैं। धेनुका के मामले में आपकी साख को घात पहुंचा था, लेकिन उसे मिथिला में, रावण से मिली जीत की खुशी में भुला दिया गया है। दरअसल, आप शायद नहीं जानते होंगे, लेकिन आप भारत की जनता में लोकप्रिय हो गए हैं, न कि सिर्फ कौशल में। सप्तसिंधु में कोई ऐसा नहीं है, जो रावण से नफरत न करता हो, और आपने उसे पराजित कर दिया। मैं अयोध्या के प्रतिष्ठित लोगों को आपके पक्ष में कर सकता हूं। सप्तसिंधु के सभी बड़े साम्राज्य विजेता के पक्ष में चले आएंगे। हमें सिर्फ एक की चिंता है, कैकेय और उनके प्रभाव में आए दूसरे राज्यों की। लेकिन उन साम्राज्यों में भी, जो राजा अनु के वंशज हैं, खासे मतभेद हैं, जिनसे उन्हें सहजता से तोड़ा जा सकता है। संक्षेप में, मैं आपको बताने की कोशिश कर रहा हूं कि सिंहासन आपका ही है।'

'कानून का क्या?' राम ने पूछा।

मृगस्य को कुछ समझ नहीं आया, जैसे कोई किसी अजनबी भाषा में बात कर रहा हो। 'कानून?'

'मैंने असुरास्त्र चलाया है, और मुझे उसकी सजा भुगतनी है।'

मृगस्य हंसा। 'सप्तसिंधु के भावी सम्राट को सजा देने की हिम्मत किसमें है?'

'शायद सप्तसिंधु के वर्तमान सम्राट में?'

'सम्राट दशरथ आपको सिंहासन पर बिठाना चाहते हैं। मेरा भरोसा कीजिए। वह आपको किसी बेतुके वनवास पर नहीं भेजेंगे।'

राम के भाव नहीं बदले, लेकिन सीता उनकी आंख बंद होने से समझ गईं कि वह अंदर ही अंदर झुंझला रहे थे।

'राजकुमार?' मृगस्य ने कहा।

राम ने अपना हाथ चेहरे के आगे किया। उनकी उंगलियां ठोढ़ी पर थीं, और आंखें खोलकर, मृगस्य को देखते हुए धीरे से कहा, 'मेरे पिता सम्मानित व्यक्ति हैं। वह इक्ष्वाकु के वंशज हैं। वह सम्मानित कार्य ही करेंगे; और मैं भी।'

'राजकुमार, मुझे नहीं लगता कि आप समझ...'

राम ने मृगस्य को बीच में टोका। 'मुझे लगता है, सेनापति मृगस्य आप नहीं समझ रहे हैं। मैं इक्ष्वाकु का वंशज हूं। रघु का वंशज। मेरा परिवार अपने वंश के सम्मान के लिए जान दे सकता है।'

'वो सब कहने की...'

'नहीं। वह नियम है; ऐसे नियम, जिन पर जिया जाता है।'

मृगस्य आगे झुके और किसी बच्चे को समझाने के तरीके से कहा। 'मेरी बात सुनिए, राजकुमार राम। मैंने आपसे अधिक दुनिया देखी है। सम्मान किताबों में पढ़ने में अच्छा लगता है। वास्तविक दुनिया में...'

'मुझे लगता है, हमारी बातें खत्म हो गईं, सेनापति,' राम ने विनम्रता से हाथ जोड़ते हुए कहा।

'क्या?' कैकेयी ने पूछा। 'क्या तुम्हें पूरा यकीन है?'

मंथरा कैकेयी के कक्ष में आई थी। उसने यह सुनिश्चित कर लिया था कि दशरथ या उनके निजी सहायक वहां उपस्थित न हों। कैकेयी के निजी सहायक, जो उनके साथ कैकेय से ही आए थे, वे उनके वफादार थे। रानी के समकक्ष ही बैठते हुए, अतिरिक्त सावधानी से उसने रानी की दासी को बाहर जाने का आदेश दे दिया था। उसने कहा था कि वह जाते हुए दरवाज़ा अच्छी तरह से बंद करके जाए।

'अगर मुझे भरोसा नहीं होता, तो मैं यहां आती ही नहीं,' मंथरा ने अपने आसन पर ठीक तरह से व्यवस्थित होते हुए कहा। शाही साज-सज्जा की तुलना मंथरा के संपन्न घर के, वैज्ञानिक तरीकों से बनाए, आरामदायक सामान से करना, तो हास्यास्पद ही होगा। 'पैसों से बड़ों-बड़ों के मुंह खुल जाते हैं; हरेक की एक कीमत होती है। सम्राट कल दरबार में घोषणा करने वाले हैं कि उनकी जगह अब राम राजा बनेंगे, और वे खुद वनवास पर चले जाएंगे। लगे हाथों यह भी बता दूं कि वनवास, अपनी सभी रानियों के साथ। आपको भी अब से जंगल की किसी कुटी में ही जीवन बिताना होगा।'

कैकेयी ने दांत पीसते हुए, त्यौरी चढ़ाई।

'अपने दांत तभी पीसना, जब दांतों की चमक कम करनी हो,' मंथरा ने कहा। 'अगर आपको लगता है कि कुछ व्यावहारिक क़दम उठाना चाहिए, तो उसके लिए आपके पास आज ही का दिन है। बस यही समय है। आपको दोबारा ऐसा मौका नहीं मिलेगा।'

कैकेयी मंथरा के अंदाज से खफा थी; जिस दिन उसने कैकेयी को बदला लेने के लिए पैसे दिए थे, उस दिन से उसके हाव-भाव ही बदल गए थे। लेकिन अभी उसे एक शक्तिशाली व्यापारी दिमाग़ की ज़रूरत थी, तो उसने खुद को जज्ब किया। 'तुम्हारा क्या सुझाव है?'

'आपने एक बार उन वचनों का जिक्र किया था, जो आपको दशरथ ने करछप के युद्ध में जान बचाने पर दिए थे।'

कैकेयी अपने आसन पर पीछे को बैठकर उन भुला दिए गए वचनों को याद करने लगी, एक ऐसा कर्ज जिसे उसने कभी वापस लेने का नहीं सोचा था। कैकेयी ने रावण के उस घातक युद्ध में, दशरथ की जान बचाते हुए, खुद को जख्मी भी कर लिया था, उनकी एक उंगली भी इसमें कट गई थी। जब दशरथ को होश आया, तो उन्होंने आभार जताते हुए, कैकेयी को दो वरदान मांगने को कहा। वह किसी भी समय अपने वरदान मांग सकती थीं।

'दो वरदान! मैं कुछ भी मांग सकती हूं!'

'और, उन्हें वो मानने भी पड़ेंगे। रघुकुल रीत सदा चली आई, प्राण जाए पर वचन न जाई।'

मंथरा ने सूर्यवंशियों का वह नारा दोहराया, जिसे सम्राट रघु के समय से मान्यता दी जा रही थी।

'वह न नहीं कह सकते...' फुसफुसाते हुए कैकेयी की आंखों में चमक आ गई।

मंथरा ने सिर हिलाया।

'राम को चौदह बरसों का वनवास मिलना चाहिए,' कैकेयी ने कहा। 'मैं उनसे कहूंगी कि सार्वजनिक रूप से वह घोषणा करें कि वह प्रभु रुद्र के नियमों के तहत उसे सजा दे रहे हैं।'

'बहुत बढ़िया। जनता इसे स्वीकार भी कर लेगी। राम अब लोगों में प्रिय हैं, लेकिन कोई भी प्रभु रुद्र के नियमों को तोड़ना नहीं चाहेगा।'

'और, उन्हें भरत को युवराज घोषित करना होगा।'

'उत्कृष्ट! दो वरदान; सारी समस्याओं का निदान।'

'हां...'

विशाल नहर के पुल पर से दूसरी ओर जाते हघए, सीता ने आसपास देखा कि कोई उनके पीछे तो नहीं आ रहा। उन्होंने एक बड़े से अंगवस्त्र से अपना चेहरा और शरीर का ऊपरी भाग ढक रखा था, जिससे शाम की ठंडी हवा से भी उनकी रक्षा हो सके।

सड़क आगे पूर्व की दिशा में, कौशल नियंत्रित भूमि की ओर बढ़ रही थी। कुछ मीटर आगे जाने पर, उन्होंने फिर से मुड़कर देखा, और लगाम खींचते हुए घोड़े को सड़क से उतार लाईं। वह अब जंगल में जा रही थीं, और क्लिक-क्लिक की आवाज़ से उन्होंने घोड़े की गति बढ़ा दी। उन्हें आधे समय में लगभग एक घंटे की दूरी को पूरा करना था।

'लेकिन आपके पति क्या कहेंगे?' नागा ने पूछा।

सीता जंगल के थोड़े से साफ किए हुए भाग में खड़ी थीं, उनका हाथ छोटी सी म्यान में रखे, चाकू की मूठ पर था। जंगली जानवरों से सुरक्षा के लिए।

हालांकि उन्हें उस आदमी से सुरक्षा की कोई ज़रूरत नहीं थी, जिससे वह अभी मिल रही थीं। वह मलयपुत्र था, और वह उस पर बड़े भाई की तरह भरोसा करती थीं। नागा का मुंह चोंच के समान आगे को उठा हुआ, और सख्त था। उसका सिर गंजा था, लेकिन चेहरा घने बालों से भरा हुआ था। वह गिद्ध के समान चेहरे वाला इंसान था।

'जटायु जी,' सीता ने सम्मान से कहा, 'मेरे पति असामान्य नहीं हैं, वह ऐसे दुर्लभ व्यक्तित्व हैं, जो सदियों में जन्म लेते हैं। दुख इस बात का है कि वे नहीं जानते कि वह कितने महत्वपूर्ण हैं। जहां तक उनकी सोच की बात है, तो उन्हें लगता है कि वनवास पर जाकर वह सही कर रहे हैं। लेकिन ऐसा करके वह खुद को भीषण खतरे में डाल रहे हैं। जिस क्षण हम नर्मदा को पार करेंगे, मुझे संदेह है कि हम पर लगातार हमले होने लगेंगे। वे उन्हें मारने की हरसंभव कोशिश करेंगे।'

'बहन, आपने मेरी कलाई पर राखी बांधी है,' जटायु ने कहा। 'जब तक मैं जीवित हूं, आपको और आपके प्रेम को कुछ नहीं होगा।'

सीता मुस्कुराईं।

'लेकिन आपको मेरे बारे में अपने पति को बता देना चाहिए, कि आप मुझसे क्या करवाना चाहती हैं। मैं नहीं जानता कि अगर वह मलयपुत्रों को नापसंद करते हों तो। लेकिन अगर वह करते हों, तो वो भी अनुचित नहीं। शायद मिथिला में हुई घटना की वजह से उन्होंने कुछ धारणाएं बना ली हों।'

'अपने पति को मैं खुद संभाल लूंगी।'

'आप निश्चिंत हैं?'

'अब तक मैं उन्हें अच्छी तरह समझने लगी हूं। वह अभी नहीं समझेंगे कि हमें जंगल में सुरक्षा की ज़रूरत होगी; शायद बाद में समझ जाएं। अभी के लिए, मैं चाहती हूं कि आपके सैनिक गुप्त रूप से, निश्चित दूरी से हम पर नज़र बनाए रखें, और किसी भी हमले से हमारी रक्षा करें।'

जटायु को लगा कि उसे कुछ सुनाई दिया। अपना चाकू निकालकर वह, पेड़ों के परे अंधकार में देखने लगा। कुछ पल बाद, वह वापस सीता की ओर मुड़ा।

'कुछ नहीं है,' सीता ने कहा।

'आपके पति सजा पर इतना ज़ोर क्यों दे रहे हैं?' जटायु ने पूछा। 'इस पर बहस की जा सकती है। असुरास्त्र भारी मात्रा में विनाश का हथियार नहीं है। वह चाहें, तो तकनीकी रूप से बच सकते हैं।'

'वह इस पर इसलिए इतना ज़ोर दे रहे हैं, क्योंकि यही कानून है।'

'वह इतने...' जटायु ने अपना वाक्य पूरा नहीं किया। लेकिन जो वह कहना चाहता था, वह स्पष्ट था।

'लोग मेरे पति को निष्कपट और कानून के अंधभक्त के रूप में देखते हैं। लेकिन एक दिन ऐसा आएगा, जब पूरी दुनिया उन्हें महान अधिनायक के रूप में देखेगी। यह मेरा कर्तव्य है कि उनकी रक्षा करके, उन्हें उस दिन तक बचाकर रखूं।'

जटायु मुस्कुराया।

सीता अपनी दूसरी विनती कहने से कुछ झिझक रही थीं, यह स्वार्थ था। लेकिन उन्हें इसे सुनिश्चित करना ही था।

'और वो...'

'सोमरस का बंदोबस्त हो जाएगा। मैं मानता हूं कि आपको और आपके पति को उसकी ज़रूरत होगी, खासतौर पर जब आप चौदह साल बाद अपने मकसद को पूरा करेंगे, तो उस समय आपका स्वस्थ होना बहुत ज़रूरी होगा।'

'लेकिन सोमरस लाने में आपको कोई परेशानी तो नहीं होगी? और उनका क्या....'

जटायु हंसा। 'वो सब चिंता मुझ पर छोड़ दीजिए।'

सीता वह सब सुन चुकी थीं, जिसके लिए वह यहां आई थीं। वह जानती थीं कि जटायु सब संभाल लेगा।

'अलविदा। प्रभु परशु राम आपकी रक्षा करें, भाई।'

'प्रभु परशु राम हमेशा आपके साथ रहें, बहन।'

जटायु कुछ देर तक, सीता को अपने घोड़े पर सवार होकर जाता हुआ देखता रहा। उनके जाने के बाद, वह उस जगह झुका, जहां अभी सीता खड़ी थीं, और उनकी पादुका की धूल लेकर उसे माथे से लगाया; अपने महान अधिनायक के सम्मान में।

‘छोटी मां कोप भवन में हैं!’ राम ने हैरानी से कहा।

‘हां,’ वशिष्ठ ने कहा।

राम को सूचना मिल चुकी थी कि उनके पिता अगले दिन उनके राज्याभिषेक की घोषणा करने वाले थे। वह अपने अगले क़दम के बारे में दृढ़ थे। वह सिंहासन को त्यागकर, भरत को युवराज घोषित करने की योजना बना चुके थे। फिर वह वनवास के लिए प्रस्थान करने वाले थे। लेकिन राम इस योजना को लेकर कुछ शंकाकुल थे, क्योंकि इसका मतलब सार्वजनिक रूप से अपने पिता की इच्छा का अपमान करना था।

इसीलिए, जब वशिष्ठ ने उन्हें उनकी सौतेली मां के अगले क़दम के बारे में बताया, तो उनकी पहली प्रतिक्रिया नकारात्मक नहीं थी।

कैकेयी कोप भवन में चली गई थीं। यह संस्थागत कक्ष शाही महल में कई सदियों पहले बनाया गया था, जब शाही घराने में बहुपत्नी प्रथा का प्रचलन हो गया था। अधिक पत्नी होने के कारण, स्वाभाविक था कि राजा सबको समान समय नहीं दे सकता था। तो कोप भवन उस पत्नी के लिए सुरक्षित कर दिया गया, जो अपने पति से किसी कारण से असंतुष्ट या खफा हो। यह राजा के लिए एक संकेत था। कोप भवन में किसी रानी का रात भर ठहरना राजा के लिए अशुभ माना गया था।

दशरथ के पास अपनी रूठी पत्नी को मनाने के अलावा अन्य विकल्प नहीं था।

‘हालांकि उनका प्रभाव अब कम हो गया है, लेकिन वहीं अकेली ऐसी इंसान हैं, जो उनका मन बदल सकती हैं,’ राम ने कहा।

‘ऐसा लगता है कि तुम्हारी इच्छा पूरी होने वाली है।’

‘हां। और, अगर ऐसा आदेश हुआ, तो सीता और मैं तुरंत वन के लिए निकल जाएंगे।’

वशिष्ठ ने त्यौरी चढ़ाईं। ‘लक्ष्मण तुम्हारे साथ नहीं आ रहा है?’

‘वह आना चाहता है, लेकिन मुझे यह ज़रूरी नहीं लगता। उसे अपनी पत्नी, उर्मिला के साथ समय बिताना चाहिए। वह बहुत नाजुक है। हमें उस पर वन्य जीवन नहीं थोपना चाहिए।’

वशिष्ठ ने सहमति में सिर हिलाया। फिर वह आगे झुककर, धीमे से

बोले। 'मैं यहां अगले चौदह सालों में तुम्हारे लिए पृष्ठभूमि तैयार कर दूंगा।'

राम मुस्कुराए।

'अपनी नियति को याद रखना। तुम्हें अगला विष्णु बनना है, भले ही कोई कुछ भी कहता रहे। तुम्हें हमारे देश का भविष्य फिर से लिखना है। मैं उसी लक्ष्य को ध्यान में रखकर काम करूंगा, और तुम्हारे आने तक पूरी व्यवस्था कर दूंगा। लेकिन तुम्हें खुद को बचाकर रखना होगा।'

'मैं अपनी तरफ़ से पूरी कोशिश करूंगा।'

अध्याय 28

दशरथ सहायकों की सहायता से पालकी से उतरे, और कोप भवन में गए। वह कई दशक देख चुके थे; लेकिन जिस तनाव से वह पिछले कुछ दिनों में गुज़रे थे, वह बहुत गहन था। वह अपने आरामदायक दोलन आसन पर बैठ गए, और हाथ के इशारे से सहायकों को बाहर जाने का आदेश दिया।

उन्होंने आंखें उठाकर अपनी पत्नी को देखा; कैकेयी ने उनके आने पर अभिनंदन नहीं किया था। वह दीवान पर बैठी थीं, उनके बाल खुले थे, बिखरे हुए। उन्होंने कोई आभूषण नहीं पहन रखा था, उनका अंगवस्त्र ज़मीन पर गिरा हुआ था। उन्होंनें सफेद धोती और अंगिया पहनी हुई थी, और भयावह सन्नाटे में बैठी थीं, मानो तूफान के आने से पहले की शांति हो। दशरथ जानते थे कि आगे जो भी होने वाला था, वह उससे इंकार नहीं कर सकते थे।

'बोलो,' दशरथ ने कहा।

कैकेयी ने दुखी नज़रों से उन्हें देखा। 'शायद अब आप मुझसे प्रेम नहीं करते, दशरथ, लेकिन मैं अभी भी आपसे प्यार करती हूं।'

'ओह, मैं जानता हूं कि तुम मुझसे प्यार करती हो। लेकिन तुम खुद से ज़्यादा प्यार करती हो।'

कैकेयी ने अकड़ते हुए कहा। 'क्या आप ऐसे नहीं हो? आप मुझे निस्वार्थता का पाठ पढ़ाने वाले हो? वास्तव में?'

दशरथ व्यंग्य से मुस्कुराए। 'सही कहा।'

कैकेयी गुस्से से फुंफकार कर रह गईं।

'तुम हमेशा से मेरी पत्नियों में सबसे ज़्यादा होशियार थीं। तुमसे शाब्दिक लड़ाई में मुझे उतना ही मज़ा आता था, जितना दुश्मन से तलवार से लड़ते समय। तुम्हारे शब्दों की धार मैं आज भी नहीं भुला पाया हूं, जो बिना तलवार उठाए, खून बहा दे।'

'मैं तलवार से भी आपका खून बहा सकती हूं।'

दशरथ हंसे। 'मैं जानता हूं।'

कैकेयी दीवान पर कमर टिकाकर बैठ गईं। वह अपनी सांसों को नियंत्रित कर, खुद पर काबू करने की कोशिश करने लगीं। लेकिन गुस्से की चिंगारी अभी भी उनमें धधक रही थी। 'मैंने अपना पूरा जीवन आपको समर्पित कर दिया। मैंने तो आपके लिए अपनी जान तक दावं पर लगा दी थी। आपकी जान बचाते-बचाते मैंने खुद को कुरूप कर लिया। मैंने कभी आपको आपके प्रिय राम की तरह, सार्वजनिक रूप से अपमानित नहीं किया।'

'राम ने कभी भी...'

कैकेयी ने दशरथ को बीच में रोक दिया। 'उसने किया है, अभी! आप जानते हैं कि वह कल आपके आदेश का पालन नहीं करने वाला। वह आपका निरादर कर देगा। और भरत कभी भी...'

अब बात काटने की बारी दशरथ की थी। 'मैं राम और भरत में चयन नहीं कर रहा। तुम जानती हो कि उन्हें एक-दूसरे से कोई समस्या नहीं है।'

कैकेयी आगे बढ़कर फुंफकारी, 'यह राम और भरत की बात नहीं है। बात राम और मेरी है। आपको राम और मुझमें से किसी एक को चुनना होगा। उसने आपके लिए किया ही क्या है? उसने सिर्फ एक बार आपका जीवन बचाया है। बस इतना ही। मैंने हर रोज़ आपको बचाया है, पिछले कई सालों से! क्या मेरे त्याग नगण्य हैं?'

दशरथ भावनात्मक धमकी में आने वाले नहीं थे।

कैकेयी तिरस्कारपूर्वक हंसी। 'बेशक! जब आपके पास तर्क के लिए कुछ नहीं बचता, तो आप ख़ामोश हो जाते हैं!'

'मेरे पास जवाब है, लेकिन तुम्हें वह पसंद नहीं आएगा।'

कैकेयी कड़वाहट से हंसी। 'पूरा जीवन, मैं उन चीज़ों को सहती रही हूं, जो मुझे पसंद नहीं थीं। मैंने पिता द्वारा अपना अपमान सहा। मैंने आपका स्वार्थ सहा। मैंने अपने बेटे की अपने प्रति अवहेलना को जिया है। मैं कुछ शब्दों को भी सहन कर सकती हूं। बताओ मुझे!'

'राम से मुझे अमरता हासिल होगी।'

कैकेयी दुविधा में थीं। और वह दुविधा उनके चेहरे पर झलक रही थी। उन्होंने हमेशा से बड़ी मात्रा में सोमरस दशरथ को उपलब्ध करवाया था, राजगुरु वशिष्ठ की आपत्ति के बावजूद भी। सोमरस पीने वालों की आयु बढ़ जाती थी। लेकिन पता नहीं किस कारण से वह दशरथ पर असर नहीं कर पा रहा था।

दशरथ ने समझाया। 'मेरे शरीर का अमरत्व नहीं। पिछले कुछ दिनों में मैं अपने अमरत्व को लेकर सजग हुआ हूं। मैं अपने नाम को अमर बनाने की बात कर रहा हूं। मैं जानता हूं कि मैंने अपना जीवन और अपनी संभावनाओं को व्यर्थ कर दिया है। लोग मेरी तुलना मेरे महान पूर्वजों से करके, मुझमें उनका अक्श ढूंढ़ने की कोशिश करते हैं। लेकिन राम... वह इतिहास में महान व्यक्तियों में गिना जाएगा। और, वह मेरे नाम को जीवित रखेगा। मैं आने वाले समय में राम का पिता कहलाऊंगा। राम की महानता मुझे निर्मल कर देगी। वह पहले ही रावण को पराजित कर चुका है!'

कैकेयी ज़ोर से हंसी। 'अज्ञानी, वह बस किस्मत की बात थी। किस्मत से गुरु विश्वामित्र वहां असुरास्त्र के साथ मौजूद थे!'

'हां, वह खुशकिस्मत रहा। मतलब कि खुद भगवान उसके पक्ष में हैं।'

कैकेयी ने घूरती नज़रों से उन्हें देखा। बातों से कोई हल नहीं निकलने वाला था। 'भाड़ में जाए यह सब। चलो इसे खत्म करते हैं। आप जानते हैं कि आप मुझे इंकार नहीं कर सकते।'

दशरथ पीठ टिकाकर बैठ गए, और धूमिल सा मुस्कुराए। 'अभी तो मुझे बातों में मज़ा आने लगा था...'

'मुझे मेरे दो वरदान मांगने हैं।'

'दोनों?' दशरथ ने हैरानी से पूछा। उन्हें सिर्फ एक के मांगे जाने की उम्मीद थी।

'मैं राम को चौदह सालों के लिए सप्तसिंधु से बाहर, वनवास पर भेजना चाहती हूं। आप दरबार में कह सकते हैं कि यह उसकी प्रभु रुद्र का नियम तोड़ने की सजा है। आपको इसके लिए सराहना ही मिलेगी। यहां तक कि वायुपुत्र भी आपकी तारीफ करेंगे।'

'हां, मैं जानता हूं कि तुम्हें मेरे सम्मान की कितनी चिंता है!' दशरथ ने व्यंग्य से कहा।

'आप न नहीं कह सकते!'

दशरथ ने आह भरी। 'और दूसरा?'

'आप कल भरत को युवराज घोषित करेंगे।'

दशरथ सदमे में थे। यह अनपेक्षित था। वह न नहीं कह सकते थे। वह धीमे से गरजे, 'अगर राम वनवास के दौरान मारा गया, तो लोग तुम्हें दोष देंगे।'

कैकेयी भौचक्क रह गईं। वह चिल्लाईं, 'क्या आपको लगता है कि मैं शाही खून को बहा सकती हूं? रघु के खून को?'

'हां, मुझे लगता है, तुम कर सकती हो। लेकिन मैं जानता हूं कि भरत ऐसा नहीं करेगा। मैं उसे तुम्हारे बारे में चेता दूंगा।'

'आपको जो करना है करिए। बस मेरे दो वरदान पूरे कर दीजिए।'

दशरथ ने क्रोध से कैकेयी को देखा। फिर उन्होंने दरवाज़े की ओर देखा। 'पहरेदार!' दशरथ के सहायकों के साथ, चार पहरेदार अंदर दौड़े आए।

'मेरी पालकी मंगवाओ,' दशरथ ने रूखेपन से कहा।

'जी महाराज,' कहकर सहायक, तुरंत बाहर निकल गए।

उनके जाते ही, दशरथ ने कहा। 'तुम कोप भवन से बाहर जा सकती हो। तुम्हारे दोनों वरदान पूरे हो जाएंगे। लेकिन मैं तुम्हें चेतावनी देता हूं, अगर तुमने राम को कुछ किया, तो मैं तुम्हें...'

'मैं आपके अमूल्य राम को कुछ नहीं करूंगी!' कैकेयी चिल्लाईं।

दूसरे पहर के दूसरे घंटे में, अजेय साम्राज्य के विशाल दरबार में, शाही सभा संगठित थी। दशरथ अपने सिंहासन पर आसीन थे, वह सम्मानित किंतु थके हुए, और उदास लग रहे थे। उनकी कोई भी रानी सभा में उपस्थित नहीं थी। राजगुरु वशिष्ठ, सिंहासन के दाहिनी ओर बैठे थे। दरबार में न सिर्फ संपन्न लोग मौजूद थे, बल्कि आम लोगों की भारी भीड़ भी वहां एकत्रित हुई थी।

कुछ लोगों को छोड़कर, अधिकांश लोग उस दिन लिए जाने वाले फैसले से अनभिज्ञ थे। वे नहीं समझ सकते थे कि रावण को हराने के लिए राम को दंडित क्यों किया जाना चाहिए। दरअसल, युवराज को अयोध्या का

सम्मान लौटाने और अपने जन्म के कलंक को धो डालने के लिए प्रशस्त किया जाना चाहिए था।

'सभा शुरू की जाए!' हरकारे ने आवाज़ लगाई।

दशरथ बुझे दिल से सिंहासन पर बैठे हुए थे, वह अपने बेटे की आंखों में खुद के लिए सम्मान देखना चाहते थे। राम विशाल दरबार के मध्य में खड़े थे, ठीक उनकी नज़रों के सामने। सम्राट ने धीमे से अपना गला साफ करते हुए, सिंहासन के शेर की आकृति के हत्थों को देखा। उन्होंने उन्हें मज़बूती से थाम लिया, ताकि कहीं उनका मन अपने ही निर्णय से न डिग जाए। भावनाओं के आवेग में, उन्होंने अपनी आंखों को सख्ती से भींच लिया।

तुम कैसे उसे बचा सकते हो, जिसकी नज़रों में ऐसा करना असम्मानीय है?

दशरथ ने सीधे अपने पगलाए हुए *आदर्श* बेटे की आंखों में देखा। 'प्रभु रुद्र का नियम तोड़ा गया है। हालांकि वह जनकल्याण के लिए ही था, रावण का अंगरक्षक दल उससे तबाह हुआ। संक्षेप में, वह अभी लंका में अपने घावों को भर रहा होगा!'

श्रोता खुशी से चिल्ला उठे। हर कोई रावण से नफरत करता था; लगभग सभी।

'मिथिला, हमारी पुत्रवधु, हमारे प्रिय पुत्र राम की पत्नी, सीता का साम्राज्य, तबाह होने से बचा लिया गया।'

भीड़ ने फिर हर्षोन्माद किया, लेकिन इस बार संयत स्वर में। सीता को बहुत कम लोग जानते थे, और ज़्यादा लोग नहीं समझ पा रहे थे कि उनके युवराज ने क्यों एक छोटे, अध्यात्मिक साम्राज्य की राजकुमारी से विवाह किया था।

दशरथ की आवाज़ में कंपन महसूस हुआ। 'लेकिन नियम तो टूटा है। और प्रभु रुद्र के शब्दों का सम्मान किया जाना चाहिए। उनकी प्रजाति, वायुपुत्रों ने, हालांकि, अभी तक सजा की मांग नहीं की है। लेकिन इससे रघुवंशी अपने कर्तव्य से मुंह नहीं मोड़ सकते।'

दरबार में खुसफुसाहट भरी ख़ामोशी उतर आई। लोग राजा के मुख से अगला वाक्य सुनने से डर रहे थे।

'राम इसके लिए निर्धारित सजा को स्वीकार करते हैं। वह अयोध्या छोड़कर जाएंगे, क्योंकि मैं उन्हें सप्तसिंधु से चौदह सालों के लिए निष्कासित

करता हूं। वह सजा पूरी करने के बाद वापस लौटेंगे। वह प्रभु रुद्र के सच्चे अनुयायी हैं। उनके सम्मान में हम गर्वित हैं!'

पूरे वातावरण में दुख की एक लहर दौड़ गई; आम आदमी से लेकर, संपन्न लोग तक सकते में आ गए।

दशरथ ने अपना हाथ उठाया और भीड़ ख़ामोश हो गई। 'मेरा दूसरा पुत्र, भरत अब अयोध्या का युवराज बनेगा, कौशल और सप्तसिंधु साम्राज्य का।'

ख़ामोशी। दरबार का माहौल निराशाजनक हो गया।

राम ने प्रणाम की मुद्रा में दोनों हाथ जोड़कर, स्पष्ट लेकिन तेज़ आवाज़ में कहा। 'पिताजी, आज स्वर्ग के देवता भी आपके न्याय और बुद्धिमानी की प्रशंसा कर रहे होंगे!'

सामान्य जनों में से कई लोग अब खुलकर रोने लगे थे।

'पिताजी, सूर्यवंशियों की महान आत्मा, खुद इक्ष्वाकु आज साक्षात् आप में अवतरित हो गए हैं!' राम ने आगे कहा। 'सीता और मैं आज ही अयोध्या छोड़कर चले जाएंगे।'

दरबार के एक दूसरे कोने में, स्तंभ के पीछे पूरी तरह छिपा हुआ, एक लंबा, असामान्य रूप से श्वेत आदमी खड़ा था। उसने सफेद धोती और अंगवस्त्र पहन रखा था; यद्यपि वह उसमें काफी असहज लग रहा था—शायद यह उसका सामान्य पहनावा नहीं था। उसकी खास बात उसकी आगे को बढ़ी हुई नाक थी, जिस पर लंबे-लंबे बाल और बड़ी सी मूंछे थीं। उसके झुर्रीदार चेहरे पर राम की बातें सुनकर, बड़ी सी मुस्कान खिल आई।

गुरु वशिष्ठ ने सही चयन किया है।

'कहना पड़ेगा कि सम्राट ने मुझे हैरत में डाल दिया,' उठी हुई नाक वाले, श्वेत व्यक्ति ने अपनी धोती संभालते हुए कहा।

वह राजगुरु वशिष्ठ के साथ उनके निजी कक्ष में बैठा था।

'मत भूलो कि इसका वास्तविक श्रेय किसे जाता है,' वशिष्ठ ने कहा।

'मुझे लगता है, यह तो होना ही था। मुझे कहना होगा कि आपका चयन बेहतरीन है।'

'और, क्या तुम अपनी भूमिका निभाओगे?'

श्वेत व्यक्ति ने आह भरी। 'गुरुजी, आप जानते हैं कि हम इसमें ज़्यादा गहराई से तो नहीं जुड़ सकते। यह हमारा निर्णय नहीं है।'

'लेकिन...'

'लेकिन हमसे जो बन पड़ेगा, वो हम ज़रूर करेंगे। यह हमारा वादा है। और आप जानते हैं कि हम कभी अपना वादा नहीं तोड़ते।'

वशिष्ठ ने हां में सिर हिलाया। 'शुक्रिया, मेरे मित्र। मुझे तुमसे यही पूछना था। प्रभु रुद्र अमर रहें।'

'प्रभु रुद्र अमर रहें।'

भरत सीधा राम और सीता की बैठक में चले आए, हालांकि दरबान अभी उनके आगमन की घोषणा कर ही रहा था। राम और सीता ने पहले ही मोटे कपड़े और पेड़ की छाल से बने हुए संन्यासियों के वस्त्र धारण कर लिए थे। इससे भरत के चेहरे पर दर्द की शिकन उभर आई।

'हमारे लिए जंगलवासियों के परिधान पहनना ज़रूरी था, भरत,' सीता ने कहा।

आंसू उनकी आंखों में भर आए थे। उन्होंने राम को देखते हुए, इंकार में सिर हिलाया। 'दादा, मैं नहीं जानता कि आपकी प्रशंसा करूं या आपको कुछ व्यवहारिक समझ देने की कोशिश करूं।'

'दोनों में से कुछ भी नहीं,' राम ने मुस्कुराते हुए कहा। 'बस मेरे गले लगकर, मुझे अलविदा बोल दो।'

भरत ने आगे बढ़कर, कसकर अपने भाई को बांहों में भर लिया, उनके चेहरे पर आंसू बहने लगे थे। राम ने भी अपनी बांहों को उनके गिर्द कस लिया।

जब भरत पीछे हटे, तो राम ने कहा, 'चिंता मत करो। कठिनाई के फल मीठे होते हैं। मैं और ज्ञान प्राप्त करके लौटूंगा, भरोसा दिलाता हूं।'

भरत नरमी से हंसे। 'इन दिनों मैं आपसे बात करते में डरता हूं कि आप सब समझ जाएंगे।'

राम भी खुलकर हंसे। 'अच्छे से शासन करना, मेरे भाई।'

कुछ लोग ऐसे थे, या यूं कहें कि सप्तसिंधु में कुछ लोग ऐसे थे, जो आज़ादी के प्रति भरत के उदार विचारों को अयोध्या नागरिकों के मिजाज के ज़्यादा अनुकूल मानते थे।

'मैं झूठ नहीं बोलूंगा कि मैं यह नहीं चाहता था,' भरत ने कहा। 'लेकिन इस तरह नहीं... इस तरह नहीं...'

राम ने अपने हाथ भरत के मज़बूत कंधों पर रखे। 'तुम सब अच्छी तरह संभाल लोगे। मैं जानता हूं। अपने पूर्वजों को गर्वित करो।'

'मुझे परवाह नहीं है कि हमारे पूर्वज क्या सोचते हैं।'

'तो मुझे गर्वित करो,' राम ने कहा।

भरत का मुंह लटक गया, आंसू उनकी आंखों से टप-टप गिरने लगे। उन्होंने अपने भाई को फिर से गले लगा लिया, इस बार दोनों ने देर तक एक-दूसरे को थामे रखा। राम ने भरत को थामे हुए ही खुद को नियंत्रित कर लिया। वह जानते थे कि उनके भाई को इसकी ज़रूरत थी।

'बहुत हो गया,' भरत ने पीछे हटते हुए, अपने आंसू पोंछे, सिर झटका। वह सीता की ओर मुड़कर बोले, 'भाभी, मेरे भाई का ध्यान रखना। वह नहीं जानते कि यह दुनिया कितनी अनैतिक है।'

सीता मुस्कुराईं। 'वह जानते हैं। लेकिन वह फिर भी इसे बदलने की कोशिश कर रहे हैं।'

भरत ने आह भरी। फिर वह राम की ओर मुड़े, उनके मन में एक ख्याल उठ आया था। 'मुझे अपनी पादुका दे दो, दादा।'

राम ने त्यौरी चढ़ाई और अपनी साधारण संन्यासियों वाली पादुका को देखा।

'ये नहीं,' भरत ने कहा। 'आपकी शाही पादुका।'

'क्यों?'

'दीजिए तो, दादा।'

राम शयिका की बगल में पहुंचे, जहां उनके उतरे हुए शाही परिधान पड़े थे। वहीं पर ज़मीन पर उनकी सुनहरी रंग की पादुका रखी थी, जिन पर रजत और भूरे रंग की शानदार कढ़ाई हुई थी। राम ने पादुका उठाईं और भरत को दे दीं।

'तुम इनका क्या करोगे, भरत?' राम ने पूछा।

'जब समय आएगा, मैं अपने स्थान पर इन्हें सिंहासन पर रख दूंगा,' भरत ने कहा।

राम और सीता तुरंत उनका तात्पर्य समझ गए। इस एक संकेत से भरत ने स्पष्ट कर दिया था कि राम अयोध्या के राजा थे, और वह, भरत, अपने बड़े भाई की अनुपस्थिति में वहां का कार्यभार संभालने वाले थे। अयोध्या के राजा को मारने के किसी भी प्रयत्न का परिणाम सप्तसिंधु सम्राट की सेना को ललकारना था। यह व्यवस्था सप्तसिंधु साम्राज्य के अंतर्गत आने वाले सभी राज्यों को स्वीकारनी थी। संधि के अनुबंधों के तहत एक मान्यता यह भी थी कि अगर युवराज या राजा को युद्ध के अतिरिक्त गुप्त रूप से मारा जाए, तो इससे आप पर बुरे कर्मों का भार बढ़ता है। इससे राम को बड़ा सुरक्षा कवच प्राप्त हो गया था, हालांकि इससे भरत के अधिकारों में काफी कटौती हो गई थी।

राम ने अपने भाई को फिर से गले लगा लिया। 'मेरा भाई...'

'लक्ष्मण?' सीता ने कहा। 'मैंने सोचा कि मैंने तुमसे कह दिया...'

लक्ष्मण ने अभी-अभी राम और सीता की बैठक में प्रवेश किया था। उन्होंने भी अपने भाई और भाभी के जैसे संन्यासियों के परिधान धारण किए थे।

लक्ष्मण ने दृढ़ नेत्रों से सीता को देखा। 'मैं आ रहा हूं, भाभी।'

'लक्ष्मण...' राम ने अनुग्रह किया।

'आप मेरे बिना नहीं रह सकते, दादा,' लक्ष्मण ने कहा। 'मुझे छोड़कर आप नहीं जा सकते।'

राम हंसे। 'मेरे परिवार को मुझ पर कितना भरोसा है। किसी को भी नहीं लगता कि मैं स्वयं अपनी रक्षा कर सकता हूं।'

लक्ष्मण भी खिलखिला पड़े, लेकिन फिर गंभीर होकर बोले। 'दादा आप चाहे तो इस बात पर हंसे, या रोएं। लेकिन मैं आपके साथ आ रहा हूं।'

उत्साहित उर्मिला ने लक्ष्मण का अपने निजी कक्ष में अभिनंदन किया। उन्होंने सादे, किंतु आधुनिक प्रणाली के वस्त्र पहन रखे थे। उनकी धोती और अंगिया

भूरे रंग की थीं, लेकिन उनकी किनारी पर आकर्षक सुनहरी गोटा लगा हुआ था। उन्होंने अपने भड़कीले आभूषणों की जगह, साधारण स्वर्ण आभूषण पहने हुए थे।

'आओ, प्रिय,' उर्मिला ने बच्चों की तरह उत्साहित होते हुए कहा। 'आप भी देखिए। मैंने खुद अकेले सामान बांधने के काम का निरीक्षण किया है। और अब तो काफी काम खत्म भी हो गया।'

'सामान बांधना?' हैरान लक्ष्मण ने मुस्कुराते हुए पूछा।

'हां,' उर्मिला कहते हुए उनका हाथ पकड़कर वस्त्रागार कक्ष में ले गई। सागौन के बने, दो बड़े-बड़े संदूक कक्ष के मध्य में रखे थे। उर्मिला ने जल्दी-जल्दी दोनों को खोल दिया। 'यह मेरे कपड़ों का और दूसरा आपके कपड़ों का।'

लक्ष्मण असमंजस में थे, वह नहीं जानते थे कि उर्मिला की मासूमियत का क्या जवाब दें।

वह लक्ष्मण को खींचकर शयन कक्ष में ले गईं, जहां एक और बड़ा सा संदूक, सामान भरकर तैयार रखा था। वह बर्तनों से भरा हुआ था। कोने में रखे एक बड़े से डिब्बे की ओर उर्मिला का ध्यान गया। उर्मिला ने उसे खोलकर, मसाले के छोटे-छोटे थैले बाहर निकाले। 'देखो, मैंने कैसे अपनी अक्ल चलाई। हमें जंगल में सब्जियां और मांस आसानी से मिल जाएगा, लेकिन मसाले और बर्तन मिलना मुश्किल होगा। तो...'

लक्ष्मण ने उन्हें कुछ खुशी, कुछ निराशा से देखा।

उर्मिला उनकी ओर आईं, और मुस्कुराते हुए अपने पति को बांहों में भर लिया। 'मैं आपके लिए स्वादिष्ट खाना पकाऊंगी। और सीता दीदी, व राम जीजाजी के लिए भी। हम चौदह साल के अवकाश के बाद मोटे और स्वस्थ होकर वापस लौटेंगे!'

लक्ष्मण ने भी प्यार से अपनी पत्नी को बांहों में कस लिया; उर्मिला का सिर उनके पुष्ट सीने तक ही पहुंच पाता था। *अवकाश?*

उन्होंने अपनी उत्साहित पत्नी को देखा, जो यकीनन अपनी तरफ़ से इस कठिन हालात को संभालने का कड़ा प्रयास कर रही थीं। *वह एक राजकुमारी की तरह पली हैं। वह सोच रही थीं कि अब वह और भी आलीशान अयोध्या के महल में रहने वाली थीं। उनका इरादा ग़लत नहीं है। वह बस अच्छी पत्नी बनने की कोशिश कर रही हैं। लेकिन क्या मेरे लिए, उनके पति की हैसियत*

से उन्हें अपने साथ जंगल में आने देना सही होगा? भले ही वह चाहें भी तो? क्या उनकी रक्षा करना मेरा कर्तव्य नहीं है, जैसे राम दादा की रक्षा करना मेरा कर्तव्य है?

वह जंगल में एक दिन भी नहीं गुज़ार पाएंगी। वह नहीं रह पाएंगी।

लक्ष्मण के दिल पर भारी बोझ था, वह अपना फैसला कर चुके थे। लेकिन वह जानते थे कि उन्हें इस तरह से हालात को संभालना होगा, जिससे उर्मिला के नाजुक दिल को ठेस न लगे।

एक बांह से उनको घेरते हुए, उन्होंने दूसरे हाथ से उनकी ठोड़ी को थामा। उर्मिला बच्चों की सी मासूमियत से उन्हें देख रही थी। उन्होंने कोमलता से कहा, 'मुझे चिंता हो रही है, उर्मिला।'

'मत करो। हम साथ में सब संभाल लेंगे। जंगल तो...'

'बात जंगल की नहीं है। मुझे चिंता है यहां की। यहां महल में क्या होगा।'

उर्मिला ने अपनी रीढ़ को खींचते हुए अपना सिर पीछे किया, जिससे वह अपने अत्यधिक लंबे पति की आंखों में देख सकें। 'महल में?'

'हां! पिताजी का स्वास्थ्य भी ठीक नहीं है। छोटी मां, कैकेयी अब सब पर नियंत्रण कर लेंगी। और, सच कहूं, तो मुझे नहीं लगता कि भरत दादा उनकी इच्छा के खिलाफ जा पाएंगे। मेरी मां की देखभाल करने के लिए यहां कम से कम शत्रुघ्न तो है। लेकिन बड़ी मां, कौशल्या की देखभाल कौन करेगा? उनका क्या होगा?'

उर्मिला ने सिर हिलाया। 'सच है...'

'और अगर छोटी मां, कैकेयी राम दादा के साथ ऐसा कर सकती हैं, तो तुम कल्पना कर सकती हो कि वह बड़ी मां का क्या हाल करेंगी?'

उर्मिला का चेहरा निष्कपट था।

'किसी को बड़ी मां की सुरक्षा करनी होगी,' लक्ष्मण ने मुद्दे पर आते हुए एक बार फिर से दोहराया।

'हां, यह तो सच है, लेकिन यहां महल में तो कितने सारे लोग हैं। क्या राम दादा ने कोई व्यवस्था नहीं की है?' उर्मिला ने पूछा।

लक्ष्मण धूमिल सा मुस्कुराए। 'राम दादा बिल्कुल भी व्यावहारिक नहीं हैं। वह सोचते हैं कि दुनिया में प्रत्येक इंसान उनकी तरह नैतिकतावादी है।

तुम्हें क्या लगता है कि मैं उनके साथ क्यों जा रहा हूं? मैं उनकी सुरक्षा के लिए ही जा रहा हूं।'

लक्ष्मण की बात को समझकर, आख़िरकार उर्मिला का चेहरा उतर गया। 'लक्ष्मण, मैं यहां आपके बिना नहीं रहूंगी।'

उन्होंने अपनी पत्नी को अपने समीप खींच लिया। 'कुछ ही समय की बात है, उर्मिला।'

'चौदह साल? नहीं, मैं नहीं...' बेबसी से रोते हुए उर्मिला ने लक्ष्मण को मज़बूती से बांहों में भर लिया।

लक्ष्मण ने अपनी पकड़ को ढीला करते हुए, फिर से उनकी ठोड़ी उठाई। उन्होंने उनके आंसू पोंछे। 'तुम अब एक रघुवंशी हो। हमारे लिए प्रेम से ऊपर कर्तव्य होता है; हम सम्मान को सर्वोपरि रखते हैं, भले ही खुशी को दावं पर लगाना पड़े। बात अपनी मर्जी की नहीं है, उर्मिला।'

'लक्ष्मण, कृपया ऐसा मत करिए! मैं आपसे प्रेम करती हूं। मुझे छोड़कर मत जाइए।'

'मैं भी तुमसे प्यार करता हूं, उर्मिला। और मैं तुम्हें, तुम्हारी इच्छा के विरुद्ध काम करने को नहीं कहूंगा। मैं बस तुमसे विनती कर रहा हूं। लेकिन इससे पहले कि तुम मुझे अपना जवाब सुनाओ, मैं चाहता हूं कि तुम एक बार कौशल्या मां के बारे में सोचो। पिछले कुछ दिनों में जो प्यार उन्होंने तुम पर लुटाया है, उसका ख्याल करो। क्या तुमने मुझसे नहीं कहा था कि तुम्हें ऐसा लगता है कि कौशल्या मां में तुम्हें एक बार फिर से मां मिल गई है? क्या उन्हें बदले में कुछ नहीं मिलना चाहिए?'

उर्मिला फूट-फूटकर रोने लगीं, और उन्होंने लक्ष्मण को कसकर बांहों में भर लिया।

तीसरे प्रहर के पांचवें घंटे में, महल में शाम की ठंडी हवा बह रही थी। सीता लक्ष्मण और उर्मिला के निजी कक्ष की ओर जा रही थीं। उन्हें देखकर द्वारपाल तुरंत सावधान की मुद्रा में खड़े हो गए। वे उनके आगमन की घोषणा करने ही जा रहे थे कि उन्हें कक्ष से उदास लक्ष्मण बाहर आते दिखाई दिए। लक्ष्मण का उदास चेहरा देखकर, सीता को अपने गले में कुछ अटकता सा महसूस हुआ।

'मैं सब सुलझा लूंगी,' सीता ने दृढ़ता से कहकर, अपनी बहन के कक्ष की ओर क़दम बढ़ाया।

लक्ष्मण ने उनका हाथ पकड़कर, उन्हें रोका। उनकी आंखों में विनती थी। 'नहीं, भाभी।'

सीता ने अपने विशाल देवर को देखा, जो अभी बहुत कमज़ोर और अकेले जान पड़ रहे थे। 'लक्ष्मण, मेरी बहन मेरी बात मानेगी। भरोसा करो...'

'नहीं, भाभी,' लक्ष्मण ने सिर हिलाते हुए, बीच में कहा। 'जंगल का जीवन आसान नहीं होगा। हमें रोज मृत्यु का सामना करना पड़ेगा। आप तो यह जानती हैं। आप मज़बूत हैं, आप अपनी रक्षा कर सकती हैं। लेकिन वह...' आंसू उनकी आंखों में भर आए थे। 'भाभी, वह आना चाहती थी, लेकिन, मुझे नहीं लगता कि उसे आना चाहिए। मैंने उसे न आने के लिए राजी किया है... यह उसके भले के लिए है।'

'लक्ष्मण...'

'यही बेहतर है, भाभी,' लक्ष्मण ने दोहराया, वह शायद खुद को समझा रहे थे। 'यही बेहतर है।'

अध्याय 29

राम, लक्ष्मण और सीता को अयोध्या छोड़े हुए छह महीने बीत गए थे। दशरथ की मृत्यु की खबर सुनकर, राम ने बार-बार अपनी किस्मत को दोष दिया था कि वह वहां मौजूद होकर, पिता के अंतिम संस्कार में बड़े बेटे का फर्ज पूरा नहीं कर पाए। राम का दिल टूट गया था कि उन्हें इतने समय के बाद पिता का प्यार नसीब हुआ था। अयोध्या लौटना तो संभव नहीं था, लेकिन उन्होंने जंगल में ही, पिता की आत्मा की शांति के लिए यज्ञ किया था। भरत ने अपनी बात का मान रखा। उन्होंने अयोध्या के सिंहासन पर राम की पादुका को ही रखा, और खुद साम्राज्य को बड़े भाई की धरोहर मानते हुए संभाला। ऐसा कहा जा सकता था कि राम को उनकी अनुपस्थिति में सम्राट बना दिया गया था। यह अपारंपरिक तरीका था, लेकिन भरत की उदारवादी और सत्ता के विकेंद्रीकरण की नीति ने इसे सप्तसिंधु के प्रजा में ग्राह्य बना दिया।

राम, लक्ष्मण और सीता नदियों के किनारे-किनारे चलते हुए, दक्षिण दिशा में बढ़ रहे थे, वे किसी स्थान पर ज़रूरत पड़ने पर ही जाते थे। आख़िरकार वे सप्तसिंधु की सीमा पर, कौशल साम्राज्य के निकट पहुंच गए। यह साम्राज्य राम का ननिहाल था।

राम ने दोनों घुटने ज़मीन पर टिकाते हुए, अपना मस्तक ज़मीन पर लगाया; यह उनकी मां की जन्मभूमि थी। वहां से उठकर, वह अपनी पत्नी की ओर देखकर मुस्कुराए, मानो वह उनका रहस्य जानते थे।

'क्या?' सीता ने पूछा।

'कुछ लोग हैं, जो कई सप्ताह से हमारे पीछे चल रहे हैं,' राम ने कहा।

'तुम उनके बारे में मुझे कब बताने वाली हो?'

सीता ने कोमलता से अपना सिर झटका, और दूर वन रेखा में देखा। वह जानती थीं कि वहां जटायु और उसके सैनिक लगातार उनके पीछे चल रहे थे। वे उनकी नज़रों से दूर थे, लेकिन फिर भी इतना समीप थे कि ज़रूरत पड़ने पर तुरंत हाज़िर हो सकें। यकीनन, वह इतने छिपे हुए नहीं थे, जितना कि उन्हें होना चाहिए था, या शायद सीता ने अपने पति की सजग योग्यता को कम आंक लिया था। 'मैं आपको बताऊंगी,' सीता ने बड़ी सी मुस्कान से कहा। 'जब सही समय आएगा। अभी के लिए, इतना ही जान लीजिए कि वे हमारे संरक्षक हैं।'

राम ने तीव्र नज़रों से देखा, लेकिन अभी के लिए इसे जाने दिया।

'प्रभु मनु ने नर्मदा को पार करने पर प्रतिबंध लगाया था,' लक्ष्मण ने कहा। 'अगर हमने इसे पार किया, तो कानून के अनुसार, हम वापस नहीं आ पाएंगे।'

'एक रास्ता है,' सीता ने कहा। 'अगर हम मां कौशल्या के पिता के साम्राज्य की दक्षिण दिशा में सफर करते हैं, तो हमें नर्मदा को पार नहीं करना पड़ेगा। दक्षिण कौशल का पूरा साम्राज्य नर्मदा नदी के मूल के पूर्व में है। और, नदी का बहाव पश्चिम की ओर है। अगर हम ऐसे ही दक्षिण की ओर सफर करते रहें, तो हम बिना नर्मदा को पार किए दंडकारण्य पहुंच जाएंगे। तो, हम प्रभु मनु के प्रतिबंध को भी नहीं तोड़ेंगे, ठीक है न?'

'यह तो तकनीकी हेरफेर है, भाभी, और आप यह जानती हैं। आपके और मेरे लिए यह मान्य हो सकता है, लेकिन राम दादा इसे नहीं मानेंगे।'

'हम्म, क्या हमें पूर्व की ओर सफर करते हुए, नाव से सप्तसिंधु को छोड़ देना चाहिए?' राम ने पूछा।

'हम ऐसा नहीं कर सकते,' सीता ने कहा। 'समुद्रों पर रावण का राज है। उसने भारतीय महाद्वीप पर बंदरगाहों के माध्यम से कब्जा कर रखा है। यह तो सब जानते हैं कि पश्चिमी घाटों पर उसका नियंत्रण है, लेकिन, वास्तव में पूर्वी घाट भी उसके प्रभाव से अछूते नहीं हैं। पूरे समुद्र मार्ग पर उसका नियंत्रण है। लेकिन, रावण का नियंत्रण भीतरी प्रदेशों में नहीं है। हम नर्मदा के दक्षिण में सुरक्षित रहेंगे, दंडक वन में।'

'लेकिन भाभी,' लक्ष्मण ने तर्क दिया। 'प्रभु मनु के नियम में स्पष्ट हैं...'

'कौन से प्रभु मनु?'

लक्ष्मण सकते में थे। *क्या भाभी प्रभु मनु को नहीं जानतीं?* 'वैदिक सिद्धांत के संस्थापक, भाभी। हर कोई जानता है...'

सीता सावधानी से मुस्कुराईं। 'लक्ष्मण, कई सारे मनु हैं, सिर्फ एक नहीं। हर युग के अपने मनु हैं। तो जब तुम मनु के नियमों की बात करते हो, तो तुम्हें यह भी पता होना चाहिए कि किस मनु ने यह बनाया था।'

'मैं यह नहीं जानता था...' लक्ष्मण ने कहा।

सीता ने सिर हिलाया, और वह जानबूझकर दोनों को छेड़ने लगीं। 'क्या आप लड़कों ने गुरुकुल में कुछ नहीं सीखा? आप तो बहुत ही कम जानते हैं।'

'मुझे यह पता था,' राम ने विरोध जताया। 'लक्ष्मण ने कभी कक्षा में ध्यान नहीं दिया। मुझे उसके साथ मत जोड़ो।'

'दादा, शत्रुघ्न ही अकेला ऐसा था, जिसे सब पता था,' लक्ष्मण ने कहा। 'हम सब उस पर निर्भर थे।'

'सबसे ज़्यादा तुम,' राम ने मज़ाक़ करते हुए कहा, और अपनी कमर को खींचते हुए सीधा किया।

लक्ष्मण खिलखिलाकर हंसे, और राम सीता से मुखातिब हुए। 'ठीक है, मैं तुम्हारी बात से सहमत हूं। लेकिन वह हमारे युग के मनु थे, जिन्होंने नर्मदा पार करने पर प्रतिबंध लगाया था। और, अगर हम ऐसा करते हैं, तो हम वापस नहीं आ सकते। तो...'

'वह कानून नहीं है। वह एक अनुबंध है।'

'एक अनुबंध?' राम और लक्ष्मण, दोनों ने हैरानी से पूछा।

सीता ने आगे बताया। 'आप जानते होंगे कि प्रभु मनु, भारत के दक्षिण में, संगमतमिल साम्राज्य के राजकुमार थे। जब उनकी भूमि पर समुद्र में लीन होने का खतरा मंडराने लगा, तो वह अपने और द्वारका के कुछ लोगों के साथ, सप्तसिंधु के उत्तर में जा बसे।'

'हां, मैं यह जानता हूं,' राम ने कहा।

'लेकिन इन दोनों जगहों के सारे लोग प्रभु मनु के साथ नहीं गए थे। अधिकांश लोग संगमतमिल और द्वारका में ही रह गए थे। समाज की व्यवस्था के बारे में प्रभु मनु के अपने ही विचार थे, जिससे अधिकांश लोग सहमत नहीं थे। उनके दुश्मन भी वहां काफी हो गए थे। उन्हें द्वारका और संगमतमिल में

उपस्थित अपने अनुयायियों के साथ जाने की इजाजत तो मिल गई, लेकिन इस शर्त पर कि वे कभी वापस नहीं आएंगे। उन दिनों में, नर्मदा नदी द्वारका और संगमतमिल की बाहरी सीमा हुआ करती थी। असल में, दोनों ने एक-दूसरे से शांति का वादा किया, और नर्मदा उस अनुबंध की प्राकृतिक सीमा बन गई। वह कानून नहीं था, बल्कि वह एक अनुबंध था।'

'लेकिन अगर हम उनके वंशज हैं, तो हमें उनके बनाए अनुबंध का सम्मान करना चाहिए,' राम ने कहा।

'उचित तर्क,' सीता ने कहा। 'लेकिन मुझे बताइए कि एक अनुबंध के लिए कम से कम क्या चीज अनिवार्य है?'

'किन्हीं दो पक्षों का एक बात पर सहमत होना ज़रूरी है।'

'और, यदि एक पक्ष अब अस्तित्व में ही न हो, तो क्या तब भी अनुबंध मान्य है?'

राम और लक्ष्मण निरुत्तर थे।

'जिस समय प्रभु मनु वहां से गए थे, तभी संगमतमिल का काफी हिस्सा जलमग्न हो गया था। बाकी बचा भी जल्द ही पानी में समा गया। समुद्र का स्तर तेज़ी से बढ़ रहा था। द्वारका कुछ समय तक बची रही। लेकिन जब समुद्र स्तर बढ़ रहा था, तो द्वारका का भूभाग पानी में अकेला द्वीप बनकर रह गया था।'

'द्वारावती?' राम ने उत्सुकता से पूछा।

द्वारावती पश्चिमी भारत के तट पर, एक लंबा, छोटा सा द्वीप था, जिसका विस्तार उत्तर से दक्षिण में पांच किलोमीटर तक था। वह द्वीप तीन हज़ार साल पहले पानी में समा गया था। द्वारावती से बचे हुए लोग, समस्त देश में फैल गए, और सच पूछो तो, किसी ने भी खुद को गंभीरता से द्वारका का वंशज नहीं बताया था। क्योंकि, यादवों, यमुना किनारे बसे एक शक्तिशाली साम्राज्य से संबंद्ध, ने कर्कशता पूर्वक दावा किया था कि वे ही द्वारका के एकमात्र वंशज थे। पर सच तो यह था कि वह देश भर के विभिन्न प्रजातियों में मिश्रित हो चुके थे, तो कोई भी प्रमाण के साथ यह नहीं कह सकता था कि वह संगमतमिल या द्वारका से था।

सीता ने सहमति में सिर हिलाया। 'द्वारावती द्वीप ही द्वारका के बचे हुए वासियों का घर था। आज, वे हम सबमें ही मिश्रित हो गए हैं।'

'अद्भुत!'

'तो संगमतमिल और द्वारका के वास्तविक वंशज हैं ही नहीं। हमारे आसपास उनके सामान्य वंशज है। तो हम कैसे उस अनुबंध को मान्य कर सकते हैं? दूसरा पक्ष तो है ही नहीं!'

तर्क अखंडनीय था।

'तो भाभी,' लक्ष्मण ने कहा। 'तो क्या हमें दक्षिण में ही बढ़ते हुए, दंडक वन में जाना चाहिए?'

'हां, ज़रूर। वह हमारे लिए सबसे सुरक्षित स्थान होगा।'

राम, लक्ष्मण और सीता नर्मदा नदी के दक्षिणी किनारे पर खड़े थे। राम ने घुटनों के बल बैठते हुए, उसकी मिट्टी को हाथ में उठाया। उन्होंने उससे अपने मस्तक पर तीन सीधी रेखाएं बनाईं, जैसाकि प्रभु रुद्र के अनुयायी करते थे। उन्होंने धीमे से कहा, 'पूर्वजों की पवित्र भूमि... महान कर्मों की साक्षी... हम पर कृपा बनाए रखें।'

सीता और लक्ष्मण ने भी राम का अनुकरण करते हुए, अपने माथे पर तिलक लगा लिया।

सीता राम की ओर देखकर मुस्कुरा रही थीं। 'आप जानते हैं न कि प्रभु ब्रह्मा ने इस भूमि के बारे में क्या कहा था?'

राम ने सिर हिलाया। 'हां; जब भी भारत पर अस्तित्व का संकट आएगा, हमारी पीढ़ियां भारतीय प्रायद्वीप से उभरकर आएंगी, उस भूमि से जो नर्मदा के दक्षिण में है।'

'क्या आप जानते हैं कि उन्होंने ऐसा क्यों कहा था?'

राम ने इंकार में सिर हिलाया।

'हमारे ग्रंथों में दर्ज है कि दक्षिण मृत्यु की दिशा है, है न?'

'हां।'

'हमसे पश्चिम में, कुछ विदेशी देशों में मृत्यु को अशुभ माना जाता है; उनके लिए यह सब कुछ खत्म होने का प्रतीक है। लेकिन वास्तव में कुछ भी नहीं मरता। कोई भी तत्व वास्तव में इस ब्रह्मांड से बाहर नहीं जाता। बस वह अपना रूप बदल लेता है। उस नज़रिए से, मृत्यु भी बस पुनर्जन्म की शुरुआत है; पुराना रूप मर जाता है, नया रूप जन्म लेता है। अगर दक्षिण मृत्यु की

दिशा है, तो यही पुनर्जीवन की भी दिशा हुई न।'

राम इस विचार से उत्साहित हुए। 'सप्तसिंधु हमारी कर्मभूमि है। और नर्मदा के दक्षिण की ज़मीन हमारी पितृभूमि है। यही हमारे पुनर्जीवन की भूमि है।'

'और, एक दिन, हम भारत के पुनर्जन्म के लिए, दक्षिण से ही आएंगे।' कहते हुए सीता ने, मिट्टी के बने दो प्याले आगे बढ़ा दिए। उसमें कोई दूध जैसा सफेद द्रव्य था। उन्होंने एक लक्ष्मण को दिया, और दूसरा राम को।

'यह क्या है, भाभी?' लक्ष्मण ने पूछा।

'यह तुम्हारे पुनर्जीवन के लिए,' सीता ने कहा। 'पियो इसे।'

लक्ष्मण ने एक घूंट पिया, और मुंह बिगाड़ा। 'छी!'

'चुपचाप पियो, लक्ष्मण,' सीता ने आदेश दिया।

वह अपनी नाक बंद करके, सारा द्रव्य पी गए। लक्ष्मण नदी की ओर अपना मुंह और प्याला धोने गए।

राम ने सीता की ओर देखा। 'मैं जानता हूं यह क्या है। यह तुम्हें कहां मिला?'

'उन लोगों से, जो हमारी सुरक्षा कर रहे हैं।'

'सीता...'

'राम, आप भारत के लिए बहुत महत्वपूर्ण है। आपको स्वस्थ रहना ही होगा। आपको जीवित रहना होगा। वापस आकर हमें बहुत से काम करने हैं, चौदह साल बाद। आप उम्र के सामने नहीं झुक सकते। कृपया इसे पी लीजिए।'

'सीता,' राम हंसे। 'एक प्याला सोमरस से वह सब हासिल नहीं हो सकता। अगर इसे प्रभावकारी बनाना है, तो हमें रोज़ एक प्याला पीना होगा। और, तुम तो जानती ही हो कि सोमरस उपलब्ध करना कितना कठिन है। वह पर्याप्त नहीं होगा।'

'वो मुझ पर छोड़ दीजिए।'

'मैं तुम्हारे बिना इसे नहीं पियूंगा। मेरी लंबी आयु का क्या फायदा, अगर उसे बांटने के लिए तुम मेरे साथ न हो तो?'

सीता मुस्कुराईं। 'राम, मैं पहले ही अपना प्याला पी चुकी हूं। मुझे करना ही पड़ा। क्योंकि पहली बार सोमरस पीने पर व्यक्ति को बुखार आता

है।'

'इसीलिए तुम पिछले सप्ताह बीमार हुई थीं?'

'हां। अगर हम तीनों एक साथ बीमार पड़ते, तो संभालना मुश्किल होता न? जब मैं बीमार थी, तब आपने मेरी देखभाल की। और अब मैं आपकी और लक्ष्मण की देखभाल कर लूंगी।'

'मैं सोचता हूं कि पहली बार सोमरस पीने पर इंसान बीमार क्यों पड़ता है।'

सीता ने कंधे झटकते हुए कहा। 'मैं नहीं जानती। यह सवाल तो प्रभु ब्रह्मा और सप्तऋषि से पूछना चाहिए। लेकिन बीमारी की चिंता मत करो; मेरे थैले में काफी औषधि हैं।'

सीता और राम एक घुटने पर बैठे, ध्यान से जंगली सुअर को देख रहे थे। राम ने अचानक हमले के लिए, अपना धनुष और बाण तैयार कर रखा था।

'सीता,' राम फुसफुसाए, 'पशु मेरी नज़रों के ठीक सामने है। मैं उसे तुरंत खत्म कर सकता हूं। क्या इसके बारे में तुम निश्चिंत हो?'

'हां,' सीता ने धीमे से कहा। 'धनुष और बाण आपके हथियार हैं। तलवार और भाला मेरे। मुझे कुछ अभ्यास की ज़रूरत है।'

राम, सीता और लक्ष्मण को वनवास में अब अठारह महीने हो चुके थे। सीता ने आख़िरकार, कुछ महीने पहले जटायु को राम से मिलवा दिया था। सीता पर भरोसा करते हुए, राम ने मलयपुत्र और उसके पंद्रह सैनिकों को अपने दल में शामिल कर लिया था। अब साथ में वे लोग एक कम बीस थे; तीन लोगों के समूह से ज़्यादा सक्षम। राम समझते थे कि इन हालातों में उन्हें दोस्तों की ज़रूरत पड़ेगी। लेकिन वह मलयपुत्रों से कुछ सजग रहते थे।

वास्तव में, जटायु पर संदेह करने की उनके पास कोई वजह नहीं थी, लेकिन राम इस तथ्य को अनदेखा नहीं कर सकते थे कि वह और उसके आदमी गुरु विश्वामित्र के अनुयायी थे। मलयपुत्र प्रमुख के प्रति राम के मन में अपने गुरु वशिष्ठ की शंका थी; विश्वामित्र ने जिस तरह, कानून को ताक पर रखकर, असुरास्त्र को चलाने के लिए प्रोत्साहित किया था, उससे शंका और बढ़ जाती थी।

दल के सदस्य दंडक वन के अंदर जाते-जाते, अपनी नियमित दिनचर्या में व्यवस्थित हो गए। उन्हें अभी भी स्थायी शिविर बनाने के लिए कोई जगह नहीं मिली थी। वे किसी एक जगह पर हद से हद दो या तीन सप्ताह तक ही ठहरते थे। खाना पकाने और सफाई के काम सबने आपस में बांट लिए थे, ऐसे ही शिकार भी बारी-बारी से किया जाता था। लेकिन, चूंकि शिविर में हर कोई मांसाहारी नहीं था, तो शिकार करने की नियमित ज़रूरत नहीं पड़ती थी।

'ये जानवर घातक हो सकते हैं, अगर सामने से हमला करें तो,' राम ने सीता की ओर चिंता की नज़रों से देखते हुए चेतावनी दी।

सीता ने अपने पति की रक्षात्मक प्रवृति पर मुस्कुराते हुए, अपनी तलवार बाहर खींच ली। 'इसीलिए तो मैं चाहती हूं कि आप तीर चलाते हुए मेरे पीछे रहें,' सीता ने छेड़ते हुए कहा।

राम भी मुस्कुरा दिए। उन्होंने निशाना साधते हुए, अपना ध्यान जंगली सुअर पर लगाया। उन्होंने कमान खींचते हुए, तीर चला दिया। भाले की सी तेज़ी से तीर, घूमता हुआ, उसके सिर के पास से गुज़रकर, उसकी बाईं ओर, ज़मीन पर जा लगा। पशु ने अपना सिर उठाकर हमलावर की दिशा में देखा, किसने उसकी शांति में दखल देने की कोशिश की थी। वह गुस्से से गुर्राया, लेकिन अपनी जगह से हिला नहीं।

'एक और,' सीता कहते हुए, अपनी जगह से ज़रा उठीं, अपने घुटने झुकाते हुए, उन्होंने पैरों को खोला, और तलवार को हाथ में तैयार रखा।

राम ने तुरंत दूसरा तीर कमान पर चढ़ाकर, छोड़ा। वह पशु के कान को छूता हुआ, ज़मीन में जा धंसा।

अबकी बार गुर्राहट के साथ वह अपने पैर घसीटते हुए उठ खड़ा हुआ। उसने धमकी के उद्देश्य से अपना सिर झुकाया, और तीर के आने की दिशा में घूरा। उसके दांत यूं आगे को निकले हुए थे, मानो दो लंबे चाकू हमले के लिए तैयार हों।

'अब, मेरे पीछे रहो,' सीता फुसफुसाईं।

राम तुरंत अपने धनुष-बाण रखते हुए, सीता के पीछे तलवार लेकर खड़े हो गए; वह मदद की ज़रूरत पड़ने पर एक भी पल गंवाना नहीं चाहते थे।

सीता ने तेज़ी से चिल्लाते हुए सामने छलांग लगा दी। पशु तुरंत सामने से मिली चुनौती के लिए तैयार हो गया। वह तीव्र गति से उनकी ओर भागने

लगा, उसका सिर नीचे था, दांत सामने की ओर तने हुए। सीता अपनी जगह पर खड़ीं, स्थिर सांसों से अपनी ओर बढ़ते पशु को देखती रहीं। आख़री पल में, जब वह उन पर छलांग लगाकर, उन्हें मारने को तैयार था, सीता कुछ क़दम पीछे हटकर, ज़ोर से हवा में उछलीं; एक उत्कृष्ट छलांग, और वह हमले के लिए कूदे सुअर के ठीक ऊपर थीं। ऊपर से ही उन्होंने अपनी तलवार का मुंह नीचे कर लिया था, और तलवार सीधी, पशु की गर्दन में जा धंसी। सीता के भार से तलवार, शरीर में गहरे उतर गई थी। तलवार की धार के साथ-साथ सीता के क़दम सुअर के गिरे हुए शरीर पर उतरे, ठीक राम के सामने।

राम की आंखें हैरानी से फैल गईं। सीता ठीक सुअर की पीठ पर उतरी थीं, उनकी सांस फूल गई थी। 'जानवर की गर्दन तलवार से आसानी से टूट जानी चाहिए, और उसकी मृत्यु तुरंत, बिना दर्द के होनी चाहिए।'

'बिल्कुल,' राम ने अपनी तलवार वापस रखते हुए कहा।

सीता झुकीं और सुअर का सिर छूकर फुसफुसाईं, 'ओ, निर्दोष प्राणी, तुम्हारे प्राण लेने के लिए मुझे क्षमा करना। तुम्हारी आत्मा को दोबारा कोई मकसद मिले, और तुम्हारा शरीर मेरी आत्मा का पोषण करे।'

राम ने सीता की तलवार का मूंठ मज़बूती से पकड़ा, और उसे पशु के शरीर से निकालने का प्रयत्न किया। वह फंस गया था। उन्होंने सीता को देखा। 'यह बहुत गहराई में गया है!'

सीता मुस्कुराईं। 'जब तक आप इसे निकालते हैं, मैं आपके तीर ले आती हूं।'

राम फिर से सीता की तलवार को पशु की गर्दन से निकालने की कोशिश करने लगे। उन्हें तलवार की सुरक्षा पर भी ध्यान देना था, कहीं वह किसी कठोर हड्डी से लगकर टूट न जाए। उसे निकालकर वह वहीं ज़मीन पर, पुष्ठभाग टिकाकर बैठ गए, और कुछ पत्तियों से उसे साफ करने लगे; उन्होंने उसकी धार जांची; वह तेज़ ही थी; तलवार को कोई नुक़सान नहीं पहुंचा था। उन्होंने दूरी पर से अपनी तरफ़ आती हुई सीता को देखा, उनके हाथ में तीर थे। उन्होंने तलवार की तरफ़ इशारा करके, अंगूठा उठाकर उसके ठीक होने का संकेत किया। सीता मुस्कुराईं। वह अभी भी उनसे कुछ दूर थीं।

'देवी!'

जंगल से चिल्लाने की तेज़ आवाज़ आई। राम की आंखें मकरंत, एक मलयपुत्र पर पड़ीं, जो तेज़ी से उनकी ओर दौड़ता हुआ आ रहा था। राम ने

उस दिशा में देखा, जहां वह इशारा कर रहा था। उनका दिल उछलकर मुंह को आ गया, जब उन्होंने दो जंगली सुअरों को घने जंगल से निकलते हुआ देखा, उनके निशाने पर सीता थीं। सीता की तलवार राम के पास थी। सीता के पास बस अभी चाकू था। राम उछलकर उठे, और अपनी पत्नी की ओर दौड़ पड़े। 'सीता!'

उनकी भयभीत आवाज़ से सचेत होकर सीता ने पलटकर देखा। सुअर लगभग उन पर झपटने ही वाले थे। अपना चाकू खींचकर उन्होंने पशु का सामना किया। उनसे दूर भागना घातक था; वह उनसे तेज़ नहीं दौड़ सकती थीं; बेहतर था सीधे उनकी आंखों में झांकना। सीता स्थिर खड़ी थीं, गहरी सांस लेकर, इंतज़ार करती हुईं।

'देवी!' मकरंत ने चिल्लाते हुए, ठीक समय पर उनके सामने छलांग लगाई, अपनी तलवार घुमाते हुए, उसने पहले प्रहार को सफलतापूर्वक नाकाम कर दिया था। पहला सुअर दूर जा गिरा था, लेकिन दूसरा अभी ताक में था, और मकरंत अपना संतुलन नहीं बना पाया था। सुअर के दांत मकरंत की जंघा में गड़ गए।

'सीता!' राम ने चिल्लाते हुए, तलवार उनकी ओर फेंकी, और खुद अपनी तलवार लेकर मकरंत की ओर भागे।

सीता ने फुर्ती से अपनी तलवार उठाई, और पहले पशु की ओर मुड़ीं। वह अब तक उठकर, दोबारा से उन पर हमला करने के लिए तैयार था। मकरंत, दूसरे सुअर के दांत में फंसा हुआ, उसके भयावह बल से, हवा में इधर-उधर फटके खा रहा था। लेकिन उसके शरीर के भार से, पशु भी अपना नियंत्रण नहीं रख पाया, और उलटा होने पर, उसका पेट ऊपरी तरफ आ गया। राम ने उसी क्षण उसके पेट में तलवार उतार दी। तलवार पशु के सीने में उतरते हुए, उसके दिल को भेद गई। वह तुरंत ढेर हो गया।

इस दौरान, पहला सुअर अपना सिर भयानक तरीके से हिलाते हुए, सीता के काफी नज़दीक आ गया था। सीता हवा में उछली, अपने पैर ऊपर उठाते हुए, सफाई से सुअर से बचते हुए। वापसी में उन्होंने अपनी तलवार घुमाई और पशु को घायल कर दिया। वह मरा तो नहीं था, लेकिन कुछ कर पाने में असमर्थ हो गया था। ज़मीन पर कूदते हुए, उन्होंने अपनी तलवार झटके से खींची। अपने घुटने पर बैठते हुए, उन्होंने कड़ा प्रहार किया, और बिना दया दिखाए, उसका सिर धड़ से अलग कर दिया।

उन्होंने मुड़कर देखा कि तलवार उठाए राम उन्हीं की तरफ़ दौड़ रहे थे। 'मैं ठीक हूं!' उन्होंने राम को भरोसा दिलाया।

राम ने सहमति में सिर हिलाया, और फिर से मकरंत की ओर मुड़ गए। सीता भी उठकर घायल मलयपुत्र की ओर ही आ रही थीं। राम ने फुर्ती से सिपाही का अंगवस्त्र उसके जख्म पर बांध दिया, जिससे खून का बहना कुछ तो कम किया जा सके। उन्होंने तुरंत खड़े होकर, मकरंत को उठा लिया।

'हमें तुरंत शिविर में लौटना होगा, अभी!' राम ने कहा।

जंगली सुअर के दांत ने ऊपरी मांस को फाड़ते हुए, जंघा की रक्त वाहिनी को काट दिया था। किस्मत से, सख्त पेड़ू अस्थि में लगा दांत, पशु द्वारा इधर-उधर पटकने से, ज़्यादा नुक़सान नहीं कर पाया था। इससे संभवतया उसकी जान बच पाई थी, नहीं तो आघात गहरा हो सकता था, यह और गहराई में उतरकर आंतों तक को काट सकता था। उसका इलाज जंगल में तो संभव नहीं हो पाता; और उससे मृत्यु भी हो सकती थी। हालांकि अधिक खून बह जाने से, वह अभी भी खतरे से बाहर नहीं आया था।

राम को ध्यान था कि मकरंत ने बिना किसी स्वार्थ के, उनकी पत्नी की जान बचाई थी। इसीलिए वह दिन-रात उसके उपचार में सेवक की तरह काम कर रहे थे, सीता भी इसमें उन्हें पूरा योगदान दे रही थीं। राम के लिए, उस समय यह महत्वपूर्ण, और स्वाभाविक भी था। लेकिन इससे मलयपुत्र हैरान थे कि सप्तसिंधु का वंशज किस लगन से वह काम कर रहा था, जो उसका कार्यक्षेत्र भी नहीं था।

'वह अच्छे इंसान हैं,' जटायु ने कहा।

जटायु और दो मलयपुत्र सैनिक, शिविर के मुख्य तंबु के बाहर, शाम का भोजन तैयार कर रहे थे।

'मैं हैरान हूं कि राजकुमार होने के बावजूद वह सिपाही या चिकित्सक सहायक का काम भी कर लेते हैं,' एक मलयपुत्र ने मद्धम आंच पर बर्तन में कुछ खौलाते हुए कहा।

'वह मुझे हमेशा से प्रभावशाली लगे,' दूसरे सैनिक ने कुछ शाक को काटते हुए कहा। 'उनमें सप्तसिंधुओं के शाही परिवार वाला घमंड नहीं है।'

'हम्म,' जटायु ने कहा। 'मैंने सुना कि उन्होंने कितनी तत्परता से मकरंत की जान बचाई थी। अगर उन्होंने तुरंत उस सुअर को नहीं मारा होता, तो सुअर ने न सिर्फ मकरंत को मार दिया होता, बल्कि देवी सीता को भी क्षति पहुंचाई होती।'

'वह हमेशा से एक पराक्रमी योद्धा है। हमने इसके बहुत से उदाहरण देखे और सुने हैं,' दूसरे सैनिक ने कहा। 'लेकिन साथ ही वह अच्छे इंसान भी हैं।'

'हां, वह अपनी पत्नी का अच्छे से ख्याल रखते हैं। वह शांत और साफ दिमाग़ के हैं। उनका नेतृत्व अच्छा है। वह बेहतरीन योद्धा हैं। लेकिन सबसे महत्वपूर्ण, स्पष्ट है कि उनका दिल सोने का है,' पूरे मन से पहले मलयपुत्र ने कहा। 'मुझे लगता है कि गुरु वशिष्ठ का चुनाव अच्छा है।'

जटायु ने सिपाही को घूरा, बिल्कुल धमकाने के अंदाज़ में। बेचारा सिपाही समझ गया था कि वह कुछ ज़्यादा ही बोल गया था। वह तुरंत ख़ामोश हो गया और अपना ध्यान बरतन में खौलते खाने पर लगाया।

जटायु समझ गया था कि उसके आदमियों के मन में इस विर्षय में कोई संदेह नहीं होना चाहिए था। उनकी वफादारी खासतौर से मलयपुत्र के मकसद के साथ थी। 'इससे कोई फर्क नहीं पड़ता कि राजकुमार राम कितने वफादार जान पड़ते हैं, हमेशा याद रखो कि हम गुरु विश्वामित्र के अनुयायी हैं। हम वही करेंगे, जो उनका आदेश होगा। वह हमारे प्रमुख हैं, और वह अच्छा-बुरा बेहतर समझते हैं।'

दोनों मलयपुत्र सिपाहियों ने हां में गर्दन हिलाई।

'यकीनन, हम उन पर भरोसा कर सकते हैं,' जटायु ने कहा। 'और यह भी अच्छा है कि वह भी हम पर भरोसा करने लगे हैं। लेकिन यह मत भूलो कि हमारी वफादारी किसके साथ है। स्पष्ट है?'

'जी, अधिपति,' दोनों सैनिकों ने साथ में कहा।

राम, लक्ष्मण और सीता को अयोध्या छोड़े हुए छह साल बीत गए थे।

उन्नीस लोगों का समूह आख़िरकार गोदावरी नदी के मुहाने, पश्चिम किनारे पर, पंचवटी में रहने लगा था। पांच वट वृक्षों का स्थान पंचवटी। इस छोटे, साधारण किंतु आरामदायक आश्रम को नदी प्राकृतिक सुरक्षा प्रदान

करती थी। आश्रम के मध्य में बनी मुख्य कुटी में दो कक्ष थे—एक राम और सीता का, और दूसरा लक्ष्मण का—और थोड़ा सा खुला स्थान था व्यायाम और सभा के लिए। एक प्राथमिक संकट-सूचक प्रणाली आश्रम की दीवारों पर जंगली जानवरों से सचेत रहने के लिए लगाई गई थी।

आश्रम की दीवार दो वृताकार बाड़ों के रूप में निर्मित की गई थी। बाहरी बाड़ विषैली लताओं से बनाई गई थी, जो जानवरों को आश्रम से दूर रखती थी। अंदर वाली बाड़ पर नागावल्ली लताएं लगी थीं, साथ ही एक संकट-सूचक प्रणाली के तहत पूरी बाढ़ पर एक डोरी बंधी थी, जो उसी के पास लगे लकड़ी के बड़े से पिंजरे तक जाती थी। उस पिंजरे में काफी सारे पक्षी बंद थे। पक्षियों की अच्छे से देखभाल की जाती थी, और हर महीने उन्हें बदलकर, उनकी जगह नए पक्षियों को रखकर, पुरानों को खुले आकाश में आज़ाद कर दिया जाता था। अगर कोई बाहरी बाड़ को पार करके, नागावल्ली लताओं को पार करने की कोशिश करता, तो संकट-सूचक यंत्र बजने के साथ पक्षियों के पिंजरे की छत खुल जाती। पक्षियों के अचानक शोरगुल से आश्रम में रहने वाले समय रहते सचेत हो सकते थे।

कुटियों के दूसरे संघ में जटायु और उसके सैनिक रहते थे। जटायु पर राम के भरोसा करने के बावजूद, लक्ष्मण हमेशा इस मलयपुत्र के प्रति शंकालु रहते थे। अधिकांश भारतीयों की तरह, उन्हें भी नागाओं के प्रति वहम था। वह एक 'गिद्ध-मनुष्य' पर भरोसा नहीं कर सकते थे, लक्ष्मण ने मन ही मन उसे यह नाम दे दिया था।

बेशक, पिछले छह सालों में उन लोगों ने कई ख़तरों का सामना किया था, लेकिन इनमें से कोई भी हमला किसी मनुष्य हमलावर का नहीं था। समय-समय पर लगने वाले घाव उन्हें जंगल के रोमांच की याद दिलाते थे, लेकिन सोमरस के प्रभाव से उनका शरीर उतना ही चुस्त था, जितना वे अयोध्या छोड़ते समय थे। कड़ी धूप ने उनकी त्वचा का रंग गहरा कर दिया था। राम तो हमेशा से सांवले थे, लेकिन श्वेत सीता और लक्ष्मण भी श्यामल लगने लगे थे। राम और लक्ष्मण की दाढ़ी-मूंछों ने उन्हें योद्धा-मुनि का रूप दे दिया था।

ज़िंदगी उबाऊ ढर्रे पर चल रही थी। अलस्सुबह राम और सीता गोदावरी नदी पर नहाने के लिए जाते, यह उनका कुछ निजी समय था, जिसे वे एकांत में बिताना पसंद करते थे। यकीनन यह उनके पसंदीदा पल थे।

ऐसे ही एक दिन। उन्होंने गोदावरी के निर्मल जल से अपने बालों को

धोया, और फिर नदी किनारे बैठ गए। नई बेरियों की ओट में, सुबह की ठंडी हवा में वे अपने बालों को सुखा रहे थे। राम ने सीता के बालों में कंघी कर उन्हें गूंथ दिया। अब सीता अपने पति के पीछे बैठीं, उनके आधे सूखे बालों में उंगलियां फिराते हुए, उन्हें सुलझाने की कोशिश करने लगीं।

'आह!' राम ने विरोध किया, जब उनके सिर को पीछे को झटका लगा।

'माफ करना,' सीता ने कहा।

राम मुस्कुरा दिए।

'आप क्या सोच रहे हैं?' सीता ने सावधानी से बालों की दूसरी गांठ सुलझाते हुए कहा।

'लोग कहते हैं कि जंगल खतरनाक हैं, नगरों में ही आपको सुरक्षा और आराम मिल सकता है। मेरे लिए तो यह बात विपरीत ही साबित हो रही है। मैं कभी भी अपने जीवन में इतना खुश या आराम से नहीं रहा हूं, जितना दंडकारण्य में आकर हुआ हूं।'

सीता ने सहमति व्यक्त की।

राम ने सिर घुमाकर अपनी पत्नी को देखा। 'मैं जानता हूं कि तुमने भी "सभ्यों" की दुनिया में काफी कुछ झेला है...'

'हां, सच है,' सीता ने कंधे झटकते हुए कहा। 'वे कहते हैं कि हीरे को बनने से पहले काफी दबाव झेलना पड़ता है।'

राम नरमी से हंसे। 'तुम्हें पता है, गुरु वशिष्ठ ने एक बार बचपन में मुझसे कहा था कि सहानुभूति कभी-कभी अधिमूल्यांकित गुण बन जाता है। उन्होंने मुझे कठोर प्यूपा से निकलने वाली तितली की कहानी सुनाई थी। उसका जीवन एक "बदसूरत" कीट के रूप में शुरू होता है। सही समय आने पर वह प्यूपा में परिवर्तित होता है, और फिर उसकी सख्त दीवारों को तोड़कर उसमें से एक खूबसूरत तितली बाहर आती है। तैयार होकर, वह अपने अग्र पंख के नीचे, छोटे-छोटे पंजों का इस्तेमाल करते हुए, अपने बाह्य खोल की रक्षा करती है। अपने इस संघर्ष और छोटी सी शुरुआत से वह अपना मार्ग बनाती है। यह तकलीफदेह, कठिन और लंबी प्रक्रिया है। पथभ्रष्ट सहानुभूति से शायद हम प्यूपा के छेद के बड़े होने का इंतज़ार करें, कल्पना करो इससे तितली का काम कितना आसान हो जाएगा। लेकिन यह संघर्ष आवश्यक है; जब तितली उस छोटे से छेद से, अपने बदन को दबाकर बाहर निकलती है, तो उसके सूजे हुए शरीर से एक द्रव्य स्रावित होने लगता है। वह द्रव्य उसके

पंखों में जाकर उसे मज़बूती प्रदान करता है; पंख उभरने के बाद द्रव्य सूख जाता है, और वह नाजुक जीव उड़ने के काबिल बन पाता है। उसकी "मदद" के नाम पर, उसके संघर्ष को आसान करके हम उसे बस कमज़ोर ही बना सकते हैं। बिना संघर्ष के, उसके पंखों में कभी बल नहीं आ सकता। और वह कभी नहीं उड़ पाती।'

सीता सहमति में सिर हिलाकर मुस्कुराईं। 'मुझे एक दूसरी कहानी सुनाई गई थी। छोटे पक्षियों की कि कैसे उनके मां-बाप जबरन उन्हें घोंसले से धक्का देकर, उड़ने के लिए मजबूर करते हैं। लेकिन हां, इसका भी मतलब तो वही है।'

राम मुस्कुराए। 'तो ठीक है, प्रिया! यह संघर्ष हमें मज़बूत ही बनाएगा।'

सीता ने लकड़ी की कंघी उठाई और राम के बाल काढ़ने शुरू किए।

'छोटे पक्षियों के बारे में तुम्हें किसने बताया? तुम्हारे गुरु ने?' राम ने पूछा।

चूंकि राम की नज़रें सामने की ओर थीं, तो वह सीता के चेहरे पर आई झिझक को देख नहीं पाए। 'मैंने बहुत से लोगों से सीखा है, राम। लेकिन कोई भी आपके गुरु, वशिष्ठ जितना महान नहीं था।'

राम मुस्कुराए। 'मैं खुशकिस्मत था कि वह मेरे गुरु हैं।'

'हां, आप थे। उन्होंने आपको अच्छे से प्रशिक्षित किया है। आप अच्छे विष्णु बनोगे।'

राम को कुछ झिझक महसूस हुई। हालांकि वह अपने लोगों के लिए कोई भी ज़िम्मेदारी उठाने को तैयार थे, लेकिन वशिष्ठ ने राम के लिए जो महान उपाधि चुनी थी, वह उन्हें विनीत कर देती थी। उन्हें अपनी योग्यताओं पर संदेह होने लगता, और वह सोचते कि वह इसके लिए तैयार भी हैं कि नहीं। उन्होंने अपनी पत्नी को भी इस संदेह से अवगत कराया था।

'आप तैयार हो जाओगे,' अपने पति का मन पढ़ते हुए, सीता ने मुस्कुराकर कहा। 'भरोसा करो। आप नहीं जानते कि आप कितने खास हो।'

राम ने मुड़कर, सीता के गाल को हल्के से छुआ, वह सीधे उनकी आंखों में झांक रहे थे। उन्होंने हल्के से मुस्कुराकर, अपना ध्यान वापस नदी की ओर मोड़ लिया। सीता ने उनके सिर पर, जूड़ा बांध दिया, जैसाकि वह हमेशा बनाते थे, और फिर उस पर मोती की एक लड़ी से गांठ लगा दी, ताकि जूड़ा अपने स्थान से न हिले। 'हो गया!'

अध्याय 30

राम और सीता, शिकार करके लंबे से डंडे पर हिरण के शरीर को लटकाए हुए वापस आए। उन्होंने डंडे को अपने कंधों पर संतुलित कर रखा था। लक्ष्मण आश्रम में ही थे, क्योंकि आज खाना पकाने की बारी उनकी थी। उन्हें अब सप्तसिंधु से बाहर रहते हुए तेरह साल हो आए थे।

'बस एक और साल, राम,' सीता ने कहा। दोनों आश्रम परिसर में पहुंच चुके थे।

'हां,' राम ने कहा। उन्होंने डंडा नीचे रखा। 'तभी तो हमारे असली संग्राम की शुरुआत होगी।'

लक्ष्मण ने आगे आते हुए, अपनी कमर पेटी से लंबा सा चाकू निकाल लिया। 'आप दोनों अपनी रणनीति और दर्शन की चर्चा आरंभ कर सकते हैं, तब तक मैं कुछ महिलाओं वाले काम निबटा आता हूं!'

सीता ने सौम्यता से लक्ष्मण के गाल पर थपकी मारी। 'भारत में पुरुषों की गिनती भी अच्छे रसोइए के रूप में होती रही है, तो तुम खाना पकाने को महिलाओं का काम कैसे कह सकते हो? हर किसी को खाना पकाना आना चाहिए!'

लक्ष्मण ने नाटकीय अंदाज में झुककर, हंसते हुए कहा। 'जी, भाभी!'

राम और सीता खिलखिलाकर हंस दिए।

'आज शाम आसमान बहुत सुंदर लग रहा है, है न?' सीता ने द्यौष्पिता,

आसमान के पिता की कलाकारी की तारीफ करते हुए कहा। राम और सीता मुख्य कुटी के बाहर, ज़मीन पर लेटे हुए थे।

तीसरे प्रहर का पांचवां घंटा था। सूर्य भगवान का रथ, आसमान में अद्भुत रंगों को बिखेरते हुए, मानो घर की ओर प्रस्थान कर रहा था। पश्चिम दिशा से बहती ठंडी बयार, गर्मियों की समाप्ति का संकेत दे रही थी। मानसून के महीने खत्म होने जा रहे थे, और सर्दियों ने अपनी दस्तक दे दी थी।

'हां,' राम ने मुस्कुराते हुए कहा। उनका हाथ सीता के हाथ तक पहुंच गया था, और उन्होंने सीता का हाथ अपनी ओर खींचकर, उनकी उंगलियों को चूम लिया।

सीता राम की ओर मुड़ीं, और मुस्कुराते हुए पूछा। 'आपके दिमाग़ में क्या चल रहा है, पतिदेव?'

'पति वाली बातें, पत्नी...'

तभी गला खंखारने की तेज़ आवाज़ सुनाई दी। सीता और राम ने उठकर देखा, तो सामने मुस्कुराते हुए लक्ष्मण खड़े थे। उन्होंने लक्ष्मण को बनावटी चिढ़ से देखा।

'क्या?' लक्ष्मण ने कंधे उचकाते हुए पूछा। 'आपने कुटी में जाने का रास्ता रोक दिया है। मुझे अपनी तलवार लेनी है। मैं अतुल्य के साथ अभ्यास करने जा रहा हूं।'

राम ने दाहिनी ओर खिसकते हुए, लक्ष्मण को जाने की जगह दी। लक्ष्मण अंदर जाते हुए बोले, 'मैं जल्दी चला जाऊंगा...'

जैसे ही वह कुटी में गए, तभी किसी आवाज़ से चौंके। पक्षियों ने अचानक से शोर मचाना शुरू कर दिया था, संकट-सूचक यंत्र बजने लगा था। लक्ष्मण तेज़ी से बाहर आए, तब तक राम और सीता भी खड़े हो चुके थे।

'वह क्या था?' लक्ष्मण ने पूछा।

राम की सूझबूझ बता रही थी कि घुसपैठिया कोई पशु नहीं था।

'हथियार,' राम ने शांति से आदेश दिया।

सीता और लक्ष्मण कमर पेटी में तलवार बांध चुके थे। लक्ष्मण ने राम को उनका धनुष पकड़ाकर, शीघ्रता से अपना भी उठा लिया। भाइयों ने जल्दी से अपने धनुष तैयार कर लिए थे। जटायु और उसके सैनिक भी हथियार लेकर वहां पहुंच चुके थे, तब तक राम-लक्ष्मण ने तीरों से भरे तरकश कमर पर बांध

लिए। सीता ने लंबा सा भाला उठा लिया, और राम ने कमर पेटी में तलवार भी डाल ली। उनके पास पहले से ही एक छोटा चाकू था; एक हथियार सुरक्षा के लिहाज से वह हमेशा अपने पास रखते थे।

'वो कौन हो सकते हैं?' जटायु ने पूछा।

'मैं नहीं जानता,' राम ने कहा।

'लक्ष्मण बाधा?' सीता ने पूछा।

लक्ष्मण बाधा सुरक्षा का एक खास नमूना था, जिसे लक्ष्मण ने मुख्य कुटी के पूर्व में बनवाया था। वह क़द में पांच फुट ऊंचा था; वह छोटे वर्ग के तीन तरफ से घिरा हुआ था, जिसकी अंदरुनी दीवार मुख्य कुटी के सम्मुख थी, थोड़ी सी खुली हुई; एक घनाकार की तरह। पूरी संरचना एक बंद रसोई का आभास कराती थी। वास्तव में, घनाकार खाली था, जिससे योद्धा आ-जा सकें—यद्यपि वह घुटनों के बल ही ऐसा कर सकते थे—बिना दुश्मन की नज़रों में आए। उसकी दक्षिण दिशा की दीवार के बाहरी ओर एक छोटी सी अंगीठी लगी थी। आधे घेरे पर छत बनी हुई थी, जो उसे पूरी तरह से रसोई का आभास देती थी; इससे वह दुश्मन के तीरों से बच सकते थे। दक्षिण, पूर्व और उत्तर की ओर की दीवारों पर रौशनदान जैसे छेद बने थे, जो बाहर से तो चौड़े थे, लेकिन अंदर की ओर जाते-जाते तंग हो जाते थे। यह देखने पर रसोई में बने सामान्य रौशनदान ही प्रतीत होते थे। उनका असली काम एक तो बाहर का पूरा दृश्य दिखाना था, लेकिन बाहरी ओर से कोई इनमें झांककर नहीं देख सकता था। इन छिद्रों का इस्तेमाल तीर चलाने के लिए भी किया जा सकता था।

मिट्टी से बना होने के कारण, यह अधिक बल सहने में समर्थ नहीं था। लेकिन किसी छोटे से दल से बचने में यह प्रभावी हो सकता था। लक्ष्मण को संदेह था कि कोई टुकड़ी कभी उन पर हमला कर सकती थी। चूंकि इसका स्वरूप लक्ष्मण ने बनाया था, तो मकरंत ने इसका नाम लक्ष्मण बाधा रख दिया था।

'हां,' राम ने कहा।

सभी दीवार के पीछे जाकर छिप गए, उन्होंने अपने हथियार तैयार रखे थे; अब वे इंतज़ार कर रहे थे।

लक्ष्मण ने झुककर, दक्षिण की ओर बनी दीवार के छिद्र से झांका। आंख को सिकोड़ते हुए उन्होंने देखा कि दस लोगों का एक समूह आश्रम

परिसर में आ गया था, उनके आगे एक आदमी और एक महिला थी।

नेतृत्व कर रहा आदमी औसतन क़द का था, लेकिन असामान्य रूप से गोरा। उसकी दुबली-पतली काया चुगली कर रही थी कि वह कोई योद्धा नहीं हो सकता। कमज़ोर कंधे और पतली बांह के बावजूद वह इस तरह चौड़ा होकर चल रहा था, जैसे उसकी कांख में फोड़े हो रखे हों। अधिकांश भारतीयों की तरह उसके काले, लंबे बाल थे, जिसे उसने सिर पर जूड़े की तरह बांध रखा था। उसकी लंबी दाढ़ी करीने से तराशी हुई थी, और मज़े की बात तो यह थी कि उसे गहरे भूरे रंग से रंगा गया था। उसने विशेष भूरे रंग की धोती और उससे जरा हल्के रंग का अंगवस्त्र धारण किया था। उसके आभूषण संपन्न किंतु शालीन थे: कानों में मोती के कुंडल और हाथों में ताम्र बाजूबंद। वह अभी अस्त-व्यस्त लग रहा था, मानो काफी समय से सड़कों पर घूम रहा हो, बिना कपड़े बदले।

उसके पीछे जो महिला थी, वह कुछ-कुछ आदमी से मिलती-जुलती, लेकिन सम्मोहक थी; संभवत: वह उसकी बहन थी। क़द में लगभग उर्मिला जितनी ही, उसकी त्वचा बर्फ के समान सफेद थी; इससे वह बीमार या पीली लगनी चाहिए थी, लेकिन वह तो बेहद ही आकर्षक लग रही थी। उसकी तीखी, उठी हुई नाक, उभरे हुए गाल उसे परिहावासी बता रहे थे। हालांकि, उनसे भिन्न उसके बाल भूरे थे, असामान्य रंग; उसकी हर लट सलीखे से अपनी जगह पर थी। उसकी आंखें जादुई थीं। शायद वह हिरण्यालोमन मलेच्छ की संतान थी; गोरी रंगत, भूरी आंखों और भूरे बाल वाले विदेशी, जो उत्तर-पश्चिम में कहीं रहते थे; उनके हिंसक तरीकों और अबोध्य बोली के कारण भारतीय उन्हें जंगली बुलाते थे। लेकिन यह महिला जंगली नहीं थी। बल्कि वह तो बहुत सुडौल और पतली थी, सिवाय उसके विशाल वक्षस्थल के, जो उसके शरीर के अनुपात में ज़्यादा ही बड़े थे। उसने महंगी, जामुनी रंग की धोती पहनी हुई थी, जो सरयु के जल के समान लग रही थी। शायद यह पूर्व का मशहूर रेशम होगा, जिसे धनी लोग खरीद सकते थे। धोती को उसने कुछ ज़्यादा ही नीचे बांध रखा था, जिससे उसका पतला पेट और घुमावदार कमर अच्छी तरह दिख रही थी। उसकी अंगिया भी रेशम की थी, पतले रजत रंग की, जिसमें से उसकी छाती के उभार लक्षित हो रहे थे। उसका अंगवस्त्र शरीर पर लिपटे होने की बजाय, असावधानी से कंधे पर पड़ा था। भारी-भरकम आभूषण उसकी अतिशयता को खूब परिभाषित कर रहे थे। बस असंगतता थी, तो उसकी कमर-पेटी में बंधा चाकू। वह ध्यान से देखने की चीज थी।

राम ने सीता को देखा। 'वो कौन हैं?'

सीता ने कंधे उचकाए।

'लंकावासी,' जटायु फुसफुसाया।

राम कुछ क़दम दूर खड़े, जटायु की ओर मुड़े। 'आपको यकीन है?'

'हां। यह आदमी रावण का छोटा, सौतेला भाई, विभीषण है, और महिला उसकी सौतेली बहन, शूर्पणखा।'

'वे यहां क्या कर रहे हैं?' सीता ने पूछा।

अतुल्य भी उन आगंतुकों को दीवार के एक छिद्र से देख रहा था। वह राम की ओर मुड़ा। 'मुझे नहीं लगता वे लोग लड़ाई के लिए आए हैं। देखो...' उसने छिद्र की ओर इशारा किया।

सभी ने छेदों से देखा। विभीषण के आगे एक सिपाही सफेद झंडा लेकर चल रहा था, शांति का प्रतीक। यकीनन वे बातचीत के लिए आए थे। लेकिन रहस्य यह था कि वह बात क्या करना चाहते थे?

'रावण को हमसे क्या बात करनी होगी?' लक्ष्मण ने संदेह व्यक्त किया।

'मेरे स्रोतों के अनुसार विभीषण और शूर्पणखा रावण की आंख से आंख नहीं मिला सकते,' जटायु ने कहा। 'हमें यह नहीं मानना चाहिए कि इन्हें रावण ने भेजा है।'

अतुल्य ने बात काटते हुए कहा। 'आपसे असहमति के लिए क्षमा चाहता हूं, जटायु जी। लेकिन मैं कल्पना नहीं कर सकता कि राजकुमार विभीषण और राजकुमारी शूर्पणखा खुद ऐसा करने की हिम्मत करेंगे। हमें मानकर चलना चाहिए कि राजा रावण ने ही उन्हें भेजा है।'

'सोचने का समय खत्म हो गया है, और हमें उन्हीं से सवाल पूछने चाहिएं,' लक्ष्मण ने कहा। 'दादा?'

राम ने दोबारा छिद्र से देखा, और फिर अपने लोगों की ओर घूमकर कहा। 'हम सब साथ बाहर चलेंगे। इससे वो कोई मूर्खता नहीं कर पाएंगे।'

'यह ठीक रहेगा,' जटायु ने कहा।

'आओ,' राम कहते हुए, सुरक्षित दीवार के पीछे से निकले, उन्होंने अपना दाहिना हाथ उठा रखा था, जो शांति का प्रतीक था। दूसरे भी राम का अनुकरण करते हुए, रावण के सौतेले भाई और उनके दल से मिलने के लिए बाहर निकले।

विभीषण राम, सीता, लक्ष्मण और उनके सैनिकों को देखकर कुछ घबरा गया। उसने अपनी बहन की ओर देखा, उन्हें आगे होने वाली गतिविधियों का कोई अंदाजा नहीं था। लेकिन शूर्पणखा की आंखें राम पर ही टिकी रह गईं। वे बेशरमी से उन्हें निहार रही थी। जटायु को देखते ही विभीषण पहचान गया था।

राम, लक्ष्मण, और सीता आगे चल रहे थे, और जटायु व उनके सिपाही पीछे। जब जंगलवासी लंकावासियों के नज़दीक पहुंचे, तो विभीषण कमर सीधी कर, छाती फुलाकर बोला। 'हम शांति के लिए आए हैं, अयोध्या के राजा।'

'हम भी शांति चाहते हैं,' राम ने कहते हुए अपना दाहिना हाथ नीचे किया। उनके लोगों ने भी ऐसा ही किया। उन्होंने 'अयोध्या के राजा' अभिनंदन पर कोई टिप्पणी नहीं की। 'आप यहां क्यों आए हैं, लंका के राजकुमार?'

विभीषण पहचाने जाने से संतुष्ट हुआ। 'लगता है सप्तसिंधु वाले दुनिया से उतने भी अनजान नहीं हैं, जितना हमें लगता है।'

राम नम्रता से मुस्कुराए। इस दौरान, शूर्पणखा ने छोटी सी थैली से एक रूमाल निकाल लिया, और उससे नज़ाकत से अपनी नाक ढंकी।

'खैर, अब तो मैं भी सप्तसिंधु वालों के तरीकों को समझ गया हूं, और उनका सम्मान करता हूं,' विभीषण ने कहा।

सीता की नज़रें शूर्पणखा पर ही थीं, वह महिला कैसे लगातार उनके पति को घूरे जा रही थी। नज़दीक आने पर स्पष्ट हो चुका था कि शूर्पणखा की जादुई आंखों का राज, आंखों के चमकते रंग में छिपा था, नीली आंखें। उसमें यकीनन हिरण्यलोमन मलेच्छ खून का कुछ तो अंश था। मिस्र के पूर्व में, व्यावहारिक रूप से किसी की भी आंखें नीली नहीं होती थीं। वह इत्र में नहाकर आई थी, जो पंचवटी आश्रम में फैली पशुओं की गंध से भी शक्तिशाली था, कम से कम उसके पास खड़े होने पर तो ऐसा ही लग रहा था। लेकिन उसके लिए यकीनन यह पर्याप्त नहीं था। वह लगातार अपने रूमाल को इधर-उधर घुमाकर, आसपास की गंध से बचने की कोशिश कर रही थी।

'क्या आप हमारी छोटी सी कुटी में, अंदर चलकर बात करना चाहेंगे?' राम ने कुटी की ओर इशारा करते हुए पूछा।

'नहीं, शुक्रिया, महाराज,' विभीषण ने कहा। 'मैं यहीं ठीक हूं।'

जटायु की उपस्थिति में वह असुरक्षित महसूस कर रहा था। विभीषण और कोई आश्चर्य झेलने को तैयार नहीं था, कुटी की चारदीवारी में, बात

करने से पहले ही कहीं कुछ। आख़िरकार, वह सप्तसिंधु के दुश्मन का भाई था। यहां बाहर, खुले में ही रहना सुरक्षित था।

'ठीक है, फिर,' राम ने कहा। 'तो स्वर्ण नगरी लंका के राजकुमार के यूं आने का क्या तात्पर्य है?'

शूर्पणखा ने कुछ कर्कश, लेकिन मनोहर आवाज़ में कहा। 'रमणीय पुरुष, हम यहां शरण लेने आए हैं।'

'मुझे कुछ समझ नहीं आया,' राम थोड़ा सकपका गए कि एक ऐसी महिला जिन्हें वह नहीं जानते थे, उनके रूप से प्रभावित हो रही थी। 'मुझे नहीं लगता कि हम इतने सक्षम हैं...'

'ओ महान राजा, हम और कहां जा सकते हैं?' विभीषण ने कहा। 'हमें सप्तसिंधु में कोई नहीं अपनाएगा, क्योंकि हम रावण के संबंधी हैं। लेकिन हम जानते हैं कि सप्तसिंधु में काफी लोग ऐसे हैं, जो आपको न नहीं कह पाएंगे। मैं और मेरी बहन लंबे समय तक रावण की यातनाएं सहते रहे हैं। हमें अब वहां से भागना ही पड़ा।'

राम चिंता में ख़ामोश थे।

'अयोध्या के राजा,' विभीषण आगे बोला। 'मैं भले ही लंका से हूं, लेकिन मैं आप लोगों जैसा ही हूं। मैं आपके सिद्धांत का सम्मान करता हूं। मैं दूसरे लंकावासियों जैसा नहीं हूं, जो रावण की अपार संपदा की वजह से, आंखें बंद करके उसका अनुसरण करते हैं। शूर्पणखा भी मेरी ही तरह है। क्या आपको नहीं लगता कि आपका हमारे प्रति भी कुछ कर्तव्य है?'

सीता बीच में बोलीं। 'किसी प्राचीन कवि ने कहा था, "जब कुल्हाड़ी ने जंगल में प्रवेश किया, तो वृक्षों ने एक-दूजे से कहा: चिंता मत करो, उसका हत्था तो हममें से ही एक है"।'

शूर्पणखा ने नाक चढ़ाई। 'तो, रघु के महान वंशज, अपना निर्णय, अपनी पत्नी को करने देते हैं, है न?'

विभीषण ने हल्के से अपनी बहन का हाथ दबाया, और वह चुप हो गई। 'रानी सीता,' विभीषण ने कहा। 'आपने ध्यान दिया होगा कि यहां सिर्फ हत्था आया है। कुल्हाड़ी की धार तो लंका में ही है। हम सच में आप लोगों जैसे हैं। कृपया हमारी मदद कीजिए।'

शूर्पणखा जटायु की ओर मुड़ी। यह उससे नहीं बच पाया था कि राम और लक्ष्मण के अलावा, अन्य सभी पुरुष आसक्ति से उसे देख रहे थे। 'महान

मलयपुत्र, क्या आपको नहीं लगता कि हमें शरण देना, आपके हित में ही होगा? हम आपको लंका के बारे में ज़्यादा अच्छी तरह बता सकते हैं। वहां आपके लिए और भी स्वर्ण हो सकता हैं।'

जटायु ने कुछ सख्त होते हुए कहा। 'हम प्रभु परशु राम के अनुयायी हैं! हमारी दिलचस्पी स्वर्ण में नहीं है।'

'ठीक है...' शूर्पणखा ने व्यंग्य से कहा।

विभीषण ने लक्ष्मण से विनती की। 'बुद्धिमान लक्ष्मण, कृपया अपने भाई को समझाइए। मुझे यकीन है कि आप मुझसे सहमत होंगे, अगर मैं कहूं कि मैं युद्ध में आपके बहुत काम आ सकता हूं।'

'मैं आपसे सहमत हो सकता हूं, लंका के राजकुमार,' लक्ष्मण ने मुस्कुराकर कहा। 'लेकिन तब हम दोनों ही ग़लत हो जाएंगे।'

विभीषण ने नीचे देखकर आह भरी।

'राजकुमार विभीषण,' राम ने कहा। 'मैं इसके लिए क्षमा चाहता हूं...'

विभीषण ने राम की बात काटी। 'दशरथ पुत्र, मिथिला के युद्ध को याद करिए। मेरा भाई आपका शत्रु है। वह मेरा भी दुश्मन है। क्या इस वजह से मुझे आपका मित्र नहीं बन जाना चाहिए?'

राम शांत थे।

'महान राजा, हम अपनी जान जोखिम में डालकर, लंका से भागे हैं। क्या आप कुछ समय के लिए हमें अपना मेहमान बनाकर नहीं रख सकते? हम कुछ ही दिनों में चले जाएंगे। आपको याद है, तैत्तिरीय उपनिषद में क्या कहा गया है: *अतिथि देवो भवः।* यहां तक कि दूसरी कई स्मृतियों में भी कहा गया है कि ताकतवर को कमज़ोर की रक्षा करनी ही चाहिए। हम तो बस कुछ दिनों की शरण मांग रहे हैं। कृपया।'

सीता ने राम को देखा। कानून को जबरन बीच में लाया जा रहा था। वह जानती थीं कि अब क्या होने वाला था। वह जानती थीं कि राम अब उन्हें लौटा नहीं पाएंगे।

'बस कुछ दिन,' विभीषण ने विनती की। 'कृपया।'

राम ने विभीषण के कंधे को छुआ। 'तुम यहां कुछ दिनों के लिए रह सकते हो; कुछ समय के लिए, और फिर अपने आगे के सफर पर निकल जाना।'

विभीषण ने हाथ जोड़कर प्रणाम करते हुए कहा, 'महान रघुवंशी अमर रहें।'

'मुझे लगता है वह बिगड़ैल राजकुमारी आप पर आसक्त है,' सीता ने कहा।

राम और सीता चौथे प्रहर के दूसरे घंटे में, अपने कक्ष में अकेले थे। उन्होंने अभी-अभी शाम का भोजन किया था। शूर्पणखा ने खाने में बहुत मीन-मेख निकाली थी, जिसे सीता ने पकाया था। सीता ने उसे कहा था कि अगर खाना पसंद नहीं हो, तो वह भूखी रह सकती थी।

राम ने अपना सिर हिलाया, उनकी आंखों से साफ पता चल रहा था कि उन्हें यह ख्याल बचकाना लग रहा था। 'वह ऐसा कैसे कर सकती है, सीता? वह जानती है कि मैं विवाहित हूं। उसे मैं आकर्षक क्यों लगूंगा भला?'

सीता फूस की शय्या पर अपने पति के साथ लेटी हुई थीं। 'आपको पता होना चाहिए कि आप जितना सोचते हो, उससे ज़्यादा आकर्षक हो।'

राम त्यौरी चढ़ाकर हंसे। 'बकवास।'

सीता भी उनके साथ हंसी, और उन्हें अपनी बांहों में भर लिया।

मेहमानों को अब जंगलवासियों के साथ रहते हुए, एक सप्ताह बीत गया था। उन्होंने कोई परेशानी नहीं दी थी, सिवाय लंका की राजकुमारी के। हालांकि, लक्ष्मण और जटायु लंकावासियों के प्रति शंकालु ही थे। उन्होंने पहले दिन ही आगंतुकों के सब हथियार लेकर, उन्हें आश्रम के शस्त्रागार में रख दिया था। वे चौबीस घंटे, गुप्त रूप से उन पर नज़र भी रखते थे।

तलवार और संकट-सूचक यंत्र को अपने पास रखे हुए, लक्ष्मण ने पिछली रात जागते हुए बिताई थी, इसी वजह से वह पूरी सुबह सोते रहे थे। जब वह दोपहर में उठे, तो उन्हें आश्रम में असामान्य गतिविधियां दिखाई दीं।

जब वह कुटी से बाहर आए, तो उन्होंने जटायु को शस्त्रागार से लंकावासियों के हथियार लाते हुए देखा। विभीषण और उनका दल प्रस्थान के लिए तैयार था। अपने शस्त्र लेने के बाद, वे शूर्पणखा का इंतज़ार कर रहे थे, जो गोदावरी नदी पर स्नान करके, तैयार होने गई थी। उसने सीता से अपनी मदद की गुजारिश की थी। सीता खुश थीं कि चलो यह दुखदायी सुंदरी

आख़िरकार यहां से जा रही थी। वह खुशी-खुशी उसकी आख़री विनती मानने के लिए तैयार हो गईं।

'राजकुमार राम, हमारी मदद के लिए बहुत-बहुत धन्यवाद,' विभीषण ने कहा।

'यह तो हमारा सौभाग्य है।'

'और क्या मैं आपसे और आपके अनुयायियों से विनती कर सकता हूं कि हमारे जाने के बारे में किसी को कुछ न बताएं?'

'ज़रूर।'

'धन्यवाद,' विभीषण ने हाथ जोड़ते हुए कहा।

राम जंगल की ओर देख रहे थे, जिधर गोदावरी नदी थी। उन्हें उम्मीद थी कि सीता और विभीषण की बहन शूर्पणखा किसी भी पल आने वाली होंगी।

लेकिन, उधर से किसी महिला के चिल्लाने की आवाज़ आई। राम और लक्ष्मण ने जल्दी से एक-दूसरे की ओर देखा, और तेज़ी से आवाज़ की दिशा में लपके। अचानक ही वहां से सीता को आता देख, वे वहीं जड़ हो गए। वह गीली और क्रोधित थीं। वह निर्दयता से शूर्पणखा की बांह खिंचती हुई ला रही थीं। लंका की राजकुमारी के हाथ बंधे हुए थे।

लक्ष्मण ने तुरंत अपनी तलवार बाहर खींच ली, वहां उपस्थित दूसरे लोगों ने भी तलवारें तान ली थीं। सबसे पहले अयोध्या के छोटे राजकुमार ही कुछ पूछ पाने की स्थिति में आए। विभीषण को गुस्से से देखते हुए उन्होंने पूछा, 'यहां क्या हो रहा है?'

विभीषण दोनों महिलाओं से अपनी आंख नहीं हटा पा रहा था। वह वास्तव में घबरा गया था, लेकिन तुरंत ही साहस बटोरकर उसने जवाब दिया। 'आपकी भाभी मेरी बहन के साथ क्या कर रही हैं? यकीनन उन्होंने ही शूर्पणखा पर हमला किया होगा।'

'बंद करो यह नाटक!' लक्ष्मण चिल्लाए। 'भाभी ऐसा कुछ नहीं करेंगी, अगर तुम्हारी बहन ने सामने से हमला नहीं किया होता तो।'

इस दौरान, सीता लोगों के बीच पहुंच गईं, उन्होंने शूर्पणखा को छोड़ दिया था। लंका की राजकुमारी के होश उड़े हुए थे, और वह पूरी तरह से नियंत्रण से बाहर थी। विभीषण तुरंत अपनी बहन की ओर बढ़ा, और एक चाकू से उसकी रस्सी काट दी। उसने शूर्पणखा के कान में कुछ फुसफुसाया। लक्ष्मण सुन नहीं पाए थे कि वह क्या कह रहा था, लेकिन उन्हें इतनी ही

आवाज़ आई, 'चुप रहो।'

सीता राम की ओर मुड़ीं, और शूर्पणखा की ओर इशारा करके बोलीं। उनके हाथ में कुछ बूटियां थीं। 'यह नीच लंकावासी मेरे मुंह में यह डालकर, मुझे पानी में धकेलने वाली थी!'

राम उन बूटियों को पहचान गए। आमतौर पर यह शल्य चिकित्सा से पहले, रोगी को बेहोश करने के लिए दी जाती थी। उन्होंने विभीषण को देखा, उनके नेत्र क्रोध से जल रहे थे। 'यह क्या हो रहा है?'

विभीषण तुरंत खड़ा हो गया, उसका व्यवहार विनती वाला था। 'ज़रूर कुछ ग़लतफहमी हुई है। मेरी बहन ऐसा कुछ नहीं कर सकती।'

'क्या तुम कहना चाहते हो कि यह मेरी कल्पना थी कि वह मुझे पानी में धक्का दे रही थी?' सीता ने उत्तेजित हो पूछा।

विभीषण ने शूर्पणखा को घूरा, जो अब तक खड़ी हो चुकी थी। वह उससे चुप रहने की विनती कर रहा था। लेकिन वह उसका इशारा समझना ही नहीं चाहती थी।

'यह झूठ है!' शूर्पणखा चिल्लाई। 'मैंने ऐसा कुछ नहीं किया है!'

'तो क्या तुम मुझे झूठा कह रही हो?' गरजते हुए सीता ने पूछा।

आगे जो हुआ, उसमें किसी के पास सोचने का समय नहीं बचा था। शूर्पणखा दौड़ती हुई सीता की ओर आई, उसने अपना चाकू निकाल लिया था। लक्ष्मण, जो सीता के ही पास खड़े थे, वह तुरंत चिल्लाते हुए आगे बढ़े, 'भाभी!'

सीता तुरंत हमले से बचने के लिए विपरीत दिशा में घूमीं। पल भर में ही लक्ष्मण आगे आए, और उन्होंने भागकर आती हुई शूर्पणखा के दोनों हाथ पकड़कर, उसे पीछे धकेला। लंका की दुबली सी राजकुमारी, उछलते हुए पीछे गिरी, और उसके खुद के हाथों का चाकू गिरते वक्त उसके मुंह पर आ लगा। चाकू सीधा गिरा था, इससे उसकी नाक कट गई। अब चाकू और शूर्पणखा दोनों ज़मीन पर पड़े थे, सदमे की वजह से उसे किसी दर्द का अहसास नहीं हुआ। खून तेज़ी से बहने लगा था, लेकिन उसका दिमाग़ अभी क्या हुआ, उसे समझने की कोशिश कर रहा था। उसने अपने चेहरे को छुआ, और हाथ पर खून के निशान देखे। वह समझ गई थी कि उसके चेहरे पर गहरा निशान पड़ा था। उसे हटाने के लिए उसे दर्दनाक शल्य चिकित्सा करवानी पड़ेगी।

वह नफरत से चिल्लाई, और फिर से आगे भागी, इस बार उसका निशाना लक्ष्मण थे। विभीषण ने आगे बढ़कर अपनी पगलाई हुई बहन को पकड़ लिया।

'उन्हें मार दो!' शूर्पणखा गुस्से से चिल्लाई। 'सबको मार दो!'

'ठहरो!' घबराए हुए विभीषण ने उसे संभालते हुए कहा। वह जानता था कि वो संख्या में ज़्यादा थे। वह मरना नहीं चाहता था। और उसे मृत्यु से किसी भयानक अनहोनी का भय था। 'रुको!'

राम ने अपना बायां हाथ उठाया, उनकी मुट्ठी भिंची हुई थी, यह अपने लोगों को रुकने, लेकिन सचेत रहने का इशारा था। 'राजकुमार, इसी क्षण चले जाओ। नहीं, तो इसकी कीमत चुकानी पड़ेगी।'

'भूल जाओ हमें क्या कहा गया था!' शूर्पणखा चिल्लाई। 'उन सबको मार डालो!'

राम ने दृढ़ता से विभीषण से कहा, जो पूरे बल से शूर्पणखा को रोकने की कोशिश कर रहा था। 'राजकुमार विभीषण, इसी क्षण चले जाओ।'

'वापस चलो,' विभीषण ने कहा।

उसके सिपाही पीछे हटने लगे, उनकी तलवारें अभी भी जंगलवासियों की ओर उठी हुई थीं।

'उन्हें मार दो, कायर!' शूर्पणखा ने अपने भाई को झिड़कते हुए कहा। 'मैं तुम्हारी बहन हूं! मेरा बदला लो!'

विभीषण ने छटपटाती हुई शूर्पणखा को खींचा, उसकी आंखें राम पर थीं, वह अकस्मात् घटना के लिए सचेत था।

'उन्हें मार दो!' शूर्पणखा चिल्लाई।

विभीषण विरोध करती हुई बहन को खींचकर पंचवटी से बाहर ले गया।

राम, लक्ष्मण और सीता अपने स्थान पर जड़ खड़े थे। जो भी हुआ वह अकल्पनीय तबाही थी।

'हम यहां और नहीं ठहर सकते,' जटायु ने कहा। 'हमारे पास कोई विकल्प नहीं है। हमें अभी यहां से निकलना होगा।'

राम ने जटायु को देखा।

'हमने लंका का शाही खून बहाया है, भले ही वे शाही विद्रोही हों,' जटायु ने कहा। 'उनके नियम के मुताबिक रावण के पास बदले के अतिरिक्त

और कोई विकल्प नहीं है। ऐसा ही सप्तसिंधु के दूसरे शाही लोग भी करते, है न? रावण ज़रूर आएगा। इसके बारे में कोई संदेह नहीं है। विभीषण कायर है, लेकिन रावण और कुंभकर्ण नहीं। वे हज़ारों सिपाहियों को लेकर आएंगे। यह मिथिला से भी भयंकर होगा। वहां तो सिपाहियों में लड़ाई हुई थी; युद्ध का ही एक भाग, उन्होंने उसे मान लिया होगा। लेकिन यहां मामला व्यक्तिगत है। उसकी बहन, परिवार की सदस्य, पर हमला हुआ है। खून बहा है। अब बात उसके सम्मान की है।'

लक्ष्मण ने अकड़ते हुए कहा। 'लेकिन मैंने उस पर हमला नहीं किया। वह...'

'रावण इसे ऐसे नहीं देखेगा,' जटायु ने उनकी बात काटते हुए कहा। 'वह आपसे विवरण नहीं मांगेगा, राजकुमार लक्ष्मण। हमें भागना होगा। अभी, इसी वक्त।'

लगभग तीस योद्धा, जंगल में थोड़ी सी साफ की हुई जगह पर बैठे थे। वे जल्दी-जल्दी खाना निगलने की कोशिश कर रहे थे। वे किसी जल्दी में थे। उन सभी ने एक जैसे कपड़े पहन रखे थे: एक लंबा भूरे रंग का लबादा, जिसने उनके शरीर को ढंक रखा था, और कमर पर एक मोटी सी रस्सी बांधी हुई थी। उस लबादे में यह तथ्य नहीं छिप पा रहा था कि सभी के पास एक-एक तलवार थी। सभी व्यक्ति असामान्य रूप से गोरे थे, जैसा कि भारत के समतल प्रदेशों में देखने को नहीं मिलता। उनकी हुकदार नाक, सलीके से तराशी हुई लंबी दाढ़ी, चौड़ा माथा, सिर पर ढके सफेद कपड़े में से निकलते लंबे बाल, लटकती हुई मूंछों से पता चल रहा था कि वे लोग कौन थे: परिहावासी।

परिहा भारत की पश्चिमी सीमा के परे रहने वाली प्रजाति थी। वह पिछले महादेव, प्रभु रुद्र की भूमि थी।

इस अद्‌भुत समूह का सबसे दिलचस्प इंसान इसका अधिनायक था, जो स्पष्टत: एक नागा था। वह भी श्वेत था, दूसरे परिहावासियों की तरह। लेकिन अन्य दूसरी बातों में वह उनसे भिन्न था। उसने उनके जैसे कपड़े नहीं पहने थे। दरअसल, उसने भारतीय पद्धति के कपड़े पहन रखे थे: एक धोती और अंगवस्त्र। दोनों केसरी रंग के। उसकी कमर से निकलता अतिरिक्त अंग बिल्कुल किसी पूंछ की तरह था। वह अपनी ही गति से लगातार झूल रही थी, जैसे उसका अपना ही दिमाग़ हो। परिहावासियों के नागा अधिनायक के शरीर

के रोएं लंबे थे। उसका बलिष्ठ शरीर और मज़बूत मांसपेशियां उसे दिव्य चमक प्रदान कर रहे थे। संभवतया वह अपने हाथों से ही किसी बदनसीब की कमर तोड़ने की ताकत रखता था। दूसरे नागाओं की तरह वह अपने चेहरे और शरीर को किसी लबादे से नहीं ढंकता था।

'हमें जल्दी निकलना होगा,' अधिनायक ने कहा।

उसकी नाक सपाट थी, चेहरे में दबी हुई। उसकी दाढ़ी और चेहरे के बाल उसके चेहरे के गिर्द, ढीठ की तरह जमे हुए थे। अजीब था कि चेहरे का अतिरिक्त भाग बिल्कुल चिकना प्रतीत होता था। उसके चेहरे पर हल्की गुलाबी रंगत थी। उसके होंठ पतले, बिल्कुल न समान थे। मोटी भौंहे, उसकी आंखों की गहराई को और बढ़ा देती थीं; लेकिन ज़रूरत पड़ने पर वे हिंसक भी हो सकती थीं। उसका झुर्रीदार माथा उसकी बुद्धिमत्ता को दर्शाता था। ऐसा लगता था कि साक्षात् भगवान ही बंदर का चेहरा, और इंसान का शरीर लेकर धरती पर अवतरित हो गए हों।

'जी, प्रभु,' परिहावासी ने कहा। 'अगर हमें कुछ क्षण और मिल जाते... आदमी दिन-रात चल रहे हैं, और कुछ आराम...'

'आराम का समय नहीं है!' अधिनायक ने गुर्राते हुए कहा। 'मैंने गुरु वशिष्ठ को वचन दिया है! रावण उन तक हमसे पहले नहीं पहुंचना चाहिए! हमें उन्हें पहले ढूंढ़ना होगा! अपने आदमियों से जल्दी करने को कहो!'

परिहावासी को तुरंत आदेश का पालन करना था। दूसरे परिहावासी खाना खाकर नागा तक पहुंच चुके थे। 'प्रभु, सेवक जानना चाहते हैं: ज़्यादा महत्वपूर्ण कौन है?'

अधिनायक ने जवाब देने में एक पल नहीं लगाया। 'दोनों। वे दोनों महत्वपूर्ण हैं। राजकुमारी सीता मलयपुत्रों के लिए महत्वपूर्ण हैं, और राजकुमार राम हमारे लिए।'

'जी, प्रभु हनुमान।'

उन्हें जंगल में घूमते हुए तीस दिन हो गए थे। दंडकारण्य के पूर्व से होते हुए, घने दंडक वन में, वे गोदावरी के साथ-साथ सफर कर रहे थे। उन्हें यकीन था कि सहजता से उनके स्थान की पहचान करना संभव नहीं हो पाएगा। लेकिन नदी से ज़्यादा दूर रहने का मतलब होता कि वे शिकार का मौका गंवा देते।

राम और लक्ष्मण ने अभी हिरण का शिकार किया था, और वे घने जंगल के बीच अपना रास्ता बनाते हुए, अस्थायी शिविर की ओर वापस जा रहे थे। उनके कंधों पर मज़बूत लाठी थी, जिसका एक छोर राम के कंधे पर था, जबकि दूसरा लक्ष्मण के कंधे पर। हिरण लाठी के मध्य में लटका हुआ था।

लक्ष्मण राम से तर्क कर रहे थे। 'लेकिन आपको भरत दादा के बारे में सोचना असंगत क्यों लगता है...'

'श्श्श्,' राम ने हाथ उठाकर, लक्ष्मण को चुप रहने का इशारा किया। 'सुनो।'

लक्ष्मण ने कानों पर जोर दिया। उनकी रीढ़ में एक सिहरन सी दौड़ गई। राम ने मुड़कर लक्ष्मण की ओर देखा, उनके चेहरा डर से पथरा गया था। वे दोनों उसे सुन सकते थे। *एक डरी हुई चीख!* वह सीता की आवाज़ थी। दूरी की वजह से आवाज़ क्षीण थी। लेकिन स्पष्टतः वह सीता की ही आवाज़ थी। वह अपने पति को बुला रही थीं।

राम और लक्ष्मण हिरण को छोड़कर अधीरता से आवाज़ की दिशा में दौड़ पड़े। वे अभी भी अपनी कुटिया से कुछ दूर थे।

सीता की आवाज़ चहचहाते पक्षियों के पार सुनी जा सकती थी।

'...रााााम!'

उन्हें अब संघर्ष की आवाज़ें भी सुनाई देने लगी थीं, धातु रगड़ने की।

राम जंगल में बेतहाशा भागते हुए चिल्लाए, 'सीताााा!'

लक्ष्मण ने लड़ने के लिए तलवार खींच ली थी।

'...रााााम!'

'उसे छोड़ दो!' राम की आवाज़ में क्रोध का कंपन था, उनकी गति हवा से भी तेज़ थी।

'...रा...'

सीता की आवाज़ मध्य में ही रह गई। बुरे की संभावना को नकारते हुए राम उसी गति से भाग रहे थे, उनका दिल जोरों से धड़क रहा था, मन में चिंता के बादल घुमड़ रहे थे।

उन्होंने पंखों के घूमने की *घड़म्प घड़म्प* आवाज़ सुनी। इस आवाज़ को वह अच्छी तरह पहचानते थे। यह रावण के पुष्पक विमान की आवाज़ थी।

'नहीं ी ी!' राम चिल्लाए, उन्होंने भागते हुए धनुष की कमान खींच ली थी। आंसू उनके गालों पर लुढ़क आए।

दोनों भाई कुटिया तक पहुंच गए थे। वह पूरी तरह से उजड़ी हुई थी। चारों ओर खून ही खून फैला था।

'सीताााा!'

राम ने ऊपर देखा और पुष्पक विमान की ओर तीर छोड़ दिया, जो तेज़ी से आकाश की ओर बढ़ रहा था। अपनी तीव्र गति की बदौलत वह पहले ही सुरक्षित दूरी तक जा पहुंचा था।

'सीताााा!'

लक्ष्मण ने पागलपन से पूरी कुटिया छान मारी। मरे हुए सैनिकों के शरीर यहां-वहां बिखरे हुए थे। लेकिन सीता कहीं नहीं थीं।

'राज... कुमार... राम...'

राम उस दुर्बल आवाज़ को पहचान गए। वह खून में लिपटे उस नागा के शरीर के तरफ बढ़े।

'जटायु!'

बुरी तरह से घायल जटायु कुछ कहने की कोशिश कर रहा था। 'वह...'

'क्या?'

'रावण... अपहरण... उनको...'

क्रोध से तमतमाए राम ने आसमान की तरफ देखा। उन्होंने तड़पकर आवाज़ लगाई, 'सीताााा!'

'राजकुमार...'

जटायु को अपने शरीर से प्राण निकलते हुए महसूस हो रहे थे। अपनी पूरी शक्ति लगाते हुए, उसने खुद को उठाया, राम की ओर हाथ करके, उन्हें अपनी तरफ़ खींचा।

अंतिम सांस लेते हुए, जटायु बुदबुदाया, 'उन्हें... वापस लाओ... मैं... असफल... वह महत्वपूर्ण हैं... देवी सीता... बचनी चाहिएं... ज़रूर बचाना... विष्णु... देवी सीता...'

...क्रमशः

अनुवादक के बारे में

उर्मिला गुप्ता बतौर संपादक और अनुवादक कई वर्षों से कार्यरत हैं। उन्होंने अमीश, अश्विन सांघी, रश्मि बंसल, अनुजा चौहान, प्रीति शेनॉय, विनीत बाजपेयी, अली सेठी, मार्क मेंसन, नंदन नीलेकनी सहित अनेक नामी लेखकों की किताबों का अनुवाद किया है।

अमीश की अन्य किताबें

शिव रचना त्रयी

भारतीय प्रकाशन इतिहास में सबसे तेज़ी से बिकने वाली पुस्तक श्रृंखला

मेलूहा के मृत्युंजय

(शिव रचना त्रयी की किताब 1)

1900 ईसापूर्व। जिसे आधुनिक भारतीय ग़लती से सिंधु घाटी की सभ्यता कहते हैं, उसे उस समय के निवासी मेलूहा की भूमि—एक सम्पूर्ण साम्राज्य जिसकी स्थापना प्रभु श्रीराम ने कई शताब्दियों पूर्व की थी—के रूप में जानते थे। अब उनकी प्राथमिक नदी सरस्वती मृतप्राय होती जा रही है, और वे पूर्व दिशा में अपने शत्रुओं द्वारा किये जा रहे आतंकवादी हमलों का सामना कर रहे हैं। क्या उनके प्रसिद्ध महानायक नीलकंठ बुराई के नाश के लिए अवतरित होंगे?

नागाओं का रहस्य

(शिव रचना त्रयी की किताब 2)

कुटिल नागा योद्धा ने अपने मित्र बृहस्पति की हत्या कर दी है और अब उसकी पत्नी सती के पीछे पड़ा है। शिव, जो बुराई के प्रसिद्ध विनाशक हैं, अपने राक्षसी विरोधियों को ढूँढ़ लेने तक चैन से नहीं बैठेंगे। प्रतिशोध की प्यास उन्हें सर्प प्रजाति के लोगों नागाओं के द्वार तक ले जायेगी। शिव रचना त्रयी की दूसरी किताब में, भयंकर युद्ध लड़े जायेंगे और कुछ चौंकाने वाले रहस्यों से पर्दा उठेगा।

वायुपुत्रों की शपथ

(शिव रचना त्रयी की किताब 3)

शिव नागाओं की राजधानी पंचवटी तक जा पहुँचते हैं, और अपने वास्तविक शत्रु के विरुद्ध धर्मयुद्ध की तैयारी करते हैं। नीलकंठ नाकाम नहीं हो सकते चाहे इसकी जो भी क़ीमत चुकानी पड़े। अपनी हताशा में, वे वायुपुत्रों से सम्पर्क करते हैं। क्या वे सफल हो पायेंगे? और बुराई से लड़ने की वास्तविक क़ीमत क्या होगी? इन सभी रहस्यों का जवाब पाने के लिए इस बैस्टसैलिंग शिव रचना त्रयी का अन्तिम भाग पढ़ें।

राम चंद्र शृंखला

भारतीय प्रकाशन इतिहास में दूसरी सबसे तेज़ी से बिकने वाली पुस्तक शृंखला

सीता—मिथिला की योद्धा
(शृंखला की किताब 2)

खेतों में एक परित्यक्त बच्ची मिलती है। उसे दूसरों द्वारा नज़रअन्दाज़, कमज़ोर राज्य मिथिला के शासक गोद ले लेते हैं। किसी को विश्वास नहीं है कि यह बच्ची कुछ विशेष कर पायेगी। लेकिन वे ग़लत हैं। क्योंकि वह कोई साधारण लड़की नहीं है। वे सीता हैं। एक अनोखी बहु-रेखीय कथा शैली के माध्यम से, अमीश आपको राम चंद्र शृंखला के ऐतिहासिक जगत की गहराइयों में और अन्दर तक ले जाते हैं।

रावण—आर्यवर्त का शत्रु
(शृंखला की किताब 3)

रावण मनुष्यों में विशालतम बनने, विजयी होने, लूटपाट करने, और उस महानता को हासिल करने के लिए दृढ़संकल्प है जिसे वह अपना अधिकार मानता है। वह विरोधाभासों, नृशंस हिंसा और अथाह ज्ञान से भरपूर व्यक्ति है। ऐसा व्यक्ति जो प्रतिदान की आशा के बिना प्रेम करता है और बिना पश्चाताप हत्या कर सकता है। *राम चंद्र शृंखला* की इस तीसरी किताब में, अमीश ने लंका के राजा रावण के व्यक्तित्व के विभिन्न पहलुओं को उभारा है। क्या वह इतिहास का सबसे बड़ा खलनायक है या परिस्थितियों का मारा?

लंका का युद्ध
(श्रृंखला की किताब 4)

सीता का अपहरण हो गया। उन्होंने बेख़ौफ़ रावण को चुनौती दी कि वो उनका वध कर दे—उन्हें राम के समर्पण की अपेक्षा अपनी मृत्यु मंज़ूर थी। राम स्वयं संताप और क्रोध में घिरे थे। उन्होंने युद्ध की तैयारी कर ली। क्रोध ही उनका ईंधन है। और शांतिपूर्ण ध्यान उनका मार्गदर्शक। रावण ने खुद को अपराजित मान लिया था। उसने सोचा था कि वो राम को समर्पण के लिए मजबूर कर देगा। लेकिन उसे नहीं पता था...

भारत गाथा
महाराजा सुहेलदेव

गज़नी के महमूद के लगातार हमले भारत के उत्तरी क्षेत्रों को कमज़ोर कर देते हैं और कई पुराने साम्राज्य खत्म हो जाते हैं। इसके बाद तुर्क देश के सबसे पवित्र मन्दिरों में से एक, सोमनाथ में भगवान शिव के भव्य मन्दिर पर हमला कर उसे नष्ट कर देते हैं। भारी निराशा से भरे इस काल में एक योद्धा राष्ट्र की रक्षा के लिए सामने आता है। *महाराजा सुहेलदेव*—एक प्रचंड विद्रोही, एक करिश्माई नेता, एक पक्का देशभक्त। साहस और वीरता की इस रोमांचक महागाथा को पढ़िये, जो शेर के सामान उस निडर योद्धा की कहानी और बहराइच के महासंग्राम की याद दिलाती है।

कथेतर

अमर भारत

भारत को खोजें देश के कहानीकार अमीश के साथ, जो आपको तीखे लेखों, स्पष्ट भाषणों और बुद्धिमत्तापूर्ण बहस के द्वारा देश को एक नये ढंग से समझने में मदद करते हैं। *अमर भारत* में, अमीश आकर्षक रूप से आधुनिक दृष्टिकोण के साथ एक प्राचीन संस्कृति का विस्तृत ख़ाका खींचते हैं।

धर्म - सार्थक जीवन के लिए महाकाव्यों की मीमांसा

अमीश और भावना भारतीय दर्शन की कुछ मुख्य अवधारणाओं को खंगालने के लिए भारत के प्राचीन महाकाव्यों के अनमोल ख़ज़ाने के विशाल और जटिल संसार में गहरे उतरते हैं। हम सही और ग़लत में कैसे भेद कर सकते हैं? उत्तर निहित हैं हमारी इन मनपसंद कहानियों की सीधी-सरल और ज्ञानपूर्ण व्याख्याओं में, जो प्रस्तुत कर रहे हैं बहुत प्यारे ऐसे काल्पनिक पात्र जिन्हें जानने में आपको बहुत आनंद आएगा।